벤허

그리스도
이야기

1. 이 책은 미국의 작가 루 월리스(Lew Wallace)의 《벤허: 그리스도 이야기(Ben-Hur: A Tale of the Christ)》를 완역한 것이다.
2. 번역은 'The Modern Library' 판(2002년)을 대본으로 삼아 진행했다. 일본어판(辻本庸子·武田貴子 번역, 2003년)을 참고했으며, 소제목(원작에는 없음)은 'Wordsworth Classics' 판(1995년)에서 빌려왔다.
3. 옮긴이의 주는 각주로 처리하되, 짧은 설명은 본문 중에 괄호로 처리하고 크기를 작게 했다.
4. 외국어 이름(인명·지명)의 경우, 성서에 나온 것은 개역개정판에 따랐으며(《라이프 성경단어사전》참고), 그 밖의 것은 '외래어 표기법'에 따랐다.
5. 성서에 나오는 구절은 《표준새번역 성경전서》(대한성서공회 발행, 1993년)에서 인용했으며, 부분적으로 가필했다.

BEN | 벤허
그리스도 이야기

LEW WALLACE

HUR

루 월리스 지음
김석희 옮김

A TALE OF
시공사
THE CHRIST

차례

제1부 ⋯ 9

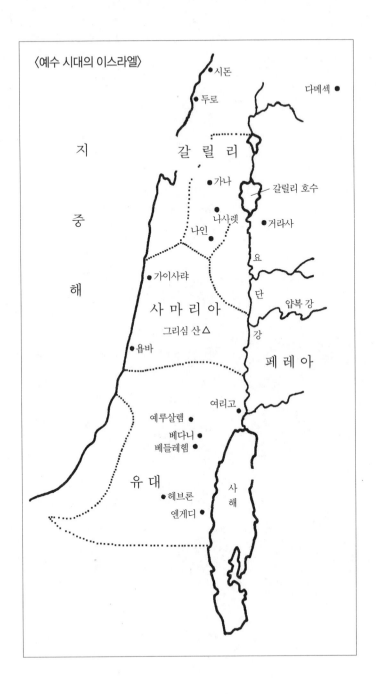

〈예수 시대의 이스라엘〉

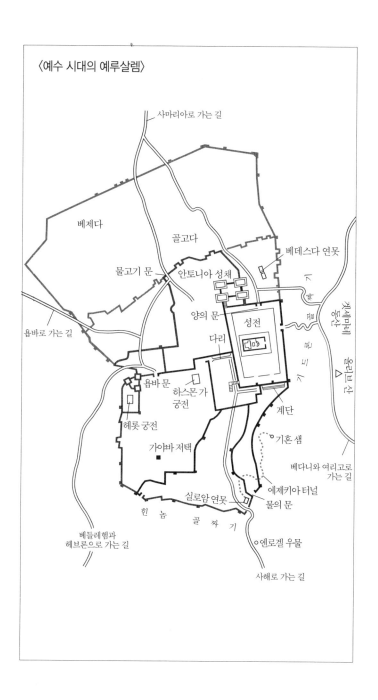

〈예수 시대의 예루살렘〉

사마리아로 가는 길

베제다

골고다

베데스다 연못

물고기 문

안토니아 성채

양의 문

성전

욥바로 가는 길

다리

욥바 문

하스몬 가 궁전

헤롯 궁전

계단

가야바 저택

기혼 샘

베다니와 여리고로 가는 길

에제키아 터널

실로암 연못

물의 문

힌놈 골짜기

베들레헴과 헤브론으로 가는 길

엔로겔 우물

사해로 가는 길

겟세마네

감람산

올리브 산

제1부

|

온화한 밤이었다.
빛의 왕자가 지상에서
평화의 지배를 시작하셨다.
바람도 이상하게 침묵하기로 결심하고
바다에 살며시 입을 맞추면서
새로운 기쁨을 속삭인다.
으르렁거리는 것도 잊은 바다,
그 조용한 파도 사이에 물총새가 새끼를 안고 떠 있다.

—존 밀턴, 〈그리스도 탄생 찬가〉

1
사막에서

주블레 산맥은 길이가 80킬로미터를 넘지만, 폭이 너무 좁기 때문에 지도에서 보면 그 능선은 마치 남쪽에서 북쪽으로 기어가는 애벌레 같다. 붉은색과 흰색이 지층을 이룬 벼랑 위에 서서 아침 해가 떠오르는 쪽을 내려다보면, 눈 아래 가득 펼쳐지는 것은 아라비아 사막이다. 이곳에는 여리고의 포도 재배자들이 그토록 싫어하는 동풍이 오랜 옛날부터 휘몰아치고 있다. 주블레 산맥은 서쪽에 펼쳐진 모압이나 암몬의 목초지를 지키는 방벽 역할을 맡고 있어서(산맥이 없다면 그곳은 사막이 되었을 것이다), 산기슭은 유프라테스 강에서 바람에 실려 온 모래로 두껍게 덮여 있다.

아랍인들은 유대의 동부와 남부에 펼쳐져 있는 모든 것에 자기네 언어로 이름을 붙였는데, 그들의 표현에 따르면 산맥은 수많은 와디*를 낳은 부모다. 로마 가도(지금은 흔적이 간신히 남

*아라비아의 건조지역에서 평소에는 마른 골짜기이다가 큰비가 내리면 홍수가 되어 물이 흐르는 하천. 지하수가 솟아 물을 얻기 쉽고, 다니기가 편리하여서 통행로로도 이용된다.

아 있을 뿐, 시리아의 순례자들이 메카를 오갈 때 지나가는 먼지투성이 길에 불과하다)와 교차하여 달리고 있는 수많은 와디들도 처음에는 얕은 고랑에 불과하지만 점점 깊이 파여서, 우기가 되면 거기에 분류가 흘러들어 상당히 많은 물을 요단 강이나 그 종착지인 사해에 쏟아붓는다. 이런 와디들 가운데 하나, 좀 더 자세히 말하면 산맥 끝에서 생겨나 북동쪽으로 뻗어가다가 결국 얍복 강의 바닥이 되는 와디에서 한 여행자가 나타나 사막의 고원 쪽으로 들어섰다.

겉모습으로 판단하면 나이는 마흔다섯 살쯤. 가슴 위로 치렁하게 흘러내린 턱수염은 한때는 새까맸지만 지금은 희끗희끗해져 있다. 피부색은 말린 커피 씨앗 같고, 이따금 크고 검은 눈동자를 하늘로 향하지만, 붉은 두건을 쓰고 있어서 얼굴은 잘 보이지 않는다. 동방에서는 보편적인 낙낙한 옷을 입고 있지만, 그의 차림새도 더 자세히 묘사할 수는 없다. 그는 낙타를 타고 작은 차양 밑에 앉아 있기 때문이다.

온갖 장비와 짐을 싣고 사막을 여행하는 낙타의 모습을 처음 본 서양인들은 깜짝 놀라고, 그 강렬한 인상에서 좀처럼 벗어나지 못한다. 아무리 새롭고 신기한 것도 눈에 익숙해지면 그 인상이 희미해지는 법이지만, 낙타의 경우는 사정이 다르다. 낙타가 당당하게 지나가면 누구나 멈춰 서서 언제까지나 지켜보곤 한다. 유목민과 몇 년을 함께 살아도, 카라반*과 함께 오랜 여행

*사막이나 초원 같은 곳에서, 낙타에 짐을 싣고 다니면서 특산물을 교역하는 상인 집단. 대상(隊商).

을 한 뒤에도 그것은 마찬가지다. 도대체 낙타의 매력은 어디에 있을까. 모습 자체에 있는 것은 아니다. 그렇다고 해서 조용한 걸음걸이, 크게 흔들리는 몸집이나 그 움직임에 있는 것도 아니다. 마치 바다가 배를 상냥하게 품듯이 사막이 낙타를 신비의 옷으로 상냥하게 감싸고 있는 그 점에 마음이 끌리는 것이다. 사람들은 낙타를 보고 그 신비로움에 감동하고 경탄한다. 지금 와디에서 나타난 이 낙타도 참으로 볼만했다. 색깔이나 키, 발의 넓이, 탄탄한 근육이 덮여 있는 커다란 몸, 백조처럼 곡선을 그리고 있는 가늘고 긴 목, 귀부인의 팔찌도 끼울 수 있을 것 같은 가느다란 주둥이, 우아한 몸놀림, 긴 보폭으로 걸음을 확실하게 내딛는 탄탄한 몸놀림—이 모든 것은 키루스 대왕* 시대까지 거슬러 올라가는 매우 귀중한 시리아 혈통을 증명해주고 있다. 굴레는 흔한 것이고, 이마에는 진홍빛 술장식을 달고, 목에는 은방울이 달린 놋쇠 사슬을 매달고 있다. 하지만 놀랍게도 굴레에는 기수를 위한 고삐도, 몰이꾼을 위한 줄도 달려 있지 않다. 등 위에는 가마가 얹혀 있는데, 그것은 길이가 1미터쯤 되는 나무상자 두 개로 이루어져 있고, 낙타의 몸 양쪽에 하나씩 매달려서 균형을 잡고 있다. 남자는 푹신하게 안을 댄 깔개 위에 앉아 초록빛 차양으로 햇빛을 가리고 낙타 혹에 기대어 편안한 자세를 취할 수 있다. 이렇게 쿠시**의 자손들은 타는 듯이

*페르시아 제국의 건설자(재위 기원전 559~529)로 이집트를 제외한 오리엔트 전역을 지배한 정복 군주다. 성서에는 고레스 왕이라고 나온다.
**아프리카 동북부의 에티오피아·소말리아 등지에 살고 있는 함계의 종족.

뜨거운 사막 여행을 조금이라도 기분 좋게 견딜 수 있는 도구를 발명했고, 실제로 거기에서 많은 즐거움을 찾아냈다.

여행자를 태운 낙타가 모습을 나타낸 것은 고대의 암몬인 엘벨카의 경계선을 막 넘은 곳이었다. 어렴풋이 낀 안개에 싸여 아침 해가 떠오르고, 남자 앞에는 끝없는 사막이 펼쳐져 있다. 하지만 이 부근은 아직 바람에 날려 온 모래에 덮여 있지 않고, 얼마 안 되는 식물이 어떻게든 명맥을 잇고 있었다. 회색이나 갈색을 띤 돌멩이들이 시들어버린 아카시아와 낙타풀 덤불 사이에 흩어져 있고, 그 너머에 참나무와 가시나무와 철쭉이 늘어서 있다. 물 한 방울 찾을 수 없는 황무지를 앞두고 공포에 질려 몸을 움츠리고 있는 것 같았다.

길은 거기까지였다. 낙타는 무언가에 쫓기듯 걸음을 빨리했다. 코끝을 곧장 지평선 쪽으로 향하고, 커다란 콧구멍으로 단숨에 바람을 한껏 들이마신다. 바람에 말려 올라갔다가 떨어지는 마른 잎은 파도에 흔들리는 배 같다. 바람에 날려 와 쌓인 낙엽들이 발밑에서 바스락 소리를 낸다. 이따금 향쑥 같은 달콤한 냄새가 주위에 가득 퍼진다. 종달새와 딱새와 바위제비가 발밑을 땅에 스치며 날아오르고 하얀 자고새도 시끄럽게 지저귀면서 날아간다. 여우와 하이에나도 이따금 빠른 걸음으로 나타나, 사막의 침입자를 멀리서 지켜본다. 저 멀리 오른쪽 뒤편에는 진줏빛 베일을 드리운 산맥이 이어져 있다. 산들은 해가 높이 떠오를수록 시시각각 자줏빛을 띠다가 이윽고 비할 데 없이 아름다운 색깔로 물들어간다. 가장 높은 봉우리 위를 독수리 한

마리가 넓은 날개를 활짝 펴고 유유히 커다란 원을 그리며 날고 있다. 하지만 초록빛 차양 밑에 앉아 있는 여행자는 아무것도 보려고 하지 않고, 한 점에 눈을 고정시킨 채 깊은 생각에 잠겨 있다. 낙타와 마찬가지로 남자도 눈에 보이지 않는 누군가의 손에 이끌려 가고 있는 것 같다.

두 시간 동안 낙타는 꾸준한 속도를 유지하면서 동쪽으로 나아갔다. 그동안 여행자는 주위를 둘러보지도 않았고 꼼짝도 하지 않았다. 사막에서는 거리를 측정할 때 시간을 의미하는 '사트'와 휴식을 의미하는 '만질'을 단위로 사용한다. 1사트는 약 17킬로미터, 1만질은 약 70킬로미터 내지 120킬로미터 정도의 거리를 나타낸다. 하지만 이것은 어디까지나 보통 낙타의 경우이고, 시리아 혈통을 이어받은 순종 낙타는 훨씬 준족이어서 15킬로미터쯤 달리는 것은 식은 죽 먹기이고, 전속력으로 달리면 바람에도 뒤지지 않는다. 지금 이 여행자의 낙타가 질주하자 순식간에 사막의 풍경이 바뀌어갔다. 산맥은 서쪽 지평선 위에 연푸른색 리본처럼 이어져 있고, 점토와 모래가 굳어서 생긴 작은 언덕들이 여기저기 보였다. 군데군데 바위가 둥근 왕관 같은 머리를 모래땅에서 내밀고, 평원의 힘에 맞서는 산맥의 전초기지 같은 모습을 보이고 있었다. 하지만 그 밖에는 온통 모래뿐이다. 사막은 파도에 씻긴 해변의 모래밭처럼 평탄한가 하면, 굽이치는 물마루처럼 솟아오른다. 거칠고 불규칙한 잔물결 같은가 하면, 길게 넘실거리는 너울 같기도 하다. 대기의 상태도 바뀌어갔다. 중천에 뜬 태양의 열기를 받아 이슬과 안개는 사라졌고, 차양 밑에 있는 여행자의 뺨을 어루만지는 산들바람도 뜨거운 열기를 머금게 되었다. 태양은 대지 곳곳을 희미한 유백색으로 물들이고, 하늘 가득 아지랑이를 피워 올리고 있다.

낙타는 쉬지도 않고 곧장 무서운 기세로 내달렸고, 그렇게 두 시간이 더 지났다. 초목은 완전히 모습을 감추고, 지표면을 덮은 모래는 딱딱하게 굳어서 걸음을 내디딜 때마다 소리를 내며 부서진다. 이 일대를 지배하고 있는 것은 분명 모래였다. 산맥은 이제 보이지 않고, 안표가 될 만한 것은 아무것도 없다. 지금까지 뒤를 따라온 그림자는 이제 북쪽으로 방향을 바꾸어, 그 그림자를 던지는 주인과 앞을 다투고 있다. 그렇다 해도 전혀 멈춰 설 기미를 보이지 않는 여행자의 태도는 도무지 이해할 수가 없다.

즐거움을 찾아 사막으로 가는 사람은 아무도 없다. 사람은 생활과 일 때문에 위험을 무릅쓰고 사막을 오간다. 우물에서 우물로, 목초지에서 목초지로 가는 길도 마찬가지다. 그 길에는 마치 사막의 문장(紋章)처럼 수많은 해골이 흩어져 있다. 그래서 아무리 경험이 많고 노련한 족장도 모르는 길로 잘못 들어가버리면 불안을 억누를 수 없다. 낙타 위에 앉아 있는 이 남자도 물론 즐거움을 찾아 이 사막에 온 것은 아니다. 하지만 한 번도 뒤를 돌아보지 않는 것을 보면 도망자인 것 같지는 않다. 보통이라면 공포심이나 호기심을 품겠지만, 남자는 그런 기색도 전혀 보이지 않는다. 때로는 고독을 달래려고 개를 말벗으로 삼거나 말을 친구로 삼는 경우도 있을 것이다. 동물을 어루만지고 상냥한 말을 걸었다 해도 부끄러워할 필요는 전혀 없지만, 이 남자는 낙타에게 다정한 손길 한 번 주지 않고 다정한 말 한마디 걸어주지 않는다.

정오 정각에 낙타는 스스로 걸음을 멈추고서 울음소리인지 신음 소리인지 알 수 없는 소리를 토해냈다. 유난히 애처로운 그 소리는 대개 낙타들이 과중한 짐에 항의하거나 관심과 휴식을 원할 때 내는 소리다. 그러자 주인은 잠에서 깨어난 것처럼 몸을 일으켰다. 그는 가마에 드리워진 커튼을 들어 올려 태양을 바라보고, 사방을 오랫동안 주의 깊게 살폈다. 여기가 약속 장소인지 확인하는 것 같았다. 조사 결과에 만족한 그는 숨을 한 번 깊이 들이마시고 '드디어 왔구나!' 하고 말하는 것처럼 고개를 끄덕였다. 그러고는 곧 두 손을 가슴 위에서 맞잡고 고개를 숙이고는 기도를 드리기 시작했다. 그렇게 경건한 임무를 끝내자 그는 낙타에서 내릴 준비를 했다. 일찍이 욥이 사랑하는 낙타에게 냈을 게 분명한 "이크! 이크!"라는 소리를 남자가 목구멍 속에서 울리자, 낙타는 거기에 반응하여 작은 소리로 툴툴거리면서 천천히 무릎을 꿇었다. 그러자 남자는 발로 가느다란 낙타의 목을 딛고 모래밭 위로 내려섰다.

2
세 이방인

그 남자의 몸은 보기 좋게 균형이 잡혀 있었다. 키는 별로 크지 않지만, 건장한 체격은 남을 위압하는 데가 있었다. 두건을 고정시키고 있던 비단 띠를 풀고 가장자리에 술장식이 달린 두건을 뒤로 젖히자 맨얼굴이 드러났는데, 억센 느낌을 주는 얼굴이었다. 갈색 피부, 낮고 넓은 이마, 매부리코, 눈꼬리가 살짝 치켜 올라간 눈, 윤기가 흐르는 숱 많은 머리는 여러 가닥으로 꼬아서 어깨까지 늘어져 있었다. 그가 파라오나 미즈라임*의 후예인 것은 의심할 여지가 없었다. 그는 발목까지 내려오는 하얀 셔츠 위에 갈색 모직 겉옷을 걸치고, 가죽끈이 달린 샌들을 신고 있었다. '카미스'라고 불리는 이 무명 셔츠는 앞이 트여 있고, 소매통이 좁고, 목깃과 가슴에 수가 놓여 있었다. '아바'라고 불리는 겉옷에는 긴 스커트와 짧은 소매가 달려 있고, 무명과 비단을 섞은 천으로 안감을 대고 누런색 천으로 가장자리를 둘렀다. 그렇다 해도 놀라운 것은, 이 이집트인이 표범과 사자가 출몰하는 위험한 사막을 혼자 여행하고 있는데도 불구하고 무기는커녕 낙타용 채찍조차 갖고 있지 않다는 것이었다. 이것을 보면 우리는 그가 상당히 평화로운 업무를 보러 왔거나 남달리 용감하거나 특별한 보호를 받고 있다고 추론할 수 있다.

*파라오는 이집트의 왕, 미즈라임은 이집트 민족의 선조.

여행이 길고 단조로웠기 때문에 이집트인은 온몸의 마디가 쑤시고 아팠다. 그는 손을 비비고 발을 쿵쿵 구르면서, 눈을 감고 만족스럽게 되새김질을 하고 있는 낙타 주위를 돌아다녔다. 이따금 멈춰 서서 눈 위에 손차양을 하고 사막 끝을 바라보았지만, 그때마다 약간 실망한 기색이 그의 얼굴에 떠올랐다. 그가 누군가를 기다리고 있는 것은 아무리 보아도 분명하다. 그렇다 해도 이렇게 외딴 곳에서 사람을 만나다니, 도대체 무슨 용건일까? 점점 흥미가 솟는다. 남자는 기다리는 사람이 반드시 나타날 거라고 믿는지, 우선 짐이 있는 곳으로 가서 나무상자에서 해면과 작은 질그릇 물병을 꺼내, 낙타의 눈과 얼굴과 콧구멍을 씻어주었다. 그 일이 끝나자, 붉은색과 하얀색 줄무늬가 들어 있는 둥근 천, 말뚝 다발, 튼튼한 막대기를 꺼내더니, 막대기를 모아서 키보다 높은 천막 기둥을 만들었다. 기둥 주위에 말뚝을 박고 그 위에 둥근 천을 씌우자, 조금 작긴 하지만 왕족이나 족장의 천막과 비교해도 손색이 없는 천막이 만들어졌다. 이어서 남자는 네모난 깔개를 꺼내 햇빛이 닿는 쪽에 깔았다. 그리고 다시 천막 밖으로 나와서 지금까지보다 더 진지한 눈빛으로 주위를 둘러보았다. 멀리서 자칼 한 마리가 평원을 가로지르고, 매 한 마리가 아카바 만* 쪽으로 날아가는 것이 보인다. 하지만 그것 외에는 하늘에도 땅에도 움직이는 것이 하나도 없었다.

남자는 낙타 쪽을 향해, 이 일대에서는 잘 들을 수 없는 말을

*홍해 동북쪽 끝 시나이 반도와 아라비아 반도에 둘러싸인 만.

속삭였다.

"바람과 경쟁하며 여기까지 왔다. 정말 멀리까지도 왔구나. 하지만 하느님은 언제나 곁에 계셔. 이제 조금만 더 참으면 돼."

남자는 안장 주머니에서 콩을 꺼내 낙타의 코끝에 매달린 자루에 넣었다. 맛있게 먹는 낙타를 바라보다가 그는 다시 뒤돌아서 한낮의 태양이 내리쪼이고 아지랑이가 피어오르는 사막에 눈길을 던졌다.

"반드시 올 거야. 틀림없이 데려와줄 거야. 자, 준비를 시작하자꾸나."

남자는 침착한 어조로 중얼거리고, 상자 속의 자루와 바구니에서 식료품을 꺼냈다. 종려나무 섬유로 짠 큰 접시, 작은 가죽 주머니에 든 포도주, 훈제한 양고기, 씨 없는 석류, 대추야자, 치즈, 발효시킨 빵 따위를 깔개 위에 늘어놓은 다음, 마지막 마무리로 동방의 귀인들이 식사할 때 무릎을 덮는 비단 헝겊을 세 장 준비했는데, 이는 식사에 참가할 사람의 수를 보여준다.

준비는 다 갖추어졌다. 밖으로 나온 남자가 다시 한 번 주위를 둘러보니, 저 멀리 동쪽에 검은 점 하나가 보이는 게 아닌가. 남자는 숨을 삼켰다. 접신이라도 한 것처럼 온몸에 소름이 돋았다. 그 검은 점은 점점 커져서, 이윽고 커다랗고 하얀 낙타가 또렷이 보이기 시작했다. 이집트인은 눈물을 글썽이며 떨리는 가슴에 두 손을 대고 하늘을 우러러보며 "신은 위대하다!" 하고 외쳤다.

인도식 가마를 실은 낙타는 가까이까지 와서 멈춰 섰다. 두 번째 여행자는 꿈에서 막 깨어난 듯한 표정을 지으며, 무릎을 꿇고 있는 낙타와 천막, 그 천막 입구에서 기도를 드리고 있는 남자를 바라보았다. 그리고 두 손을 맞잡고 기도를 드린 뒤, 천천히 낙타 목에서 사막으로 내려섰다. 두 사람은 서로 다가가서 상대를 바라보며 오른손으로 상대의 어깨를, 왼손으로 상대의 허리를 안고 힘껏 끌어안았다.

"하느님의 평안이 함께하기를, 하느님의 진정한 종이시여."

"어서 오십시오, 참된 신앙의 형제여. 당신도 하느님의 평안이 함께하기를." 이집트인은 감격한 어조로 대답했다.

갓 도착한 여행자는 키가 크고 마른 체격에 피부는 적동색이었다. 볼은 홀쭉하고 눈은 움푹 들어가고 머리카락과 수염도 하얗게 세어 있었다. 이 남자도 무기 따위는 하나도 지니고 있지 않았다. 차림새는 인도풍이고, 모자 위에 숄을 몇 겹이나 감아서 터번으로 삼고 있었다. 겉옷은 이집트인보다 훨씬 짧고, 발목 언저리에서 좁아진 헐렁한 바지를 입고 있었다. 샌들 대신 끝이 뾰족한 붉은 가죽 슬리퍼를 신고 있지만, 이것을 제외하면 모든 것이 흰색이었다. 태도는 당당하고 고귀하고 엄격해서 인도 서사시에 나오는 금욕적인 영웅 비스바미트라*를 방불케 했다. 철두철미 브라흐마**의 가르침을 따르는 신앙의 화신이었지만, 그 눈은 어디까지나 부드럽고 상냥했다. 포옹을 끝내고 얼

---

*인도 설화에 등장하는 성자로, 《리그베다》 제3권의 저자로 알려져 있으며, 서사시 《라마야나》와 《마하바라타》에도 등장한다.
**브라만교에서 창조를 주재하는 신.

굴을 들었을 때, 그의 눈에서는 눈물이 반짝이고 있었다.

"신은 위대하다." 인도인이 외쳤다.

"하느님을 섬기는 자에게 축복 있으라. 하지만 조금만 더 기다립시다. 저쪽에 또 한 분의 모습이 보이니까요." 이집트인이 대답했다.

그들은 북쪽으로 눈을 돌려, 역시 하얀 낙타가 배처럼 흔들리며 이쪽을 향해 오는 것을 보았다. 세 번째 여행자는 이윽고 도착하여 낙타에서 내리자, 두 사람 쪽으로 걸어왔다.

"하느님의 평안이 함께하기를." 세 번째 남자는 인도인을 끌어안으면서 말했다.

"하느님의 뜻이 이루어졌습니다." 인도인이 대답했다.

이 세 번째 남자는 먼저 온 두 사람과는 달랐다. 몸매는 날씬하고 피부는 하얗고, 작은 머리에서는 숱 많은 금발이 왕관처럼 파도치고 있었다. 그 짙푸른색의 부드러운 눈동자는 섬세한 마음과 온화하지만 용감한 기질을 말해주고 있었다. 그도 다른 두 사람과 마찬가지로 무기는 전혀 들고 있지 않았다. 아무렇게나 걸친 자주색 숄 밑에는 무릎까지 내려오는 튜닉을 입고 있었다. 소매는 짧고 목둘레는 깊이 파이고, 허리는 끈으로 묶여 있고, 손과 손목은 그대로 드러나 있고, 발에는 샌들을 신고 있었다. 나이는 쉰 살이 넘은 것으로 보이지만 노쇠한 기미는 전혀 없고, 오히려 나이를 먹은 덕분에 위엄이 늘어나고 말에는 사려 깊음이 더해져 있었다. 아테네 출신의 그리스인이라는 것 외에 그의 내력을 말할 필요는 없다.

포옹을 끝내자 이집트인은 떨리는 목소리로 말하기 시작했다.

"성령의 인도를 받아 내가 맨 먼저 여기에 와 있었습니다. 내가 시중드는 역할을 맡았다고 생각해서 천막을 세우고 식사 준비도 갖추어놓았답니다. 우선은 이 임무를 순조롭게 끝내고 싶습니다."

이집트인은 다른 두 사람의 손을 잡고 천막으로 끌어들인 뒤, 그들의 신을 벗겨 발을 씻기고 손을 씻도록 물을 부어주었다. 자기 손도 깨끗이 씻은 뒤, 그가 말했다.

"임무를 충분히 끝낼 수 있도록 식사를 하여 기력을 키우고 싶습니다. 식사하는 동안 서로 자기소개를 하고, 어떻게 인도를 받아서 여기까지 왔는지 이야기하도록 합시다."

세 사람은 깔개 주위에 둘러앉자, 약속이라도 한 것처럼 고개를 숙이고 가슴 앞에서 손을 맞잡고 기도를 드리기 시작했다.

"하늘에 계신 아버지 하느님, 여기 있는 것은 모두 당신의 선물이니 진심으로 감사드립니다. 부디 당신의 뜻을 이룰 수 있도록 우리를 지켜주소서."

기도가 끝나자 세 사람은 고개를 들고 만감이 교차하는 기분으로 얼굴을 마주 보았다. 각자 자기 나라 말로 기도를 드렸지만, 동료가 무슨 말을 했는지를 확실히 이해했다. 이것은 기적이었다. 하느님이 곁에 계시는 것을 생생하게 느낀 세 사람은 감동한 나머지 가슴이 떨렸다.

3
그리스인 가스파르

당시의 표현에 따르면, 이들 세 사람이 만난 것은 로마력 747년 12월. 지중해 동부에는 벌써 차가운 겨울바람이 휘몰아치고 있었다. 이런 혹독한 계절에 사막을 여행하면 체력이 심하게 소모되어 당장 지독한 허기에 시달리게 된다. 지금 천막에 있는 세 사람도 예외가 아니었다. 우선 주린 배를 충분히 채우고 포도주잔을 기울이며 한숨 돌렸을 때 이야기가 시작된다.

이 자리를 주재하는 역할을 맡은 이집트인이 먼저 입을 열었다.

"낯선 나라를 여행하는 사람에게 이국의 친구가 이름을 불러주는 것만큼 기쁜 일은 없습니다. 앞으로 긴 여행을 함께하게 될 테니까, 우선 서로 자기소개를 합시다. 괜찮다면 맨 나중에 도착한 당신부터 시작해주시지 않겠습니까?"

그러자 그리스인 가스파르는 천천히 말을 고르면서 이야기를 시작했다.

"내 이야기는 정말로 불가사의해서 무엇을 어디서부터 이야기해야 좋을지, 솔직히 잘 모르겠습니다. 나 자신도 잘 모릅니다. 단 하나 확실한 것은, 하느님의 뜻에 따른 행동을 할 수 있다는 데 감격하고 있다는 겁니다. 나에게 주어진 소명을 생각하면, 하느님의 뜻을 아는 사람으로서 이루 말할 수 없는 기쁨이 솟아납니다."

그는 감격하여 말을 잇지 못했다. 다른 두 사람도 감동하여 눈을 내리깔았다.

"이 사막에서 서쪽으로 멀리 떨어진 곳에 우리 나라가 있습니다. 전 세계에 은혜를 주고 사람들에게 진정한 기쁨을 준 불멸의 나라지요. 그렇다고 해서 예술, 철학, 웅변술, 시가, 전술 따위를 말하고 있는 건 아닙니다. 내가 말하는 영원히 빛나는 영광이란 바로 그 뛰어난 언어입니다. 우리가 앞으로 찾아낼 그분도 이 문자를 통해 세상에 널리 알려질 것입니다. 내가 말하는 나라는 그리스입니다. 나는 아테네 사람 클레안테스의 아들 가스파르입니다.

우리 민족은 학문에 뛰어나고, 나 자신도 학문에 매진해왔습니다. 가장 위대한 그리스 철학자 가운데 한 사람은 모든 사람에게 깃들어 있는 영혼의 불멸성에 대해 이야기했습니다. 또 다른 철학자는 완전한 신, 유일한 신에 대해 이야기했습니다. 많은 학문 가운데 나는 이 두 가지야말로 내가 받아들일 만한 명제라고 확신했습니다. 신과 영혼 사이에는 아직 해명되지 않은 관계가 있을 거라고 생각했지요. 그런데 이 의문을 추구하다 보니 이성으로는 더 이상 나아갈 수 없는 막다른 골목에 들어가버려서 이제는 그저 울면서 도움을 청할 수밖에 없었습니다. 나는 매달리는 기분으로 도움을 청했지만 벽 너머에서는 아무런 대답도 돌아오지 않았습니다. 나는 거기에 더는 있을 수 없어서, 도시도 학교도 떠났습니다."

비쩍 마른 인도인은 깊은 공감의 미소를 띠고 고개를 끄덕였다. 그러자 그리스인은 말을 계속했다.

"그리스 북부의 테살리아에는 제우스를 비롯한 신들이 사는 올림포스 산이 있습니다. 나는 그 산에 가서 동굴에 살면서 명상에 잠겼지요. 아니, 사실대로 말하면 신의 계시를 기다리고 있었습니다. 눈에는 보이지 않는 지고의 신을 온몸과 영혼으로 믿고 갈구하면 언젠가는 기도가 이루어져 신의 자비와 신의 응답을 얻을 수 있을 거라고 믿었습니다."

"그렇습니다. 신은 응답해주셨습니다." 인도인이 손을 번쩍 치켜들면서 외쳤다.

"조금만 더 들어주시겠습니까?" 애써 마음을 가라앉히면서 그리스인은 대답했다. "내가 있던 동굴에서는 테르마이코스 만* 의 후미가 내려다보였습니다. 어느 날, 지나가는 배에서 한 남자가 바다에 던져졌습니다. 나는 해안으로 헤엄쳐 온 그 남자를 구조해서 돌봐주었지요. 그는 유대인이었는데 자기네 나라의 역사와 율법에 정통했고, 내가 기도를 바치고 있던 신이 정말로 존재하며, 오랫동안 유대인의 율법자이자 지배자이며 왕이라고 말해주었습니다. 이것이 내가 바라고 있던 신의 계시가 아니고 무엇이겠습니까? 내 신앙은 헛되지 않았습니다. 신이 응답해주신 겁니다."

"신앙을 가지고 간절하게 원하는 자에게 신은 언제나 응답해주십니다." 인도인이 말했다.

"하지만 유감스럽게도, 신이 응답해주셔도 그것을 깨닫는 사

*에게 해 서쪽에 있는 만.

26

람은 얼마 되지 않습니다." 이집트인이 말했다.

"그뿐만이 아닙니다. 최초의 계시 이후에 나타난 선지자가 신과 함께 걷고 말하고 신의 재림을 예언했다는 겁니다. 그는 선지자들의 이름과 경전에 기록된 그들의 말까지 가르쳐주었습니다. 그리고 그 두 번째 강림이 이제 곧 예루살렘에서 일어난다는 것입니다."

여기서 한숨 돌린 그리스인의 얼굴에 그늘이 비쳤다.

"그 남자는 주장하기를, 이 신도 첫 번째 계시도 유대인의 것이었으니까, 두 번째 계시도 역시 유대인을 위한 것이라고 말했습니다. 유대인의 왕으로 나타난다는 겁니다. 그 신은 유대인이 아닌 사람에게도 신이냐고 내가 묻자, 그는 '물론 아니다, 유대인만이 선택받은 민족이다'라고 단언하더군요. 그래도 나는 실망하지 않았습니다. 왜 위대한 신이 깊은 사랑과 자비를 한 나라나 하나의 민족에만 한정하겠습니까. 나는 이 문제를 깊이 생각한 끝에 마침내 유대 민족은 진실을 전하기 위해 선택받은 종에 불과하고 구원받는 것은 세계 전체라는 결론에 도달했습니다. 유대인으로서의 긍지에 상처를 입은 남자는 떠나버렸고 나는 다시 원래대로 혼자가 되었지만, 그 후 왕이 다시 오실 때는 직접 만나 뵙고 경배를 드릴 수 있게 해달라고 기도를 거듭했습니다. 어느 날 밤에 나는 동굴 입구에 앉아 존재의 신비와 신에 대해 명상하고 있었습니다. 그때 발밑의 수면, 아니 수면을 싸고 있는 어둠 속에서 별 하나가 빛나기 시작했습니다. 그 별은 천천히 올라와 주위의 언덕과 동굴을 비추고, 놀랍게도 이쪽으로 다가오지 않겠습니까? 눈부신 빛을 정면으로 받은 나는 정신을 잃고 쓰러져버렸지만, 그때 하늘에서 내려오는 소리를 들었습니다. '가스파르야, 너의 신앙은 진실하다. 너는 축복을 받았다. 너는 먼 땅끝에서 오는 두 사람과 함께 메시아(구세주)를 보게 될 것이다. 증인이 되기 위해 내일 아침 이곳을 떠나 그들을 만나라. 너를 인도해줄 성령을 믿어라.'

이튿날 아침 눈을 뜬 뒤에는 태양을 대신하여 성령이 나의 빛이 되었습니다. 나는 은둔자의 옷을 벗어던지고 원래의 모습으로 돌아왔습니다. 그리고 도시에서 가져와 숨겨둔 보물도 꺼냈습니다. 그리고 바다를 지나고 있던 배를 타고 안디옥(지금의 안타키아)까지 왔습니다. 거기서 낙타와 비품을 사고, 오론테스*강변의 정원과 과수원을 지나 에메사(홈스), 다메섹(다마스쿠스), 보스라(부스라), 빌라델비아(암만)를 거쳐 여기까지 온 것입니다. 이것으로 내 이야기는 끝났습니다. 자, 이제는 당신들의 이야기를 들려주십시오."

4
인도인 멜키오르

이집트인과 인도인은 얼굴을 마주 보았지만, 이집트인이 인도

---

*서남아시아. 주로 시리아 서부를 흐르는 강. 레바논 산맥에서 발원하여 북쪽으로 흐른 뒤 터키에서 지중해로 들어간다. 길이는 570킬로미터.

인에게 먼저 하라는 손짓을 보냈기 때문에 인도인은 가볍게 고개를 숙이고 이야기를 시작했다.

"형제여, 말씀을 참 재미있게 잘하시는군요. 나도 당신처럼 말을 잘할 수 있으면 좋겠는데……. 나는 멜키오르라고 합니다. 내가 쓰고 있는 말은 인도의 산스크리트어, 글말로는 세계에서 가장 오래된 언어입니다. 나는 인도 사람인데, 인도인은 지식의 세계에 가장 먼저 들어가 그것을 최초로 분류하고 언어로 정리한 민족이지요. 앞으로 무슨 일이 일어나든, 네 가지 베다*만은 종교와 지식의 원천으로 계속 살아남을 것입니다. 또한 우리의 신과 반신(半神)들을 찬양하는 《라마야나》와 《마하바라타》**도 있는데, 이것들이야말로 위대한 경전입니다. 지금의 나에게는 이미 아무런 가치도 없지만, 일찍이 인도에서 위대한 재능이 싹텄음을 보여주는 증거이니까요. 그것은 조만간 그 재능이 커다란 열매를 맺을 거라는 약속이었지만, 그 약속은 지켜지지 않았습니다. 무엇 때문일까요? 슬프게도 경전 자체가 진보의 싹을 잘라버렸기 때문입니다. 경전을 쓴 사람들은 창조물을 돌본다는 명분을 구실로 내세워 치명적인 명령을 내렸습니다. 즉 인간에게 필요한 것은 모두 신이 주니까 인간은 발견이나 발명에 관여하면 안 된다고 명령한 것입니다. 그것이 신성한 율법

*인도 브라만교 사상의 근본 경전이며 가장 오래된 경전. 기원전 2000년부터 기원전 1100년에 이루어졌으며, 인도의 종교와 철학과 문학의 근간을 이루는 것으로 《리그베다》《야주르베다》《사마베다》《아티르바베다》의 네 가지가 있다.
**고대 인도의 산스크리트어로 된 2대 서사시로, 인도 정신문화를 지탱하는 두 기둥을 이루고 있다.

이 되어버린 뒤, 모처럼의 훌륭한 재능도 좁은 우물에 갇혀 거기에서 나올 수 없게 되었지요.

나는 결코 나 자신을 자랑하려고 이런 비유를 쓰고 있는 것은 아닙니다. 분명히 이 경전들은 우주의 최고 원리인 '브라만'*에 대해 이야기하고 있습니다."

인도인은 그리스인에게 공손히 고개를 숙이면서 말했다.

"죄송하지만 감히 말씀드리자면, 그리스인보다 훨씬 전에 신과 영혼이 우리 인도인의 마음을 사로잡았습니다. 브라흐마, 비슈누, 시바라는 세 신이 우주의 최고 원리인 브라만을 가르쳤다고 해도 좋을 것입니다. 이 가운데 우리 인간을 창조하고 네 계급으로 나눈 것은 브라흐마라고 합니다. 브라흐마는 우선 하늘과 땅을 나누고, 땅을 인간이 살 수 있도록 정비하고, 입에서 브라만을 끌어냈는데, 사제가 될 브라만은 신과 가장 가까운 존재로서, 고귀한 베다를 가장 완벽한 형태로 조정하는 지도자입니다. 이어서 신의 팔에서 전사인 크샤트리아가 태어났고, 가슴에서는 이 세상의 중심을 이루는 바이샤, 즉 목동과 농부와 상인같은 생산자들이 태어났지요. 그리고 가장 신분이 낮은 수드라가 발에서 태어나 다른 계급 사람들을 위해 일하는 노예, 노동자, 직공이 되었습니다. 다만 자기가 타고난 계급을 바꾸는 것은 법으로 금지되어 있습니다. 브라만이라 해도 아래 계급으로 들어갈 수는 없고, 자기 계급의 율법을 어기면 추방자가 되어,

*고대 인도 경전 《우파니샤드》의 중심 사상. 힌두교에서 우주의 근본 원리를 가리킨다. 개인의 본체인 아트만(我)과 함께 범아일여(梵我一如) 사상의 주요 개념이다.

같은 처지의 추방자를 제외한 모든 사람에게 배척받게 됩니다."

그리스인은 그런 타락이 초래하는 결과를 상상하고, 견딜 수 없어서 외쳤다.

"형제여, 그렇기 때문에 하느님의 사랑이 필요한 것입니다."

"그렇습니다. 우리의 신들처럼 자애로운 하느님의 사랑이 필요하죠." 이집트인도 말했다.

인도인은 괴로운 표정을 지으면서도 마음을 가라앉히고 부드러운 목소리로 말을 이었다.

"나는 브라만으로 태어났습니다. 태어난 순간, 인생의 모든 행동이 결정되어버렸지요. 길고 복잡한 이름도 그렇습니다. 맨 처음 먹는 음식, 맨 처음 태양을 보는 시간, 삼중으로 꼰 실을 받아서 내가 재생할 수 있는 신분이라는 것을 보여주는 의식, 가장 높은 지위에 앉는 취임식—이 모든 것이 경전으로 정해졌습니다. 너무나 엄격한 규정으로 꼼짝 못하게 꽁꽁 얽어매 놓아서, 그냥 걸어 다니거나 음식을 먹고 마시거나 잠을 자거나 해도 계율을 어길 위험이 있었습니다. 계율을 어긴 벌은 내 영혼에 주어졌고, 그 정도에 따라 하늘—여기서는 인드라*가 최하위이고 브라흐마가 최고위입니다—에 들어갈 수도 있고 벌레나 파리, 물고기나 짐승과 같은 지위로 떨어질 수도 있습니다. 일생 동안 계율을 지키면 지복을 얻거나 브라만의 경지에 도달한다지만, 그런 일은 있을 수 없고, 또한 그것이 영원한 평안으로

*인도 베다 신화에 나오는 전쟁의 신으로, 비와 천둥을 관장한다.

여겨지지도 않습니다."

인도인은 잠시 망설이다가 말을 이었다.

"브라만에게는 4주기라는 것이 있는데, 제1기인 수련기에는 학문을 닦습니다. 제2기는 정주기라고 하여 결혼하고 가정을 꾸릴 때지만, 이 무렵부터 나는 모든 것, 심지어는 브라흐마의 존재까지도 의심하기 시작했습니다. 즉 이단자가 된 것이지요. 우물 밑바닥에서 저 멀리 머리 위에 있는 빛을 보고 저기에 올라가보고 싶다, 저 빛이 비추고 있는 세계를 한번 보고 싶다고 생각했습니다. 그것은 얼마나 괴로운 길이었을까요. 나는 마침내 햇빛 속에 서서 생명의 원리, 종교의 본질, 신과 영혼을 잇는 것이 바로 사랑이라는 것을 알았습니다."

인도에서 온 선량한 노인은 얼굴을 빛내면서 두 손을 힘껏 맞잡았다. 세 사람은 입을 다물었고, 그리스인은 눈물을 글썽거렸다. 잠시 뒤에 인도인이 다시 입을 열었다.

"사랑의 기쁨은 행동에 있습니다. 그 시금석은 남을 위해 기꺼이 하는 일이 무엇인가 하는 겁니다. 나는 쉴 수 없었습니다. 브라만이 온 세상에 불행을 퍼뜨렸다고 최하위 계급인 수드라가 나에게 호소했습니다. 헤아릴 수 없이 많은 열성 신자들과 희생자들도 나에게 호소했습니다. 나는 신성한 갠지스 강 어귀에 있는 라고르 섬으로 갔습니다. 성자 카필라를 위해 세워진 이 섬의 사원에는 아직 이 성자를 흠모하는 제자들이 있었고, 거기에 많은 기도자들이 모여 있었습니다. 여기서라면 평안을 찾을 수 있겠다고 나는 생각했지요. 그런데 1년에 두 번씩 여기와서 성수로 몸과 마음을 정화하는 순례자들이 있어서, 나는 그들의 비참함을 직접 내 눈으로 보고 말을 걸어보고 싶은 마음을 억누를 수 없었습니다. 하지만 브라만이나 경전에 반박하는 말을 한마디라도 하면 만사가 끝장입니다. 타는 듯한 사막의 모래 위에서 죽어가는 추방자들에게 약간의 배려라도 베풀면, 예컨대 기도 한마디나 물 한 모금만 주어도 추방되어 가족과 조국, 특권과 계급을 모두 잃게 됩니다. 망설임은 있었지만, 결국 사랑이 이겼습니다. 아니나 다를까, 내 결심을 사원의 제자들에게 말하자마자 나는 당장 쫓겨났고 순례자들은 나에게 돌을 던졌습니다. 내가 길가에서 설교를 시작하면 사람들은 도망치거나 나를 죽이려 드는 형편이었지요. 나는 인도 어디에도 쉴 곳이 없습니다. 추방자들 속에도 내가 쉴 곳은 없습니다. 그들은 타락했다고는 하지만, 아직 브라흐마에 대해 신앙을 갖고 있으니까요.

쫓겨난 나는 갠지스 강을 거슬러 올라가 히말라야 산맥으로 들어가서, 하느님 외에는 아무도 없는 비경 속에 몸을 숨겼습니다. 하리드와* 골짜기를 굽이쳐 흐르는 강을 보면서, 이제 두 번 다시 만날 일이 없는 내 민족을 위해 기도했습니다. 협곡을 지나 절벽을 내려다보고 빙하를 건너고 하늘을 우러러보면서 나는 랑초 호수로 갔습니다. 이 호수는 제 머리에 왕관처럼 쓰고 있는 만년설을 태양의 면전에서 영원히 자랑하는 티즈강그리

---

*인도 북부 우타라칸드 주에 있는 도시. 힌두교의 7대 성지의 하나.

산, 구를라 산, 카일라스파르밧 산 같은 거인들의 발치에 잠들어 있었습니다. 지구의 중심인 그곳, 인더스 강과 갠지스 강과 브라마푸트라 강은 거기에서 발원하여 제각기 다른 길을 달립니다. 인류는 처음 그곳에 거처를 정했지만, 이 위대한 사실을 증언해줄 도시들의 어머니인 발흐*를 남기고, 세상을 가득 채우기 위해 뿔뿔이 흩어졌습니다. 그곳에서 원시 상태로 돌아가 그 광대무변함 속에서 안전을 누리고 있는 자연은 현자들에게는 고독을 약속하고 추방자들에게는 안전을 약속하여 현자와 추방자들을 끌어들입니다. 나는 기도하고 단식하고 죽음을 기다리면서 신과 단둘이 살기 위해 그곳에 갔던 것입니다."

또다시 목소리가 낮아지고, 그는 뼈가 앙상한 두 손을 힘껏 맞잡았다.

"어느 날 밤에 나는 호숫가를 걸으면서 내 말에 귀를 기울이고 있는 고요함을 향해 말을 걸었습니다. '신은 언제 오셔서 자기 권리를 주장할까요? 어떤 구원도 존재하지 않을까요?' 그때 갑자기 한 줄기 빛이 물 위에서 어른어른 빛나기 시작했습니다. 곧 별 하나가 떠올라 내 쪽으로 다가오더니 내 머리 위에 멈춰 섰습니다. 별빛이 너무 눈부셔서 나는 기절했습니다. 땅바닥에 누워 있는 동안 나는 감미롭기 이를 데 없는 목소리를 들었습니다. '너의 사랑이 이겼다. 오오, 인도의 아들이여, 너에게 축복 있으라! 구원은 가까이에 있다. 지구의 외딴 곳에서 온 두 사람

---

*'박트라'로 잘 알려진, 아프가니스탄 북부의 옛 도시. 고대 박트리아 왕국의 수도였으며 조로아스터교의 중심지였다.

과 함께 너는 메시아를 보게 될 것이고, 메시아의 도래를 목격한 증인이 될 것이다. 아침이 오면 이곳을 떠나 그들을 만나러 가라. 너를 인도해줄 성령을 믿어라.'"

그때부터 그 빛은 줄곧 내 곁에 머물렀습니다. 그래서 나는 그 빛이 눈에 보이는 성령의 징후라는 것을 알았습니다. 이튿날 아침에 나는 원래 왔던 길을 되짚어 세상으로 돌아왔습니다. 도중에 산비탈에서 발견한 값진 원석을 하리드와에서 팔고, 라호르와 카불과 예즈드를 지나 이스파한에 이르렀습니다. 그곳에서 낙타를 산 뒤, 카라반을 기다리지 않고 성령의 인도에 따라 바그다드로 갔습니다. 나는 혼자서 여행했지만, 성령이 늘 나와 함께 있었고 아직도 내 곁에 있기 때문에 아무것도 두렵지 않았습니다. 오오, 형제여, 이것은 우리에게 얼마나 큰 영광입니까. 메시아를 이 눈으로 보고 메시아에게 말을 걸고 메시아를 경배할 겁니다. 이것으로 내 이야기는 끝났습니다."

5
이집트인 발타사르

그리스인은 감격한 표정으로 인도인에게 칭찬을 퍼부었다. 이어서 이집트인이 특유의 정중한 어조로 이야기를 시작했다.

"처음 뵙겠습니다. 두 분이 고생 끝에 손에 넣은 영광을 진심으로 축하드립니다. 두 분은 성령의 말씀으로 각자 자기 나라의 사정을 말씀해주셨지만, 나는 거기에 하느님의 큰 뜻이 있다고 말씀드리고 싶군요. 하지만 그전에 우선 나 자신과 내 나라에 대해 말씀드리죠. 나는 발타사르라는 이집트 사람입니다."

그의 말투는 부드러웠지만 위엄에 가득 차 있었기 때문에, 두 사람은 저도 모르게 고개를 숙였다.

"이집트인이 자랑하는 것은 많지만, 그중에서도 하나만 들라면 세계의 역사를 낳았다는 점일 것입니다. 세계에서 일어난 일을 우리가 처음으로 기록하고, 그것으로 영원한 생명을 주었지요. 우리에게는 전통도 노래도 없습니다. 우리가 자랑할 수 있는 것은 기록의 확실함뿐입니다. 궁전이나 신전의 정면, 오벨리스크, 무덤의 내벽에 역대 왕들의 이름이나 위업이 새겨져 있습니다. 파피루스에는 철학이나 종교의 비의가 모두 적혀 있습니다. 지금부터 이야기할 단 하나를 제외하고는 모두 적혀 있지요. 죄송하지만 멜키오르 님, 이런 기록은 브라흐마의 베다보다 오래되었습니다. 그리고 가스파르 님, 우리의 기록은 호메로스의 시나 플라톤의 형이상학보다도 오래되었지요. 중국의 경전보다, 마야의 아들인 싯다르타보다, 히브리인 모세가 기록한 창세기보다 오래되었습니다. 이 세상에서 가장 오래된 기록은 우리 이집트의 초대 왕인 메네스 왕이 기록한 것입니다. 가스파르 님, 먼 옛날 그리스의 지도자에게 가르침을 베푼 게 누구였지요?"

그는 말을 멈추고 그리스인을 상냥하게 바라보았다. 그리스인은 미소를 지으며 고개를 숙였다.

"기록에 따르면 우리 조상은 저 먼 동방에서, 세 개의 성스러운 강이 태어난 지구의 중심에서, 멜키오르 님이 말씀하신 페르시아 제국에서 올 때, 대홍수 이전 및 대홍수에 대해 쓴 역사서를 가져왔습니다. 그것은 노아의 자손들이 아리아인에게 준 것인데, 이 세상의 창조주인 신이나 불멸의 영혼에 대해 쓰여 있었습니다. 이번 임무를 순조롭게 끝내고 우리 나라로 건너가시면 꼭 사제의 비밀문고로 안내하고 싶습니다. 그리고 무엇보다도 〈사자의 서〉*를 보여드리고 싶군요. 거기에는 사람이 죽은 뒤 영혼이 영원한 심판을 받을 때까지 어떤 길을 걷느냐가 적혀 있습니다. 이 신과 불멸의 영혼이라는 생각은 이집트의 창시자인 미즈라임이 사막에서 전달받아 나일 강변까지 가져온 것입니다. 당시에 그 가르침은 누구나 쉽게 이해할 수 있는 순수한 상태를 유지하고 있었습니다. 예배도 그렇습니다. 기쁨이나 조물주에 대한 사랑이 넘쳐흐르는 찬가와 기도가 저절로 솟아났지요."

"하느님의 빛이 내 몸에 깊이 스며들어옵니다." 그리스인은 참지 못하고 손을 치켜들며 외쳤다.

"나도 그렇습니다." 인도인도 흥분한 것 같았다.

이집트인은 부드럽게 두 사람을 바라보며 말을 이었다.

"종교는 조물주와 우리를 잇는 율법입니다. 처음에는 신과 영혼이 서로 인정할 뿐이지만, 시간을 거듭할수록 신앙과 사랑과 보상이 생겨납니다. 다른 신성한 법칙, 예를 들면 태양과 지구

---

*고대 이집트에서, 죽은 사람들을 매장할 때 함께 묻던 문서. 기도문·찬미가·서약문 따위를 적어 시체나 미라와 함께 묻었는데, 이것이 내세에서 죽은 사람을 보호하고 돕는다고 믿었다.

를 잇는 법칙과 마찬가지로 이 종교의 율법도 처음에는 완전한 것이었습니다. 이것이 우리의 원초적 신앙, 우리의 조상인 미즈라임의 신앙이었습니다. 이 최초의 신앙에는 창조의 원리가 확연히 드러나 있었고, 미즈라임도 그것을 알고 있었을 겁니다. 신은 완전하고 유일한 존재였습니다. 후세의 인간들이 그 진실을 더럽혀버렸으니, 그거야말로 저주받을 일이지요. 많은 민족이 아름다운 나일 강을 사랑했습니다. 에티오피아인, 히브리인, 아시리아인, 페르시아인, 마케도니아인, 로마인—이들은 히브리인을 제하고는 모두 번갈아 이집트를 지배하면서 미즈라임의 신앙을 타락시켰습니다. 야자수 계곡은 신들의 골짜기가 되었고, 유일신은 여덟 신으로 나뉘어, 암몬-라를 우두머리로 하는 여덟 신들이 창조 원리의 표상이 되었습니다. 이시스와 오시리스* 같은 신들이 물과 불, 공기, 그 밖의 자연력을 상징하게 된 것입니다. 다신화는 계속 진행되어 인간이 가진 능력, 즉 체력과 지혜, 사랑 같은 것을 상징하는 신들도 생겨났습니다."

"어리석기 이를 데가 없어요. 손이 닿지 않는 것만 옛날 그대로 남아 있다는 겁니까?" 그리스인이 참지 못하고 말했다.

그러자 이집트인은 고개를 끄덕이며 말을 이었다.

"좀처럼 나 자신의 이야기로 넘어가지 못하고 있지만, 용서해주십시오. 과거나 현재의 어리석음에 비하면 앞으로 우리가 할 일은 훨씬 신의 뜻에 맞는 겁니다. 기록에 따르면 미즈라임이

*고대 이집트에서 숭배된 죽음과 부활의 신. 나일 강을 주관하는 풍요의 여신 이시스의 오빠이며 남편이다.

나일 강에 왔을 때 그곳을 다스리고 있었던 민족은 에티오피아인이었습니다. 그들은 아프리카 사막 일대를 다스리고 있었고 자연을 숭배했지요. 페르시아인은 태양을 최고신의 상징으로 우러러 받들고, 나무나 상아에 그 신의 형상을 새겼습니다. 그런데 문자도 책도 없고 도구를 다루지도 못하는 에티오피아인은 동물과 새와 곤충을 신앙의 대상으로 삼고 있었지요. 신성한 고양이가 태양신 라, 황소가 이시스, 딱정벌레가 프타를 상징했습니다. 이 저속한 신앙이 결국 새로운 제국의 신앙으로 받아들여져, 왕의 무덤에 섞여서 오벨리스크나 피라미드 같은 거대한 기념비가 제 세상인 양 강변과 사막을 장식하게 되었습니다. 아리아인의 자손이 이렇게 개탄스러운 상황에 빠지다니."

이제까지 냉정했던 이집트인이 처음으로 목청을 높였다.

"부디 이집트인을 경멸하지 말아주십시오. 우리가 신을 잊어버린 것은 절대 아닙니다. 옛날 어느 이집트 왕이 변혁에 뜻을 두고, 낡은 관습을 버리고 새로운 사회를 건설하려고 했습니다. 그 무렵 이집트에 노예로 살고 있던 히브리인은 유일신에 대한 신앙 때문에 심한 박해를 받고, 결국 이집트 땅에서 탈출하게 됩니다. 그 극적인 상황도 기록에 확실히 남아 있습니다. 하루는 히브리인인 모세가 왕궁을 방문하여, 수백만 명에 이르는 히브리인 노예들의 출국을 허락해달라고 요청했습니다. 이스라엘의 신의 이름으로 요청한 것입니다. 물론 이집트 왕은 거절했지요. 그러자 이상한 일이 일어났습니다. 우선 이집트 전역의 호수와 하천과 우물의 모든 물이 피로 변했습니다. 그래도 왕은 허락하지 않았습니다. 그러자 수많은 개구리가 나타나 대지를 뒤덮었습니다. 그래도 왕은 허락하지 않았지요. 모세가 재를 뿌리자 전염병이 이집트 전역에 만연하여 히브리인 이외의 사람들이 소유하고 있던 가축이 전멸했습니다. 또한 메뚜기가 나일 강 유역의 풀을 모조리 먹어치우고 하늘을 뒤덮어 대낮이 캄캄한 밤으로 변해 등불도 켤 수 없는 형편이었습니다. 결국에는 이집트 전역에서 태어난 첫 아이들이 하룻밤 사이에 숨이 끊어져버렸습니다. 이집트의 왕자도 그중 하나였지요. 그러자 왕은 드디어 출국을 허락해주었지만, 히브리인들이 출발하자 군대를 이끌고 추격했습니다. 바다로 쫓겨 들어간 히브리인들이 절체절명의 처지에 빠진 순간, 바다가 양쪽으로 갈라져 그들은 발도 적시지 않고 바다를 건널 수 있었지요. 그런데 왕의 군대가 쫓아가자 바다는 당장 원래 상태로 돌아갔고, 말도 군사도 전차도 왕도 순식간에 파도에 삼켜져버렸습니다. 가스파르 님, 당신이 말씀하신 하늘의 계시입니다."

"내가 유대인한테 들은 이야기와 정확히 일치합니다, 발타사르 님." 가스파르는 눈물을 글썽거렸다.

"그렇습니다. 하지만 나는 모세의 이야기가 아니라 이집트인이 대리석에 새긴 기록을 토대로 이야기하고 있습니다. 당시 사제들이 기록을 남겼기 때문에 우리는 그 계시를 지금도 알 수 있는 것입니다. 아까 파피루스에는 한 가지를 제외하고는 모든 비의가 적혀 있다고 말씀드렸지요. 내가 가장 말씀드리고 싶은 것은 거기에 기록되지 않은 한 가지, 이집트의 기록에 남아 있지 않은 커다란 비밀입니다. 사실 이집트인에게는 그 불행한 왕의 시대부터 어느 시대에나 두 가지 종교가 있었습니다. 하나는 사적인 종교이고 또 하나는 공적인 종교입니다. 공적인 종교는 사람들이 믿은 다신교지만, 사적인 종교는 사제들만 믿은 유일신교입니다. 사실 이 사적인 신앙은 마치 싹트기를 기다리는 땅속의 씨앗처럼 눈부신 진실로서 면면히 살아 있습니다. 지금이 바로 그 씨앗이 싹틀 때입니다. 자, 여러분, 나와 함께 기뻐해주십시오. 많은 민족에게 짓밟혀도, 많은 왕들에게 침략을 당해도, 적들의 책략이나 시대의 변화도 결국 이 진실을 지워버리지는 못했습니다."

늙은 인도인은 몸을 떨었고, 그리스인은 감격한 나머지 큰 소리로 외쳤다.

"사막을 뒤흔드는 노래를 듣는 것 같습니다."

이집트인은 물을 한 모금 마시고 다시 말을 이었다.

"알렉산드리아에서 왕자로 태어난 나는 사제로서 그에 걸맞은 교육도 받았지만, 일찍부터 한 가지 의문을 품고 있었습니다. 내가 받은 가르침에 따르면, 인간이 죽은 뒤 육체는 사라지고 영혼은 최하층 동물에서 최상층의 인간으로 진화해간다고합니다. 생전의 행실과는 관계없이 말입니다. 페르시아인의 '빛의 나라'에서는 올바른 사람만이 천국으로 가는 키네밧 다리를건널 수 있다는 말을 듣고 내 불신은 더욱 커졌습니다. 그 후 나는 밤낮으로 영혼의 윤회와 천국에서의 영생에 대해 생각했습니다. 하느님이 의롭다면 왜 선악을 구별하지 않을까. 드디어 원초적 종교의 율법이라고 할 만한 것이 나에게 보이기 시작했습니다. 즉 죽음이란 것은 분기점이고, 거기서 사악한 사람은 떨어져 나가고 올바른 사람만이 하느님에게 받아들여져 영원한 생명을 허락받는다는 겁니다. 멜키오르 님, 이것은 부처의 열반도, 브라흐마의 휴식도 아닙니다. 가스파르 님, 고대 그리스의 신앙이 허락한 지옥의 안식처도 아닙니다. 이것이야말로 기쁨과 생기에 가득 찬 영생, 하느님과 함께하는 생명입니다. 이 발견은 다음 의문으로 이어졌습니다. 왜 이 진실이 오랫동안 사제들에게만 은밀한 위안을 주는 비밀로 유지되었는가? 철학은 참고 견디는 법을 가르쳐주었지만, 지금 이집트를 지배하고 있는 것은 파라오가 아니라 로마인이니까 이제 사적인 신앙으로 감출 이유는 없어졌을 겁니다. 그래서 어느 날 나는 알렉산드리아에서도 가장 번화한 브루케이움 가에 가서 영혼과 선악, 천국, 고결한 생활의 보상에 대해 설교했습니다. 청중 속에는 동방인도 있고 서방인도 있었습니다. 도서관에 가는 학생들, 세라피스 신전에서 돌아오는 사제들, 박물관을 어슬렁거리다가 온 사람들, 경마를 즐기는 관중, 라코티스에서 온 시골뜨기 등 많은 사람이 멈춰 서서 내 이야기를 들어주었습니다. 멜키오르 님, 당신은 사람들이 던진 돌에 맞았다고 했지요. 내 청중들도 처음에는 신기한 듯이 귀를 기울여주었지만, 이윽고 웃기 시작했습니다. 다시 한 번 해보았지요. 하지만 그들은 위협하는 말을 퍼붓고, 하느님을 비웃고, 하늘을 놀림감으로 삼았습니다. 이제 더이상 이야기해도 소용없다고 생각해서 나는 그 자리를 떠났습니다."

"인간의 적은 인간입니다." 인도인은 깊은 한숨을 내쉬며 말했다.

발타사르는 입을 다물고 있다가 다시 말하기 시작했다.

"내가 왜 실패했는지, 곰곰 생각해보았습니다. 그리고 알았습니다. 시내에서 강을 거슬러 하루쯤 올라간 곳에 목동과 농부들이 사는 작은 마을이 있었습니다. 나는 배를 빌려 타고 그 마을에 가서, 날이 저문 뒤 사람들을 불러 모아 브루케이움에서 했던 설교를 했습니다. 모인 사람은 남자도 여자도 모두 가난한 사람들이었지만, 그들은 조금도 웃지 않았습니다. 이튿날 밤에도 내 이야기를 순순히 받아들이고 기뻐했습니다. 나에 대한 소문이 순식간에 그 일대에 퍼졌습니다. 세 번째 모임에서는 기도회가 열렸을 정도지요. 시내로 돌아가는 길에 여느 때보다 훨씬 밝게 빛나는 별들 밑에서 나는 깨달았습니다. 무언가 변혁을 하고자 할 때는 권력자나 부자한테 가도 소용없다. 가난한 사람, 비참한 사람, 행복이라고는 털끝만큼도 갖고 있지 않은 사람한테 가야 한다. 거기서 나는 포교에 전력을 기울이기로 계획을 세웠습니다. 우선 내 재산을 언제라도 필요한 사람들을 돕는 데쓸 수 있도록 준비를 갖추었습니다. 그런 다음 나일 강 전역의 모든 마을, 모든 부족을 찾아다니며 유일한 신, 올바른 삶, 천국의 보상을 설교했습니다. 이렇게 말하기는 뭣하지만 나 스스로도 잘했다고 생각합니다. 그 지역에는 이제 우리가 찾으러 가는 분을 받아들일 준비가 이미 갖추어졌다고 생각합니다."

검은 볼에 잠시 붉은 기가 돌았지만, 이집트인은 감정을 억누르고 말을 이었다.

"나를 줄곧 괴롭혀온 문제가 하나 있었습니다. 내가 죽어버리면 이 일은 어떻게 될까. 나와 함께 끝나버릴까. 내 계획을 실행하기 위해서는 무언가 조직을 만들어야 한다고 평소에 늘 생각하고 있었습니다. 당신들에게 일부러 숨길 생각은 없지만, 나는 실제로 그것을 시도했다가 실패했습니다. 지금 시대에 그 미즈라임의 원초적 신앙을 되찾기 위해서는 한 사람으로서 인정받는 것만으로는 충분치 않습니다. 하느님의 이름을 입에 올릴 뿐만 아니라 하느님의 종이라는 증거를 보이지 않으면 안 됩니다. 이야기하는 것이 모두 하느님을 증명하지 않으면 안 됩니다. 이 세상 모든 사람들의 마음은 신화나 조직에 현혹되어 있고, 도처에 거짓된 신들이 횡행하고 있고, 모든 것이 혼돈에 빠져 있기 때문에, 원초적 종교로 가는 길은 고난과 박해의 가시밭길이 될 수밖에 없습니다. 즉 개종자들은 죽음도 각오하지 않으면 안 됩니다. 이 시대에 하느님 이외의 누가 인간의 신앙을 그렇게까지 강하게 만들 수 있겠습니까. 민족을 파멸로 이끌지 않고 구원하기 위해 다시 한 번 하느님이 모습을 보여주지 않으면 안 됩니다. 다시 한 번 말입니다."

세 사람은 모두 격한 감정에 사로잡혔다.

"그분을 찾으러 가지 않을 건가요?" 그리스인이 큰 소리로 물었다.

이집트인은 다시 냉정을 되찾고 말을 이었다.

"내가 조직을 잘 만들지 못한 이유를 아실 겁니다. 내 일이 지지를 받지 못하고 뜻대로 일이 진행되지 않는 것은 괴로운 일입니다. 나는 이 마음의 고통에서 구원받기 위해 당신들과 마찬가지로 기도를 드리려고, 신 말고는 아무도 발을 들여놓은 적이 없는 외딴 곳으로 갔습니다. 제5폭포를 지나고 나일 강의 합류점을 지나 백나일 강을 거슬러 올라가 아프리카 오지로 뚫고 들어갔지요. 날이 밝자 하늘처럼 새파란 산이 서늘한 그림자를 서쪽 사막에 떨구고, 눈 녹은 물은 폭포가 되어 동쪽 산기슭의 커다란 호수로 흘러들고 있었습니다. 이 호수에서 나일 강이 흘러나오는 겁니다. 약 1년 동안 이 산이 내 거처였습니다. 대추야자 열매로 몸을 보양하고, 기도로 마음을 지탱했습니다. 어느 날 밤에 나는 기도를 드리면서 바닷가에 있는 과수원을 걷고 있었습니다. '세계는 멸망하려 하고 있습니다. 하느님, 당신은 언제 오실 겁니까. 왜 저는 구원을 볼 수 없습니까?' 빛나는 호수 수면에 비친 별이 흔들리고 있었습니다. 그때 별 하나가 스윽 움직이며 떠오르더니 눈을 태울 듯이 눈부시게 밝아졌습니다. 그 별은 나에게 다가와 머리 위에 멈추었습니다. 손을 뻗으면 닿을 만한 곳이었지요. 나는 무서운 나머지 쓰러져서 얼굴을 가렸지만, 그때 이 세상의 것이라고는 생각할 수 없는 목소리가 들려왔습니다. '너의 선행은 승리했다. 미즈라임의 자식아, 구원의 때가 왔다. 먼 땅끝에서 올 두 형제와 함께 너는 메시아를 보게 될 것이다. 증인이 되기 위해 내일 아침 이곳을 떠나라. 두 형제를 만나서, 셋이 함께 예루살렘에 들어가 사람들에게 물어라.

유대인의 왕으로 태어나신 분은 어디 계시냐고, 우리는 동방에서 별의 인도를 받아 왕을 경배하러 여기 왔노라고. 언제나 인도해주는 성령을 믿어라.'

그 빛은 내 마음속을 비추는 빛, 나를 인도하는 길잡이가 되어 그 후로는 언제나 나와 함께 있었습니다. 그 빛의 인도를 받아 나는 강을 따라 내려와 멤피스*로 들어갔고, 사막을 건널 준비를 갖추었습니다. 낙타를 사서, 한 번도 쉬지 않고 수에즈와 쿠필레를 지나고 모압과 암몬을 거쳐 여기까지 왔습니다. 하느님은 언제나 나와 함께 있어주셨습니다."

이집트인이 말을 끝내자, 세 사람은 약속이나 한 듯이 일어나서 서로 얼굴을 마주 보았다.

"우리가 저마다 자기 민족과 역사에 대해 말하는 데에는 한 가지 특별한 목적이 있다고 말씀드렸습니다. 지금부터 우리가 찾으러 갈 분은 '유대인의 왕'으로 불리고 있습니다. 그 이름으로 찾으라는 명령을 받았습니다. 하지만 지금 여기서 여러분을 만나 이야기를 듣고, 이분은 유대인만이 아니라 이 세상 만인의 메시아라는 것을 알았습니다. 홍수를 면한 노아에게는 세 아들이 있었고, 그 가족으로부터 이 세상의 모든 사람이 태어났습니다. 인도를 비롯한 동방이 맏아들의 자손을 받아들였고, 셋째아들의 자손은 북쪽으로 가서 유럽으로, 둘째아들의 자손은 홍해의 사막 일대에 퍼진 뒤 아프리카로 들어갔습니다. 아프리카 사

*이집트에 있는 고대 도시로 나일 강 서쪽 연안에 자리 잡고 있다. 제1왕조의 메네스 왕이 창건했다고 하며, 고대 왕국 시대의 수도로서 번영했다.

람들은 유목민이었지만, 그 일부는 나일 강변에 도시를 세웠습니다."

세 사람은 단단히 손을 맞잡았다. 발타사르가 말했다.

"이만큼 확실한 하느님의 명령이 있을까요? 메시아를 찾아내어 우리 동료도 그 자손들도 우리와 함께 하느님 앞에 엎드려 절하고 하느님을 찬양하라는 겁니다. 설령 뿔뿔이 흩어져 다른 길을 걸어도 하나의 가르침이 남습니다. 천국은 칼의 힘이나 인간의 지혜가 아니라 믿음과 사랑과 선행으로 들어갈 수 있다는 가르침이죠."

오열이 주위에 울려 퍼지고, 눈물은 모든 것을 정화했다. 이 기쁨이 오래 지속되지 않는다는 것은 알고 있었다. 하지만 이것이야말로 인생에서 맛볼 수 있는 영혼의 지고한 기쁨, 신에게 구원받은 자에게만 깃드는 기쁨이었다. 이윽고 세 사람은 손을 놓고 천막 밖으로 나왔다. 사막은 하늘과 마찬가지로 조용했다. 태양은 빠르게 가라앉고 있었다. 낙타들은 잠들어 있었다. 곧 천막은 접히고, 식량과 함께 나무상자에 넣어졌다. 다시 낙타에 올라탄 세 사람은 이집트인을 선두로 서쪽을 향해 나아갔다. 추운 밤이었다. 일직선으로 늘어선 낙타들은 보조를 맞추어 나아갔기 때문에, 앞장선 낙타의 발자국을 그대로 더듬어 가는 것처럼 보였다. 세 사람은 한마디도 말을 나누지 않았다.

이윽고 달이 떠올랐다. 우윳빛 달빛 속을 소리도 내지 않고 누비는 커다랗고 하얀 낙타 세 마리는 불길한 어둠 속에서 뛰쳐나온 망령 같았다. 갑자기 앞쪽의 높직한 언덕 위에서 어럼풋한 빛이 빛났다. 뚫어지게 바라보니, 빛은 점점 밝아져 눈부신 불덩어리가 되었다. 세 사람은 떨리는 가슴으로 입을 모아 외쳤다.

"별이다. 그 별이다. 하느님이 우리 곁에 계시다!"

6
욥바 시장

예루살렘 서쪽 성벽에는 베들레헴 문 또는 욥바 문이라고 불리는 '떡갈나무 문'이 있다. 이새의 아들 다윗은 여부스인을 몰아내고 시온 산에 새 성을 쌓았는데, 그때 전부터 있었던 요새는 새 성벽의 북서쪽 모퉁이로 남고, 전보다 훨씬 훌륭한 탑이 성채로 증축되었다. 하지만 욥바 문 자체는 별로 달라지지 않았다. 이 성문 밖에는 유명한 시장이 있고, 몇 개나 되는 길이 교차하고 있어서, 문을 옮길 수가 없었기 때문이다. 솔로몬 시대에도 이 일대는 교통의 요지여서 이집트의 무역상, 두로와 시돈의 유복한 중개상들도 이곳을 찾았다. 3천 년의 세월이 흐른 지금도 여기서는 그때와 비슷한 거래가 이루어지고 있다. 이 욥바 문에서 순례자들이 필요한 것을 말하면 머리핀부터 총, 오이나 멜론, 낙타나 말, 집이나 대출금, 렌즈콩이나 대추야자, 통역이나 안내인, 비둘기나 당나귀 등 모든 것을 금방 손에 넣을 수 있고, 그 흥청거림은 헤롯 왕 시대의 번영을 방불케 한다. 그러면 헤롯 왕 시대의 욥바 시장으로 독자 여러분을 데려가겠다.

히브리 방식으로 말하면, 앞에서 말한 세 동방박사의 만남은 세 번째 달, 즉 12월 25일 오후에 일어난 일이었다. 로마력 747년, 헤롯 대왕이 67세, 통치를 시작한 지 35년째 되는 해, 즉 기원전 4년의 일이다. 유대의 관습에 따르면 1일은 일출과 동시에 시작되기 때문에 제1각, 즉 일출 직후는 욥바 문 근처가 하루 중 가장 활기에 넘치고 북적거리는 시간이다. 새벽과 함께 커다란 성문이 열리면 물결치는 듯한 인파가 아치형 입구에서 성벽을 따라 골목이나 광장으로 밀려 들어온다. 예루살렘은 언덕 위에 있기 때문에 아침 공기는 맑고 시원했다. 더위를 예감케 하는 아침 햇살이 머리 위로 우뚝 솟은 건물의 수많은 흙벽이나 작은 탑에 비쳐 들고, 거기에서 구우구우 하는 비둘기들의 울음소리나 여기저기 날아다니는 새들의 날갯소리가 내려온다.

앞으로 일어날 이야기를 이해하려면 이곳을 오가는 사람들에 대해 아는 것이 가장 좋을 것이다. 한동안 이 문 앞에 멈춰 서서 관찰해보자. 주위는 얼핏 보기에 소란의 소용돌이다. 모든 소리와 색깔과 물건들이 뒤섞여서 혼잡하기 이를 데 없다. 특히 고르지 않은 커다란 판석이 깔린 좁은 길이나 광장에서는 장사꾼들의 외침 소리와 짐승들의 발굽 소리가 섞여, 우뚝 솟은 벽 사이에서 울려 퍼지고 있다. 이런 혼잡 속에 들어가 거기서 이루어지는 거래에 조금 익숙해지면 분석도 할 수 있게 될 것이다.

당나귀 한 마리가 있다. 갈릴리의 채소밭이나 계단식 밭에서 갓 수확한 렌즈콩, 강낭콩, 양파, 오이를 담은 짐바구니를 등에 실은 채 꾸벅꾸벅 졸고 있다. 옆에서는 샌들을 신고 거친 천을 어깨에 늘어뜨린 주인이 자기 물건을 중얼중얼 외고 있다. 옆에는 당나귀보다 크고 조금 빈상인 낙타가 웅크리고 앉아 있다. 뼈가 앙상한 회색 몸에 목과 머리와 배에는 길고 부수수한 연갈색 털이 지저분하게 엉켜서 굳어 있고, 커다란 안장 위에는 상자와 바구니가 솜씨 좋게 쌓여 있다. 몸집이 작고 비쩍 마른 이 집트인 주인은 도로의 먼지나 사막의 모래로 반죽한 듯한 안색을 하고, 무릎까지 내려오는 빛바랜 민소매 겉옷을 몸에 걸치고, 발은 아무것도 신지 않은 맨발이다. 당나귀만큼 느긋하지 않은 낙타는 등에 실은 짐에 짜증이 나서 신음 소리를 내거나 이를 드러내고 있다. 하지만 주인은 그런 낙타한테 무관심해서, 채찍을 손에 들고 오락가락하면서 기드론의 과수원에서 갓 수확한 포도와 대추야자, 무화과, 사과, 석류를 팔려고 소리를 지른다.

광장에 면한 거리에서는 주위의 가난한 농촌에 사는 여자들이 회색 돌벽에 기대어 앉아 있다. 삼베로 만든 작업복으로 온몸을 감싸고, 커다란 베일로 머리와 어깨를 가리고 있다. 여자들 앞에는 지금도 동방에서 우물물을 길을 때 쓰는 질그릇 단지와 가죽 주머니가 놓여 있다. 여자들 주위에는 언제나 대여섯 명의 아이들이 모여서 놀고 있는데, 거의 벌거벗은 이 아이들의 갈색 피부, 새까만 눈동자, 새까만 머리카락을 보면 이스라엘의 피가 흐르고 있는 것이 분명하다. 이따금 여자들은 베일 밑에서 얼굴을 들고 조심스럽게 가죽 주머니에 든 '달콤한 포도주'와 단지에 든 '독한 술'을 팔려고 하지만, 주위를 서성거리는 경쟁자들과는 도저히 맞겨룰 수 없다. 경쟁자들은 지저분한 투니카 차림에 긴 수염을 기른 건장한 사내들이다. 그들은 등에 가죽 주머니를 메고 "달콤한 포도주 사려! 엔게디의 포도요!" 하고 외치면서 돌아다니고 있다. 손님이 보이면, 당장 등에 멘 가죽 주머니를 앞으로 홱 돌려서 주둥이를 막고 있던 엄지손가락을 떼고 새빨간 포도주를 잔에 따라준다.

똑같이 건방지게 행동하는 것은 새를 파는 상인이다. 비둘기나 오리, 불불, 나이팅게일 따위를 팔고 있지만, 가장 잘 팔리는 것은 비둘기였다. 손님은 새를 받으면서, 어떤 위험을 무릅쓰고 새를 잡았을까, 험한 바위산을 올라가 골짜기에 바구니를 매달아서 새를 잡을까 하고 생각한다.

보석을 파는 행상인은 새하얀 터번에 붉은색이나 푸른색 옷을 걸친 교활해 보이는 남자들이다. 그들은 반짝이는 리본이나 팔찌, 목걸이, 금반지가 발산하는 힘을 잘 알고 있다. 그 밖에도 가정용품과 옷가지와 약을 파는 상인들, 그리고 동물을 밧줄로 묶어서 잡아당기고 호통을 치고 어르고 달래는 상인도 있다. 당나귀와 말, 소와 양, 낙타 등 법률로 금지되어 있는 돼지를 제외하고는 모든 동물이 거래된다. 이렇게 필수품부터 사치품까지 온갖 물건을 파는 행상인이 성벽 안에 북적거리며 다투어 장사를 하고 있다.

그러면 행상인이나 거래에서 눈을 돌려 이곳을 찾는 사람들을 주목해보자. 그러기 위해서는 성 밖으로 나가지 않으면 안 된다. 그곳은 천막이나 포장마차, 야외시장이 늘어서 있는 넓은 공간이다. 그곳에 넘쳐흐르는 사람들은 자유를 만끽하고 있었다. 무엇보다도 그곳에는 눈부시게 내리쬐는 햇빛이 있었다.

7
예루살렘 사람들

성문 옆에 서서, 조금 떨어진 곳에서 사람들을 관찰하고 귀를 곤두세우는 것도 즐거운 법이다. 마침 저쪽에서 신분이 높아 보이는 두 남자가 다가왔다.

"정말 춥군." 갑옷으로 몸을 감싼 건장한 사내가 말했다. 놋쇠 투구를 쓰고 번쩍이는 가슴바대와 스커트처럼 길게 늘어진 쇠사슬 갑옷을 입고 있었다.

"정말 추운데. 카이우스, 로마에 있는 민회장의 돔 지붕이 저승으로 들어가는 입구라고 신관이 말한 걸 기억하나? 제기랄, 지옥불이라도 따뜻하기만 하다면 거기에 줄곧 있어줄 텐데."

상대는 군복 두건을 내리고 빈정거리는 미소를 띠며 말했다.

"마르쿠스 안토니우스를 격파한 군단의 투구에는 갈리아의 눈이 가득 차 있었겠지. 하지만 아아, 불쌍한 내 친구여, 자네는 이집트에서 막 왔으니까, 자네 피 속에 이집트의 여름을 가져왔겠군."

이 말을 마지막으로 두 사람은 문 안으로 사라져갔다. 그 갑옷과 늠름한 걸음걸이로 보아 로마 병사인 게 분명했다.

군중 속에서 한 유대인이 다가왔다. 어깨가 민틋하게 내려온 볼품없는 몸에 초라한 갈색 옷을 걸치고, 텁수룩하게 자란 머리카락이 눈과 얼굴과 등을 덮고 있었다. 남자는 늘 혼자였고 남들의 웃음거리가 되고 있었다. 그것은 그가 오경*을 거부하고 역겨운 맹세를 믿는 나실인이었기 때문이다.

  나실인이 떠나자마자 군중 속에서 날카로운 외침 소리가 일어나면서 사람들이 좌우로 흩어졌다. 소동을 일으킨 장본인은 훌륭한 차림새의 히브리인이었다. 새하얀 베일을 노란색 비단 끈으로 묶어서 어깨까지 늘어뜨리고, 호화로운 수를 놓은 옷에 금실로 가장자리 장식을 한 붉은 띠를 두르고 있었다. 도망치는 사람들을 침착하게 웃으면서 보고 있는 이 남자는 같은 유대 민족인 사마리아인이다. 흥분한 군중은 누가 물으면 똥개 같은 그 아시리아인과 옷깃이 스치기만 해도 오염될 거라고, 이스라엘인은 죽어도 아시리아인한테 생명을 받지는 않을 거라고 대답할 것이다. 하지만 이스라엘인과 사마리아인의 해묵은 원한은 혈통 문제가 아니라 부족간 다툼에서 생겨난 것이다. 다윗이 일찍이 시온 산에 왕권을 세웠을 때 그를 지지한 것은 유대 부족뿐이었다. 다른 부족은 예루살렘보다 훨씬 역사가 오래되고 종교적으로도 중요한 도시인 세겜**을 추천했다. 이때 시작된 부족 간의 불화는 통합된 뒤에도 해결되지 않고, 사마리아인은 끝까

  *구약성서의 맨 앞에 있는 〈창세기〉〈출애굽기〉〈레위기〉〈민수기〉〈신명기〉 등 5종의 책.
  **구약성서에 등장하는 지명. 팔레스타인 중앙에 위치하며, 오늘의 요단 강 서안의 나블루스 부근의 텔발라타인 것으로 알려졌다.

지 세겜의 성소인 그리심 성전을 고집하고 예루살렘의 식자들을 비웃었다. 세월이 지나도 그 증오는 풀리지 않았다. 헤롯 왕이 모든 신앙에 대해 개종을 허락했을 때에도 사마리아인만은 제외시켰고, 그리하여 영원히 다른 유대인과의 접촉이 단절되어버렸다.

사마리아인이 성문의 아치 밑으로 사라지자, 그와 엇갈려서 지금까지 본 적도 없을 만큼 근골이 늠름한 세 남자가 나타났다. 민소매 투니카에서 빠져나온 잘 단련된 팔과 다리는 아무리 보아도 검투사였다. 작고 둥근 머리가 나무줄기 같은 목 위에 얹혀 있고, 금발과 푸른 눈에 피부가 유난히 희어서 혈관이 파랗게 도드라져 보인다. 그 태도는 무신경하기 이를 데 없었고, 남이야 어찌 되든 아랑곳하지 않는다. 어이가 없어진 주위 사람들은 길을 양보하고, 세 남자가 지나간 뒤에 그들을 돌아본다. 이 남자들은 격투기 선수, 달리기 선수, 검투사로서 로마인이 유대인을 지배하게 된 뒤에 처음 이곳에 왔다. 가이사랴, 세바스테, 여리고 시에서라도 왔을까? 훈련이 없을 때는 왕의 정원을 어슬렁거리거나 궁정의 문지기와 어울려 앉아 있다. 유대인이라기보다 그리스인에 가까운 헤롯 왕은 경기나 피비린내 나는 구경거리에 흥겨워하는 로마인 같은 취향을 갖고 있어서 대형 투기장과 검투사 양성소를 짓고 갈리아 지방이나 도나우 강 연안의 슬라브족 중에서 선발한 자들을 그곳에 모아 훈련시키고 있었다.

남자가 주먹을 치켜들고 고함을 질렀다.

"무슨 소리를 지껄이는 거야. 놈들의 대갈통 따위는 계란 껍질처럼 박살 내주겠어."

그 요란한 몸짓과 천박한 표정은 차마 눈 뜨고는 볼 수 없을 정도였다.

그럼 이제는 좀 더 유쾌한 광경으로 눈길을 돌려보자.

마침 건너편에 과일장수의 노점이 있다. 주인은 머리가 벗어지고 매부리코에 얼굴이 길쭉한 남자다. 피어오르는 흙먼지 속에 깔개를 깔아놓고 벽을 등지고 앉아 있다. 주위에 있는 작은 판매대에는 아몬드와 포도, 무화과, 석류가 든 등바구니가 쌓여 있다. 여기에 한 손님이 나타났다. 아까 그 검투사들과는 다른 의미에서 눈길을 끄는 남자다. 참으로 아름답고 향기가 날 것 같은 그리스인이다. 물결치는 머리카락 위에 파란 꽃이나 파란 열매가 달린 금매화 화관을 쓰고 있다. 최고급 모직으로 지은 진홍빛 투니카를 공들여 만든 금장식 달린 가죽 허리띠로 묶고 있다. 그 밑에는 무릎까지 내려오는 주름치마를 입었고, 여기에도 역시 금실로 호화로운 수가 놓여 있다. 흰색과 노란색이 섞인 스카프를 목에서 교차시켜 뒤로 나부끼게 하고 있다. 드러난 팔과 발은 마치 상아처럼 하얗고 투명하여, 정성껏 손질하고 있는 것이 역력히 드러난다. 과일장수는 앉은 채 고개를 숙이고, 두 손을 뻗어 머리 위에서 합장하는 경례를 했다.

"오늘은 어떤 과일이 있나, 파포스의 아들이여." 젊은 그리스인은 주인이 아니라 바구니의 과일을 보면서 물었다. "배가 고프군. 아침 식사로는 뭐가 좋을까?"

"페디우스에서 온 과일이 있습니다. 안디옥의 가수가 지친 목을 달래는 데에는 이만한 게 없지요." 주인은 코맹맹이 소리로 중얼거렸다.

"하지만 최고로 좋은 무화과는 안디옥의 가수를 위한 게 아닐 거야. 자네도 나도 아프로디테의 숭배자니까. 이 화관이 무엇보다 좋은 증거지. 내 목소리에는 카스피 해를 건너는 바람의 차가움이 있어. 이 허리띠를 봐. 살로메 님에게 받은 선물이야."

"왕의 누이동생!" 과일장수는 다시 한 번 경례를 한다.

"뭐니 뭐니 해도 살로메 님은 고귀한 취향을 갖고 계시고, 신성한 판단을 내려주시는 분이지. 그것도 당연해. 그분에게는 왕보다 진한 그리스인의 피가 흐르고 있으니까. 그런데 아침 식사로는 이 키프로스의 동전을 주고 포도를 사기로 하겠네."

"대추야자는 어떻습니까?"

"필요 없어. 아랍인이 아니니까."

"무화과는요?"

"안 돼. 그런 걸 먹으면 유대인이 되어버려. 포도만 주면 돼. 그리스인의 피와 포도만큼 궁합이 잘 맞는 건 없지."

흙먼지가 피어오르고 사람들이 붐비는 시장에서는 이 가수처럼 궁정의 분위기를 풍기는 인물은 더욱 눈에 잘 띄고, 보는 사람의 마음에 강한 인상을 남긴다.

하지만 그리스인 다음에 온 인물도 재미있다. 남자는 땅을 내려다보며 천천히 걸어오다가, 이따금 멈춰 서서 가슴 앞에 손을 모으고 신중한 표정으로 하늘을 우러러 기도를 드리고 있다.

이런 사람의 모습을 예루살렘이 아닌 다른 곳에서 보는 일은 거의 없을 것이다. 두건을 고정시키고 있는 머리띠에는 경문(經文)을 넣는 네모난 가죽 주머니가 달려 있다. 왼팔에도 그와 비슷한 주머니가 가죽끈으로 고정되어 있고, 옷 가장자리에는 커다란 술장식이 달려 있다. 이 모습으로 판단하면, 남자는 틀림없는 바리새파 유대인이다. 바리새파는 하나의 종파이자 정파이지만, 강한 신앙심을 갖고 있다는 자부심에 떠받쳐진 그들의 완고함과 절대 권력이 이윽고 세계를 커다란 슬픔으로 끌어들이게 된다.

성 밖에서 욥바 문으로 이어지는 길에는 사람들이 줄을 잇고 있다. 바리새인한테서 눈을 돌리자, 인파에서 조금 떨어져 있는 무리에 눈길이 머물렀다. 그중에서도 특히 눈길을 끄는 것은 고귀한 분위기를 풍기는 한 남자인데, 건강해 보이는 혈색과 밝고 맑은 검은 눈동자, 흐르는 듯한 수염은 손질이 잘되어 있어서 풍부한 광택을 내고 있다. 몸에 딱 맞는 고급 옷을 입고, 지팡이를 손에 들고, 금으로 된 커다란 문장(紋章)을 끈에 매달아 목에 걸고, 허리띠에 단검을 꽂은 예의바른 하인을 몇 명 거느리고 있다.

이쪽에는 순수한 사막 민족으로 여겨지는 아랍인이 두 명 있다. 비쩍 마르고 안색은 구릿빛이고 볼은 홀쭉하고 눈은 잔인한 빛을 내뿜고 있다. 붉은 터키모자를 쓰고 겉옷 위에 갈색 헝겊을 왼쪽 어깨에 걸치고, 말을 팔려고 새된 소리를 지르고 있다. 아까 말한 궁정 가수는 흥정을 거의 하인에게 맡기고 있지만,

때로는 그가 직접 과일장수 앞에 걸음을 멈추고 무화과를 사기도 한다. 나중에 그 과일장수한테 가면 그는 또 경례를 하면서 이렇게 말할 것이다. 저분은 유대인이고, 이 도시의 왕자님 같은 분인데, 여기저기 여행을 다니셔서 시리아의 보통 포도와 해풍을 맞으며 익어가는 키프로스의 포도가 어떻게 다른지 잘 아신다고.

이렇게 정오가 가까워질 때까지, 때로는 정오가 지날 때까지 사람의 흐름이 끊임없이 이 욥바 문을 오갔다.

이스라엘의 모든 부족, 모든 종파, 모든 계층의 사람들, 그야말로 헤롯 왕 주변에 모여 쾌락을 추구하는 측근에서부터 로마 황제도 능가하는 권력을 자랑하는 지중해 연안의 호상들까지 온갖 사람들이 북적거리고 있었다. 과거에는 성스러운 사적, 신성한 예언에 가득 찬 도시라는 말을 들었고, 솔로몬 시대에는 은이 돌처럼, 삼나무가 골짜기의 무화과처럼 넘쳐흐른다는 말을 들었던 이 예루살렘이 이제는 이렇게 제2의 로마, 속세의 생업 중심지, 이교도가 힘을 휘두르는 도시가 되어버렸다. 일찍이 유대의 웃시야 왕은 제사장의 옷을 걸치고 예루살렘 성전의 지성소에서 향을 바치려고 했기 때문에 나병 환자가 되었다고 한다. 하지만 지금은 폼페이우스가 헤롯 왕의 성전과 지성소에 들어갔다 나와서, 그 텅 빈 방에는 신의 흔적도 없었다고 태연한 얼굴로 말해도 무사한 시대다.

8
요셉과 마리아

이제 독자 여러분은 성벽 안 광장으로 돌아가주기 바란다. 정오가 가까워질 무렵에는 이미 많은 사람이 돌아갔지만, 그래도 아침부터 시작된 혼잡은 여전히 계속되고 있었다. 남쪽 성벽 옆에 새로 도착한 남자와 여자 그리고 당나귀 한 마리로 이루어진 일행이 있었다.

남자는 고삐를 잡고 당나귀 옆에 서서 지팡이 대신 막대기에 기대어 있다. 차림새는 다른 유대인과 별로 다르지 않지만, 굳이 말한다면 조금 말쑥하다고 할까. 두건은 벗고 있지만, 발뒤꿈치까지 내려오는 낙낙한 겉옷을 걸치고 있다. 아마 안식일에 유대교 회당에 갈 때의 차림일 것이다. 용모로 보아 나이는 쉰 살쯤. 검은 턱수염에 희끗희끗한 털이 섞여 있으니까 이 예상이 크게 빗나가지는 않을 것이다. 남자는 신기한 듯 멍하니 주위를 둘러보고 있었다. 번화한 도시에 익숙지 않은 시골뜨기의 모습이다.

당나귀는 한 아름이나 되는 싱싱한 풀을 여유 있게 먹고 있다. 주위의 소란도, 등 위의 안장에 쿠션을 얹고 앉아 있는 여자에 대해서도 신경을 쓰지 않는다. 여자는 검은 모직 옷으로 몸을 완전히 감싸고, 머리도 하얀 베일로 가리고 있다. 이따금 호기심이 동하는지, 주위 상황을 보려고 베일을 젖히지만 얼굴은 잘 보이지 않는다. 한 남자가 다가와서 고삐를 쥔 남자에게 말을 걸었다.

"나사렛의 요셉이 아닌가?"

"사무엘 랍비*님이 아니십니까? 선생님께 평안을."

"자네한테도, 자네 가족에게도, 자네를 돕는 모든 사람에게도 행운이 있기를." 랍비는 이렇게 말하면서 가슴에 손을 대고 여자 쪽으로 얼굴을 돌렸다. 그러자 여자는 베일을 조금 잡아당겨 아직 애티가 남아 있는 얼굴을 보이면서 악수를 했다. 그런 다음 두 사람은 손을 놓고 서로 자기 손을 입에 댔다가 다시 이마에 눌러댔다.

"흙먼지를 별로 뒤집어쓰지 않은 것을 보니, 어젯밤에는 이 예루살렘에서 묵었나?" 랍비가 친근하게 물었다.

"아뇨. 해가 지기 전에 베다니까지밖에 오지 못했기 때문에 거기에 숙소를 잡았습니다. 새벽에 출발해서 방금 여기 도착한 참입니다."

"그럼 아직도 갈 길이 먼가? 여기 욥바가 목적지는 아니겠지?"

"베들레헴까지 갑니다."

그때까지 허물없었던 랍비의 표정이 순식간에 상대를 빈정거리는 듯한 험악한 표정으로 바뀌었다. 그는 성난 듯이 헛기침을 하고 말했다.

"그렇군. 자네는 베들레헴 태생이니까, 로마 황제의 인구조사에 응하기 위해 딸을 데리고 고향으로 돌아가려는 거겠지. 이제

---

*유대교의 율법학자. '나의 선생님, 나의 어르신'이라는 뜻으로, 당시에는 종교 지도자를 비롯해 학식 높은 스승이나 존경받는 사람에 대한 경칭으로 쓰였다.

유대인과 이집트인의 차이점이라면, 이집트인에게 모세나 여호수아가 없다는 것뿐이야. 야곱의 자손도 이젠 완전히 타락했어."

요셉은 표정 하나 바꾸지 않고 대답했다.

"이 아이는 딸이 아닙니다."

하지만 정치 문제로 머리가 복잡한 랍비는 아랑곳하지 않고 말을 이었다.

"그런데 갈릴리의 열심당원은 어떤 활동을 하고 있나?"

그러자 요셉은 말을 골라서 대답한다.

"나는 목수이고, 나사렛은 작은 마을입니다. 내 작업장이 큰 도시로 가는 길목에 있는 것도 아니고, 나는 나무를 자르거나 대패질을 하느라 바빠서 정치 토론에 참가할 틈도 없습니다."

"하지만 자네는 유대인이야. 다윗의 피를 이어받고 있으니까. 오랜 율법대로 하느님께 바치는 세금 말고는 땡전 한 푼도 낼 이유가 없어."

요셉은 잠자코 있다.

"나는 세금이 많다고 불평하는 건 아니야. 1데나리온은 적은 돈이지. 그렇고말고. 다만 세금을 강요당하는 것은 참을 수 없어. 그리고 세금을 낸다는 건 로마의 폭군한테 복종하는 거잖아. 그런데 유다가 메시아를 자칭하고 있다고 들었는데, 그게 정말인가? 자네 주위에는 유다를 따르는 자들이 많겠지?"

"유다를 믿고 따르는 사람들이 유다를 메시아라고 말하는 걸 들은 적은 있습니다."

이때 여자의 베일이 싹 걷혔다. 랍비는 그 순간을 놓치지 않고 환하게 빛나는 듯한 아름다운 여자의 얼굴을 보았다. 여자는 그 눈길에 얼굴을 붉히고 얼른 베일로 얼굴을 가렸다. 랍비는 자기가 무슨 이야기를 하고 있었는지도 잊어버렸다.

"딸이 정말 아름답군."

"딸이 아닙니다." 요셉은 되풀이해 말했다.

랍비는 호기심을 느꼈다. 요셉은 당황하여 설명을 보탰다.

"이 아이는 베들레헴의 요아킴과 안나의 딸입니다. 유명한 분들이니까 아실지도 모르지만."

"물론 다윗의 직계 자손이니까 잘 알고 있지."

"부모는 나사렛에서 이미 돌아가셨습니다. 돌아가실 때 요아킴은 부자가 아니었지만 두 딸 마리안과 마리아에게 집과 정원을 남겼지요. 여기 있는 마리아가 그 재산을 취득하려면 법률상 가장 가까운 친족과 결혼할 필요가 있기 때문에 내 아내가 되었답니다."

"그렇다면 자네는……."

"마리아의 숙부입니다."

"그렇군. 그래서 베들레헴 태생인 두 사람이 로마의 법률에 따라 호적 등록을 하러 가는 거로군." 랍비는 손을 맞잡고 하늘을 노려보며 외쳤다. "이스라엘의 하느님이 살아 계신다면 이들에게 저주가 내리기를."

그 말을 남기고 랍비는 갑자기 가버렸다. 요셉이 어처구니가 없어서 멍하니 서 있자, 옆에 있던 낯선 사내가 조용히 말했다.

"사무엘 랍비는 열심당원입니다. 요즘 메시아라고 떠들어대는 유다조차도 저 랍비 선생만큼 사납지는 않아요."

요셉은 그 남자와 이야기를 나누고 싶지 않았는지, 못 들은 척하고 당나귀가 먹다가 흘린 풀을 모은 다음, 다시 막대기에 기댔다.

한 시간도 지나기 전에 요셉과 마리아는 성문을 나와 왼쪽으로 구부러져서 베들레헴으로 향했다. 야생 올리브나무가 여기저기 무성하게 우거져 있는 힌놈 골짜기를 내려가는 길은 결코 편하지 않다. 요셉은 상냥하게 마음을 써서, 고삐를 잡은 채 아내 곁에 바싹 붙어서 걸었다. 왼쪽에는 시온 산기슭을 따라 남동쪽으로 뻗어 있는 성벽, 오른쪽에는 골짜기 서쪽의 깎아지른 절벽이 보였다.

느린 걸음으로 기혼 연못을 지날 무렵, 해가 점점 높이 떠오르면서 산그림자가 차츰 짧아져갔다. 솔로몬 연못의 수로를 따라 천천히 걸음을 옮겨 '사악한 음모의 언덕'*이라고 불리는 언저리에 이르자, 거기서부터는 르바임 평원으로 이어진 오르막길이다. 태양은 가차 없이 돌바닥에 쨍쨍 내리쬐고, 너무 더워서 마리아도 베일을 벗어버렸다. 요셉은 표정 하나 변치 않고 블레셋인이 다윗에게 기습당한 이야기를 해주었지만, 더듬더듬 말하는 그의 이야기는 너무 따분해서 마리아도 이따금 건성으로 듣는 듯했다.

어디로 여행을 가도 유대인의 얼굴 모습은 잘 알려져 있다.

*예루살렘 동쪽에 있는 언덕. 대제사장 가야바가 동료들과 공회를 열어 예수를 체포하기로 결의한 곳으로 알려져 있다.

"혈색이 좋고, 이목구비가 단정하고, 모습이 아름답다." 이것은 선지자 사무엘 앞에 불려 간 다윗에 대한 묘사다. 그 후 이 이미지가 강하게 달라붙어 다윗의 주요 자손들에게도 그대로 적용되게 된다. 그래서 솔로몬 왕처럼 이상적인 임금은 모두 피부가 하얗고 밤색 머리와 수염을 기르고, 햇빛을 받으면 그것이 금빛으로 아름답게 빛난다고 묘사된다. 다윗이 사랑한 압살롬의 아름다운 곱슬머리도 마찬가지이고, 우리는 그것을 믿어 의심치 않는다. 그리고 지금 베들레헴으로 가는 마리아에 대해서도 우리는 똑같은 특징을 떠올리게 된다.

마리아는 열다섯 살이 될까 말까 한 나이이고, 그 모습과 음성, 행동거지가 모두 소녀의 순진함을 간직하고 있었다. 계란처럼 갸름한 얼굴은 하얗다기보다 창백하다고 말해야 할까. 코는 오똑하고, 살짝 벌어진 입술은 도톰하고, 따뜻함과 상냥함을 느끼게 한다. 커다란 푸른 눈이 긴 속눈썹 밑에서 반짝이고, 풍성한 금발이 유대인 신부 특유의 머리 모양으로 등에서 허리까지 늘어져 있다. 목은 깃털처럼 부드러운 곡선을 그리고, 화가라면 이 부드러움이 윤곽 탓인지 아니면 피부색 탓인지 판단을 내리지 못하고 망설일 게 분명하다. 눈에 보이는 이런 특징만이 아니라, 마리아에게는 뭐라고 설명할 수 없는 매력이 있었다. 영혼이 가져오는 맑음, 명상하는 자만이 갖는 포착하기 어려운 무언가가 있다. 이따금 입술을 떨면서 기도하듯 손을 모으고, 푸른 눈을 하늘로 향하여 하늘에서 들려오는 소리에 귀를 기울이는 듯한 몸짓을 한다. 그런 마리아의 얼굴은 마치 빛을 받은 것처럼 빛나고, 그것을 본 요셉은 하고 있던 이야기도 잊어버린다. 도대체 이건 뭘까 하고 의아해하면서도 그는 다시 고개를 숙이고 조용히 걸음을 옮긴다.

넓은 평원을 가로질러 드디어 엘리야 산의 고지에 도착하자 두 사람은 잠시 걸음을 멈추고 휴식을 취했다. 골짜기 건너편은 '빵집'이라는 뜻의 베들레헴 마을이다. 요셉은 경전에 나오는 곳을 가리키면서 설명해주었다. 잎이 다 떨어져 칙칙한 갈색을 띤 과수원 위에서는 언덕 위의 하얀 성벽이 왕관처럼 빛나고 있었다. 이윽고 두 사람은 언덕을 내려가 베들레헴 성문 옆에 있는 샘, 일찍이 용사들이 다윗에게 충성을 보였던 우물로 다가갔다. 거기가 너무 혼잡했기 때문에 불안감이 요셉의 마음을 스쳤다. 이렇게 사람이 많으면 마리아가 쉴 숙소를 잡을 수 없을지도 모른다. 그는 '라헬의 무덤'으로 알려진 돌기둥을 지나, 손질이 잘된 오르막길을 한눈도 팔지 않고 올라가서 드디어 마을의 성문 바로 밖, 교차로 근처에 있는 숙사(宿舍) 문간에 섰다.

9
베들레헴에서

여기서 요셉 일행에게 일어난 일을 이해하기 위해 서방과 동방의 숙사 차이에 대해 조금 설명해두겠다. 페르시아인들이 '칸'이라고 부른 가장 소박한 대상 숙사는 건물은커녕 출입문도 없이 그냥 울타리로만 둘러싸인 곳을 가리키고, 여기서는 그늘과 울타리와 물만 제공한다. 야곱이 밧단아람으로 아내를 구하러 갔을 때 묵은 것도 이런 숙사였고, 오늘날에도 사막의 오아시스에서 이런 숙사를 볼 수 있다. 한편 예루살렘이나 알렉산드리아 같은 대도시를 잇는 가도에는 호화로운 여관도 있어서, 그것을 세운 왕의 신앙심을 보여주는 증거가 되고 있다. 하지만 일반적으로는 족장의 집이나 소유지에 부족을 살게 하고, 그곳을 숙사라고 불렀다. 따라서 숙사라 해도 여행자를 재우는 것이 주요 목적이 아니라 상인이나 직인이 사는 시장이나 작업장의 기능을 하고, 항간의 온갖 거래가 이루어진다. 그리고 경우에 따라서는 길을 가다가 날이 저문 나그네나 정처 없이 헤매 다니는 부랑자가 이곳에서 하룻밤 묵을 수도 있다.

이 숙사가 운영되는 방식을 서방 사람들은 이해할 수 없을지도 모른다. 이곳에는 주인도 종업원도 요리사도 없고 부엌도 없고, 문지기가 한 명 있을 뿐이다. 이곳에 온 사람은 마음대로 묵을 수 있지만, 설비가 없기 때문에 식료품과 냄비를 지참하거나 안에 있는 업자한테 조달한다. 이부자리나 가축 먹이도 마찬가지다. 성전에서는 서슬 푸르게 논쟁을 벌이는 자도 이따금 있지만, 이 숙사에서는 그런 일은 절대 일어나지 않는다. 물과 휴식과 그늘이 충분히 주어지는 이 숙사는 성전보다 더 성스러운 곳으로 여겨지고 있었다.

요셉과 마리아가 찾아간 베들레헴의 숙사는 호화롭지도 허술하지도 않은 평균적인 숙사였다. 건물 자체는 볼품없는 석조 건물에 동방풍의 네모난 단층 건물인데, 창문은 하나도 없고 정면에 출입구가 있다. 이것이 부지로 들어가는 입구이기도 했다. 도로에 면해 있는 가로대에는 하얀 먼지가 쌓여 있다. 이 건물의 북동쪽 모서리에서 완만한 비탈을 따라 평평한 돌을 쌓아 올린 돌담이 있고, 그것이 서쪽으로 뻗어나가 '종유동굴 절벽'으로 이어져 있다. 이것은 가축을 가두기에는 안성맞춤이어서, 숙사로서 가장 적합한 입지조건이라고 말할 수 있다.

요셉은 베들레헴에 머무를 작정이었지만, 다른 도시에서 줄곧 살아온 요셉이 마을에 하나밖에 없는 숙사를 잡는 것은 도저히 무리였다. 그렇다고 해서 아는 사람이나 친척 집에 두 사람이 신세를 질 수도 없는 일이었다. 호적 등록이라는 것은 몇 주, 아니 몇 달이 걸릴지 예측도 할 수 없다. 로마인 담당관의 작업은 느릴 게 뻔했기 때문이다. 그래서 요셉은 당나귀를 끌고 비탈을 올라갈 때, 이 마을 변두리의 숙사를 잡지 못하면 어떻게 할까 하는 불안에 사로잡혔다. 주위는 물 마시는 곳이나 가까운 동굴로 가려는 사람이나 가축들로 북적거리고 있었기 때문이다. 숙사 문간에 새까맣게 모인 사람들을 보았을 때 그는 불안이 적중했구나 하고 생각했다. 넓은 울타리 안쪽도 벌써 사람들로 가득 차 있었다.

"가까이 갈 수도 없어. 당나귀를 여기다 세워놓고 잠시 상황을 지켜봐야겠군." 요셉은 어찌할 바를 모르고 말했다.

마리아는 말없이 베일을 걷어 올리고 주위를 둘러보았다. 대상들이 오가는 가도 연변의 숙사에서는 흔히 볼 수 있는 광경도 그녀에게는 신기해서, 보고 있는 동안 생기발랄한 표정이 얼굴에 돌아왔다. 남자들이 여기저기 돌아다니면서 새된 소리로 시리아어를 지껄이고 있다. 말을 탄 남자가 낙타를 탄 남자에게 호통을 치고 있다. 목동들이 고집을 부리는 소나 겁 많은 양들 때문에 애를 먹고 있는가 하면, 행상인이 빵이나 포도주를 팔고, 개구쟁이 아이들이 개를 쫓아다니고 있다. 모든 사람과 모든 것이 생생하게 들끓고 있었다.

하지만 이윽고 마리아는 주위를 구경하는 데 지쳤는지, 한숨을 내쉬고 안장에 고쳐 앉아 누군가를 기다리는 얼굴로 남쪽을 바라보거나 저녁놀에 물든 그돌 산의 깎아지른 봉우리를 쳐다보았다. 그때 한 남자가 사람들을 헤치고 이쪽으로 다가와서 당나귀 옆에 멈춰 섰다. 성난 듯한 표정을 짓고 있는 그 남자에게 요셉이 말을 걸었다.

"실례지만 유대인인 것 같군요. 그런데 왜 이렇게 사람들이 북적거리는 겁니까?"

남자는 사납게 돌아보았지만, 요셉의 침착한 태도와 너글너글한 목소리에 기가 죽었는지, 손을 들어 인사하면서 대답했다.

"랍비님께 평화를. 말씀하신 대로 나는 유대인이고 벤다곤에 살고 있습니다. 아시겠지만 벤다곤은 과거에는 이스라엘 12지족 가운데 하나인 단족의 땅이었지요."

"모딘에서 욥바로 가는 길에 있는 도시지요."

"거기에 가보신 적이 있습니까?" 남자의 표정이 더욱 부드러워졌다. "정말로 유대인은 유랑민입니다. 나도 오랫동안 야곱이

에브랏이라고 부른 이곳을 떠나 있었지만, 이번에 히브리인은 출생지에서 호적 등록을 하라는 칙령이 내려졌기 때문에 돌아온 겁니다."

"나와 아내도 같은 목적으로 왔습니다." 요셉은 무표정한 얼굴로 대답했다.

남자의 눈은 그돌 산의 꼭대기를 쳐다보고 있는 마리아에게 못 박혔다. 태양이 그녀의 얼굴에 닿아 푸른 눈은 보랏빛을 띠고, 그 입에서는 달콤한 입김이 새어 나온다. 순간 인간다움이 사라져 이 세상 사람으로 여겨지지도 않는다. 남자는 천상의 빛을 받으며 문 옆에 앉아 있는 성스러운 모습 그 자체, 몇 세기 뒤에 라파엘로가 그려서 영원한 명성을 얻게 된 그 모습을 미리 본 듯한 기분이 들었다.

"그런데 무슨 이야기를 하고 있었더라? 아, 그렇지. 포고가 나왔을 때는 화가 났습니다. 하지만 이 부근의 골짜기와 마을, 기드론 시내, 포도밭과 과수원, 곡식이 익어가는 밭이 생각났지요. 다윗의 조상인 보아스와 룻의 시대부터 지금까지 변함이 없는 그돌 산, 기브아 산, 엘리야 산…… 소싯적에 늘 보았던 이 산들은 나에게는 성벽 같은 것이었지요. 그래서 폭군에 대한 분노를 가라앉히고 그리운 고향을 보러 온 겁니다. 아내 라헬과 딸 데보라와 미갈과 함께."

남자는 마리아 쪽을 보면서 말했다.

"랍비님, 부인을 우리 가족이 있는 곳으로 모시고 가는 게 어떨까요? 내 아내는 저기 길모퉁이의 올리브나무 밑에 아이들과 함께 있습니다. 어차피 숙사는 만원이라서, 문지기한테 물어봤자 거기에 들어가기는 어렵습니다."

요셉은 이해하는 것도 느리지만, 결정하는 것도 느리다. 그는 잠시 망설이다가 결국 이렇게 말했다.

"말씀은 고맙지만, 정말로 방이 없는지 내 눈으로 확인하고 오겠습니다. 문지기한테 물어보고 바로 돌아올 테니까 잠시만 기다려주세요."

요셉은 이렇게 말하고 남자한테 당나귀의 고삐를 건네주고는 사람들을 헤치고 나아갔다.

문지기는 출입문 옆에 놓인 커다란 나무토막에 걸터앉아 있었다. 담벼락에 투창이 기대어 있고, 발밑에는 개가 웅크리고 있었다.

"당신에게 하느님의 평안이 깃들기를." 요셉은 문지기에게 말했다.

"당신에게도 하느님의 평안이 몇 배나 많아지기를." 문지기는 격식대로 정중하게 대답했다.

요셉은 과감하게 물었다.

"나는 베들레헴 출신인데 혹시 방이……."

"없어요."

"혹시 나에 대해 들어본 적이 없습니까? 나는 나사렛의 요셉이라는 사람인데, 여기는 내 조상의 땅이고 나는 다윗의 자손이랍니다."

이것이야말로 요셉이 믿고 있는 바였다. 이 말이 효과가 없으면 무슨 말을 해도 소용이 없다. 뇌물도 도움이 되지 않는다. 유대인에게는 유다의 자손이라는 것도 중요하지만, 다윗의 자손이라는 것만큼 히브리인에게 자랑스러운 것은 없다. 일찍이 어린 양치기 소년 다윗이 사무엘의 후계자가 되어 왕가를 세운 뒤어느덧 천 년 넘는 세월이 흘렀다. 그동안 전쟁과 참화를 헤쳐 나온 지금은 다윗의 자손이 누리는 지위도 보통 유대인과 별 차이가 없게 되어버렸고, 이마에 땀을 흘리며 일해도 변변치 못한 음식을 겨우 손에 넣는 것이 고작이었다. 그래도 혈통을 무엇보다 중시한 역사를 꿋꿋이 지키는 민족 덕분에, 이스라엘의 어디에 가든 지금도 그는 충분한 존경을 받을 수 있었다.

예루살렘이나 다른 곳에서 그렇다면, 이 베들레헴의 숙사에서 혈통이 효력을 발휘해도 이상할 것은 없지 않은가. 그리고 '여기는 내 조상의 땅'이라는 요셉의 말은 거짓이 아니었다. 이 곳은 룻이 보아스의 아내로서 다스린 집이고, 다윗의 아버지 이새와 이새의 아들 열 명이 태어난 집이었다. 여기서 사무엘이 다윗을 발견했고, 다윗은 친한 길르앗 사람 바르실래의 아들에게 이 집을 양도했다. 바빌로니아인한테서 도망친 이스라엘인 생존자를 예레미야가 기도로 구해낸 것도 바로 이 집이었다.

요셉의 말이 전혀 효과가 없었던 것은 아니었다. 문지기는 나무토막에서 몸을 일으키더니 콧수염에 손을 대고 존경스러운 태도로 말했다.

"랍비님, 이 숙사가 언제부터 나그네를 재웠는지는 나도 모릅니다. 아마 천 년은 넘었겠지요. 그동안 숙사가 가득 차지 않는 한, 다윗의 혈통을 이어받은 분을 거절하는 일은 없었을 겁니다. 하지만 방이 없으면 보통 사람도 다윗의 자손도 마찬가집니다. 거짓말인 것 같으면 나와 함께 이곳을 돌아다니면서 집에도 창고에도 안마당에도 옥상에도 어디에도 묵을 곳이 없다는 걸 직접 확인해주세요. 그런데 이곳엔 도대체 언제 오셨습니까?"

"방금 도착했습니다."

문지기는 싱긋 웃었다.

"'너와 함께 묵는 자는 너의 형제와 마찬가지다. 자신과 마찬가지로 그들을 사랑하라.' 이것이 가르침이지요, 랍비님."

요셉은 잠자코 있었다.

"그 가르침에 틀림이 없다면, 오래전부터 기다리고 있는 사람에게 '떠나라, 너 대신 묵을 사람이 있다'고 말할 수는 없습니다."

그래도 요셉은 말이 없었다.

"내가 그렇게 말하면, 이곳은 도대체 누구의 것이 됩니까. 이 사람들을 보세요. 낮부터 기다리고 있는 사람도 많습니다."

"여기 있는 건 어떤 사람들입니까? 왜 이렇게 많은 사람이 지금 여기에 있는 겁니까?" 요셉은 군중을 둘러보면서 물었다.

"분명 랍비님과 같은 용건이겠지요. 대부분 로마 황제의 포고 때문에 온 사람들입니다. 그리고 어제 다메섹에서 아라비아와 이집트로 간다는 카라반도 왔습니다. 여기 있는 사람들과 낙타는 그 일행입니다."

요셉은 좀처럼 물러나지 않았다.

"하지만 안마당은 넓을 텐데요."

"넓기는 하지만, 비단이며 향료며 짐이 잔뜩 놓여 있어서 발 디딜 틈도 없습니다."

요셉은 간절한 표정으로 부탁하기 시작했다.

"나 혼자라면 괜찮지만, 지금은 아내를 데리고 있답니다. 이 지방은 나사렛보다 훨씬 추워서, 아내는 도저히 노숙을 견딜 수 없어요. 여기가 안 된다면 마을에 빈방이 없을까요?"

그러자 문지기는 문간에 모여 있는 사람들을 가리키면서 대답했다.

"저 사람들도 마을을 구석구석 돌아다니면서 빈방을 찾았지 만 어디나 만원이었답니다."

요셉은 그래도 고개를 숙이면서 혼잣말처럼 중얼거렸다.

"아내는 아직 어립니다. 언덕에서 재우면 밤이슬을 맞고 죽어 버릴 거예요. 아내의 부모는 요아킴과 안나인데, 모르십니까? 전에 베들레헴에서 살았던 다윗의 자손인데……."

"알고 있습니다. 좋은 분들이었지요. 내가 어릴 때 일이지만 요." 문지기는 잠시 땅바닥에 눈을 떨구고 생각에 잠겨 있다가 갑자기 고개를 들고 말했다. "랍비님을 위해 방을 비워줄 수는 없지만, 랍비님을 냉정하게 돌려보낼 수도 없군요. 최선을 다해 봅시다. 일행은 모두 몇 분입니까?"

"아내와 벳다곤에서 온 친구 가족을 합해 모두 여섯입니다."

"알았습니다. 노숙은 금물이지요. 빨리 일행을 이쪽으로 데려 오세요. 해가 저물어버리면 순식간에 캄캄해지니까 서두르지 않으면 안 됩니다."

"고맙습니다. 정말로 감사합니다."

요셉은 크게 기뻐하며 마리아가 있는 곳으로 돌아갔다. 벧다곤에서 온 남자도 당나귀를 탄 덩치 큰 아내와 어머니를 닮은 딸들을 데려왔다. 문지기는 그들이 비천한 신분이라는 것을 곧 알아차렸다.

"아내와 친구 가족입니다." 요셉이 말했다. 마리아가 베일을 걷어 올렸다.

"푸른 눈동자에 황금빛 머리털…… 마치 사울 앞에 나간 젊은 시절의 다윗 같군." 문지기는 중얼거리면서 마리아의 얼굴을 뚫어지게 바라보았다. 그리고 요셉의 손에서 고삐를 받아 들고 우선 마리아에게 말했다. "당신에게 평안을, 다윗의 자손이여. 그리고 여러분 모두에게도 평안을. 자 랍비님, 이쪽으로 오시죠."

일행은 문지기를 따라 돌이 깔린 넓은 길을 지나서 숙사의 안마당으로 들어갔다. 안마당도 사람들로 북적거리고 있었지만, 안마당을 둘러싸고 있는 몇 개나 되는 창고 입구가 검은 입을 벌리고 있었다. 그 광경은 익숙지 않은 사람에게는 이상하게 보였을지도 모른다. 그들은 짐을 쌓아놓은 곳을 빠져나가 낙타와 말, 당나귀 따위가 무리를 지어 있는 우리까지 왔다. 우리 옆에서는 각처에서 온 목동들이 가축과 마찬가지로 잠을 자거나 말없이 가축을 지키고 있었다. 마리아를 태운 당나귀도 혼잡한 정원의 비탈을 천천히 내려갔다. 이윽고 숙사를 내려다보듯 우뚝 솟아 있는 종유동굴로 가는 길에 이르렀다.

"동굴로 가는 건가요?" 요셉이 단도직입적으로 물었다.

"그렇습니다. 지금 가는 동굴은 랍비님의 조상인 다윗 왕의 거처였던 곳인데, 다윗은 어릴 적에 아래 밭이나 마을 우물에서 가축을 이끌고 여기로 돌아왔답니다. 왕이 되신 뒤에도 건강을 위해 많은 가축을 데리고 이곳을 방문하여 휴식을 취하곤 하셨다고 합니다. 이곳의 여물통은 그 무렵에 쓰던 것인 듯합니다. 다윗 왕이 휴식을 취하신 동굴이 안마당이나 바깥의 길가보다는 그래도 나을 겁니다. 자, 여깁니다."

이것은 결코 변명이 아니었다. 확실히 이 동굴은 오늘 밤 얻을 수 있는 최고의 잠자리였고, 누구나 다윗과 관련된 것에는 관심이 있었기 때문에 어떤 동굴일까 하는 기대에 가슴이 부풀어 있었다. 애당초 이 시대의 유대인에게 동굴에서 자는 것은 조금도 특별한 일이 아니었다. 얼마나 많은 유대인의 역사가 동굴에서 일어났을까. 하물며 이 사람들은 평소 작은 것으로도 만족할 수 있는 소박한 생활을 하고 있었다. 이 부근에는 크고 작은 온갖 동굴이 있고, 에밈족과 호리족의 시대부터 거처로 사용되고 있는 것도 알고 있었다. 또한 그들은 아브라함 시대부터 언제나 가축과 함께 기거하고 활동해온 목동 부족의 자손이었기 때문에, 말과 한지붕 밑에서 보내거나 마구간에서 자는 데 반감을 품지도 않았다.

작은 오두막이 동굴 입구를 가리고 서 있었다. 지붕이 낮고 좁은 오두막에는 창문도 없고 정면에 진흙투성이가 된 출입문이 있을 뿐이다. 나무 빗장이 벗겨지는 동안 여자들은 남자들의 도움을 받아 안장에서 내려왔다. 문지기는 문을 열고 "자, 들어오세요" 하고 사람들을 모두 불러들였다.

일행은 안으로 들어갔다. 오두막은 동굴 입구를 둘러싸고 있을 뿐, 안으로 들어가자 깊이가 12미터, 높이가 3미터, 너비가 4미터쯤 되는 동굴이 있었다. 문간에서 들어오는 빛을 받아 울퉁불퉁한 바닥과 산더미처럼 쌓여 있는 곡식과 가축의 먹이, 방한복판에 놓여 있는 질그릇과 식기들이 어렴풋이 보였다. 오두막 구석에는 돌로 된 여물통이 놓여 있었다. 먼지와 겉겨가 모든 틈새에 박혀 있고, 천장에서 더러워진 손수건처럼 늘어져 있는 거미줄도 먼지가 쌓여 두툼했다. 그것 말고는 그렇게 심하다고는 말할 수 없고, 숙사의 객실과 별 차이가 없다. 일찍이 이 지역에 숙사의 객실을 처음 만들 때 동굴을 본보기로 삼았다는 이야기도 납득이 간다.

"자, 편히 쉬세요. 바닥에 있는 짚은 여러분을 위해 놓아둔 거니까 마음대로 쓰세요." 문지기가 말하고는 마리아에게 말을 걸었다. "괜찮겠어요?"

"고맙습니다. 안심했어요."

"그럼 나는 이만 돌아가겠습니다. 편히들 쉬세요."

문지기가 떠난 뒤 일행은 모두 잠잘 준비를 하기 시작했다.

10
하늘에서 내려온 빛

저녁에 어느 정해진 시각이 되면 대상 숙사를 드나들던 사람들의 웅성거림이 갑자기 조용해진다. 그리고 모든 이스라엘인이 일어나서 경건한 예의를 갖추고 예루살렘 쪽을 향해 두 손을 모으고 기도를 드리기 시작한다. 이것은 '성 9시'라고 하여, 모리아 성전에서 신에게 공물을 바치는 시각이다. 이 기도가 끝나면 마을이 다시 시끄러워진다. 사람들은 빵을 먹거나 잠자리를 만들 준비에 여념이 없다. 이윽고 불이 꺼지고, 적막이 사방을 지배하고, 사람들은 잠이 든다.

    자정 무렵, 숙사 옥상에 있던 한 남자가 밤의 고요를 깨고 큰 소리로 외쳤다.
    "저기, 저 하늘에 보이는 불빛이 뭐지? 이봐, 다들 일어나서 좀 봐."
    잠이 덜 깬 눈으로 일어난 사람들은 하늘을 쳐다보고 깜짝 놀랐다. 소란은 안마당과 오두막 내부에도 퍼져갔고, 이윽고 숙사에 있는 사람들은 모두 일어나서 하늘을 쳐다보았다.
    밤하늘에 보인 것은 한 줄기 빛이었다. 처음에는 별 저편에 보였지만, 이윽고 땅을 향해 비스듬히 내려왔다. 위쪽은 어렴풋하지만 아래쪽은 수백 미터 너비로 퍼져 있고, 중심은 불타는 듯한 장밋빛으로 빛나고 있다. 그 빛이 도시에서 가장 가까운 남동쪽 산언저리에 멈추자 능선이 창백하게 떠올랐다. 게다가 그 빛이 몇 분 동안이나 사라지지 않고 있었기 때문에 사람들의 놀라움은 공포로 변했고, 겁 많은 사람들은 부들부들 떨기 시작했고, 배짱이 두둑한 사람들도 작은 소리로 속삭였다.

"이런 걸 본 적이 있나?"

"산 너머에 뭔가가 보여. 하지만 뭔지 모르겠군. 저런 건 본 적이 없어."

"별이 폭발해서 떨어졌나?"

"떨어졌다면 빛은 곧 사라질 텐데."

"알았다. 양치기가 사자를 발견하고, 양 떼를 지키기 위해 불을 피우고 있는 게 아닐까?"

"그래, 맞아. 그거야. 오늘 저기서 양 떼를 방목하고 있는 걸 분명히 봤어." 옆에 있던 남자가 안심한 표정을 보이며 말한다.

하지만 옆에 있던 남자가 곧 그 허황된 위안의 말을 날려버린다.

"거짓말 마. 유다의 골짜기에 있는 나무를 모두 모아서 불태워도 저렇게 크고 강한 빛을 낼 수는 없어."

이 불가사의한 빛이 빛나고 있는 동안 옥상에서는 아무도 입을 열지 않았다. 단 한 번, 경건한 유대인이 이렇게 말했다.

"형제들, 저 빛은 우리들의 아버지 야곱이 꿈에서 본 계단이야. 아버지 하느님께 영광 있으라."

11
그리스도의 탄생

베들레헴에서 남동쪽으로 3킬로미터쯤 떨어진 곳에 비옥한 평원이 있다. 베들레헴과 평원 사이를 갈라놓고 있는 산맥이 북풍을 막아주고 있을 뿐만 아니라 무화과나무와 떡갈나무, 소나무 같은 나무가 울창하고, 협곡에는 올리브와 뽕나무 열매인 오디도 풍부하다. 그 때문에 특히 이 시기에는 주위에 방목되고 있는 가축의 귀중한 식량 창고가 되고 있다.

이 평원에 우뚝 솟아 있는 절벽 바로 밑에 상당히 넓고 오래된 양 우리가 있었다. 어느 시대에 약탈당했을까. 지붕은 무너져 내렸고 건물도 썩어 문드러졌지만, 주위의 울타리만은 건재해서 양치기들은 지금도 그것을 소중하게 이용하고 있다. 돌담은 사람 키만큼 높지만, 이따금 굶주린 사자나 표범이 뛰어드는 경우도 있어서 담벼락 안쪽에는 짐승들을 막기 위해 갈매나무를 울타리로 심어놓았는데, 이것은 확실히 효과가 있었다. 울타리는 튼튼한 가시가 빽빽하게 얽혀 있어서 참새도 빠져나갈 수 없었기 때문이다.

앞 장에서 말한 사건이 일어난 그날, 양치기 몇 명이 양 떼를 이끌고 평원에 왔다. 아침 일찍부터 양치기들이 서로 부르는 소리, 도끼를 내리치는 소리, 양들의 울음소리, 목에 매달린 방울소리, 개 짖는 소리가 숲 속에 울려 퍼지고 있었다. 해가 지자 양치기들은 이곳으로 와서 가축을 안전한 우리 속에 집어넣는다.

그리고 불침번을 한 명 세워놓고 나머지 사람들은 문 옆에 모닥불을 피우고 초라한 식사를 한 뒤 잠시 휴식을 즐긴다.

지금 모닥불 옆에 앉아 있거나 엎드려 있는 양치기는 여섯 명이다. 평소에 모자를 쓰지 않기 때문에 머리카락은 뻣뻣하고, 수염은 가슴까지 늘어져 있고, 송아지나 양의 모피를 몇 겹이나 몸에 두르고 끈으로 묶었다. 조잡한 샌들을 신고, 어깨에는 식량과 호신용 돌멩이를 넣은 자루를 메고, 양치기의 상징이자 무기이기도 한 지팡이를 갖고 있다. 이것이 유대의 양치기들의 모습이다. 모닥불 주위에 함께 누워 있는 비쩍 마른 개와 마찬가지로 겉보기에는 지저분하고 거칠지만, 사실 심성은 순수하고 상냥하기 그지없다. 자연 속에서 살고 있는 탓도 있겠지만, 사랑하는 가축, 어리고 귀여운 동물을 항상 돌봐주고 있는 것이 큰 영향을 미치고 있는 게 분명하다.

느긋하게 잡담을 나눌 때도 그들의 화제는 언제나 가축이었다. 그것이 세계의 전부였다. 아무리 시시하고 하찮은 사건도 장황하게 이야기하고, 없어진 양 한 마리를 자세히 설명한다. 그도 그럴 것이, 양치기와 양 사이에는 끊으려 해도 끊을 수 없는 깊은 관계가 있기 때문이다. 양치기는 양이 태어나자마자 보살피기 시작하여, 이름을 지어주고, 훈련을 시키고, 홍수가 나면 구해주고, 구덩이를 만나면 안아서 건네준다. 양은 말 상대이고 생각과 흥미의 대상이며, 양치기의 하인이고 들판을 함께 뛰어다니는 친구이며, 기운을 북돋워주는 벗이었다. 양의 목숨을 지키기 위해서라면 맹수나 도둑한테도 맞서고, 죽음도 마다

하지 않는다.

　나라가 망하거나 세계의 패권이 바뀌는 대사건이 일어났다는 소식이 그들의 귀에 들어와도, 그런 것은 아무래도 좋았다. 헤롯 왕이 왕궁을 세웠고 경기장을 지었고 여기저기에서 괘씸한 일에 몰두해 있다는 소문이 들려도 아랑곳하지 않는다. 이 시대에 흔히 그랬듯이 로마군이 이따금 밀고 들어와서 양을 치고 있는 이 언덕에 느닷없이 나팔 소리가 울려 퍼질 때도 있었다. 그럴 때는 서둘러 양과 함께 몸을 숨기고, 로마군 병사들이 투구 장식을 번쩍이면서 멀어져가는 것을 지켜보았다. 그리고 군기에 새겨진 독수리의 의미를 생각하고, 그의 삶과는 정반대되는 삶의 매력을 생각했다.

　하지만 양치기들은 설령 거칠고 단순해도 나름대로의 지혜를 지니고 있었다. 안식일에는 몸을 깨끗이 하고 회당에 가서 맨 뒷자리에 앉는다. 찬송가 선도자가 율법서를 돌리면 누구보다 열렬히 입을 맞추고, 낭독자가 경전을 읽으면 누구보다 열심히 귀를 기울였다. 그들만큼 설교에서 많은 것을 배우려는 자도 없고, 그 가르침에 대해 생각하는 자도 없다. 신은 하나뿐이며, 그 하느님을 마음을 다 바쳐 사랑해야 한다는 유대교 경전에서 그들은 소박한 생활의 가르침과 규칙을 찾아냈다. 확실히 그들은 하느님을 더할 나위 없이 사랑하고, 행실이 올바르기로는 왕을 능가한다.

　이야기를 나누고 있던 양치기들은 불침번을 교대하려면 아직 시간이 남아 있었기 때문에 한 사람씩 그 자리에서 잠들기 시작했다. 겨울밤은 언제나 그렇지만, 이날 밤에도 공기는 맑고 별들이 반짝이고 있었다. 바람은 전혀 없고 주위에는 맑고 깨끗함이 넘쳐흐르고, 고요함이 깊이 스며들었다. 그것은 성스러운 고요함과 편안함이었다. 하늘이 무릎을 꿇고 지상에 좋은 소식을 속삭이는 전조다.

문 옆에서는 불침번이 옷깃을 여미고 돌아다니고 있었다. 자고 있는 동료들 쪽에서 무슨 소리가 나거나 먼 산에서 자칼이 짖을 때마다 불침번은 놀라서 우뚝 멈춰 선다. 시간이 흐르는 것이 몹시 느리게 느껴졌지만 그래도 드디어 교대 시간인 자정이 되었다. 노동으로 지친 남자를 기다리고 있는 것은 꿈 한 번 꾸지 않는 숙면. 그는 기운을 내어 모닥불 쪽으로 돌아왔지만, 그때 저도 모르게 걸음을 멈추었다. 주위에 하얗고 희미한, 마치 달빛처럼 어슴푸레한 빛이 자욱하게 끼어 있었기 때문이다. 그는 놀란 나머지 숨을 삼켰다. 빛은 시시각각 강해졌다. 지금까지 보이지 않았던 것이 하나씩 또렷이 떠오르고, 빛이 주위를 환하게 비추었다. 그는 냉기보다 더 오싹한 공포감에 사로잡혀 등골이 얼어붙었다. 다음 순간 하늘을 쳐다보니, 별들이 모습을 감추고 있었다. 하늘에 뚫린 창문에서 굴러떨어졌는지, 불가사의한 빛은 점점 더 밝아졌다. 불침번은 너무 겁이 나서 소리쳤다.

"일어나. 모두 일어나."

개가 당장 일어나 컹컹 짖으면서 달려가고, 양들은 겁을 먹고 한데 모였다. 양치기들도 일제히 일어나 지팡이를 움켜쥐고 외쳤다.

"왜 그래? 무슨 일이야?"

그러자 불침번은 하늘을 가리키면서 외쳤다.

"저것 봐. 하늘이 불타고 있어."

그 순간, 쏘는 듯한 빛이 그들을 덮쳤다. 양치기들은 견디지 못하고 눈을 가리며 쓰러졌다. 모두 공포에 질려, 아무 소리도 들리지 않았다면 이 자리에서 죽어버렸을지도 모른다.

"두려워하지 마라. 두려워할 것 없다. 나는 온 백성에게 큰 기쁨이 될 소식을 너희에게 전하겠다."

그 낮고 맑은 목소리는 인간의 목소리보다 훨씬 감미롭고 부드러워서 양치기들의 마음속에 깊이 스며들었다. 침착성을 되찾은 그들은 다시 무릎을 꿇고 공손히 고개를 들었다. 번쩍이는 빛 한복판에 그 빛을 받아 아름답게 빛나는 모습이 보였다. 하얀 옷을 입은 천사였다. 어깨 너머로 접혀 있는 날개 끝이 빛나는 것이 보였다. 머리 위의 별은 찬란하게 빛나서 초저녁의 샛별 같았다. 손을 내밀어 축복을 주는 그 얼굴은 끝없이 맑고 장엄하고 아름다웠다. 지금까지도 천사에 대해 이야기를 하거나 들은 적이 있었기 때문에 지금은 모두 마음속으로 확신하고 있었다. 신의 영광이 지금 여기 나타났다고, 이분이야말로 일찍이 울래 강가에서 선지자 다니엘에게 나타났던 천사 가브리엘이라고. 천사가 말을 이었다.

"오늘 다윗의 도시에서 너희에게 메시아가 나셨으니, 그는 곧 그리스도 주님이시다."

그리고 침묵. 천사의 말이 양치기들의 마음속에 스며들었다.

"너희는 갓난아기가 포대기에 싸여 구유에 뉘여 있는 것을 보게 될 터인데, 그것이 너희에게 주는 증표이다."

이것이 천사의 마지막 말이었다. 하지만 천사는 기쁜 소식을 전한 뒤에도 바로 떠나지 않았다. 갑자기 그를 싸고 있던 빛이 장밋빛으로 변하더니, 이윽고 바르르 흔들리면서 거품이 일고, 주위에서 하얀 날개들이 팔랑팔랑 춤을 추면서 수많은 천사가 빛나는 모습으로 나타나 노래를 부르기 시작했다.

"지극히 높은 곳에서는 하느님께 영광, 땅에서는 선한 뜻을 가진 사람들에게 평화!"

몇 번이나 찬송가가 되풀이되었다. 천사는 하느님의 허락을 구하는 것처럼 하늘을 쳐다본 뒤, 날개를 흔들어 천천히 펼쳤다. 날개 끝은 눈처럼 하얗고, 그늘진 부분은 진주조개처럼 일곱 색깔로 빛나고 있었다. 다음 순간, 키보다 큰 날개를 펼쳤나 했더니 천사는 빛과 함께 쑤욱 하늘로 올라갔다. 그 모습이 사라진 뒤에도 찬송가 소리는 하늘에서 쏟아져 내려왔지만, 이윽고 그 노랫소리도 차츰 멀어져갔다.

"지극히 높은 곳에서는 하느님께 영광, 땅에서는 선한 뜻을 가진 사람들에게 평화."

양치기들은 정신을 차린 뒤에도 한동안 서로의 얼굴을 멍하니 바라보고 있었다. 잠시 후 한 사람이 말했다.

"그건 가브리엘 천사가 분명해. 하느님의 계시를 우리에게 전해주셨어."

아무도 대답하지 않았다.

"그리스도가 태어났다고 말씀하셨지?" 또 다른 남자가 간신히 말했다.

"그래, 그렇게 말씀하셨어."

"이런 말씀도 하셨어. 다윗의 마을 베들레헴에서 갓난아기가 포대기에 싸여 구유에 뉘여 있는 것을 보게 될 거라고."

맨 먼저 입을 연 남자는 모닥불을 바라보며 생각에 잠겨 있었지만, 이윽고 단호하게 말했다.

"베들레헴에서 구유가 있는 곳은 저 대상 숙사의 동굴뿐이야. 이보게들, 방금 들은 것을 직접 보러 가지 않겠나? 사제와 박사들이 줄곧 찾고 있는 그리스도가 태어나셨고 그 증표까지 알려주었으니까, 우리도 가서 경배하지 않으면 안 돼."

"양들은 어떻게 하지?"

"하느님이 지켜주시겠지. 빨리 가자."

양치기들은 일어나서 우리를 떠났다.

양치기들은 산기슭을 돌아서 마을을 빠져나가 대상 숙사로 갔다. 문지기가 한 사람 서 있었다.

"무슨 일인가?"

"우리는 굉장한 일을 이 눈으로 보고 이 귀로 들었습니다." 양치기들이 대답했다.

"우리도 불가사의한 것을 보긴 했지만, 자네들은 도대체 무슨 소리를 들었나?"

"우선 동굴로 갑시다. 거기서 모든 게 확실해지면 말씀드리죠. 당신도 우리랑 함께 가서 눈으로 직접 보세요."

"그런 건 필요 없어."

"무슨 소리를 하는 겁니까? 그리스도가 태어나셨어요."

"그리스도라고? 좋아. 하지만 그걸 어떻게 알았지?" 문지기
는 엷은 웃음을 지으면서 물었다.

"오늘 태어난 아기가 포대기에 싸여 구유 속에 뉘여 있다고
들었습니다. 베들레헴에 구유가 있는 곳은 여기뿐이잖아요."

"동굴 말이야?"

"맞아요. 자, 어서 갑시다."

안마당에는 아직도 아까의 불가사의한 빛에 대해 이야기하고
있는 사람들이 있었지만, 아무도 양치기들에게는 신경을 쓰지
않았다. 동굴에는 등불이 켜져 있고 입구가 열려 있었기 때문
에, 그들은 말도 걸지 않고 안으로 들어갔다.

"하느님의 평안을." 문지기가 요셉과 벤다곤의 남자에게 인사
를 했다. "이 사람들이 오늘 밤에 태어난 아이를 찾고 있습니다.
포대기에 싸여 구유에 뉘여 있다는데요."

순간 요셉의 얼굴에 놀란 표정이 떠올랐지만, "아이는 여기
있습니다" 하면서 구유로 다가갔다. 거기에 갓난아기가 뉘여 있
었다. 등불을 들고 가까이 다가간 양치기들은 말없이 그 앞에
섰다. 지극히 평범한 아기였다.

"산모는 어디 계십니까?" 문지기가 묻자, 한 여자가 아기를
구유에서 안아 들더니 옆에 누워 있는 마리아의 품에 안겨주었
다. 남자들은 그 앞에 모였다.

"그리스도가 틀림없어." 양치기 하나가 저도 모르게 말했다. 그러자 일동은 무릎을 꿇고 경배하기 시작했다.

한 남자는 몇 번이나 중얼거렸다.

"주님의 영광이 천지에 가득하도다."

순박한 양치기들은 마리아의 옷자락에 입을 맞추고는 밝은 얼굴로 돌아갔다. 숙사의 여행자들이 모여들자 그들은 방금 보고 온 것을 이야기하고, 마을을 지나갈 때도 우리로 돌아가는 길에도 줄곧 찬송가를 흥얼거리고 있었다.

"지극히 높은 곳에서는 하느님께 영광, 땅에서는 선한 뜻을 가진 사람들에게 평화."

그날 밤은 많은 사람들이 불가사의한 빛을 목격했기 때문에 이 소문은 순식간에 퍼져서, 이튿날도, 그 이튿날도 동굴에는 호기심 많은 구경꾼들이 몰려들었다. 소문을 믿는 사람도 없지는 않았지만, 대부분은 경멸하고 비웃으며 돌아갔다.

12
세 박사의 도래

동굴에서 아이가 태어난 지 열하루째 되는 날 오후께, 사막에서 만난 동방박사 세 사람은 세겜을 지나 예루살렘에 도착했다. 그들은 기드론 시내를 건넌 뒤 많은 사람과 엇갈렸는데, 모두 멈춰 서서 박사 일행을 집어삼킬 듯이 지켜보았다.

북쪽에서 예루살렘에 들어갈 때는 다마스쿠스 문을 지나 남쪽에 펼쳐져 있는 평원을 가로지른다. 길은 좁고 오랫동안 사람들의 발과 수레바퀴에 다져졌기 때문에 바퀴자국이 깊이 파였고, 군데군데 토사가 빗물에 씻겨 나갔는지 바위가 노출되어 있다. 과거에는 길 양쪽에 풍요로운 밭과 아름다운 올리브 숲이 펼쳐져 나뭇가지가 휠 만큼 열매가 열리고, 사막에 질려버린 여행자들의 눈을 달래주었을 게 분명하다.

유대의 국토는 동쪽의 사막과 서쪽의 바다 사이에 긴 좁은 영역이고, 동쪽과 남쪽의 교역을 잇는 국제적인 가도로서 부를 쌓았다. 결국 예루살렘의 번영을 낳은 것은 대상들한테 받는 통행료였다고 해도 과언이 아니다. 그래서 로마 시를 제외하면 여기만큼 여러 나라 사람들이 모이는 곳도 없고, 성내에 낯선 사람의 모습이 보여도 신경 쓰는 사람은 아무도 없었다. 그런데 성문으로 가는 사람들이 모두 이들 세 여행자에게 강한 관심을 보인 것이다.

왕묘 맞은편 거리에 여자들이 앉아 있었는데, 그들이 데려고 있던 아이가 박사 일행을 보고는 갑자기 손뼉을 치며 외쳤다.

"저것 봐요. 저 아름다운 방울을, 저 커다란 낙타를."

낙타는 남다르게 덩치가 큰 그 하얀 낙타들이었다. 그들은 목에 은방울을 달고 전과 다름없이 침착한 걸음걸이로 나아갔다. 차림새를 보면 오랫동안 사막을 지나온 것도, 차양 밑에 앉아 있는 남자가 유복하다는 것도 알 수 있었다. 하지만 가장 사람들의 흥미를 끈 것은 낙타나 방울이나 낙타에 탄 사람들이 아니라, 앞장선 남자가 던지는 질문이었다.

세 사람은 무덤 앞에 있는 여자들 옆까지 오자, 낙타를 세웠다.

"잠깐 말씀 좀 묻겠습니다. 예루살렘은 여기서 가깝습니까?"
발타사르는 땋은 콧수염을 어루만지며 가마 위에서 여자들에게
절을 하고 물었다.

무서워서 엄마에게 매달려 있는 아이를 안은 여자가 대답했다.

"그래요. 저 언덕의 나무가 좀 더 낮아지면 시장의 탑이 보일
거예요."

발타사르는 다른 두 사람에게 눈짓을 하고 다시 물었다.

"유대인의 왕으로 태어나신 분은 어디 계십니까?"

여자들은 서로 얼굴을 마주 볼 뿐 아무 대답도 하지 않았다.

"왕에 대해 아무 이야기도 듣지 못했나요?"

"그런 얘긴 못 들었어요."

"그렇다면 사람들에게 전해주십시오. 우리는 동방에서 별을
보고 왕이 태어나신 것을 알고, 그분에게 경배하러 멀리서 왔습
니다."

이런 식으로 세 사람은 앞으로 나아갔다. 다른 사람에게 물어
도 대답은 마찬가지였다. 예레미야의 동굴집을 참배하러 온 무
리는 세 사람의 질문이나 차림새에 놀라서, 예정을 바꾸어 그들
을 따라 다시 시내로 돌아갔을 정도다.

소명감으로 머릿속이 가득 찬 세 사람은 눈앞에 펼쳐진 장대
한 예루살렘 시내의 풍경에 눈길을 줄 여유도 없었다. 맨 먼저
눈에 들어오는 것은 베제다 마을이다. 그 건너편 왼쪽에 미스바

산과 올리브 산. 성벽에는 40개 남짓한 견고한 탑이 높이 솟아서 그 위용과 장식을 겨루고 있었다. 성벽은 오른쪽으로 뻗어나가 흙벽이 있는 문을 지나 세 개의 거대한 하얀색 건조물인 파사엘, 마리암네, 히피쿠스로 이어진다. 이 부근에서 가장 높은 시온 산 꼭대기에는 대리석 왕궁이 솟아 있고, 그보다 아름다운 광경은 없다. 모리아 산 위에서 햇빛을 받아 아름답게 빛나는 성전 테라스의 아름다움도 이 세상의 기적이라고 불린다. 이런 왕의 풍격을 지닌 산들에 둘러싸인 웅장한 사발 모양의 분지가 성도 예루살렘이다.

세 박사는 성문을 내려다보고 있는 높은 탑에 이르렀다. 이곳은 오늘날의 다마스쿠스 문 근처이고, 세겜과 여리고와 기브온에서 오는 세 가도의 합류점이 되어 있어서 로마 경비병이 지키고 있었다. 세 박사를 따라온 사람들에 이 성문 언저리에서 빈둥거리고 있던 사람들까지 가세하여, 그 일대에 많은 사람이 모였다. 발타사르가 경비병에게 말을 걸자, 그의 말을 놓치지 않으려고 당장 사람들이 울타리처럼 겹겹이 그를 둘러쌌다.

"하느님의 평안을." 발타사르는 확실한 어조로 말을 걸었지만 경비병은 대답하지 않았다. "우리는 유대인의 왕으로 태어나신 분을 찾으러 먼 나라에서 왔습니다. 어디로 가면 그분을 만날 수 있는지 가르쳐주시지 않겠습니까?"

경비병은 투구의 면갑을 들어 올리고 뭐라고 큰 소리로 외쳤다. 마침 그때 길 오른쪽 건물에서 상관이 모습을 나타냈다.

"길을 비켜라." 밀치락달치락하는 군중을 향해 그가 외쳤다.

하지만 조금도 결말이 나지 않자 창을 좌우로 휘두르며 사람들을 헤치고 다가왔다.

"무슨 일인가?" 그는 도회적인 말투로 발타사르에게 물었다.

발타사르는 같은 질문을 되풀이했다.

"유대인의 왕으로 태어나신 분은 어디 계십니까?"

"헤롯 왕 말인가?" 상관은 약간 어리둥절한 투로 물었다.

"헤롯 왕은 로마 황제의 이름으로 왕이 되었습니다. 헤롯 왕은 아닙니다."

"다른 유대인 왕은 없어."

"하지만 고대하던 왕의 별을 이 눈으로 보았기 때문에 탄생을 축하하러 멀리서 왔습니다."

"나는 유대인이 아니라서 모른다." 상관은 난처하다는 듯이 말했다. "신전의 교사들이나 대제사장 안나스에게 가서 물어봐라. 헤롯 왕한테 묻는 편이 좋을지도 모르지. 유대인 왕이 또 있다면 헤롯 왕이 찾아줄 거다."

그는 길을 비켜주었고, 세 박사는 성문을 통과했다.

하지만 좁은 골목에 들어가기 전에 발타사르는 걸음을 멈추고 말했다.

"이제 우리 소문은 충분히 퍼졌을 겁니다. 아마 오늘 안으로 시내 사람들이 모두 우리에 대해 알게 될 것이고, 우리가 온 이유도 들을 겁니다. 우선 숙소로 갑시다."

13
헤롯 왕과 세 박사

그날 저녁, 아직 해가 저물기 전에 여자 몇 명이 실로암 연못의 돌계단에 커다란 질그릇 대야를 놓고 빨래를 하고 있었다. 돌계단 밑에 있는 한 소녀가 노래를 부르면서 단지에 물을 길어 여자들에게 건네주었다. 그 밝은 노랫소리가 힘든 일을 잊게 해주고 있었다. 여자들은 이따금 몸을 일으키고 고개를 들어 저녁하늘에 어렴풋이 떠오른 오펠 언덕과 '멸망의 산' 꼭대기를 돌아보았다.

여자들이 빨래를 헹구거나 짜면서 바쁘게 손을 놀리고 있을 때, 빈 단지를 어깨에 멘 두 여자가 다가왔다.

"하느님의 평안을." 그중 한 여자가 말했다.

빨래하던 여자들은 일손을 멈추고 고개를 들어 손의 물기를 닦으면서 답례를 했다.

"이제 곧 밤이니까 일을 끝낼 시간이야."

"일에는 한도 끝도 없어."

"하지만 쉴 시간은 있어. 그리고……"

"듣자 하니……" 또 한 여자가 말했다.

"무슨 새로운 소식이라도 있어?"

"아직 못 들었구나?"

"뭔데?"

"그리스도가 태어나셨대." 소문 퍼뜨리기를 좋아하는 여자가 당장 이야기하기 시작했다. 그러자 여자들의 얼굴은 빛나기 시작했고, 반대쪽에 놓인 단지는 의자로 바뀌었다.

"그리스도라고?"

"그렇대."

"누가 그래?"

"다들 그렇게 말하고 있어. 시내는 지금 온통 그 얘기뿐이야."

"그걸 사람들이 모두 믿고 있어?"

"오늘 오후에 세겜에서 세 남자가 기드론 시내를 건너왔대." 여자는 상대를 설득하려고 자세히 이야기하기 시작했다. "그 남자들은 각자 낙타를 타고 있었는데, 그 낙타들이 얼룩 하나 없이 눈처럼 새하얗고 예루살렘에서는 본 적도 없을 만큼 커다란 낙타야."

여자들은 입을 딱 벌리고 눈도 크게 뜬 채 이야기에 귀를 기울이고 있었다.

"그들이 얼마나 대단한 사람들인가 하면, 낙타의 차양은 비단이고 안장 물림쇠와 굴레의 술장식도 모두 번쩍거리는 금이야. 낙타 목에는 방울이 달려 있는데, 방울 소리도 아주 좋아. 하지만 그들이 누군지는 아무도 몰라. 세 사람 가운데 말을 하는 건 한 사람뿐인데, 만나는 사람마다, 여자와 아이들한테도 똑같은 걸 물어. '유대인의 왕으로 태어나신 분은 어디 계십니까?' 하고. 아무도 대답하지 못하고, 그게 무슨 소린지도 몰라. 그러면 그들은 '우리는 동방에서 그분의 별을 보았기 때문에 경배하러 왔습니다' 하는 말을 남기고 가버리는 거야. 그 남자는 성문을 지키는 로마 병사한테도 물었지만, 그 병사도 무슨 소린지 몰라서 결국 헤롯 왕한테 가라고 했다는 거야."

"그 사람들은 지금 어디에 있지?"

"숙소에 있어. 벌써 수백 명이 그들을 보러 갔고, 이제 보러 간다는 사람도 많아."

"그들은 도대체 누굴까?"

"아무도 몰라. 별을 보고 점을 친다는 페르시아 사람도 있고, 엘리야나 예레미야처럼 선지자 같은 사람도 있어."

"유대인의 왕이라는 게 무슨 뜻이지?"

"갓 태어난 그리스도래."

한 여자가 웃음을 터뜨리고 다시 일을 시작하면서 말했다.

"그 그리스도를 내 눈으로 보면 나도 믿겠어."

또 다른 여자도 맞장구를 쳤다.

"그 그리스도가 죽은 사람을 살리는 걸 내 눈으로 보면 나도 믿겠어."

세 번째 여자는 침착하게 말했다.

"오랫동안 약속된 분이니까, 나병 환자를 한 명이라도 치료하는 걸 보여주면 나는 그걸로 충분해."

그 후에도 여자들은 오랫동안 이야기에 열중해 있었지만, 이윽고 밤이 찾아와 얼어붙을 듯이 추워지자 그제야 겨우 몸을 일으켜 집으로 돌아갔다.

그날 저녁 6시쯤, 시온 산의 궁정에서 의회가 소집되었다. 의

원은 쉰 명 남짓이고, 대개는 유대의 율법과 역사에 관한 정보 따위가 필요할 때 헤롯 왕의 요청으로 소집된다. 학교 교사, 주임 사제, 민중 지도자, 종교학자, 바리새파·사두개파·에세네파* 의 대표 등 이 도시의 유식자와 유력자들의 모임이다.

궁전 안마당에 면한 로마풍의 커다란 방이 회의장이었다. 바닥은 대리석이 모자이크식으로 깔려 있고, 노란색 벽에는 프레스코화가 그려져 있다. 방 중앙에는 노란색 쿠션을 놓은 장의자가 U자형으로 문을 향해 놓여 있고, 장의자의 양쪽 옆에는 금과 은으로 장식한 커다란 청동 삼각대가 놓여 있다. 그 위에는 천장에서 내려온 일곱 개의 팔에 샹들리에가 매달려 있고, 등불이 켜져 있다. 이 의자와 등불은 전통적인 유대 양식을 답습한 것이다. 동방의 풍습에 따라 장의자 위에 느긋하게 누워 있는 참석자들은 색깔은 제각기 다르지만 모양은 모두 같은 옷을 입고 있었다. 대부분 노인이고, 짙은 수염에 커다란 코와 검은 눈동자, 진한 눈썹이 특징이었다. 그들의 태도는 당당하고 위엄에 차 있어서, 이것이 판관들의 모임인 산헤드린**에 견줄 만하다는 것을 알 수 있다.

삼각대 옆은 장의자의 상석에 해당하고, 권위 있는 말 한마디로 전원을 통할하는 인물이 앉도록 되어 있다. 지금 그 자리에

*모두 유대교의 종파. 바리새파는 율법의 준수와 종교적인 순수함을 강조하면서 형식주의와 위선에 빠져 예수를 공격했고, 사두개파는 바리새파의 엄격한 율격주의를 반대한 현실주의적인 교파였으며, 에세네파는 신비적인 금욕주의를 내세우며 장로의 지도 아래 공동생활을 했다.
**고대 유대 사회에서 최고 재판권을 지니고 있던 종교적·정치적 자치조직.

앉아 있는 남자는 과거에는 풍채가 좋았겠지만 지금은 비쩍 마르고 수척해져서 허리가 굽었고, 하얀 옷도 어깨에서 볼품없이 늘어져 있다. 하얀색과 붉은색의 줄무늬 비단 소매에 반쯤 가려진 손을 무릎 위에서 깍지 끼고, 이따금 뭐라고 중얼거리면서 떨리는 오른손 집게손가락을 쑥 내민다. 이 노인이 할 수 있는 동작은 이제 그것뿐인 것 같다. 하지만 그 머리는 볼만했다. 조금 남은 귀 언저리의 머리털은 새하얗고, 탄력 있는 두피는 번쩍거리는 빛을 내고 있다. 관자놀이는 움푹 들어가고, 이마는 툭 튀어나오고, 눈은 빛을 잃어서 흐리멍덩하지만, 얼굴 아래쪽은 모세의 형 아론처럼 흐르는 듯한 수염으로 덮여 있다. 이 노인이 그 유명한 바빌로니아 출신 랍비인 힐렐*이다. 이스라엘에서 오랫동안 단절되었던 선지자의 계보를 이제 학자들이 이어받고 있었다. 힐렐이야말로 그 창시자, 신의 영감에 의존하지 않는 지성의 선지자다. 그는 나이가 106세나 된 지금도 학부장을 맡고 있다.

힐렐 앞에 놓인 탁자에는 히브리어 문자가 쓰인 양피지 두루마리가 펼쳐져 있었다. 지금까지 논의가 계속되어왔지만 이제 드디어 결론에 도달한 듯, 그 자리에 모인 사람들의 얼굴에 느긋한 표정이 보인다. 힐렐은 자세도 바꾸지 않고 뒤에 있는 사환을 불렀다.

*기원전후의 유대교 율법학자. 바빌론 출생으로 예루살렘에 와서 노동과 고학으로 지냈으나 두뇌가 명석하여 뒤에 바리새파의 지도자가 되었으며, 율법의 형식보다 내용을 중시하고 근본정신의 실행에 힘썼다.

"이걸 왕에게 전하고, 질문에 대답할 준비가 되었다고 해라."

사환은 빠른 걸음으로 방을 나갔다.

잠시 후 관리 두 명이 나타나 문 좌우에 섰다. 그 뒤에서 화려하게 차려입은 노인이 천천히 나타났다. 붉은색으로 가장자리를 두른 보라색 곤룡포를 입고, 허리에는 금실로 짠 띠를 매고 있다. 구두 물림쇠에는 보석이 반짝이고, 허리띠에는 인장 대신 단검이 달려 있고, 머리에는 금으로 세공된 왕관을 쓰고 있는데, 왕관 밑에는 새빨간 펠트천으로 만든 터키모자를 쓰고 있다. 고개를 숙이고 지팡이를 짚고 발을 질질 끌듯이 걸어오다가 장의자 옆에서 비로소 사람들의 기척을 느꼈는지 몸을 세우고 귀찮은 듯이 주위를 둘러보았다. 적이 없는지 황급히 확인하는, 그런 의심에 가득 차고 상대를 위협하는 듯한 음험한 눈빛이었다. 이 사람이 헤롯 대왕이다. 육신은 병에 시달리고 양심은 죄로 갈기갈기 찢겨 있지만, 머리는 여전히 명석하고 지금도 황제혼을 갖고 있다. 예순여섯 살이지만 만족할 줄 모르는 질투심, 독재적인 권력, 무자비한 포악함으로 자신의 왕좌를 지키고 있다. 이 점에서 그를 능가할 자는 없다.

왕이 회의장에 들어오자, 거기에 모여 있던 사람들은 제각기 인사를 했다. 연장자는 앉은 자리에서 몸을 앞으로 숙였고, 좀 더 예의를 갖추는 사람은 일어나서 수염이나 가슴에 손을 대고 한쪽 무릎을 꿇었다. 헤롯 왕은 사람들을 둘러본 뒤, 힐렐과 반대쪽 삼각대 옆으로 가서 앉았다. 왕의 차가운 눈길을 받은 힐렐은 고개를 숙이고 맞잡은 손을 조금 올려 인사를 한다.

"대답은?" 왕은 자기 앞에 지팡이를 놓으면서 힐렐에게 고압적으로 물었다. "대답은?"

힐렐은 얼굴을 들고 정면에서 부드러운 눈으로 왕을 바라보았다. 그가 대답하는 태도를 다른 사람들은 마른침을 삼키며 지켜보고 있었다.

"폐하에게 하느님과 아브라함과 이삭과 야곱의 평안이 있기를." 기도하는 듯한 어조로 인사한 뒤 힐렐은 말투를 싹 바꾸어 말하기 시작했다. "그리스도가 어디에서 태어나기로 되어 있는지, 그것을 보고하라고 하셨지요?"

왕은 음험한 눈으로 힐렐을 노려보면서 고개를 끄덕였다.

"그렇소."

"이 사항에 대해서는 저와 여기 있는 사람들 모두 일치된 견해에 도달했습니다. 그것은 유대의 베들레헴이라는 겁니다." 힐렐은 삼각대 위의 두루마리를 떨리는 손가락으로 가리키면서 말을 이었다. "선지자가 이렇게 기록해놓았습니다. '유대 땅에 있는 베들레헴아, 너는 유대의 마을들 중에서 가장 작지 않다. 너에게서 우리 민족 이스라엘을 이끌 통치자가 나올 것이기 때문이다.'"

헤롯 왕은 얼굴에 곤혹스러운 기색을 떠올리며 두루마리에 눈길을 떨구고 생각에 잠겨 있었다. 주위 사람들은 숨을 죽이고 침묵을 지켰다. 이윽고 왕은 한마디도 하지 않고 방에서 나갔다.

"여러분, 모두 해산하시오." 힐렐이 말했다.

모두 일어나서 삼삼오오 방을 나갔다.

"시메온!" 힐렐은 쉰 살쯤 된 날카로워 보이는 남자에게 말했다. "경전을 정중하게 다시 말아두어라."

시메온이라고 불린 남자가 지시받은 일을 마치자 힐렐이 다시 말했다.

"나를 좀 부축해다오. 가마로 돌아갈 테니."

힐렐은 주름투성이인 손을 뻗어 시메온을 붙잡고 힘없는 걸음걸이로 문을 향해 걸어갔다. 힐렐의 아들 시메온은 아버지의 현명함과 학식을 물려받았을 뿐 아니라 직무에서도 아버지의 후계자였다. 고명한 학자와 그 아들은 이렇게 궁정을 떠났다.

그날 밤, 동방박사 세 사람은 숙소에서 베개 대신 돌을 베고 누워 있었다. 모두 아치 너머로 하늘에 가득한 별을 바라보면서 그 별이 이번에는 또 어떤 식으로 나타날까, 그리고 어떤 소식을 알려줄까 하고 생각하고 있었다. 그리스도 탄생의 증인으로서 결국 예루살렘까지 왔다. 그분에 대해 성문에서 물어보기도 했다. 이제 남은 것은 그분을 직접 만나는 것뿐이다. 성령을 절대적으로 신뢰하고, 하느님의 목소리에 귀를 기울이고, 하늘에서 내려올 증표를 기다리고 있는 박사들이 잠을 이루지 못하는 것도 당연했다.

그때 사람 그림자가 비치더니 한 남자가 아치 밑에 멈춰 서서 말을 걸었다.

"실례합니다. 급한 소식을 전하러 왔습니다."

박사들은 벌떡 일어났다.

"어디서 왔습니까?" 발타사르가 물었다.

"헤롯 왕이 보내서 왔습니다."

박사들의 가슴이 두근거렸다.

"당신은 이 여관에서 일하는 사람이군." 발타사르가 말했다.

"맞습니다."

"왕이 우리한테 무슨 볼일일까?"

"심부름꾼이 밖에 있으니까 직접 물어보세요."

"그러면 곧 갈 테니까 기다리라고 전해주게."

하인이 나가자 그리스인 가스파르가 말했다.

"당신이 말씀하신 대로입니다. 길에서 행인이나 문지기에게 물은 것이 왕의 귀에 들어갔을 겁니다. 기다릴 수 없습니다. 빨리 갑시다."

세 사람은 일어나서 샌들을 신고 망토를 걸치고 방을 나갔다.

그러자 밖에서 기다리고 있던 심부름꾼이 말했다.

"하느님의 평안을. 이런 시간에 성가시게 해서 죄송합니다. 대왕께서 세 분께 전하라고 하셨습니다. 은밀하게 이야기할 일이 있으니 궁전으로 와주시기 바란다고 하셨습니다."

현관 등불 아래에서 세 사람은 얼굴을 마주 보았다. 성령이 옆에 있는 것을 알았기 때문이다.

발타사르는 여관 하인에게 다가가서 다른 사람에게 들리지 않도록 작은 소리로 귀엣말을 했다.

"우리 짐이 어디에 있는지, 우리 낙타가 어디에서 쉬고 있는지 알고 있지? 우리가 나가면, 필요할 때 언제든지 출발할 수 있도록 준비를 갖추어주지 않겠나?"

"알았습니다. 맡겨주세요." 하인이 대답했다.

"폐하의 뜻은 우리의 뜻입니다. 당신을 따라가겠습니다." 발타사르가 심부름꾼에게 말했다.

당시 성도 예루살렘의 거리는 지금과 마찬가지로 좁았지만, 아름다움만이 아니라 깨끗함과 편리함에도 충분한 배려가 이루어지고 있었다. 박사들은 한마디도 말을 나누지 않고 심부름꾼을 따라갔다. 별빛뿐이라서 그렇지 않아도 어두컴컴했지만, 양쪽의 성벽 때문에 길은 더욱 어두웠고, 옥상과 옥상을 연결하는 구름다리 밑을 지날 때는 아무것도 보이지 않았다. 저지대를 빠져나가 언덕을 올라가자 이윽고 길 저편에 궁전 입구가 보이기 시작했다. 문 양쪽에는 커다란 화톳불이 활활 타올라, 뒤에 솟아 있는 저택과 무장한 경비병들을 비추고 있었다. 일행은 검문도 받지 않고 건물 안으로 들어가 복도와 홀과 안마당을 지나 긴 계단과 회랑을 오르내리면서 높은 탑을 올라갔다. 갑자기 심부름꾼이 우뚝 멈춰 서더니, 열린 문을 가리키며 말했다.

"들어가십시오. 안에서 폐하가 기다리고 계십니다."

방에는 백단 향기가 자욱하고, 최고급 가구가 비치되어 있었다. 하지만 세 동방박사는 어딘가 조화가 이루어지지 않은 듯한 인상을 받았다. 조각이 새겨지고 금박이 입혀진 장의자와 침대의자, 부채와 단지, 악기, 불 켜진 금빛 양초, 우아한 그리스풍의 벽화……. 근엄한 바리새인이라면 한 번 보기만 해도 신에 대한 모욕이라고 얼굴을 가렸을 것이다. 방 한복판에는 두꺼운 융단이 깔려 있고, 그 위에 놓인 왕좌에 아까와 같은 옷을 걸친 헤롯 왕이 앉아 있었다. 그 모습은 당장 세 사람의 마음을 사로잡았다. 세 사람이 융단 끝까지 다가가서 엎드리자, 왕은 초인종을 울려 의자 세 개를 가져오게 했다.

"편히 앉으라." 왕이 말했다.

모두 자리에 앉자 왕이 말했다.

"오늘 오후에 외국인 세 사람이 북문으로 들어왔다는 보고를 받았다. 특이한 차림이고 멀리서 온 손님으로 보인다고 들었는데, 그게 그대들인가?"

그리스인과 인도인이 눈짓을 하자 이집트인이 대표로 정중하게 인사를 했다.

"대왕님의 명성은 사방에 퍼지는 사향처럼 세계에 널리 울려 퍼지고 있습니다. 그 외국인 셋이 저희가 아니라면 폐하께서 부르시는 일도 없었을 것입니다. 확실히 저희가 그 외국인입니다."

헤롯 왕은 손을 들어 그 말에 응답했다.

"그대들은 도대체 누구인가? 어디서 왔는가? 한 사람씩 말해 보라."

세 사람은 차례로 자기가 태어난 나라와 도시, 예루살렘에 온 경로 따위를 설명했다.

헤롯 왕은 실망한 기색을 보이더니, 단도직입적으로 물었다.

"문지기에게 질문을 했다던데, 그게 무엇이냐?"

"유대인의 왕으로 태어나신 분은 어디 계시냐고 물었습니다."

"왜 사람들이 관심을 가졌는지 알겠다. 나도 흥미를 느낀다.

나 말고 유대인의 왕이 또 있다는 거로군."

이집트인은 숨기지 않았다.

"갓 태어나신 분이 계십니다."

순간, 고뇌의 빛이 왕의 얼굴을 스쳤다.

"내 아들은 아니다. 내 아들은 아니야."

자기가 죽인 아들들*의 비난하는 얼굴이 떠올랐을까. 왕은 마음의 동요를 간신히 가라앉히고 다시 물었다.

"그 새 왕은 어디 있느냐?"

"그걸 모르기 때문에 저희도 여기저기 물으면서 돌아다니고 있습니다."

"그대들은 솔로몬의 수수께끼보다도 더 불가해한 수수께끼를 가져왔다. 알다시피 나는 어린애처럼 호기심을 억누르지 못하는데, 그것을 갖고 놀다니 잔인하기 이를 데 없구나. 좀 더 이야기해보라. 그러면 상을 주겠다. 갓 태어난 왕에 대해 알고 있는 것을 모두 다 이야기하면 내가 그 왕을 찾는 일을 도와줄 수도 있다. 그 왕을 찾아내면 그대들의 소원을 뭐든지 다 들어주겠다. 그 왕을 예루살렘에 데려와서 왕도를 주어도 좋다. 출세와 영광을 위해 황제에게 천거해줄 수도 있다. 나는 절대로 질투심 같은 건 갖고 있지 않다. 우선 바다와 사막을 사이에 두고 멀리 떨어진 곳에 살고 있던 그대들이 어떻게 그 왕에 대해 알게 되

---

*헤롯 왕은 여섯 번 결혼했는데, 두 번째 부인 마리암네를 가장 사랑했으나 질투에 눈이 멀어 간통죄로 살해했으며, 둘 사이에 태어난 두 아들도 죽여버렸다. 또한 후계자 문제로 갈등을 겪다가 왕위를 물려주려던 맏아들도 처형했다.

있는지, 거기서부터 차근차근 말해보라."

"모두 숨김없이 말씀드리겠습니다."

"좋다."

발타사르는 자세를 바로 하고 엄숙하게 말했다.

"천지를 지배하는 전능하신 하느님이 계십니다."

헤롯 왕은 그 말에 당황한 표정을 지었다.

"그분께서 명령하셨습니다. 여기 와서 이 세상의 죄를 씻어줄 메시아를 만나 뵙고 경배를 드리고 그의 산증인이 되라고. 그 증표로 우리는 별을 보았습니다. 신의 성령이 우리에게 깃들어 있습니다. 성령은 지금도 여기 있습니다."

가득 차서 넘쳐흐르는 듯한 신에 대한 생각이 세 사람을 감쌌고, 그리스인은 소리를 지르고 싶은 충동을 필사적으로 억눌렀다. 헤롯 왕은 날카로운 눈으로 그들을 바라보며 시의심을 품고 더욱 불쾌해졌다.

"나를 놀리고 있구나. 새 왕이 오면 어떻게 된다는 것이냐? 말해보라."

"사람들이 구원을 받습니다."

"무엇으로부터?"

"사악함으로부터."

"어떻게?"

"믿음, 사랑, 선행으로."

"그렇다면……." 헤롯 왕은 잠깐 말을 끊었다. 그가 한 말의 참뜻을 간파하기는 어려웠다. "그대들은 그리스도의 사자(使者)

라는 것이냐? 그것뿐이냐?"

발타사르는 공손히 고개를 숙였다.

"저희는 폐하의 종입니다, 대왕님."

왕이 초인종을 울리자 시종이 나타났다.

"선물을 가져오너라."

시종은 일단 방에서 나갔다가 곧 돌아와서 손님들 앞에 무릎을 꿇고, 붉은색과 푸른색이 어우러진 망토와 금띠를 내밀었다. 이에 대해 박사들은 동방식으로 감사를 표했다. 그 의례가 끝나자 헤롯 왕이 말했다.

"한 가지만 더 묻겠다. 그대들은 문지기한테, 그리고 지금은 나한테 동방에서 별을 보았다고 했는데……."

"그렇습니다. 갓 태어난 그분의 별입니다."

"그 별은 언제 나타났느냐?"

"여기로 가라는 명령을 받았을 때입니다."

헤롯 왕은 일어나서 알현이 끝났음을 알렸지만, 왕좌를 내려온 뒤 박사들에게 다가와서 정중하게 말했다.

"그대들이 그리스도의 진짜 사자라면 가르쳐주겠다. 오늘 밤 유대의 식자들에게 물어봤더니, 그리스도가 태어난 곳은 베들레헴이라고 모두 입을 모아 말했다. 거기로 가서 갓난아기를 모조리 찾아보라. 그리고 만약 찾거든 나한테 보고하도록 하라. 나도 가서 그리스도 앞에 엎드려 절하겠다. 나는 그대들을 돕지도 않겠지만 방해하지도 않겠다. 평안이 함께하기를."

이렇게 말한 뒤 왕은 옷을 몸에 휘감고 방을 나갔다. 곧 심부름꾼이 나타나 세 사람을 무사히 여관으로 데려다주었다.

여관 입구에서 기다렸다는 듯이 그리스인이 말했다.

"베들레헴으로 갑시다. 왕이 말한 대로."

"그렇게 합시다. 성령이 내 안에서 불타고 있습니다." 인도인
도 동의했다.

"그럽시다. 언제든지 출발할 수 있도록 낙타도 준비되어 있습
니다." 발타사르도 대답했다.

왕한테 받은 선물을 하인에게 건네준 뒤, 낙타에 올라탄 세
사람은 욥바 문까지 가는 길을 확인하고 출발했다. 그들이 성문
으로 다가가자 빗장이 열렸다. 박사들은 성벽 밖의 평원으로 나
아갔다. 그것은 얼마 전에 요셉과 마리아가 지나간 길이다. 힌
놈 골짜기를 나와 르바임 평원에 이르자 불빛이 하나 나타났다.
처음에는 어렴풋한 빛이었지만, 깜박깜박 점멸하기 시작하더니
갑자기 확 밝아졌다. 빛이 너무 눈부셔서 박사들은 저도 모르게
눈을 감았다. 겨우 눈을 떠보니, 하늘의 별과 전혀 다를 게 없는
별이 지금은 낮게 내려와 그들 앞에서 천천히 움직이고 있었다.
박사들은 손을 맞잡고 소리를 지르며 기쁨에 몸을 떨었다.

"하느님이 우리와 함께 계십니다."

가는 도중에 박사들은 몇 번이나 그 말을 되풀이하면서 서로
기뻐했다. 골짜기를 이동한 별은 이윽고 엘리야 산을 넘어 마을
근처, 언덕 비탈에 있는 오두막 위에 딱 멈추었다.

14
아기 그리스도

지금은 밤 3시경, 벌써 베들레헴의 동쪽 산에 어렴풋이 아침 햇살이 비치기 시작했지만, 골짜기에는 아직 어둠이 깔려 있었다. 대상 숙사의 옥상에 있던 불침번은 아침의 냉기에 몸을 떨면서 주위가 잠에서 깨어나 하루를 시작하느라 술렁거리는 소리가 들려오기를 은근히 기다리고 있었다. 그때 한 줄기 빛이 언덕에서 숙사 쪽으로 다가오는 것이 보였다. 저건 횃불일까, 아니면 별똥별일까. 불침번이 그렇게 생각하는 동안 빛은 점점 밝아져서 이윽고 하나의 별이 되었다. 깜짝 놀란 불침번은 모든 사람들에게 옥상으로 올라오라고 큰 소리로 외쳤다. 그 불가사의한 빛은 여전히 이쪽으로 다가왔다. 주위의 바위도 나무들도 길도 빛을 받아 또렷이 모습을 드러냈고, 너무 부셔서 눈을 뜨고 있을 수도 없을 정도였다. 겁이 많은 사람은 얼굴을 손으로 가린 채 무릎을 꿇고 기도를 드리고 있었다. 쭈그려 앉아 있으면서도 조심조심 손을 눈 위에 대고 그 눈부신 빛을 보고 있는 사람도 있었다. 그 별은 아기가 태어난 동굴 앞의 오두막 위에 멈추었고, 눈부신 빛이 대상 숙사 전체를 감쌌다.

그 와중에 세 동방박사가 나타나 숙사 앞에 낙타를 세우고는 낙타에서 내려 문을 열라고 소리쳤다. 그때까지 필사적으로 공포를 억누르며 그들을 보고 있던 불침번은 빗장을 풀고 문을 열었다. 눈부신 빛 속에서 보는 낙타는 이 세상의 존재로 여겨지지 않았고, 세 박사의 얼굴과 행동거지에서도 이상한 흥분과 열기가 느껴졌기 때문에, 불침번은 더욱 놀라서 어찌할 바를 몰랐다. 너무 놀라서 한동안은 묻는 말에 대답도 하지 못할 정도였다.

"여기가 베들레헴입니까?"

주위에 사람들이 모여들었기 때문에 불침번도 조금 침착함을 되찾았다.

"아닙니다. 여기는 대상 숙사이고, 마을은 아직도 한참 더 가야 합니다."

"혹시 이곳에 갓 태어난 아기가 없습니까?"

구경꾼들은 놀라서 서로 얼굴을 마주 보았지만, 그중 몇 명이 "있어요, 있어" 하고 대답했다.

"만나게 해주세요." 그리스인이 조급함을 참지 못하고 말했다.

"그분에게 데려가주세요. 별을 보고 그분에게 경배하러 여기까지 왔으니까요. 저것 보세요. 별이 저 오두막 위에 보이지요?" 발타사르도 부탁했다.

인도인은 손을 합장하고 외쳤다.

"하느님은 정말로 계십니다. 빨리 데려가주세요. 메시아를 드디어 찾았습니다. 만날 수 있는 영광을 얻은 우리는 얼마나 운이 좋은가요."

동굴 위에서 빛나는 별은 아까보다 빛이 흐려졌다. 세 박사가 안마당을 지나 울타리 쪽으로 안내되어 가자, 숙사 옥상에서 별을 보고 있던 사람들도 대부분 그들을 따라갔다. 세 박사가 오두막으로 다가갈수록 별은 점점 위로 올라가더니 이윽고 대기

속으로 사라져버렸다. 여기서 일어난 일을 누군가가 자세히 관찰했다면, 이 별과 세 명의 외국인, 그리고 동굴 속에 있는 사람 사이에는 하느님이 정한 신성한 관계가 있다고 확신했을 것이다. 문이 열리자 세 박사는 안으로 우르르 들어갔다.

동굴에는 등불이 하나만 켜져 있었다. 그 불빛이 어머니와 그 무릎 위에서 눈을 뜨고 있는 아기를 비추고 있었다.

"당신의 아이입니까?" 발타사르가 마리아에게 물었다.

지금까지 되도록 아이를 자극하지 않으려고 신경을 써온 마리아는 조금 당황하면서도 아이를 등불 쪽으로 가까이 가져가면서 말했다.

"제 아들입니다."

세 사람은 그 자리에 꿇어 엎드려 아이에게 경배했다. 아이는 보통 갓난아기와 조금도 다르지 않았다. 머리에는 왕관도 후광도 없었다. 살짝 벌어진 입에서 말이 나오는 것도 아니었다. 물론 세 사람의 기쁨과 탄원과 기도를 듣고도 아무 반응도 보이지 않았다. 그저 아기답게 등불을 뚫어지게 바라보고 있을 뿐이었다.

잠시 후 세 박사는 일어나서 낙타가 있는 곳으로 돌아가더니, 자기들이 가져온 황금과 유향과 몰약을 아이에게 바치고 끝없는 축복을 주었다. 하지만 그 상황을 더 기록하는 것은 그만두겠다. 예나 지금이나 순수한 마음의 순수한 경배는 영감으로 가득 찬 노래라는 것을 생각 있는 사람이라면 누구나 알고 있기 때문이다.

이 갓난아기가 세 사람이 멀리서 찾아온 메시아였다. 그 아기 앞에서 박사들은 주저 없이 끓어 엎드렸다.

그것은 무엇 때문일까?

하느님 아버지가 보내신 증표를 그들이 절대적으로 믿었기 때문이다. 강한 신뢰에 뿌리박은 믿음을 가진 세 사람에게는 주님의 약속만으로 충분했고, 사소한 일을 새삼스럽게 문제 삼을 필요는 전혀 없었다. 하느님의 증표를 보고 그 약속을 들은 사람은 많지 않다. 성모 마리아와 요셉, 양치기들, 그리고 이 세 명의 동방박사―그들은 모두 똑같이 믿었다. 이때는 아직 구원을 주재하는 것이 아이가 아니라 하느님이었지만, 이윽고 모든 증표가 이 아들로부터 나올 때가 온다. 하느님을 믿는 자들은 행복하다.

그때가 오기를 기다리자!

제2부

|

영혼의 불꽃과 약동은
자신의 좁은 존재 안에 머무르려 하지 않고
욕망을 품기에 적당한 환경 너머를 동경한다.
그리고 일단 불이 붙으면 영원히 꺼지지 않고
고결한 모험을 먹이로 삼아
휴식 말고는 어떤 것에도 싫증을 내지 않는다.

—바이런, 〈차일드 해럴드의 편력〉

1
로마와 유대

여기서 독자 여러분을 21년 뒤로 데려가겠다. 유대의 제4대 총독 발레리우스 그라투스의 통치가 막 시작되었을 무렵이다. 역사상으로는 예루살렘의 정치적 혼란에 따른 분열의 시대로 되어 있지만, 실제로는 유대인과 로마인 사이에 마지막 투쟁의 막이 열린 시기에 해당한다.

유대 땅은 그동안 온갖 변화를 경험했다. 헤롯 왕은 그리스도가 탄생한 지 1년도 지나기 전에 비참한 최후를 맞았지만, 그것을 그리스도인들은 신의 노여움을 샀기 때문이라고 수군거렸다. 어느 시대에나 위정자는 자신의 권력을 절대적인 것으로 만들려고 공작을 꾸미는 법이지만, 헤롯 왕도 예외는 아니었다. 왕조의 창시자로서 왕위와 왕관을 아들에게 물려줄 것을 꿈꾸고, 자기가 죽으면 왕위는 아켈라오에게, 영토는 셋으로 나누어 세 아들—아켈라오, 안디바, 빌립—에게 물려주려고 했다. 로마 황제 아우구스투스는 이 유언을 검토하고, 아켈라오의 왕위에 대한 조항을 제외하고는 모두 승인했다. 황제는 아켈라오의 능력과 충성심이 증명된 뒤에 왕위를 인정하기로 하고, 9년 동안 그를 행정장관 자리에 앉혀두었다. 하지만 결국 불온한 사회 상황을 타개하지 못했다는 이유를 들어 갈리아로 유배를 보내 버렸다.

황제는 아켈라오를 실각시키는 것만으로는 만족하지 않고, 예루살렘 사람들의 자존심을 상하게 하고 성전에 모이는 오만한 자들을 혼내주는 방책을 취했다. 즉 유대의 독립성을 약화시키고 속주로서 시리아에 병합시킨 것이다. 지금까지는 예루살렘의 시온 산에 있는 궁전에서 왕이 유대를 통치했지만, 이제는 행정관에 불과한 총독의 손에 예루살렘을 맡기고 안디옥에 주재하는 시리아의 보좌관을 통해 로마와 연락을 취하게 했다. 또한 총독이 예루살렘에 거처를 두지 않고, 집정의 본거지를 가이사랴*에 둔 것도 유대인들의 신경을 건드렸다. 하지만 무엇보다 분한 것은 가장 멸시당하고 있는 사마리아를 유대와 병합한다는 것이었다. 완고한 바리새파 사람들이 가이사랴의 총독 앞에서 그리심**의 신봉자인 사마리아인에게 비웃음을 당하거나 팔꿈치로 떠밀려도 참아야 한다. 그것은 예루살렘 사람들에게 이루 말할 수 없는 굴욕이었다.

거듭되는 실의 속에서 유대인들의 유일한 위안은 헤롯 왕의 궁전을 유대인 대제사장이 점거하고 지도자로서의 체면을 유지

---

*헤롯 왕이 지중해 연안에 항구를 축조하여 만든 도시. 예루살렘 북서쪽에 위치했으며, 당시 로마 총독이 주재한 팔레스타인 제일의 도시로, 주민 대다수는 그리스인이었다.
**팔레스타인 중부 골짜기에 있는 산. 유대인들이 예루살렘에 성전을 지을 무렵 사마리아인들은 그리심 산에 자신들의 성전을 세워 신앙의 본거지로 삼았다.

하고 있다는 것이었다. 그 밖에도 여기 있는 사람들 중에는 로마 제국의 세리, 호적관, 등기관, 징수관, 심지어는 밀고자까지 섞여 있었지만, 궁전의 주요 지배자가 유대인이라는 것은 자유를 꿈꾸는 유대인에게는 한 가닥 희망이었다. 물론 대제사장에게 실제 권한 따위는 전혀 없었다. 정치적인 최종 결단은 모두 총독에게 맡겨지고, 종교적 정의는 로마 교령의 이름으로 정해진다. 하지만 여기에 아직 대제사장이 있다는 것이 선지자의 약속, 여호와와의 언약, 주님이 아론의 자손을 다스리고 있었던 시대를 생각나게 했다. 그것은 주님이 아직 유대인을 버리지 않았다는 증거였고, 이로써 그들은 계속 희망을 품고 이스라엘을 다스릴 유다의 자손이 나타나기를 참을성 있게 기다릴 수 있었다.

유대는 80년이 넘도록 로마의 동맹국이었지만, 그동안 로마 황제는 이 민족의 특수성을 이해하고 있었다. 즉 종교만 존중해 주면 긍지 높은 유대인을 원만하게 다스릴 수 있다는 것을 터득한 것이다. 그라투스의 전임자들은 이 방침에 따라 유대인의 종교적 계율에 간섭하는 것을 피하거나 삼갔다. 하지만 그라투스는 달랐다. 부임하자마자 안나스를 대제사장 자리에서 쫓아내고, 파부스 가문의 이스마엘을 그 자리에 앉혔다.

이 명령을 내린 사람이 아우구스투스든 그라투스든 마찬가지였고, 이 실책의 결과는 당장 표면화했다. 앞으로 서술할 이야기의 이해를 돕기 위해 여기서 유대의 정치 상황에 대해 한마디만 설명해두겠다. 당시 유대에는 귀족당과 민중당(분리파)이라는 두 당파가 있었는데, 헤롯 왕이 죽은 뒤 이 두 당은 협력 태세를 취하고 아켈라오와 맞섰다. 성전이나 궁전에서, 예루살렘이나 로마에서, 때로는 음모를 꾸미고 때로는 무기를 들고 싸움을 걸어서, 모리아 성전의 주랑에 전사들의 목소리가 울려 퍼진 적도 한두 번이 아니었다. 그리하여 마침내 아켈라오를 실각시켰다. 그동안 두 당의 당원들은 서로 다른 야망을 품었다. 귀족당은 대제사장 요아자르를 싫어했지만, 민중당은 그를 열렬히 신봉했다. 요아자르가 아켈라오와 함께 실각하자 셋 씨족의 안나스가 귀족당의 지지를 얻어 대제사장에 취임했고, 이로 말미암아 협력 관계가 분열해버린다. 셋 씨족의 등용은 두 당 사이에 격렬한 대립을 불러일으켰다.

아켈라오가 일으킨 혼란 속에서 귀족당은 로마 쪽에 붙는 편이 현명하다는 것을 깨달았다. 기존 체제가 무너져버리면 그것을 대신할 정부가 필요하다. 그래서 그들은 유대를 하나의 속주로 격하시킬 것을 제안했고, 이것이 민중당의 반감에 기름을 부었다. 게다가 사마리아가 병합되자 귀족당은 지위와 부라는 특권, 그리고 로마 제국의 후원밖에는 의지할 데가 없는 소수파가되었고, 그 후 발레리우스 그라투스가 올 때까지 15년 동안 왕궁과 성전에서 간신히 명맥을 유지하고 있었다.

귀족당의 대표인 안나스는 로마의 이익을 우선하는 방식으로 권력을 행사했다. 로마 주둔군이 안토니아 성을 지키고 왕궁의 출입문을 경비하고, 로마인 재판관이 형사재판과 민사재판을 모두 관장했다. 로마의 세금 징수는 가혹했고, 도시에서도 시골에서도 사람들은 끊임없이 시달리고 착취당하여 자유로운 생활과 구속받은 생활의 차이를 뼈저리게 느끼고 있었다. 하지만 그래도 안나스는 사람들을 어떻게든 침묵시킬 만한 힘을 갖고 있었다. 로마에 이만한 협력자는 없었지만, 로마가 그 사실을 깨달은 것은 안나스를 추방한 뒤였다. 안나스는 그 지위를 이스마엘에게 넘겨주고, 이번에는 민중당 의원이 되어 베소스족과 셋족 연합의 새로운 지도자가 되었다.

총독 그라투스가 정당의 지지를 잃자, 지난 15년 동안 연기만 내고 있던 반로마의 불길이 되살아나 활활 타오르기 시작했다. 그래서 이스마엘이 대제사장에 취임한 지 한 달 뒤, 사태를 진압하기 위해 그라투스가 예루살렘을 방문했다. 북문으로 입성하여 안토니아 성탑으로 행진하는 그라투스 일행을 기다리고 있었던 것은 성벽 위에서 유대인들이 날리는 야유였다. 총독이 이번에 예루살렘을 방문한 진짜 목적이 총독 호위를 구실로 주둔군 1개 사단을 더 보강하는 데 있다는 것은 누가 보아도 분명했기 때문이다. 주둔군이 보강되면 압정의 무게가 주민들을 더욱 무겁게 짓누를 터였다. 총독이 그 구실을 정당화하기 위한 희생자를 찾고 있었다면, 가장 좋은 대상은 그 덫에 가장 먼저 걸려드는 인물이다.

2
메살라와 유다

앞의 설명을 염두에 두고, 이번에는 독자 여러분을 시온 산의 궁전 앞으로 데려가겠다.

7월 중순의 어느 날, 여름의 태양이 쨍쨍 내리쬐는 한낮이다. 정원을 둘러싸고 있는 건물은 2층이고, 아름답게 장식된 난간이 있는 베란다가 튀어나와 있어서 2층 방은 후미져 있다. 낮은 주랑에서는 아름다운 저택이 바라다보이고, 상쾌한 바람이 지나가고, 산책길 여기저기에 잔디밭과 딸기나무, 희귀한 야자나무, 메뚜기콩, 살구나무, 호두나무도 심어져 있어서 보는 사람의 눈을 즐겁게 해주고 있다. 정원 한가운데에는 대리석으로 만든 깊은 수반이 있고, 지면은 거기에서 사방으로 완만한 경사를 이루며 내려가, 작은 수문이 열리면 산책길 옆의 수로로 물이 흐르도록 되어 있는데, 건조한 지역이 아니고는 나올 수 없는 지혜다.

수반에서 그리 멀지 않은 곳에 작은 연못이 있고, 요단이나 사해 주변에서 흔히 볼 수 있는 대추야자와 협죽도 덤불에 물이 흘러 들어가도록 되어 있다. 그 옆에 두 청년이 앉아서 이야기를 나누고 있는데, 한 사람은 열아홉 살쯤이고 또 한 사람은 열일곱 살쯤. 둘 다 숨 막힐 듯한 더위도 아랑곳하지 않고 대화에 열중해 있다. 둘 다 이목구비가 단정하고, 머리카락도 눈도 검고, 피부는 구릿빛으로 그을렸지만, 체격에 조금 차이가 있어서 얼핏 형제처럼 보이기도 한다.

　나이가 위인 청년은 머리에 아무것도 쓰지 않고, 붉은색 천으로 가장자리를 두른, 품이 넉넉하고 무릎까지 내려오는 회색 투니카를 입고 있다. 거기에 샌들을 신고, 푸른색 망토 위에 앉아 있다. 그 차림으로 보아 그가 로마인인 것은 분명하고, 우아한 태도와 세련된 행동거지, 침착한 목소리에서는 좋은 집안 출신인 것을 엿볼 수 있다. 이 청년이 로마에서도 손꼽히는 명문인 메살라 가문의 자제라는 것도 상대를 내려다보듯 말하는 오만한 태도를 보면 납득이 간다. 메살라 가문은 초대 황제가 벌인 숙적과의 싸움에서는 브루투스 쪽에 섰지만, 필리피* 전투 이후 명예를 잃지 않고 옥타비아누스와 화해했다. 나중에 제국을 제패할 때 메살라가 보여준 노력에 대해 아우구스투스 황제가 된 옥타비아누스는 많은 보상을 주었지만, 그중 하나가 유대의 세금 징수를 책임지고 관리하는 황제 재무관의 지위였다. 그 후 그의 아들은 가족과 함께 예루살렘 궁전에 살면서 그 임무를 수행하고 있는데, 손자에 해당하는 이 청년의 태도에도 할아버지가 당시의 황제와 친한 사이인 것을 의식하고 있는 모습이 엿보인다.

　메살라가 대화에 열중해 있는 상대는 몸집이 조금 작고, 당시 예루살렘에서 유행하는 하얀 아마옷을 입고, 머리에 쓴 헝겊을 노란색 띠로 묶고 있었다. 그 풍모로 보아 그가 유대인인 것

*마케도니아의 고대 도시. 기원전 42년에 옥타비아누스와 안토니우스가 카이사르를 암살한 브루투스와 카시우스를 이곳에서 무찔렀다.

은 금방 알 수 있을 것이다. 로마인의 이마는 높고 좁다. 매부리코에 입술은 얇고 한일자로 다물어져 있다. 눈썹 밑에는 차갑고 가느다란 눈이 빛나고 있다. 한편 유대인은 낮고 넓은 이마, 콧방울이 부풀어 오른 긴 코, 도톰한 입술과 턱, 커다란 눈, 윤기 나는 볼, 몸 전체에 유대인 특유의 부드러움과 건강함과 아름다움을 지니고 있었다. 로마인이 엄격하고 단정한 아름다움을 갖고 있는 반면, 유대인에게는 육감적인 풍부함이 있었다.

"신임 총독이 내일 오지?" 유대인 청년이 그리스어로 물었다. 기묘한 일이지만, 당시 유대의 상류층은 그리스어를 사용하고 있었다. 그 유행은 궁전에서 군대와 대학으로 퍼졌고, 언제부턴가 성전 안에까지 들어가 있었다.

"그래, 내일이야." 메살라가 대답했다.

"누구한테 들었어?"

"새로 궁성장관이 된 이스마엘, 너한테는 대제사장이지만, 그 사람이 어젯밤에 아버지한테 말하는 걸 들었지. 물론 이 소식도 뭐가 진실인지 잊어버린 이집트인이나 뭐가 진실인지 전혀 모르는 에돔인*에게 들으면 훨씬 신빙성이 있겠지만 말이야. 하지만 실제로 오늘 아침에 백인대장이 환영식을 준비하느라 정신없이 바쁘다고 말했어. 무기 담당자가 투구와 방패를 닦고, 문장에 그려진 독수리의 금박을 다시 칠하고, 한동안 사용하지 않

---

*이삭의 장남이자 야곱의 형인 에서의 별명으로, 그의 후손들 또는 그 후손들이 세운 나라를 일컫는 말이다. 현재의 이스라엘 남쪽 지방 사해 주변과 요단의 산악 지방에 해당한다.

은 숙소를 청소하는 모양이야. 새 총독의 호위병으로 따라오는 근위병들의 숙소로 사용하겠지."

　이 청년의 말투를 그대로 전할 수 없는 것이 안타깝다. 펜이 살리지 못하는 중요한 맛은 독자들의 상상력이 도와달라. 경건함이 로마인의 특질이었던 것은 옛날 일이고, 과거의 종교는 이제 신앙이라고는 부를 수 없고 기껏해야 하나의 사고방식이나 표현방식의 한 형태가 되어버렸고, 한 줌밖에 안 되는 자들이 그것을 다루고 있을 뿐이다. 성전을 관리하는 것이 이득이라고 생각하는 제사장, 시를 쓰기 위한 방편으로 신들을 노래하는 시인, 그리고 가수 정도가 고작이다. 종교를 대신하여 힘을 갖고 있는 것은 철학이고, 경건함 대신 풍자가 활개를 쳐서, 마치 고기에 뿌리는 소금이나 포도주처럼 모든 연설과 대화에까지 풍자가 스며들어 있었다. 로마에서 교육을 받고 최근에 돌아온 청년 메살라는 이런 풍조에 완전히 물들어 있었다. 눈꺼풀을 가볍게 움직이고 콧방울을 실룩거리고 무관심을 가장하여 께느른한 태도로 지껄이는 등 풍자를 살리는 방식은 천차만별이지만, 그중에서도 가장 효과적인 방법은 이야기 중간에 의식적으로 잠깐씩 사이를 두는 것이다. 그런 방법으로 듣는 사람을 즐겁게 하거나 창피를 주기도 한다.

　지금도 이집트인과 에돔인이라고 말한 뒤, 메살라는 한참 동안 입을 다물고 있었다. 상대의 말에 상처를 입은 유대인 청년은 얼굴을 붉히고, 다음 말도 귀에 들어오지 않는 모양이다. 그는 말없이 물웅덩이를 바라보고 있었다.

"이 정원에서 마지막 작별을 했었지. 너는 '신의 평안'을'이라고 말했고, 나는 '신들이 너를 지켜주시기를'이라고 말했어. 기억해? 그 후 몇 년이 지났지?"

"5년이야." 유대인 청년은 물을 바라보면서 말했다.

"그래, 너는 확실히 신들에게 감사를 드려야 돼. 남자다워졌어. 그리스식으로 말하면 아름다워졌다고 해야 하나? 훌륭하게 성장했어. 유피테르가 가니메데스*로 만족한다면, 너만큼 황제의 시동에 어울리는 사람도 없을 거야. 그런데 유다, 총독이 오는 데 왜 그렇게 신경을 쓰는 거야?"

유다는 사려 깊은 커다란 눈으로 상대를 바라보았다.

"5년 전에 네가 로마로 떠난 날을 지금도 기억하고 있어. 나는 너를 좋아했기 때문에 정말로 슬퍼서 울었지. 5년이 지나자 너는 훌륭한 귀공자처럼 되어서 돌아왔어. 이건 겉발림 말이 아니야. 하지만 나는 네가 원래의 모습으로 돌아오길 바랐어."

풍자가인 메살라는 콧방울을 부풀리고 한참 사이를 두었다가 이렇게 말했다.

"아니, 아니야. 너는 가니메데스가 아니라 신탁을 받는 자야. 내 충고를 받아들인다면, 로마에 있는 수사학 교수한테 추천서를 써줄 수도 있어. 조금만 더 수사학에 대한 지혜가 있으면, 그리고 좀 더 수수께끼 같은 표현을 익히면 델포이**의 신도 너를

---

*그리스 신화에 나오는 트로이의 미소년. 제우스(로마 신화의 유피테르)가 독수리로 변신하여 납치한 뒤 술시중을 들게 했다.
**그리스 중부 지방의 고대 도시. 신탁으로 유명한 아폴론의 신전이 있었다.

반갑게 맞아줄 거야. 짐짓 점잔을 빼는 네 목소리를 듣고 왕관을 가진 피티아*가 내려올지도 몰라. 진지하게 말해서, 옛날의 나와 지금의 내가 어떻게 다르다는 거지? 전에 당대 제일의 이론가가 하는 말을 들은 적이 있는데, 그 연설의 주제는 문자 그대로 '토론'이었지. 그 사람이 이런 말을 했어. '적에게 대답하기 전에 적을 알라'고. 우선 너를 이해하지 않으면 안 될 것 같아."

유다는 남을 깔보는 듯한 메살라의 눈초리에 발끈했지만, 지지 않고 대답했다.

"좀 우쭐대는 거 아냐? 교수한테 많은 지식과 예절을 배운 건 확실하군. 선생처럼 유창한 말솜씨야. 하지만 지금 네가 한 말에는 가시가 있어. 메살라, 과거의 너에게는 이런 독기가 없었어. 옛날의 너라면 절대로 남의 마음에 상처를 주지 않았어."

메살라는 마치 칭찬이라도 받은 것처럼 미소를 지었다. 그리고 오만하게 고개를 쳐들고 말했다.

"유다, 거드름 피우지 마. 우리는 델포이나 도도나**의 신탁소에 있는 게 아니니까, 신의 계시처럼 애매모호하게 말하는 건 그만두고 알기 쉽게 말해줘. 도대체 내가 언제 너한테 상처를 주었다는 거야?"

유다는 숨을 크게 들이마시고 허리띠를 잡아당기며 대답했다.

"지난 5년 동안 나도 여러 가지를 배웠어. 나를 가르친, 예를 들면 랍비인 힐렐 선생님은 물론 네가 강연을 들은 이론가한테

*아폴론의 신탁을 받은 무녀.
**그리스 북서부 산중에 있는 고대 성역. 제우스가 내리는 신탁의 땅으로 유명했다.

는 못 미치겠지. 시므온 선생님이나 샴마이 선생님도 로마에 있는 교수들과는 비교가 안 될지 몰라. 하지만 그분들의 학문은 결코 금지된 영역에는 들어가지 않으니까, 학생들은 신과 율법, 이스라엘에 관한 지식을 확실히 전수받고, 사랑과 존경을 손에 넣을 수 있어. 내가 대학에 가서 안 것은 유대가 옛날과는 완전히 달라져버렸다는 슬픈 사실이었지. 하나의 독립 국가였던 옛날과 제국의 속주에 불과한 지금은 하늘과 땅 차이야. 이 나라의 타락에 화를 내지 않는다면 나는 저 사마리아인보다도 비열하고 극악무도한 사람이 되어버릴 거야. 이스마엘은 정통 대제사장이라고는 말할 수 없어. 안나스가 살아 있는 한 대제사장은 될 수 없어. 안나스는 레위인이고, 우리의 신앙과 예배의 대상인 하느님을 수천 년이나 섬겨온 독실한 가문에 속한 분이니까."

메살라는 악의적인 웃음으로 유다의 말을 가로막았다.

"네 말은 알아들었어. 이스마엘은 강탈자라고 넌 말하고 싶겠지. 하지만 이스마엘보다 에돔인을 믿는 놈은 독사처럼 물어. 도대체 유대인은 어떻게 된 놈들이야. 이 세상에서도 저 세상에서도 모든 게 변하고 사람도 모두 변하는데 유대인은 절대로 변하지 않아. 앞으로 나아가지도 않고 뒤로 물러서지도 않아. 세상이 시작되었을 때의 선조 모습 그대로야. 자, 모래 위에 원을 그려보자. 이게 유대인의 인생 자체야. 빙글빙글, 아브라함은 여기, 이삭과 야곱은 저기, 네가 말하는 여호와는 한가운데. 그리고…… 아차, 원이 너무 크군. 좀 더 작은 원을 그려보자."

그는 지면에 엄지손가락을 대고 그 주위에 손가락을 붙여서 회전시켰다.

"봐. 엄지손가락 있는 곳이 신전, 손가락 자국이 유대야. 유대인은 작은 동그라미 속을 빙글빙글 돌고 있을 뿐, 그 바깥쪽에도 무언가 가치 있는 게 있다는 걸 인정하려 하지 않아. 학문도 안 돼. 헤롯은 건축가가 되어서 저주를 받았어. 회화와 조각을 숭상하는 것도 죄야. 시도 그저 제단에 바칠 뿐이야. 회당이 아닌 곳에서 누가 변설을 농하지? 전쟁이 일어나봐. 너희가 엿새째 되는 날 적을 정복해도 이레째 되는 날에는 사태가 역전돼. 그게 너희의 운명이고 한계야. 내가 너희를 깔보면 누가 반론을 제기하지? 유대인의 신앙에 만족하고 있는 듯한 너희 신에 비해 로마의 유피테르는 어때? 우리가 전 세계를 정복할 수 있도록 매를 빌려주지. 모든 건 알 가치가 있다고 가르쳐주는 로마의 교수에 비하면 힐렐, 시므온, 샴마이 같은 랍비 따위는 아무것도 아니야."

유다는 얼굴을 붉히며 일어났다.

"안 돼. 아직 돌아가면 안 돼. 유다, 돌아와." 메살라는 손을 뻗으며 외쳤다.

"네가 깔보기 때문이야."

"조금만 더 들어. 내 이야기도 곧 끝나니까. 오늘은 네가 일부러 나를 찾아와서 내가 돌아온 것을 축하해주었어. 가능하면 옛날처럼 사이좋게 지내려는 네 마음은 고맙게 생각해. 로마에 있는 내 교수가 마지막 강의에서 이렇게 말했지. '가라. 가서 위대한 인생을 걸어라. 다만 마르스(전쟁의 신)는 다스리고 에로스(사랑의 신)는 눈을 가질 뿐이라는 걸 명심해라.' 결국 사랑 같은 건 의미가 없고 전쟁이 전부라는 거지. 적어도 로마에서는 그래. 결혼은 이혼으로 가는 첫걸음이고, 미덕 따위는 행상인이 파는 보석에 불과해. 클레오파트라는 죽어서 사랑의 기술을 남겼지만, 복수를 당했어. 물론 그 여자의 후계자는 로마 전역에 5만 명이나 있지……. 전 세계가 같은 길로 가고 있어. 에로스는 내려가고 마르스는 올라가고 있지. 우리의 미래도 마찬가지야. 나는 군인이 될 거야. 유다, 너는 불쌍한 놈이야. 도대체 뭐가 될 작정이지?"

유다는 말없이 연못가로 걸어갔다. 메살라는 점점 더 말이 많아졌다.

"그래, 나는 네가 불쌍해. 대학에서, 회당, 신전, 그리고 산헤드린까지. 얼마나 빛나는 영광인가. 하지만 장래성은 전혀 없어. 아아, 신들이여, 제발 이 친구를 도와주소서."

계속 지껄이는 메살라의 오만한 얼굴에서 자존심의 불길이 활활 타오른다.

"물론 세계가 완전히 정복된 건 아니야. 아직 발견되지 않은 섬도 있고, 북쪽으로 가면 아무도 간 적이 없는 땅도 있어. 알렉산드로스 대왕의 동방 행군을 완성시키는 영예도 아직 남아 있지. 로마인에게 어떤 가능성이 있는지 봐. 스키타이*를 점령한 다음에는 아프리카 원정이야. 그리고 군단장, 보통 사람은 거

*흑해 동북 지방의 초원지대.

기서 끝나겠지만, 나는 달라. 나는 군단장보다 장관직이 더 좋아. 돈을 갖고 로마에서 사는 것, 그보다 좋은 건 없어. 돈, 술, 여자, 노름. 연회장에 음유시인을 부르고, 궁정에서 음모를 꾸미고, 1년 내내 주사위 노름을 하지. 이런 생활이야말로 살찐 장관의 생활이고, 그게 내 천직이야. 유다, 여기에 시리아가 있어. 유대는 풍요로운 곳이야. 안디옥은 신들의 수도야. 나는 일찍이 세제를 도입한 정치가 퀴리니우스*의 후계자가 될 거야. 그러면 너한테도 내 행운을 나누어줄게."

로마의 궤변가와 웅변가들은 광장에 모여 젊은 귀족들을 상대로 변론술을 가르친다. 그들은 메살라의 지금 말투가 요즘 유행하는 스타일에 맞는 훌륭한 본보기라고 생각했을 것이다. 하지만 젊은 유다는 자기에게 익숙한 정중한 말투와는 완전히 동떨어진 메살라의 말투에 그저 놀랄 뿐이었다. 게다가 유대인은 율법과 양식, 사고방식, 그 모든 것에서 빈정거림이나 유머를 금하는 민족이었기 때문에 메살라의 말을 듣는 동안 유다의 기분은 어지럽게 변했다. 처음에는 분노를 느꼈고, 다음 순간에는 어떻게 이해해야 좋을까 하고 불안한 기분이 들었다. 남을 깔보는 듯한 메살라의 태도는 처음부터 불쾌했지만, 그것이 차츰 짜증스러운 기분으로 변했고, 마지막에는 날카로운 아픔이 되었다. 그것은 단순한 분노가 아니었다. 헤롯 왕 시대의 유대인에

*시리아 총독으로 있으면서 유대 지방에서 세금을 받았다. 세수 확보를 위해 두 차례(서기전 4년, 서기 6년) 호구조사를 실시했는데, 첫 번째 조사는 그리스도의 탄생과 관련되어 있다.

게 애국심은 무슨 일만 있으면 당장 폭발한다고 할 만큼 격렬한 감정이었다. 메살라가 유대의 역사와 종교, 신에 대해 지껄인 것은 바로 유대에 대한 조롱이었고, 그것을 끝까지 참고 듣는 것은 유다에게 고문에 가까운 고통이었다. 마지막에 유다는 일그러진 웃음을 지으며 이렇게 말했다.

"자신의 미래에 대해 농담을 할 수 있는 사람은 거의 없다는 말을 들은 적이 있어. 메살라, 네 말을 들으면서 나는 적어도 그 부류에는 들어가지 않는다는 걸 알게 되었어."

메살라는 상대를 노려보며 대답했다.

"비유에도 진실이 감추어져 있어. 농담 속에 진실이 없다고 어떻게 말할 수 있지? 하루는 여걸 풀비아*가 낚시를 하러 갔어. 주위의 누구보다도 많이 낚았는데, 그녀의 낚싯바늘이 금으로 덮여 있었기 때문이라는 거야."

"너는 단순히 농담을 한 게 아니라고 말하고 싶겠지?"

메살라는 눈을 빛내면서 놀리듯이 대답했다.

"아니야, 유다. 너에게 준 상이 충분치 않았다는 걸 알았어. 유대가 나를 풍요롭게 해주었으니까, 내가 장관이 되면 너를 대제사장에 임명하도록 할게."

유다는 화가 나서 떠나려고 했다.

"기다려." 메살라가 가지 말라고 말렸다.

유다는 걸음을 세웠다.

---

*율리우스 카이사르가 죽은 뒤 권력투쟁에 참여한 마르쿠스 안토니우스의 아내.

"아아, 햇빛이 정말 강하군. 잠깐 나무 그늘로 들어가자." 메살라가 말했다.

유다는 무뚝뚝하게 대답했다.

"그만 돌아갈게. 오지 않았더라면 좋았을걸. 어릴 적 친구를 찾으러 왔는데, 내가 만난 건……."

"로마인이다?" 메살라가 즉각 대답했다.

유다는 주먹을 움켜쥐었지만, 분노를 억누르고 그 자리를 떠났다. 메살라도 일어나서 벤치 위의 망토를 집어서 어깨에 걸치고 유다를 쫓아갔다. 그는 유다를 따라잡자 어깨동무를 하고 함께 걸었다.

"이렇게 어깨동무를 하고 자주 함께 걸었지. 문까지 이렇게 하고 가자."

메살라는 진심으로 친절하게 행동하려 하지만, 버릇이 된 빈정거리는 말투를 떨쳐버리지 못했다.

"너는 어린애지만, 나는 이제 어른이야. 어른으로서 이야기할게." 이렇게 말하는 메살라의 높은 콧대는 어떻게 해볼 도리가 없었다. 어린 텔레마코스*를 가르친 스승조차도 이렇게 콧대 높은 학생한테는 체면을 세우지 못했을 것이다.

"너는 파르카이**를 믿어? 아 참, 너는 사두개파였지. 에세네파라면 파르카이를 믿겠지. 나도 그래. 그 세 여신은 하고 싶은

*그리스 신화에 나오는 오디세우스의 아들. 트로이 전쟁에 나가야 했던 오디세우스는 오랜 친구인 멘토르를 찾아가 어린 아들의 교육과 후원을 부탁했다.
**운명의 세 여신. 클로토는 운명의 실을 뽑고, 라케시스는 운명의 실을 나눠주고, 아트로포스는 운명의 실을 끊는다.

대로 하려고 할 때면 언제나 방해를 하지. 앉아서 계획을 세우고, 이쪽이나 저쪽 길로 달려가서 이제 막 세계를 손에 넣으려 하면 반드시 뒤에서 가위 소리가 들려오는 거야. 돌아보면 여신들 가운데 하나인 그 진저리 나는 아트로포스가 있지. 하지만 유다, 도대체 너는 왜 내가 퀴리니우스의 후계자가 될 거라고 말했을 때 그렇게 화를 냈지? 내가 유대를 쥐어짜서 단물을 빨아먹을 거라고 생각해? 그렇다 해도, 어차피 로마인 가운데 누군가가 할 일을 내가 하려는 건데, 그게 뭐가 나빠?"

유다는 걸음을 빨리하고 손을 들어 올리면서 말했다.

"유대를 지배한 이방인은 로마인 이전에도 있었어. 그들은 어디로 갔지? 메살라, 그놈들이 멸망한 뒤에도 유대 민족은 계속 살아남았어. 그리고 앞으로도 그럴 거야. 똑같은 일이 되풀이될 거라고."

메살라는 그래도 여전히 거드름을 피웠다.

"아무래도 파르카이한테는 에세네파 말고도 다른 신봉자가 있는 모양이군. 유다, 신앙의 길로 들어선 걸 환영해."

"메살라, 그만둬. 놈들과 나를 똑같이 취급하지 마. 내 신앙은 아브라함 이전의 이스라엘 민족과 하느님의 언약인 신성한 돌에 뿌리를 두고 있으니까."

"유다, 넌 너무 정열적이야. 내가 스승님 앞에서 그런 감정을 드러내면 그분은 얼마나 실망하실까. 너한테 아직 해야 할 말이 남아 있지만, 지금은 아직 이른가?"

한동안 잠자코 있던 메살라는 다시 말을 이었다.

"역시 지금 여기서 말해두는 편이 좋겠어. 중요한 일이니까. 나는 진정한 선의를 가지고 너를 돕고 싶어. 나는 너를 좋아하고 사랑해. 난 군인이 될 작정이라고 했지? 너도 군인이 되지 않을래? 너의 좁은 세계에서 뛰쳐나와. 유대 율법이나 관습에 꽁꽁 묶여 있는 고상한 세계 따위는 집어치우고."

유다는 대답하지 않았다. 메살라는 상관하지 않고 말을 이었다.

"우리 시대의 현인이 누구지? 오래전에 죽어버린 것들에 대해 입씨름이나 하고 있는 그런 놈들은 아니겠지? 바알, 유피테르, 여호와……. 철학과 종교에 대해 쓸데없는 말다툼이나 하면서 세월을 보내는 놈들은 아니겠지? 유다, 누구라도 좋으니까 위대한 인물의 이름을 말해봐. 어디 출신이라도 좋아. 로마, 이집트, 동양이라도…… 이 예루살렘이라도 좋아. 그 사람은 분명 이 세상의 것에서 명성을 얻었을 거야. 이 목적에 도움이 되지 않는다면 아무리 신성한 것도 손에 넣지 마. 반대로 이 목적에 적합하다면 어떤 것도 무시하지 마. 헤롯은 어때? 마카베오*는? 1, 2대 황제는 어때? 그들을 흉내 내봐. 지금 당장. 그러면 로마는 헤롯 왕의 아버지인 에돔의 안티파테르한테 그랬듯이, 당장이라도 너를 도와줄 거야."

유다는 분노로 몸을 떨었다. 정원 문이 가까워졌기 때문에, 마치 도망치듯 걸음을 빨리하며 "로마, 로마……" 하고 중얼거렸다.

*이스라엘의 마지막 왕조의 이름이자, 그 일가의 이름. 독립 운동은 결국 실패로 돌아가고, 이후 마카베오의 반란은 이스라엘의 독립에서 정신적 구심점 역할을 했다.

"현명해져. 모세의 바보 같은 가르침이나 전통 따위는 버려. 있는 그대로의 현실을 봐. 파르카이를 정면에서 똑똑히 바라다 봐. 분명히 대답해줄 거야. 로마야말로 세계라고. 유대에 대해 물어봐. 유대는 로마의 뜻대로 될 뿐이야."

문까지 오자 유다는 어깨에 놓인 메살라의 손을 뿌리치고 그의 얼굴을 뚫어지게 노려보았다. 눈에 고인 눈물이 빛나고 있었다.

"네 말은 알았어. 넌 로마인이니까. 하지만 너는 절대로 나를 몰라. 나는 유대인이니까. 우리는 절대로 옛날과 같은 친구가 될 수 없다는 게 확실해져서 오늘은 정말로 괴로웠어. 이걸로 작별이야. 너에게 우리 하느님의 가호가 있기를."

메살라는 손을 내밀었지만 유다는 그대로 가버렸다. 뒤에 남겨진 메살라는 한동안 아무 말도 하지 않았다. 이윽고 그는 얼굴을 똑바로 들고 문을 지나면서 중얼거렸다.

"그렇다면 좋아. 에로스는 죽고, 마르스가 세상을 지배하니까."

3
유다의 집

성문에서 성 스테판의 문이라고 불리는 예루살렘의 중심까지 서쪽을 향해 길 하나가 뻗어 있다. 안토니아 성의 북쪽 현관으로 향하는 길과 30미터 정도의 간격을 두고 평행으로 달리고 있는 이 길을 티로포에온 골짜기까지 계속 따라가면 이윽고 '심판의 문'이 나오고, 거기에서 길은 또 갑자기 남쪽으로 구부러진다. 성지를 잘 아는 이들은 이 일대가 그리스도인에게는 어디보다 슬픔에 가득 찬 길이고, 그리스도가 처형장까지 걸어간 '슬픔의 길'*이라는 사실을 알 것이다. 이 길이 남쪽으로 구부러지는 모퉁이에 세워져 있는 저택이 유다의 집이다.

북쪽과 서쪽이 도로에 면해 있는 모퉁이 땅에 서 있는 그 집은 이 일대에서 자주 보이는 직육면체의 2층 건물이고, 전체 길이는 120미터 정도다. 외벽은 채석장에서 잘라 온 돌덩어리를 겹쳐 쌓은 듯한데, 서쪽은 폭이 3.5미터쯤 되는 길에 면해 있고 북쪽은 3미터가 채 안 되는 길에 면해 있다. 벽을 따라 위를 쳐다보면 무뚝뚝하고 위압적인 건물이 보인다. 이것은 군대 양식 건축물이라고 해야 할까. 다만 창틀에 니스를 칠하고 문에 세공 무늬가 장식되어 있는 점이 보통 집과는 조금 다르다. 서쪽에는 네 개, 북쪽에는 두 개의 창문이 있는데, 모두 2층 높이에 있어서 아래 거리를 내려다보도록 되어 있다. 1층에는 창문이 없고 출입문밖에 없는데, 이 문에는 성문을 부수는 쇠몽둥이의 공격에도 견딜 수 있는 튼튼한 나사못이 박혀 있다. 아름다운 대리석 수평대가 세공되어 있고, 그것이 사두개인의 저택이라는 표시였다.

*예수 그리스도가 본디오 빌라도에게 재판을 받은 곳으로부터 십자가를 지고 골고다 언덕을 향해 걸었던 약 800미터의 길. 복음서에 근거한 역사적인 길이라기보다는 순례자들의 신앙적인 길로, '고난의 길' '십자가의 길'이라고도 부른다.

궁전에서 메살라와 헤어진 뒤 유다는 집에 도착하여 서문을 두드렸다. 문이 열리자 급히 안으로 들어갔지만, 문지기의 인사도 귀에 들어오지 않았다. 이 건물 내부가 어떻게 되어 있는지, 그리고 이 젊은이에게 앞으로 무슨 일이 닥칠지, 그것을 보기 위해 그를 따라가보자.

유다가 들어간 곳은 아래 부분에 판자를 댄 벽과 우묵한 천장에 둘러싸인 좁은 터널 같은 복도였고, 손때가 묻을 만큼 오래 써서 반들반들 윤이 나는 돌벤치가 양쪽에 놓여 있고, 계단을 열네댓 단쯤 내려가면 남북으로 뻗은 타원형 안마당이 나온다. 이 안마당에 면하여 동쪽을 제외한 삼면에 2층 건물이 서 있다. 아래층은 작은 방들로 나뉘어 있고, 위층 테라스에는 하인들이 오가고 있다. 돌절구를 찧는 소리가 들리고, 빨랫줄에 빨래가 널려 있고, 닭과 비둘기들이 즐겁게 뛰어다니고 있다. 양, 소, 당나귀, 말들은 아래층 축사에 들어가 있고, 커다란 물독도 있는 것으로 보아 이 안마당이 식사를 준비하는 곳이라는 것을 알 수 있다. 동쪽에는 칸막이벽이 있고, 통로가 벽 건너편으로 이어져 있다.

이 통로를 따라 나아가면 두 번째 안마당으로 들어간다. 여기는 널찍하고 네모난 안마당이고, 키 작은 나무들과 포도 덩굴이 북쪽의 수반에서 물을 받아 푸르게 우거져 있다. 이 안마당에 면해 있는 방은 모두 테라스로 이어지는데, 그곳은 강한 햇살을 피할 수 있는 차양이 쳐져 있고 옥상으로 통하는 계단이 있다. 여기에는 아름다운 조각이 새겨진 수평대나 육각형의 새빨간 타일이 박힌 난간벽 등 사치스러운 장식이 여기저기에 보인다. 어디에도 티끌 하나 없고, 관목 위에 흩어진 노란색 나뭇잎조차 흥을 돋운다. 이 집을 찾아온 사람은 여기 서서 주위에 감도는 향기만 맡아도 이 집 주인의 고상한 취향을 알 수 있다.

젊은이는 두 번째 안마당의 관목과 꽃 사이를 어슬렁어슬렁 걸어서 계단을 올라가 테라스로 나갔다. 바닥에 깔린 하얀색과 갈색 돌들은 세월과 함께 닳아서 반질반질하다. 차양 아래를 지나 덧문을 닫아서 캄캄한 북쪽 방으로 들어간 젊은이는 침대의자에 몸을 내던지고 엎드린 채 꼼짝도 하지 않았다.

밤의 장막이 내릴 무렵 한 여자가 와서 그의 이름을 불렀다. 그가 대답하자 여자는 방으로 들어와서 말했다.

"벌써 밤이에요, 도련님. 배고프지 않으세요?"

"아니." 유다가 대답했다.

"어디 몸이 불편하세요?"

"졸릴 뿐이야."

"마님이 걱정하세요."

"어디 계셔?"

"옥상의 평상에 계세요."

그는 일어나 앉았다.

"알았어. 먹을 것을 좀 갖다줘."

"뭐가 좋을까요?"

"아무거나 좋아, 암라. 몸이 불편한 건 아니지만, 아무것도 할 마음이 나지 않아. 오늘 아침에는 팔팔했는데, 새로운 병이야.

암라한테 맡길 테니까 아무거나 골라서 갖다줘."

암라의 질문도, 낮은 목소리로 달래는 듯한 말투도 두 사람의 친밀한 관계를 말해주고 있었다. 암라는 손을 그의 이마에 대보고, 안심했는지 "알았어요" 하고 말하면서 방을 나갔다. 그리고 잠시 후 나무 쟁반에 우유와 흰빵 몇 조각, 맷돌에 간 보리로 만든 페이스트, 구운 새고기, 벌꿀과 소금을 얹어서 돌아왔다. 쟁반 위에는 포도주가 가득 든 은잔과 불 켜진 작은 램프도 놓여 있었다.

램프 불빛으로 방이 환해졌다. 벽에는 깨끗하게 회반죽을 발랐고, 천장에는 커다란 떡갈나무 서까래가 박혀 있어서 묵직한 세월의 무게를 느끼게 한다. 바닥에는 작은 다이아몬드 모양의 하얀색과 푸른색의 단단한 타일이 깔려 있고, 몇 개 놓여 있는 팔걸이의자의 다리는 정교하게 세공되어 있다. 바닥보다 한 단 높은 곳에 파란색으로 가장자리를 장식한 침대의자가 놓여 있고, 줄무늬 담요가 덮여 있다. 여기는 유다의 침실이었다.

여자는 작은 탁자를 침대의자 옆으로 가져가서 쟁반을 그 위에 내려놓고는 무릎을 꿇고 식사 시중을 들었다. 나이는 쉰 살쯤. 갈색 피부에 검은 눈. 그 얼굴은 어머니 같은 상냥함을 띠고 있었다. 머리에는 하얀 터번을 두르고 있는데, 그 터번 가장자리에 드러나 있는 귓불에 뚫린 구멍으로 그녀의 신분을 알 수 있다. 그녀는 이집트인 노예였고, 50년째에 은사가 있었겠지만 아직 자유로운 신분은 아니다. 하지만 유다를 제 목숨처럼 사랑하는 그녀는 설령 자유가 주어진다 해도 그것을 거부할 것이다.

갓난아기 때부터 줄곧 그를 키우고 섬겨온 그녀에게 유다는 영원히 사랑스러운 자식이다. 식사하는 동안 유다는 딱 한 번 입을 열었다.

"암라, 메살라를 기억해? 전에 자주 놀러 와서 며칠씩 묵고 간 친구 말이야."

"기억하고말고요."

"몇 년 전에 로마에 갔다가 돌아왔어. 오늘 그 녀석을 만나러 갔지." 유다는 낮에 있었던 일을 생각해내고 오싹했다.

"무슨 일이 있었구나 하고 생각하고 있었어요. 저는 아무래도 그분이 좋아지지 않았어요. 무슨 일이 있었는지 말해줘요."

하지만 유다는 깊은 생각에 잠겨, 여자가 거듭해서 물어도 이렇게 말할 뿐이었다.

"그 녀석은 완전히 변해버렸어. 이제 그 녀석과는 사귈 수 없어."

암라가 쟁반을 치우자 그도 방을 나와 테라스에서 옥상으로 올라갔다. 동방에서는 옥상이 얼마나 중요한지를 여기서 독자 여러분에게 설명해두겠다. 모든 지역에서 기후는 풍속을 형성하는 데 가장 중요한 요소다. 시리아 사람들은 여름의 지독한 더위를 피하기 위해 낮에는 덧문을 꽁꽁 닫은 어두운 방에서 보내지만 밤이 되면 기다렸다는 듯이 밖으로 나온다. 해가 뉘엿뉘엿 기울어가면 저 멀리 산그림자가 어렴풋이 보이고 평원에는 숨 막힐 듯한 열기가 남아 있지만, 조금이나마 냉기가 흘러드는 옥상에서는 별을 보면서 밤바람을 즐길 수 있다. 그래서 옥상은 가족이 편안히 쉬는 곳, 놀이터, 침실, 내실이 되고, 음악과 춤과 대화를 즐기고 명상과 기도를 하는 곳이 된다. 추운 지방에서는 실내장식에 아낌없이 돈을 써서 사치를 부리지만, 이 지방에서는 옥상이 그런 곳이다. 모세는 옥상에 공들여 만든 도자기 난간을 설치했고, 후세에는 옥상에 훌륭한 탑이 세워졌다. 또한 왕후귀족 시대에는 대리석이나 금으로 만든 평상도 설치되었다. 하지만 뭐니 뭐니 해도 사치의 극치는 바빌로니아인이 만든 공중누각이다.

유다는 천천히 옥상을 가로질러 저택의 북서쪽 모퉁이에 세워진 탑으로 가서, 반쯤 열린 커튼을 젖히고 안으로 들어갔다. 안은 어두웠지만, 모든 방향에 아치 모양의 창문이 있어서 그곳으로 별이 빛나는 하늘을 바라볼 수 있다. 처음 찾아온 손님이라면 공들여 지은 이 탑을 구석구석 유심히 보았을 것이다. 입구 근처에 흐르는 듯한 흰옷을 입은 여자가 쿠션에 기대어 누워 있었다. 발소리를 들은 여자는 별빛을 받아 반짝이는 보석을 아로새긴 부채를 부치던 손을 멈추고, 몸을 일으키면서 그의 이름을 불렀다.

"유다냐?"

"예, 어머니."

유다가 걸음을 빨리하여 곁으로 다가가서 무릎을 꿇자, 어머니는 그를 끌어안고 입을 맞추었다.

4
유다의 어머니

어머니는 다시 쿠션에 편안히 몸을 기댔고, 아들은 어머니 무릎에 머리를 올려놓고 장의자에 드러누웠다. 둘 다 밖을 내다보고 있다. 주위에 늘어서 있는 집들의 낮은 지붕들, 서쪽의 검푸른 산그림자, 캄캄한 하늘에 빛나는 별. 도시는 조용했다. 바람만 속삭이고 있다. 어머니는 아들의 볼을 어루만지면서 말했다.

"무슨 일이 있었던 모양이라고 암라가 걱정하더구나. 너는 어릴 때도 사소한 일로 고민하고 그랬지만, 지금은 어른이니까 괜찮아. 너는 언젠가 내 영웅이 될 거야. 명심해다오."

어머니가 말하는 히브리어는 이 나라에서는 이미 사라지기 시작한 말이었고, 유서 깊은 혈통을 이어받은 극소수의 사람만이 그 언어를 지키고 있었다. 사랑스러운 레베카와 라헬이 그 언어로 베냐민에게 노래를 불러주었다. 이교도와는 다른 순수한 유대인이라는 증거다. 유다는 한동안 생각에 잠겨 있었지만, 부채로 바람을 보내주는 어머니의 손을 잡으면서 말했다.

"어머니, 오늘 저는 지금까지 생각지도 않은 일들을 여러 가지로 생각하게 되었어요. 가르쳐주세요. 저는 도대체 뭐가 되면 좋을까요?"

"말했잖니. 너는 내 영웅이 될 거야."

어머니의 얼굴은 보이지 않았지만, 어머니가 농담을 하고 있다는 것은 알 수 있었다. 유다는 어머니의 손에 몇 번이나 입을 맞추면서 진지하게 물었다.

"어머니는 언제나 상냥하고 다정하게 저를 지켜봐주셨지요. 왜 어머니가 지금까지 이 질문을 멀리하셨는지 알 것 같군요. 지금까지 제 인생은 어머니의 것이었어요. 그게 영원히 계속되면 얼마나 좋겠어요. 하지만 그런 일은 있을 수 없죠. 언젠가 자기 일은 자기 스스로 책임지는 날, 즉 헤어질 때가 와요. 그건 주님의 뜻이에요. 무섭기도 하지만, 용기를 내어 진지하게 바라봐야겠죠. 제가 영웅이 된다 해도, 그전에 어떤 길로 나아가지 않으면 안 돼요. 그게 유대의 율법이니까요. 그래서 제가 뭘 하면 좋을지 알고 싶어요. 목동, 농부, 목수, 아니면 서기, 아니면 법률가…… 뭐가 되면 좋을까요. 어머니, 가르쳐주세요."

"가말리엘 선생님이 오늘 강연을 하셨어." 어머니가 생각에 잠긴 얼굴로 말했다.

"그래요? 저는 못 들었어요."

"그럼 시므온 선생님과 산책이라도 하고 있었니? 부친을 닮아서 훌륭한 학자라고 들었는데."

"아뇨. 그분과는 만나지 않았어요. 저는 성전이 아니라 궁전에 가서 메살라를 만났어요."

유다의 말투가 달라진 것을 느끼고 가슴이 철렁해진 어머니는 부채질하던 손을 멈추고 말했다.

"메살라를 만났다고? 도대체 그가 무슨 말로 너를 불쾌하게 한 거냐?"

"메살라는 완전히 변했더라고요."

"로마인이 되어서 돌아왔구나."

"맞아요."

"로마인. 전 세계의 주인을 뜻하지. 메살라는 얼마 동안 로마에 가 있었지?"

"5년요."

어머니는 고개를 들어 저 멀리 있는 어둠을 바라보았다.

"로마인은 이집트나 바빌론에서는 거만한 태도를 취해도 좋겠지. 하지만 예루살렘에서는, 우리 예루살렘에서는 안 돼. 주님의 언약이 살아 있는데……."

가슴에 생각이 넘쳐서 어머니는 저도 모르게 몸을 일으켰다. 다음에 입을 연 것은 아들이었다.

"메살라는 아주 신랄했어요. 오만한 태도 탓도 있겠지만, 참을 수 없는 폭언을 내뱉었어요."

"알고 있다. 로마에서는 시인도, 논객도, 원로원 의원도, 궁정인도 모두 풍자인지 뭔지를 한답시고 거들먹거리는 태도를 취하는 게 유행이라더라."

유다는 어머니의 말에 귀를 기울이지 않고 말을 이었다.

"위대한 민족은 모두 오만하겠지만, 로마인의 오만함은 다른 것과 비교가 되지 않아요. 특히 요즘은 눈꼴이 사나울 정도여서, 주님까지도 그 영향을 받고 있다니까요."

"주님은 괜찮아. 예배를 우리의 종교적 권리로 인정해주는 로마인도 있으니까." 어머니는 강한 어조로 말을 받았다.

"메살라는 옛날부터 불손한 구석이 있었어요. 헤롯 왕도 고개를 숙이고 맞은 사람을 어린 메살라가 업신여기는 것을 저는 본 적이 있어요. 하지만 그래도 유대만은 특별히 취급해주었지요. 그런데 오늘 처음으로 유대의 관습과 주님을 깔보았어요. 너무 심해서 도저히 참을 수가 없더군요. 그래서 절교하고 돌아와버렸어요. 어머니도 그 자리에 계셨다면 그렇게 하라고 말씀하셨을 거예요. 하지만 어머니, 저는 로마인이 그렇게 유대인을 깔보는 근거가 어디에 있는지, 그걸 알고 싶어요. 우리는 어떤 점에서 열등할까요. 하등 민족일까요? 황제가 있는 곳에서는 왜 저까지도 노예처럼 비굴해지지 않으면 안 되죠? 그보다 왜 우리는 마음대로 자기가 원하는 분야에서 명예를 얻기 위해 노력하는 것이 허용되지 않나요? 칼을 들고 전쟁터에 나가고, 시인이 되어 노래를 읊조리고, 금세공을 하거나 가축을 치거나 상인이 되거나, 그리스인처럼 예술가가 되는 건 어떨까요? 어머니, 가르쳐주세요. 이게 저의 고민이에요. 왜 유대인은 로마인과 똑같이 할 수 없나요?"

독자들은 유다의 질문을 아까 메살라와 나눈 대화와 관련지을 것이다. 어머니는 아들의 이야기를 몸과 영혼을 모두 기울여 듣고 있었다. 아들의 질문 자체나 질문하는 태도, 그 음성과 억양에서도 그 자초지종을 짐작하는 데에는 오랜 시간이 걸리지 않았다. 어머니는 앉음새를 바로 하고 아들처럼 시원시원한 어조로 대답했다.

"어릴 적에 메살라는 자란 환경 탓도 있어서 꼭 유대인 같았지. 메살라가 줄곧 여기서 살았다면 유대교로 개종했을지도 몰

라. 사람은 그만큼 환경에 좌우되는 법이란다. 하지만 로마에서
보낸 세월이 나빴나 보구나. 사람이 변해버려도 이상하진 않아.
하지만 너한테 상냥하게 굴어도 벌을 받을 것도 아닌데, 소싯적
우정을 잊어버리다니 정말 인정머리 없는 애구나."

어머니는 한 손을 아들의 이마에 가볍게 대고 머리카락을 어
루만지면서 하늘의 별을 쳐다보았다. 아들과 마찬가지로 강한
긍지를 품고, 아들의 기분을 아플 만큼 잘 알기 때문에, 아들의
질문에 부적절한 대답을 하면 안 된다고 생각했다. 여기서 잘못
대답하여 유대 민족의 열등성을 인정하면 아들의 패기를 평생
꺾어버리게 된다. 어머니는 속으로 자신의 역부족에 당황했다.

"네가 갖고 있는 의문은 여자가 대답할 수 있는 게 아니야. 대
답하는 것은 내일까지 미루고, 시므온 선생님께……."

"그분께 가는 건 싫어요." 아들이 말했다.

"그럼 집으로 오시라고 하자."

"싫어요. 지식은 선생님이 주실 수 있지만, 저는 지식 이상의
것을 원해요. 어머니는 선생님이 대답할 수 없는 것을 가르쳐주
세요. 가장 중요한 핵심적인 대답을."

어머니는 아들의 질문에 담긴 의미를 이해하려고 하늘을 바
라보았다.

"자신에게 충실해지려고 애쓰는 나머지 남에게 불성실해지는
건 삼가지 않으면 안 돼. 우리가 정복한 적의 힘을 부정하면 우
리의 승리를 망쳐버리게 돼. 만약 적이 우리를 옆에 얼씬도 못
하게 할 만큼, 우리를 완전히 지배해버릴 만큼 강하다면, 상대

의 자질을 트집 잡을 게 아니라 우리가 불행한 이유를 다른 데에서 찾지 않으면 안 돼. 내 자존심은 그렇게 명령하고 있구나."

어머니는 아들에게 말한다기보다 자신에게 들려주듯 말했다.

"아들아, 알겠니? 메살라 가는 고귀한 집안이야. 얼마나 오래된 집안인지는 잘 모르지만, 공화정 시대에도 무관과 문관, 집정관, 원로원 의원, 풍부한 재력가 등등 많은 인재를 배출했단다. 하지만 메살라가 그런 조상들의 위광을 등에 업고 거들먹거린다면, 너는 네 조상님들을 끌어내어 메살라한테 창피를 주면 돼. 꼭 그럴 필요도 없는데 조상들의 행적과 계급과 부를 자랑하고 선전하는 것은 편협한 마음을 드러내는 짓이야. 그런 걸로 자신의 우위를 보여주려 한다면 두려워할 것 없다. 너도 지지말고 벤허* 가문의 자랑스러운 기록을 보여주면 돼."

어머니는 잠깐 사이를 두었다가 말을 이었다.

"고귀한 민족과 집안일수록 오랜 역사를 자랑하게 마련이지만, 이 점에서는 로마인이 유대인과 어깨를 나란히 할 수 없어. 로마인의 기원은 건국 이전으로 거슬러 올라갈 수 없으니까. 메살라도 마찬가지야. 그런데 우리는 어떻지? 승부는 뻔해."

좀 더 밝았다면 아들은 어머니의 얼굴에 떠오른 유대인으로서의 긍지를 분명히 볼 수 있었을 것이다.

"로마인이 도전해 오면 나는 주눅 들지 않고 당당하게 대답하

---

*'허의 자손'이라는 뜻. '벤허(Ben-Hur)'라는 씨족 이름은 성서에서 차용한 것인데, 솔로몬 왕의 12개 행정구역 가운데 에브라임 산지를 담당한 관장이었다(열왕기 상 4:8). 성서에는 '벤훌'이라고 나온다. '허'는 '하얀 옷'이라는 뜻이다.

겠다. 네 아버지는 조상님들과 함께 이미 무덤 속에 잠들어 계시지만, 네가 태어났을 때 많은 친구들과 함께 너를 주님께 보여드리려고 성전에 가신 날을 나는 어제 일처럼 기억하고 있단다. 비둘기를 공물로 바치고, 네 이름을 보고하고, 제사장이 '벤 허 가(家) 이타마르의 아들 유다'라고 성가족 대장에 써넣는 것을 내 눈으로 보았지. 이 귀중한 관습이 언제부터 시작되었는지는 모르지만, 이스라엘 민족이 이집트에서 탈출했을 때는 이미 그런 관습이 널리 퍼져 있었단다. 힐렐 선생님이 말씀하시기를, 맨 먼저 아브라함과 그의 아들이 주님과 언약을 맺고 이름을 기록했다는구나. 그것으로 그와 일족이 다른 부족과는 다른 고귀하고 고상한 선민이 되었다는 거야. 야곱의 언약도 마찬가지란다. 모리아 산에서 천사가 아브라함에게 '세상의 모든 민족이 네 자손의 덕을 입어 축복을 받게 될 것이다'라고 말하고, 주님은 하란으로 가는 길에 베델에 누워 자고 있던 야곱에게 '네가 지금 누워 있는 이 땅을 너와 너의 자손에게 주겠다'고 하셨지. 그 후 현인들이 이 약속의 땅을 공정하게 나눠주기를 바랐을 때 연대기가 시작되었다는구나. 뿐만 아니라 족장들의 지배가 시작되었을 때 그 필요성이 더욱 높아졌지. 주님은 계급이나 재산으로 사람을 구별하시지 않으니까, 주님의 축복을 받은 집이 비천한 집안인 경우도 있어. 그런 주님의 마음이 이해되고 그 집에 영예가 주어지도록 기록을 확실히 남길 필요가 생긴 거란다. 이것은 지금도 지켜지고 있지."

어머니의 부채질하는 손이 바쁘게 움직였다. 유다는 질문을 되풀이했다.

"그 기록은 절대로 진실인가요?"

"힐렐 선생님이 그렇게 말씀하셨어. 우리는 법을 무시할 때가 있지만, 이것만은 별도야. 선생님은 연대기를 3기로 구분하셨어. 성전에서 이루어진 약속부터 그것이 실현될 때까지, 그리고 바빌론 포로까지, 그 후 현재까지. 그런데 제2기가 끝날 무렵 기록이 어지러워진 적이 있었지. 하지만 바빌론 포로가 끝났을 때, 주님에 대한 첫 번째 의무라고 스룹바벨*이 그 부분을 수정하여, 유대 민족의 2천 년 역사가 도중에 끊기지 않고 일관된 것이 되었단다." 여기서 어머니는 이 말에 내포된 시간의 무게를 강조하듯 잠시 사이를 두었다가 말을 이었다. "시대와 함께 고귀한 혈통이 되었다고 자랑하는 로마인은 어떠냐. 저기 르바임에서 가축을 치고 있는 유대인이 브루투스보다 훨씬 유서 깊은 가문이야."

"그러면 어머니, 그 기록에는 우리가 뭐라고 적혀 있나요?"

"메살라가 여기 있다면 다른 사람과 마찬가지로 우리의 혈통은 아시리아인이 예루살렘을 점령하고 성전을 파괴한 시점에서 끊겼다고 말하겠지. 하지만 스룹바벨의 자료에 따르면, 로마인의 혈통은 아무리 거슬러 올라가도 기껏해야 야만족**이 로마로

---

*바빌론 포로에서 예루살렘으로 돌아온 뒤 유대인들의 신앙 회복 운동을 주도하는 한편 제단을 세우고 성전(제2차)의 기초를 놓았다.
**고대 로마 시대에 비(非)로마·비그리스 민족을 일컫던 역사적인 말. 이들은 결국 그리스·로마의 문화를 이어받아 현 유럽의 여러 국가를 형성한 민족들로, 켈트족·게르만족·슬라브족이 그들이다.

쳐들어가 그 폐허에 6개월 동안 주둔했을 때가 한계야. 그 비참한 시대의 기록이 존재할까. 아니, 있을 리가 없지. 신빙성이 있는 건 우리 연대기 쪽이야. 그것으로 바빌론 포로 시대도, 제1성전 시대도, 이집트 탈출 시대도 알 수 있지. 우리가 벤허 가문이고, 여호수아와 관계가 있는 것도 분명하게 쓰여 있단다. 시간의 흐름에 따라 가계가 신성화되는 것만큼 큰 명예는 없어. 좀 더 알고 싶거든 〈민수기〉를 보렴. 아담의 72세손이 이 가문의 창시자*란다."

한동안 옥상은 침묵에 싸였다. 유다는 어머니의 두 손을 잡고 말했다.

"고맙습니다, 어머니. 정말 감사드려요. 선생님을 안 부르길 잘했어요. 선생님은 이렇게 만족스러운 대답을 해주시지 않았을 거예요. 하지만 정말로 고귀한 가문은 긴 역사만 있으면 되나요?"

"물론 아니야. 최대의 영광은 시간의 흐름만이 아니라 주님의 가호가 있느냐 없느냐에도 달려 있단다. 이것이야말로 가장 중요하지."

"어머니는 민족에 대해 말씀하시지만, 저는 우리 가문에 대해 말하고 있어요. 아브라함 시대부터 지금까지 우리 가문은 무엇을 했나요? 어떤 위업을 이룩했기에 다른 가문과 구별되었을까요?"

---

*〈민수기〉제31장 8절에 후르(Hur)라는 인물이 나오는데, 모세의 명에 따라 소집된 이스라엘 군대에 살해된 미디안의 다섯 왕 중 한 명이다.

어머니는 말문이 막혔다. 아들의 의도를 잘못 이해했을지도 모른다고 느꼈다. 아들은 그저 상처받은 허영심을 만족시키려 한 게 아니었다. 닫힌 조가비 속에서 성장을 계속하면서 밖으로 나가는 날을 이제나저제나 기다리고 있는 것이 젊은이다. 둥지를 떠나는 시기가 이른 사람도 있고 늦은 사람도 있다. 아들은 지금 분명히 그런 시기를 맞이하고 있다는 예감이 들었다. 갓난아기가 작은 손을 뻗어 허공을 붙잡고 울듯이, 그의 정신은 캄캄한 암흑 속에서 정체모를 미래를 잡으려고 발버둥치고 있었다. 그래서 "나는 누구야?" "나는 뭐가 되면 좋을까?" 같은 아이의 질문에는 신중하게 대답하지 않으면 안 된다. 훗날 그 대답 한마디 한마디의 옳고 그름이 문제가 된다. 찰흙으로 조각상을 만드는 조각가의 손가락 움직임 하나하나가 다시없이 중요한 것과 마찬가지다. 어머니는 지금까지 애무받고 있던 손으로 아들의 볼을 어루만지면서 말한다.

"아무래도 네 머릿속에는 메살라라는 현실의 적이 있는 모양이구나. 메살라가 무슨 말을 했는지 전부 다 말해다오."

5
이스라엘 여자

그 후 유다는 메살라와 어떤 대화를 나누었는지, 특히 유대와 그 풍습, 엄격한 생활방식을 메살라가 어떤 식으로 야유했는지

를 자세히 이야기했다. 어머니는 말없이 듣고 있었다. 유다는
옛 친구를 만나려고 궁전을 방문했다. 옛날 그대로의 모습을 마
음속에 그리고 있던 유다의 예상은 빗나갔고, 과거의 웃음소리
나 추억담 대신 전도양양한 메살라의 영광과 권력과 재산 이야
기만 들었을 뿐이다. 아들은 곤혹스러웠고 자존심이 상했지만,
그와 동시에 타고난 야심도 자극을 받았다. 그것을 안 어머니는
극도로 경계를 했다. 유다의 야심이 이제 어느 방향으로 향할
것인가? 아들이 유대의 신앙심에서 벗어나면 어떻게 될까? 그
녀는 이런 유대인 특유의 두려움을 품었다. 그것을 피하는 방법
은 단 하나, 주님을 섬기는 것이 얼마나 중요한지를 말하는 것
이다. 아들에 대한 사랑과 시인 같은 열정을 내뿜으면서 어머니
는 당장 그것을 실행에 옮겼다.

　"이 세상의 어느 민족도 자신들이 다른 민족보다 열등하다고
는 생각지 않아. 강한 민족은 자신이 우월하다는 것을 의심하지
않겠지만, 로마가 이스라엘 민족을 얕보고 비웃는다면 이집트
인이나 아시리아인, 마케도니아인의 어리석음을 되풀이하고 있
을 뿐이야. 우리 주님을 비웃는 자는 같은 꼴을 당하는 게 고작
이지."

　어머니의 말투는 점점 강해졌다.

　"민족의 우열을 정하는 규정 따위는 없으니까, 우월하다고 주
장하는 것 자체가 무의미해. 사람은 태어난 뒤 한생을 살다가
이윽고 죽게 되지. 그러면 다음 사람이 뒤를 이어받아 묘비명에
이름을 쓰고, 그게 역사라는 거란다. 주님과 인간을 가장 단순

하게 표현하라고 말하면, 주님은 하나의 직선과 하나의 원을 그릴 거다. 직선은 주님이고, 주님만이 영원히 직진하는 법이지. 원은 인간의 걸음을 나타내고, 그게 인간의 진보라는 거야. 나는 결코 민족의 내력에 차이가 없다고 말하는 건 아니야. 같은 민족은 하나도 없으니까. 다만 그 차이는 원의 크기, 그러니까 영토의 면적이 아니라 그것이 어떤 위계에 있는지, 즉 주님과의 거리로 측정되어야 해. 유대인과 로마인을 위계의 높이라는 점에서 비교해보자.

유대인도 이따금 주님을 잊을 때가 있지만, 로마인은 주님 따위는 염두에 없으니까, 일상생활에서 위계의 차이는 분명해. 유대인 중에는 시인도 예술가도 전사도 없다고, 메살라가 그렇게 말했다고? 그건 유대인 중에는 위대한 인물이 없다는 뜻이겠지. 그러면 위대한 인물은 어떤 사람을 가리킬까. 그것은 주님께 인정받은 사람이야. 어느 페르시아인은 겁쟁이 조상들을 벌하고 감금했어. 또 다른 페르시아인은 성지로 자손을 인도하는 역할로 선정되었어. 하지만 좀 더 위대한 건 유대와 성전을 황폐하게 만든 로마에 대한 원한을 풀어준 마케도니아인이야. 여기서 중요한 것은 주님이 각각의 목적에 따라 이 사람들을 골랐다는 것이고, 이들이 이방인인 것 따위는 전혀 문제가 되지 않아. 위대한 인물에 대한 이 정의를 똑똑히 기억해두렴.

세상에는 인간의 가장 고귀한 일이 전쟁이라고 생각하고, 전쟁터를 확대하는 것이 가장 위대하다고 생각하는 풍조가 널리 퍼져 있어. 하지만 그런 생각에 속으면 안 돼. 신앙심은 알 수 없는 것이 존재하는 한 절대로 없어지지 않아. 야만인은 무엇보다도 힘을 숭배하고 두려워하고 기도를 드리는데, 이것이 바로 영웅 신앙이란다. 유피테르가 로마의 영웅이 아니고 뭐겠니? 하지만 그리스인은 달라. 그들이 위대한 건 힘보다 지성이 우월하다고 믿었기 때문이야. 아테네에서는 웅변가나 철학자가 전사보다 더 존경받았지. 경기장에서는 전차경주자나 육상선수가 인기를 모으지만, 영원한 꽃이라고 불리는 것은 최고의 시인이야. 위대한 시인을 배출한 도시는 일곱 도시에 필적한다고 말하기까지 했지. 하지만 옛날의 야만적인 신앙을 타파한 게 그리스인일까? 아니, 그렇지 않아. 그 영광에 빛나는 것은 우리 유대인이야. 우리 조상이 야만적인 신앙 대신 주님을 세우고, 공포의 비명을 주님에 대한 찬미로 바꾸었어. 유대인과 그리스인이 전 인류의 걸음을 진전시키고 드높였단다. 하지만 어리석게도 이 세상의 지배자들은 전쟁이 영원하다고 생각하고 있어. 로마인은 지성과 주님 위에 황제를 두고, 모든 권력을 거기에 집중시키고 다른 위인을 배척했지.

그리스인이 지배했을 때는 엄청난 수의 천재를 배출했어. 자유로운 세계가 얼마나 많은 지성인을 낳았을까. 그건 너무나 훌륭하고 너무나 완벽했기 때문에 그 잘난 로마인조차 전쟁 이외의 일에서는 그리스인에게 머리를 숙이고 그리스인을 흉내 낼 수밖에 없었어. 광장에서 웅변가의 본보기는 그리스인이고, 로마의 노래는 그리스 음악을 모방한 것에 불과해. 로마인이 도덕과 추상개념, 자연의 신비에 대해 말해도, 그것은 그리스인을 표절했거나 그리스인이 시작한 학파의 제자가 되었다는 뜻일 뿐이야. 야만적인 대중을 만족시키기 위한 피비린내 나는 경기나 구경거리도 그리스가 만들어낸 거야. 로마의 신앙도 다른 민족들의 신앙을 긁어모은 것이고, 그들이 가장 숭배하는 신들도 올림포스의 신들에 불과해. 군신 마르스도, 그들이 최고신으로 우러러 받드는 유피테르조차도 그리스의 신이지. 전쟁만이 유일하게 로마가 시작한 거야. 전 세계에서 그리스의 이런 훌륭함에 대항할 수 있는 것은 이스라엘뿐이고, 천재들의 영광에 필적할 수 있는 것은 유대인뿐이야.

거기에 비하면 로마인은 그저 이기적이고 둔감하고 눈앞의 것도 보지 못하는 무리일 뿐이야. 부끄러운 줄도 모르는 뻔뻔한 도둑놈들이야. 하지만 그들의 요란한 발소리는 대지를 뒤흔들고, 분하게도 유대를 강제로 굴복시키고 말았어. 로마인은 이제 가장 높고 가장 신성한 위치를 차지하고 있고, 그 번영이 언제까지 계속될지 아무도 몰라. 유대는 쇠망치로 얻어맞고 으깨진 아몬드처럼 산산조각이 나고, 그 중심인 예루살렘은 다 먹혀버렸어. 그래도 이스라엘 민족의 영광은 손이 닿지 않는 하늘의 한 줄기 빛이야. 우리의 역사는 주님의 역사이고, 우리는 주님의 손으로 글을 쓰고 주님의 말로 말하고, 우리가 베푸는 아무리 사소한 선행 속에도 주님은 존재하시지. 십계명의 제정자, 황야에서 길을 안내해주는 인도자, 전쟁에서의 참모, 민족의 왕으로서 주님은 언제나 우리 유대 민족과 함께 계신단다. 주님은 또다시 눈부신 하늘의 장막을 걷고 우리에게 행복으로 가는 올바른 길을 보여주시고, 어떻게 살아야 할 것인지를 알려주시고, 전능하신 당신의 능력으로 영원히 언약을 지키겠다고 약속하셨어. 주님께서 이렇게 아끼고 사랑하는 유대 민족이 주님에게 아무것도 받지 못할 수 있을까? 우리의 일상생활이나 행동 속에 천부적 재능이 보인다 해도 이상할 건 없지 않을까?"

한동안 부채가 움직이는 소리밖에는 들리지 않았다.

"조각이나 회화 같은 분야에 한정하여 말하면, 유대에서 걸출한 예술가가 나오지 않은 건 확실해."

애석하다는 말투였다. 어머니는 사두개파여서 바리새파와는 달리 모든 아름다움의 애호가였기 때문이다.

"하지만 의를 행하는 자는 우리가 손재주를 부리는 것이 금지되어 있다는 것을 잊지 않을 것이다. '너희는 어떤 조각도 모조품도 만들면 안 된다.' 하지만 아티카에 다이달로스*라는 천재가 나타나 지금까지의 조각 영역을 넘어서기 오래전, 그리고 그리스인과 로마인들이 조각과 건축에서 성공을 거두기 전에 브살렐과 오홀리압이라는 두 명의 유대인이 최초의 유대 성전을 세웠다. 게다가 두 사람은 정교한 세공으로 언약궤 뚜껑에 그룹(케루빔)을 조각했는데, 그것은 끌도 사용하지 않고 금박을 박아 붙인, 인간과 신성한 존재가 뒤섞인 조각상이란다. 이것을 보고 누가 아름답지 않다고 말할까. 이것이야말로 진정한 최초의 조각상이라는 것을 누가 부정할까."

*그리스 신화에 나오는 명장(名匠). 미노스를 위해 미궁을 만들었는데, 그의 노여움을 사서 아들(이카로스)과 함께 투옥되었으나 뒤에 날개를 만들어 탈출에 성공했다.

"그 말을 들으니 왜 우리가 그리스인에게 추월당했는지 알겠어요. 우리 재능의 증거라고 해야 할 언약궤를 바빌로니아인들이 부숴버렸기 때문이에요." 유다가 흥분하여 말했다.

"아니다, 유다야. 내 말을 믿으렴. 그건 부서진 게 아니라 산속 동굴에 감추어져 있을 뿐이야. 힐렐 선생님도 샴마이 선생님도 말했지만, 언젠가 주님이 원하실 때 그것이 발견되면 이스라엘 민족은 그 앞에서 노래하며 춤을 출 거야. 상아로 만들어진 지혜의 여신상을 본 사람도 언약궤 뚜껑에 새겨진 그룹의 얼굴을 보면 수천 년 동안 잠자고 있던 유대인의 재능을 찬양하며 우리 손에 입을 맞출 거다."

어머니는 웅변가처럼 빠른 말씨로 힘차게 말하고 있었지만, 마음을 다소 가라앉히고 생각의 실마리를 더듬으려고 잠시 호흡을 가다듬었다. 유다는 진심으로 감사의 뜻을 표했다.

"어머니, 정말 훌륭하세요. 힐렐 선생님도 샴마이 선생님도 이렇게 웅변으로 말씀하시지는 못할 거예요. 이제 다시 한 번 이스라엘의 자손이라는 사실에 자신감을 가질 수 있게 되었어요. 어머니, 고맙습니다."

"과찬이야. 나는 힐렐 선생님이 전에 로마에서 온 학자 앞에서 말씀하신 걸 되풀이했을 뿐이야."

"하지만 진심이 담겨 있었어요."

어머니의 얼굴에 다시금 진지한 표정이 돌아왔다.

"어디까지 이야기했지? 그래, 우리 유대인의 조상이 최초의 조각가였다는 이야기였지. 물론 이 조각가만 예술가인 것도 아니고 모든 예술이 위대하다는 것도 아니지만, 나는 언제나 역대 위인들의 행렬을 머릿속에 떠올린단다. 그 행렬에는 인도인도 있고, 이집트인과 아시리아인도 있지. 모두 같은 민족끼리 뭉쳐서 걷고, 나팔 소리가 울려 퍼지고, 깃발이 펄럭이고, 행렬을 보려고 경건한 관중이 5만 명이나 모여 있어. 그리스인은 행진하면서 이렇게 말할 것이다. '이것 봐, 우리 그리스인이 선두야.' 그러면 로마인은 이렇게 말하겠지. '시끄러워. 지금은 우리가 선두 자리를 차지하고 있어. 너희는 흙덩이처럼 짓밟히고 뒤처지는 게 고작이야.' 그런데 그동안 줄곧 행렬의 선두에서 후미에 이르기까지 전체를 한 줄기 빛이 비추고 있단다. 이것은 계시의 빛이야. 그 빛을 알아차린 사람이 있어도 그게 도대체 무슨 빛인지는 몰라. 그 빛을 누가 들고 있을까. 그래, 그건 유대인이란다. 생각만 해도 가슴이 벅차지 않니? 주님의 종, 언약의 수호자이고 그 빛을 받들고 있는 유대인은 삼중으로 축복받고 있다. 너는 산 사람과 죽은 사람, 모든 사람의 지도자이고 행렬의 선도자야. 설령 로마인이 황제라 해도 그 역할은 네 몫이야."

유다의 마음은 강하게 흔들렸다.

"계속하세요. 굉장해요. 탬버린 소리가 들리는 듯한 기분이 들어요. 여자 선지자 미리암과 춤추고 노래하며 그 뒤를 따른 여자들이 올 것 같아요."

어머니는 아들에게 장단을 맞추어 말을 이었다.

"미리암의 탬버린 소리가 들린다면 선택된 유대 민족이 행렬의 선두에서 걸어오는 것을 바라보고 있는 정경도 떠올릴 수 있을 것이다. 우선 장로들, 그리고 족장들, 낙타들의 방울 소리, 가축의 울음소리도 들려오겠지. 다른 사람들과 떨어져서 혼자 걷고 있는 저분은 누굴까. 나이는 많지만 눈도 좋고 활력도 쇠하지 않은 분, 주님과 대면한 분. 그래, 바로 모세야. 전사이자 시인이고 웅변가이자 법률가이며 선지자, 그분의 위광은 떠오르는 아침 해처럼 아름답게 빛나면서 다른 사람들을 압도하고, 그분 앞에서는 로마 황제조차 존재가 희미해지지. 그 뒤에는 사사*들, 그리고 왕들. 이새의 아들 다윗은 전쟁의 영웅이고 바다와 하늘의 가수였다. 그의 아들 솔로몬은 재력도 지혜도 뛰어난 왕이지. 그분은 사막을 사람이 살 수 있는 곳으로 만들고 도시를 세우면서, 주님이 지상의 거처로 선택한 예루살렘도 잊지 않았단다. 그 뒤에 오는 분들은 선지자들인데, 비록 생활은 슬픔에 차 있고 옷에는 무덤과 동굴 냄새가 배어 있어도, 하늘의 목소리에 귀를 기울이는 것처럼 고개를 똑바로 들고 있었지. 그들 가운데 섞여 있는 한 여자의 노래를 들어보렴. '주님을 찬양하라, 주님은 영광스러운 승리를 거두셨다.' 그들은 주님의 혀, 주님의 종이야. 하늘과 미래를 꿰뚫어 보고 그들이 본 것을 기록하고, 그 기록이 옳다는 것을 입증하는 일은 시간에 맡겼지. 왕들도 그들에게 가까이 갈 때는 얼굴이 창백해졌고, 어떤 민족도 그들의 목소리를 들으면 두려움에 떨었단다. 자연력이 그들의 시중을 들었고, 그들은 모든 은혜와 모든 재앙을 손에 쥐고 있

*이스라엘 민족이 가나안에 정착한 이후 초대 왕 사울이 등장할 때까지 활약한 군사·정치 지도자들.

었어. 디셉 사람 엘리야와 그의 후계자인 엘리사를 보렴. 대제사장 힐기야의 슬픔에 잠긴 아들을 보렴. 그리고 그발 강가에서 환상을 보는 선지자 에스겔을 보렴. 바빌로니아인을 거부한 유다의 세 아들을 보렴. 그리고 줄지어 앉아 있는 왕후귀족 앞에서 점쟁이를 떨게 한 이사야를 보렴. 아들아, 땅에 입을 맞추렴. 다가올 구세주의 약속을 알리는 아모스가 저기 오고 있구나."

부채는 끊임없이 움직이고 있다. 그것이 멈추고 어머니의 목소리가 낮아졌다.

"피곤하시죠?"

"아니다. 새로운 이스라엘의 노래를 듣고 있는 것 같구나."

어머니는 여전히 즐거운 듯 말을 이었다.

"이것이 우리 유대의 위인, 장로, 율법학자, 전사, 시인, 선지자들이다. 그러면 로마는 어떻지? 모세에 필적하는 사람은 카이사르야. 다윗에 필적하는 건 타르퀴니우스, 제사장의 혈통을 이어받은 마카베오에 필적하는 것은 실라, 사사에 필적하는 것은 원로원, 솔로몬 왕에 필적하는 것은 아우구스투스. 그러면 가장 위대한 선지자는 누굴까?"

그녀는 경멸하는 웃음을 흘렸다.

"미안하다, 애야. 율리우스 카이사르에게 3월 15일을 조심하라고 말하고 닭의 내장에서 불길한 조짐을 찾은 점쟁이가 생각났단다. 그 장면과 비교되는 것은 사마리아로 가는 길에 언덕마루에 앉아서 아합의 아들에게 주님의 진노를 경고한 엘리야다. 불경하다고 말할지도 모르지만, 주님과 유피테르를 비교하려면 그 종의 행위로 판단할 수밖에 없어. 네가 해야 할 일은 로마의 신이 아니라 이스라엘의 주님을 섬기는 거야. 아브라함의 자손에게는 주님을 섬기는 것이 최고의 영광이란다."

"그럼 군인이 되면 됩니까?"

"그래, 맞아. 모세도 주님을 전사라고 불렀잖니."

옥상은 오랫동안 침묵에 싸여 있었다. 마침내 어머니가 말했다.

"네가 군인이 되는 걸 허락하마. 네가 황제가 아니라 주님을 섬긴다면."

만족한 아들은 이윽고 잠이 들었다. 어머니는 일어나서 아들의 머리 밑에 쿠션을 받쳐주고, 어깨에는 숄을 덮어주고, 상냥하게 입을 맞추고는 방을 나갔다.

6
불의의 사고

누구나 언젠가는 죽음을 맞이하는 법이지만, 신앙심이 깊은 사람들은 "죽음은 천국에서 눈을 뜨는 것뿐, 별로 대수로운 일은 아니다"라고 말한다. 이 세상에서 이것과 가까운 경험은 아마 기분 좋은 잠에서 깨어난 순간 행복에 가득 찬 광경이나 소리가 눈과 귀에 뛰어들었을 때일 것이다. 이튿날 아침에 유다가 눈을 떴을 때가 바로 그러했다. 태양은 이미 산 위로 떠오르고, 비둘기 떼가 하얀 깃털을 반짝거리며 허공을 날고, 남서쪽에는 푸른 하늘에 또렷이 떠오른 황금빛 성전이 보였다. 모두 눈에 익은 광경이다. 침대의자 끝에는 열다섯 살쯤 된 소녀가 앉아서 무릎 위에 올려놓은 수금을 연주하며 노래를 흥얼거리고 있었다. 유다는 뒤를 돌아보며 소녀의 목소리에 귀를 기울였다.

깨어나지 말고 내 노래를 들어요, 사랑하는 이여.
잠의 바다를 떠돌며 떠돌며
그대의 영혼이 나를 부르네.
깨어나지 말고 내 노래를 들어요, 사랑하는 이여.
잠이 준 선물, 편안한 왕이여,
나는 행복하고 꿈을 모두 가져오네.

깨어나지 말고 내 노래를 들어요, 사랑하는 이여.
꿈의 세계는 모두 그대의 것.
어떤 꿈보다 신성한 것.
선택해요, 그리고 잠을 자요, 사랑하는 이여.
하지만 그대가 내 꿈을 꾸지 않는다면
두 번 다시 선택에서 자유롭지 않을 거예요.

소녀는 수금을 내려놓더니 손을 무릎 위에 올려놓고 유다가 말하기를 기다리고 있었다.

여기서 잠깐 유다의 가족에 대해 이야기하고 싶다. 헤롯 왕이 즉위했을 때, 왕의 특별 배려로 유대의 호족들은 대부분 넓은 영지를 그대로 보유하는 것이 허용되었다. 이렇게 부와 명예를 아울러 가진 가문 중에서도 공적으로나 사적으로나 가장 인망이 높았던 사람은 유다의 아버지였다. 그는 동포를 끊임없이 염두에 두면서도 항상 혜롯 왕에게 충성하고, 국내에서도 국외에서도 성실하게 임무를 완수했다. 또한 볼일을 보러 로마에 갔을 때 아우구스투스 황제의 눈에 띄어 총애를 받았다. 따라서 그의 집에는 보라색 토가, 상아 의자, 금은 장식품 등 황제한테 선물 받은 물건들이 많이 남아 있었다. 하지만 그가 부자인 것은 황제의 총애를 받았기 때문이라기보다 스스로 사업가의 수완을 발휘했기 때문이다. 먼 레바논의 평원이나 구릉지에서는 가축을 방목하는 목동들이 가축의 수를 보고해 왔다. 연안 지역과 내륙 지역의 교통망을 지배하고, 스페인의 광산에서 캔 은을 배에 실어 가져오고, 대상들이 동양에서 1년에 두 번씩 비단과 향료를 가져왔다. 그러는 한편, 유대인으로서 율법과 의식을 준수하고 회당과 성전 참배도 거르지 않았고, 경전 공부도 게을리하지 않았다. 지식인을 존중하고, 랍비인 힐렐을 가장 우러러 받들었다. 하지만 결코 분리파는 아니었고, 이방인이나 종교가 다른 사람도 기꺼이 받아들였다. 사마리아인을 대접했다고 바리새인들한테 비난을 받은 적도 있었다. 그가 지금도 살아 있었다면, 고명한 아테네의 웅변가인 혜로데스 아티쿠스의 라이벌로 여겨졌을 것이다. 하지만 그는 한창 나이인 10여 년 전에 세상을 떠났고, 모든 유대인들이 그의 죽음을 애도했다. 유가족 세 사람 가운데 미망인과 아들은 이미 소개했고, 나머지 한 사람이 바로 지금 유다 옆에서 노래를 흥얼거리고 있는 누이동생이다.

누이동생의 이름은 티르자였다. 지금 마주 보고 있는 오빠를 쏙 빼닮아서 유대인 특유의 단정한 이목구비를 갖고 있지만, 아직 천진난만한 애티가 남아 있어서 참으로 사랑스러웠다. 편안한 실내복은 오른쪽 어깨에 단추로 고정되어 있고, 가슴과 등과 왼팔을 낙낙하게 덮고 있었다. 허리에는 띠가 묶여 있다. 머리에는 자줏빛으로 물들인 비단 모자를 쓰고, 그 위에 같은 천으로 만든 줄무늬 스카프를 장식핀으로 고정시켰다. 스카프에는 화려한 수가 놓여 있고, 모자의 정수리에서 장식술이 늘어져 있었다. 장신구는 모두 금이었다. 목에 건 금목걸이 끝에는 진주가 매달려 있었다. 눈에는 아이섀도를 바르고, 손발톱에는 매니큐어를 칠하고, 귀 언저리에 곱슬머리 한 타래를 남기고 긴 머리를 뒤로 늘어뜨린 모습에는 타고난 우아함과 아름다움이 넘쳐흐르고 있었다.

"정말 아름답구나, 티르자." 유다가 활기찬 목소리로 말했다.

"노래가?"

"그래. 노래도 아름답고 노래 부르는 사람도 아름다워. 어딘지 모르게 그리스풍 노래던데, 어디서 배웠니?"

"지난달에 극장에서 노래한 그리스인을 기억하지? 소문으로는 궁전에 가서 헤롯 왕과 누이동생인 살로메 앞에서 노래를 부른 적도 있대. 그 사람은 권투시합이 끝나자마자 출연했어. 권투시합을 할 때는 극장이 시끄러운 소리로 가득 차 있었지만, 그 사람이 노래를 부르기 시작하자 당장 조용해져서 덕분에 가사를 전부 알아들었지. 아까 내가 부른 노래는 그 사람한테 배운 거야."

"하지만 가수는 그리스어로 노래를 불렀잖아."

"나는 히브리어로 불러."

"알고 있어. 너 같은 누이동생은 찾아보기 힘들지. 네가 자랑스러워. 또 그만큼 잘 부르는 노래가 있니?"

"아주 많아. 하지만 지금은 그만둬. 암라가 아침 식사를 여기로 가져올 테니까 오빠는 아래층으로 내려오지 않아도 된다고 그 말을 전하러 왔어. 암라는 오빠한테 어제 뭔가 불쾌한 일이 있어서 오빠 기분이 안 좋다고 걱정하고 있었어. 도대체 무슨 일이야? 가르쳐줘. 암라한테 이집트식 치료를 부탁할 수도 있고, 아랍식 치료라면 나도 알고 있어. 그건……."

"이집트식 치료법보다 엉터리 냄새가 난다는 거겠지?" 오빠는 고개를 설레설레 저으면서 대답했다.

"글쎄……?" 그녀는 대답하고 당장 손을 왼쪽 귀에 댔다. "그런 건 아무래도 좋아. 더 확실하고 좋은 게 있으니까. 페르시아 마술사한테 받은 부적이야. 어느 시대의 것인지는 너무 오래되어서 몰라. 이것 봐. 벌써 글씨도 지워지고 있어."

오빠는 누이한테 귀고리를 건네받았지만, 그것을 보자마자 웃으면서 돌려주었다.

"나는 죽어도 부적 신세를 질 수는 없어. 그건 우상 숭배야. 아브라함의 자손에게는 금지되어 있는 일이지. 이걸 받아. 갖고 있는 건 좋지만, 더 이상 귀에 달지는 마."

"금지되어 있다고? 그렇지 않아. 우리 할머니는 부적을 달고 얼마나 많은 안식일을 보냈는지 몰라. 부적이 얼마나 많은 사람을 치료했는지는 모르지만, 어쨌든 세 명은 넘어. 부적은 승인을 받았어. 여길 봐. 랍비의 표시가 있어."

"난 부적을 믿지 않아."

누이는 놀라서 오빠를 쳐다보며 말했다.

"암라는 뭐라고 할까?"

"암라의 부모는 나일 강에서 정원에 물을 대는 물레방아를 관리했으니까."

"하지만 가말리엘은!"

"가말리엘은 부적이야말로 불신자와 세겜 사람들이 만들어낸 불경스러운 발명품이라고 말하고 있지."

티르자는 의심스러운 눈으로 귀고리를 바라보았다.

"이걸 어떻게 하지?"

"달고 있어. 너한테 잘 어울려. 그건 너를 아름답게 해줘. 물론 너는 그런 도움이 없어도 충분히 아름답지만."

티르자는 만족하고 부적을 다시 귀에 달았다. 바로 그때 암라가 대야와 물과 냅킨을 담은 쟁반을 들고 방으로 들어왔다. 유다가 간단히 세수를 끝내자 암라는 물러가고 티르자가 오빠의 머리를 빗겨주었다. 머리가 만족스럽게 매만져지자 티르자는 당시 젊은 여성들 사이에서 유행하고 있던 청동 거울을 허리춤에서 꺼내 머리 모양을 보라고 오빠에게 건네주었다. 그동안 두 사람은 대화를 계속했다.

"티르자, 실은 집을 떠날 생각이야."

티르자는 놀란 나머지 손을 멈추었다.

"떠나다니, 어디로? 언제? 왜?"

오빠는 웃었다.

"질문을 한꺼번에 세 개나 퍼붓다니, 넌 정말 어린애 같아!" 다음 순간, 그는 진지한 표정으로 돌아갔다. "유대 남자는 직업을 갖지 않으면 안 된다고 율법에 규정되어 있는 건 너도 알지? 아버지는 훌륭한 본보기를 보여주셨어. 덕분에 우리가 이런 생활을 할 수 있지만, 내가 그냥 빈둥빈둥 놀면서 아버지가 남겨주신 재산을 써버리면 너도 좋게 생각지는 않을 거야. 그래서 나는 로마에 갈 생각이야."

"그럼 나도 갈 거야."

"너는 어머니와 함께 있어야 돼. 둘 다 떠나버리면 어머니는 살아갈 수 없어."

소녀의 얼굴은 당장 흐려졌다.

"그래, 맞아. 하지만 정말로 가야 돼? 장사 공부라면 예루살렘에서도 충분히 할 수 있잖아. 그게 오빠가 바라는 거라면."

"그래. 하지만 나는 장사를 할 생각은 없어. 율법에 아버지 직업을 이어받으라고 규정되어 있지는 않으니까."

"그럼 뭘 할 건데?"

"군인." 그는 자신만만한 목소리로 대답했다.

누이동생의 눈에 눈물이 고였다.

"군인이 되면 목숨을 잃게 될 거야."

"그게 주님의 뜻이라면 어쩔 수 없지. 하지만 군인이 모두 전사하는 건 아니야."

누이동생은 오빠의 목을 끌어안고 말했다.

"우린 이렇게 행복하게 살고 있잖아. 오빠, 제발 아무 데도 가지 말고 집에 있어줘."

"집도 영원히 지금과 같을 수는 없어. 너도 언젠가는 이 집을 떠날 테니까."

"아니야, 난 절대로 떠나지 않겠어!"

오빠는 진지하게 대답하는 누이에게 미소를 지으면서 말했다.

"언젠가는 유대의 왕자나 누군가가 너를 아내로 맞이하러 올 거야. 그러면 너는 그 왕자님과 함께 말을 타고 가서 다른 집안 사람이 되겠지. 그러면 나는 어떻게 될까?"

누이동생은 흐느껴 울기 시작했다.

"군인도 직업이니까, 철저히 배우려면 학교에 가야 돼. 그리고 로마 군대만큼 훌륭한 학교는 없어."

"하지만 설마 로마를 위해 싸우거나 하진 않겠지?" 누이동생은 호소하듯 물었다.

"너도 로마를 미워하니? 전 세계가 로마를 싫어해. 거기에서 내가 너에게 주는 대답의 이유를 찾아봐. 그래, 나는 로마를 위해 싸울 거야. 그 보답으로 로마가 언젠가 자기와 맞서 싸우는 법을 나한테 가르쳐준다면."

"언제 떠날 거야?"

암라가 돌아오는 발소리가 들렸다.

"쉿. 암라한테는 비밀이야."

충실한 노예는 아침 식사를 쟁반에 담아서 방으로 들어왔다. 암라는 쟁반을 탁자 위에 놓고, 팔에 하얀 냅킨을 걸치고 식사 시중을 들려고 곁에 섰다. 두 사람이 대접에 담긴 물에 손가락을 헹구고 있을 때 갑자기 바깥이 시끄러워졌다. 귀를 기울여보니, 집 북쪽 도로에서 군악대의 연주 소리가 들렸다.

"근위대의 행진이야. 저걸 놓칠 수는 없지." 유다는 장의자에서 일어나 옥상으로 뛰쳐나갔다.

유다는 옥상의 북서쪽 모퉁이에 있는 난간의 기와지붕 너머로 몸을 내밀고 행진을 구경했다. 그는 완전히 열중하여, 티르자가 그의 어깨에 손을 올려놓고 있는 것도 알아차리지 못했다. 이 동네에서 가장 높은 그 옥상에서는 동쪽 집들의 지붕이 안토니아 성탑까지 줄곧 이어져 있는 것을 한눈에 바라볼 수 있었다. 앞에서 말했듯이 안토니아 성은 주둔군 병사들의 요새이기도 하고, 장군이 있는 사령부이기도 했다. 좁은 도로 여기저기에는 구름다리와 차양이 있고, 군악대의 음악 소리에 이끌려 나온 남녀노소가 여기저기 모여 있었다. 하지만 그것은 음악이라기보다는 나팔의 소음과 병사들이 좋아하는 트럼펫의 새된 소리에 불과했다.

이윽고 질서정연하게 대오를 갖춘 군단이 나타났다. 우선 투석 전사와 궁수 같은 경장비 보병들이 충분한 간격을 두고 행진해 온다. 다음은 중장비를 갖춘 주력 보병들이다. 그들은 커다란 방패와 장검과 창을 들고 있었다. 그들 뒤에는 군악대가 이어지고, 뒤이어 장군 한 사람이 말을 타고 나타났다. 그 뒤에는 장군을 호위하는 기병대, 그리고 다시 중장비 보병들이 질서정연하게 길을 가득 메우고 다가온다. 대열의 물결은 언제까지나 끊이지 않고 이어졌다.

병사들의 늠름한 동작, 좌우로 규칙적으로 흔들리는 방패, 얼룩 한 점 없이 반짝이는 갑옷의 비늘, 물림쇠, 가슴바대, 투구. 투구 끝의 깃털 장식이 흔들리고 깃발도 흔들린다. 자신만만하고 씩씩한 걸음걸이, 엄숙하고 긴장한 태도, 대열 전체의 일사불란한 움직임에 유다는 감명을 받았다. 그것이 마음에 깊이 새겨졌다. 특히 눈을 끈 것은 두 가지였다. 우선 군단의 독수리 휘장. 높은 기둥 위에 올라앉은 금박의 독수리상이다. 활짝 펼친 날개를 머리 위에서 하나로 모은 독수리상은 밖으로 가지고 나오면 신상으로 간주된다는 것을 유다는 알고 있었다. 또 하나 그의 관심을 끈 것은 대열의 중간쯤에서 말을 타고 다가오는 장군이었다. 갑옷으로 몸을 감싸고 있지만, 투구는 쓰지 않고 왼쪽 옆구리에 단검을 차고 손에는 하얀 두루마리처럼 보이는 지팡이를 쥐고 있었다. 안장 대신 깔린 자주색 헝겊 위에 앉아서 가장자리 장식이 많이 달려 있는 노란색 비단 고삐를 쥐고 있었다.

이 장군이 저 멀리서 모습을 나타냈을 뿐인데 구경꾼들은 당장 흥분하여 고함과 야유를 던지기 시작했다. 난간을 타고 넘어 주먹을 치켜들고 있는 사람, 큰 소리를 지르면서 쫓아가는 사람, 구름다리 아래를 지나는 장군에게 침을 뱉는 사람도 있었다. 여자가 던진 샌들이 명중하기도 했다. 장군이 다가오자 사람들이 뭐라고 외치는지를 알아들을 수 있었다.

"도둑놈, 폭군, 로마의 개."

"이스마엘과 함께 꺼져라."

"안나스를 돌려달라."

태연히 행진을 계속하는 병사들과는 대조적으로 사람들이 시끄럽게 욕하는 소리를 듣고 있는 이 장군이 냉정하지 않다는 것은 유다도 알 수 있었다. 얼굴이 까무잡잡하고 음험해 보이는 장군은 이따금 군중을 무서운 눈초리로 노려보곤 했다. 그 무서운 표정에 겁을 먹고 꽁무니를 빼는 자도 있었다. 총독은 공적인 자리에서는 그 지위의 상징으로 머리에 월계관을 쓰는 것이 초대 황제 때부터 관습이 되어 있었다. 즉 월계관을 머리에 쓴 이 장군은 바로 유대의 신임 총독인 발레리우스 그라투스였다.

사실 유다는 군중에게 욕을 먹고 있는 이 총독에게 동정심마저 느꼈다. 그래서 총독이 이 저택 모퉁이까지 왔을 때, 아래 상황을 좀 더 잘 보려고 난간에서 몸을 더 많이 내밀었다. 그때 생각지도 않게 손이 깨진 기와 위에 놓였다. 그 순간 바깥쪽 기왓장이 아래로 떨어졌다. 공포가 몸을 꿰뚫었다. 떨어지는 기왓장을 황급히 손을 뻗어 잡으려고 했지만, 그것이 오히려 기왓장을 더 멀리 떨어지게 해버렸다. 게다가 그 몸짓이 남들 눈에는 마치 기왓장을 던진 것처럼 보였다. 유다는 소리를 질렀고, 그 목소리에 근위대와 총독도 위를 쳐다보았다. 다음 순간, 총독이 떨어진 기왓장에 정통으로 맞았다. 그 충격으로 총독은 말에서 떨어져 죽은 듯이 꼼짝도 하지 않았다.

당장 대열은 움직임을 멈추었고, 근위병들은 말에서 뛰어내려 총독의 몸을 방패로 덮었다. 방금 일어난 일, 앞으로 일어날 일이 순식간에 유다의 머릿속을 스치고 지나갔다. 그는 그 자리에 못 박힌 채 꼼짝도 하지 못했다. 하지만 주위의 군중은 유다가 일부러 기와를 던졌다고 믿고 우레 같은 박수갈채를 보냈다. 그뿐만 아니라 주위의 공격적인 분위기는 지붕에서 지붕으로 눈 깜짝할 사이에 전염되어 사람들을 난폭한 행동으로 내몰았다. 군중이 앞다투어 난간의 기왓장이나 흙덩어리를 대열의 병사들에게 던지기 시작하여 일대 소동이 벌어졌다.

유다는 창백한 얼굴로 난간에서 몸을 일으켰다.

"티르자, 티르자, 어떡하지?"

사고를 목격하지 못한 누이동생은 주위 사람들의 외침 소리와 흥분한 모습을 보고, 무언가 돌이킬 수 없는 일이 일어난 것을 알아차렸다. 하지만 실제로 무슨 일이 일어났고 그 때문에 앞으로 무슨 일이 일어날지는 전혀 알지 못했다.

"도대체 무슨 일이 일어난 거야? 무슨 일이야?" 누이동생은 잔뜩 겁을 먹고 물었다.

"로마 총독을 죽여버렸어. 총독이 떨어진 기와에 맞아 죽었어."

마치 보이지 않는 손이 재를 퍼부은 것처럼 누이의 얼굴이 창백해졌다. 그녀는 오빠에게 매달린 채 아무 소리도 내지 못하고 오빠를 바라보고 있었다. 공포가 누이에게 전해지자 오빠는 오히려 침착성을 되찾았다.

"물론 일부러 그런 건 아니야. 그건 우발적인 사고였어."

"하지만 이제 어떻게 돼?"

유다는 거리에서, 옥상에서 점점 격렬해지는 소란을 바라보며 그라투스의 음험한 얼굴을 머리에 떠올렸다. 만약 총독이 죽으면 격분한 로마군이 유대인에게 어떤 보복을 가할지. 총독이 무사하다 해도, 총독 본인이 어떤 보복을 꾀할지. 유다는 다시 난간에서 몸을 내밀고 아래 상황을 살펴보았다. 호위병들이 총독을 부축하여 말에 태우고 있었다.

"살아 있군, 다행이야. 주님, 고맙습니다." 유다는 그렇게 외치고는 밝은 표정을 되찾고 방으로 돌아가면서 누이에게 말했다. "괜찮아, 티르자. 우리 아버지가 그만큼 황제를 위해 봉사했으니까, 사정을 잘 설명하면 벌을 받지는 않을 거야."

유다는 누이를 평상으로 데려갔다. 하지만 그때 발밑에서 지붕이 삐걱거리고 굵은 목재가 부러지는 소리가 울려 퍼졌다. 뒤이어 안마당 쪽에서 심상치 않은 외침 소리가 들려왔다. 유다는 멈춰 서서 귀를 기울였다. 많은 사람이 우르르 몰려드는 발소리, 성난 고함 소리, 거기에 섞여 기도하는 소리, 겁먹은 여자들의 외침 소리. 로마 병사들이 북문으로 몰려 들어와 저택을 점령한 것이다. 붙잡힌다는 공포감이 온몸을 감쌌다. 도망치지 않으면 안 된다. 하지만 어디로? 날개가 있다면 모를까, 여기서 도망칠 수는 없다. 티르자는 겁먹은 눈으로 오빠의 팔에 매달렸다.

"오빠, 우리는 어떻게 돼?"

하인들은 모두 살해당하고, 어쩌면 어머니도 살해되었을지 모른다. 지금 외친 것은 어머니일지도 모른다. 그렇게 생각하자

애가 타서 가만히 있을 수가 없었다. 유다는 동요를 드러내며 말했다.

"타르자, 여기서 기다리고 있어. 아래 내려가서 상황을 보고 올 테니까. 곧 돌아올게."

누이동생은 더 힘껏 매달렸다. 그때 어머니의 날카로운 외침 소리가 또렷이 들려왔다. 그는 더 이상 망설이지 않았다.

"좋아. 그럼 함께 가자."

계단 밑 테라스에는 로마 병사들이 가득 차 있었다. 다른 병사들은 칼을 빼 든 채 집 안을 활보하고 있고, 한곳에 모인 하녀들은 무릎을 꿇고 서로에게 매달려 있거나 자비를 빌고 있었다. 조금 떨어진 곳에서는 옷이 갈기갈기 찢기고 긴 머리를 흐트러뜨린 여자가 남자의 팔을 필사적으로 뿌리치려 하고 있었다. 그 여자의 목소리가 고함 소리를 뚫고 옥상까지 들려온 것이다. 유다는 덤벼들듯 그 여자에게 달려갔다.

"어머니, 어머니."

어머니는 팔을 뻗었다. 하지만 그 팔을 잡으려는 순간 유다는 누군가에게 붙잡혀 옆으로 내던져졌다. 큰 소리가 주위에 울려 퍼졌다.

"이놈이 범인이야!"

유다는 그 목소리의 주인공을 바라보았다. 메살라였다.

그러자 멋진 갑옷으로 몸을 감싼 상관이 말했다.

"뭐라고? 이놈이 암살자라고? 어린 녀석이잖아."

"그건 난생처음 듣는 주장이군요. 사람은 나이를 먹어야 남을 죽일 만한 증오심을 갖게 된다는 겁니까? 세네카*라면 그 새로운 설에 대해 뭐라고 말할까요. 이놈이 하수인이고, 그의 어머니와 저기 있는 누이가 한통속입니다." 메살라는 여느 때처럼 거드름을 피우는 어조로 말했다.

어머니와 누이를 위해 유다는 어제의 말다툼도 잊고 필사적으로 부탁했다.

"도와줘, 메살라. 어린 시절을 생각해서 제발 도와줘. 부탁이야."

메살라는 쌀쌀맞은 태도로 대꾸했다.

"도와달라고? 그럴 수 없어." 그러고는 상관 쪽을 돌아보며 "거리에는 재미있는 볼거리가 더 많군요. 에로스는 지고 마르스가 이겼습니다" 하고는 자리를 떠나버렸다.

유다는 그가 무슨 말을 하려고 했는지를 알고 가슴이 찢어지는 것 같았다. 그는 신에게 기도했다.

"주님, 제발 언젠가는 이 손으로 저놈에게 복수할 수 있게 해주소서." 그러고는 필사적으로 상관에게 다가가서 부탁했다. "부탁입니다. 이 여인은 제 어머니이고, 이 아이는 제 누이입니다. 제발 이 두 사람을 살려주세요. 인정을 베풀어주시면 주님도 반드시 보답해주실 겁니다."

상관은 그 말에 마음이 움직인 것 같았다.

"이 여자들을 성으로 데려가. 손을 대면 안 돼. 명령이다." 그

---

*스페인 태생의 고대 로마 철학자·극작가(서기전 4?~서기 65). 스토아학파의 철학자로, 네로의 스승이 되었지만 훗날 반역의 혐의를 받고 자결했다.

러고는 유다를 붙잡고 있는 병사들에게 말했다. "포박해서 바깥 거리로 끌어내. 이놈에게 어떤 벌을 내릴지는 아직 결정되지 않았어."

어머니는 병사들에게 끌려갔다. 겁에 질린 티르자도 실내복 차림으로 끌려갔다. 유다는 두 사람의 모습을 끝까지 지켜본 뒤 손으로 얼굴을 덮었다. 눈물을 흘리고 있었는지도 모르지만, 본 사람은 아무도 없었다.

실은 이때 유다의 마음에 큰 변화가 일어나고 있었다. 독자 여러분은 지금까지 이 유대 청년이 여성적이라고 해도 좋을 만큼 온화한 성격의 소유자라는 것을 알아차렸을 것이다. 그것은 깊은 사랑 속에서 자란 사람의 습성이라고 해도 좋았다. 설령 그에게 좀 더 거친 성격이 있었다 해도 지금까지는 그것이 겉으로 드러날 환경이 아니었다. 이따금 격렬한 야망에 휘둘리기도 했지만, 그것은 형체 없는 꿈같은 것이었고, 마치 바닷가를 걷고 있는 어린애가 먼바다를 오가는 호화 여객선을 보고 품는 꿈에 불과했다. 하지만 그가 늘 우러러 받들었던 하나의 우상이 지금 갑자기 그 제단에서 내던져져, 이제 산산조각으로 부서져 잔해밖에 남지 않은 작은 사랑의 세계 속에 뒹굴었다. 그것이 지금 이 젊은 유다 벤허에게 일어난 일이다. 물론 눈에 보이는 증거가 있는 것은 아니다. 그에게 일어난 변화라면, 팔이 묶일 때 그의 입에서 온화한 표정이 사라진 정도였다. 하지만 그것은 소년이 남자가 된 순간이었다.

안마당에서 나팔 소리가 울려 퍼지자 당장 회랑에서 병사들의 모습이 사라졌다. 약탈품을 가진 채 정렬할 수는 없기 때문에, 많은 병사들이 손에 들고 있던 물건을 그 자리에 내팽개쳐서 바닥에는 값비싼 물건들이 가득 널려 있었다. 유다가 내려왔을 때 병사들은 이미 정렬해 있었고, 상관이 마지막 명령을 내리고 있는 참이었다.

어머니와 딸과 하인들은 모두 북문으로 이미 끌려 나갔고, 부서진 문의 잔해가 통로를 막고 있었다. 하인들(일부는 이 저택에서 태어나 자랐다)이 울부짖는 소리만큼 애처로운 것은 없었다. 가축들이 한 마리도 남김없이 그의 앞을 지나 끌려갈 때 유다는 총독의 보복이 어떤 것인가를 깨달았다. 건물 전체가 빈껍데기가 되었다. 명령은 철저하기 이를 데 없었고, 저택 안에는 개미새끼 한 마리도 남지 않았다. 유대 땅에 아직도 로마 총독을 암살하려는 불온한 자들이 있다면, 이 벤허 가문은 좋은 본보기가 되고, 폐허가 된 이 저택은 그것을 생생하게 보여주는 증거였다.

상관은 병사들이 문에 못을 박아서 고정시키는 동안 밖에서 기다리고 있었다. 거리의 소동은 거의 진압되었지만, 군데군데에서 아직도 흙먼지가 피어오르고 있었다. 이 소동이 벌어지는 동안 보병대의 대열은 멈추어서 대기하고 있었다. 유다는 끌려가는 사람들 속에서 어머니와 누이의 모습을 찾았지만 어디에도 보이지 않았다. 갑자기 쓰러져 있던 한 여인이 벌떡 일어나 문으로 돌아왔다. 근위병이 막으려고 했지만 여자를 잡지 못하자 큰 소리로 고함을 질렀다. 여자는 유다에게 달려와서 꿇어 엎드려 그의 무릎을 잡았다. 먼지투성이가 되어 헝클어진 검은 머리카락이 눈을 덮고 있었다.

"아아, 암라, 미안해. 나는 아무것도 해줄 수 없어." 그녀는 아무 소리도 내지 못했다. 그는 암라의 귀에 입을 대고 속삭였다. "부디 살아 있어줘, 암라. 어머니와 티르자를 위해서. 두 사람은 반드시 돌아올 테니까. 그리고……."

병사가 여자를 떼어냈다. 그러자 암라는 그 손을 뿌리치고 벌떡 일어나더니, 쏜살같이 문을 지나 텅 빈 안마당 쪽으로 달려갔다.

"내버려둬. 밖에서 자물쇠를 채워버리면 굶어 죽겠지." 상관이 외쳤다.

병사들은 작업을 끝내고 서쪽 문으로 나갔다. 그 문은 굳게 잠기고, 벤허 가의 저택은 폐허가 되었다. 대열은 다시 행진을 시작하여 성으로 돌아갔다. 총독은 거기서 치료를 받으며 죄수를 어떻게 처리할지를 결정하고, 열흘 뒤에는 대제사장들이 있는 궁전을 방문했다.

7
죄수

이튿날, 일단의 로마 병사들이 인기척도 없는 벤허 가 저택에 가서 문에 밀랍을 발라 문을 봉쇄했다. 문 옆에는 라틴어로 공

고문이 쓰인 팻말이 못 박혔다.

"이 건물은 로마 황제의 소유다."

오만한 로마인은 이 한 줄의 고시로 충분하다고 생각했다.

이틀 뒤 점심때쯤, 나사렛 마을에 로마군 십인대장이 기마대를 이끌고 남쪽, 즉 예루살렘 쪽에서 들어왔다. 그 무렵의 나사렛은 언덕 비탈에 집들이 점점이 흩어져 있는 작은 마을이었고, 마을에서 눈에 띄는 유일한 길도 가축들이 다니면서 밟아 다진 오솔길에 불과했다. 에스드렐론 평원이 남쪽에 인접해 있고, 서쪽의 고원에서는 요단 강과 헤르몬 강 너머에 있는 지중해의 해안선을 바라볼 수 있다. 눈 아래 있는 골짜기, 그리고 그것을 둘러싼 일대에는 포도밭과 과수원, 방목지가 펼쳐져 있고, 야자나무 숲이 어딘지 모르게 동방의 분위기를 자아내고, 허술한 집들의 지붕은 포도나무의 윤기 나는 잎으로 덮여 있다. 가뭄은 유대의 언덕을 바싹 태워서 불모지로 바꾸어버렸지만, 갈릴리에서 이쪽은 이렇게 나무가 우거진 별천지였다.

기마대가 나팔 소리를 울리면서 마을로 다가가자 주민들이 거기에 끌린 듯이 모여들었다. 낯선 일행이 왜 왔는지, 그것을 알려고 집에서 뛰쳐나온 것이다. 나사렛은 간선도로에서 벗어나 있을 뿐만 아니라, 로마에 저항했던 가말라의 유다*가 이 마을에도 영향력을 발휘하고 있었다. 따라서 마을 사람들이 로마 기마대를 어떤 기분으로 맞이했을지 상상하기는 어렵지 않다.

*퀴리니우스 총독이 세수 확보를 위해 서기 6년에 호적조사를 실시하자 여기에 반발해 반란을 일으켰으나 잔혹하게 진압되었다.

하지만 기마대가 길을 가로지르자 그들이 무슨 임무를 띠고 왔는지가 분명해졌다. 그러자 마을 사람들은 두려움과 혐오감을 잊고 강한 호기심에 사로잡혔다. 그들은 기마대가 마을 북동쪽에 있는 우물에서 잠시 휴식을 취할 게 분명하다는 것을 알고는 행렬을 바싹 따라갔다. 마을 사람들의 관심은 한 명의 죄수에게 쏠렸다. 이 죄수는 알몸과 다름없는 모습이었다. 머리에는 아무것도 쓰지 않았고, 등 뒤로 돌린 손을 결박한 끈은 말의 목에 묶여 있었다. 대열이 움직이자, 노란 안개처럼 피어오른 흙먼지가 두꺼운 구름이 되어 주위를 덮었다. 고개를 숙이고 정신을 잃을 뻔하면서도 아픈 발을 질질 끌면서 걷는 이 죄수는 아직 젊은 청년이었다.

우물가에서 기마대는 걸음을 멈추고, 대부분의 병사가 말에서 내렸다. 지친 죄수는 길가에 털썩 주저앉아 움직이려고도 하지 않았다. 무엇을 할 기력도 남아 있지 않을 만큼 탈진해 있었다. 죄수가 젊은이라는 것을 알고 마을 사람들은 할 수만 있다면 도와주고 싶었지만 아무것도 하지 못하고 병사들이 물병을 돌려가며 마시는 것을 그저 바라보고만 있었다. 그때 세포리스 쪽에서 한 남자가 오는 것이 보였다. 그 사람을 보자마자 한 여자가 외쳤다.

"저것 보세요. 목수님이 돌아왔어요. 저분이라면 어떻게든 해주실 거예요."

목수라고 불린 남자는 위엄 있는 풍모를 하고 있었다. 머리에 두른 터번에서 하얀 고수머리가 조금 흘러내렸고, 하얀 수염이 초라한 회색 저고리 가슴까지 늘어져 있었다. 걸음걸이는 무거웠다. 나이 탓도 있겠지만, 도끼며 톱 같은 무거운 연장을 안고 상당히 먼 거리를 계속 걸어온 탓도 있을 것이다. 그가 사람들 곁에 멈춰 서자 여자가 달려가서 말했다.

"랍비님, 요셉 어르신, 죄수가 있는데, 병사들한테 물어봐주세요. 저 죄수가 누구인지, 왜 붙잡혔는지, 저 아이를 어떻게 할 작정인지."

랍비는 표정도 바꾸지 않고 죄수를 보더니 곧바로 기마대장에게 다가갔다.

"신의 평안을." 요셉이 위엄 있게 말했다.

"신들의 평안을." 십인대장이 대답했다.

"예루살렘에서 오셨습니까?"

"그렇다."

"죄수가 무척 괴로워 보이는데요."

"그렇군."

"이 젊은이가 무슨 짓을 했습니까?"

"암살 미수."

마을 사람들은 놀라서 저마다 수군거렸다. 랍비는 질문을 계속했다.

"유대인인가요?"

"그렇다." 십인대장은 퉁명스럽게 대답했고, 마을 사람들은 그를 더욱 동정했다. "나는 너희 부족에 대해서는 잘 모르지만 이놈의 집안에 대해서는 알고 있지. 너희들도 예루살렘의 호족인 벤허라는 이름을 들은 적이 있을 거야. 헤롯 왕 시대에 살았던 인물이지."

"만난 적이 있습니다." 요셉이 대답했다.

"이놈이 그 벤허의 아들이야." 사람들이 놀라서 소리를 질렀기 때문에, 십인대장은 황급히 말을 보탰다. "그저께 예루살렘에서 이놈이 그라투스 총독 각하의 머리를 겨냥하여 저택 지붕에서 기왓장을 던졌어."

마을 사람들은 젊은 벤허를 짐승이라도 보는 듯한 눈으로 바라보았다.

"각하는 죽었습니까?" 랍비가 물었다.

"아니야."

"형은 내려졌습니까?"

"그래. 평생 갤리선*에서 노를 젓는 형벌이야."

"신의 가호를." 비로소 요셉이 감정을 담은 목소리로 말했다.

그때 요셉과 함께 와서 뒤에 조용히 서 있던 젊은이가 안고 있던 도끼를 내려놓고는 우물가로 걸어갔다. 그리고 물병에 가득 물을 길어서 죄수에게 갖다주었다. 그 젊은이의 행동이 너무나 자연스러웠기 때문에 로마 병사들은 말릴 틈도 없었다.

유다는 어깨에 상냥하게 놓이는 손을 느끼고 정신을 차렸다. 쳐다보니 한 젊은이가 서 있었다. 절대로 잊을 수 없는 얼굴이었다. 자기와 비슷한 나이이고, 노르스름한 곱슬머리가 얼굴에

*고대 및 중세에 지중해에서 주로 노를 써서 움직인 군용선. 양쪽에 수십 개의 노가 달렸고, 노예나 죄수들이 노잡이로 동원되었다.

늘어져 있었다. 짙은 파란색 눈은 부드러웠지만, 사랑과 거룩한 기운이 넘치고 가슴에 호소하는 무언가가 있었다. 강한 의지와 위엄을 느끼게 했다. 그때까지 밤낮을 가리지 않고 시달림을 받았기 때문에 유다의 마음은 굳어지고 그저 복수할 생각만 하고 있었다. 그런데 갈기갈기 찢겼던 마음이 이 낯선 젊은이의 눈빛으로 당장 부드러워져서 어린아이의 마음을 되찾았다. 유다는 물병에 입을 대고 단숨에 물을 들이켰다. 그동안 젊은이는 아무 말도 하지 않았고, 유다 역시 아무 말도 하지 않았다. 유다가 물을 다 마시자 젊은이는 유다의 어깨 위에 올려놓았던 손을 머리 위에 놓았다. 축복을 내리는 딱 그 정도의 시간 동안, 그는 먼지 투성이가 된 유다의 곱슬머리 위에 손을 올려놓고 있었다. 그것이 끝나자 젊은이는 물병을 원래대로 돌려놓고는 도끼를 집어들고 랍비 요셉에게 돌아갔다. 십인대장도 마을 사람들도 그의 움직임을 그저 멍하니 지켜보고만 있었다.

　이것이 나사렛의 우물가에서 일어난 일이다. 로마 병사들과 말들은 물을 보급하자 행진을 재개했다. 하지만 십인대장의 기분에 다소 변화가 생겼는지, 그는 죄수를 부축해 일으키더니 병사가 타고 있는 말 뒤쪽에 태워주었다. 이윽고 마을 사람들도 저마다 귀로에 올랐다. 랍비 요셉과 그의 제자도 마찬가지였다. 유다와 예수는 이렇게 처음 만나고 헤어졌다.

제3부

|

클레오파트라 슬픔의 크기는 그 원인과 조화를 이루고,
　　　슬픔을 만들어낸 것과 같지 않으면 안 돼.
　　　(디오메데스가 들어온다.)
　　　지금은 어떠냐? 그는 죽었느냐?
디오메데스 죽음이 그를 찾아왔지만
　　　그는 아직 죽지 않았습니다.

　　　—셰익스피어, 〈안토니우스와 클레오파트라〉 제4막 16장

1
퀸투스 아리우스

미세눔(지금의 미세노)은 나폴리에서 남서쪽으로 수 킬로미터 떨어진 미세눔 곶 끝에 자리 잡고 있다. 지금은 고대 유적으로 유명하지만, 서기 24년경에는 이탈리아 서해안에서 가장 중요한 도시였다.*

당시 미세눔 곶에 온 여행자는 우선 성벽에 올라가 시내를 등지고 바다를 내려다보며 풍광이 아름다운 나폴리 만의 매력을 만끽했을 것이다. 아름다운 해안선, 연기를 뿜는 화산, 시원하게 탁 트인 푸른 하늘과 바다, 오른쪽에 이스키아 섬, 왼쪽에 카프리 섬, 이런 평온한 조망에 눈을 가늘게 떴을 게 분명하다. 하지만 달콤한 과자도 많이 먹으면 물리듯이 그 아름다운 풍경에 이윽고 싫증이 나면, 오늘날의 여행자는 볼 수 없는 광경으로 눈길을 돌렸을 것이다. 그것은 눈 아래 펼쳐진 해군기지였다. 성벽 위에서는 항구에 드나드는 선박들의 움직임을 손에 잡힐 듯이 볼 수 있었다.

---

*[원주] 당시 로마 제국의 대함대가 주둔하고 있던 해군기지는 서해안의 미세눔 항과 동해안의 라벤나 항이었다.

성벽에는 바다에 면하여 성문이 몇 개 있었다. 성문이라 해도, 여닫는 문이 아니라 뻥 뚫려 있는 출입구일 뿐이다. 그곳을 지나면 파도 사이로 수백 미터나 뻗어 있는 넓은 방파제가 나온다.

9월의 어느 상쾌한 아침, 성문에서 꾸벅꾸벅 졸고 있던 문지기는 큰 소리로 떠들면서 다가오는 사람들의 목소리에 눈을 떴다. 하지만 잠깐 눈길을 주었을 뿐 다시 잠들어버렸다.

그것은 서른 명 정도로 이루어진 무리였고, 주인인 듯한 남자들이 팔짱을 끼고 앞장서서 걷고 있었다. 뒤따라오는 노예들은 횃불을 들고 있었지만, 불길은 약하고 연기만 많이 내뿜으면서 감송향을 풍기고 있었다. 앞에서 걷고 있는 쉰 살 남짓한 남자는 벗어진 머리에 월계관을 쓰고 있는 것으로 보아, 은밀한 잔치의 주빈으로 여겨진다. 남자들은 모두 하얀 바탕에 폭넓은 보라색 천으로 가장자리를 두른 낙낙한 토가를 입고 있었다. 문지기가 그들에게 신경을 쓰지 않은 것도 무리는 아니다. 그들이 지체 높은 사람들이고, 밤새도록 술을 마신 다음 배로 돌아가는 친구를 배웅하러 온 것은 누가 보아도 분명했다. 자세한 것은 그들의 대화를 들으면 알 수 있을 것이다.

한 남자가 월계관을 쓴 남자에게 말했다.

"퀸투스, 이렇게 빨리 돌아가다니, 너무하는군. 어제께 땅끝에서 돌아와, 땅 위를 걸을 수 있는 능력을 아직 되찾지도 못했을 텐데……"

곤드레만드레 취한 다른 남자가 말했다.

"정말로 무정해. 하지만 한탄하는 건 그만두세. 퀸투스는 어제의 패배를 만회하러 가는 거니까, 흔들리고 있는 배와 단단한 땅은 주사위를 던질 때의 가늠이 다르겠지. 어때, 퀸투스?"

그러자 세 번째 남자가 반론을 제기했다.

"운명의 여신을 무시하면 안 돼. 여신은 장님도 아니고 변덕스럽지도 않아. 안티움에서 아리우스가 여신에게 기원했더니, 여신은 응답으로 고개를 끄덕이고 바다에서는 언제나 그 옆에서 사다리를 잡아주었지. 이제 여신은 그를 데려가버렸지만, 언제든지 새로운 승리와 함께 그를 돌려주지 않을까?"

또 다른 남자가 끼어들었다.

"그리스인이 그를 데려가버렸지. 비난받아 마땅한 건 여신이 아니라 그리스인이야. 놈들은 돈벌이에 너무 열중해서 싸우는 것도 잊어버렸으니까."

이런 잡담을 나누면서 일행은 문을 지나 방파제까지 왔다. 주위에는 아침 햇살이 넘쳐흐르고, 이 노련한 바다의 용사에게는 밀려오는 파도 소리가 아침 인사로 들렸을 것이다. 그는 바다 냄새가 감송향보다 향기롭다는 듯 숨을 크게 들이마시고 손을 높이 치켜들었다.

"나는 안티움이 아니라 프라이네스테 신전에 공물을 바쳤어. 봐, 서풍이야. 고맙습니다, 운명의 여신이여."

그는 사뭇 진지한 표정으로 말했다. 그러자 친구들도 환성을 지르고 노예들도 횃불을 높이 쳐들었다. 그는 방파제 저편에 정박해 있는 갤리선을 가리키며 말했다.

"저기 있는 게 내 배야. 최고의 연인이지. 카이우스, 자네의

'루크레티아'는 어때? 저것보다 더 우아한가?"

이렇게 말하면서 그는 미끄러지듯 다가오는 배를 자랑스럽게 바라보았다. 하얀 돛을 낮게 내리고 수많은 노가 바닷물 속에 잠겼다가 수면 위로 올라오고, 다시 순식간에 물속으로 들어갔다. 마치 날개가 퍼덕이는 듯한 일사불란한 움직임이었다. 그는 침착하게 배를 바라보면서 말했다.

"신들은 기회를 주지만, 실패하면 우리 책임이야. 렌툴루스, 내가 응징하러 가는 해적들도 그리스인이라는 걸 잊어버린 거냐? 놈들한테 한 번 이기는 건 아프리카인을 백 번 이기는 것보다 가치가 있어."

"그럼 이번에는 에게 해로 가나?"

그러나 자기 배에 열중한 남자에게는 남의 말이 귀에 들어오지 않는 모양이었다.

"정말 멋져. 얼마나 경쾌한가. 새도 저렇게 대범하게 파도 속에 들어오지는 않아. 저것 봐." 하지만 그는 황급히 친구에게 말했다. "미안해, 렌툴루스. 그래, 이번에는 에게 해로 간다네. 이제 곧 출발하니까 이번 항해의 목적을 말해도 되겠지. 하지만 아무한테도 말하지 말게. 그리고 다음에 해군장관을 만날 때는 험담을 하지 말아줘. 그는 내 친구니까. 자네도 들었겠지만, 그리스와 알렉산드리아의 교역은 알렉산드리아와 로마의 교역과 맞먹어. 하지만 너무 장사에 열중하는 바람에 그 지방 사람들은 케레스(풍요의 여신)를 찬양하는 걸 잊어버렸어. 여신의 심복인 트립톨레모스는 그 앙갚음으로 거둘 가치도 없는 빈약한 수확

물밖에 주지 않았대. 어쨌든 장사 규모는 점점 커져서 단 하루도 거래가 중단되지 않는 게 현재 상황이야. 자네들도 벌써 들었을지 모르지만, 흑해 연안에 둥지를 튼 케르소네소스* 해적이 나타났어. 바쿠스(술의 신)한테도 지지 않을 만큼 대담무쌍한 놈들이지. 어제 로마에 들어온 정보에 따르면 놈들이 선단을 조직해서 보스포루스 해협을 남하하여 비잔티움과 칼케돈의 갤리선을 격침하고 마르마라 해를 제패한 뒤, 그것으로도 만족하지 못하고 에게 해로 들어왔다는 거야. 동지중해에 배를 갖고 있는 곡물업자들이 겁을 먹고 황제에게 탄원했어. 그래서 오늘 라벤나에서 백 척이 출범했고, 미세눔에서도…… 한 척이 출범하는 거야."

남자는 '한 척'이라는 말에 힘을 주었다.

"대단해, 퀸투스. 축하하네."

"이번에 성공하면 해군장관 자리는 따놓은 당상이겠군."

"사령관 퀸투스 아리우스보다는 해군장관 퀸투스 아리우스가 훨씬 듣기 좋군."

이런 식으로 친구들은 아리우스에게 축하 인사를 퍼부었다.

"고맙네. 정말로 고마워." 아리우스는 친구들에게 인사를 했다. "좋아. 이렇게 된 마당에 더 이상 감출 것도 없으니까 알려주겠네. 자, 이걸 읽어보게."

그는 토가 속에서 두루마리를 꺼내 친구들에게 건네주었다.

*흑해 북부의 크리미아 반도에 있었던 그리스의 식민 도시.

"어제 저녁에 식사할 때 받은 세야누스*의 편지야."

세야누스 장관의 이름은 로마 전역에 알려져 있었다. 아직은 악명이 그렇게 높지 않았을 때의 일이다.

"세야누스라고?" 모두 입을 모아 외치고, 편지를 보려고 머리를 맞댔다.

　　해군장관 세실리우스 루푸스에게

　　황제 폐하께서는 사령관 퀸투스 아리우스를 높이 평가하고 계십니다. 특히 서해안에서 보여준 용기와 공훈을 감안하여, 이번에 퀸투스를 동방으로 보내라고 명하셨습니다. 그러니 귀하께서는 완전 장비를 갖춘 트리레미스** 100척을 소집하고 퀸투스를 함대사령관에 임명하여, 에게 해에 출몰하는 해적을 토벌하러 조속히 출동하도록 조치하기 바랍니다. 동봉하는 것은 퀸투스 관계 서류입니다. 일이 다급하므로 신속하게 조처해주기 바라는 바입니다.

　　　　　　　　　　　　　　19년 9월 1일, 로마에서
　　　　　　　　　　　　　　세야누스

아리우스는 편지를 읽고 있는 친구들에게는 눈길도 주지 않고 다가오는 배를 황홀하게 바라보고 있었다. 애타게 그리워하는 듯한 눈빛이다. 이윽고 그가 토가 자락을 들어 올리자 그 신

---

*고대 로마의 친위대 장관(서기전 20~서기 31). 제2대 황제 티베리우스의 총애를 받았지만, 황제가 카프리 섬에 은둔한 뒤 대리로서 권력을 남용하다 처형되었다.
**노가 3단으로 설치된 갤리선. 노가 2단으로 설치된 것은 '비레미스'라고 한다.

호에 따라 이물에 붉은 깃발이 내걸리고, 선원 몇 명이 로프를 타고 활대로 기어올라 돛을 말아 올렸다. 뱃머리는 선회하고, 노 젓는 속도는 더욱 빨라지고, 배는 날듯이 그들 쪽으로 달려온다. 아리우스는 눈을 빛내면서 배를 바라보고 있다. 키를 정확하게 다루어 곧장 나아가는 모습은 만약의 경우에도 이 함선을 충분히 신뢰할 수 있다는 것을 말해주었다.

친구 하나가 편지를 돌려주면서 말했다.

"자네가 언젠가 출세할 거라고는 말하지 않겠네. 자네는 이미 영웅이니까. 이제는 우리도 흠모를 바칠 유명인사가 생겼군. 우리한테 또 보여줄 게 있나?"

"이것뿐이야. 여기 적혀 있는 내용은 이미 로마 궁정과 포룸*에 널리 알려져 있지. 하지만 내가 앞으로 무엇을 할지, 어디서 함대를 만날지는 저 배에 탄 다음 봉인된 명령서를 열어보지 않고는 나도 몰라. 자네들이 오늘 제단에 공물을 바친다면, 부디 시칠리아 근해를 항해하고 있을 나를 위해 기도해주게. 자, 온다. 나와 함께 싸울 선원들의 기량을 특히 잘 보아주게. 이 안벽에 배를 대는 것은 쉬운 일이 아니니까. 기량과 숙련도를 보여줄 수 있는 장면이지."

"자네도 처음 보나?"

"그래. 얼굴을 아는 선원이 있을지 없을지도 몰라."

"그래도 되나?"

*고대 로마 도시의 공공광장. 집회장이나 시장으로 사용되었다.

"괜찮아. 바다 위에서는 누구나 눈 깜짝할 사이에 친해지는 법이거든. 애정은 증오와 같아서, 갑작스러운 위기를 만나면 자연히 생겨나는 법이라네."

이 배는 경장선의 일종으로, 선체는 길지만 폭이 좁고 흘수선이 얕아서 빠른 속도와 기동성을 자랑하고 있었다. 뱃머리는 갑판에서 사람 키 두 배 정도의 높이로 우아하게 구부려져 앞으로 밀려 나와 있어서, 물보라를 날리며 돌진하는 모습은 참으로 아름다웠다. 측면의 만곡부에는 소라고둥을 부는 트리톤*이 조각되어 있고, 뱃머리의 흘수선 밑에는 충각이 장착되어 있어서 적선을 부수는 데 쓰인다. 배의 측면인 뱃전에는 총안들이 뚫려 있고, 뱃전 밑에는 덮개 달린 구멍이 세 줄로 늘어서 있는데, 우현에 60개, 좌현에 60개의 노가 튀어나와 있다. 뱃머리에는 메르쿠리우스**의 지팡이도 보이고, 앞갑판에는 굵은 닻줄 두 개가 말아 올려져 있다. 돛대는 선체 중앙 쪽에 있고, 이물과 고물 그리고 양쪽 뱃전에 묶인 밧줄이 그 돛대를 지탱하고 있다. 거대한 사각돛 하나와 활대를 위한 도르래가 비치되어 있고, 뱃전 위에는 갑판이 펼쳐져 있다.

활대에 남아 있는 선원들을 보면, 배 위에는 병사가 한 명뿐이다. 그는 갑옷 차림으로 뱃머리 쪽에 서 있다. 120개의 떡갈나

---

*그리스 신화에 나오는 바다의 신. 상반신은 사람이고 하반신은 물고기인 형상을 하고 있다. 해마를 타고 다니면서 소라고둥을 불어 파도를 일으키거나 가라앉힌다고 한다.
**로마 신화에 나오는 상업과 교역의 신이자 신들의 전령. 그리스 신화의 헤르메스에 해당한다.

무 노 끝은 파도에 씻겨 모두 하얗게 빛나고, 마치 한 사람이 젓고 있는 것처럼 일제히 오르내리면서 배를 전진시키고 있다. 대단한 기세로 다가오는 배를 보고 아리우스와 친구들은 저도 모르게 몸을 움츠렸다. 그때 뱃머리에 서 있던 병사가 손을 들어 신호를 했다. 그러자 모든 노가 위로 올라가더니 허공에서 일단 멈추었다가 다음 순간 아래로 떨어졌다. 바닷물이 거칠게 날뛰며 거품을 일으켰다. 갤리선은 선체를 떨면서 낭황한 것처럼 우뚝 멈춰 섰다. 병사가 다시 손으로 신호를 하자 노들이 일제히 올라가서 수평으로 뒤집혔다가 다시 물속에 잠겼다. 이번에는 우현의 노들이 뒤쪽으로 내려갔다가 앞쪽으로 움직였고, 좌현의 노들은 앞쪽으로 내려갔다가 뒤쪽으로 움직였다. 이런 동작을 세 번 되풀이하자 배는 보기 좋게 오른쪽으로 선회하여, 바람을 받으면서 천천히 접안했다. 이제 선미가 모두 보였다. 뱃머리와 같은 트리톤상, 크게 내걸린 함선 이름, 갑판보다 한 단 높은 대좌, 그 자리에 앉아 있는 조타수, 그는 갑옷으로 몸을 감싸고 키의 로프 위에 손을 올려놓고 있고, 그의 머리 위에서는 선미 장식이 금빛으로 빛나고 있었다.

선회하는 도중에 나팔 소리가 날카롭고 짧게 울리자 승강구에서 완전무장한 병사들이 잇따라 나타나 정렬했다. 수병들은 밧줄을 기어올라 활대에 진을 치고, 장교들과 군악대도 정해진 위치에 자리를 잡았다. 그동안 쓸데없는 외침이나 잡소리는 전혀 들리지 않는다. 노들이 방파제에 닿자 갑판에서 사다리가 내려졌다. 아리우스는 지금까지와는 전혀 다른 위엄 있는 표정으로 동행한 친구들을 바라보았다.

"자, 일을 해야지." 그는 머리에서 월계관을 벗어 배웅 나온 친구에게 맡겼다. "이 관을 맡아주게. 내가 돌아올 때까지 홀에 걸어둬. 승리를 얻지 못하면 돌아오는 일도 없겠지만."

이렇게 말하고는 두 팔을 벌려 친구들과 일일이 포옹하고 작별 인사를 나누었다.

"신들이 자네와 함께 갈 거야, 퀸투스." 친구들이 말했다.

"잘 있게." 아리우스는 대답하고, 횃불을 흔들고 있는 노예들에게도 손을 흔들었다. 그러고는 그를 기다리고 있는 배 쪽으로 몸을 돌렸다. 질서정연하게 도열한 병사들의 투구와 방패와 창이 아침 햇살을 받아 빛나고 있었다. 그가 사다리에 발을 올려놓은 순간 나팔이 울려 퍼지고 갑판 뒤쪽에 함대사령관 깃발이 게양되었다.

2
로마의 갤리선

사령관은 해군장관의 명령서를 손에 들고 조타실에서 노잡이장과 대화를 나누었다.

"모두 몇 명쯤 되나?"

"노잡이는 252명, 예비가 10명입니다."

"교대 인원은?"

"84명입니다."

"근무 시간은?"

"두 시간 교대입니다."

사령관은 잠시 생각하고 나서 말했다.

"그건 좀 가혹하군. 조만간 변경하도록 하세. 다만 지금은 안 돼. 지금은 밤낮으로 쉬지 않고 노를 젓게 해." 이어서 항해장에 게 말했다. "때마침 순풍이니까 돛을 펴서 노잡이들을 도와주도 록 하게."

명령을 받은 두 사람은 떠나고, 사령관은 조타수를 돌아보며 물었다.

"몇 년 동안 복무했나?"

"32년입니다."

"주로 어느 해역에서 복무했지?"

"우리 로마와 동방 사이에 있는 해역입니다."

"이번 항해에는 안성맞춤이군." 사령관은 명령서를 다시 들여 다보았다. "캄파넬라 곶*을 지나 메시나로 가세. 그다음에는 왼 쪽에 멜리토를 보면서 칼라브리아 해안을 따라 나아가세. 이오 니아 해 부근의 별자리를 알고 있나?"

"잘 알고 있습니다."

"좋아. 멜리토에서 키테라 섬을 향해 동쪽으로 나아가세. 신 들이 도와주신다면 안테모나 만에 이를 때까지 닻을 내리지 않

---

*소렌토 반도 끝. 메시나는 시칠리아 섬 북동쪽 항구 도시, 멜리토는 칼라브리아 반도 남쪽 끝, 키테라 섬은 그리스 남쪽, 안테모나 만은 키테라 섬 동쪽.

을 작정이야. 임무가 급박해. 부탁하네."

사령관 아리우스는 세심한 주의를 기울이는 남자였다. 프라이네스테와 안티움의 제단에 공물을 바치기는 했지만, 운명의 여신이 마지막에 미소를 지을 상대는 사려분별과 판단력을 갖춘 사람이라고 믿고 있었다. 밤새 술과 도박에 열중한 아리우스였지만, 바다 냄새가 그의 기분을 새롭게 해준 덕분에 지금은 배의 상태를 완전히 파악할 때까지 쉬지 않을 작정이었다. 확실한 지식이 있으면 우연 따위는 존재하지 않는다는 것이 그의 지론이었다. 그는 조타수와 노잡이장을 비롯하여 항해장, 기관장, 주방장, 창고장 등 간부들을 거느리고 배 안을 샅샅이 순찰하면서, 이 좁은 배 안의 모든 것을 머리에 집어넣었다. 이제 남은 일은 단 하나, 그의 휘하에 있는 모든 인원을 일일이 파악하는 것뿐이었다. 하지만 이것은 시간과 주의를 가장 많이 들여야 하는 어려운 일이었다.

그날 낮에 갤리선 '아스트리아' 호는 파이스툼 앞바다를 통과했다. 다행히 서풍은 아직 자지 않고 돛을 가득 부풀리고 있었다. 망꾼도 배치되고, 앞갑판에 마련된 제단 주위에 소금과 보리가 뿌려졌다. 제단 앞에서 사령관은 유피테르와 넵투누스를 비롯한 바다의 신들에게 엄숙한 기도를 드리고, 맹세의 말과 함께 포도주를 따르고 향을 피웠다.

그 일이 끝나자, 이번에는 선원들을 관찰하려고 큰 선실로 들어갔다. 길이가 20미터, 너비가 10미터 되는 선실은 갤리선 중심부에 있는 큰 방인데, 넓은 승강구 세 개에서 빛이 들어오도록 되어 있었다. 칸막이 기둥이 끝에서 끝까지 늘어서서 지붕을 떠받치고 있고, 거의 한가운데에 돛대가 보이고 도끼와 창들이 준비되어 있었다. 승강구에는 사다리가 좌우에 두 개 있지만, 사다리를 접어서 아래쪽 끝을 천장에 걸어놓을 수도 있었다. 사다리를 올려놓으면 이 선실은 천창이 있는 홀처럼 보인다. 확실히 이곳은 배의 중심, 선원들의 집에 해당하고, 식당과 침실, 체육관, 비번일 때의 휴게실을 겸하고 있었다. 다만 여기서의 생활은 모두 규칙에 묶여 있었다.

선실의 뒤쪽 끝에서 몇 걸음만 가면 감시대가 있고, 그곳에 노잡이장이 앉아서 공명판을 나무망치로 두드려 노 젓는 박자를 맞춘다. 오른쪽에 있는 물시계는 휴식 시간과 근무 시간을 보여준다. 노잡이장의 감시대 위에는 쇠난간으로 둘러싸인 감시대가 또 하나 있는데, 사령관의 감시대인 이곳에는 침대의자와 탁자, 안락의자가 놓여 있다.

노잡이들이 앉아 있는 자리는 지극히 단순했다. 측면의 목재에 벤치 같은 것이 3단으로 부착되어 있는데, 잘 보면 2단째 자리가 1단째보다 조금 뒤에 있고 높이도 조금 높다. 또 3단째 자리는 2단째보다 조금 뒤에 있고 높이도 조금 높다. 이렇게 밑에서부터 차례대로 밀리듯 높아지고 있다. 한쪽에 50명의 노잡이를 앉히기 위해 1미터도 채 안 되는 간격으로 19개의 자리가 설치되어 있고, 20번째 자리 바로 위에 다음 단의 자리가 만들어져 있었다. 병사들이 밀집대형으로 행진하듯, 노잡이들이 서로 박자를 맞추기만 하면 노를 저을 여유는 충분히 확보할 수 있다. 갤리선의 길이에 따라 제한은 있지만, 이 방법으로 얼마든지 노잡이 자리를 늘릴 수도 있다.

1단과 2단의 노잡이들은 앉아서 노를 젓지만, 3단의 노잡이들은 가장 긴 노를 갖게 되기 때문에 일어서서 노를 저어야 한다. 노의 손잡이에는 납이 달린 가죽띠가 묶여 있고, 이것 때문에 노를 뒤집는 미묘한 움직임이 가능해진다. 하지만 이상한 파도가 왔을 때는 이게 화근이 되어 부주의한 노잡이가 자리에서 내동댕이쳐질 때도 있다. 노를 꽂는 구멍은 통풍구 역할도 맡고 있어서, 노잡이들은 이 구멍을 통해 약간의 신선한 공기를 마실 수 있었다. 또한 빛은 갑판 사이의 통로 바닥에 끼워진 격자창에서 비쳐 들었다.

현실은 그보다 훨씬 더 열악한 상황이었을지도 모른다. 그들의 생활에 기쁨이 전혀 없었던 것만은 확실하다. 노잡이들끼리 대화를 나누는 것은 금지되어 있었고, 날이면 날마다 말 한마디 나누지 않고 계속 노만 저었다. 노를 젓는 몇 시간 동안 서로 얼굴도 보지 않고, 짧은 휴식 시간에는 그저 잠을 자거나 허겁지겁 음식을 삼킬 뿐, 웃지도 않고 노래를 부르지도 않았다. 혼자 생각에 잠겨 있다 해도, 한숨이나 신음 소리가 모든 기분을 나타낸다면 말이 무슨 의미를 갖겠는가? 비참한 그들은 햇빛이 닿지 않는 지하 수로를 천천히 흐르다가 운이 좋으면 겨우 출구에 다다르는 물 같은 존재였다.

그들은 대부분 전쟁 포로 중에서 체격이나 체력을 인정받아 선발된 자들이었다―브리튼인, 리비아인, 크리미아인, 스키타이인, 갈리아인, 데바시테인, 고트인, 롬바르디아인, 유대인, 에티오피아인, 마이오티스(흑해 북쪽 연안)에서 온 야만족, 아테네인, 히베르니아(지금의 아일랜드)에서 온 붉은 머리의 야만족, 킴브리(지금의 유틀란트 반도)에서 온 푸른 눈의 거인들.

노잡이의 작업 자체는 단순하고 힘은 들지만, 머리나 기술을 필요로 하는 것은 아니다. 노를 앞으로 보낸 뒤 물을 긁고 수평으로 뒤집어서 다시 물로 되돌릴 뿐이다. 기계적으로 움직이고 있는 것처럼 보이는 게 이상적이고, 바다의 상황에 따라 노 젓는 법을 바꾸어야 하지만, 그것도 생각한다기보다는 본능적으로 반응할 뿐이다. 따라서 오랫동안 계속 노를 젓다 보면 누구나 참을성은 강하지만 패기가 없고, 근골이 늠름한 체격을 갖추지만 지성이 퇴화한 온순한 동물이 되어버린다. 과거의 희미한 추억에 기대어 무언가에 홀린 듯이 살아가는 생물, 요컨대 비참함은 습관이 되고, 영혼은 믿을 수 없는 인내심을 갖게 된다.

사령관은 감시대의 안락의자에 몇 시간이나 앉아서 눈앞의 노예들을 바라보며 생각에 잠겨 있었다. 그는 윗옷을 어깨에 걸치고 허리에 칼을 차고 있었고, 주위를 둘러보며 동시에 주위의 시선도 받고 있었다. 독자 여러분이 그 자리에 앉아 있다면 노잡이들에게 동정심을 품었을 것이다. 하지만 사령관은 좀 더 현실적이었다. 그는 노예를 한 사람 골라서 관찰하고, 불만스러운 점을 적어두고, 작전이 성공하면 나포한 해적들 중에서 좀 더 적합한 인재를 찾아서 교체해줄 생각이었다. 갤리선에서 노예들은 이름이 없는 대신, 자리에 매겨진 번호로 불리게 되어 있다. 양쪽 자리를 샅샅이 관찰하고 있던 사령관은 왼쪽 60번 자리에 눈을 고정시켰다. 그 자리는 뒤쪽에 여유가 없기 때문에 1단째의 첫 번째 자리 바로 위에 있었고, 감시대에서는 1미터도 떨어져 있지 않았다. 머리 위의 격자창에서 햇빛이 비쳐 들어, 사령관은 허리감개를 두른 그 남자의 모습을 꽤 확실히 볼 수 있었다. 몇 가지 점이 마음에 들었다. 우선 그가 아주 젊다는 것. 아마 아직 스무 살은 넘지 않았을 것이다. 아리우스는 평소 도박에 열중해 있을 뿐 아니라 경기장을 방문하여 일류 선수의 육체를 관찰하고 있었다. 힘이란 근육의 양과 질에서 나오지만, 뛰어난 기량에는 힘과 두뇌가 필요하다는 설에 진심으로 공감하면서, 그 실례를 찾고 있었기 때문이다. 하지만 이때만큼 열심히 관찰한 적은 지금까지 한 번도 없었다.

감시대에서는 60번 노잡이의 옆얼굴밖에 보이지 않았지만, 노를 젓는 동작이 너무나 우아하고 막힘없이 매끄러웠기 때문에, 힘을 충분히 주고 있나 하고 의심이 들 정도였다. 하지만 몸을 앞으로 구부렸을 때도 노는 단단히 쥐어져 있고, 노가 휘는 것을 보아도 온몸의 힘이 들어가 있는 것은 분명했다. 그뿐만 아니라 그것은 그가 노 젓기도 잘한다는 것도 말해주고 있어서, 사령관의 지론인 힘과 두뇌의 조합을 실증하는 좋은 본보기라고 할 수 있었다. 보면 볼수록 아리우스는 그 노예의 젊음에 감동했다. 키는 크고 팔다리는 완벽했다. 팔은 너무 길다고 여겨질 정도였지만, 노를 저을 때마다 부풀어 오르는 멋진 알통이 그 결점을 상쇄하고 있었다. 몸통의 갈빗대가 또렷이 떠올라 있는 것도 단련된 육체의 증거라고 말할 수 있을 것이다. 또한 이 노잡이의 움직임 전체가 조화를 이루고 있는 것에도 마음이 끌렸다. 모양이 좋은 머리가 탄탄한 목 위에서 멋진 균형을 이루고 있어서, 사령관은 어떻게든 이 노예를 정면에서 보고 싶었다. 옆얼굴은 어딘지 모르게 동방인의 풍모였고, 이따금 보이는 섬세한 표정은 좋은 혈통과 예민한 감수성까지 느끼게 했다. 사령관의 흥미는 점점 강해졌다.

'왠지 마음에 걸려. 굉장한 놈인지도 몰라. 좀 더 조사해봐야 겠군.' 이렇게 생각한 순간 노예가 갑자기 이쪽을 돌아보았기 때문에, 사령관은 그 얼굴을 정면에서 볼 수 있었다. '유대인이 군. 게다가 아직 어린 녀석이야.'

사령관이 너무 뚫어지게 바라보자, 당황한 60번 노잡이는 큰 눈을 더욱 크게 뜨고 노를 잠깐 멈추었다. 하지만 그 순간 노잡이장의 성난 듯한 망치 소리가 울려 퍼졌다. 자신에 대한 경고 인가 싶어 깜짝 놀란 젊은이는 급히 사령관한테서 눈을 돌려 노를 반쯤 낮추었다. 하지만 다시 한 번 사령관을 보았을 때 그는 깜짝 놀랐다. 사령관의 얼굴에 상냥한 미소가 떠올라 있었기 때문이다.

이윽고 갤리선은 메시나 해협에 들어섰다. 아리우스는 선실의 층계참으로 돌아올 때마다 그 노잡이를 주의 깊게 바라보며 중얼거렸다.

"저놈한테는 기백이 있어. 유대인은 야만족이 아니야. 좀 더 살펴봐야겠어."

3
갤리선의 노예

출범한 지 나흘 뒤, 갤리선 '아스트리아' 호는 이오니아 해를 달리고 있었다. 하늘은 맑고 바람도 순풍이어서, 마치 신들이 배를 옮겨주고 있기라도 한 것처럼 순조로운 항해였다. 라벤나에서 떠난 아군 함대를 집결지인 안테모나 만에 도착하기 전에 만날지도 모른다고 생각하자 사령관 아리우스는 조바심이 나서 대부분의 시간을 갑판에서 보냈다. 그는 자기 배와 관련된 주의 사항을 부지런히 적어두었고, 대체로 배의 현재 상황에 만족하고 있었다. 그래도 선실로 돌아가 안락의자에 앉으면 또 그 60번 노잡이가 마음에 떠올랐다.

"좀 전에 교대한 녀석에 대해 뭔가 알고 있나?" 아리우스는 노잡이장에게 물었다. 마침 노잡이 교대 시간이었다.

"60번 말입니까?"

"그래."

노잡이장은 노잡이 쪽을 날카롭게 보고 나서 한 걸음 다가왔다.

"아시겠지만 이 배는 진수한 지 한 달도 안 됐습니다. 그래서 이 배와 노잡이들에 대해서는 저도 잘 모릅니다."

"그놈은 유대인이야." 아리우스는 신중하게 말했다.

"그렇습니다. 과연 각하는 예리하시군요."

"그리고 젊어."

"하지만 최고의 노잡이입니다. 그가 노를 저을 때 노가 부러질 정도로 휘는 것을 본 적도 있습니다."

"성격은 어떤가?"

"유순합니다. 그러고 보니 언젠가 저한테 부탁을 한 적이 있습니다."

"무슨 부탁이지?"

"자기를 오른쪽과 왼쪽에 번갈아 앉게 해달라고 하더군요."

"이유는 말했나?"

"한쪽에서만 계속 노를 저으면 몸이 뒤틀리고, 폭풍이나 전투가 일어나서 급히 위치를 바꿀 필요가 생겼을 때도 곤란하다고 하더군요."

"오호, 재미있군. 그 밖에 뭔가 그에 대해 관찰한 건 없나?"

"동료들보다 훨씬 뛰어납니다."

"그 점에서는 로마인이군. 그의 내력에 대해서는 아무것도 모르나?"

"전혀 모릅니다."

아리우스는 잠시 생각하다가 자리로 돌아가서 말했다.

"다음에 60번이 쉴 차례가 되거든 갑판에 있는 나한테 가라고 말해주게."

그로부터 두 시간 뒤, 아리우스는 선미 장식 밑에 서 있었다. 중요한 임무를 앞두고 지금 할 수 있는 일은 그저 기다리는 것뿐이었다. 이 느긋한 기분이 본래 냉정한 남자의 마음을 더욱 진정시키고, 언제라도 시동을 걸 수 있다는 마음가짐을 가져다주었다. 둘러보니 돛 그늘에는 선원 몇 명이 잠들어 있고, 머리 위의 활대 위에는 망꾼이 서 있었다. 장식 밑에 있는 해시계에서 눈을 떼자, 저쪽에서 60번 노잡이가 다가오는 것이 보였다.

"노잡이장이 아리우스 각하께 가보라고 하던데요. 무슨 일이십니까?"

훤칠한 키와 근육질 몸에 혈색이 좋은 젊은이는 태양 밑에서 더욱 빛나는 것처럼 보였다. 아리우스는 그 늠름한 몸을 멍하니 넋을 잃고 바라보았지만, 젊은이의 태도에도 마음이 끌렸다. 그의 말투는 교육을 잘 받고 자란 것을 느끼게 했고, 맑고 커다란 눈동자는 반항적이라기보다 호기심에 가득 차 있고, 사령관의 날카롭고 오만한 눈초리에도 주눅 들지 않고 젊은이다운 단정함을 보이고 있었다. 거기에는 비난이나 음울함, 위협 따위는 털끝만큼도 없고, 오히려 슬픔이 새긴 상처가 시간의 흐름과 함께 조금씩 치유되고 있는 듯한 인상을 주었다. 침묵 속에서 그렇게 느낀 아리우스는 노예와 말을 한다기보다 연장자가 젊은이와 이야기하는 듯한 어조로 말했다.

"노잡이장이 그러더군. 네가 최고의 노잡이라고."

"노잡이장은 친절하니까요."

"얼마나 됐지?"

"3년 됐습니다."

"노를 잡은 지 3년이라고?"

"하루도 쉰 날이 없습니다."

"갤리선에서 노를 젓는 일은 중노동이라서, 갤리선 노잡이는 1년도 계속하지 못하는 게 보통이라고 들었다. 게다가 너는 아직 어린 것 같은데……."

"각하께서는 인내력이 정신에 크게 좌우된다는 것을 잊으셨군요. 정신력에 따라 약한 자도 성공할 수 있고 강한 자가 망하기도 합니다."

"그 말투로 보아 너는 유대인이구나."

"로마인이 나타나기 전부터 제 조상은 히브리인이었습니다."

"유대 민족의 완강한 자부심도 시들지 않은 모양이군."

"자부심은 쇠사슬에 묶여 있을 때 가장 시끄럽게 떠들어대는 법이지요."

"어떤 자부심이지?"

"유대인이라는 자부심입니다."

아리우스는 미소를 지었다.

"나는 예루살렘에 가본 적은 없지만 유대의 호족에 대해서는 들은 적이 있다. 크게 장사를 하고 있던 자를 한 사람 알고 있었는데, 마치 왕 같았다. 너는 어떤 지위를 갖고 있었지?"

"저는 보시다시피 갤리선의 노예입니다. 하지만 제 아버지는 예루살렘의 호족으로 장사를 했고, 해상무역에도 관여하고 있었지요. 아우구스투스 황제한테도 총애를 받아서, 황궁 객실에 머무는 영예도 얻었습니다."

"네 아버지 이름이 뭐지?"

"이타마르…… 이타마르 벤허입니다."

아리우스는 저도 모르게 손을 번쩍 쳐들고 외쳤다.

"네가 벤허의 아들이라고? 아니, 그런데 네가 왜 이런 데 있지?"

유다는 고개를 숙이고 넘치는 생각을 억눌렀다. 겨우 감정을 가라앉히자 사령관을 똑바로 쳐다보면서 대답했다.

"저는 발레리우스 그라투스 총독의 암살을 기도한 혐의로 체포되었습니다."

"아니!" 아리우스는 놀란 나머지 뒷걸음질을 쳤다. "네가 그 암살자였나? 한때 로마에도 그 사건에 대한 소문이 파다했지. 론디눔(런던) 근처에 정박해 있던 내 배에까지 소문이 퍼졌어."

두 사람은 말없이 서로를 바라보았다. 아리우스가 먼저 입을 열었다.

"벤허 가 사람들은 지상에서 말살되었다고 들었는데."

젊은이의 마음에 옛 기억이 되살아나, 유다는 저도 모르게 눈물을 흘렸다.

"우리 어머니, 그리고 누이동생은 도대체 어디 있을까요? 뭔가 아시는 게 있으면 말씀해주세요. 무사히 살아 있는지, 살아 있다면 어디서 어떻게 지내고 있는지. 부탁입니다, 각하. 말씀해주세요."

젊은이는 손을 모으고 아리우스에게 다가갔다. 너무 가까이 다가가서 망토를 만졌기 때문에, 팔짱을 끼고 있던 아리우스의 팔에서 망토가 흘러내려 바닥에 떨어졌다.

"그 저주스러운 날부터 3년이 지났습니다. 그 3년 동안 순간순간이 지옥 같은 고통이었습니다. 이 바닥없는 늪에서 평생 일해야 하고, 아무 구원도 없고, 있는 거라고는 죽음뿐입니다. 아무도 말 한마디 걸어주지 않았습니다. 모든 사람한테서 잊히는 것으로 그 역겨운 기억을 잊을 수 있다면 얼마나 좋을까요. 그 순간, 저한테 매달려 있던 누이가 끌려가고 어머니와 마지막 눈길을 주고받던 그 순간에서 달아날 수 있다면 얼마나 좋을까요. 갤리선에서는 전염병도 퍼졌습니다. 해상 전투와 폭풍도 경험했습니다. 다른 사람들은 모두 기도를 드리며 목숨만 살려달라고 애걸했지만, 저는 웃고 있었습니다. 죽음은 제가 바라는 바였으니까요. 노를 저으며 필사적으로 몸을 움직이는 것으로 그날 있었던 일을 잊으려고 했습니다. 하지만 전혀요. 할 수만 있다면 어머니와 누이가 이미 이 세상에 없다고 말씀해주세요. 제가 행방불명되었는데 어머니가 행복하실 리는 없으니까요. 밤중에 저를 부르는 목소리를 들었습니다. 바다 위를 걷고 있는 모습도 보았습니다. 어머니의 사랑만큼 진실한 것은 없습니다. 누이의 입김은 하얀 백합꽃 향기처럼 상냥하고 아름답습니다. 언제나 우아한 음악으로 상쾌한 아침을 저에게 가져다주었지요. 그런데 저는 이 손으로 어머니와 누이의 삶을 망쳐버리고 말았습니다."

"그렇다면 죄를 인정한다는 얘기군." 아리우스가 냉정하게 물었다.

그 순간 벤허의 표정이 일변했다. 목소리는 굳어지고, 주먹을 치켜 올리고 온몸을 팽팽하게 긴장시키더니, 이글이글 타오르는 눈으로 사령관을 노려보았다.

"우리 하느님 아버지, 영원한 여호와 주님에 대해 들으셨을 겁니다. 그 진실과 전능함, 세상이 시작되었을 때부터 이스라엘 민족을 이끈 사랑에 걸고 맹세합니다. 저는 결백합니다."

아리우스는 감동했다.

"고귀한 로마인이여, 제발 제 말을 믿어주십시오. 그리고 날마다 깊어지는 제 어둠에 빛을 내려주십시오."

아리우스는 발길을 돌려 갑판을 걷기 시작했지만, 갑자기 걸음을 멈추고 물었다.

"재판은 받지 않았나?"

"받지 않았습니다."

아리우스는 놀라서 고개를 들었다.

"재판도 없고 증인도 없나? 그럼 누가 판결을 내렸지?"

이 무렵 로마 제국에서는 법이나 형식을 가볍게 보았고, 그것을 중시하게 된 것은 제국이 쇠퇴기에 접어든 뒤였다.

"저는 밧줄에 묶인 채 성의 지하감옥에 갇혔습니다. 그 후 아무도 만나지 못했고, 누구하고도 말을 하지 못했습니다. 이튿날 해변 도시로 끌려가, 그날로 갤리선의 노예가 되었습니다."

"해명해봐라."

"저는 음모가가 되기에는 너무 어린 나이였습니다. 그라투스 총독에 대해서는 전혀 몰랐고, 제가 정말로 그를 죽일 작정이었다면 그런 시간이나 그런 장소를 고르지는 않았을 겁니다. 근위대에 에워싸여 있는 총독을 대낮에 습격하면 금방 붙잡혀버린다는 것쯤은 누구나 알 수 있습니다. 하물며 우리는 로마에 우호적인 집안이었고, 아버지는 황제의 총애를 받은 분이었습니다. 게다가 재산도 많이 가진 우리가 모든 것을 잃게 될 그런 파멸의 길을 택할까요? 제가 황제나 총독에게 악의를 품을 이유도 없습니다. 설령 불온한 생각이 있었다 해도 주님에게 생명을 부여받은 이스라엘 민족으로서 재산과 가족, 인생, 부모, 율법 등이 모두 그 생각을 단념시키기에는 충분합니다. 저는 흥분해서 이성을 잃지 않는 남자, 수모를 견딜 바에는 차라리 죽음을 택하는 그런 남자였습니다. 지금도 그렇습니다. 제발 믿어주십시오."

"현장에는 누구와 함께 있었더냐?"

"저는 우리 집 옥상에 있었고, 제 곁에는 누이동생이 있었습니다. 둘이 함께 난간에서 몸을 내밀고 아래를 지나가는 군단을 구경하고 있었지요. 그런데 기왓장 하나가 손끝에서 미끄러져 떨어지면서 총독에게 맞은 겁니다. 총독을 죽였다고 생각한 순간, 공포가 제 몸을 꿰뚫었습니다."

"그때 어머니는 어디 계셨지?"

"아래층 어머니 방에 계셨습니다."

"어머니는 어떻게 됐나?"

벤허는 주먹을 쥐고 한숨을 내쉬었다.

"모릅니다. 어머니가 집에서 끌려 나가는 것을 본 게 마지막입니다. 사람만이 아니라 가축까지도 모두 집에서 쫓겨났고, 문에는 자물쇠가 채워졌습니다. 두 번 다시 돌아올 수 없다는 것이지요. 부탁입니다. 어머니를 위해 한마디만 더 하게 해주십시오. 적어도 어머니는 완전히 결백합니다. 저는…… 아니, 아닙니다. 사령관님, 제 폭언을 용서해주십시오. 노예인 제가 용서나 복수라는 말을 입에 담으면 안 되지요. 저는 평생 노잡이로서 노에 묶인 신세니까요."

아리우스는 지금까지 보고 들어서 알고 있는 노예들을 머리에 떠올리며 열심히 귀를 기울였다. 이 경우, 젊은이가 보여준 격정이 단순한 겉보기에 불과하다면 그것은 완벽한 연기라고 말할 수 있을 것이다. 하지만 그의 말이 진실이라면 이 유대인은 틀림없이 무죄고, 로마의 권력자는 과도한 분노를 행사한 것이 된다. 우발적인 사고를 구실로 아주 간단하게 일족을 근절하는 로마인의 폭거에 그는 강한 분노를 느꼈다.

아무리 야만적이고 피비린내 나는 일을 생업으로 삼고 있어도, 그것이 인간의 도덕성을 완전히 망쳐버리지는 않는다. 인간이 정말로 공정함이나 자비를 알고 있다면, 어떤 상황에 놓여있어도 그것은 눈에 파묻힌 꽃처럼 계속 살아 있다. 이 사령관은 냉철한 인물일 것이다. 그렇지 않다면 그에게 맡겨진 임무에는 어울리지 않는다는 이야기가 된다. 그와 동시에 그는 공정한 인물이기도 했다. 그래서 지금처럼 나쁜 짓에 분노하며 그것을 바로잡으려 하는 것이다. 이 경우, 젊은이에게 유리하게 작용하는 요인이 몇 가지 있었던 것도 사실이다. 아마 아리우스는 그라투스를 알고는 있었지만 그에게 별로 호감을 품지 않았던 게 아닐까. 또한 확실히 확인할 수는 없지만, 사령관은 젊은이의 아버지인 이타마르 벤허를 알고 있었던 게 아닐까. 또한 아리우스 밑에서 일한 선원들은 얼마가 지나면 그를 우수한 사령관으로 평가하곤 했다. 독자 여러분도 같은 평가를 내리게 되지 않을까.

사령관은 당황했다. 이 배에서는 왕과도 맞먹는 절대 권력을 쥐고 있는 그가 마음이 움직여 자비를 베풀려고 했다. 젊은이를 믿기도 했다. 하지만 속으로는 이렇게 혼잣말을 하고 있었다.

'서두를 건 없어. 아니, 지금은 키테라로 서둘러 가야 하니까 이 유능한 노잡이를 뺄 수는 없어. 좀 더 상황을 지켜보자. 그러면 뭔가 알게 되겠지. 적어도 이 젊은이가 정말로 호족인 벤허인지, 그 기질은 어떤지, 그 정도는 확인할 수 있을 거야. 노예가 하는 말을 곧이곧대로 믿을 수는 없어.'

"이제 그만 내려가도 좋다. 네가 맡은 위치로 돌아가."

벤허는 인사를 하고 다시 한 번 사령관의 얼굴을 쳐다보았다. 하지만 그 표정에서는 이미 어떤 희망도 읽을 수 없었다. 젊은이는 천천히 떠나갔지만, 뒤를 돌아보며 말했다.

"각하, 혹시 제가 생각나실 때가 있으면 제 가족, 어머니와 누이에 대한 제 소원을 부디 유념해주십시오."

아리우스는 떠나가는 노예를 감탄한 듯이 눈으로 좇았다.

'잘 가르치기만 하면 훌륭한 운동선수가 될 수 있을 텐데. 달리기 선수도 좋고, 저 늠름한 근육을 보면 검투사나 권투선수도 될 수 있겠어.'

이렇게 생각한 아리우스는 큰 소리로 젊은이를 불러 세웠다.

"기다려!"

벤허가 멈춰 서자 이번에는 사령관이 그에게 다가갔다.

"해방되면 뭐가 되고 싶은지 말해봐라."

"저를 놀리고 계십니까?" 유다는 입술을 떨면서 말했다.

"아니다. 신들에게 맹세코."

"그렇다면 기꺼이 대답하겠습니다. 우선 인생의 첫 의무를 수행하겠습니다. 남은 인생을 다 바쳐 어머니와 누이의 행복을 위해 노예보다 더 헌신적으로 섬기겠습니다. 다른 건 아무래도 좋습니다. 어머니와 누이가 집으로 돌아올 때까지는 제 마음이 편치 않을 겁니다. 많은 것을 잃었지만, 그 이상으로 많은 것을 주겠습니다."

예상과는 전혀 다른 대답에 사령관은 당황하여, 순간 할 말을 잃었다.

"네 야심에 대해 묻고 있는 것이다. 어머니와 누이가 이미 죽었거나 그들을 찾지 못하면 어떻게 할 거냐?"

벤허의 안색이 일변했다. 바다를 바라보며 마음의 동요를 가라앉히자, 그는 사령관을 보고 말했다.

"무슨 일을 할 거냐고 물으시는 거군요?"

"그래."

"사령관님, 솔직히 말씀드리면 그 사건이 일어나기 전날, 저는 군인이 되기로 결심했습니다. 제 마음은 지금도 변하지 않았습니다. 전쟁 학교라면 한 군데뿐입니다. 지금도 저는 거기에 가고 싶습니다."

"무술도장 말이냐?"

"아닙니다. 로마군 주둔지입니다."

"그렇다면 우선 무기 사용법을 익혀야 돼."

이것은 주인이 노예에게 할 말은 아니었다. 사령관은 갑자기 자신의 경솔함을 후회하고, 냉담한 목소리와 태도로 돌아갔다.

"이제 그만 내려가도 좋다. 지금 우리가 나눈 대화에 섣부른 기대를 걸면 안 돼. 나는 그냥 너를 놀리고 있을 뿐인지도 모른다. 아니면……." 그는 무언가를 생각하면서 눈길을 돌렸다. "만약 네가 희망한다면 검투사로 이름을 날릴지 군인으로 복무할지, 둘 중 하나를 택해. 검투사는 황제의 총애를 받을 수도 있지만, 군인에게는 포상이 없어. 넌 로마인이 아니니까. 자, 네가 맡은 위치로 돌아가라."

잠시 후 벤허는 원래의 노잡이 자리로 돌아갔다. 사령관이 무엇을 확실히 약속한 것도 아닌데 마음은 밝아져 있었다. 이제 노를 쥐는 것에도 별로 고통을 느끼지 않았다. 지저귀는 새처럼 희망이 그에게 다가왔다고 생각했다. 그 모습을 볼 수도 없고 노래를 들을 수도 없지만, 그래도 아직 곁에 있는 것만은 마음으로 느끼고 있었다. 사령관의 '너를 놀리고 있을 뿐인지도 모른다'는 말은 마음에 떠오를 때마다 얼른 지워버렸다. 어쨌든 사령관한테 불려 가서 이야기를 했다는 것만으로도 마음의 허기를 달래줄 빵을 손에 넣은 것이나 마찬가지였다. 무언가 좋은 일이 일어날 것만 같았다. 벤허의 자리 주위에는 환하게 빛나는 희망의 빛이 넘치고 있었다. 그는 기도했다.

"주님, 저는 주님의 소중한 자식, 진정한 이스라엘 민족입니다. 제발 저를 구해주소서."

4
희망의 빛

키테라 섬 동해안의 안테모나 만에 갤리선 100척이 집결했다. 사령관 아리우스는 하루 동안 함대를 시찰한 뒤 키클라데스 제도*에서 가장 큰 섬인 낙소스 섬으로 향했다. 이곳은 그리스 해안선과 아시아의 중간 지점에 해당하고, 큰길 한복판에 있는 커다란 바위 같은 요충지여서, 이곳에서는 지나가는 모든 배를 공격할 수 있다. 해적이 에게 해에 있든 지중해로 나오든, 당장 대응하여 추적할 수도 있다. 함대가 대열을 짜서 낙소스 섬의 해안으로 다가가자 갤리선 한 척이 북쪽에서 다가왔다. 비잔티움에서 보내온 이 배는 사령관이 가장 필요로 하는 최신 정보를 갖고 있었다.

이 정보에 따르면 해적은 멀리 흑해 끝에서, 그리고 아조프해에 있는 타나이스에서도 모여들고 있다고 한다. 이들은 극비리에 태세를 갖추고, 우선 보스포루스 해협 입구에 나타나 그곳에 정박해 있던 함대를 괴멸시켰다. 그 후 해협 출구에 이르기까지 모든 곳을 공격 대상으로 삼았다. 해적선단은 완전 장비를 갖춘 60여 척의 갤리선으로 이루어져 있었고, 비레미스 몇 척을 제외하면 나머지는 모두 트리레미스이고, 지휘관만이 아니라 조타수들도 동방의 바다를 잘 아는 그리스인이라고 한다. 그들

---

*그리스 남동부, 에게 해에 있는 섬무리.

의 약탈은 무자비하고, 그래서 해상은 물론 해안 도시들에까지 공포가 퍼져, 사람들은 성문을 굳게 닫고 밤마다 불침번을 세우고 교통도 마비 상태에 빠져 있다고 한다. 지금 해적들은 어디에 있는가. 사령관이 가장 관심을 갖고 있는 이 질문에도 대답이 준비되어 있었다. 해적은 림노스 섬의 헤파이스티아를 습격한 뒤, 테살리아 군도를 가로질러 에비아 섬과 그리스 사이로 모습을 감추었다고 한다.

이날 낙소스 섬 주민들은 언덕 위에서 좀처럼 볼 수 없는 광경을 바라보고 있었다. 대열을 짠 100척의 선단은 차례대로 북쪽을 향해 진로를 잡고 나아가다가 모든 배가 같은 지점에서 약속한 것처럼 방향을 전환하여, 이윽고 레네아 섬과 시로스 섬 사이로 사라져갔다. 마치 보병대의 행진을 보는 듯했다. 해적이 급습했다는 소식에 이어 이렇게 곧바로 로마의 대함대가 나타났기 때문에 주민들은 가슴을 쓸어내렸다. 로마인은 힘센 손으로 움켜쥔 것을 보호해주고, 세금을 거두는 대신 안전을 지켜준다고 그들은 로마에 진심으로 감사했다.

사령관은 적의 동향을 알고 기뻐하며, 두 가지 의미에서 자신의 운이 강하다는 것을 느꼈다. 지금 소식을 가져온 배는 최신 정보를 전해주었을 뿐만 아니라, 적을 어느 해역보다 아군에 유리한 해역으로 몰아넣어주었기 때문이다. 지중해처럼 넓은 해역에서는 함부로 날뛰는 갤리선 한 척을 찾아내어 붙잡는 것도 이만저만 어려운 일이 아니다. 그래서 이 해적대의 숨통을 단번에 끊을 수 있다면 그 공은 큰 영예가 될 터였다.

그리스와 에게 해의 지도를 보면, 에비아 섬이 아시아를 향해 성채처럼 가로놓여 있고, 섬과 그리스 해안선 사이는 길이 약 200킬로미터에 평균 폭은 15킬로미터도 안 되는 해협을 이루고 있다는 것을 알 수 있을 것이다. 북쪽의 후미는 크세르크세스 1세*의 함대가 들어온 곳이고, 지금은 흑해 해적들의 본거지가 되어 있다. 해적의 약탈품은 펠라스기 만과 멜리아크 만 연안의 부유한 도시들에서 인기가 높았다. 사령관은 이런 상황을 종합하여, 해적이 테르모필레 이남에 있을 거라는 결론에 도달했다. 기회를 놓치지 않기 위해서라도 지금 당장 북쪽과 남쪽에서 적을 협공해야 한다. 그러기 위해서는 낙소스의 과일도 포도주도 여자도 당분간 보류다. 배는 어디에도 들르지 않고 에비아 섬을 향해 계속 달려, 해가 질 무렵에는 하늘에 또렷이 떠오른 오카 산이 시야에 들어왔다. 조타수가 에비아 해안에 도착한 것을 알렸다.

잠시 휴식을 취하라는 신호가 내려졌다. 사령관은 여기서 함대를 50척씩 양분하여, 자신은 제1선단을 지휘하여 해협을 따라 북상하기로 하고, 제2선단에 대해서는 섬 바깥쪽으로 나가서 전속력으로 북쪽 후미로 들어간 다음, 해협을 따라 남하하라는 명령을 내렸다. 두 선단 모두 전력에서는 해적에 미치지 못하지만, 함대에는 규율이라는 것이 있고, 그것은 두려움을 모르는 무법자들은 갖고 있지 않은 특질이었다. 아군의 한쪽 함대가

*페르시아 제국의 제4대 왕(재위 서기전 486~465). 서기전 480년에 그리스 원정을 시도했으나 살라미스 해전에서 패하자 철수했다. 성서에는 '아하수에로'라고 나온다.

패배했다 해도, 적이 승리에 들떠 있는 틈을 타서 또 다른 함대가 공격하여 적을 무찌르게 한다. 빈틈없는 사령관은 이렇게 예상하고 있었다.

그동안 벤허는 6시간 교대로 임무를 수행하고 있었다. 안테모나 만에서 가진 휴식으로 심기일전하여, 이제 노를 잡는 것도 노잡이장도 마음에 걸리지 않았다. 그가 지금 온 신경을 집중시키고 있는 것은 여기가 어디이고 이제 어디로 가는가 하는 것이었다. 그것이 어느 정도의 의미를 갖는지, 보통 사람은 모른다. 자기가 있는 곳도 전혀 모른 채 끌려 다니는 것은 날카로운 고통을 가져다주는 법이다. 벤허는 노예로서 이런 상황에 익숙해져 있기는 했지만, 그래도 몇 시간 동안, 아니 며칠 동안 계속 노를 젓는 갤리선 안에서 자기가 어디에 있는지 알고 싶다는 생각은 사라지지 않았다. 게다가 갑판에서 사령관과 이야기를 나눈 뒤에는 희망이 마음에 싹터서, 그것을 알고 싶다는 생각이 더욱 강해졌다. 그는 이 배에서 나는 모든 소리, 모든 이야기에 귀를 곤두세우고, 거기서 무언가를 알아내려고 했다. 조금이나마 빛을 보내주는 머리 위의 격자창을 쳐다보며 무언가를 보려고 애썼다. 노잡이장에게 물어보고 싶어 좀이 쑤셨지만, 그것을 필사적으로 억눌렀다. 그런 짓을 하면 어떤 전투 상황보다도 상관을 깜짝 놀라게 할 게 분명하기 때문이다.

하지만 오랫동안 노를 잡고 있다 보니, 날씨가 좋은 날에는 선실로 비쳐 드는 약간의 햇빛을 보고 배가 어디쯤 지나고 있는지 어렴풋이나마 알게 되었다. 이번에도 키테라 섬을 출발한 뒤

방향 전환 지시에 언제나 신경을 곤두세우면서, 어쩌면 유대로 가고 있는 건 아닐까 하고 기대를 걸고 있었다. 그래서 낙소스 부근에서 갑자기 배가 북상했을 때는 몹시 실망했다. 물론 그는 북상하는 이유를 알지 못했다. 노에 묶여서 자리를 떠날 수 없는 노예가 상황을 파악하는 것은 도저히 무리였고, 항해 자체에 대한 관심도 없었기 때문이다. 어쨌든 갑판 위에서 밖을 볼 수 있었던 것은 지난 3년 동안 단 한 번뿐, 그것도 얼마 전에 갑판에서 사령관과 이야기를 나누었던 그때뿐이다. 그래서 이 배 바로 뒤에 질서정연하게 대열을 짠 대함대가 뒤따르고 있다는 것도, 그들이 어떤 임무를 띠고 있는지도 그는 전혀 알지 못했다.

해가 지고 선실에 저녁놀이 비쳐 들 무렵, 갤리선은 여전히 북상을 계속하고 있었다. 밤이 되어도 주위에는 아무 변화도 보이지 않았지만, 뱃전에서 향기로운 냄새가 희미하게 흘러왔다.

'사령관은 제단에 있군. 아무래도 전투가 시작될 모양이야.'

벤허는 더욱 주의 깊게 주위를 관찰했다. 지금까지도 몇 번 전투를 치렀지만, 맨 아래층의 노잡이 자리에 있었기 때문에 실제 전황을 본 것은 아니었다. 하지만 전투에 따라다니는 온갖 소리를 마치 노래를 외듯 모두 기억해버려서, 소리만 듣고도 전투 상황을 분간할 수 있게 되었다. 싸울 때 많은 준비가 이루어진다는 것도 알게 되었는데, 그중에서도 그리스인과 로마인이 가장 중시한 것은 승리를 기원하기 위해 신들에게 공물을 바치는 의식이었다. 말할 나위도 없는 일이지만 싸움은 노를 잡고 있는 노예들에게 큰 관심사다. 그것은 위험하기 때문이 아니라,

오히려 살아남으면 큰 상황 변화가 일어날지도 모르기 때문이다. 노예라면 자유를 손에 넣을 수 있을지도 모르고, 나쁘게 되더라도 주인이 바뀌어 지금보다 상황이 나아질 가능성이 있기 때문이다.

등불이 계단에 매달려 꽤 오랜 시간이 지났을 무렵 갑판에서 사령관이 내려왔다. 해병대원들이 갑옷을 입고 무기를 점검하기 시작했다. 그들은 단창과 투창, 화살 묶음, 기름 항아리, 등잔 심지처럼 둥글게 뭉친 솜이 들어 있는 바구니를 바닥에 늘어놓았다. 마지막으로 사령관이 감시대에 서서 갑옷 차림으로 투구와 방패를 손에 들었을 때, 벤허는 자신의 예상이 들어맞은 것을 알았다. 최고의 만행, 즉 전투가 시작되려 하고 있었다.

노잡이장이 노잡이 자리에 고정되어 있는 족쇄 사슬을 하나씩 노예들의 발목에 채우기 시작했다. 물론 노예들은 거부할 수 없고, 이제 무슨 일이 일어나도 배에서 도망칠 수 없게 된다. 선실에는 침묵이 가득 찼다. 노에 달려 있는 가죽끈이 삐걱거리는 소리만 울려 퍼졌다. 족쇄는 노잡이들에게 굴욕 이외의 아무것도 아니었다. 그리고 벤허는 누구보다 그것을 강하게 느끼고, 어떻게든 벗어나고 싶었다. 족쇄를 하나씩 채우는 소리가 울려 퍼지고, 그 소리가 점점 가까이 다가왔다. 그의 차례가 왔을 때, 과연 사령관이 참견해줄까. 이렇게 자기 혼자 구원받기를 바라는 벤허를 독자들은 허영심과 이기심의 덩어리라고 비난할지도 모르지만, 그것이 벤허의 솔직한 심정이었다. 사령관은 분명 참견해줄 거야. 전투를 앞둔 지금 상황에서, 그를 노예의 비참한 처지에서 구해주겠다고 한 그 말이 진심이었다는 것을 보여줄 거야. 벤허는 숨을 죽이고 기다렸다. 시간이 아주 길게 느껴졌다. 벤허는 노잡이들에게 족쇄가 하나씩 채워질 때마다 사령관을 바라보았지만, 사령관은 재빨리 몸차림을 끝내고는 안락의자에 앉아서 편안히 쉬고 있었다. 벤허는 제멋대로 꿈을 꾼 자신을 나무라고 쓴웃음을 지으면서, 두 번 다시 사령관 쪽을 보지 않겠다고 결심했다.

노잡이장이 다가왔다. 1번 노잡이의 족쇄를 채우는 소리가 무섭게 울려 퍼졌다. 다음은 60번이다. 벤허는 각오를 굳히고 마음을 가라앉히고는 노를 세우고 발을 앞으로 내밀었다. 그때 사령관이 일어나더니 노잡이장을 불렀다. 벤허의 가슴이 격렬하게 고동쳤다. 사령관은 노잡이장한테서 눈을 돌려 벤허를 힐끗 바라보았다. 벤허가 노를 손에 쥐자, 그가 있는 쪽의 노가 모두 되살아난 것처럼 움직이기 시작했다. 저쪽에 있는 두 사람의 대화는 전혀 들리지 않았다. 이윽고 노잡이장은 자기 자리로 돌아가 공명판을 두드리기 시작했다. 아직 벤허의 족쇄는 축 늘어진 채였다. 이때만큼 망치 소리가 기분 좋게 들린 적은 없었다. 납을 넣은 손잡이에 가슴을 눌러대고 있는 힘껏 노를 밀었기 때문에 노가 금방이라도 부러질 것처럼 휘었다. 노잡이장은 60번 노잡이를 가리키며 사령관에게 웃는 얼굴로 말했다.

"놀라운 힘이죠."

"정말로 괴력이군. 저놈은 족쇄를 채우지 않아도 돼. 저대로 놔둬." 그렇게 말하고 사령관은 침대의자에 몸을 눕혔다.

배는 그 후 몇 시간 동안이나 항해를 계속했다. 바다는 잔물결 하나 일지 않았고, 노는 계속 움직이고 있었다. 비번인 노잡이들은 모두 각자의 자리에서 잠이 들었다. 벤허도 두 번 비번이 되었지만, 도저히 잠을 이룰 수가 없었다. 3년에 걸친 밤의 세계, 어둠의 세계에 비로소 한 줄기 빛이 비쳐 들었다. 혼자 바다를 떠다니다가 이제 육지를 보았다. 오랫동안 죽어 있다가 지금 되살아났다. 가슴이 두근거리고 몸이 떨려서 잠을 자는 것은 생각할 수도 없었다. 희망은 미래의 것, 현재와 과거는 단지 미래를 섬기는 하인일 뿐이다. 사령관의 호의에서 시작된 미래에 대한 희망이 벤허의 상상을 끝없이 부풀렸다.

미래를 상상하며 행복한 기분에 잠기는 것은 간단한 일이지만, 이것은 그렇게 간단한 게 아니다. 상상은 점점 부풀어 올라 현실감을 띠고 다가온다. 화려한 양귀비꽃처럼 붉은색과 보라색, 황금색의 화려함으로 이성을 마비시켜버린다. 슬픔이 누그러지고, 집과 재산을 되찾고 어머니와 누이를 다시 품에 안고 있는 정경이 벤허의 머리에 생생하게 떠올랐다. 그 장면을 상상하기만 해도 그는 일찍이 느껴본 적이 없을 만큼 행복한 기분을 느꼈다. 그가 실은 비참한 전쟁을 향해 곧바로 나아가고 있다고는 생각지도 않았다. 희망과 기쁨이 마음에 가득 차서, 의심 따위는 들어갈 여지도 없었고 복수에 대한 생각도 사라져버렸다. 메살라, 그라투스, 로마, 그리고 온갖 괴로운 추억은 소멸한 전염병처럼 사라져버렸고, 지금까지 그 지독한 지상의 습기와 더위 속을 떠돌았던 그는 이제 하늘 높이 날아올라 별의 노랫소리에 귀를 기울이고 있었다.

동트기 전의 깊은 어둠이 해수면에 자욱하고, '아스트리아' 호
는 순조롭게 북상을 계속하고 있었다. 그때 한 남자가 빠른 걸
음으로 갑판에서 내려와 감시대로 다가가더니 자고 있는 사령
관을 흔들어 깨웠다. 사령관은 곧 일어나서 투구와 칼과 방패를
들고 해병대 지휘관에게 갔다.

"해적이 바로 근처에 있다. 전투 준비."

사령관은 자신감에 가득 찬 냉정한 얼굴로 계단을 올라갔다.

5
해전

함대의 선원들은 한 사람도 남김없이 잠에서 깨어나 활동을 개
시했다. 장교들은 정해진 위치에 자리를 잡았고, 무기를 손에
든 수병들도 훌륭한 군단병이 되었다. 화살과 창이 갑판에 다발
로 쌓이고, 기름 항아리와 솜뭉치가 중앙 승강구 계단에 비치되
었다. 예비용 등잔에도 불이 켜지고, 양동이에는 물이 가득 담
겼다. 비번 노잡이들은 당번병의 감시를 받으며 노잡이장 앞에
모였다. 다행히 벤허도 그들 가운데 있었다. 머리 위에서는 선
원들이 돛을 펴고 그물을 펼치거나 기계를 매달아놓은 줄에서
내리고, 소가죽으로 만든 장갑판을 뱃전에 늘어뜨리고 있었다.
하지만 마지막 준비를 하는 둔탁한 소리도 이윽고 잠잠해져, 배

는 다시 조용해졌다. 정체모를 두려움과 기대가 뒤섞인 침묵, 그것은 전투 준비가 모두 갖추어졌음을 의미하고 있었다.

갑판에서 하달된 신호가 계단에 있던 하사관을 통해 노잡이 장에게 전달되자, 당장 노가 움직임을 멈추었다. 쇠사슬로 묶인 120명의 노예들, 애국심이나 명예나 의무감 따위와는 아무 관계도 없는 노예들은 이것이 무엇을 의미하는지를 생각하지 않았다. 노예들은 다만 적들이 닥치는 대로 돌격하여 그들을 위험에 빠뜨릴지 모른다는 공포감만 느꼈을 뿐이다. 물론 노 젓는 손을 멈추고 앞으로 일어날 사태를 생각해봤자 무언가가 달라지는 것도 아니다. 이기면 이긴 대로 쇠사슬의 속박은 점점 더 강해질 테고, 배가 침몰하거나 불이 나면 배와 운명을 함께할 뿐이기 때문이다. 그들이 바깥 상황에 대해 물어볼 수 있는 것도 아니다. 도대체 적은 누구일까? 적이 친구나 형제, 같은 고향 사람이라면 어떻게 하나? 이런 것들을 생각하면, 이렇게 긴급할 때 로마인이 노예들을 쇠사슬로 묶어두어야 할 필요성은 독자 여러분도 이해할 것이다. 하지만 실제로는 이런 것들을 천천히 생각하고 있을 겨를이 없었다. 갤리선의 노 젓는 소리가 뒤쪽에서 들려왔나 싶더니, '아스트리아'호가 서로 맞부딪치는 파도 한가운데에 있는 것처럼 크게 흔들렸다. 적이 바로 옆에 있다. 기동작전으로 나가기 위해 바야흐로 적을 공격하려고 진을 치는 함대. 그것을 상상하기만 해도 벤허는 피가 끓었다.

다음 신호가 갑판에서 내려오자 노가 물속에 내려지고 갤리선은 천천히 전진하기 시작했다. 주위는 조용하지만, 선실에 있는 사람들은 모두 본능적으로 충격에 대비하여 자세를 갖추고 있었다. 배는 숨을 죽이고 사냥감에게 살금살금 다가가는 호랑이처럼 바다를 기어갔다. 이런 상황에서는 시간 감각이 사라져 버려, 얼마나 전진했는지 벤허도 짐작이 가지 않았다. 이윽고 갑판에서 귀가 먹먹해질 만큼 큰 나팔 소리가 울려 퍼졌다. 그러자 노잡이장이 공명판을 격렬하게 두드리기 시작했다. 거기에 맞춰서 노잡이들도 전력을 다해 노를 젓기 시작했다. 노를 앞으로 내보내 물을 깊이 긁은 다음 일제히 노를 들어 올린다. 그러자 갑자기 갤리선이 온몸을 떨면서 튀어 오르듯 전진한다. 뒷갑판에서 다른 나팔 소리도 가세하여 점점 더 시끄러워진다. 앞갑판에서 순간적으로 큰 외침 소리가 일어난다. 갑자기 터무니없는 충격이 선체를 습격했다. 노잡이장 앞에 있던 노잡이들은 비틀거렸고, 몇 명은 바닥에 내동댕이쳐졌다. 배는 충격에서 회복되어 다시금 맹렬하게 전진하기 시작했다. 나팔 소리에 섞여 겁에 질린 외침 소리가 일어나고, 다시 쿵 하고 선체가 충돌하는 소리, 무언가를 스치는 소리, 부서지는 소리가 거기에 가세한다. 배가 무언가를 올라탔는지, 발밑의 용골 밑에서 무언가가 부서져 가라앉는 둔탁한 소리가 들린다. 노예들은 겁에 질려 굳은 얼굴을 서로 마주 보았다. 갑판에서 승리의 함성이 일어난다. 로마의 함선이 이긴 것이다. 바다가 삼킨 적선은 어디 군대일까?

'아스트리아' 호는 잠시도 쉬지 않고 다시 전진했다. 선원 몇 명이 뛰어 내려와 솜뭉치를 기름 항아리에 담근 뒤, 기름이 뚝뚝 떨어지는 솜뭉치를 계단 위의 병사들에게 건네주었다. 불은 전투에서 중요한 무기였고, 불붙은 솜뭉치를 화살로 쏘아서 적선에 불을 지르는 것이다. 갑자기 선체가 심하게 기울어, 가장 상단에 있는 노잡이들은 자리에 앉아 있을 수도 없게 되었다.

로마군의 승리의 함성과 적의 절망적인 외침 소리가 다시 일어났다. 갤리선 뱃머리에 달린 충각이 적선을 부수자 사방에서 외침 소리가 일어나 주위는 온통 소란의 소용돌이로 변했다. 적선은 마침내 침몰하고, 선원들은 소용돌이에 말려들어 바닷속으로 사라졌다. 물론 로마군도 무사하지는 않았다. 갑옷을 입은 채 피투성이가 된 병사들이 승강구에서 실려 들어오고, 개중에는 선실 바닥에서 숨을 거두는 사람도 있었다.

이따금 자욱한 연기가 살이 타는 악취와 함께 선실로 흘러들어 주위를 노란 안개로 감쌌다. 노예들과 함께 불타버린 배 옆을 지나가고 있구나 하고 벤허는 숨이 막혀 캑캑거리면서 생각했다.

그런데 전진을 계속하고 있던 '아스트리아' 호가 갑자기 멈추었다. 균형을 잃은 노잡이들은 노를 놓치고 자리에서 내동댕이쳐졌다. 머리 위의 갑판에서는 격렬한 발소리, 측면에서는 배가 무언가에 스치는 소리가 들리고, 너무 시끄러워서 노잡이장의 망치 소리도 들리지 않았다. 바닥에 웅크리고 앉아 공포에 떠는 사람, 숨을 곳을 찾아 주위를 둘러보는 사람. 그 혼란 속에서 반라의 시체 하나가 승강구에서 거꾸로 떨어져 벤허 바로 옆에 내던져졌다. 검은 머리카락이 얼굴을 가리고, 소가죽과 그물

세공으로 만든 갑옷을 몸에 걸친 시체는 분명 북방의 백인 해적이었다. 도대체 이놈이 왜 여기에 있을까. 배가 서로 부딪칠 때, 그 충격으로 이곳까지 튕겨 나온 것일까? 아니, 아니야. '아스트리아' 호가 해적에게 공격당한 거야. 지금 갑판 위에서 로마군이 밀리고 있는 거야. 그렇게 생각하자 벤허는 등골이 오싹했다. 사령관이 위험해. 만약 그가 죽기라도 하면? 아니야, 그런 일이 있어선 안 돼. 아브라함의 하느님, 도와주세요. 겨우 찾아온 희망과 꿈이 이대로 사라져버리다니. 어머니와 누이, 집과 고향, 그것들을 두 번 다시 볼 수 없게 되다니. 머리 위에서 요란한 굉음이 울려 퍼지고, 선실 안도 혼란스럽기 이를 데 없었다. 쇠사슬에 묶인 노예들은 몸을 움츠리고, 병사들은 주위를 뛰어다니고 있었다. 오직 노잡이장만이 전혀 동요하는 기색도 없이 망치를 계속 두드리면서 사령관의 명령을 기다리고 있었다. 검붉은 연무 속에 떠오른 노잡이장의 모습은 세계를 제패한 로마가 자랑하는 비할 데 없는 규율의 표상이었다.

하지만 이 노잡이장을 본 덕분에 벤허는 냉정해져서 생각할 여유를 되찾았다. 명예와 의무감이 노잡이장을 감시대에 묶어 놓고 있다. 하지만 그게 나와 무슨 상관인가? 여기서 떠나자. 여기서 노예로 죽으면, 그건 개죽음일 뿐이다. 나에게는 살아남는 것이야말로 의무다. 내 목숨은 유대 민족의 것이다. 벤허의 눈앞에 그 민족의 모습이 생생히 떠올랐다. 필사적으로 손을 뻗어 그에게 애원하는 동포들. 벤허는 일어났지만 멈춰 섰다. 안돼. 나는 로마의 법에 묶여 있어. 그것이 있는 한 어디로 도망쳐도 소용없어. 이 넓은 세계 어디에도, 육지는 물론 바다에도 내가 숨을 곳은 없어. 당당하게 로마법에 따라 자유를 얻어야만 비로소 유대의 자손으로서의 의무도 다할 수 있어. 다른 곳에서는 살 수 없어. 아아, 주님. 해방을 얼마나 애타게 기도해왔던가. 얼마나 기다려왔던가. 그래서 겨우 사령관의 약속을 받았는데. 사령관의 그 말은 나를 해방시켜주겠다는 말이 아니면 무슨 뜻이겠는가. 하지만 드디어 나타난 그 사람이 지금 살해될 위험에 빠져 있다. 그가 죽으면 그의 약속도 사라지는 것이다. 안 돼. 아리우스를 죽게 할 수는 없어. 갤리선 노예로 살아남을 바에는 아리우스와 함께 죽는 편이 나아.

다시 한 번 벤허는 주위를 둘러보았다. 머리 위에서는 아직도 싸움이 계속되고 있었다. 뱃전에 적선이 부딪쳐 선체가 삐걱거리고 있었다. 노잡이 자리에서는 노예들이 필사적으로 족쇄를 벗기려 하지만, 그것이 불가능하다는 것을 알고는 미친 듯이 울부짖고 있었다. 노예를 감독하는 감시병은 이미 갑판으로 가버리고, 주위를 지배하고 있는 것은 규율이 아니라 혼란뿐이었다. 오직 노잡이장만이 망치를 손에 들고 침착하게 앉아서, 소란 속에 찾아오는 순간의 정적을 망치 소리로 깨뜨리고 있었다. 벤허는 그에게 마지막 일별을 던지고는 그 자리를 떠났다. 도망치기 위해서가 아니라 아리우스를 찾기 위해서였다.

바로 옆 승강구의 계단을 뛰어 올라간 벤허의 눈에 들어온 것은 불길이 치솟아 새빨갛게 물든 하늘, 주위를 둘러싸고 있는 수많은 배들, 잔해에 뒤덮인 바다, 조타수 주위까지 바싹 다가

간 적, 그리고 헤아릴 수 없이 많은 해적을 상대로 싸우고 있는 열세의 로마군 병사들이었다. 하지만 다음 순간 그의 발밑이 무너지면서 그는 뒤로 나가떨어졌다. 갤리선 바닥이 솟아올라 균열이 생긴 것이다. 눈 깜짝할 사이에 선체의 뒷갑판 부분이 부서져 뿔뿔이 흩어졌다. 바다는 마치 이때를 기다리고 있었던 것처럼 거품을 일으키고 으르렁거리는 소리를 내면서 덤벼들어 벤허를 몸부림치는 캄캄한 파도 속으로 끌어들였다.

이 역경을 벤허가 혼자 힘으로 이겨냈다고는 말할 수 없다. 물론 그는 남다른 힘을 타고났고 막다른 고비에서 발휘되는 저력이라는 것도 갖고 있었다. 하지만 캄캄한 어둠 속에서 거칠게 날뛰는 바다에 내던져진 벤허는 당황하여 숨을 참는 것도 뜻대로 되지 않았다. 그리고 나무토막처럼 분류에 휩쓸려 단숨에 다시 선실까지 밀려가버렸다. 그런데 밑바닥으로 가라앉았다고 생각한 다음 순간, 수심 몇 미터나 되는 막막한 공간에서 기세 좋게 튀어나와 배의 잔해와 함께 수면으로 떠올랐다. 배가 가라앉을 때 역류하는 이 물의 기세가 없었다면 그는 분명 물속 깊이 빠져버렸을 것이다. 도중에 붙잡은 널빤지에 필사적으로 매달려 겨우 수면에 도착한 벤허는 배 속 깊은 곳까지 가득 숨을 들이마셨다. 그리고 머리카락과 얼굴에 묻은 물을 털어낸 다음 널빤지에 다시 올라타고 주위를 둘러보았다. 물속에서 허우적거리고 있는 동안은 그것이 터무니없이 긴 시간으로 여겨졌지만, 다양하게 모습을 바꾼 죽음이 끊임없이 그에게 다가왔다. 죽음은 수면 밑에서 언제나 기다리고 있었다.

바다 위에는 연기가 불투명한 안개처럼 자욱하게 끼어 있었지만, 여기저기에서 불타오르는 배가 강한 빛을 내고 있었다. 싸움은 아직 계속되고 있지만, 어느 쪽이 이기고 있는지 벤허는 전혀 알 수가 없었다. 저 멀리서 배가 어둠을 향해 불화살을 쏠 준비를 하고 있는 것이 보였다. 하지만 위험은 훨씬 더 가까이 다가와 있었다. '아스트리아' 호가 침몰했을 때, 갑판에 있던 로마군 병사들과 해적들은 모두 바다에 빠졌다. 그 대부분이 수면으로 떠올라 같은 나무토막을 붙잡고 매달려 있으면서도 바다 밑 소용돌이 속에서 시작한 전투를 여전히 계속하고 있었다. 필사적으로 맞붙어 발버둥치고 몸부림치고 때로는 칼이나 창을 휘두르면서 검은 해수면, 또는 불빛을 반사하여 번쩍번쩍 빛나는 수면을 들끓게 하고 있었다. 벤허는 싸움 따위는 아무래도 좋았다. 하지만 주위는 모두 적이고, 그가 올라타고 있는 널빤지를 빼앗으려고 그의 목숨을 노리는 사람이 언제 나타날지 모른다. 그는 서둘러 도망치려고 했다.

그때 맹렬한 속도로 갤리선 한 척이 이쪽을 향해 다가오는 것이 보였다. 뱃머리는 아찔할 만큼 높이 솟아 있고, 장식을 비추고 있는 붉은 불빛이 살아 있는 뱀을 연상시켰다. 배는 소용돌이를 일으키고 물거품을 날리며 곧장 돌진해 왔다. 벤허는 순간 자기가 잡고 있던 커다란 널빤지를 밀어냈다. 1초를 다투는 순간, 0.5초가 생사를 가르는 그런 순간이었다. 그 긴박한 순간이 지난 직후, 바로 옆에서 황금빛 투구가 불쑥 떠올랐다. 이어서 손가락을 벌린 두 개의 손, 잡은 것은 절대로 놓지 않겠다는 듯한 크고 힘센 손이 나타났다. 벤허는 흠칫 놀라 저도 모르게 몸을 피했다. 투구와 함께 얼굴이 떠올랐다. 얼굴이 수면 위로 나오자마자 남자는 두 팔로 물을 두드리며 고개를 젖혔다. 입을 딱 벌리고 멍한 눈을 크게 뜬 그 얼굴은 이미 죽은 사람처럼 창백해져 있었다. 이렇게 오싹한 형상은 본 적이 없었다. 하지만 벤허는 그 얼굴을 본 순간, 기쁨의 환성을 지르며 투구의 사슬을 움켜잡고, 다시 물속에 잠기려는 남자의 몸을 널빤지 쪽으로 끌어당겼다. 그것은 사령관 아리우스였다.

갤리선의 노들이 물을 세차게 내리치며 바로 옆을 지나간 뒤, 소용돌이치는 물이 급격히 물러갔다. 그동안 벤허는 널빤지를 움켜잡고 아리우스가 가라앉지 않도록 필사적으로 그를 떠받치고 있었다. 배는 바다에 내던져진 사람들이 많이 표류하고 있는데도 아랑곳하지 않고 그들을 짓밟으며 전진했고, 배가 지나간 자리에는 아무도 보이지 않았다. 갑자기 둔탁한 충돌음이 들리고 절규하는 소리가 이어졌다. 무심코 그쪽을 돌아본 벤허는 '아스트리아' 호의 마지막 모습을 목격했다. 드디어 '아스트리아' 호에 대한 복수가 이루어진 것이다. 벤허는 지금 자기가 놓여 있는 처지도 잊은 채 잔혹한 기쁨을 맛보았다.

그 후에도 싸움은 계속되었고, 저항자는 도망자로 바뀌었다. 하지만 승패의 행방은 여전히 알 수 없었다. 벤허의 자유와 사령관의 목숨이 바로 거기에 달려 있었다. 벤허는 아리우스의 몸을 널빤지 위로 완전히 끌어올리고, 밤새도록 세심한 주의를 기울여 그를 지켰다. 새벽이 조용히 찾아왔다. 하늘이 희번해지는 것이 기쁘기도 했고 두렵기도 했다. 이제 곧 여기에 올 사람들은 로마군 병사일까, 아니면 해적일까. 해적이라면 아리우스를 살려준 벤허의 공적 따위는 전혀 의미가 없다.

드디어 날이 완전히 밝았다. 주위에는 바람 한 점 없었다. 왼쪽으로 저 멀리 육지가 보이지만, 도저히 헤엄쳐 갈 수 있는 거리가 아니었다. 여기저기 표류자들의 모습이 보였다. 검게 탄 선체, 연기가 피어오르는 잔해가 바다를 검게 물들이고 있었다. 찢어진 돛이 늘어져 있고, 움직임을 멈춘 노들이 튀어나온 갤리선도 멀리 보였다. 뒤쪽에는 움직이는 점이 몇 개 보였다. 도망치고 있는 배일까, 추격하고 있는 배일까. 아니면 하얀 바닷새가 날고 있는 것일까. 이러고 있는 동안 한 시간 남짓한 시간이 지났다. 그의 불안은 점점 커졌다. 아군이 구출하러 오지 않으면 아리우스는 죽어버릴지도 모른다. 꼼짝도 하지 않는 사령관은 이미 죽은 것처럼 보이기도 했다. 벤허는 투구를 벗기고 갑옷도 간신히 벗겼다. 심장이 고동치는 것을 알고는 안심하여 가슴을 쓸어내리고, 계속 널빤지에 매달렸다. 그리고 그의 민족의 습관대로 기도를 드렸다. 그가 할 수 있는 일은 그것뿐이었다.

6
구출 그리고 입양

익사 상태에서 되살아나는 것은 익사보다도 괴롭다고 한다. 아리우스는 그것을 극복하고 벤허가 바란 대로 말을 할 수 있을 만큼 회복되었다. 아리우스는 여기가 어디이고 누가 어떻게 자기를 구해주었는가 하는 질문을 하는 동안, 서서히 전투의 기억이 돌아오고 승패의 행방을 걱정하기 시작했다. 그것이 자극이 되었는지, 아니면 널빤지 위에서 충분히 쉰 덕분인지, 잠시 후에는 본래의 수다스러움을 되찾았다.

"우리한테 구조대가 오느냐 마느냐는 전투의 행방에 달려 있다. 하지만 네 역할도 컸다. 제 목숨을 내던지고 내 목숨을 구해주었으니까. 고맙다. 이 은혜는 잊지 않으마. 그것만이 아니지. 운 좋게 여기서 빠져나갈 수 있다면, 감사의 표시로 네가 로마인에게 어울리는 처우를 받게 해주마. 그리고 나를 위해 내가 지금부터 말하는 일을 해준다면 너에게는 더없이 좋은 포상을 주겠다. 그러니 반드시 하겠다고 맹세해다오."

"하느님의 가르침에 어긋나지 않는 일이라면 뭐든지 하겠습니다." 벤허가 대답했다.

아리우스는 잠시 사이를 두었다가 말했다.

"너는 정말로 유대인 벤허의 아들이냐?"

"그렇습니다."

"실은 네 아버지를 알고 있었다."

유다는 저도 모르게 아리우스에게 바싹 다가가 귀를 기울였다. 아직 목소리가 약해서 잘 들리지 않았기 때문이다. 기다리고 기다리던 가족 이야기를 들을 수 있게 된 것이다.

"네 아버지를 알고 있었을 뿐 아니라 존경하고 좋아했지."

아리우스는 또 거기서 말을 끊고, 다른 것을 생각하고 있는 것 같았다.

"네가 카토*나 브루투스를 모를 리는 없겠지. 위대한 로마의 영웅들이야. 특히 죽을 때. 그들은 죽음을 앞두고 훌륭한 법도를 남겼지. 즉 로마인은 행운에 도취하여 쓸데없이 오래 살면 안 된다고. 듣고 있나?"

"예, 듣고 있습니다."

"로마 귀족은 반지를 자신의 증표로 몸에 지니고 다니는 것이 관습이고, 나도 갖고 있다. 이걸 받아라." 그는 손을 내밀었다. 유다는 시키는 대로 아리우스의 손에서 반지를 뺐다. "그것을 네 손가락에 끼워라."

벤허는 그 말에 따랐다.

"그 반지에는 역할이 있다. 나는 로마에서도 손꼽히는 부자지만, 유감스럽게도 가족이 없다. 미세눔 근처에 있는 내 저택에 가서 그 반지를 하인에게 보여주어라. 네가 반지를 손에 넣게 된 사정을 말하면, 네가 바라는 것은 뭐든지 들어줄 것이다. 물론 내가 살아 있다면 내가 충분히 해줄 작정이다. 너를 자유롭게 해주고, 네 가족과 집과 하인들을 모두 원래대로 되돌려주겠다. 아니면 네가 스스로 마음껏 찾아도 좋다. 듣고 있나?"

"물론입니다."

"그렇다면 신들에게 맹세해라."

*로마 공화정 말기의 정치가(서기전 95~46). 공화정 유지의 입장에 서서 카이사르와 맞서 싸우다 패하자 자결했다.

"신들에게는 맹세할 수 없습니다. 저는 유대인이니까요."

"그렇다면 유대의 신을 걸고 맹세해라. 아니, 내가 부탁한 대로 하겠다고 맹세해주기만 하면, 어떻든 네 방식대로 해도 좋다. 자, 빨리 맹세해다오."

"사령관님, 그 말씀으로 미루어보면 무언가 아주 중대한 일인 것 같은데, 우선 그 내용을 들려주십시오."

"그렇게 하면 맹세해주겠나?"

"맹세하겠습니다. 아, 저건…… 주님, 감사합니다. 저쪽에서 배가 오고 있습니다."

"어느 쪽이냐?"

"북쪽입니다."

"선적을 알려주는 표시가 보이나?"

"저는 줄곧 선실에서 노를 잡고 있었을 뿐이니까, 표시를 잘 모릅니다."

"깃발은 어떠냐?"

"하나도 보이지 않습니다."

아리우스는 실망한 얼굴로 잠시 침묵했지만, 다시 한 번 물었다.

"아직도 이쪽으로 오고 있나?"

"예, 오고 있습니다."

"깃발을 찾아봐라."

"하나도 없습니다."

"뭐 다른 건 없나?"

"돛을 펴고 있고, 노가 세 줄. 굉장한 속도로 이쪽을 향해 오고 있습니다. 제가 알 수 있는 것은 그것뿐입니다."

아리우스는 다시 진지한 표정으로 말했다.

"전쟁에 이긴 로마의 배라면 축하의 표지로 깃발을 나부끼고 있을 거야. 깃발이 없다면 아마 적선일 거다. 자, 내 말 잘 들어라. 저 배가 해적선이라면 너는 목숨을 건질 수 있다. 물론 저놈들이 너한테 자유를 주는 건 아니야. 다시 노를 잡아야겠지만, 적어도 죽을 염려는 없다. 하지만 나는……" 사령관은 말끝을 흐렸다. 그러고는 결심한 듯 말했다. "이 나이에 수모를 당하는 건 질색이다. 퀸투스 아리우스는 적에게 포위되자 로마 사령관으로서 배와 함께 명예롭게 죽었다는 말을 듣고 싶다. 너한테 부탁하고 싶은 건 그거야. 저 배가 해적선이라는 걸 알게 되거든 나를 밀어서 바다에 빠뜨려라. 듣고 있나? 자, 그러겠다고 맹세해라."

"맹세할 수 없습니다. 그런 일은 절대로 할 수 없습니다. 히브리의 법도는 사령관님의 목숨을 구하라고 명령하고 있습니다. 죄송하지만 이 반지를 돌려드리겠습니다." 그는 반지를 뺐다. "이 반지를 받아주십시오. 그리고 약속하신 보상도 사양하겠습니다. 저는 로마의 재판을 받고 노예가 되었지만, 사실은 노예도 아니고 각하의 하인도 아닙니다. 저는 이스라엘의 자손이고, 적어도 지금은 제 자신의 주인입니다. 반지를 돌려드리겠습니다."

아리우스는 반박하지 않았다.

"받아주시지 않을 겁니까? 그렇다면 어쩔 수 없지요. 분노 때문이 아니고, 원한 때문도 아니고, 그저 꺼림칙한 의무에서 벗어나기 위해 이 반지를 바다에 버리겠습니다. 보세요, 각하." 유다는 아까워하는 기색도 없이 반지를 바다에 던졌다. 반지가 퐁당 소리를 내며 가라앉는 것을 아리우스는 그저 말없이 듣고 있었다.

"바보 같은 짓을 했구나. 네 신세를 생각하면 어리석기 짝이 없는 짓이야. 사람이 죽음을 남의 손에 맡기는 것은 영혼이 자살을 좋게 여기지 않기 때문이라고 플라톤은 말했지. 그것뿐이다. 마음만 먹으면 나 스스로 목숨을 끊는 것쯤은 아무것도 아니야. 네 손을 빌리지 않아도 얼마든지 죽을 수 있다. 하지만 그렇게 하면 너는 어떻게 될까. 저 배가 해적선이라면 나는 어떻든 내 목숨을 끊을 작정이다. 이미 마음은 정해져 있어. 로마인에게는 성공과 명예가 전부니까. 하지만 내 목숨을 구해준 너에게 조금이나마 사례를 하려고 했지만, 너는 반지를 받지 않았다. 그 반지야말로 내가 죽을 때 남긴 유품이라는 것을 보여주는 유일한 증거였는데. 이젠 우리 둘 다 끝났다. 나는 승리와 영광을 빼앗긴 것을 한탄하며 죽어가고, 너는 너 자신의 어리석음 때문에 효도하지 못한 것을 한탄하면서 좀 더 살아가겠지. 불쌍한 놈."

벤허는 자기가 한 짓이 무분별했다는 것을 인정하면서도 기가 꺾이지 않았다.

"노예로서 보낸 3년 동안, 사령관님은 저한테 상냥하게 대해준 유일한…… 아니, 또 한 사람이 있었군요." 나사렛의 우물가에서 그에게 물 한 잔을 건네준 그 젊은이의 얼굴이 생생하게 떠올라, 유다의 눈에 눈물이 가득 고였다. "각하께서는 처음으로 제 이름을 물어봐주셨습니다. 솔직히 물속으로 가라앉아가는 각하의 몸에 손을 뻗어 각하를 살렸을 때, 이제 곤경에서 벗어날 수 있겠구나 생각하지 않았다면 거짓말일 겁니다. 하지만 제가 제 생각만 하고 있었던 것은 아닙니다. 그걸 알아주십시오. 그리고 제 목적은 하느님의 가르침에 따른 올바른 방법으로 이루어져야 합니다. 살인을 할 바에는 차라리 각하와 함께 죽는 편이 낫습니다. 그것이 제 양심의 대답입니다. 저는 각하와 마찬가지로 결심했습니다. 설령 각하가 말씀하셨듯이 로마에 있는 재산을 받는다 해도 절대 사람을 죽일 수는 없다고. 유대인이 따라야 할 히브리의 율법에 비하면 카토나 브루투스의 가르침 따위는 아무것도 아닙니다."

"하지만 내 소원은……."

"뭐라고 말씀하셔도 이 결심을 바꿀 수는 없습니다."

두 사람은 입을 다물었다. 벤허는 몇 번이나 다가오는 배 쪽을 바라보았지만, 아리우스는 눈을 감고 이미 체념하듯 꼼짝도 하지 않았다.

"각하, 저건 정말로 적선일까요?" 벤허가 물었다.

"그렇겠지."

"배가 멈추고, 뱃전 너머로 보트를 내리고 있습니다."

"여전히 깃발은 보이지 않느냐?"

"깃발 이외에 로마의 배라는 표시는 없습니까?"

"돛대 꼭대기에 투구가 있을 거야."

"예? 정말입니까? 그렇다면 기뻐해주십시오. 투구가 보입니다."

아리우스는 아직 확신을 갖지 못했다.

"보트로 표류자들을 건져 올리고 있습니다. 해적선이 그런 짓을 할까요?"

"노잡이가 필요한지도 모르지." 아리우스는 전에 자기가 같은 목적으로 적을 구조한 것을 생각해내고 말했다.

벤허는 배의 움직임을 자세히 추적했다.

"배가 떠나갑니다."

"어디로?"

"오른쪽에 버려진 갤리선이 한 척 있는데, 그쪽으로 가고 있습니다. 아, 지금 보트를 옆으로 대고 그 갤리선으로 옮겨 타고 있습니다."

그제야 비로소 아리우스는 눈을 뜨고 배를 보았다. 그리고 벌떡 일어나서 외쳤다.

"너의 신에게 감사하자. 그리고 로마의 신들에게도 감사하자. 해적선이라면 배를 구조하지 않고 가라앉혀버릴 거다. 저건 틀림없이 로마 배야. 로마군이 이겼어. 승리의 여신은 우리를 버리지 않았어. 구조될 수 있어. 손을 흔들어 신호를 보내고 큰 소리로 불러라. 나는 이제 해군장관이 될 것이다. 그리고 너는…… 그래, 나는 네 아버지를 존경하고 좋아했다. 정말 훌륭한 분이셨고, 유대인은 야만족이 아니라는 것을 몸소 보여주셨지. 나는 너를 데리고 돌아가면 양자로 삼을 생각이다. 자, 신에게 감사 기도를 드리고, 빨리 수병들을 불러라. 빨리 해. 아직도 적을 추격하지 않으면 안 돼. 도둑놈은 하나도 놓칠 수 없어. 빨리 불러라."

유다는 널빤지 위에 일어서서 크게 손을 흔들며 있는 힘껏 소리를 질렀다. 이윽고 보트의 수병들이 그를 보았고, 눈 깜짝할 사이에 구조선이 달려왔다.

행운의 여신이 마음에 든 영웅에게 주는 모든 영예가 갤리선에서 그들을 기다리고 있었다. 아리우스는 갑판 위에 놓인 안락의자에 편안히 앉아서 자세한 전황 보고를 받았다. 그 후 주위에 떠 있는 표류자들을 구하고 보상을 주자, 사령관 깃발을 새로 게양하고 서둘러 북상했다. 거기서 제2선단과 합류하여 도주하는 해적선을 따라 해협을 남하했다. 그리고 마침내 한 척도 남김없이 해적선단을 괴멸시키고, 승리의 표시로 적의 갤리선 20척을 나포했다.

항해에서 돌아오자, 개선한 아리우스는 미세눔 항에서 열렬한 환영을 받았다. 언제나 아리우스 옆에 있는 젊은이가 친구들의 관심을 끌었다. 친구들의 질문을 받은 아리우스는 젊은이의 과거에 대해서는 일절 말하지 않고, 그 젊은이가 자기를 어떻게 구해주었는지를 열띤 어조로 들려주었다. 그 후 아리우스는 벤허를 불러 어깨에 손을 얹고 말했다.

"여러분, 이 아이가 내 아들입니다. 신들의 허락으로 남길 재산이 있다면, 내 재산과 이름을 이어받을 후계자입니다. 부디 나를 사랑하듯 이 아이를 사랑해주시기 바랍니다."

입양 수속은 신속하게 이루어졌고, 아리우스의 아들이 된 벤허는 제국의 중진들에게도 따뜻하게 맞아들여졌다. 아리우스가 로마로 귀환한 다음 달에 전리품 헌납식이 스카우루스 극장에서 장엄하게 열렸다. 무대 한쪽은 전리품으로 가득 메워져 있었고, 그중에서도 가장 눈길을 끈 것은 아리우스가 20척의 갤리선에서 빼앗은 뱃머리와 조각상들이었다. 그리고 그 위에는 8만 명의 관중이 볼 수 있도록 다음과 같은 명문(銘文)이 걸렸다.

> 해군장관 퀸투스 아리우스가
> 에우리푸스 해협의 해적들로부터
> 탈취한 전리품

제4부

알바 국왕이 공정하지 않으면—이번엔……
왕비 그러면 정의를 기다려야 합니다—정의가 올 때까지.
  자신들의 권리를 침착하게 기다릴 수 있는
  양심을 가진 사람들이 가장 행복합니다.

—실러, 〈돈 카를로스〉 제4막 14장

1
안디옥에서

이야기의 무대는 서기 23년 7월, 안디옥*으로 이동한다. 당시이 도시는 '동방의 여왕'이라고 불렸고, 로마에 버금가는 위세를 자랑하는 도시로 번영을 누리고 있었다.

이 시대의 무절제와 방탕은 로마에서 시작되었고, 제국의 모든 도시가 그것을 본떴다고 한다. 하지만 정말로 그럴까. 정복으로 말미암아 타락한 것은 오히려 정복자 로마가 아니었을까? 그리스와 이집트에서 타락의 샘들이 로마인들을 기다리고 있었다. 일설에 따르면, 풍속의 타락은 동쪽에서 서쪽으로 퍼졌고, 옛날부터 아시리아의 힘과 번영의 중심이었던 안디옥이야말로 그 타락의 주요 원천이었다고 한다.

어느 날 오후, 수송 갤리선 한 척이 바다에서 오론테스 강어귀로 들어왔다. 삭신이 늘어지는 듯한 더위 속에서 갑판에 모인 선객들 가운데 벤허의 모습도 있었다. 앞에서 읽은 사건이 일어

---

*터키 남동부에 있는 도시. 고대에는 안티오크·안티오키아로 알려졌으며, 안디옥은 성서에 나오는 이름이다. 로마 시대에는 시리아 속주의 수도로 번영했으며, 최초의 기독교 중심지 가운데 하나이다. 현재 이름은 '안타키아'이다.

난 뒤 5년의 세월이 흘러, 그 젊은 유대인도 이제는 어엿한 성인이 되어 있었다. 하얀 아마옷 때문에 체격 자체는 잘 알 수 없지만 사람의 눈길을 끄는 매력을 갖추고 있었다. 돛 그늘에 앉아 있는 한 시간 동안 주위에 있던 선객들은 그와 이야기를 나누려고 애썼다. 젊은이는 정중하게 대답하기는 했지만, 말수가 적고 냉담해서 말 붙일 염도 낼 수 없을 정도였다. 기품 있는 말투와 세련된 태도가 선객들의 호기심을 자극했다. 배가 흔들리면 몸을 지탱하려고 가까이에 있는 물건을 붙잡았는데, 그 커다란 손과 힘세고 늠름한 팔은 그의 귀족적인 우아함과 묘하게 어울리지 않았고, 그런 점 때문에 주위 사람들은 그에게 더욱 호기심을 느꼈다.

이 갤리선이 키프로스 항에 들렀을 때 기품 있는 유대인 노인이 한 사람 올라탔다. 벤허는 그 노인에게 말을 걸어 이야기를 나누기 시작했다. 마침 그때 선박 두 척이 오론테스 강에 들어와서 선명한 노란색 깃발을 올렸다. 그 깃발이 무슨 표시일까 하고 갑판에 있는 사람들은 저마다 이러쿵저러쿵 떠들다가 그 유대인 노인에게 물었다.

"저 깃발이라면 나도 알고 있지요. 저건 국가가 아니라 선주의 깃발이라오."

"그 선주는 많은 배를 갖고 있나요?"

"엄청나게 많지요."

"그 사람을 아시는군요?"

"사업상 거래가 있다오."

선객들은 모두 노인의 이야기에 귀를 곤두세웠다. 벤허도 그 중 한 사람이었다. 노인은 조용한 어조로 말하기 시작했다.

"그 상인은 안디옥에 살고 있는데, 막대한 재산 탓인지 사람들의 시샘을 받고, 좋지 않은 소문도 떠돌고 있지요. 전에 예루살렘에 벤허 가라는 아주 오래된 명문 호족이 있었는데……."

그 순간 벤허의 가슴이 조종처럼 울리기 시작했다.

"이 집안의 주인은 상재에 뛰어나서 크게 장사를 하여, 극동 지역에서부터 서양까지 아주 넓은 지역을 수중에 넣고 있었지요. 큰 도시에는 지점도 많이 있었던 모양인데, 안디옥 지점을 맡은 사람이 벤허 가의 고용인들 가운데 우두머리인 시모니데스라는 이스라엘 남자예요. 벤허 가의 주인은 불행히도 바다에서 목숨을 잃었지만, 장사는 그 후에도 순조롭게 계속되고 있었어요. 그런데 생각지도 않은 불행히 이 집안을 덮쳤지요. 주인의 외아들이 예루살렘에서 총독 암살 혐의로 붙잡힌 뒤 행방불명이 된 거예요. 총독의 분노는 멈출 줄 몰라서, 벤허 일가는 뿌리 뽑히고, 저택도 모두 몰수되어 지금은 비둘기 소굴이 되어 있다고 하더군요. 재산도 물론 모조리 몰수되었지요. 총독은 상처를 황금 고약으로 치료한 셈이지요."

선객들 사이에 쓴웃음이 퍼져갔다.

"그렇다면 총독이 그 재산을 차지했다는 거군요."

"그런 소문이 퍼져 있더군요. 나는 그저 남에게 들은 것을 말하고 있을 뿐입니다. 그런데 이 시모니데스는 그 직후에 직접 장사를 시작하여, 눈 깜짝할 사이에 안디옥에서 가장 큰 규모로 장사하는 호상이 되었지요. 주인을 본받아 멀리 인도에도 대상을 보내고, 바다에서는 황제의 함대에 필적할 정도의 선단을 보유하고 있지요. 그야말로 하는 일마다 잘되어서, 낙타는 늙어서 죽을 뿐 다른 이유로는 죽지 않고, 배는 한 번도 침몰한 적이 없다고 합니다. 강에 돌멩이 하나를 던져도 그게 황금이 되어 돌아오는 게 시모니데스라고 사람들은 말하고 있지요."

"장사를 시작한 지 몇 년이나 되었습니까?"

"10년도 안 돼요."

"상당히 많은 밑천을 갖고 있었군요."

"소문에 따르면 총독은 말과 가축, 집과 땅, 배와 상품 같은 것은 닥치는 대로 몰수했지만, 현금은 전혀 찾지 못했답니다. 지금도 돈의 행방은 수수께끼예요."

"나한테는 수수께끼가 아니야." 한 승객이 코웃음을 쳤다.

"맞습니다. 그렇게 생각한 사람이 많아요. 그 수수께끼의 돈이 시모니데스가 성공한 발판이 분명하다고, 총독도 그렇게 생각했지요. 그래서 5년 동안 두 번이나 붙잡아다 고문했답니다."

벤허는 저도 모르게 주먹을 부르쥐었다.

"시모니데스는 지독한 고문을 당해서, 몸에 성한 뼈가 하나도 없을 정도라고 합니다. 요전에 내가 만났을 때도 다리를 제대로 쓰지 못해서 쓰러지듯 앉아 있더군요."

"지독한 고문을 당해서 그랬군." 동정하는 사람도 있었다.

"하지만 그렇게 고생한 흔적이 얼굴에는 전혀 드러나 있지 않아요. 몇 번 조사를 받아도 밝혀진 것은 시모니데스가 재산을 합법적으로 취득해서 합법적으로 운용하고 있다는 것뿐이었지요. 지금은 황제의 보증까지 받아서 당당하게 장사를 하고 있어요. 저건 두 척 다 시모니데스의 배인데, 해상에서 만나면 노란색 깃발을 내걸어 서로 무사한 것을 기뻐하지요."

이야기는 여기서 끝났다.

배가 수로로 접어들었을 때 벤허는 그 유대인에게 물었다.

"그 상인의 주인 이름이 뭐라고 하셨지요?"

"예루살렘의 호족인 벤허요."

"그 호족의 가족은 어떻게 됐습니까?"

"아들은 갤리선으로 보내졌는데, 아마 벌써 죽었을 거요. 갤리선 노예는 기껏해야 1년밖에 못 산다고 하니까요. 미망인과 따님의 소식은 모르겠고, 앞으로도 밝혀지지 않을 겁니다. 아마 어느 지하감옥에 갇혀 있거나, 벌써 목숨을 잃은 게 아닐까 싶군요."

벤허는 갑판 위를 비틀거리며 걸었다. 주위에는 네아폴리스(지금의 나폴리)로 착각할 만큼 아름다운 경치가 펼쳐져 있었지만, 충격이 너무 커서 주위의 경치 따위는 눈에 들어오지 않았다. 시리아의 온갖 과일나무와 포도나무가 심어진 과수원들이 집들을 둘러싸고, 하늘에는 햇빛이 가득 차서 벤허의 삶 위에 드리워진 그늘을 제하고는 어디에서도 그늘을 찾아볼 수 없었다. 배들이 줄지어 오가고, 선원들이 큰 소리로 부르는 노동요나 즐거운 외침 소리가 들려오지만, 그것도 귀에 들어오지 않았다. 단 한 번 "다프네* 숲이다" 하고 외치는 소리가 들렸을 때에만 그는 번쩍 고개를 들었다. 그것뿐이었다.

2
오론테스 강변에서

도시가 가까워지자 선객들은 갑판에 나와서 그쪽을 뚫어지게 바라보았다. 좀 전의 유대 노인이 마치 안내인처럼 도시를 설명하고 있었다.

"우리는 로마의 백성으로서 평화롭게 살고 무역도 자유롭게 할 수 있었어요. 덕분에 장사가 번창하여 이 강변의 끝에서 끝까지 부두가 늘어서 있게 되었지요." 그는 남쪽 방향을 가리키며 말했다. "저쪽에 보이는 게 카시우스 산, 흔히 오론테스 산이라고 불리는 산입니다. 북쪽에 솟아 있는 암나스 산과의 사이에 안디옥 평원이 펼쳐져 있지요. 그 너머에는 '검은 산맥'이 있고, 거기서 맑은 물이 흘러나옵니다. 그 주위는 울창한 숲이고, 새와 짐승의 천국이지요."

"호수는 어디 있습니까?" 한 사람이 물었다.

"북쪽입니다. 말을 타고도 갈 수 있지만, 지류가 통해 있으니까 배를 타고 가는 게 더 좋을 거예요. 그런데 '다프네 숲'을 충

*그리스 신화에 나오는 아름다운 님프(요정).

분히 설명할 수 있는 사람은 없습니다. 하지만 주의해주세요. 이 숲은 아폴로*가 만들었는데, 올림포스보다도 이 숲을 더 좋아했다더군요. 숲을 한번 보려고 찾아온 사람들도 어느 새 숲의 포로가 되어 숲을 떠날 수 없게 된답니다. '왕의 손님이 되기보다는 차라리 벌레가 되어 다프네 숲의 열매를 먹으며 사는 게 더 낫다'는 말도 있지요."

"그럼 저 숲에 가까이 가지 말라는 겁니까?"

"천만에요. 마음대로 가세요. 온갖 분들이 찾아가십니다. 다만 시내에서는 묵지 마세요. 시간 낭비예요. 정원을 지나 바로 숲 변두리에 있는 마을로 가세요. 그곳은 그리스 신들을 좋아하는 사람들이 만든 마을이어서 좁은 길이나 주랑 등 도처에 조각상이 서 있고 진귀한 장식이 되어 있지요. 이 안디옥 성벽은 얼마나 훌륭합니까. 보세요, 이 정교한 벽면 장식은 크세라이우스의 걸작입니다."

모두 노인이 가리키는 쪽을 바라보았다.

"이 부분은 셀레우코스 왕조**를 세운 첫 번째 임금의 명으로 지어졌습니다. 300년이 지난 지금은 밑에 있는 바위와 멋진 조화를 이루고 있지요."

*로마 신화에 나오는 신. 그리스 신화의 아폴론에 해당한다. 아폴로는 사랑의 신 쿠피도(그리스 신화의 에로스)가 쏜 사랑의 화살을 맞고 다프네를 사랑하게 되었다. 그리하여 다프네에게 구혼했지만, 다프네는 에로스가 쏜 증오의 화살을 맞았기 때문에 기겁하며 달아났다. 아폴로가 다프네를 뒤쫓아가 막 안으려 할 때 다프네는 월계수로 변해버렸다. 다프네라는 이름은 '월계수'라는 뜻이다.
**알렉산드로스 대왕의 부장(副將)이었던 셀레우코스 1세가 시리아를 중심으로 세운 나라. 헬레니즘 문화의 보급에 이바지하고 소아시아와 인도까지 세력을 떨쳤으나, 서기전 63년에 폼페이우스에게 정복되어 로마의 속주가 되었다.

성채는 정말로 그의 말대로였다. 우뚝 솟은 견고한 성벽은 험한 각도로 도시의 남안을 빙 둘러싸고 저 멀리까지 뻗어 있었다.

"성벽 상부에는 400개나 되는 탑이 있고, 저수조로 쓰이고 있지요. 성벽 저쪽을 보세요. 저 멀리 잘 아시는 술피우스의 건물 꼭대기들이 서로 경쟁하듯 우뚝 솟아 있지요. 가장 멀리 보이는 건물이 성의 요새이고 로마 병사들이 주둔하고 있답니다. 그 반대쪽에는 유피테르 신전, 그 밑에는 군단장의 관사가 있지요. 그러니까 저 성은 로마군단의 사령부이고, 적이 몰려와도 꿈쩍하지 않는 난공불락의 요새랍니다."

선원들이 돛을 말아 올리기 시작했다. 노인은 마지막으로 외쳤다.

"자, 이것으로 항해는 끝났습니다. 감사 기도도, 바다에 대한 저주도 모두 끝내주세요. 저 다리에서 셀레우키아*로 통하는 길이 뻗어 있고, 배에서 내린 짐은 여기서부터 낙타가 운반합니다. 이 다리 건너편은 칼리니코스**가 새 도시를 지은 다른 섬이고, 홍수나 지진에도 꿈쩍하지 않았던 튼튼한 육교 다섯 개가 연결도로 역할을 하고 있지요. 오늘 여러분이 안디옥 시를 보시는 건 평생의 추억이 될 겁니다."

배는 방향을 바꾸어 성벽 아래 부두에 접안하기 시작했다. 강의 홍청거림이 점점 눈앞에 다가온다. 배를 묶는 밧줄이 잔교에

---

*셀레우코스 1세가 영내의 각지에 세우고 자신의 이름을 따서 부른 도시. 모두 10여 개가 있었는데, 서기전 312년에 티그리스 강변에 건설된 것이 가장 유명하며, 여기서 말하는 도시는 지금의 시리아 서북부 오론테스 강어귀의 항구 도시이다.
**셀레우코스 왕조의 네 번째 임금(재위 서기전 246~225).

던져지고, 노는 끌어올려지고, 항해는 막을 내렸다.

벤허는 아까의 노인을 다시 찾았다.

"헤어지기 전에 조금만 더 시간을 내주시겠습니까?"

노인은 고개를 끄덕였다.

"영감님 이야기를 듣고 그 상인을 만나보고 싶은 기분이 들었습니다. 시모니데스라고 부르셨지요?"

"그래요. 그리스식 이름이지만 유대인이오."

"어딜 가면 만날 수 있을까요?"

노인은 날카로운 눈으로 벤허를 보았다.

"이런 말 하기는 뭣하지만, 그분은 고리대금업자가 아니오."

"저도 돈을 빌릴 생각은 전혀 없습니다." 벤허는 쓴웃음을 지으면서 대답했다.

노인은 얼굴을 들고 잠깐 사이를 두었다가 대답했다.

"안디옥의 호상이라면 훌륭한 가게를 갖고 있을 거라고 생각하겠지만, 그런데 아니오. 낮에 그분을 만나고 싶으면 저 다리 아래 버팀벽처럼 보이는 건물로 가보시오. 저곳에 그분의 가게가 있는데, 문간 앞에 선착장이 있어서 언제나 배에 실을 짐이 잔뜩 쌓여 있고, 그분의 배가 많이 정박해 있으니까 금방 알 수 있을 거요."

"고맙습니다."

"주님의 평안을."

"영감님께도."

이렇게 인사를 나누고 두 사람은 헤어졌다. 벤허의 짐을 진

짐꾼 두 명은 부두에서 짐을 요새로 가져가라는 벤허의 지시를 받았다.

큰 길 두 개가 직각으로 교차하여 시가지를 네 구역으로 나누고 있었다. 남북으로 뻗은 길의 모퉁이에는 님파이움*이라고 불리는 거대한 건물이 우뚝 솟아 있었지만, 거기서 남쪽으로 구부러지자 눈앞에 펼쳐진 도로가 너무나 웅장하고 아름다워서 로마에서 온 벤허도 깜짝 놀랐다. 도로 좌우에는 궁전이 늘어서 있고, 두 줄의 대리석 기둥이 끝없이 이어져 있었다. 사람과 마차가 다니는 길이 구분되어 있고, 가로수가 우거져 길은 시원하게 그늘이 져 있었다. 끊임없이 흐르는 분수가 계속 도로에 냉기를 보내고 있었다.

하지만 아까 들은 시모니데스의 이야기로 머리가 가득 차 있는 벤허는 그 경치를 즐길 여유가 없었다. 이윽고 그는 에피파네스**가 건립한 네 개의 거대한 아치형 기념비인 옴팔로스에 이르렀다. 여기서 그는 갑자기 예정을 바꾸었다.

"요새로 가는 것은 그만두겠네. 셀레우키아로 가는 길에 다리가 있을 거야. 거기서 가장 가까운 여관으로 가주게." 그는 짐꾼들에게 말했다.

일행은 방향을 바꾸어 이윽고 소박하지만 튼튼하게 지은 여관에 도착했다. 시모니데스의 집이 있는 다리는 거기서 엎어지면 코 닿을 거리에 있었다. 그날 밤 벤허는 옥상에서 뜬눈으로

*고대 그리스와 로마에서 님프를 모시는 사당.
**셀레우코스 왕조의 여덟 번째 임금(재위 서기전 175~164).

밤을 새웠다.

"아, 드디어 우리 가족의 소식을 들을 수 있겠구나. 어머니 소식, 티르자의 소식. 살아만 있다면 반드시 찾아낼 거야." 벤허는 그렇게 중얼거렸다.

3
실망

이튿날 아침 일찍, 벤허는 도시에는 눈길도 주지 않고 시모니데스의 집을 찾아갔다. 성문을 빠져나가자 번화한 강 상류에서 셀레우키아 다리까지 줄곧 부두가 이어져 있었다. 벤허는 그 다리 기슭에 멈춰 서서 주위를 둘러보았다.

바로 그 다리 밑에 시모니데스의 집이 있었다. 커다란 회색 바윗덩어리 자체처럼 거칠게 지은 집이었고, 배에서 만난 노인의 말대로 마치 성벽의 버팀벽처럼 보였다. 정면에는 선착장으로 통하는 두 개의 커다란 문이 있고, 건물 윗부분에는 튼튼한 철창이 끼워진 구멍이 몇 개 나 있어서 창문 역할을 맡고 있었다. 바윗돌 틈새에 잡초가 자라고, 여기저기에 검게 이끼가 끼어 있었다.

활짝 열어젖혀진 정면의 문 하나는 입구, 또 하나는 출구가 되어 있고, 사람들이 빈번하게 드나들고 있었다. 부두에는 짐이 잔뜩 쌓여 있고, 웃통을 벗은 노예들이 짐을 져 나르고, 주위에는 활기가 넘쳐흐르고 있었다. 다리 밑에는 수많은 갤리선이 정박해 있었는데, 짐을 싣는 배나 짐을 부리는 배에도 노란색 깃발이 나부끼고, 노예들이 시끄럽게 소리를 지르면서 배와 잔교를 오가거나 배와 배 사이를 오가고 있었다.

다리 위로 강 건너편 물가에 우뚝 솟은 성벽이 보였다. 성벽 위로는 공들여 장식한 왕궁의 아름다운 처마와 작은 탑들이 보인다. 과연 그 유대인 노인이 말한 대로 섬 전체를 왕궁이 차지하고 있었다. 하지만 지금 벤허의 눈에는 경치 따위는 들어오지 않았다. 드디어 가족의 소식을 들을 수 있다는 생각으로 가슴이 벅차 있었다.

그런데 시모니데스는 아버지의 노예라는 것을 순순히 인정할까? 그것을 인정하면 현재의 사업이나 재산을 전부 내던지게 된다. 눈부신 성공의 정점에서 인생을 포기하고 다시 노예 신세로 떨어지게 된다. 어떻게 생각해도 그것이 터무니없는 희망인 것은 틀림없다. 아무리 미사여구로 꾸며보아도, 결국 너는 내 노예니까 네가 가진 것도 너 자신도 모두 나한테 넘기라는 말이기 때문이다.

하지만 벤허는 용기를 내어 그 상인을 만나기로 했다. 아무래도 만나서 물어봐야 할 게 있다. 시모니데스가 정말로 벤허 가의 노예라면, 시모니데스도 그의 재산도 본래는 벤허의 것이다. 하지만 그에게 재산 따위는 아무래도 좋았다.

'시모니데스가 어머니와 티르자의 소식을 말해주면 무조건 노예 신분에서 해방시켜주자.' 그는 이렇게 결심하고 집으로 들어갔다.

집 안은 그저 널찍한 창고 같았고, 수많은 종류의 물건이 질 서정연하게 쌓여 있었다. 주위는 어두컴컴하고 공기도 탁했지만, 남자들은 팔팔하게 부지런히 일하고 있었다. 톱이나 망치를 손에 들고 짐을 꾸리고 있는 사람도 있었다. 벤허는 쌓여 있는 짐 사이를 천천히 걸으면서, 이렇게 큰 규모로 장사할 정도의 기량을 가진 남자가 정말로 아버지의 노예일까 하고 불안한 생각이 들었다. 만약 그렇다면 원래는 어느 계급에 속해 있었을까? 유대인이라니까 하인의 아들이 아니었을까? 아니면 채무자나 그 아들일까? 아니면 도둑질을 하다 붙잡혀서 노예로 팔렸을까? 온갖 생각이 머리를 스치고 지나갔지만, 그래도 점점 이 상인에 대한 경외감이 부풀어 오르는 것을 억누를 수 없게 되었다. 사람은 누군가를 칭찬하려 할 때는 그것을 뒷받침하는 확실한 증거를 갖고 싶어 하는 법이다. 이윽고 한 남자가 다가와서 말을 걸었다.

"무슨 일이십니까?"

"시모니데스 님을 만나고 싶은데요."

"이쪽으로 오시죠."

그는 쌓인 짐 사이를 빠져나가 계단에 이르렀다. 계단을 올라가자 창고 옥상에 작은 건물이 또 하나 있었다. 커다란 바위 위에 작은 돌을 포개 쌓은 형태의 집이어서, 아래의 하역장에서는 위에 있는 건물이 보이지 않는다. 옥상 주위에는 낮은 담장이 둘러쳐져 있어서 테라스처럼 되어 있고, 각양각색의 꽃이 흐드러지게 피어 있었다. 그 꽃에 파묻히듯 네모반듯한 집이 서 있었다. 아무 장식도 없는 소박한 집으로, 정면에 현관이 있을 뿐이었다. 활짝 핀 페르시아 장미 사이를 지나 문으로 들어가자 짙은 장미유 향기가 감도는 어두컴컴한 복도가 있었다. 남자는 반쯤 열린 커튼 앞에 멈춰 서서 말을 걸었다.

"주인님, 손님이 오셨습니다."

안에서 맑은 목소리가 들린다.

"그래? 들어오시라고 해라."

로마인이라면 지금 안내된 방을 '아트리움'*이라고 부를지도 모른다. 벽에 붙인 널빤지는 선반이 되어 있고, 오랫동안 사용하여 빛바랜 장부들이 잘 분류되어 가득 꽂혀 있었다. 그 널빤지 주위에는 크림색으로 변색된 장식들이 새겨져 있었다. 금박의 가장자리 장식들이 중앙에 천창이 있는 둥근 천장을 둘러싸고 있었고, 그 천창에서는 수백 개의 자운모를 통해 부드러운 햇빛이 비쳐 들고 있었다. 바닥에는 발이 파묻힐 만큼 두꺼운 회색 융단이 깔려 있었다.

방 한복판에 두 사람이 있었다. 나이 든 남자는 높은 등받이가 달린 커다란 팔걸이의자에 푹신한 쿠션을 깔고 앉아 있었고, 젊은 여자가 그 의자의 왼쪽 뒤에 바싹 다가붙듯이 서 있었다. 두 사람의 모습을 보고 벤허는 온몸의 피가 머리로 올라왔다. 그가 공손히 고개를 숙여 인사한 것은 평정을 되찾기 위해서이

*고대 로마의 주택에 설치된 안마당. 보통 지붕이 없으나, 지붕이 있는 경우에는 지붕 한가운데에 창을 내고 바닥에는 빗물을 받는 직사각형 연못을 설치한다.

기도 했고, 몹시 긴장한 것을 상대에게 눈치채이지 않기 위해서이기도 했다. 고개를 들자 두 사람은 여전히 같은 자세로 그를 뚫어지게 바라보고 있었다. 여자는 노인의 어깨 위에 손을 가볍게 올려놓고 있었다.

"유대인 상인인 시모니데스 님이신가요? 우리 아버지이신 아브라함의 하느님의 가호가 있기를." 벤허는 그렇게 말하고 여자 쪽을 바라보았다.

"그렇습니다. 말씀하신 대로 유대인인 시모니데스입니다." 노인은 분명한 어조로 대답했다. "당신에게도 주님의 가호가 있기를. 실례지만 성함을 말씀해주시겠습니까?"

벤허는 상대를 뚫어지게 바라보았다. 노인은 쿠션에 몸을 깊이 묻고, 이상하게 비뚤어진 몸을 비단 누비옷으로 가리고 있었다. 하지만 목 위는 정치가나 정복자의 풍모를 띠고 있었다. 듬직하고 굵은 목에 모양 좋은 머리, 미켈란젤로가 황제의 모델로 삼았을 것 같은 얼굴이다. 창백한 이마에 백발이 조금 늘어져서, 검은 눈동자의 날카로움이 더욱 돋보였다. 얼굴에는 핏기가 별로 없고, 특히 턱밑이 늘어져서 주름이 잡혀 있지만, 그 얼굴은 세계를 좌지우지하는 남자의 위엄에 가득 차 있었다. 몇 번이나 고문을 당하고 몸을 난도질당해도 자백은커녕 신음 한 번 토하지 않은 남자의 얼굴이다. 목숨은 버려도 의지는 결코 굽힐수 없다. 타고난 갑옷으로 몸을 감싸고 있어서, 그를 무너뜨릴수 있는 수단은 오직 하나, 사랑의 힘뿐이다. 그를 향해 벤허는 손을 크게 벌려 마음속에 숨기고 있는 비밀이 없다는 것을 보여주었다.

"내 이름은 유다라고 합니다. 벤허 가의 주인이었고 예루살렘의 호족이었던 이타마르 벤허의 아들입니다."

옷 밑으로 나와 있는 노인의 오른손에는 고문의 흔적이 역력하여 보기에도 애처로웠다. 그 손이 벤허의 말을 들은 순간 꽉 쥐어졌다. 그것이 벤허의 말에 대해 그가 보인 유일한 반응이었다. 노인은 태연히 대답했다.

"예루살렘의 유서 깊은 호족 분들은 언제나 대환영입니다. 에스더, 이분께 의자를 갖다드려라."

여자는 옆에 있던 의자를 벤허에게 가져왔다. 여자가 의자를 놓고 일어섰을 때 두 사람의 눈이 마주쳤다.

"주님의 가호를. 어서 편히 앉으세요." 의자를 권하고 노인 곁으로 돌아간 여자는 이 젊은이가 찾아온 목적을 확실히 파악하지 못했다. 여성 특유의 직감으로도 이 젊은이에게는 무언가 고민거리가 있을지도 모른다고 짐작하는 것이 고작이었다.

벤허는 의자에 앉지 않고 상대에게 경의를 표하며 이렇게 말했다.

"시모니데스 님, 불쑥 찾아온 무례를 용서해주십시오. 어제 강을 올라왔을 때, 당신이 우리 아버지와 아는 사이라는 말을 들었기 때문에 이렇게 찾아온 겁니다."

"그렇습니다. 선대인 벤허 님은 잘 알고 있습니다. 우리 둘 다 큰 규모로 장사를 했기 때문에 서로 거래도 있었지요. 어서 앉으세요. 에스더, 포도주도 가져오렴. 벤허 가라면 느헤미야의 기록*에도 나와 있을 만큼 오래된 집안이고, 신앙에서도 오랜 역사를 갖고 있다고 하더군요. 모세와 여호수아 시대부터 이 집안의 조상님들은 주님에게 각별한 영예를 얻었다고……. 설마 그 직계 자손이라면 헤브론 언덕의 포도원에서 자란 진짜 포도로 만든 포도주 한 잔을 거절하지는 않겠지요."

마침 그때 에스더가 조금 떨어진 탁자 위에 놓여 있던 단지에서 은잔에 포도주를 따라서 가져왔다. 그녀는 눈을 내리깔고 그것을 내밀었지만 벤허는 그녀의 손을 살짝 만지며 술을 사양했다. 두 사람의 시선이 다시 마주쳤다. 이때 비로소 벤허는 그녀의 키가 그의 어깨에 겨우 닿을 만큼 작다는 것을 알아차렸다. 말할 수 없이 부드러운 까만 눈동자를 가진 아름다운 여자라는 것도.

마음씨가 상냥하고 귀여운 아가씨로군. 티르자도 살아 있다면 이 아가씨 같을까? 불쌍한 티르자……. 이런 생각이 들자 벤허는 견디지 못하고 이렇게 물었다.

"시모니데스 님은 아가씨의 아버님인가요?"

"네, 저는 딸인 에스더입니다." 이렇게 대답하는 여자의 표정은 차분했다.

"에스더 양, 아버님이 지금부터 내가 드릴 말씀이나 포도주를 마시지 않는 것 때문에 기분 나빠하시지나 않을까 걱정입니다. 또 아가씨 앞에서 실례를 하지 않을지도 걱정이군요. 그러니까

*〈느헤미야서〉 제3장 9절에 '예루살렘의 반쪽 구역 책임자이며 후르(Hur)의 아들인 르바야'라는 구절이 있다.

잠시 내 옆에 서 있어주시겠습니까?"

두 사람은 나란히 서서 시모니데스 쪽을 향했다. 벤허는 결심하고 이야기하기 시작했다.

"시모니데스 님, 우리 아버지가 돌아가셨을 때, 아버지의 오른팔이라고 해야 할 고용인이 있었는데, 그 사람 이름이 시모니데스였습니다. 당신이 바로 그 사람이라고 말하는 사람도 있던데요."

그러자 시모니데스가 몸을 부르르 떨면서 손을 꽉 움켜쥐었다. 그리고 날카로운 목소리로 딸을 불렀다.

"에스더, 에스더, 이리 오렴. 이리 와. 어서."

딸은 놀라서 두 사람의 얼굴을 쳐다보고는 술잔을 탁자 위에 놓고 아버지의 말에 따랐다. 얼굴에는 놀라움과 경계의 빛이 나타났다. 시모니데스는 어깨에 놓인 딸의 손을 잡고는 더듬더듬 말하기 시작했다.

"나는 남과 어울리기에는 너무 나이를 먹었습니다. 나이보다 먼저 늙어버렸어요. 나에 대해 잘 알고 계시는 분이 이것저것 말하는 걸 듣고 당신도 나를 믿을 수 없는 놈이라고 생각하셨겠지요. 관 속에 절반은 발을 들여놓고 있는 내가 그런 말을 들으니 비참합니다. 나한테는 몇 명 안 되지만 사랑하는 사람이 있습니다. 이 딸아이가 그중 하나지요." 이렇게 말하면서 그는 딸의 손에 살짝 입을 맞추었다. "이 아이는 헌신적으로 나를 보살펴주고 있습니다. 이 아이의 위로가 없다면 나는 살아갈 수 없습니다."

에스더는 고개를 숙이고 아버지의 볼에 자기 볼을 맞댔다.

"또 하나의 사랑은 어느 가족에 대한 애정입니다. 물론 지금 그분들이 어디에 계신지 알기만 한다면 말이지만……."

그의 목소리는 낮게 떨렸다. 벤허는 안색이 변하여 저도 모르게 외쳤다.

"우리 어머니와 누이를 두고 이야기하고 있군요."

에스더는 벤허가 자기한테 말하기라도 한 것처럼 고개를 들었다. 시모니데스는 완전히 침착성을 되찾아 냉정하게 대답했다.

"끝까지 들어주십시오. 아니, 이야기를 꺼내기 전에 먼저 당신의 신원을 증명해주십시오. 당신의 신원을 증명할 수 있는 사람의 편지라도 갖고 계십니까? 아니면 그분을 여기로 부를 수 있나요?"

그것은 당연한 요구였다. 시모니데스는 그렇게 요구할 권리도 있었다. 벤허는 얼굴을 붉히고 우물거리며 어찌할 바를 몰랐다. 시모니데스는 거듭 추궁했다.

"증거가 없으면 이야기가 되지 않습니다. 증거를 보여주세요. 이 손에 증거를 건네주세요."

벤허는 대답할 수가 없었다. 상대가 그런 요구를 하리라고는 생각지도 못했다. 그 요구를 받고서야 비로소 3년 동안의 갤리선 생활이 과거의 흔적을 모두 지워버린 것을 깨달았다. 어머니도 누이도 행방불명되고, 그의 존재를 알고 있는 사람은 아무도 없다. 지인이 많아도 도움이 되지 않는다. 설령 퀸투스 아리우스가 살아 있다 해도, 그를 어디서 보았으며 그가 벤허 가의 아들이라고 믿는다고 말할 수 있을 뿐이다. 하지만 그 아리우스도 죽어버렸다. 이때만큼 자신이 의지할 데 없는 혈혈단신의 처지라는 것을 실감한 적이 없었다. 그것이 정말 뼈저리게 느껴졌다. 그는 주먹을 움켜쥐고 얼굴을 돌리고 꼼짝도 하지 않았다. 시모니데스는 입을 다물고 벤허의 반응을 기다리고 있었다.

벤허가 겨우 입을 열었다.

"시모니데스 님, 내가 할 수 있는 일은 내 신상에 대한 이야기를 하는 것뿐입니다. 그것도 선의로 받아들여준다면 말이지만……."

여유를 되찾은 시모니데스가 말했다.

"말해보세요. 결코 당신을 처음부터 의심하고 있는 건 아니니까."

벤허는 지금까지 있었던 일을 간단히 이야기하기 시작했다. 이야기하는 동안 흥분하여 차츰 말이 많아졌다. 하지만 중간 과정은 생략하고, 에게 해의 전투에서 이긴 뒤 아리우스와 함께 미세눔으로 돌아온 뒤부터 들어보자.

"싸움에서 돌아오자 나의 후원자는 황제한테 신임과 총애를 받고 산더미 같은 포상을 받았습니다. 그리고 동방의 상인들한테도 막대한 공물을 받았지요. 그 덕분에 그분은 로마에서 손꼽히는 부자가 되었습니다. 하지만 유대인인 내가 이국에서 내 종교를, 그리고 내가 태어난 고향을 잊을 수 있겠습니까? 아리우스는 나를 정식으로 입양해주었고, 나도 그 마음에 따르려고 최선을 다했습니다. 아들로서의 의무도 남들의 두 배로 수행했다고 자부합니다. 양아버지는 예술, 철학, 웅변술 같은 학자의 길로 나아가라고 권했지만 나는 거절했습니다. 그것은 내가 유대인이기 때문입니다. 나는 하느님 아버지를 버릴 수 없었습니다. 선지자들의 영광도, 다윗과 솔로몬의 언덕 위에 서 있는 예루살렘도 버릴 수 없었습니다. 그렇다면 왜 로마인의 자비를 받았느냐고 물으시겠지요. 그것은 내가 양아버지를 사랑했기 때문입니다. 게다가 양아버지의 도움을 빌려 언젠가는 어머니와 누이의 소식을 알 수 있을 거라고 생각했기 때문입니다. 그리고 자세히 말씀드릴 수는 없지만 또 한 가지 이유가 있어서 나는 무술을 연마하는 데 힘썼습니다. 로마의 도장과 경기장, 군대에서 수련을 쌓아서 명성을 얻었지요. 우승자에게 주는 월계관도 수없이 받아서 미세눔의 저택에 장식해놓았습니다. 하지만 그것들은 모두 아리우스의 아들로서 손에 넣은 것이고, 로마에서는 내가 그 신분으로만 알려져 있습니다. 나는 집정관 막센티우스의 파르티아 원정에 동행할 작정으로 로마를 떠나 안디옥으로 가고 있었습니다. 무술 다음으로 전술을 배우고 싶었기 때문입니다. 집정관은 나를 간부로 발탁해주었지만, 어제 배가 오론테스 강에 들어왔을 때 노란색의 작은 깃발을 내건 배를 보았습니다. 같은 배에 타고 있던 유대인 노인이 저건 안디옥의 호상인 시모니데스 님의 배라고 가르쳐주더군요. 그뿐만이 아니라 당신이 어떤 인물이고 장사가 얼마나 번창하고 있는지, 그 선박과 대상들이 어떻게 세계를 오가고 있는지도 말해주었지요. 또한 시모니데스 님이 유대인이고 벤허 가의 고용인이라는 것, 그라투스의 잔혹하고 비열한 행위에 희생당했다는 이야기도 해주었습니다."

그 이야기를 듣고 시모니데스는 고개를 숙였다. 딸은 아버지의 목에 얼굴을 묻었다.

"아아, 시모니데스 님." 벤허는 한 걸음 더 다가가서 필사적으로 말했다. "아직 믿지 못하실 겁니다. 의심을 품고 계시겠죠."

상인은 돌처럼 굳어서 입을 열지 않았다.

"내 신원이 확실치 않다는 것은 알고 있습니다. 로마인으로서의 나를 증명하는 것은 간단한 일이고, 지금 이 도시를 방문한 집정관을 찾아가면 됩니다. 하지만 당신이 물으신 것은 분명히 밝힐 수 없습니다. 내가 이타마르 벤허의 아들이라는 걸 증명할 방법이 없어요. 그걸 증명할 수 있는 사람은 모두 죽었거나 행방불명이 되어버렸으니까요."

벤허는 손으로 얼굴을 가렸다. 에스더는 일어나서 술잔을 들어 그에게 건네주었다.

"이 포도주는 우리가 사랑하는 유대의 것입니다. 어서 드세요."

상냥한 그 목소리는 나홀의 우물가에서 물을 내미는 리브가*를 연상시켰다. 그 눈에서 반짝이는 눈물을 본 젊은이는 포도주를 들이켜고 나서 말했다.

"아가씨, 이 나그네를 불쌍히 여기고 상냥하게 대해주어서 고맙게 생각합니다. 주님의 가호가 있기를." 그러고는 다시 상인

*〈창세기〉 제24장 16~18절에 나오는 이야기.

에게 말했다. "내가 아버지의 아들이라는 증거를 갖고 있지 않은 이상, 이세 아무것도 말씀드릴 게 없습니다. 폐를 끼치지도 않겠습니다. 다만 이것만은 확실히 해두고 싶군요. 나는 당신을 다시 노예 신분으로 되돌리거나 당신 재산을 빼앗을 생각을 하고 있는 게 아닙니다. 당신이 고생해서 쌓아 올린 재산은 모두 당신 겁니다. 나한테는 전혀 필요 없습니다. 양아버지가 충분한 재산을 남겨주셨으니까요. 그저 이것만 기억해주십시오. 선지자들과 우리 주 여호와 하느님을 걸고 맹세합니다. 내가 알고 싶은 것은 어머니와 누이동생이 지금 어떻게 지내고 있는가 하는 것뿐입니다. 지금 살아 있다면 이 아가씨와 마찬가지로 아름답고 정숙한 숙녀가 되었겠지요. 뭐 아시는 건 없습니까?"

에스더의 볼에 눈물이 흘러내렸다. 하지만 시모니데스는 이렇게 내뱉었다.

"나는 벤허 님을 알고 있었다고 말했습니다. 그 가족의 불행도 들어서 알고 있습니다. 얼마나 분통한 마음으로 그 소식을 들었는지 모릅니다. 주인마님을 괴롭힌 놈은 나도 똑같이 괴롭혔지요. 이것만은 말해두겠습니다. 나는 그 가족에 대한 정보를 최대한 모으려고 백방으로 손을 썼습니다. 하지만 소용이 없었어요. 나는 아무것도 모릅니다."

벤허는 큰 소리로 신음했다.

"역시 아무것도 모르십니까? 하지만 괜찮습니다. 실망에는 익숙해져 있으니까요. 갑자기 불쑥 찾아와서 폐를 끼쳤지만, 아무쪼록 내 슬픔을 봐서 용서해주십시오. 나에게 남은 것은 이제 복수뿐입니다."

그는 문간에서 뒤를 돌아보고 이렇게 말했다.

"이만 실례하겠습니다. 두 분께 감사를 드립니다."

"조심하십시오." 시모니데스가 말했다.

에스더는 소리도 내지 않고 흐느껴 울었다.

벤허는 그렇게 방을 떠났다.

4
시모니데스와 에스더

벤허가 나가자마자 시모니데스의 얼굴에는 순식간에 핏기가 돌고, 침울한 눈에 생기가 돌아왔다. 그는 상냥하게 말했다.

"에스더, 빨리 종을 울려다오. 지금 당장."

그녀는 탁자로 가서 하인을 부르는 종을 울렸다. 벽에 붙은 널빤지 한 장이 열리더니 문이 나타났다. 그리고 그 문으로 한 남자가 들어왔다. 남자는 방향을 돌려 주인의 정면에 서서 고개를 숙였다.

"말루크, 이리로 오게. 의자로 더 가까이." 주인은 위엄 있게 말했다. "자네한테 일을 하나 부탁하고 싶네. 무슨 일이 있어도 실패하면 안 돼. 잘 듣게. 방금 키가 크고 단정한 유대인 젊은이가 창고로 내려갔을 텐데, 그 젊은이한테 그림자처럼 달라붙어서 뒤를 밟게. 그리고 그가 어디 가서 무엇을 하고 누구와 어울렸는지 매일 밤 자세히 보고하게. 상대가 눈치채지 못하게 이야기를 엿들을 수 있으면, 무슨 말을 했는지도 전부 보고하게. 그 젊은이에 대해서는 전부 다. 알았지? 자, 빨리 가게. 아니, 잠깐만. 말루크, 그 젊은이가 시내를 나가거든 자네가 먼저 말을 걸어서 친해지게. 자네가 적당하다고 생각하는 거라면 무슨 이야기를 해도 상관없어. 다만 내 밑에서 일하고 있다는 것만은 절대로 말하면 안 돼, 절대로. 자, 빨리 가게. 어서."

남자는 당장 떠났다. 시모니데스는 창백한 손을 맞비비며 만면에 미소를 띠고 물었다.

"에스더, 오늘이 며칠이지? 행운이 제 발로 뛰어 들어왔어. 오늘이 도대체 며칠이야?"

딸은 아버지가 이렇게 기뻐하는 것을 도저히 이해할 수 없었다. 그런 아버지에게 충고하듯 침울한 목소리로 대답했다.

"오늘은 죽어도 잊을 수 없는 날이에요."

아버지는 정신을 차리고 고개를 숙였다.

"그래, 그랬지. 4월 20일, 5년 전에 네 어머니 라헬이 쓰러져 죽은 날이지. 내가 고문에 시달린 끝에 이런 몸이 되어서 집으로 돌아왔기 때문에 라헬은 슬픈 나머지 죽어버렸어. 오오, 라헬은 엔게디*의 포도원에 핀 고벨화 꽃 같고 벌집 속의 꿀 같은, 세상에 둘도 없이 소중한 여자였는데. 라헬 덕분에 나는 정말 행복했지. 산속의 호젓한 곳에 묻었지만, 언제나 내 마음속 어

*사해 서안, 유다 광야의 동쪽 끝 오아시스 지대에 위치한 성읍. 솔로몬 때에는 이곳에 포도원이 있었고 고벨화(부처꽃과에 속하는 소관목)가 재배되었다.

둠에 빛을 비춰주고 있어. 해가 갈수록 그 빛은 점점 밝아져서 지금은 아침 햇살처럼 눈부셔."

아버지는 딸의 머리 위에 손을 얹었다.

"주님, 지금도 딸 에스더 속에 라헬이 살아 있습니다. 감사합니다."

아버지는 고개를 들고 문득 생각난 것처럼 물었다.

"바깥 날씨는 어떠냐?"

"그분이 가셨을 때는 좋은 날씨였어요."

"그렇다면 아비멜렉을 불러서 강과 배가 보이도록 나를 정원으로 데려가다오. 에스더, 내 기분이 지금 왜 이런지, 웃음이 저절로 새어 나오고 콧노래까지 흘러나오는 새끼사슴 같은 기분인지, 밖에서 설명해주마."

종을 울리자 하인이 나타나, 바퀴의자를 테라스로 운반했다. 주위에는 장미와 가지각색의 꽃이 피어 있었지만, 지금은 그것도 눈에 들어오지 않았다. 하인은 바퀴의자를 강 건너편에 솟아 있는 궁전의 지붕, 강 건너편으로 이어지는 다리, 배들이 북적거리는 강이 보이는 곳까지 밀고 갔다. 수면의 잔물결에 반사되어 춤추는 듯한 아침 햇살 속을 배들이 나아간다. 하인은 두 사람을 남겨두고 물러갔다.

주위에 울려 퍼지는 부두의 웅성거림, 머리 위에 보이는 구름다리를 오가는 사람들도 마음에 걸리지 않았다. 모든 것이 익숙해져서, 뭔가 특별한 일이라도 없는 한, 눈에 보이는 것도 귀에 들리는 것도 전혀 관심을 끌지 않았다. 에스더는 의자 팔걸이에 걸터앉아 아버지의 손을 잡고 이야기를 기다리고 있었다. 이윽고 입을 연 아버지는 여느 때의 냉정함을 되찾고 있었다.

"그 젊은이가 말하고 있을 때 나는 너를 가만히 지켜보고 있었다. 에스더, 그의 말을 믿었느냐?"

"네." 딸은 눈을 내리깐 채 대답했다.

"그러니까 네 눈에는 그 젊은이가 행방불명된 벤허 가의 도련님으로 보인다는 거로구나."

"어머니가 돌아가신 뒤 저는 줄곧 아버지 곁에 있으면서 다양한 분과 만나시는 것을 보았어요. 장사의 안팎도 보았다고 생각해요. 만약 그 이야기가 거짓말이라면 그렇게 볼만한 거짓말은 처음이에요."

"에스더, 그 젊은이의 말이 사실이라면 내가 노예라는 얘기인데……"

"그분은 그런 이야기를 들었다고 했을 뿐이잖아요."

노인은 잠시 눈 아래를 오가는 배들의 움직임을 눈으로 좇고 있었다. 물론 마음은 거기에 없었다.

"너는 정말로 현명한 처녀야. 유대인답게 직감이 날카롭고, 괴로운 이야기를 꾹 참고 듣는 강한 면도 갖고 있지. 이젠 어엿한 어른이야. 지금부터 내 과거 이야기를 들려줄 테니까 잘 들어다오. 로마인에게 고문을 당할 때도 장래에 희망을 걸기 위해 나는 절대 입을 열지 않았다. 네가 태양을 향하는 갈대처럼 곧장 하늘을 향해 자라도록 지금까지 너한테도 밝히지 않은 이야기야. 나는 예루살렘의 시온 산 남쪽 비탈에 있는 힌놈 골짜기의 한 무덤 동굴 속에서 태어났다. 부모님은 유대의 노예였고, 실로암 연못 근처에 있는 왕의 정원에서 포도와 무화과와 올리브를 재배하고 있었지. 나도 어릴 적부터 부모님 일을 거들었지만, 이윽고 벤허 님에게 팔렸어. 벤허 님은 헤롯 왕에 버금가는 권력자, 예루살렘에서 제일가는 부자였지. 정원 담당에서 창고 담당으로 발탁되어 이집트의 알렉산드리아로 파견되었고, 거기에서 어른이 되었다. 나는 주인님을 6년 동안 모신 뒤, 7년째 되던 해에 모세 율법에 따라 자유의 몸이 되었단다."

에스더는 저도 모르게 손뼉을 쳤다.

"그럼 아버지는 이제 노예가 아니군요."

"그래. 하지만 아직 이야기가 끝나지 않았어. 그 무렵에는 노예의 자식도 역시 노예라고 주장하는 율법가가 많이 있었지. 하지만 벤허 님은 공정한 분이어서, 엄격파를 본받아 법을 문자 그대로 해석하는 입장을 취하시고, 봉인한 서류를 갖추어 나를 자유인으로 풀어주었단다."

"어머니는요?" 에스더가 물었다.

"이제 곧 이야기할 테니까 재촉하지 마라. 노예에서 해방될 무렵, 유월절* 축제를 보내러 예루살렘에 돌아오자 주인님이 환대해주더구나. 나는 주인님께 홀딱 반해 있었기 때문에 제발 옆에서 계속 일하게 해달라고 부탁했지. 그래서 다시 7년 동안 일하게 되었어. 다만 이제는 노예로서가 아니라 어엿한 고용인으

*이스라엘 민족이 이집트에서 탈출한 일을 기념하는 유대교의 최대 명절.

로 일하게 되었지. 주인님을 대신해서 배를 타고 바다에 나가고, 육지에서는 대상을 조직해서 수사나 페르세폴리스보다 더 먼 곳으로 비단을 구하러 갔지. 물론 모두 위험한 여행이었지만, 다행히 언제나 주님이 지켜주셔서 막대한 이익을 주인님께 갖다드릴 수 있었다. 그리고 풍부한 지식도 얻을 수 있었지. 그게 없었다면 나중에 닥쳐올 재난을 도저히 헤쳐 나갈 수 없었을 거야. 어느 날 예루살렘에 있는 주인님 댁에 손님으로 초대를 받았을 때 한 하녀가 빵 접시를 들고 나에게 곧장 다가왔어. 그게 네 어머니였다. 나는 당장 사랑에 빠졌고, 주인님께 결혼하게 해달라고 부탁했다. 네 어머니는 노예였지만, 네 어머니만 동의하면 자유인으로 풀어주어도 좋다고 주인님은 말씀해주셨지. 그런데 네 어머니는 나를 좋아하기는 했지만, 현재 생활에 만족하고 있어서 자유를 바라지 않았어. 몇 번이나 설득했지만, 네 어머니는 내가 하인이 되면 결혼하겠다는 거야. 야곱은 라헬을 얻기 위해 7년이나 더 일했으니까* 나도 똑같이 할 수 있을 거라고 마음을 굳혔지. 그런데 네 어머니는 그냥 하인이 아니라 노예가 되어달라는 거야. 나는 포기하려고 생각했지만, 역시 포기할 수가 없었다. 에스더, 여기를 봐라." 노인은 왼쪽 귓불을 딸에게 보여주었다. "송곳으로 뚫은 상처가 보이지?"

"보여요. 그리고 아버지가 얼마나 어머니를 사랑하셨는지도."

"그래, 에스더. 네 어머니는 나에게 솔로몬의 노래에 나오는

*〈창세기〉제30장에 나오는 이야기.

새색시* 이상이었다. 가장 아름답고 티 없이 깨끗한 존재였지. 주인님은 내가 부탁하자 판관에게 데려가서 송곳으로 귀에 구멍을 뚫었어. 노예의 표시지. 이렇게 해서 겨우 라헬을 얻었단다. 이만큼 강한 사랑이 어디에 있을까?"

에스더는 몸을 숙여서 아버지에게 입을 맞추고 어머니를 생각했다.

"얼마 후 주인님이 바다에서 돌아가셨어. 그게 불행의 시작이었지. 주인님이 돌아가시고 상을 치른 뒤 재산 관리와 운영이 모두 나한테 맡겨졌단다. 주인님은 그렇게까지 나를 아끼고 믿어주신 거야. 나는 급히 예루살렘으로 가서 주인마님께 설명을 드렸지. 마님도 나를 책임자로 인정해주셨고, 그 후 나는 더욱 열심히 일했어. 덕분에 장사는 해마다 번창했고, 그렇게 10년이 지났을 때 그 젊은이가 말한 불행이 닥쳤단다. 그라투스 총독 사건이지. 총독은 그것을 암살 음모 사건으로 꾸며서 벤허 가의 막대한 재산을 몰수했단다. 그것만이 아니야. 그 판결이 뒤집히지 않도록 벤허 가의 관계자를 모조리 말살했어. 그 운명의 날부터 오늘까지 벤허 가 사람들은 모두 행방불명이야. 도련님은 어렸을 때 이후로는 한 번도 만나지 못했지만, 갤리선으로 보내졌고, 마님과 따님은 유대의 지하감옥에 갇혔다고 들었다. 그 감옥은 한 번 들어가면 두 번 다시 나올 수 없는 무덤 같은 곳이야. 두 분의 소식은 그렇게 뚝 끊어져버렸지. 돌아가셨는지 어

*〈아가〉 제6장 13절에 나오는 술람미 여자.

떤지도 몰라."

에스더의 눈에 눈물이 가득 고였다.

"너는 어머니처럼 마음씨가 곱고 상냥한 아이야. 그런 사람일
수록 못된 인간한테 짓밟히게 마련이지. 그런 일은 절대 일어나
지 않도록 하겠다. 잘 들어라. 나는 벤허 가 분들을 도우려고 예
루살렘으로 갔지만, 도시 입구에서 붙잡혀 안토니아 감옥에 갇
혔다. 이윽고 그라투스가 나타나 벤허 가의 돈을 내놓으라고 하
더구나. 유대의 상인들은 현금을 어음으로 바꾸어 세계 각지의
거래처에 맡겨놓고 있지. 나는 서명하라는 요구를 받았지만 거
절했다. 그래서 놈은 집과 토지, 보물, 선박은 몽땅 빼앗았지만
돈은 한 푼도 손에 넣지 못했지. 주님 앞에서 당당하게 행동하
기만 하면 언젠가는 벤허 가를 부흥시킬 수 있을 거라고 생각했
다. 그래서 폭군에게도 굴복하지 않았어. 고문을 당했지만 입을
열지 않았어. 그리고 결국 아무것도 밝히지 않고 석방되었지.
나는 집에 돌아온 뒤 안디옥의 시모니데스로서 다시 장사를 시
작했다. 그게 얼마나 잘되었는지는 너도 잘 알고 있겠지. 주인
님의 재산이 내 손으로 몇 배, 몇십 배로 불어나는 것은 정말 좋
았지만, 3년 뒤 가이사랴에 갔을 때 또 붙잡혀서 고문당하고 자
백을 강요당했단다. 그라투스는 보물과 돈을 어떻게든 몰수하
겠다는 속셈이었지만, 이번에도 내가 이겼어. 만신창이가 된 몸
으로 집에 돌아오자 라헬은 너무 괴로웠는지 결국 죽어버렸어.
그래도 주님은 나를 지켜주셨고, 덕분에 나는 지금까지 살아남
았다. 게다가 지금은 황제한테 통상허가서도 사들여서, 구름을

마차로 삼고 바람 위를 걷고 있는 기분이야. 처음에는 보잘것없는 고용인이었던 내가 지금은 황제의 주머니를 채워줄 수 있을 정도가 되었으니 말이다."

아버지는 자랑스럽게 고개를 들었고 두 사람의 눈이 마주쳤다. 그들은 서로 상대의 기분을 알았다.

"내가 이 재산을 어떻게 할 거라고 생각하니, 에스더?" 아버지는 딸을 바라보며 물었다.

"주인님이 지금 필요로 하고 계시는 거 아닌가요?" 딸은 낮은 목소리로 대답했다.

아버지는 아직도 딸을 뚫어지게 바라보고 있었다.

"너를 알거지로 만들라는 것이냐?"

"아뇨. 저는 아버지의 딸이니까 저도 그분의 노예예요. '힘과 덕이 몸에 배어 있으니, 미래에 대한 두려움이 없다'*는 말도 있잖아요."

"말 잘했다, 에스더. 주님은 나한테 여러 가지 은총을 주셨지만, 최고의 상은 바로 너야."

아버지의 얼굴에는 말로 표현할 수 없는 딸에 대한 사랑이 넘쳐나고 있었다. 그는 딸을 품에 안고 몇 번이나 입을 맞추었다.

"아까 내가 왜 웃었는지 들어보렴. 내 앞에 선 젊은이는 젊은 시절의 주인님을 빼다박은 것처럼 닮았더구나. 나는 너무 기뻐서 목소리가 목구멍까지 올라왔지. 드디어 내 임무도 끝났다고

*〈잠언〉 제31장 25절.

큰 소리로 외칠 뻔했단다. 그 손을 잡고 장부를 보여주면서 말하고 싶었다. '보세요, 이게 전부 당신 겁니다. 저는 당신의 종입니다. 드디어 임무를 마치고 물러갑니다.' 에스더, 정말이야. 하지만 세 가지가 머리를 스치더구나. 우선 그 젊은이가 정말로 주인님의 아들인지 확인해야 돼. 그게 첫 번째 생각이야. 둘째, 설령 그렇다 해도 재산을 물려받을 만한 자격이 있는 인물인지 확인할 필요가 있어. 부자로 태어난 사람들 중에는 재산이 오히려 화근이 되는 사람도 있으니까."

아버지는 손을 움켜쥐고 흥분한 나머지 목소리가 높아졌다.

"나는 로마인들에게 너무나 큰 고통을 당했다. 그라투스만이 아니야. 놈들은 처음부터 끝까지 자기네가 하고 싶은 대로 했어. 내가 울부짖는 것을 웃으면서 보고 있었지. 만신창이가 된 이런 몸으로 보내는 인생을 생각해보렴. 쓸쓸히 무덤 속에 잠들어 있는 네 어머니의 심정을 생각해보렴. 벤허 가 사람들이 살아 있다면 어떤 슬픔을 가슴에 품고 계실까. 돌아가셨다면 그 죽음의 잔혹함을 생각해보렴. 이 모든 것을 생각하면, 놈들도 속죄하기 위해 머리카락 한 올이나 붉은 피 한 방울쯤 흘리면 안 되냐? 설교자들이 이따금 말하듯이 복수는 주님의 몫이라고는 말하지 말아다오. 주님도 사랑을 보여줄 뿐만 아니라 때로는 사람을 시켜서 재앙을 가져오실 때도 있어. 그들은 많은 전사도 거느리고 있고, '눈에는 눈, 이에는 이'라는 것도 원래 주님의 율법이잖니. 몇 년 동안이나 나는 복수를 꿈꾸고 기도하고 준비도 해왔다. 주님의 보호를 받으면서 참을성 있게 언젠가는 놈들에게 벌을 줄 수 있을 거라고 믿어왔지. 오늘 나를 찾아온 그 젊은 이는 비밀 목적을 위해 무술을 연마했다고 말했어. 그 말이 무슨 뜻인지 나는 알아. 복수. 복수. 이것이 내 세 번째 생각이었다. 그래서 그분이 여기 있는 동안은 꾹 참고 있다가 돌아간 뒤에 비로소 웃었단다."

에스더는 주름진 아버지의 손을 문지르면서 말했다.

"하지만 그분은 돌아가버렸어요. 또 오실까요?"

"그래서 믿을 만한 말루크한테 미행을 맡긴 거야. 준비가 갖추어지면 또 와달라고 부탁할 작정으로."

"그게 언제일까요?"

"그렇게 먼 미래의 일은 아니야. 그분은 모르고 계시지만, 그분의 신원을 증명할 수 있는 사람이 딱 하나 있단다."

"그분의 어머님인가요?"

"아니다. 하지만 언젠가 반드시 그 증인을 데려올 거야. 하지만 그때까지는 모든 것을 주님께 맡기자꾸나. 나는 피곤해서 그만 안으로 들어가야겠다. 아비멜렉을 불러다오."

에스더는 하인을 불렀고, 두 사람은 저택 안으로 들어갔다.

5
탐방

창고에서 나온 벤허는 또다시 어머니와 누이동생을 찾을 실마리를 잃었다는 생각에 낙담하여 어깨를 축 늘어뜨렸다. 기대를 걸고 있었던 만큼 낙담은 더욱 컸다. 깊은 고독감에 사로잡힌 나머지 인생에 대한 실낱같은 희망도 사라져가는 듯한 기분이 들었다. 높이 쌓인 물건들 사이를 지나 강가로 나오자 서늘한 나무 그늘이 상쾌하게 느껴졌다. 천천히 흐르는 강물이 그대로 멈춰 서서 그를 기다리고 있는 것처럼 여겨지기까지 했다. 그 주술을 뿌리치듯 그는 문득 배에서 만난 노인의 말을 중얼거렸다. "왕의 손님이 되기보다는 차라리 벌레가 되어 다프네 숲의 열매를 먹으며 사는 게 더 낫다." 벤허는 갑자기 방향을 바꾸어, 하역장을 서둘러 빠져나가 여관으로 돌아갔다.

"다프네 숲으로 가는 길요?" 여관 하인은 벤허의 질문에 놀라서 되물었다. "아직 가보신 적이 없다면 꼭 가보세요. 오늘이 인생 최고의 날이 될 겁니다. 가는 길은 간단합니다. 다음 모퉁이에서 왼쪽으로 구부려져 술피우스 산을 향해 남쪽으로 곧장 가세요. 유피테르 제단과 경기장이 산꼭대기에 있습니다. 세 번째 네거리에 헤롯 주랑이 있는데, 거기서 오른쪽으로 구부려져 에피파네스 청동문에 이를 때까지 그 길을 곧장 따라가세요. 그 청동문에서 다프네 숲으로 가는 길이 시작됩니다. 신들이 분명 당신을 지켜주실 겁니다."

벤허는 짐에 대한 지시를 끝내고 오후에 다프네 숲을 향해 출발했다.

헤롯 주랑은 금방 찾을 수 있었다. 거기서 청동문에 이르는 길에는 대리석 기둥들이 줄지어 늘어서 있고, 그 주랑에는 오가는 사람들이 끝없이 이어지고 있었다. 길은 가는 길과 돌아오는 길로 나뉘어 있고, 둘 다 낮은 난간으로 보행자용과 마차용으로 구분되어 있었다. 그리고 곳곳에 조각상이 놓인 거대한 대좌가 설치되어 있었다. 길 좌우에는 손질이 잘된 잔디밭이 있고, 일정한 간격을 두고 떡갈나무와 무화과나무가 심어져 있고, 포도 덩굴이 얽힌 정자는 걷다가 지친 나그네의 휴식처가 되어 있었다. 인도에는 붉은 돌이 깔리고, 마찻길에는 말발굽 소리와 바퀴 소리를 죽이기 위해 하얀 모래가 깔려 있었다. 멋진 분수도 수없이 많았고, 그 모든 분수에는 분수를 기부한 왕들의 이름이 새겨져 있었다. 다프네 숲으로 가는 이 훌륭한 도로는 시내에서 5킬로미터가 넘게 이어져 있었다.

참담한 기분에 잠긴 벤허는 주위 상황이 전혀 눈에 들어오지 않았다. 하지만 이것은 그저 생각에 잠겨 있었다는 것만이 아니라 로마에서 온 사람 특유의 반응이라고도 말할 수 있다. 로마에서는 매일처럼 화려한 의식이 집행되고 있었기 때문에, 지방에 왔다고 해도 새로운 것은 거의 없었다. 벤허는 부지런히 걸음을 재촉했다. 그래도 교외에 있는 헤라클레아 마을에 도착했을 무렵에는 조금 익숙해져서 주위의 즐거운 분위기에 녹아들 여유도 생겼다. 리본과 꽃으로 장식한 염소 한 쌍을 끌고 가는 아름다운 여자가 있었다. 갓 딴 포도 덩굴로 장식된 하얀색의 거대한 수소도 있었다. 그 등에 얹힌 바구니에는 바쿠스로 분장한 벌거벗은 아이가 포도를 짜서 마시고 있었다. 이런 공물은 도대체 누구에게 바쳐질까. 갈기를 땋은 말과 기마객이 자신만만하게 옆을 지나갔다. 수레바퀴와 말발굽 소리가 날 때마다 벤허는 고개를 돌려 마차와 마부를 바라보았다. 주위에는 온갖 국적, 나이, 계층, 성별을 가진 사람들이 한껏 모양을 내고 걷고 있었다. 하얀 옷을 입은 무리, 검은 옷을 입은 무리, 깃발을 가진 사람, 향을 피우는 사람, 찬송가를 부르면서 천천히 걷는 사람, 플루트나 탬버린 소리에 맞춰 걷는 사람…… 이런 행렬이 날마다 이어진다면 다프네 숲은 얼마나 멋진 곳일까. 이윽고 박수 소리와 환성이 일어나고, 사람들이 가리키는 쪽을 보니 신성한 숲으로 들어가는 산문(山門)이 보였다. 찬송가는 큰 물결이 되고, 음악은 점점 더 박자가 빨라지고, 열기의 소용돌이에 휩쓸린 벤허는 사람들과 함께 산문 안으로 밀려 들어갔다. 그러고는 무릎을 꿇고 로마식 축복을 바쳤다.

호화로운 그리스식 건축물인 산문 뒤에 있는 인도에는 각양각색의 의상을 걸친 사람들이 반짝반짝 빛나는 분수들의 물보라를 등지고 모여 있었다. 남서쪽 모퉁이에는 티끌 하나 없는 길이 몇 개나 정원을 향해 뻗어 있고, 그 너머에는 연푸른색 안개에 싸인 숲이 보였다. 어디로 갈까 하고 망설이고 있을 때, 바로 옆에서 한 여자가 외쳤다.

"아름다워라. 하지만 이제 어디로 가면 되지?"

여자와 동행한 월계관을 쓴 남자가 웃으면서 대답했다.

"앞으로 나아갈 뿐이야, 말괄량이 아가씨. 아직도 무서워하고 있겠지? 두려움은 이 세상의 먼지와 함께 안디옥에 놔두고 오기로 약속했잖아. 이곳의 바람은 신들의 입김이야. 바람 부는 대로 몸을 맡기면 돼."

"하지만 길을 잃으면 어떡해?"

"겁쟁이 같으니. 다프네 숲에서는 아무도 길을 잃지 않아. 영원히 문 안에 갇힌 사람은 별문제지만."

"그게 누군데?" 무서워하는 여자가 물었다.

"이곳의 포로가 되어 영원히 여기서 살기를 선택한 사람들이지. 저 소리 들리지? 그게 누구를 말하는 건지, 이제 곧 알게 될 거야."

타닥타닥 하는 샌들 소리가 나더니, 사람들 틈에서 한 무리의 아가씨가 두 사람 앞에 나타나 탬버린에 맞추어 노래하고 춤을 추기 시작했다. 여자는 황급히 남자에게 매달렸고, 남자는 한 손으로 여자를 끌어안으면서 또 한 손으로는 박자를 맞추며 얼굴을 빛냈다. 머리카락을 휘날리며 미친 듯이 춤추는 여자들의 몸이 얇은 옷감을 통해 훤히 비쳐 보여서 요염하기 이를 데 없었다. 여자들은 한바탕 춤을 추더니, 나타났을 때처럼 경쾌하게 사라져버렸다.

"어떻게 생각해?" 남자가 여자에게 물었다.

"저 여자들은 누구야?"

"데바다시라고 하는데, 아폴로 신전에서 봉사하는 무녀들이야. 이 숲에는 무녀가 많고, 축하하는 자리에서 합창을 하지. 때로는 다른 도시에도 가는데, 아폴로 신의 음악당을 부흥시키는 것이 그 여자들의 임무야. 자, 가자."

두 사람도 눈 깜짝할 사이에 모습을 감추었다.

벤허는 다프네 숲에서는 아무도 길을 잃지 않는다는 말을 들고 조금 안심하여, 정처도 없이 천천히 걷기 시작했다. 그는 당장 호화로운 대좌 위에 서 있는 켄타우로스 상에 마음이 끌렸다. 설명서에 따르면 이것은 케이론*이라는 이름의 켄타우로스인데, 아폴로와 디아나(달의 여신)의 사랑을 받아서 사냥과 의술, 음악, 예언의 비법을 배웠다고 한다. 비문에는 언제 어느 쪽 하늘을 보면 유피테르가 별로 바꾸어버린 케이론의 모습을 볼 수 있는가 하는 깃까지 적혀 있었다. 인간에게 은혜를 베풀어준다는 켄타우로스의 손에는 두루마리가 쥐여 있었는데, 거기에는 나그네에게 주는 가르침이 그리스어로 적혀 있었다.

나그네여!

그대는 이방인인가?

1. 시냇물의 노랫소리를 듣고, 비처럼 쏟아지는 분수를 두려워하지 마라. 물의 요정들은 그렇게 그대를 사랑하는 법을 배울 것이다.

2. 다프네의 반가운 바람은 제피루스(서풍)와 아우스터(남서풍), 생명의 온화한 대행자, 그들은 그대를 위해 달콤한 즐거움을 모아줄 것이다. 에우루스(남동풍)가 불면 디아나는 다른 곳에서 사냥을 한다. 보레아스(북풍)가 불면 숨으러 간다. 아폴로가 화가 나 있으니까.

3. 다프네 숲의 그늘은 낮에는 그대의 것이고, 밤에는 판(목신)과 그의 드리아드(나무의 요정)들의 것이다. 그들을 방해하지 마라.

4. 강변에 열린 망각의 열매는 알뜰하게 먹어야 한다. 그러지 않으

---

*그리스 신화에 나오는 켄타우로스(상반신은 인간이고 하반신은 말인 괴물) 가운데 하나로, 의술·음악·무술에 뛰어난 재능을 보였다.

면 기억을 잃고 다프네의 자식이 된다.

5. 베 짜는 거미를 밟지 마라. 그것은 미네르바*를 위해 일하는 아라크네다.

6. 다프네의 눈물을 보려고 하는 자는 월계수 가지에서 꽃봉오리 하나를 따고 죽으리라.

그러니 조심해라!

그리고 행복해라.

다 읽은 벤허는 다시 걷기 시작했다. 맞은편에서 또 그 행렬이 다가온다. 수소와 바구니 속의 소년, 염소와 여자, 플루트와 탬버린을 연주하는 여자들, 그리고 공물을 손에 든 대열.

옆에 있던 남자가 물었다.

"이 행렬은 어디로 가는 겁니까?"

"수소는 유피테르 신한테 가고 염소는……." 다른 남자가 대답했다.

"아폴로는 전에 아드메토스**의 가축을 돌보지 않았나?"

"그래, 염소는 아폴로에게 가."

이런 설명을 이해하려면 넓은 마음이 필요하다. 다른 신앙에 너그러운 마음은 이교도와 사귀어야만 비로소 생겨난다. 남의

*로마 신화에 나오는 지혜의 여신. 그리스 신화의 아테나에 해당한다. 아라크네는 베 짜기의 명수로, 그 기술을 뽐내어 미네르바에게 도전했다가 여신의 미움을 사서 거미로 변했다.
**그리스 신화에서 테살리아 페라이의 왕 페레스의 아들. 아폴로가 아들의 죽음 때문에 화가 나서 키클롭스를 죽인 뒤 속죄하기 위해 인간 세상에 내려와 살게 되었을 때 그는 아드메토스의 집에서 가축을 치면서 일했다.

신앙에 예를 다해야만 존경심도 생겨나는 법이다. 지금 벤허는 드디어 그런 마음이 되었다. 로마에서도 갤리선에서도 그의 신앙은 흔들리지 않았다. 그는 아직 어엿한 유대인이다. 하지만 다프네 숲에서 아름다움을 찾는 것도 결코 자기 신앙과 모순된다고는 생각지 않게 되었다. 설령 망설임이 있었다 해도, 여기서는 모두 사라져버렸을지도 모른다. 하지만 마음속에는 분노가 똬리를 틀고 있었다. 그것은 단순히 성미가 급한 탓도 아니었고, 하물며 사소한 일에 화를 내어 비난하거나 저주하는 것도 아니다. 불같이 격렬한 성격을 가진 사람이 지극한 행복을 막 손에 넣으려는 순간 희망과 꿈을 모두 잃어버렸을 때 느끼는 그런 분노였다. 어지간해서는 가라앉힐 수 없는 분노, 운명과의 싸움이다. 이 운명이 좀 더 알기 쉬운 것, 가령 무언가를 후려갈기거나 누군가에게 호통을 치는 것으로 진정시킬 수 있는 것이라면, 화가 난 사람도 신세를 망치는 불행한 결말을 맞지 않겠지만.

여느 때의 벤허라면 이 숲에 혼자 오지는 않았을 것이다. 설령 왔다 해도 빈둥거리지 않고 자기 입장을 이용하여 나름대로 준비를 갖추었을 게 분명하다. 안내인을 데리고, 척척 일을 처리하듯 중요한 곳만 둘러보았을 것이다. 풍광이 아름다운 곳에서 느긋하게 보내고 싶다면, 적당한 사람의 소개장을 지니고 관광객이 되었을 것이다. 벤허에게는 이 숲의 신에 대한 신앙심도 없고 관심도 없었기 때문이다. 지금 그는 참담한 실망감에 기력을 잃고 있었다. 하지만 그저 흐름에 몸을 맡긴 채 운명을 기다리고 있는 게 아니라, 과감하고 진지하게 운명과 맞서려 하고 있었다. 독자 여러분은 그가 들어간 곳이 위험한 폭력의 세계가 아니라 고깔모자를 쓰고 피리를 부는 유쾌한 어릿광대의 세계인 것을 행운으로 생각할 게 분명하다.

6
숲 속의 명상

벤허는 사람들의 흐름을 따라 다프네 숲으로 들어갔다. 아무래도 이 행렬은 숲 한가운데에 있는 신전으로 가고 있는 듯했다. 합창 소리가 꿈을 꾸는 듯한 황홀한 기분을 불러일으킨다. 그는 "왕의 손님이 되기보다는 차라리 벌레가 되어 다프네 숲의 열매를 먹으며 사는 게 더 낫다"고 거듭해서 중얼거리고 있었다. 하지만 그러는 동안 성가신 의문이 고개를 쳐들었다. 이 숲에서의 생활은 정말로 그렇게 감미로울까? 어디에 그런 매력이 있을까? 심원한 철학이 있나? 아니면 좀 더 구체적이고 실제적인 이익이 있을까? 해마다 수천 명이 속세를 버리고 이 세계로 들어온다. 그것은 이곳의 매력을 알았기 때문일까? 인생의 다양함에 눈을 감고 망각을 결심할 만한 심오함이 정말로 여기에 있을까? 다른 사람들에게 이 숲이 매혹적이라면 벤허에게도 이 숲은 매력이 있을 것이다. 아브라함의 자손인 그가 가장 좋은 몫을 받지 못할 리가 없다. 그는 공물을 바치는 노래에도, 주위의 변덕스러운 대화에도 귀를 기울이지 않고 어떻게든 이 의문에 대한 해답을 손에 넣기로 결심했다.

푸른 하늘은 시원하게 트여 있고, 제비들이 지저귀고 있었다. 숲 오른쪽에서 불어오는 산들바람을 타고 장미 향기와 강한 향료가 뒤섞인 향기가 흘러왔다. 그는 멈춰 서서 바람이 불어오는 쪽을 바라보았다.

"저쪽에 정원이라도 있습니까?" 그는 옆에 있는 남자에게 말을 걸었다.

"무슨 종교 의식을 거행하고 있을 겁니다. 디아나나 판이나 숲의 신에게 바치는 제의겠지요." 남자는 벤허의 모국어로 대답했다.

벤허는 놀라서 그 남자를 보았다.

"유대인이십니까?"

남자는 공손한 미소를 지으며 대답했다.

"나는 예루살렘 시장에서 엎어지면 코 닿을 곳에서 태어났답니다."

좀 더 이야기를 나누려고 생각한 바로 그때, 군중이 앞으로 우르르 몰려가는 바람에 벤허는 남자의 모습을 놓쳐버렸다. 흔한 가운에 지팡이, 노란 띠로 묶은 갈색 두건, 정직을 그림으로 그려놓은 듯한 유대인 특유의 얼굴 모습. 그것이 젊은 벤허에게 남자가 남긴 인상이었다.

여기서 오솔길이 숲을 향해 뻗어 있었다. 소란스러움에서 벗어날 수 있는 더없이 좋은 기회였기 때문에 벤허는 옆길로 빠졌다. 길가의 덤불은 자연 그대로였고, 아무도 발을 들여놓은 적이 없는 들새들의 보금자리 같은 느낌이었지만, 몇 발짝 들어가자 여기도 손질이 잘되어 있는 것을 알 수 있었다. 과일이 가지가 휠 정도로 달려 있고, 그 밑에는 아름다운 꽃이 흐드러지게 피어 있었다. 재스민도 섬세한 덩굴을 뻗고 있었다. 라일락, 장미, 백합, 튤립, 협죽도, 딸기처럼 유대에서도 흔히 보았던 꽃들이 밤낮으로 내뿜는 향기가 주위에 감돌고 있었다. 아무것도 부족한 게 없는 세계. 꽃이 어우러져 피어 있는 나무 그늘을 빠져나가자, 작은 개울이 이리저리 굽이치며 조용히 흐르고 있었다.

덤불을 빠져나가자 산비둘기의 울음소리가 들려왔다. 검은 찌르레기가 멈춰 서서 그가 다가오기를 기다리고 있었다. 나이팅게일은 그가 다가가도 무서워하기는커녕 가만히 앉아 있었다. 새끼를 거느린 메추라기가 그의 발밑을 지나 달려갔다. 메추라기가 지나가기를 기다리고 있을 때 사향장미 화단에서 무언가가 기어 나왔다. 벤허는 괴물이라도 나타났나 하고 깜짝 놀랐다. 그것은 갈고리처럼 구부러진 전정용 칼을 입에 문 남자였다. 벤허는 자기가 겁을 먹은 게 우스웠다. 이것이 이곳의 매력이었다. 공포를 모르는 영원한 평화.

강변은 넓었다. 그는 유자나무 그늘에 앉았다. 박새가 물가로 뻗어 나온 보금자리에서 가련한 눈으로 이쪽을 보고 있었다.

'새가 말하고 있어. 너 같은 건 두렵지 않아. 이 행복한 세계의 법도는 사랑이니까.'

이 숲의 매력은 이제 충분히 알았다. 그는 유쾌한 기분이 되어, 다프네 숲의 포로가 되어주려고 마음먹었다. 꽃과 덤불을 돌보고 주위에 가득한 생물들의 성장을 지켜보는, 전정용 칼을 입에 문 남자처럼. 그래, 고생스러운 인생에 마침표를 찍고, 잊고 잊힌 채 인생을 보내는 거야.

그런데 잠시 후에는 유대인 특유의 의심이 또다시 얼굴을 내밀었다. 이곳의 매력에 만족하는 사람도 있을 거야. 물론 사랑은 훌륭해. 비참함을 충분히 경험한 뒤에는 사랑 이상의 것은 없어. 하지만 사랑이 인생의 전부일까? 만족하고 이 땅에 묻혀버린 사람과 그는 조금 차이가 있는 것 같다. 그들에게는 의무가 없다. 있을 리가 없다. 하지만 그의 경우는……. 벤허는 새빨개진 얼굴로 벌떡 일어나 큰 소리로 외쳤다.

"이스라엘의 하느님! 어머니, 티르자, 용서해주세요. 행방을 알 수 없는 당신들을 잊은 채, 행복한 기분에 잠기려 한 내 어리석음을."

서둘러 덤불을 빠져나가 양쪽 강둑이 돌로 되어 있는 강가에 이르렀다. 군데군데 수문이 보였다. 다리 위에 멈춰 서서 다른 다리들을 바라보니, 비슷한 다리는 하나도 없었다. 다리 아래를 흐르는 물은 깊고 맑았다. 물은 조금 앞에서 소리를 내며 못으로 떨어지고 있었다. 끝없이 이어지는 폭포, 그리고 연못. 모든 것이 '이 강은 신들의 허락을 얻어 흐르고 있습니다' 하고 큰 소리로 말하고 있는 것 같았다. 그것은 점점 깊어지는 신앙의 길을 말하고 있었다.

다리에서는 넓은 골짜기, 숲과 호수, 집들과 하얀 길, 반짝이는 강물 등 여러 가지 풍경이 바라다보였다. 가뭄이 계속되면 수문이 열리고 바로 밑에 펼쳐진 골짜기로 물이 방류될 것이다. 주위는 마치 화단이 있는 초록빛 융단 같았다. 눈송이 같은 하얀 양들이 점점이 흩어져 있고, 목동들의 목소리가 멀리서 들린다. 여기저기 흩어져 있는 야외 제단이 경치에 경건함을 더해주고 있었다. 신자들의 하얀 행렬이 제단에서 제단으로 천천히 이동하고, 피어오르는 향의 연기가 창백한 구름이 되어 성소 위에 감돌고 있었다. 가슴을 두근거리면서 골짜기, 숲, 행렬을 눈으로 좇는다. 길과 강이 미로처럼 구불거리면서 저 멀리 사라져간다. 드디어 마지막으로…… 도대체 이런 아름다운 장면에 어울리는 마지막은 어떤 것일까? 화려한 서장 뒤에 어떤 신비적 비의가 밝혀질까?

여기저기에서 사람들이 지껄이기 시작했다. 벤허는 주위를 둘러보고 이렇게 확신했다. 땅에도 하늘에도 평안이 있다. 여기 와서 쉬어라. 느긋하게 쉬라고 권유하는 목소리가 주위에 가득 퍼지고 있다고.

그 순간 그는 깨달았다. 이 숲 전체가 신전이다. 벽에 둘러싸여 있지는 않지만, 신성한 신전 자체다. 이런 것은 본 적이 없다. 건축가는 어떤 기둥을 세울까, 어떤 주랑을 지을까 고민할 필요가 없다. 그저 자연의 종이 되기만 하면 충분하다. 인간의 기술이 자연을 이길 수는 없다. 제우스와 아르카스는 아르카디아*를

*고대 그리스의 펠로폰네소스 반도에 있었던 고원. 이곳 주민들은 목양을 업으로 삼고 목가적이며 평화로운 도원경을 이루고 살았다는 전설이 있다. 아르카디아라는 이름은 그리스 신화에 나오는 인물인 아르카스(제우스와 요정 칼리스토의 아들)에서 나왔다.

지었다. 창조의 달인은 언제나 그리스인이다.

　벤허는 다리를 건너 가까운 골짜기로 들어갔다. 양치기 소녀가 "이리 오세요" 하고 유혹한다. 앞으로 더 나아가자, 검은 대좌 위에 아름답게 조각된 하얀 대리석판과 놋쇠 화로가 놓인 제단이 있고, 거기서 길이 두 갈래로 갈라져 있었다. 가까이에 있던 한 여자가 지나가려는 그를 보고는 가느다란 버드나무 가지를 흔들며 "잠깐만요" 하고 말을 걸었다. 요염하게 웃는 그 얼굴은 쾌락으로의 유혹이다. 그 앞에서 또 다른 행렬을 만났다. 선두에 있는 소녀들은 화관 외에는 아무것도 몸에 걸치지 않은 알몸인 채 새된 목소리로 노래를 부르면서 다가왔다. 까맣게 그을린 몸을 그대로 드러낸 알몸의 소년들이 그 뒤를 따르면서 소녀들의 노래에 맞추어 춤을 추고 있다. 제단에 바칠 향료와 과자를 든 여자들이 그 뒤를 따른다. 작은 헝겊 한 장만 몸에 두른 여자들은 맨살을 드러내는 것도 마다하지 않았다. 그가 옆을 지나가자 모두 손을 뻗으며 "잠깐만요, 우리랑 함께 가요" 하고 유혹했다. 한 그리스인이 아나크레온*의 시구를 읊조리고 있었다.

　　오늘 하루 나는 받거나 준다.
　　오늘 하루 나는 술을 마시며 산다.
　　오늘 하루 나는 구걸하거나 빌린다.
　　말없는 내일을 누가 알겠는가?

*고대 그리스의 서정시인(서기전 580?~480?).

벤허는 곁눈질도 주지 않고 부지런히 걸어서 골짜기 한복판에 있는 아름다운 숲으로 들어갔다. 이곳은 사람들이 어디보다 많이 모이는 곳이다. 나무 그늘에서 무언가 빛나고 있는 것에 마음이 끌려, 그는 시원한 나무 그늘로 들어갔다.

주위에는 반들반들 윤기가 나는 풀이 무성하고, 동방종과 외래종 나무들이 적당히 섞여서 군생하고 있었다. 그중에서도 야자나무는 여왕 같은 품격을 보이고 있었다. 무화과나무가 월계수 위를 뒤덮고, 상록수인 떡갈나무에는 푸른 잎이 무성하게 우거지고, 레바논의 왕이라고 불리는 삼나무도 우뚝 솟아 있었다. 뽕나무 열매인 오디와 테레빈 나무의 아름다움은 형언할 수가 없고, 마치 천국의 과수원에서 온 것 같았다.

빛나고 있었던 것은 눈을 의심할 만큼 아름다운 다프네 조각상이었다. 하지만 벤허에게는 그것을 찬찬히 바라보고 있을 여유가 없었다. 그 대좌에 서로 끌어안고 잠들어 있는 젊은이와 소녀가 있었기 때문이다. 호랑이 가죽 위에서 자고 있는 그들 옆에는 남자의 도끼와 낫, 그리고 여자의 바구니가 시든 장미꽃 다발 위에 아무렇게나 내던져져 있었다. 그 난잡한 모습에 벤허는 놀랐다. 방금 향기로운 덤불 속에서 이 숲의 매력은 두려움 없는 평안에 있다는 것을 깨닫고 거기에 매혹되기도 했다. 하지만 해가 중천에 뜬 이 대낮에 다프네 상의 발치에서 잠자고 있는 두 사람의 모습을 보았을 때, 그는 다음 장면을 미리 읽은 듯한 기분이 들었다. 이 숲을 지배하는 것은 사랑이다. 하지만 그것은 법도가 없는 사랑, 보는 것조차 무서운 방자한 사랑이다.

이것이야말로 다프네의 달콤한 평안의 실체다. 이것이 다프네의 지배가 낳은 결과다. 이 때문에 왕후귀족은 돈을 쏟아붓고, 교활한 승려도 자연을 따른다. 새도 강물도 노동도 제단의 신성함도 태양의 생식력도.

벤허는 이 숲의 신전에 열심히 다니는 신봉자들을 생각하고 마음이 슬퍼졌다. 특히 진심으로 귀의하여 필사적으로 이 신전을 아름답게 꾸미려 애쓰고 있는 사람을 생각하면 더욱 그러했다. 하지만 그런 신자는 한 줌뿐이다. 아폴로의 그물은 크지만 그물코는 작다. 그의 어부들이 무엇을 낚아 올렸는지는 거의 알 수 없다. 대다수 사람들은 호색적이고 사치스럽고 저속하기 이를 데 없는, 동방에 흔히 있는 관능주의 신봉자들이다. 그들은 참고 견디며 종교적 평안을 찾거나 경건함을 존중하거나 은둔의 철학에 뜻을 둔 채 진정한 고양을 추구하지 않는다. 이 시대, 이 세상 속에서 진정한 신봉자라고 부를 수 있는 것은 모세의 계율과 브라흐마의 계율에 따라 사는 사람들뿐이다. 사랑 없는 계율이 계율 없는 사랑보다 낫다고 말할 자격을 가진 것은 그들뿐이다. 이것이 진실이다.

공감이란 것은 그때그때의 기분에 크게 좌우되는 법이다. 화가 나 있을 때는 다른 감정을 물리치지만, 만족하고 있을 때는 그것을 받아들인다. 벤허는 고개를 들고 걸음을 재촉했다. 주위의 화려한 아름다움을 느끼지 않는 것은 아니었지만, 전보다 침착하게 그것들을 관찰할 수 있게 되었다. 이따금 벌레를 씹은 듯한 표정을 짓는 것은 하마터면 이곳에 삼켜질 뻔했던 자신에 대한 분노가 가라앉지 않았기 때문이다.

7
새 길동무

벤허 앞에 하늘을 향해 곧바로 뻗어 있는 삼나무 숲이 나타났다. 그 나무 그늘로 들어가자 나팔 소리가 드높게 울려 퍼졌다. 가까운 풀밭에서 아까 말을 걸었던 유대인이 느긋하게 쉬고 있었다. 남자는 일어나더니 이쪽으로 다가왔다.

"또 만났군요." 그가 웃으면서 상냥하게 말을 걸었다.

"그러게요. 같은 곳으로 가십니까?" 벤허가 물었다.

"경기장으로 가신다면 함께 가게 되겠군요."

"경기장요?"

"지금 그 나팔 소리는 경기가 시작되니까 집합하라는 신호입니다."

"그렇군요. 나는 이 숲에 대해 아무것도 모르니까, 나와 동행해주면 고맙겠습니다."

"물론 기꺼이 동행하겠습니다. 전차 바퀴 소리가 들리는군요. 트랙을 돌고 있어요."

"나는 로마의 해군장관을 역임한 퀸투스 아리우스의 아들입니다. 당신은요?" 벤허는 상대의 팔에 손을 얹으며 자신을 소개했다.

"나는 말루크라고 합니다. 안디옥의 장사꾼이죠."

"말루크 씨, 나도 이런 경기를 즐기기 때문에, 나팔 소리와 전차 바퀴 소리만 들어도 가슴이 두근거리는군요. 이래뵈도 로마의 경기장에서 조금은 이름이 알려져 있거든요. 그럼 경기장 쪽으로 갈까요?"

"이런 질문을 하는 건 뭣하지만, 로마 해군장관의 아드님이 왜 유대인의 옷을 입고 계십니까?" 말루크는 걸음을 멈춘 채 빠른 말씨로 물었다.

"아리우스 각하는 내 양아버지랍니다."

"아, 그렇군요. 무례한 질문을 했네요."

숲을 빠져나오자 경기장이 펼쳐져 있었다. 경기장은 그 모양도 크기도 로마 경기장과 똑같았다. 부드러운 흙을 밟아 다지고 물을 뿌리고, 경주로 양쪽에 창들을 줄지어 세우고 거기에 밧줄을 둘러쳤다. 관객들을 위해 차양이 달린 관람석이 마련되어 있어서, 두 사람은 그 계단식 좌석에 자리를 잡고 앉았다. 벤허는 눈앞을 지나가는 전차 수를 헤아렸다. 모두 아홉 대였다.

"이 지방에서는 쌍두 전차가 가장 인기가 있을 줄 알았는데, 로마의 궁정을 본떠서 모두 4두 전차로군요. 솜씨가 어떤지 좀 봅시다." 벤허는 기분 좋게 말했다.

아홉 대 가운데 여덟 대는 이미 관중석 앞을 지나가고 있었다. 보통 걸음이나 약간 빠르게 달리는 구보 등 걸음걸이는 각양각색이었지만, 모두 교묘하게 고삐를 다루는 솜씨를 보여주고 있었다. 특히 아홉 번째 전차가 빠른 걸음으로 나타나자, 벤허는 저도 모르게 소리를 질렀다.

"나도 황제의 마장을 잘 알고 있지만, 굉장하군요. 저렇게 훌륭한 말은 본 적이 없습니다."

그 전차는 눈 깜짝할 사이에 눈앞을 지나갔지만, 갑자기 네 마리 말의 보조가 흐트러졌다. 곧 관중석에서 누군가가 쉿소리를 질렀다. 벤허는 고개를 돌려, 위쪽 자리에서 엉거주춤 일어나 있는 노인을 보았다. 주먹은 치켜들었고, 눈은 분노에 불타오르고, 길게 기른 하얀 턱수염이 부들부들 떨리고 있었다. 가까이에 있는 관중 속에서 웃음이 터졌다.

"노인에게는 경의를 표해야 하는데 너무 심하군요. 저분은 누굽니까?" 벤허가 물었다.

"모압 너머의 사막 어딘가에 사는 유력한 족장 일데림입니다. 이집트 왕의 혈통마와 낙타를 많이 소유하고 있다고 하더군요." 말루크가 대답했다.

기수는 네 마리의 말을 진정시키려고 애를 쓰지만 잘되지 않았고, 족장은 점점 더 흥분하여 새된 소리로 외쳤다.

"아바돈, 그놈을 잡아. 달려! 이봐, 너희들 내 말 들려?" 이 질문은 분명 그의 부족에 속하는 수행원들에게 던진 것이었다. "듣고 있나? 저놈들은 너희들과 마찬가지로 사막 태생이야. 빨리 붙잡아!"

말들은 더욱 거칠게 날뛰고 있었다. 족장은 기수를 향해 주먹을 치켜 올렸다.

"빌어먹을 로마 놈 같으니라고. 잘할 수 있다고 큰소리친 주제에. 라틴의 신들을 걸고 맹세한 주제에. 아니, 손을 놔. 놓으라고! 말들은 독수리처럼 빠르게 달릴 거라고, 그래도 사람 손으로 키운 새끼양처럼 온순할 거라고 맹세한 주제에. 저주받을 놈, 저 거짓말쟁이를 낳은 에미도 저주받아 마땅해! 내 자식 같은 저 말들한테, 둘도 없이 소중한 저 아이들한테 채찍이라도 휘둘렀다가는 가만두지 않겠어!" 그 후에는 분해서 이를 가는 소리만 들릴 뿐이었다. "저 애들은 귓가에서 속삭이는 것만으로도 충분해. 너희 에미들이 천막 안에서 너희에게 불러준 자장가 한마디면 충분해. 아아, 로마 놈을 믿은 내가 바보지. 천하의 바보야!"

재치 있는 족장의 친구가 말과 족장 사이를 막아서서, 말들이 족장에게 보이지 않게 했다. 족장이 기력을 잃은 탓도 있었지만, 이 수법이 주효하여 사태는 겨우 수습되었다.

벤허는 족장의 기분을 충분히 이해했다. 족장은 재산을 과시하고 싶다거나 시합에 이기고 싶은 것만이 아니라, 동물을 더없이 사랑하는 가장으로서의 마음을 억누를 수가 없는 것이다. 윤기 나는 갈색 털을 가진 혈통마는 보기 좋게 균형이 잡혀 있어서 실제보다 작아 보였다. 귀여운 귀가 뾰족하게 서 있고, 코끝은 충분히 튀어나오고, 넓어진 콧구멍에서 활활 타오르는 불꽃 같은 점막이 보였다. 목은 아름다운 곡선을 그리고 있고, 풍성한 갈기가 어깨와 가슴에 늘어져, 비단 베일을 쓴 것 같은 앞머리털과 얄미울 정도의 조화를 이루고 있었다. 무릎 아래는 곧게 펴지고, 힘센 근육으로 이루어진 다리가 단단한 몸을 지탱하고 있었다. 발굽은 윤이 나게 닦은 유리잔 같았다. 뒷발로 일어서서 앞발을 차올릴 때마다 굵고 기다란 검은색 꼬리가 허공과 땅바닥을 후려쳤다. 족장은 둘도 없이 소중한 말이라고 말했지만, 그 말은 거짓이 아니었다.

벤허는 말과 주인의 강한 유대를 느꼈다. 작열하는 사막의 천막 속에서 가족처럼 키워진 말들은 주인에게는 눈에 넣어도 아프지 않은 존재다. 낮에는 세심한 주의를 기울여 보살피고, 밤에는 식탁에서 자랑거리가 된다. 오만하고 밉살스러운 로마인을 이기려고 사랑하는 말을 이 도시까지 데려온 족장이 지금 무엇보다 필요로 하고 있는 것은 고삐를 다루는 역량과 말의 마음을 이해하는 정신력을 가진 기수다. 다만 이 족장이 기수를 마음에 들어하지 않을 경우, 정중하게 물러나주기를 요청하는 서양식 행동은 기대할 수 없다. 지금처럼 더 이상 참지 못하고 울화통이 터져서 주위 사람들의 귀청을 찢는 듯한 큰 소리로 고함을 질러대는 것이 고작이다.

족장이 호통을 치고 있는 동안 대여섯 명이 재갈을 잡아서 겨우 말들이 진정했다. 그때 또 한 대의 전차가 경주로에 나타났다. 전차도 경주마도 기수도 로마의 경기장을 방불케 하는 모습으로 이채를 띠고 있었다. 그 이유는 이제 곧 알게 되겠지만, 여기서 전차경주에 대해 약간 설명을 해두겠다. 여기서 전차라고 부르는 것은 예로부터 알려져 있는 이륜마차인데, 바퀴테가 낮고 차축이 넓은 두 바퀴 위에 상자 모양의 차체가 얹혀 있다. 이것이 가장 소박한 원형이고, 여기에 예술적인 장식을 가하면 아름다운 공예품으로 모습을 바꾼다. 동트기 전에 하늘을 나는 오로라(새벽의 여신)의 전차를 연상해달라. 이 전차는 말 두 마리가 끄는 것이 보통이고, 특별한 경우에는 네 마리가 끌기도 한다. 올림픽이나 축전 때 쓰이는 것은 물론 4두 전차다.

경기자는 예나 지금이나 야심에 불타서, 호시탐탐 시합에 도전한다. 그들은 전차 앞에 말들을 나란히 매는 것을 좋아하고, 구별하기 위해 중앙 막대에 가까운 두 마리를 '멍에마', 좌우의 바깥쪽 말을 '견인마' 라고 불렀다. 말을 자유자재로 다루면서 속도를 내기 위해 말에 부착된 마구는 아주 간단해서 목걸이와 봇줄, 고삐와 끝줄뿐이다. 중앙 막대 끝에 가느다란 나무로 만들어진 멍에라고 불리는 가로대가 부착되어 있고, 목걸이에 부착된 봇줄을 멍에 끝에 달린 고리에 꿴다. 멍에마의 봇줄은 차축에, 견인마의 봇줄은 차체 가장자리에 묶여 있다. 고삐는 중앙 막대의 맨 끝에 달린 커다란 고리를 통과하여 각각의 말에 부착된 끝줄과 묶이고, 그것을 기수가 하나로 모아서 잡는다. 이와 같은 개략을 염두에 두고, 나머지는 앞으로 일어날 사건 장면에서 보충하기로 하자.

관중은 전차를 조용히 맞이했다. 하지만 마지막 전차만은 상황이 달랐다. 전차가 경기장에 들어오자마자 장내가 떠나갈 듯한 박수갈채와 환호성이 일어나고, 관중의 시선은 오직 그 전차에만 집중되었다. 멍에마는 새까맣지만 견인마는 눈처럼 새하얗다. 꼬리는 로마식으로 털을 짧게 잘랐고 갈기는 가늘게 땋았고, 불타는 듯한 붉은색이나 노란색 리본으로 장식되어 있었다.

전차가 가까이 다가와서 차체의 이모저모를 확실히 분간할 수 있게 되자, 관중이 환호성을 지른 이유를 납득할 수 있었다. 바퀴통은 윤이 나게 닦은 튼튼한 청동띠로 보강되어 있고, 바퀴살은 상아로 되어 있어서 자연스러운 곡선을 그리고, 청동 바퀴쇠가 반짝이는 흑단 바퀴를 떠받치고 있었다. 차축 양끝에는 놋쇠로 만든 포효하는 호랑이의 머리 장식이 달려 있고, 등나무 줄기로 짠 차대는 금색으로 칠해져 있었다.

아름다운 말, 눈부시게 화려한 전차를 보면 볼수록 벤허는 그 전차를 모는 기수에게 호기심이 동했다. 저 사람은 누구일까? 처음에는 얼굴은커녕 그 모습조차 잘 보이지 않았다. 하지만 그 기수의 분위기와 몸짓이 어디선가 본 기억이 있었다. 벤허는 가슴이 강하게 두근거리는 것을 느꼈다. 도대체 누구일까. 말은 종종걸음으로 다가왔다. 환호성과 전차의 호화로움으로 미루어 보건대, 기수는 아마 인기 있는 로마 고관이거나 유명한 왕후귀족일 것이다. 왕들이 승리의 월계관을 탐내어 이런 자리에 등장하는 일이 결코 드물지 않다. 네로와 콤모두스 황제도 전차경주에 열중했다. 벤허는 진지한 표정으로 일어나서 사람들을 헤치고 관중석의 가장 낮은 난간까지 내려갔다.

마침내 벤허는 그 기수의 얼굴을 정면으로 볼 수 있었다. 기수 옆에는 시종이 앉아 있었다. 하지만 벤허의 눈에는 기수밖에 들어오지 않았다. 등을 곧게 펴고 전차에 올라탄 기수는 고삐를 몇 겹으로 감고 늠름한 몸에 진홍색 투니카를 걸치고 있었다. 오른손에는 채찍을, 그리고 왼손은 가볍게 들어 올려 앞으로 쭉 뻗은 자세로 네 개의 고삐를 다루고 있었다. 터져 나오는 환호성과 박수갈채에도 무관심한 그 모습은 우아하고 약동감에 가득 차 있어서 마치 대리석상 같았다. 벤허는 그 자리에 못이 박혔다. 그의 직감과 기억은 틀림이 없었다. 기수는 메살라였다.

말을 고르는 법, 전차의 훌륭함, 그 태도와 행동거지, 무엇보다 몇 세대에 걸쳐 세계를 지배해온 로마인 특유의 냉정하고 날카로운 독수리 같은 모습. 메살라는 조금도 변하지 않았다. 그는 전과 마찬가지로 오만하고 자신만만하고, 야심과 냉소, 사람을 깔보는 듯한 표정을 띠고 있었다.

8
샘가에서

벤허가 관중석 계단을 내려갈 때 한 아랍인이 객석 발치에 있는 마지막 계단에서 벌떡 일어나 소리쳤다.

"동방과 서방에서 오신 여러분, 잠깐만 귀를 기울여주세요. 족장 일데림의 인사말을 전하겠습니다. 일데림 족장은 이번에 현명하신 솔로몬 왕의 애마의 피를 이어받은 네 마리 말을 거느리고, 이곳에 즐비한 준마들과 겨루려고 이 경기장에 왔습니다. 그런데 그 말들을 몰아줄 힘센 기수가 없습니다. 스스로 적임자라고 생각하시는 분은 말씀해주십시오. 만족할 만한 성과를 낸 분에게는 충분한 보상을 드리겠습니다. 관심 있는 모든 분에게 이 말을 전해주십시오. 일데림 족장이 드리는 부탁입니다."

차양 밑에 모여 있던 사람들은 이 말에 술렁거렸다. 전차경주를 좋아하는 사람들이 모이는 곳에서는 어디나 밤늦게까지 이이야기가 화제에 오를 터였다. 이 말을 들은 벤허는 걸음을 멈추고 전달자와 족장을 힐끔 바라보았다. 말루크는 벤허가 말을 몰겠다고 나서는 게 아닐까 걱정했지만, 벤허가 돌아서서 "말루크씨, 이제 어디로 가죠?" 하고 물었기 때문에 가슴을 쓸어내렸다.

말루크는 웃으면서 대답했다.

"글쎄요, 이 숲에 처음 온 사람은 다프네의 점괘를 들으러 가겠지만……."

"운명을 점치는 건가요? 왠지 수상쩍은 기분이 들지만, 좋겠지요. 말씀하신 대로 무녀에게 가봅시다."

"아리우스 님, 아폴로 무녀들의 점은 아주 공들인 거랍니다. 여기서는 갓 잘라낸 파피루스 잎을 샘물에 담가서 미래를 점치지요."

벤허의 얼굴에서 흥미가 사라졌다.

"미래를 고민할 필요가 없는 사람도 있는데……." 그는 어두운 표정으로 중얼거렸다.

"그럼 신전에 갈까요?"

"그리스식 신전이겠지요?"

"그렇게 들었습니다만……."

"그리스인은 확실히 미의 마술사지만, 건축은 아무래도 다양성이 없어서 어느 신전이나 모두 비슷비슷합니다. 점치는 샘은 뭐라고 부릅니까?"

"카스탈리아*라고 합니다."

"들은 적이 있는 이름이군요. 그럼 거기로 갑시다."

도중에 말루크는 이 젊은이가 점점 침울해져가는 것을 놓치지 않았다. 주위 사람들에게는 눈길도 주지 않고, 신기한 것이 있어도 소리 한 번 지르지 않고, 불쾌한 표정으로 말없이 걷고 있었다. 사실 벤허는 이때 메살라를 생각하고 있었다. 메살라가 굵은 팔로 어머니를 떼어놓고 집에 봉인을 한 것이 바로 어제 일처럼 여겨졌다. 희망이라고는 전혀 없는 비참한 갤리선 노예 생활 속에서 그가 되풀이하여 꿈꾼 것은 단 하나, 메살라에 대한 복수였다. 그는 자주 이렇게 중얼거렸다. "그라투스는 놓쳐도 좋지만, 메살라만은 절대로 용서할 수 없어." 그 결심을 굳히기 위해 몇 번이고 자신에게 들려주었다. "누가 우리를 박해자한테 끌어냈는가? 어머니와 누이를 살려달라고 간절히 부탁했을 때도 비웃으면서 가버린 게 누구였는가?" 꿈은 언제나 같은 기도로 끝났다. "우리 민족의 하느님, 메살라와 대결할 때 저에게 용기를 주시고 이 원한에 어울리는 특별한 복수를 할 수 있게 해주소서." 그리고 이제 그때가 다가왔다. 메살라가 가난과 고통에 시달리고 있었다면 벤허도 마음이 바뀌었을지 모른다. 그런데 메살라의 권세는 보통이 아니었다. 햇빛을 받아 반짝반짝 빛나는 황금 같은 영화를 누리고 있었다. 벤허가 갑자기 기

*그리스 신화에 나오는 님프. 아폴로 신의 사랑을 거부하고 달아나다가 샘이 되었다. 이 샘의 원조는 아폴로의 신탁소였던 델포이 신전 근처에 있다.

력을 잃었다고 말루크가 느낀 것은 언제 어떻게 메살라와 대결할 것인지를 벤허가 열심히 생각하고 있었기 때문이다.

이윽고 두 사람은 떡갈나무 거리에 이르렀다. 거리에는 걷는 사람, 말을 탄 남자들, 가마를 탄 여자들이 오가고 있어서 꽤나 북적거렸다. 이따금 마차가 무서운 기세로 옆을 달려갔다. 이윽고 길은 완만한 내리막이 되어 저지대로 들어가고, 오른쪽에는 회색의 깎아지른 절벽, 왼쪽에는 푸른 초원이 펼쳐져 있었다. 그리고 드디어 그 유명한 카스탈리아 샘이 보였다.

사람들을 헤치고 나아가자, 맑은 물이 바위 꼭대기에서 뿜어져 나와 검은 대리석 수반으로 흘러들고 있는 것이 보였다. 보글보글 거품을 낸 다음, 깔때기를 빠져나가듯 물이 떨어진다. 그 수반 옆에 암벽을 파내어 만든 사당 같은 대좌가 있고, 한 노승이 앉아 있었다. 은자처럼 두건을 쓴 이 노승은 수염을 기르고 한마디도 하지 않았지만, 이곳을 찾는 순례자들의 관심을 모으고 있었다. 신자가 잔돈을 내놓으면 음험한 눈으로 노려보면서 파피루스 잎을 건넨다. 파피루스를 받은 신자는 그것을 급히 수반의 물에 담근 뒤, 물이 뚝뚝 떨어지는 잎을 햇빛에 비추어 거기에 적힌 글자를 읽는다. 점괘가 맞든 틀리든 관계없이 이 샘의 인기는 흔들리지 않는다. 벤허가 이 샘으로 다가간 바로 그때, 초원을 질러오는 일행이 모습을 나타내어 사람들의 눈길을 끌었다.

그것은 말의 선도를 받고 있는 키가 크고 새하얀 낙타 한 마리였다. 낙타 위에는 붉은색과 황금색의 커다란 가마가 얹혀 있었다. 긴 창을 든 두 남자가 말을 타고 그 뒤를 따르고 있었다.
사람들이 저마다 수군거렸다.

"정말 훌륭한 낙타로군."

"어느 외국의 왕자가 아닐까?"

"왕인 것 같아."

"왕이라면 코끼리를 탈 텐데."

"낙타, 게다가 하얀 낙타야! 저기서 오고 있는 건 절대로 왕이
나 왕자가 아니라 여자들이야."

사람들이 그렇게 수군거리고 있는 곳에 일행이 도착했다. 옆
에서 보아도 낙타의 늠름한 모습은 변함이 없고, 이만한 체격과
기품을 겸비한 낙타는 아무도 본 적이 없었다. 커다란 검은 눈
동자, 하얗고 윤기 나는 털, 거침없이 발을 차올리는 모습, 소리
하나 내지 않고 걷는 안정감. 이런 낙타는 그렇게 흔치 않다. 비
단 차양과 화려한 금빛 테두리 장식도 낙타와 잘 어울렸다. 은
방울을 딸랑딸랑 울리면서 낙타는 유유히 나아가고, 등에 얹혀
있는 짐의 무게 따위는 조금도 느끼게 하지 않았다.

도대체 차양 밑에 있는 것은 누구일까.

그런 호기심에 사로잡힌 사람들이 본 것은 커다란 터번을 두
르고 홀쭉한 얼굴을 한 남자였다. 얼굴은 흙빛이고, 국적도 잘
알 수 없고, 몸에 두른 값비싼 숄 외에는 사람들이 부러워할 만
한 것은 아무것도 없었다. 오히려 수명의 한계라는 것은 신분의
귀천과 관계없이 누구에게나 있는 거로구나 하고 모두 납득했
을 정도였다. 그들 가운데 지혜로운 사람이 있다면 시간의 공정

함을 논했을 것이다.

이 남자 옆에 한 젊은 여자가 동방의 귀부인답게 최고급 베일과 레이스로 몸을 감싸고 앉아 있었다. 팔꿈치 위에 똬리를 튼 코브라 모양의 팔찌는 손목에 찬 팔찌와 금사슬로 이어져 있었다. 나긋나긋한 팔을 가마의 가로대 위에 얹고 있었지만, 어린 애처럼 가냘픈 손가락에는 반지가 몇 개나 빛나고, 손가락 끝은 진줏빛으로 물들어 있고, 머리에 쓴 베일에는 산호 구슬과 코인 조각이 달려 있고, 몇 개는 이마와 등과 머리카락을 장식하고 있었다. 하지만 무엇보다 사람들의 눈길을 끈 것은 그 숱 많은 검은 머리였고, 그것을 본 사람들은 차라리 베일을 쓰지 않았더라면 좋았을걸 하고 생각했다. 여자는 높은 대좌에서 주위를 둘러보는 데 열중하여, 자기가 얼마나 사람들의 관심을 모으고 있는지도 알아차리지 못하는 것 같았다.

여자는 아름다웠다. 이마는 계란형이고 생기발랄했다. 그리스인이나 갈리아인만큼 피부가 하얗지는 않지만, 로마인처럼 까무잡잡하지도 않았다. 나일 강의 태양에 그을린 피부를 통해 볼과 이마에 발그레한 홍조가 떠올라 있었다. 또렷한 눈에는 짙은 아이라인이 그려져 있고, 살짝 벌어진 붉은 입술 사이로는 하얗게 빛나는 이가 보였다. 단정한 이목구비를 가진 데다 작은 머리를 살짝 기울이는 몸짓은 참으로 우아해서, 여왕의 품격을 풍기고 있었다.

주위를 한 바퀴 둘러보고 만족했는지, 이 아름다운 여자는 몰이꾼에게 말을 걸었다. 늠름한 몸을 가진 에티오피아인 몰이꾼은 낙타를 샘 가까이까지 끌고 가서 무릎을 꿇린 뒤, 여자한테 물잔을 받아서 수반 쪽으로 걸어가기 시작했다. 바로 그때 바퀴 소리와 빠르게 다가오는 말발굽 소리가 주위에 울려 퍼졌다. 사람들은 각자 소리를 지르며 거미새끼가 흩어지듯 사방으로 뿔뿔이 달아났다.

"이 로마 놈아, 우리를 치어 죽일 셈이냐!" 말루크는 도망치면서 벤허에게 조심하라고 외쳤다.

벤허는 소리가 나는 쪽을 돌아보았다. 메살라가 네 마리 말이 끄는 전차를 몰고 사람들 속으로 돌진하는 것이 보였다.

울타리처럼 둘러서 있던 사람들은 눈 깜짝할 사이에 흩어지고, 미처 도망치지 못한 낙타가 전차의 표적이 되었다. 여느 때라면 이 낙타는 좀 더 민첩하게 움직일 수 있었겠지만, 지금은 눈을 감고 느긋하게 되새김질을 하고 있었다. 언제나 귀여움을 받아온 동물의 여유일까. 몰이꾼은 공포에 사로잡혀 발이 얼어붙은 듯 꼼짝도 하지 못했다. 노인도 가마에서 도망치려 했지만, 나이 탓인지 민첩하게 움직이지 못했다. 위엄을 유지하려는 습성도 방해가 되었을지 모른다. 여자도 도망치지 못했다. 그들 옆에 서 있던 벤허가 메살라에게 외쳤다.

"멈춰! 앞을 봐. 돌아가, 돌아가라고!"

메살라는 큰 소리로 웃었다. 남은 길은 이제 하나밖에 없었다. 벤허는 체념하고 좌우에 있는 멍에마의 재갈에 덤벼들었다.

"로마 새끼, 사람의 목숨을 뭘로 아는 거야?" 그렇게 외치면서 온 힘을 다해 재갈을 잡아당겼다. 두 마리 말은 뒷발로 일어섰고, 나머지 두 마리도 거기에 이끌려 뒷걸음질을 쳤기 때문에 전차가 기울면서 시종은 꼴사납게 땅바닥에 나가떨어졌다. 위험이 지나간 것을 알아차린 군중은 꼴좋다는 듯이 그 몰골을 보고 웃어댔다.

메살라의 방약무인함은 태도에 그대로 드러나 있었다. 그는 몸에 감은 고삐를 풀고 전차에서 내려오더니, 벤허를 노려보면서 가마에 타고 있는 두 사람에게 말을 걸었다.

"실례했습니다. 나는 메살라라고 합니다. 맹세코 말하지만 두 분의 모습도, 낙타도 눈에 들어오지 않았어요. 내 솜씨를 지나치게 과신했나 봅니다. 주위의 놈들을 놀려줄 작정이었는데, 거꾸로 나 자신이 웃음거리가 되어버렸군요. 어쩔 수 없지요."

메살라는 주위의 군중을 노려보았다. 군중도 메살라가 무슨 말을 하나 하고 귀를 곤두세우고 있었다. 남을 이기는 일에 대해서는 누구한테도 뒤지지 않는 메살라는 전차를 조금 떨어진 곳으로 옮기라고 지시한 뒤, 기가 죽은 기색도 없이 낙타 위의 여자에게 말을 걸었다.

"이 가련한 남자를 용서해주시기를 진심으로 부탁드립니다, 아가씨."

여자는 대답하지 않았다.

"당신은 정말로 아름답군요. 아폴로 신이 당신을 옛 연인으로 오해하지 않도록 조심하세요. 자, 제발 매정하게 굴지 마시고 마음을 푸세요. 당신은 어디서 태어나셨습니까? 당신의 눈에는 인도의 태양이 빛나고, 입가에는 이집트의 사랑의 표시가 새겨져 있군요. 아아, 아름다운 아가씨, 이 비천한 나를 불쌍히 여겨주세요. 하다못해 용서해주겠다는 한마디만이라도 해주세요."

그러자 여자가 드디어 입을 열었다. 그러나 그녀는 고개를 숙인 채 미소를 지으며 벤허에게 말했다.

"이쪽으로 와주시겠어요? 죄송하지만 이 잔에 물을 좀 떠다 주시겠어요? 아버지가 목이 마르다고 하셔서요."

"물론 떠다 드리지요." 물을 뜨려던 벤허는 메살라와 눈이 마주쳤다. 도전하는 듯한 벤허의 눈과 놀리는 듯한 메살라의 눈.

"아가씨는 아름답지만 잔인하군요. 아폴로 신에게 붙잡히지 않는다면 또 만날 수도 있겠죠. 어느 나라 사람인지 모르니까 어떤 신에게 맹세하면 좋을지도 모르겠지만, 신들에게 맹세코, 나를 잘 보고 기억해두시기 바랍니다."

이 말을 남기고 메살라는 전차로 돌아갔다. 멀어져가는 그의 모습을 지켜보는 여자는 결코 불쾌한 표정이 아니었다. 여자는 벤허한테서 물을 받아 들고 우선 아버지에게 마시게 한 뒤, 자기도 한 모금 마시고 잔을 벤허에게 돌려주었다.

"부디 이걸 받아주세요. 감사 표시예요."

낙타가 일어나서 출발하려고 하자 가마 위의 노인이 벤허에게 말했다.

"이쪽으로 와주시겠소?"

벤허는 공손히 다가갔다.

"알지도 못하는 사람을 구해줘서 고맙습니다. 하늘에 계시는 유일신에게 맹세코 감사드립니다. 나는 이집트의 발타사르라고 합니다. 지금 다프네 숲 너머에 있는 야자수 농원의 일데림 족장한테 가는 길입니다. 부디 그곳으로 찾아와주세요. 진심으로 대접하겠습니다."

벤허는 노인의 맑은 목소리와 위엄 있는 태도에 압도당했다. 떠나가는 두 사람을 지켜보고 있을 때 메살라가 사람을 깔보는 웃음소리를 내면서 아까 왔던 길을 되돌아가는 것이 보였다.

9
복수 계획

악행을 저지르는 사람들 속에서 혼자 선행을 하는 것만큼 미움을 사는 일은 없다. 하지만 이번 사건에는 이 법칙이 들어맞지 않았다. 자초지종을 보고 있던 말루크는 감탄했다. 벤허가 순간적으로 보여준 용기와 빠른 판단은 흠잡을 데가 없었다. 이 남자의 과거를 좀 더 알 수 있다면, 주인인 시모니데스가 기뻐할 만한 보고를 할 수 있겠다고 말루크는 생각했다.

지금까지 알아낸 것은 그가 유대인이고 유명한 로마인의 양자라는 것, 그리고 메살라와 이 젊은이 사이에는 무언가 깊은 불화가 있는 것 같다는 것이었다. 하지만 그것이 구체적으로 어떤 것이고 어떻게 하면 확증을 잡을 수 있을지에 대해서는 아무리 머리를 짜내도 해결책이 떠오르지 않았다. 그런데 이 의문에 단서를 준 것은 바로 벤허 자신이었다. 벤허는 말루크의 팔을 잡아서 사람들 틈에서 끌어낸 다음 그에게 물었다.

"말루크 씨, 사람이 제 어머니를 잊어버려도 됩니까?"

벤허의 느닷없는 질문에 말루크는 당황했다. 그 의미를 알아내려고 벤허의 얼굴을 찬찬히 바라보았지만, 볼이 발그레해지고 눈이 젖어 있을 뿐이었다. 그래도 말루크는 즉석에서 대답했다.

"물론 안 되지요. 절대로 안 됩니다. 이스라엘인이라면 더욱 그럴 수 없습니다. 회당에서 내가 맨 먼저 배운 것은 신앙 고백, 그다음이 벤시락*이 한 말이었지요. '영혼을 다 바쳐 아버지를 공경하고, 어머니의 슬픔을 잊지 마라.'"

"그 말을 들으니 어린 시절이 생각납니다, 말루크 씨. 당신은 순수한 유대인이군요. 믿을 수 있는 사람이에요." 벤허는 얼굴을 더욱 붉히면서 외쳤다.

벤허는 잡고 있던 말루크의 팔을 놓고, 가슴을 덮고 있는 윗옷의 주름을 눌렀다. 가슴에 느껴지는 통증을 없애려는 것일까, 아니면 가슴을 찌르는 듯한 통증을 느끼고 있는 것일까.

"내 친아버지는 예루살렘에서는 유서 깊은 집안 사람으로 누구에게나 존경을 받았습니다. 아버지가 돌아가셨을 때 어머니는 아직 젊고 때 묻지 않은 아름다운 분이셨지요. 언제나 상냥하고 자애로운 말씀과 행동으로 누구한테나 칭송을 받았고, 그런 어머니에게는 희망에 찬 미래가 있었어요. 나에게는 누이동생이 하나 있었는데, 우리 세 식구는 정말로 행복했고, '신은 모

*'시락의 아들'이라는 뜻으로, 유대의 고전인 〈벤시락의 지혜〉의 저자로 알려진 랍비.

든 곳에 계실 수 없기 때문에 어머니를 만드셨다'는 랍비의 가르침을 나는 진심으로 믿고 있었습니다. 그런데 어느 날 로마의 고관이 우리 집 앞을 지나갈 때 사고가 일어났고, 혐의를 받은 우리는 그 자리에서 병사들한테 체포되고 말았답니다. 그 후 나는 한 번도 어머니와 누이를 만나지 못했어요. 살아 있는지 죽었는지 소식도 모릅니다. 좀 전의 그 전차에 탄 남자는 그때 우리를 병사들한테 넘긴 장본인이지요. 어머니의 애원에도 귀를 기울이지 않고, 어머니가 끌려갈 때에도 큰 소리로 웃었답니다. 말루크 씨, 사랑과 증오 가운데 기억 속에 깊이 새겨지는 것은 어느 쪽일까요? 나는 오늘 멀리서 본 것만으로도 그놈이라는 걸 알아보았습니다."

벤허는 다시 말루크의 팔을 잡았다.

"그런데 그놈은 내가 목숨을 걸고라도 손에 넣고 싶은 비밀을 쥐고 있습니다. 어머니와 누이가 무사하다면 어디서 어떻게 지내고 있는지, 죽었다면 어디서 죽었는지, 그리고 무덤은 어디에 있는지를 그놈은 알고 있답니다."

"가르쳐주지 않나요?"

"가르쳐줄 리가 있겠습니까?"

"왜요?"

"나는 유대인이고 그놈은 로마인이니까요."

"하지만 로마인에게도 입은 있잖습니까. 유대인에게도 로마인의 입을 열게 할 방법이 있을 겁니다."

"무리예요. 그리고 이건 국가 기밀입니다. 놈들은 아버지의 재산을 모두 몰수하여 자기네 뱃속을 채웠으니까요."

말루크는 알겠다는 듯이 천천히 고개를 끄덕였다.

"그 사람은 당신을 알아보았습니까?"

"천만에요. 나는 사형 선고를 받고 오래전에 죽은 것으로 여겨지고 있으니까, 알아볼 리가 없지요."

"용케 덤벼들지 않았군요." 말루크는 저도 모르게 말했다.

"그런 짓을 하면 놈을 다시는 이용할 수 없게 됩니다. 죽여야 했을지도 모르지만, 놈이 죽어버리면 비밀은 영원히 묻혀버릴 테니까요."

이렇게 강한 복수심에 불타는 남자가 그 좋은 기회를 그냥 보냈다. 상당히 좋은 책략을 꾸미고 있거나 아니면 장차 확실하게 복수할 자신이 있는 게 분명하다. 말루크는 자기 마음속에서 일어난 변화를 깨달았다. 지금까지는 주인의 명령을 받고 임무로서 벤허를 감시해왔지만, 앞으로는 이 젊은이를 위해 성심성껏 봉사하겠다는 마음이 되어 있었다. 잠시 후 벤허가 다시 입을 열었다.

"말루크 씨, 그놈이 비밀을 쥐고 있으니까 죽일 생각은 없습니다. 하지만 복수는 반드시 할 겁니다. 그러니까 도와주세요."

말루크는 망설이지 않고 말했다.

"그놈은 로마인, 나는 유대인입니다. 물론 도와드리겠습니다. 당신이 원하신다면 정식으로 맹세하지요."

"맹세의 악수로 충분합니다." 악수를 끝내자 벤허는 밝은 어조로 말했다. "당신에게 부탁할 일은 결코 어려운 일도 아니고,

양심에 어긋날 만한 일도 아닙니다. 자, 갑시다."

두 사람은 초원으로 이어진 길을 걸어갔다.

"그런데 일데림 족장의 야자수 농원이 어디 있는지 아십니까?"

"알고 있습니다."

"다프네 마을에서 얼마나 떨어져 있습니까?"

말루크의 마음에 문득 의심이 생겼다. 그 샘가에서 여자가 이 젊은이에게 보여준 호의가 생각났기 때문이다. 그는 사랑의 마력에 끌려 어머니를 생각하는 마음의 슬픔과 괴로움을 잊으려는 것일까. 하지만 말루크는 대답했다.

"마을에서 말을 타고 가면 두 시간, 발 빠른 낙타를 타고 가면 한 시간쯤 걸립니다."

"고맙습니다. 또 한 가지, 당신이 말한 경기대회는 큰 시합입니까? 그리고 그건 언제 열립니까?"

아직 말루크의 마음속에서 의심이 사라진 것은 아니었지만, 그 질문에 왠지 가슴이 두근거렸다.

"물론 아주 성대한 시합입니다. 총독은 막대한 재산을 가진 부자인데, 성공한 사람들이 으레 그렇듯이 돈에 대한 집착이 남들보다 훨씬 강합니다. 이번에는 파르티아 원정 준비를 위해 자금을 모으러 여기 오는 집정관 막센티우스를 위해 발 벗고 나서려 하고 있답니다. 이것도 사실은 황궁에 자신을 알리는 게 목적이지만요. 그래서 집정관 환영식에 시민들도 참가하는 것이 허용되고, 안디옥 시민들도 지금까지의 경험으로 그걸 알고 있지요. 한 달 전에 전령이 사방으로 파견되어 축하 경기대회가 열리는 것을 알렸습니다. 이 지방에서 집정관이 주최하는 경기대회는 규모도 크고 상금도 많은데, 거기에 안디옥이 가담하게 되면 해안 도시나 섬에서도 힘이 세거나 솜씨가 뛰어난 자들이 몰려들지요."

"경기장도 대경기장 다음으로 크다고 들었는데요."

"로마의 대경기장* 말이군요? 우리 경기장은 대리석으로 만들어져 있고 구조도 대경기장과 같지만, 객석은 20만 개니까 로마의 대경기장보다 7만 5천 개쯤 적을 겁니다."

"경기 규칙도 같습니까?"

"로마인들은 인정하지 않겠지만, 사실은 안디옥이 원조입니다. 대경기장과의 차이는 단 하나, 그쪽에서는 전차가 한 번에 네 대씩만 달리지만 여기서는 수와 관계없이 한꺼번에 출발합니다." 말루크는 미소를 지으며 말했다.

"그건 그리스 방식이군요."

"그렇습니다. 안디옥은 로마보다 그리스와 가깝거든요."

"그렇다면 전차는 자유롭게 골라도 된다는 겁니까?"

"전차와 말은 마음대로 골라도 됩니다. 아무 제한도 없습니다." 말루크가 대답하자 벤허의 얼굴에 안도의 표정이 떠올랐다.

"한 가지만 더 묻겠는데요, 그 경기대회는 언제 열립니까?"

"아, 그걸 말하는 걸 잊었군요." 말루크는 소리 내어 웃으면서

---

*키르쿠스 막시무스. 로마의 팔라티노 언덕과 아벤티노 언덕 사이에 움푹 파인 타원형 광장으로 로마 제국에서 가장 큰 전차경기장이었다.

대답했다. "로마식으로 말하면, 바다의 신이 기분 좋으면 내일이나 모레쯤 집정관이 도착할 겁니다. 도착한 날로부터 엿새째되는 날 경기대회가 열리기로 되어 있답니다."

"시간이 별로 없군요. 하지만 좋겠지요. 이스라엘의 하느님께 맹세코 다시 한 번 고삐를 잡겠습니다. 아니, 잠깐만요. 전차경주에 메살라가 출전하는 건 확실한가요?"

그제야 말루크는 메살라에게 창피를 주려는 벤허의 계획을 알아차렸다.

"경험은 있습니까?" 이렇게 묻는 그의 목소리가 떨리고 있었다. 젊은이의 계획에 아무리 마음이 끌려도, 승산이 있는지를 냉정하게 확인하는 것은 과연 야곱의 자손다웠다.

"걱정 마세요. 누군가 실력 있는 사람에게 물어보세요. 금방 알 테니까요. 지난 3년 동안 로마 대경기장의 승패는 내 뜻에 달려 있었지요. 가장 최근에 열린 큰 시합에서는 황제의 말을 몰고 세계의 강호들을 상대로 싸우겠다면 나를 후원해주겠다고 황제가 직접 제의했을 정도랍니다."

"하지만 그 제의를 받아들이지 않았군요?"

"당연하지요. 나는 유대인이니까요. 로마인의 이름을 쓰고 있기는 하지만, 나는 지금까지 회당에서건 성전에서건 유대인 아버지의 이름을 더럽히는 짓은 털끝만큼도 하지 않았습니다. 훈련을 쌓아서 선수가 되었다면, 지금쯤은 로마를 위해 목숨을 걸어야 하는 꼴이 되었을지도 몰라요. 말루크 씨, 맹세코 말하지만 나는 싸운다 해도 상금이나 상품을 노리는 건 아닙니다."

"그런 말은 하지 않는 게 좋습니다. 상금이 무려 1만 세스테르티우스니까요. 평생 놀고먹을 수 있어요."

"그런 건 아무래도 좋습니다. 설령 총독이 상금을 50배로 준다 해도, 로마 제국의 세입을 몽땅 준다 해도 마찬가집니다. 내가 이 경주에 참가하는 이유는 단 하나, 그놈에게 창피를 주기 위해서예요. 복수는 결코 위법이 아니니까요."

말루크는 미소를 지으면서 고개를 끄덕였다. 나도 유대인이다, 그러니 같은 유대인인 당신을 이해한다는 듯이.

"메살라는 반드시 출전합니다. 이 경주에 상당히 깊이 관여하고 있거든요. 도로와 목욕장, 극장에 붙은 광고물에도 메살라의 이름이 나와 있으니까 이제 와서는 꽁무니를 뺄 수 없는 상태입니다. 안디옥의 젊은 도락가가 갖고 있는 출전자 명단에도 들어 있습니다."

"내기를 하고 있다는 겁니까?"

"그렇습니다. 그래서 날마다 아까처럼 보란 듯이 연습을 하고 있지요."

"그렇다면 그 전차와 그 말로 시합에 참가한다는 건가요? 그런가요? 아, 고맙습니다. 덕분에 큰 도움이 되었어요. 이제 안심했습니다. 그럼 이번에는 나를 야자수 농원으로 안내해주세요. 그리고 일데림 족장을 소개해주십시오."

"언제요?"

"지금 당장요. 가능하면 내일 그 사람 말을 타보고 싶습니다."

"그 말이 마음에 들었나 보죠?"

벤허는 열띤 어조로 말했다.

"메살라가 들어온 뒤에는 다른 말이 눈에 들어오질 않아서 잠깐 보았을 뿐이지만, 그래도 그 말이 사막의 왕이라는 것을 한눈에 알아보았습니다. 그만한 말은 황제의 마구간에서도 좀처럼 보기 어렵고, 한 번 보면 절대로 잊을 수 없습니다. 당신과 인사하지 않았더라도 내일 만나면 그 모습과 몸짓으로 당신이라는 것을 알 수 있는 것과 마찬가지지요. 그 말에 대해 사람들이 하는 말이 사실이라면, 내가 반드시 고삐를 잡고 싶습니다. 그리고……."

"상금도 손에 넣고 싶겠지요." 말루크가 웃으면서 말했다.

"아닙니다. 야곱의 자손에게 어울리는 일을 할 뿐입니다. 그것도 대중 앞에서 적에게 창피를 주는 겁니다." 벤허는 초조한 듯이 덧붙였다. "어쨌든 시간이 아깝군요. 좀 더 빨리 족장한테 갈 방법은 없습니까?"

말루크는 잠깐 생각하고 나서 대답했다.

"다행히 마을이 바로 저기니까, 마을에 가서 낙타를 빌릴 수 있는지 알아보겠습니다. 낙타를 타면 한 시간밖에 안 걸립니다."

"그게 좋겠군요."

마을에는 아름다운 정원이 딸린 저택들이 늘어서 있고, 훌륭한 대상 숙사가 흩어져 있었다. 두 사람은 여기서 낙타를 마련한 뒤, 야자수 농원으로 떠났다.

10
야자수 농원

마을을 벗어나자 농촌 지대가 펼쳐졌다. 안디옥의 정원이라는 별칭에 걸맞게 구석구석까지 손질이 잘되어 있고, 험준한 언덕 비탈도 계단식으로 정리되어 있고, 울타리에는 초록빛 포도 덩굴이 얽혀 있다. 시원한 나무 그늘은 가지가 휠 만큼 열리는 포도와 향긋한 포도주를 약속해준다. 멜론 밭 너머, 살구와 무화과, 오렌지와 라임 과수원 너머에는 벽을 하얗게 칠한 농가들도 보인다. 이 일대에는 평화의 부산물인 풍요로움이 넘치고 있어서 나그네의 마음을 누그러뜨리고, 이 풍요로움을 안겨준 로마인들 앞에 넙죽 엎드리고 싶은 기분마저 들게 한다. 이윽고 타우루스와 레바논의 풍경도 펼쳐지고, 오론테스 강이 은빛 줄무늬를 그리며 천천히 흘러간다.

그들은 강을 따라 구불구불 이어진 길을 나아가면서 강가의 험준한 낭떠러지에서 아래를 내려다보기도 하고 골짜기를 지나가기도 했다. 주위에는 떡갈나무, 무화과나무, 도금양, 월계수, 철쭉 등이 무성하고, 재스민 향기가 가득 차 있었다. 강에는 햇빛이 넘쳐 졸음을 부르지만, 한편으로는 바람을 가르며 노를 저어가는 배들이 끊임없이 강을 오가고 있었다. 가는 배, 오는 배, 모두 이국의 바다와 사람과 장소와 물건을 연상시키지만, 배에서 펄럭이는 하얀 돛만큼 마음을 들뜨게 하는 것은 없다. 이런 경치를 보면서 두 사람은 강가를 따라 호수까지 나아갔다. 강에

서 역류하는 물로 생긴 호수는 수심이 깊고 끝없이 맑고, 그 후
미에는 야자나무가 울창하게 우거져 있었다. 왼쪽으로 구부러
졌을 때 말루크가 감탄하는 소리를 질렀다.

"보세요. 야자수 농원이에요."

그야말로 아라비아의 오아시스, 나일 강변의 왕실 농장에 필
적하는 광경이었다. 벤허도 가슴을 두근거리면서 끝없이 이어
지는 야자수 농원으로 들어갔다. 발밑에 무성한 풀은 시리아에
서는 별로 볼 수 없는 대지의 보물이다. 위를 쳐다보면 야자수
가지 너머에 푸른 하늘이 펼쳐져 있었다. 수많은 야자나무들은
모두 당당한 거목이고, 반들반들 윤기가 나는 두꺼운 잎에 덮인
커다란 가지를 펼치고 있어서 보는 사람을 도취시키고 자신도
도취해 있는 듯한 모습을 보이고 있었다. 푸른 풀로 이루어진
융단, 잔물결을 일으키는 맑은 호수, 그리고 그 물을 받아 울창
하게 자라는 고목 숲. 다프네 숲이 유명하다지만, 이보다 낫다
고 말할 수 있을까. 벤허의 이런 생각이 통했는지, 야자나무들
은 두 사람을 환대하듯 촉촉한 냉기를 내리 쏟아주었다.

길은 호수를 따라 뻗어 있었다. 반짝이는 수면의 건너편 호숫
가에도 야자나무 숲이 펼쳐져 있었다. 말루크는 멋진 나무들을
가리키며 말했다.

"보세요. 뿌리부터 가지 끝까지 나이테가 몇 개나 있는지. 나
이테 하나가 1년이라니까, 이 야자나무 숲이 셀레우코스 왕조 이
전부터 있었다는 족장의 말도 거짓이라고는 할 수 없겠지요."

확실히 이만한 야자나무는 흔치 않다. 독특한 섬세함을 갖추

고 있으면서도 당당한 존재감을 가진 야자는 보는 사람을 시인으로 만든다. 초대 왕조의 어용 예술가들도 이것이야말로 궁전이나 신전을 떠받치는 기둥의 표본이라고 절찬했다고 한다.

벤허도 감격하여 외쳤다.

"오늘 관중석에서 족장을 보았을 때는 그렇게 대단한 인물로는 보이지 않았는데요. 예루살렘의 랍비라면 '에돔의 개'라고 업신여겼을 겁니다. 그런데 어떻게 이만한 과수원을 소유하게 되었을까요? 어떻게 탐욕스러운 로마 집정관들한테 빼앗기지 않았을까요?"

"그 일데림 어른은 대대로 족장을 지낸 집안 사람입니다. 할례는 받지 않았지만요." 말루크는 친밀감을 담아서 말했다. "전에 족장 한 사람이 사막에서 궁지에 몰린 왕을 도와주고 말 천 마리의 기마대를 빌려주었답니다. 이 기마대는 정예부대였고, 황야를 구석구석까지 잘 알고 있었지요. 마치 양치기가 야영할 장소를 잘 알고 있는 것처럼 말입니다. 그게 주효해서 왕은 숨어 있던 적을 찾아내어 처단하고 왕좌로 복귀했지요. 이때 왕은 족장의 도움을 고맙게 여겨서 호수와 야자나무 숲, 강에서 강 건너편에 있는 산까지 그 일대를 영원히 족장에게 하사하고, 막사를 지어 가족이나 가축을 불러 모으는 것을 허락했습니다. 그 후 그 권리는 한 번도 침해되지 않았고, 왕의 후계자들도 이 일족을 보호하겠다는 약속을 지켰지요. 족장 일족이 자손이나 재산, 가축을 늘리고 교통의 요지를 관장하는 것은 신의 뜻에 맞다고 여겨졌고, 교역을 진행시키는 것도 막는 것도 그 일족에게 맡겨져 있습니다. 물론 일데림 족장은 훌륭한 분이어서 모든 사람에게 선행을 베풀어 위대한 일데림으로 불리고 있을 정도지요. 그래서 족장이 처자식과 가축, 소지품을 가지고 아브라함이나 야곱처럼 이 야자수 농원에 오면, 로마 총독도 족장을 환영한답니다."

벤허는 느릿느릿한 낙타의 걸음걸이에는 신경을 쓰지 않고, 말루크에게 물었다.

"그렇다면 족장은 왜 아까 로마인을 믿은 게 잘못이었다고 욕을 하면서 발을 굴렀을까요? 황제가 그 말을 들었다면 화가 나서 친구도 아무것도 아니라고 절교하겠다고 말할 겁니다."

"거기에는 사정이 있습니다. 일데림 족장은 로마를 좋아하지 않습니다. 좋아하지 않는 정도가 아니라 원한을 품고 있지요. 3년 전 보스라에서 다메섹으로 가는 길에서 파르티아인이 어느 대상을 습격하여 로마에 바칠 세금을 약탈한 적이 있었습니다. 도적은 대상을 모조리 죽여버렸지만, 로마 사람들한테는 아무래도 좋습니다. 국가 재산만 돌아오면 죄는 묻지 않습니다. 세금을 낸 농민들은 황제에게 불평하고, 황제는 헤롯 왕에게 지급을 명령하고, 헤롯 왕은 족장에게 감시 의무를 소홀히 했으니까 변상하라고 요구했습니다. 물론 족장은 황제에게 직접 호소했지만 결말이 나지 않았습니다. 그 후 족장은 상처를 받고 로마에 대한 원한이 더욱 깊어지고 있답니다."

"하지만 아무것도 할 수 없겠지요."

"그것도 좀 더 설명하지 않으면 안 되지만, 그건 나중에 하죠.

보세요. 아이들이 우리를 마중 나와 있네요."

낙타가 멈춰 서고, 소녀가 바구니에 가득 든 대추야자를 내밀자, 두 사람은 허리를 숙여서 그것을 받아 들고 고맙다고 말했다. 옆에 있는 나무에 올라가 있던 남자가 "잘 오셨습니다. 신의 평안을!" 하고 외쳤다. 낙타는 또 천천히 나아가기 시작했다.

그러자 말루크가 대추야자를 먹으면서 말했다.

"아직 당신에게 말하지 않았지만, 나는 안디옥의 상인인 시모니데스 님과 가까운 사이여서, 그 댁에 종종 찾아가 여러 사람을 소개받곤 했답니다. 그래서 일데림 족장과도 친하게 지냅니다."

벤허의 눈앞에 시모니데스의 딸 에스더의 청초한 모습이 떠올랐다. 유대인 특유의 촉촉하고 검은 눈동자가 다소곳이 이쪽을 보고 있었다. 포도주를 가져오는 발걸음, 술잔을 내밀 때의 목소리와 배려가 온몸에 넘쳐흘렀다. 그 모습을 떠올리기만 해도 가슴이 뛰었다. 하지만 다음 순간, 말루크를 돌아본 벤허의 머리에서 에스더의 모습은 이미 사라져 있었다.

"몇 주 전에 시모니데스 님을 찾아갔더니 일데림 족장이 와 계셨습니다. 뭔가 몹시 감격하신 모습이어서 나는 물러나려고 했지만, 가지 말라고 붙잡으시더군요. 자네는 이스라엘 사람이니까 여기 있어도 괜찮다고, 신비로운 이야기를 들려주겠다고 하시면서요. 일부러 이스라엘 사람이라고 말씀하신 게 마음에 걸렸지만, 그건 이런 이야기였습니다. 벌써 막사가 가까워졌군요. 간단히 이야기할 테니까 자세한 건 족장한테 직접 들으세요. 오래전에 세 남자가 황야에 있는 족장의 막사에 왔답니다.

본 적도 없는 커다랗고 하얀 낙타를 탄 인도인, 그리스인, 이집트인이었는데, 족장은 이들을 환대하고 편히 쉬게 해주었지만, 이튿날 아침에 세 사람은 지금까지 들어본 적도 없는 신과 그 외아들에 대한 불가사의한 기도를 외웠답니다. 그 후 식사를 하면서 이집트인은 그들의 신분과 여행 목적을 이야기했는데, 그 이야기에 따르면 세 사람은 각자 예루살렘에 가서 '유대인의 왕으로 태어난 분은 어디 계십니까?'라고 물으라는 신의 계시를 받았다는 거예요. 그들은 별의 안내를 받아 예루살렘에서 베들레헴으로 가서 동굴 속에서 갓 태어난 아이를 보았답니다. 거기서 기도와 공물을 바치고 곧바로 족장한테 돌아왔는데, 헤롯 왕의 처벌이 두려웠기 때문이지요. 마음이 넓은 족장은 그들을 숨겨주었습니다. 그리고 1년 뒤에 세 사람은 충분한 사례를 하고 떠났답니다."

벤허는 이 이야기에 마음이 움직였다.

"굉장한 이야기군요. 신이 계시하신 질문을 다시 한 번 말해주시겠습니까?"

"유대인의 왕으로 태어난 분은 어디 계십니까?"

"그것뿐인가요?"

"더 있었던 것 같은데, 잘 생각나지 않는군요."

"그리고 그분을 찾았군요?"

"그렇습니다. 그리고 그분 앞에 무릎 꿇고 경배를 드렸답니다."

"말루크 씨, 이건 기적입니다."

"족장은 아랍인답게 성미가 급하지만, 근본은 아주 진실한 사람입니다. 거짓말 따위는 절대로 하지 않습니다."

두 사람은 이미 낙타에 대해서도 까맣게 잊어버리고 이야기에 열중해 있었다. 낙타는 제멋대로 길을 벗어나 풀밭 위를 걷고 있었다.

"세 사람한테서는 소식이 있을까요? 세 사람은 어떻게 되었을까요?"

"족장이 시모니데스 님을 찾아온 것은 그 일 때문이었습니다. 갑자기 그 이집트인이 나타났다는 겁니다."

"예? 어디에요?"

"지금 우리가 가는 막사 입구에요."

"그분이라는 걸 어떻게 알았을까요?"

"얼굴 생김새와 몸짓으로 말[馬]을 분간할 수 있는 것과 마찬가지겠지요."

"단지 그것만으로."

"전에 탔던 것과 같은 커다랗고 하얀 낙타를 탔고, 같은 이름을 댔답니다. 이집트인인 발타사르라고."

"정말입니까?" 벤허는 펄쩍 뛰어올랐다. "지금 발타사르라고 했나요?"

"네, 그렇습니다."

"그건 아까 샘가에서 만난 노인입니다."

"그러고 보니 낙타는 확실히 하얀색이었어요. 그리고 당신이 그분 목숨을 구해주었지요."

"그리고 아가씨도." 혼잣말처럼 말하면서 벤허는 생각에 잠겼다. 그렇다 해도 그 이집트 처자를 머리에 떠올린 것은 아니었다. 벤허는 이렇게 말했다.

"좀 전의 질문을 다시 한 번만 말씀해주시겠습니까? '유대인의 왕이 되실 분은 어디 계십니까'였나요?"

"조금 다릅니다. '유대인의 왕으로 태어난 분'이라고 했답니다. 이 말이 족장의 마음을 사로잡아, 그 후 줄곧 족장은 왕이 오시기를 기다리고 있습니다. 누가 뭐래도 굳게 믿고 있답니다."

"하지만 '왕으로' 태어났다면, 어떤 식으로 올까요?"

"로마의 숨통을 끊는 왕이라고, 족장은 그렇게 말하고 있습니다."

잠시 벤허는 생각을 정리하고 마음을 가라앉히려 했다.

"족장은 마음속으로 복수를 맹세한 수많은 사람들 가운데 하나일 뿐입니다. 이 복수에 대한 신념이 미래에 대한 희망을 낳습니다. 하지만 로마가 지배하는 한 유대인의 왕은 헤롯뿐입니다. 그 이야기를 듣고 시모니데스 님은 뭐라고 하시던가요?"

"일데림 족장이 진실한 분이라면 시모니데스 님은 아주 현명한 분입니다. 내가 묻자 이렇게 말씀하시더군요. 아니, 잠깐만요. 누군가가 오고 있습니다."

말발굽 소리와 덜컹거리는 수레바퀴 소리가 다가왔다. 그리고 말을 탄 일데림 족장이 시종을 거느리고 나타났다. 밤색 털의 아라비아산 말 네 마리가 전차를 끌고 있었다. 두 사람은 족장보다 먼저 야자수 농원에 도착한 것이다. 족장은 고개를 들고 친밀하게 말을 걸었다.

"신의 평안을. 오오, 말루크가 아닌가. 잘 와주었네. 방금 도착했나? 시모니데스가 보낸 선물은 뭐지? 좋아, 좋아. 시모니데스에게 행운이 있기를. 자, 고삐를 잡고 따라오게. 빵과 발효유, 야자술과 새끼염소 고기가 잔뜩 있다네. 자, 가세."

두 사람은 족장을 따라 막사 입구까지 왔다. 낙타에서 내리자 일데림은 두 사람을 맞이하여 쟁반에 얹힌 술잔을 내밀었다. 막사 한가운데의 기둥에는 연기에 그을린 커다란 가죽 주머니가 매달려 있었고, 술잔에 담긴 술은 그 가죽 주머니에서 방금 따른 것이었다.

"자, 어서 마시게. 이게 천막 생활의 관습이야."

두 사람은 잔을 들고 단숨에 들이켰다.

"자, 어서 들어오게."

막사 안으로 들어가자 말루크는 족장을 불러 세우고 귀엣말을 했다. 그러고는 벤허에게 다가와서 말했다.

"족장께 말해두었습니다. 내일 아침에는 말을 시승시켜준답니다. 이제 친구나 마찬가지니까 느긋하게 쉬세요. 나는 일단 할 일을 끝냈으니까 이만 실례하고 안디옥으로 돌아갈 생각입니다. 오늘 밤에 누군가와 만날 약속이 있어서요. 내일은 다시 여기로 올 것이고, 필요하다면 대회가 끝날 때까지 이곳에 머무를 수 있도록 준비를 하고 올 작정입니다."

말루크는 인사를 나누고 안디옥으로 돌아갔다.

11
말루크의 보고

지금이 몇 시쯤일까. 초승달이 술피우스 산의 성곽에 걸릴 무렵, 안디옥 사람들은 옥상으로 나가 시원한 바람을 즐기거나 부채질을 하면서 느긋한 시간을 보내고 있었다. 시모니데스는 테라스의 늘 앉는 의자에 앉아서 강을 내려다보고 있었다. 부두에 정박한 배들이 물결에 흔들리고 있었다. 강 건너편까지 뻗어 있는 성벽의 그림자. 머리 위의 구름다리를 끊임없이 오가는 사람들. 에스더는 저녁 식사를 담은 쟁반을 들고 아버지 옆에 있었다. 웨이퍼 과자를 꿀과 우유에 적셔 먹는 것이 시모니데스의 조촐한 저녁 식사였다.

"말루크가 좀 늦는구나." 시모니데스는 걱정이 되어 안절부절 못하는 모습이다.

"오늘 돌아올까요?" 에스더가 말했다.

"바다나 사막에서 발이 묶여 있지 않다면…… 반드시 돌아올 거야." 시모니데스는 자신만만하게 단언했다.

"편지를 보낼지도 몰라요."

"그렇지 않아. 도저히 돌아올 수 없는 처지라면 편지를 보내서 사정을 말했겠지만, 나는 그런 편지를 받지 않았다. 그건 말루크가 돌아올 수 있고, 반드시 돌아올 거라는 뜻이야."

"그렇다면 좋지만……" 딸은 상냥하게 말했다.

딸의 말투가 아버지의 주의를 끌었다. 딸의 어조나 기분이 어던지 모르게 이상했다. 큰 나무에 작은 새가 한 마리 앉아도 그 충격은 나무 구석구석까지 미치는 법이다. 그와 마찬가지로 사람은 아무리 사소한 말에도 민감하게 반응할 때가 있다.

"너는 그분이 돌아오기를 바라느냐?" 아버지가 물었다.

"예." 딸은 아버지를 쳐다보며 말했다.

"왜? 이유를 말해보렴."

"하지만 그분은……." 딸은 여기서 말을 끊고 입을 다물어버렸다.

"네 주인이기 때문이냐?"

"예."

"너는 내가 아무 말도 않고 그분을 보내버린 것을 원망하고 있구나. 내가 갖고 있는 상품과 금화, 배와 노예들, 절대적인 신용, 요컨대 내가 금실과 은실로 짜낸 성공의 망토를 어서 받아주십시오 하고 그분께 말하지 않은 것을 말이다."

딸은 아무 말도 하지 않았다. 하지만 아버지는 결코 딸을 책망하고 있는 게 아니었다.

"노예가 되는 게 두렵지 않느냐? 그래? 알았다. 정말로 괴로운 현실이라는 것은 처음에는 잘 모르는 법이지만, 이제 곧 확실해질 거야. 그것도 반드시 참을 수 없는 것은 아니지만 말이다. 고문도 그랬다. 죽는 것도 비슷하겠지. 그렇게 생각하면 노예도 나쁘지 않을지 몰라. 지금도 나는, 주인님은 정말 운 좋은 분이라고 생각하는 것만으로도 기쁘다. 그분은 막대한 재산을 어렵지 않게 손에 넣었어. 아무 걱정도 하지 않고, 땀 한 방울도 흘리지 않고, 생각도 하지 않고 그 젊은 나이에 이만한 재산을 갖게 되었어. 에스더, 이런 식으로 말한다고 기분 나빠하지는 말아다오. 그분은 시장에서 아무리 큰돈을 주어도 살 수 없는 것까지 손에 넣었어. 어머니의 무덤에 핀 꽃 같은 너를……."

아버지는 딸을 끌어안고 두 번 입을 맞추었다. 한 번은 딸에게, 그리고 또 한 번은 죽은 아내에게. 딸은 아버지 품에서 벗어나면서 말했다.

"아버지, 그런 식으로 말하지 마세요. 그분은 그럴 분이 아니에요. 슬픔을 진심으로 알고 계시니까, 분명 우리를 자유롭게 해주실 거예요."

"너는 날카로운 직감을 갖고 있어. 그래서 어떤 인물이 좋은 사람인지 나쁜 사람인지 판단할 때는 언제나 너한테 의지하곤 했지. 오늘 아침에 그 젊은이를 판단할 때도 그랬다. 하지만, 하지만 나는 이제 일어설 수도 없는 이 몸, 사람의 몸이라고도 말할 수 없을 만큼 만신창이가 된 이 몸만을 그분께 바치려는 건 아니야. 아니고말고. 그 음흉한 로마 놈들이 몸을 난도질하는 듯한 고문을 가해도 굴복하지 않았던 이 영혼까지도 그분에게 바치려는 거야. 솔로몬 왕의 배보다 훨씬 먼 곳까지 가서 돈을 찾아내는 눈, 손에 쥔 것은 꽉 움켜잡고 절대로 남에게 건네주지 않는 그런 술책에 능한 지혜를 바칠 거야. 알겠니, 에스더? 지금 신성한 언덕의 성전에서는 다음 4반기로의 이행을 축하하고 있지만, 다음 신월제까지 나는 황제도 놀랄 만한 일을 해 보이겠다. 사지육신이 멀쩡한 누구보다도 뛰어난 용기와 의지, 분별과 경험, 그 어느 것에서도 나는 남에게 뒤지지 않아. 노련한 예지를 가진 내가 해주겠어." 시모니데스는 큰 소리로 웃었다. "그걸 보면 아무리 지위가 높은 놈들도 고개를 갸우뚱할 거다. 놈들은 부하를 부리니까 내가 얼마나 대단한지 몰라. 마음대로 사람을 움직여서 일을 시키고, 배를 바다로 나가게 하여 수백 배 아니 수천 배의 성과를 갖고 돌아오게 하는 게 내 방식이지. 지금 말루크가 그분을 뒤쫓고 있듯이 말이다."

그때 테라스에서 발소리가 났다.

"저것 봐라, 에스더. 내가 말한 대로지? 말루크가 소식을 가지고 돌아왔다. 이제 막 꽃봉오리를 맺은 백합꽃 같은 너를 위해 나는 길을 잃고 헤매는 이스라엘의 양들을 잊으신 적이 없는 주님께 이스라엘의 양들이 모두 건강하고 평안하게 해달라고 기도를 드린단다. 이제 너는 너의 모든 아름다움을, 그리고 나는 내 모든 능력을 발휘할 수 있을지 어떨지 알게 되겠지."

말루크가 의자 있는 곳으로 다가와서 깊이 고개를 숙였다.

"주님의 평안이 함께하시기를, 주인님 그리고 아름다운 아가씨."

두 사람 앞에 공손히 서 있는 말루크의 태도와 말투만으로는 그들의 관계를 잘 알 수 없다. 한쪽은 하인처럼 행동하지만, 다른 한쪽은 친구를 대하듯 좀 더 친근한 태도를 보였다. 시모니데스는 여느 때와 같은 말투로 인사를 끝내고 곧장 본론으로 들어갔다.

"그분은 어땠나, 말루크?"

오늘 하루 동안 일어난 사건을 말루크는 간단히 이야기했다. 그러는 동안 시모니데스는 끼어들지도 않고 손가락 하나도 까딱하지 않았다. 크게 뜨여 반짝반짝 빛나는 눈과 이따금 내쉬는 숨소리만 없었다면 마치 조각상 같았다.

"수고했네, 말루크." 시모니데스는 진심으로 말했다. "잘했어. 과연 자네답군. 그래서 자네는 그분이 어느 나라 사람이라고 생각하나?"

"이스라엘 사람입니다, 주인님. 유다 부족입니다."

"확실해?"

"절대로 확실합니다."

"자기 자신에 대해서는 별로 말하지 않은 것 같은데……."

"신중하게 행동하는 법을 알고 계십니다. 의심이 많다고 말할 수 있을지도 모릅니다. 어떻게든 그분이 저를 믿게 하려고 애썼지만, 좀처럼 잘되지 않다가 다프네 마을로 가는 카스탈리아 샘 근처에서 겨우 함께 행동하기 시작했지요."

"거긴 추잡스러운 곳인데…… 왜 그런 곳에 가셨을까?"

"단순히 호기심에서겠지요. 하지만 묘하게도 주위에는 눈곱만큼도 관심을 기울이지 않으셨습니다. 신전을 보아도 이건 그리스 양식이냐고 물으셨을 뿐입니다. 주인님, 아무래도 그분은 마음에 고민을 안고 계셔서, 그 고통에서 벗어나려고 애쓰고 있는 것 같습니다. 숲에 가신 것도 그 비밀을 묻으려고 하신 게 아닐까요? 마치 우리가 죽은 사람을 지하 묘지에 묻는 것과 마찬가지로요."

"그것도 좋겠지. 하지만 그분에게 무슨 결점은 없었나? 예를 들면 낭비는 어때? 낭비는 골치 아픈 거야. 가난뱅이는 부자 흉내를 내서 점점 더 가난해지고, 시시한 부자는 왕자인 척하고 싶어 하지. 그분은 혹시 그런 약점을 갖고 있지 않았나? 로마나 이스라엘의 금화를 보란 듯이 과시하거나 하지는 않던가?"

"천만에요."

"유혹이라면 얼마든지 있지. 먹고 마시는 건 어떻던가? 자네한테 무슨 진수성찬을 대접하지 않았나? 젊으니까 그 정도는 할지도 모르지."

"전혀 먹지도 마시지도 않았습니다."

"그럼 최대의 관심사는 뭐였나? 말과 행동에서 그걸 알아내지 못했나? 바람도 지나가지 못할 만큼 좁은 바위틈으로 그게 엿보이지는 않았나?"

"말씀하시는 의미를 잘 모르겠는데요." 말루크는 고개를 갸웃하며 말했다.

"그러니까 우리가 말을 하고, 무언가 행동을 하고, 중대한 결심을 할 때는 언제나 우리를 움직이는 하나의 동기가 있다는 거야. 그 점은 어떻게 생각하나?"

"거기에 대해서는 확실히 대답할 수 있을 것 같습니다. 어머니와 누이동생을 찾는 게 그분의 가장 중요한 목적입니다. 또한 그분은 로마에 대해 격렬한 적개심을 품고 있고, 지금은 어떻게든 메살라를 욕보이려고 생각하고 있습니다. 샘에서 벌어진 일은 절호의 기회였지만, 아직 때가 무르익지 않았다면서 아무 일도 하지 않으셨습니다."

"메살라는 만만치 않은 인물인데……." 시모니데스는 생각에 잠긴 얼굴로 말했다.

"다음에 그분이 메살라와 대결하는 것은 전차경주입니다."

"그리고?"

"그분은 이길 수 있습니다."

"그걸 어떻게 알아?"

말루크는 웃음을 지으며 말했다.

"그분이 그렇게 말했으니까요."

"그것뿐인가?"

"반드시 이긴다는 결의가 있으니까요."

"하지만 말루크, 그 복수심은 어느 정도인가? 지독한 짓을 한 상대에게 원한을 품고 있을 뿐인가? 아니면 좀 더 많은 사람을 상대로 한 원한인가? 다시 말해서 상처받기 쉬운 어린애의 변덕인가? 아니면 고통 속에서 참는 법을 배운 어른의 복수심인가? 머릿속에서 생겨난 복수심 따위는 믿을 수 없는 꿈같은 것이어서, 사태가 호전되면 단번에 사라져버리지. 진짜 복수심은 원한이라는 마음의 병이 점점 위로 올라가 머리에 도달하고 마음과 머리 양쪽에서 자라나는 그런 거야."

처음으로 시모니데스는 자신의 감정을 드러냈다. 손을 움켜쥐고 신들린 듯이 말하는 그의 태도는 그 복수심이 그 자신의 것임을 분명히 나타내고 있었다.

"그분이 유대인이라고 믿은 것은 로마에 격렬한 적개심을 품고 있기 때문입니다. 로마인의 질투가 소용돌이치는 속에서 오랫동안 살아오셨기 때문일까요? 그것을 주의 깊게 억누르고 계시지만, 그게 몇 번 폭발한 적이 있었습니다. 족장이 로마를 싫어한다고 말했을 때, 그리고 족장을 찾아온 손님이 한 질문에 대해 이야기했을 때 그 적개심이 폭발했었지요."

시모니데스는 갑자기 몸을 앞으로 내밀었다.

"그래, 그분이 뭐라고 하시던가? 들은 대로 말해주게. 불가사의한 이야기를 어떻게 느끼셨는지 알 수 있을지도 몰라."

"손님이 정확히 뭐라고 질문했느냐고 물으셨습니다. '왕으로 태어난 분'이라고 물었느냐, 아니면 '왕이 되실 분'이라고 물었느냐고. 그 차이에 구애를 받으시는 것 같았습니다."

시모니데스는 재판관처럼 말없이 듣고 있었다.

"그리고 그 왕이 로마에 최후의 일격을 가하여 숨통을 끊어줄 거라고 일데림 족장이 믿고 있다는 이야기도 했습니다. 그러자 그분은 당장 얼굴을 붉히면서, 로마가 존재하는 한 헤롯 이외에 누가 왕이 될 수 있겠느냐고 말씀하셨습니다."

"그건 무슨 뜻이지?"

"다른 왕이 나타나기 위해서는 그 전에 로마 제국이 쓰러져야 한다는 겁니다."

시모니데스는 잠시 부두 쪽을 바라보고 있었다. 배들의 그림자가 수면 위에서 천천히 흔들리고 있었다. 들어야 할 이야기는 모두 들었기 때문일까? 시모니데스는 다시 한 번 말루크를 돌아보며 노고를 치하했다.

"피곤하겠군, 말루크. 그만 물러가게. 배를 채우고, 야자수 농원으로 돌아갈 준비를 하게. 다음 시합에서는 반드시 그분을 도와주게. 일데림 족장에게 편지를 써둘 테니까, 내일 아침에 떠나기 전에 다시 한 번 나한테 와주게." 그리고 혼잣말처럼 낮은 목소리로 말했다. "나도 전차경주를 보러 갈까?"

인사를 끝내고 말루크가 물러가자 시모니데스는 우유를 다 마시고 후련하고 편안한 표정을 지었다.

"에스더, 이제 끝났으니까 식사를 물려라. 그리고 이리 오렴."

에스더는 아버지가 앉아 있는 의자의 팔걸이에 걸터앉았다.

시모니데스는 열띤 목소리로 말하기 시작했다.

"지금까지 주님은 나에게 언제나 아주 잘해주셨다. 주님은 신비에 싸여 있지만, 이따금 그 모습을 보여주시고 마음을 보여주신단다. 나는 이미 오래 살았으니까 이제 곧 죽을 때가 오겠지만, 희망도 사라져가는 막판에 주님께서는 장래를 맡길 수 있는 분을 나에게 보내주시고 나를 다시 한 번 분발하게 해주셨어. 지금 나에게는 정의로 통하는 길, 온 세상이 다시 태어나는 길이 보인다. 왜 나에게 이만한 부가 주어졌는지, 그게 무엇 때문인지 이제야 확실히 알았다. 에스더, 나는 지금 확실히 인생을 다시 파악했다."

저 멀리 흘러가버린 아버지의 생각을 다시 되돌리려는 것처럼 딸은 아버지에게 살며시 몸을 기댔다.

"그분이 태어나신 것은 벌써 오래전 일이었다. 그때 아이는 어머니 무릎 위에 계셨고, 발타사르 님은 공물과 기도를 드렸다고 한다. 일데림 족장의 기억에 따르면, 발타사르 일행이 헤롯왕으로부터 자신들을 숨겨달라고 찾아온 것이 27년 전 12월이었지. 그렇게 생각하면, 왕이 우리 앞에 오시는 것도 그렇게 먼 미래의 일은 아니야. 오늘 밤일지도 모르고 내일일지도 몰라. 아아, 생각만 해도 가슴이 뛰는구나. 낡은 성벽이 무너지고 온 세상에 변화의 외침 소리가 들리는 듯한 기분이 들어. 무엇보다 좋은 것은 땅이 둘로 갈라져 로마 놈들이 거기에 삼켜져버리는 거야. 하늘을 보며 웃고 노래하면서, 유대인은 살아 있지만 로마 놈들은 이제 세상에 없다고 말할 수 있어. 에스더, 이런 이야기를 지금까지 들어본 적이 있느냐? 끓어오르는 피가 내 몸속을 빙글빙글 돌고, 미리엄과 다윗의 흥분이 나한테 전염된 것 같구나. 여느 때라면 내 머리는 거래의 숫자나 계약 문제로 가득 차 있겠지만, 지금은 심벌즈가 울려 퍼지고, 하프가 울리고, 게다가 새 왕좌를 둘러싸고 있는 사람들이 저마다 외치는 소리가 소용돌이치고 있다. 아아, 견딜 수가 없구나. 하지만 지금은 좀 더, 조금만 더 참을 필요가 있다. 에스더, 왕은 이 세상에 태어나셨어. 인간인 이상 절대로 돈과 하인이 필요할 게 분명해. 돈을 벌어오는 사람, 돈을 관리하는 사람, 하인을 통솔하는 사람이 반드시 필요해. 지금이야. 지금이 내가 나설 차례야. 그리고 내 주인님이 나아가실 길도 여기에 있어. 그 앞에 우리의 영광과 복수가 있어. 그리고……." 그는 머뭇거렸다. 이 계획이 딸과는 아무 관계도 없는 자기 본위의 계획이라는 것을 깨달았기 때문이다. 그는 딸에게 입을 맞추고 나서 덧붙였다. "그리고 내 딸에게 행복을."

에스더는 아무 말도 않고 가만히 앉아 있었다. 사람에게는 성격이나 주의에 차이가 있어서, 반드시 같은 일에 같은 기쁨을 느끼거나 같은 두려움을 느끼지는 않는다. 게다가 딸은 아직 어리다.

"에스더, 무슨 생각을 하고 있는 거냐. 아직 나한테 기력이 남아 있을 때, 뭔가 부탁할 게 있으면 말해보렴. 기력은 변덕스러운 거라서 언제 날개를 펴고 날아가버릴지 모르니까."

"그분에게 사람을 보내세요. 지금 당장 사람을 보내서 경기장에 가지 않게 해주세요." 딸은 어린애처럼 솔직하게 말했다.

"으음." 시모니데스는 그렇게 신음을 토했을 뿐, 다음 말이 나오지 않았다. 그는 강 쪽으로 눈길을 돌렸다. 어둠은 어느 때보다 더 짙어졌다. 달은 오래전에 술피우스 산 뒤로 가라앉았고 별들만 반짝이고 있었다. 독자 여러분에게 사실대로 말하겠다. 아버지의 마음에 싹튼 것은 질투의 아픔이었다. 에스더는 정말로 그 젊은이를 사랑하는 것일까. 그럴 리가 없어. 아직 너무 젊어. 하지만 이 의심은 아버지를 사로잡아, 높이 날아올랐던 마음에 찬물을 끼얹었다. 딸은 열여섯 살이다. 요전 생일에는 조선소로 진수식을 보러 가서, 바다로 나갈 갤리선에 '에스더'라고 쓴 노란 깃발이 게양되는 것을 보고 모든 사람에게 축하를 받았다. 아버지는 딸의 마음을 알고 깜짝 놀랐다. 무언가를 깨닫는다는 것은 언제나 아픔을 수반하는 법이다. 대개는 늙음이나 죽음처럼 자기 자신에 관한 것이지만, 지금 아버지의 마음속에 숨어든 그림자는 희미하지만 심각했다. 이제 어른이 되려 하는 딸은 노예가 될 뿐만 아니라 주인에게 애정을 쏟아야 한다. 그녀의 마음이 얼마나 자상하고 성실하고 배려로 가득 차 있는지는 지금까지 딸의 마음을 독차지하고 있던 아버지가 누구보다 잘 알고 있었다. 두려움이나 끔찍한 생각을 낳는 악귀도 상대가 딸일 때는 일을 절반도 하지 못했다. 마음에 고통을 느낀 순간, 지금까지 시모니데스의 머리를 차지하고 있던 새로운 계획이나 기적을 가져오는 왕에 대한 생각도 날아가버렸다. 그는 필사적으로 마음을 가라앉히고 물었다.

"왜 경기장에 가면 안 된다는 거지?"

"이스라엘인이 갈 데가 아니에요."

"랍비의 설교 같구나, 에스더. 이유는 그것뿐이냐?"

아버지의 질문은 어디까지나 집요하게 에스더의 마음에 꽂혔다. 딸은 가슴이 두근거려 대답도 할 수 없었다. 그것은 지금까지 경험한 적이 없는, 하지만 묘하게 가슴 설레는 망설임이었다. 아버지는 딸의 손을 잡고 더욱 상냥한 어조로 말했다.

"그분은 내 재산을 모두 손에 넣으실 거야. 배들도, 은화도 전부 다. 에스더, 그래도 나는 가난해졌다고는 전혀 생각지 않는다. 네가 있기 때문에. 그리고 어머니와 다름없는 애정을 쏟아주니까. 하지만 그런 너의 애정마저 그분에게 넘겨주어야 하는지, 솔직하게 말해다오."

딸은 허리를 숙여서 아버지의 머리에 볼을 댔다.

"말해다오, 에스더. 알고 있기만 하면 나도 강해질 수 있어.

마음의 준비가 되어 있으면 아무것도 두렵지 않아."

딸은 허리를 곧게 펴고 확실한 어조로 대답했다.

"아버지, 걱정하지 마세요. 저는 아버지 곁을 절대로 떠나지 않아요. 설령 그분이 제 사랑을 받아들여주신다 해도 저는 아버지를 평생 모실 거예요." 이렇게 말하면서 딸은 아버지에게 입을 맞추었다. "그분은 아주 훌륭한 분인 것처럼 보이고, 그 목소리에는 마음이 끌려요. 그래서 위험한 일을 하신다는 말만 들어도 몸이 떨려요. 그래요, 가능하면 저는 그분을 다시 한 번 만나고 싶어요. 하지만 일방적인 사랑은 진정한 사랑이라고 말할 수 없죠. 그래서 저는 아버지와 어머니의 딸이라는 것을 명심하고 좀 더 기다릴 작정이에요."

"잘 말해주었다, 에스더. 너는 정말로 하늘의 은총이야. 모든 것을 다 잃어도 너만 있어주면 나는 누구보다 행복한 사람이야. 주님은 언제나 지켜주시니까 괜찮아. 네가 고통받는 일은 절대로 없을 거다."

잠시 후 하인이 불려 와서 바퀴의자를 실내로 옮겼다. 그 후 시모니데스는 다시 혼자서 이제 곧 오실 왕에 대한 생각에 잠겼고, 에스더는 자기 방으로 돌아가 순진무구한 잠 속으로 빠져들었다.

12
로마인의 술잔치

강을 사이에 두고 시모니데스의 집과 마주 보고 있는 궁전은 유
명한 에피파네스가 지었다고 한다. 확실히 궁전이라고 부르기
에 어울리는 웅장한 구조의 호화로운 페르시아풍 건물이다. 물
가에 우뚝 솟은 성벽이 섬 주위를 둘러싸고 있는데, 이 성벽은
강의 범람으로부터 궁전을 지켜주는 동시에 군중의 난입에 대
비하는 역할도 맡고 있었다. 그래서 건물 자체는 통상적인 생활
에는 적합하지 않았고, 총독은 이곳으로 부임하자마자 술피우
스 산의 서쪽 등성이에 있는 유피테르 신전 근처로 거처를 옮겨
버렸다. 여기에 반대한 사람들은 산 동쪽에 군대 막사가 있어서
안심할 수 있으니까 옮겼을 거라고 험담을 하고 있었다. 그것도
당연하다. 하지만 주인 없는 궁전은 요인들이 안디옥에 왔을 때
영빈관으로 쓸 수 있도록 언제나 준비가 갖추어져 있었다.

　이 궁전 내부는 정원과 목욕장, 홀, 미로처럼 이어지는 수많
은 방에서 옥상의 평상에 이르기까지 전체가 사치스럽기 이를
데 없었는데, 그것은 독자 여러분의 상상에 맡기기로 하고, 지
금은 당시 '타블리눔'이라고 불린 응접실로 여러분을 안내하겠
다. 마침 같은 무렵, 강 건너편 집에서는 시모니데스가 아직도
의자에 앉은 채 이제 곧 도래할 왕을 어떻게 도울지 생각하고
있었고, 에스더는 이미 잠들어 있었다. 시모니데스의 저택을 나
와 다리를 건너서 사자상 옆을 지난 다음 문으로 들어가 바빌로

니아풍 현관과 아트리움을 지나면 이 호화로운 응접실에 도착하게 된다.

그곳은 당당한 홀이었고, 바닥에는 대리석이 깔려 있고, 낮에는 햇빛이 천창의 운모를 통해 비쳐 든다. 벽은 온갖 남자상을 조각한 기둥으로 구획되고, 그것이 푸른색과 초록색, 적자색과 황금색 등 극채색으로 칠해진 아라베스크 무늬의 돌림띠*를 떠받치고 있다. 인도 실크와 캐시미어로 만든 침대의자들이 방을 빙 둘러 놓여 있고, 이집트풍의 그로테스크한 무늬가 새겨진 탁자와 의자들도 있다. 천장에서는 호화로운 샹들리에 다섯 개가 방의 네 구석과 중앙에 매달려 있는데, 커다란 피라미드 모양의 샹들리에에는 청동 사슬에 매달린 채 방을 구석구석까지 환하게 비추고 있다.

탁자 주위에는 로마 군인이 백 명 가까이 앉아 있거나 돌아다니면서 담소를 나누고 있다. 그들은 대부분 로마의 청년 귀족이고, 완벽한 라틴어를 구사하지만 모두 젊어서 얼굴에는 아직 천진난만한 티가 남아 있다. 그들이 몸에 걸치고 있는 민소매 투니카는 이곳의 더운 기후에 알맞지만, 사람이 북적거리는 이 응접실에서는 더욱 안성맞춤이다. 침대의자 여기저기에는 귀족의 예복인 토가와 망토가 아무렇게나 널려 있는데, 보라색 천으로 가장자리를 두른 옷도 있는 것으로 보아 참석자들 중에는 왕족도 있는 모양이다. 칠칠치 못하게 드러누워 있는 사람

*벽 윗부분의 돌출부에 수평으로 댄 쇠시리 모양의 장식.

도 있는데, 그것이 더위나 피로 탓인지 아니면 술 탓인지는 알 수 없다.

응접실에는 이야기를 나누는 소리나 쾌활한 웃음소리, 외치는 소리나 흥분한 고함 소리가 소용돌이치고 있어서 시끄럽기 이를 데 없다. 하지만 가장 귀에 많이 들어오는 소리는 뭐니 뭐니 해도 다그락다그락 하는 날카로운 잡음이다. 처음 듣는 사람은 무슨 소린지 모르겠지만, 탁자에 가까이 가면 그것이 상아로 만들어진 주사위를 굴리는 소리이거나 체스판의 말을 움직이는 소리라는 것을 알 수 있다. 많은 젊은이들이 혼자, 또는 다른 사람과 짝을 지어 장기나 주사위 게임을 즐기고 있었다. 한 남자가 말의 움직임을 멈추고 말했다.

"플라비우스, 눈앞의 침대의자에 있는 망토를 봐. 갓 산 신품인데, 손바닥만큼이나 큰 순금 물림쇠가 어깨에 달려 있어."

플라비우스는 게임에 몰두해 있었다.

"어디선가 본 기억이 있어. 낡지는 않았을지 모르지만, 절대로 신품은 아니야. 그게 어쨌다는 거지?"

"아니, 별로. 그냥 뭐든지 알고 있는 놈한테 증정할까 생각했을 뿐이야."

"그래? 자네 제의를 받아들일 만한 왕족을 소개해줄 수도 있어. 자, 게임을 계속해."

"아, 안 돼. 내가 졌어."

"어때? 한 판 더 하지 않을래?"

"좋아."

"판돈은?"

"1데나리온."

판돈을 기록판에 적어 넣고 말을 다시 놓으면서 플라비우스
는 다시 한 번 확인했다.

"뭐든지 알고 있는 놈이라고? 흐음, 그럼 신탁은 사라지겠군.
그런 괴물과 뭘 하려고?"

"한 가지 질문에 대답하게 할 거야. 그런 다음에는 그놈의 목
을 자를 거야."

"무슨 질문인데?"

"막센티우스 집정관이 내일 몇 시 몇 분에 도착하는지 알려달
라고 할 거야."

"좋아, 좋아. 내가 자네 말을 잡았어. 그런데 왜 몇 분까지 알
아야 하지?"

"자네는 그 양반이 상륙할 부두에서 시리아의 뙤약볕을 온몸
에 받으며 서 있어본 적이 있나? 베스타(불의 여신)의 불도 그렇
게 뜨겁진 않을 거야. 로마의 아버지인 로물루스에게 맹세코 말
해주지. 죽어야 한다면 로마에서 죽고 싶어. 여기는 지옥이야.
로마에서라면 포룸에 서서 이렇게 손을 치켜 올리고 신들 앞에
이렇게 머리를 조아리며…… 이런, 비너스도 행운의 여신도 없
나 봐! 또 졌어."

"한 판 더 할까?"

"돈을 되찾아야 하니까."

"그렇게 나와야지."

이런 식으로 청년들이 도박을 즐기는 동안, 어느새 새벽빛이 비쳐 들어 램프 불빛을 희미하게 했다. 그래도 그들은 여전히 같은 곳에서 같은 게임을 계속했다. 여기 있는 사람들은 로마 집정관의 수행원들이고, 상관이 도착할 때까지 도박을 하면서 시간을 죽이고 있었다.

그때 또 다른 무리가 방으로 우르르 몰려 들어왔다. 갈짓자로 걷는 사람도 있는 것을 보면 다른 연회장에서 이미 술을 마시고 온 모양이다. 리더격인 남자는 화관을 쓰고 있었지만, 취한 것처럼 보이지는 않고 상기된 얼굴이 유달리 늠름해 보인다. 고개를 높이 쳐들고, 입도 볼도 불그레하게 혈색이 좋다. 주름을 잔뜩 잡은 새하얀 투니카 차림에 눈을 빛내면서 걷는 모습은 황제를 연상시켰다. 그는 사람들을 밀어제치고 탁자로 성큼성큼 다가오더니, 탁자 너머로 주위에서 벌어지고 있는 도박판을 바라보았다. 그러자 그를 본 청년들이 저마다 "메살라! 메살라!" 하고 환성을 지르기 시작했다. 당장 멀리 떨어진 곳에 있던 사람도 그 환성에 맞추어 이름을 부르면서, 도박을 멈추고 방 한복판으로 달려왔다. 메살라는 그런 주위의 열광 따위는 모른다는 얼굴로 자신의 인기를 즐기고 있는 듯했다.

"드루수스, 자네에게 건강을!" 메살라는 도박을 하고 있던 오른쪽 남자에게 말했다. 그러고는 기록판을 집어 들고 판돈을 훑어보았다. "겨우 1데나리온이야? 마부나 고기장수도 아닌데, 판돈이 이게 뭐야? 도대체 로마는 무엇 때문에 여기 왔지? 황제가 자신의 운을 시험하려 하고 있는데, 겨우 1데나리온짜리 도박이라니."

드루수스는 이마까지 새빨개졌지만, 아무도 그에게는 관심을 두지 않았다. 모두 탁자 주위에 모여 입을 모아 "메살라! 메살라!" 외치고 있었다. 메살라는 주사위가 든 상자를 손에 들고 말했다.

"여러분, 누가 신들에게 가장 많은 사랑을 받았는가. 바로 로마인이다. 누가 모든 민족의 법률을 제정했는가. 바로 로마인이다. 그러면 칼을 들고 세계의 주인이 되는 건 누구인가?"

그러자 모두 마법에라도 걸린 것처럼 당장 한마음 한목소리로 외쳤다.

"로마인! 로마인!"

"잠깐만!" 메살라의 말에 청년들은 점점 매혹된다. "그런데 최고의 로마인보다 훨씬 뛰어난 존재가 있다." 우아한 자세를 취하면서 멈춰 선 메살라는 업신여기는 듯한 눈으로 주위를 둘러보았다. "알겠나? 로마인보다 뛰어난 존재."

"헤라클레스?" 누군가가 되묻는다.

"바쿠스겠지." 빈정거리기 좋아하는 사람이 말한다.

"유피테르야." 모두 입을 모아 말한다.

"아니, 인간이야." 메살라가 말한다.

"말해줘. 말해줘."

"좋아." 잠깐 사이를 두었다가 메살라가 말했다. "그건 로마의 완벽함에 동방의 완벽함을 더한 사람이야. 정복의 팔, 그건 서양적이지. 지배를 즐기는 데 필요한 예술, 그건 동양적이야. 이 두 가지를 겸비하고 있는 사람이지."

"알았어. 요컨대 최고는 역시 로마인이라는 거로군." 누군가가 큰 소리로 외쳤다.

그러자 사람들은 와 하고 웃고, 메살라한테 당했다고 박수갈채를 보냈다.

"동방에는 신 같은 건 없어. 포도주와 여자와 행운, 그중에서도 최고는 행운이야. 우리의 좌우명은 '내가 감히 하는 일을 누가 감히 할 수 있는가?'지. 원로원에서도 전투에서도 최고를 추구하고, 어떤 것에도 도전하는 자야말로 최고가 될 수 있어."

메살라는 여느 때처럼 스스럼없는 태도로 지껄여댔다. 결코 주위 사람들의 기분을 상하게 하지 않는다.

"나는 요새에 5달란트*가 있어. 어디서나 훌륭하게 통용되는 돈이지. 이게 그 증서야."

이렇게 말하고는 두루마리를 꺼내 탁자 위에 내던졌다. 주위 사람들은 숨을 죽이고 그를 뚫어지게 바라보며 그의 일거수일투족에 신경을 곤두세우고 있었다.

"이 돈을 전부 걸고 내 용기가 어느 정도인지 보여주지. 내가 감히 하는 일을 누가 감히 할 수 있나? 자, 내 상대가 누구지? 대답이 없군. 판돈이 너무 큰가? 그럼 1달란트를 뺄게. 어때? 아직도 안 돼? 그럼 3달란트는 어때? 겨우 3달란트야. 그럼 2달란트. 그것도 안 된다면 1달란트는 어때? 자네들이 갓 태어났을

---

*고대 그리스의 은화. 1달란트는 6,000드라크마로, 1드라크마는 노동자의 하루 품삯이었다.

때 몸을 씻은 테베레 강*의 이름에 걸고 1달란트. 동쪽 로마와 서쪽 로마의 대결, 야만적인 오론테스 강과 신성한 테베레 강의 대결이야."

그는 주사위를 머리 위에서 흔들면서 도전자를 기다리고 있었다.

"오론테스 대 테베레야." 메살라는 점점 더 깔보는 어조로 도발했다. 아무도 움직이지 않았다. 그는 탁자 위에 주사위를 내던지고, 웃으면서 증서를 다시 품에 집어넣었다.

"하하하, 자네들은 행운을 잡으려 하고 있나? 행운을 되찾으려 하고 있는지도 모르지만, 어쨌든 지금은 가난뱅이라는 걸 알았어. 그래서 안디옥에 왔군. 이봐, 세실리우스." 그는 뒤에 있는 남자에게 말을 걸었다.

"오, 메살라, 나는 보잘것없는 신분이라 쩨쩨한 카론**과 결말을 짓기 위해 여기서 은화 1드라크마를 구걸하고 있다네. 그런데 이놈들은 1오볼루스***도 갖고 있지 않아."

그 말을 듣고 또 와 하고 웃음이 터졌다. 응접실의 열기는 점점 고조되어갔다. 하지만 메살라는 혼자서 흥이 깨진 표정으로 무게를 잡고 세실리우스에게 말했다.

"이봐 세실리우스, 하인들한테 아까 그 방에 가서 술과 술잔을 가져오라고 말해주게. 이 방에 있는 사람들이 지갑도 없이

---

*이탈리아 중부를 흐르는 강. 아펜니노 산맥에서 시작하여 남쪽의 로마를 지나 지중해로 흘러든다.
**그리스 신화에 나오는 아케론 강(황천)의 뱃사공.
***고대 그리스의 작은 은화. 1오볼로스는 6분의 1 드라크마.

운을 시험하러 와 있다면, 하다못해 배만이라도 가득 채워주지. 자, 어서 갔다 와."

드루수스를 보자 메살라는 방 전체에 울려 퍼질 만큼 큰 소리로 웃었다.

"미안해, 드루수스. 기분 풀어. 내가 자네를 데나리온 수준까지 끌어내렸다고 기분 나빠하면 안 돼. 나는 그저 로마의 청년들을 잠깐 시험해보았을 뿐이야. 자, 드루수스, 이리 오게."

그는 다시 한 번 주사위를 흔들었다.

"자, 자네 판돈으로 운을 시험해보세."

거리낌 없고 태평한 메살라의 태도에 드루수스는 당장 기분을 풀었다.

"알았어. 그럼 나는 메살라에게 1데나리온을 걸겠네."

천진난만한 얼굴의 한 청년이 탁자 너머에서 이쪽을 바라보고 있었다. 메살라는 갑자기 그쪽을 보고 "자네 이름이 뭐지?" 하고 물었다. 청년은 기가 죽었다.

"놀라지 않아도 돼. 화를 내고 있는 게 아니야. 사람은 아무리 사소한 거래도 정확히 기록해두지 않으면 안 돼. 기록 담당자가 필요한데, 자네가 해주지 않겠나?"

청년은 당장 기록판을 집어 들고 적기 시작했다. 아무도 메살라에게는 거역할 수 없다.

"메살라, 잠깐 기다려." 드루수스가 말했다. "주사위를 들어 올린 뒤에 질문하면 재수가 없을지도 모르지만, 아무래도 묻고 싶은 게 있어서 그래. 비너스한테 허리띠로 흠씬 얻어맞더라도 말이야."

"허리띠를 푼 비너스는 사랑에 빠진 비너스야. 주사위는 괜찮아. 흔들어버리면 재난은 면할 수 있어. 이렇게 해두면 돼." 메살라는 주사위를 넣은 상자를 흔든 다음, 탁자 위에 상자를 엎어놓았다.

"자네는 퀸투스 아리우스를 알고 있나?" 드루수스가 말했다.

"해군장관 말인가?"

"아니, 그의 아들."

"아들이 있는 줄은 몰랐는걸."

"그건 중요하지 않아. 다만 쌍둥이인 폴룩스와 카스토르*보다 자네와 아리우스가 더 많이 닮은 것 같아."

이 말을 듣고 스무 명 정도가 저마다 맞장구치기 시작했다.

"정말이야. 눈매와 이목구비가 꼭 닮았어."

"무슨 소리를 하는 거야. 메살라는 로마인이지만 아리우스는 유대인이야." 한 남자가 화를 내며 말했다.

"확실히 그래. 아니면 모모스(비난·조롱의 신)가 아리우스의 어머니한테 잘못된 마스크를 빌려준 거겠지."

이대로 가면 말다툼이 일어난다. 그렇게 생각한 메살라가 끼어들었다.

"드루수스, 포도주가 오지 않는군. 좋아. 자네 의견을 존중할 테니까 아리우스라는 놈이 어떤 녀석인지 자세히 말해주게."

*그리스·로마 신화에 나오는 쌍둥이 형제.

"그놈이 유대인이든 로마인이든 간에 잘생기고 용감하고 영리한 녀석인 건 분명해. 맹세코 말하지만 나는 결코 자네를 모욕하려는 게 아니야. 황제조차도 총애하여 특별히 발탁해주려고 했지만 그놈이 거절했지. 해군장관이 세상을 떠나고 막대한 유산을 손에 넣었지만, 그놈의 신원은 아무래도 수수께끼야. 우리한테도 경의를 표하고 있는지 경멸하고 있는지는 알 수 없지만, 언제나 우리와 거리를 유지하고 있는 것만은 확실해. 어쨌든 격투기에서 그놈을 당할 자는 아무도 없어. 라인 강 연안에 사는 푸른 눈의 거인과도 싸웠고, 사르마티아의 뿔 없는 소도 버드나무 가지처럼 다루었을 정도야. 무기에 관심이 많고, 언제나 전쟁을 생각하고 있지. 이번에는 막센티우스 집정관이 그놈을 장교단에 포함시켰기 때문에 우리와 같은 배로 올 예정이었는데, 라벤나에서 행방불명이 되었어. 그놈이 사실은 벌써 이곳에 무사히 도착해 있었다는 소식을 오늘 들었지만, 궁전이나 요새에는 얼씬도 하지 않고 숙소에 짐을 남겨둔 채 또 모습을 감추었어."

메살라는 처음엔 별로 열심히 듣고 있지 않았다. 하지만 차츰 열심히 듣기 시작하더니 급기야는 주사위 상자에서 손을 떼고 옆에 있는 청년에게 "카이우스, 들었나?" 하고 말을 걸었다. 카이우스는 낮에 전차에 동승했던 마부였다. 그는 사람들의 주목을 받고 의기양양하게 대답했다.

"물론이지, 메살라. 그러지 않으면 자네 친구라고는 말할 수 없어."

"오늘 자네를 떨어뜨린 녀석을 기억해?"

"당연하지. 어깨에 입은 타박상이 없으면 기억하지 못할 거라고 생각하나?" 그는 어깨를 으쓱하며 대답했다.

"운명에 감사하게. 자네 적을 발견했어. 잘 들어." 메살라는 그렇게 말하고, 이번에는 드루수스에게 말했다. "그자에 대해 좀 더 자세히 가르쳐주게. 유대인인데 로마인이기도 하다는 건 정말 이상하군. 드루수스, 그놈은 어떤 차림을 하고 있나?"

"유대인 차림이야."

"카이우스, 들었나? 우선 그놈은 젊었어. 둘째, 로마인 같은 얼굴 모습을 하고 있어. 셋째, 유대인의 고급 옷을 좋아해. 넷째, 격투기로 단련된 팔은 말을 쓰러뜨리거나 전차를 기울이는 것쯤은 식은 죽 먹기야. 한 가지 더 보태자면, 그 아리우스란 자는 추측건대 말도 교묘하게 잘할 게 분명해. 그러지 않으면 사람들의 눈을 속여서 오늘은 유대인, 내일은 로마인으로 행세할 수는 없으니까 말이야. 그놈은 그리스어도 할 줄 알겠지?"

"그놈의 그리스어는 그야말로 완벽해서, 이스트미아 제전*에도 나간 게 아닐까 여겨질 정도야."

"들었나, 카이우스? 어쩐지 그 요염한 여자한테 그리스어로 인사를 하더라니까. 이게 다섯 번째 특징이야. 자, 어떻게 생각하나?"

"그놈이야. 틀림없어. 그러지 않으면 내가 성을 갈겠어." 카이

---

*고대 그리스에서 열렸던 4대 제전의 하나로, 포세이돈을 기리기 위해 코린토스의 이스트모스에서 4년마다 개최되었다.

우스는 단언했다.

그러자 메살라는 거리낌 없는 말투로 모든 사람들에게 사과했다.

"미안하네, 드루수스. 그리고 여러분, 정말로 수수께끼 같은 이야기를 해서 죄송합니다. 조금만 더 참아주세요. 마지막으로 하나만 가르쳐주게." 그는 웃으면서 주사위 상자를 다시 한 번 집어 들고 말했다. "그자의 배경에 복잡한 사정이 있었다고 했는데, 그 점을 좀 더 자세히 말해주게."

"그건 뭐 그렇게 대단한 이야기는 아니야. 어린애 속임수 같은 이야기지. 선대 아리우스가 해적을 소탕하러 나갔을 때 그에게는 처자식이 없었어. 그런데 전쟁터에서 귀환했을 때는 한 청년을 데리고 있었지. 지금 화제가 되고 있는 그자인데, 이튿날에는 그 녀석을 양자로 삼았다는 거야."

"양자로 삼았다고? 정말로 놀라운 일이군. 하지만 장관은 어디서 그 청년을 만났지? 그리고 그 청년의 정체는 뭐지?"

"그 질문에 어느 누가 대답할 수 있겠나? 대답할 수 있는 사람은 아리우스 2세, 즉 본인뿐이야. 장관은 그 무렵에 아직 사령관이었지만, 해적과 싸울 때 갤리선을 잃어버렸어. 귀환선이 유일하게 살아남아 널빤지에 매달려 있던 사령관과 또 다른 선원을 발견해서 구출했지. 그때 목격한 사람의 이야기에 따르면, 사령관과 함께 널빤지에 매달려 있던 그 선원이 유대인이었다는 거야."

"유대인?" 메살라는 놀랐다.

"게다가 노예였대."

"뭐라고? 노예라고 했나?"

"그 두 사람을 갑판으로 끌어올렸을 때 사령관은 갑옷을 입고 있었지만 동행자는 노 젓는 노예의 차림을 하고 있었다는 거야."

탁자에 기대 있던 메살라는 몸을 일으켰다.

"갤리선인가?"

그는 어떻게 생각해야 좋을지 짐작이 가지 않아서 주위를 둘러보았다. 바로 그때 노예들이 한 줄로 늘어서서 방으로 들어왔다. 포도주 단지를 안은 사람, 과일과 과자가 담긴 바구니를 든 사람, 은제 술잔이나 술병을 안은 사람. 그것을 보고 메살라는 문득 깨달았다. 갑자기 그는 의자 위로 뛰어올라 큰 소리로 말했다.

"여러분, 집정관이 도착하기를 기다리고 있는 오늘을 바쿠스의 축일로 삼읍시다. 누구를 주인으로 할까?"

드루수스가 일어났다.

"이 연회 비용을 지불하는 사람이 주인이지. 다들 어떻게 생각해?"

모두 이구동성으로 소리를 지르며 동의했다. 메살라가 머리에서 화관을 벗어 드루수스에게 건네주자, 드루수스는 탁자 위로 뛰어올라 다시 화관을 메살라의 머리에 씌워서, 그가 연회의 주인인 것을 분명히 했다.

"이곳에 함께 온 사람들 가운데 지금까지 계속 술을 마시고 있던 놈이 있어. 신성한 규정에 따라 포도주에 가장 많이 취한 놈을 데려와.”

여러 사람이 큰 소리로 대답했다.

“여기 있다! 여기 있어!”

바닥에 쓰러져 있던 한 젊은이가 끌려왔다. 여자처럼 이목구비가 단정해서 술 취한 바쿠스 그 자체였다. 물론 머리에 왕관은 없고, 바쿠스의 지팡이를 손에 쥐고 있지도 않았다.

“이놈을 탁자 위에 올려놔.” 주인이 명령했다. 남자는 앉아 있지도 못했다. “드루수스, 도와줘. 아름다운 니오네가 자네를 도와줄지도 모르니까.”

드루수스는 만취한 남자를 팔로 안았다. 메살라는 조용해진 사람들 앞에서 이 만취한 남자에게 말했다.

“위대한 술의 신 바쿠스여, 오늘 밤에는 마음껏 즐겨주십시오. 그대의 신봉자 및 나의 이름으로 맹세하고, 이 화관을 다프네 숲의 제단에 바칠 것을 맹세합니다.”

메살라는 머리에서 공손히 화관을 벗더니 고개를 깊이 숙이고 남자의 머리에 화관을 씌웠다. 다음에는 허리를 숙여 탁자 위의 상자를 열고 안에 들어 있는 주사위를 보고는 웃으면서 말했다.

“드루수스, 이것 봐. 1데나리온은 내 거야.”

와 하고 웃음소리가 일어나고 바닥은 삐걱거렸다. 음울한 아틀라스(거인 신)조차 춤을 추기 시작할 것 같았다. 술잔치는 절정을 향해 나아갔다.

13
아랍인의 막사에서

일데림 족장은 이 지방에서 으뜸가는 거물이었다. 인망이 두텁고 통솔력도 뛰어나서 지금은 시리아의 동부 사막에서 가장 강력한 군주이자 소아시아 제일의 부호라는 평가를 받고 있었다. 그는 돈만이 아니라 엄청난 수의 하인과 낙타와 말, 각종 가축을 소유하고 있었다. 그리고 손님이 찾아오면 아낌없이 환대하여 자존심을 세워주고 흐뭇해하는 인물이기도 했다. 그러니까 야자수 농원의 막사라 해도, 오해하지는 말아달라. 그곳은 실로 훌륭한 '도와르', 즉 대규모 천막촌이었다. 중심에는 족장용·손님용·처첩용인 거대한 천막 세 개, 그리고 하인과 경비원들이 쓰는 작은 천막이 예닐곱 개 있었다. 하인들은 모두 활과 창과 말을 잘 다루는 무사들이다. 야자수 농원이 결코 어수선한 곳은 아니지만, 낮에는 대부분의 남자들이 족장을 따라 출타해버리기 때문에 소와 낙타 같은 유순한 동물은 맹수나 도적을 피해 막사 안에서 사육된다.

야자수 농원에서는 부족의 관습이 철저히 지켜지고, 사막에 있을 때와 똑같은 생활이 영위되고 있었다. 이것은 존중할 만한 일이다. 이곳에는 원시 이스라엘의 전원생활, 완벽한 부권제의 생활이 남아 있었다. 족장 일행이 사막에서 이동하여 과수원에 도착한 날 아침의 상황을 살펴보자. 족장은 말을 세우고, 땅에 창을 꽂고 나서 말한다.

"여기다. 이곳을 막사의 중심으로 삼아라. 입구를 남쪽에 내어 호수에 면하도록 하라. 사막 민족은 태양이 지는 곳에 앉는다."

이렇게 말하고는 거대한 야자나무 세 그루가 서 있는 곳으로 가서, 사랑하는 말이나 아들을 애무하듯 그 나무를 어루만진다. 여기서는 족장 말고는 아무도 명령을 내리는 사람이 없다. 족장이 창을 꽂은 곳이 막사의 첫 번째 기둥을 세울 곳으로 정해지고, 그곳을 중심으로 모든 것이 구성된다. 기둥은 모두 아홉 개, 한 줄에 세 개씩 세 줄로 늘어선다. 신호와 함께 여자와 아이들이 나타나 낙타에서 내린 헝겊을 펼친다. 이것이야말로 여자들이 손으로 하는 일의 결정체다. 여자들은 갈색 산양털을 깎아서 실을 잣고, 그 실로 천을 짜고, 그 천을 꿰매어 천막천을 만든다. 멀리서는 검게 보이지만 가까이 가서 보면 짙은 갈색 천이다. 하인들은 서로 농담과 함께 웃으면서 힘을 합쳐 기둥에서 기둥으로 천을 펼치고, 말뚝을 박고, 끈을 묶어서 고정시킨다. 마지막에 갈대로 짠 매트를 천막의 벽 쪽에 깔아놓으면, 그들은 얌전히 족장의 점검을 기다린다. 족장은 안쪽과 바깥쪽에서 완성된 막사의 상태를 확인하고, 주위에 펼쳐진 자연과의 조화도 확인한 뒤, 진심으로 노고를 치하하는 말을 건넨다.

"잘했다. 수고했어. 다른 막사도 부탁한다. 오늘 밤은 진수성찬이다. 야자술에 빵을 적시고 우유에 꿀을 넣고 송아지고기도 구워라. 신에게 감사하라. 이 호수가 있는 한 물은 부족하지 않다. 이 푸른 초원이 있는 한 사람도 가축도 배를 곯을 일은 없을 것이다. 신에게 감사하라. 신은 언제나 너희와 함께 계신다. 자, 가라."

하인들은 환성을 지르며 그 말에 따른다. 어떤 사람은 자기들이 쓸 막사를 짓고, 또 어떤 사람은 족장의 막사 내부를 꾸미는 작업에 착수한다. 중앙 기둥에 장막을 걸어 커튼처럼 칸막이를 하고, 오른쪽은 일데림 족장의 방, 왼쪽은 솔로몬의 보석들이라고 불리는 애마들의 방으로 꾸민다. 중앙 기둥 옆에 있는 무기 선반에는 투창과 장창, 활과 화살, 갑옷 따위를 놓는다. 족장의 언월도(초승달 모양의 칼)도 거기에 걸린다. 칼날은 칼집에 아로새겨진 보석에 뒤지지 않을 만큼 눈부시게 빛나고 있다. 선반 한쪽에는 말장식이 걸려 있는데, 마치 시종의 옷처럼 화려하다. 또 한쪽에는 족장의 옷이 걸린다. 모직 또는 마직 저고리와 바지, 각양각색의 두건.

이윽고 여자들이 나타나 막사 생활의 필수품인 침대의자를 설치한다. 우선 틀을 디귿자 모양으로 늘어놓고, 갈색과 노란색 매트를 놓고, 아래쪽에 주름 커튼을 달고, 그 위에 붉은색이나 푸른색 쿠션을 놓고, 주위에 융단을 깐다. 마지막으로 막사 입구에서 침대의자까지 융단을 깔면 일은 일단 마무리된다. 그다음에는 물병을 가득 채우고, 바로 손 닿는 곳에 야자술을 담은 가죽 주머니를 매달아놓고, 족장의 점검과 허가를 받는다. 내일이 되면 가죽 주머니의 술은 발효유가 될 것이다. 아름다운 호숫가, 야자수 농원의 막사에서 이런 생활을 하고 있는 일데림만큼 행복한 사람은 없다. 아랍인이라면 누구나 그렇게 생각할 것이다.

이제는 막사에 초대된 벤허에게 초점을 맞춰보자.

하인들은 당장 족장의 샌들과 벤허의 로마식 신발을 벗겼다. 또한 먼지를 뒤집어쓴 겉옷은 새하얀 아마로 지은 겉옷으로 바꾸었다.

"자, 편안히 앉으시오." 족장은 스스럼없는 말투로 침대의자를 권했다. 하인은 쉽게 기댈 수 있도록 솜씨 좋게 쿠션을 쌓아 올리고, 그 일이 끝나자 의자 옆에 앉아 호수에서 갓 길어 온 물로 두 사람의 발을 씻기고 마른 헝겊으로 닦아주었다. 족장은 가느다란 손가락으로 수염을 빗으면서 말했다.

"사막 지방에서는 왕성한 식욕이 장수의 표시라고 합니다. 당신네 나라에서는 어떻소?"

"그게 사실이라면 저는 백 살까지 살 수 있겠는데요. 지금은 늑대처럼 배가 고프니까요."

"나는 손님을 늑대처럼 쫓아 보내지 않아요. 최대한 환대하리다." 일데림은 손뼉을 쳐서 하인을 불렀다. "건너편 막사에 가서 손님께 전해라. 일데림은 마음의 평안을 진심으로 바라고 있다고."

하인은 인사를 하고 물러갔다.

"다음은 이렇게 전해라. 오늘 밤은 손님을 모시고 돌아왔다고. 발타사르 님만 좋으시다면 셋이 함께 식사를 하고 싶다고."

두 번째 하인도 물러갔다.

"그럼 편안히 앉으시오."

일데림은 침대의자에 느긋하게 자리를 잡았다. 마치 다메섹의 시장에서 상인들이 융단 위에 앉듯이 편안히 앉자 진지한 표정으로 턱수염을 쓰다듬으면서 말했다.

"당신은 야자술을 마셨고 이제 식사도 함께할 테니 진짜 내 손님이오. 그러니까 물어봐도 되겠지요? 당신은 어떤 사람이오?"

족장의 시선을 받으면서 벤허는 침착하게 대답했다.

"일데림 족장님, 그런 질문은 당연합니다. 그 당연한 질문을 제가 가볍게 여긴다고 생각지는 말아주십시오. 하지만 그런 질문에 대답하면 왠지 저 자신을 배반하게 될 것 같은 기분이 드는군요. 족장님은 그런 경험이 없으십니까?"

"물론 있소. 자신을 배반하는 것이 부족을 배반하는 것만큼 비열한 경우도 있지요."

"고맙습니다. 족장님께 그보다 더 잘 어울리는 대답은 없습니다. 이것으로 족장님이 제 과거보다 제가 신뢰할 수 있는 인물인지를 확인하는 데 더 관심이 많다는 걸 알았습니다."

족장은 고개를 끄덕였다. 벤허는 서둘러 말을 이었다.

"그렇다면 기꺼이 말씀드리죠. 저는 퀸투스 아리우스 2세, 이름은 로마인이지만 실은 로마인이 아닙니다."

일데림은 수염을 잡고 굵은 눈썹을 모으며 희미하게 빛나는 눈으로 상대를 노려보았다.

"저는 유다족에 속하는 이스라엘인입니다. 게다가 로마인에게 말로는 다 하지 못할 만큼 깊은 원한을 품고 있는 유대인입니다. 죄송한 말씀이지만, 거기에 비하면 족장님의 원한 따위는 아무것도 아니지요."

족장은 약간 신경질적으로 수염을 매만지면서 미간에 깊은 주름을 잡았다.

"족장님, 우리 조상과 하느님이 맺은 언약을 걸고 맹세합니다. 족장님이 저한테 복수할 기회만 주시면 저는 아무것도 필요 없습니다. 상금도 영광도 모두 족장님의 것입니다."

일데림은 긴장이 풀렸는지 고개를 들었다. 그 얼굴은 원래의 표정을 되찾아 만족스러운 기색이 느껴졌다.

"알았소. 당신 말이 거짓이라면 솔로몬도 당신한테 속을 거요. 당신이 로마인이 아니라 유대인으로서 로마를 원망하고 있고, 반드시 해내야 할 복수가 있다는 건 잘 알았소. 그러면 당신의 전차경주 기량에 대해 말해주시오. 지금까지 어느 정도의 경험을 쌓았는지, 말을 뜻대로 다루는 법은 터득하고 있는지, 말이 당신 기분을 알아차리고 당신의 부름에 응하여, 당신이 가라고 하면 맹렬히 돌진하고 한계에 이르렀을 때에도 마지막 남은 힘을 짜내도록 말을 다룰 수 있는지. 이건 누구나 할 수 있는 일이 아니오. 수백만 백성을 완벽하게 통솔하는 왕도 말은 제대로 다루지 못하는 경우가 있소. 물론 이것은 혈통이나 겉모습도 보잘것없는 말 이야기가 아니오. 이곳에 있는 말들, 초대 파라오 시대까지 거슬러 올라가는 오랜 혈통과 영혼을 가진 훌륭한 말들을 말하는 거요. 그 아이들은 나하고는 같은 막사에서 오랫동안 함께 산 친구여서, 이심전심으로 마음이 통하는 사이요. 그 아이들의 본능과 내 지혜, 그 아이들의 감성과 내 영혼, 그것이 한데 섞여서 내 야망과 사랑, 미움과 원한을 모두 알아주지요. 전쟁터에서는 영웅처럼 용감하고, 신뢰하는 사람에게는 여자처럼 순종적인 게 그 아이들이오. 자, 보시오."

하인이 칸막이를 걷자 말들이 보였다. 망설이고 있는지, 가만히 서 있었다.

"이리 오렴. 왜 거기 서 있지? 어려워하지 않아도 되니까 이리 와."

말들은 천천히 다가왔다.

"모세는 위대한 사람이었지만, 굼뜬 소와 우둔한 당나귀는 허락하면서도 말을 소유하는 것은 금지한 걸 생각하면 나는 웃을 수밖에 없소. 모세가 이 아이들을 보았어도 그랬을까?"

족장은 더없이 자랑스럽고 상냥한 태도로 애마들을 쓰다듬었다. 벤허는 부드럽게 대답했다.

"그건 오해입니다, 족장님. 모세는 주님의 사랑을 받은 입법자지만, 용감한 전사이기도 했습니다. 전쟁은 모든 생물을 사랑하기 위한 것인데, 말을 타고 싸우러 나가는 사람이 말을 사랑하지 않았을 리가 없지요."

그때 말 한 마리가 콧구멍을 열고 윗입술을 움직이면서 벤허의 품으로 바싹 다가왔다. 사슴처럼 상냥하고 커다란 눈에 앞머리가 늘어져 있고, 작고 뾰족한 귀는 조금 앞쪽으로 기울어져 있었다. '당신은 누구세요?' 하고 묻는 듯한 몸짓을 보고 벤허는 그 말이 낮에 경기장에서 본 말이라는 것을 알아차리고 그 아름다운 목을 가볍게 토닥였다.

"신을 모독하는, 저주를 받아 마땅한 그 로마 놈, 당장 명운이 다해버리면 좋겠어." 족장은 평소의 원한을 터뜨리는 듯한 투로 말했다. "놈들은 말할 거요. 최고의 말은 페르시아의 네시아* 목장에서 태어났다고. 하지만 천만의 말씀이오. 그 옛날, 신은 아랍인에게 끝없는 황야를 주셨소. 산에는 나무도 없고, 마실 수 없는 물이 나오는 우물이 있을 뿐이었소. '너희 나라를 보아라'라고 말하는 신에게 한 남자가 참지 못하고 불평을 터뜨리자, 신은 가엾게 여기고 '기운을 내어라, 너희에게는 두 배의 은총을 주겠다' 하고 말씀하셨소. 아랍인은 그 말을 듣고 기뻐하며 신의 은총을 찾으러 나갔소. 하지만 어디에도 그런 것은 없었소. 황야에는 아무것도 없었지. 그래서 사막으로 들어가자 그 한복판에 보기에도 아름다운 오아시스가 있고, 거기에 한 떼의 낙타와 말이 있었소. 그는 그 신의 선물을 기꺼이 받아서 소중히 키웠소. 이 푸른 섬에서 이 세상의 모든 말이 태어났소. 결국에는 네시아 목장에서 북쪽으로는 찬바람이 휘몰아치는 황량한 골짜기까지. 이 이야기를 추호도 의심해서는 안 되오. 의심하면 아랍의 마귀 쫓는 부적이 효력을 잃어버린다오. 당신에게 그 증거를 보여드리겠소."

족장은 손뼉을 쳐서 부족의 기록을 가져오라고 하인에게 명령했다.

*현재 이란의 자그로스 산맥 남쪽 기슭에 있는 고장. 명마의 산지로 유명했다.

기다리고 있는 동안에도 족장은 말들의 볼을 어루만지고 앞머리를 손가락으로 빗질해주면서 모든 말에게 넘치는 애정을 보여주었다. 놋쇠 띠, 경첩, 징이 박힌 삼나무 상자를 하인 여섯 명이 들고 들어왔다. 그것이 침대의자 옆에 놓이자 일데림이 말했다.

"말의 기록만 보여드리죠. 이 상자를 열고, 나머지는 도로 가져가거라."

상자 안에는 은고리에 얇은 상아판 수백 개를 끼운 것이 가득 들어 있었다. 일데림은 고리 몇 개를 집어 들고 말했다.

"예루살렘의 성전에서는 세심한 주의와 정열을 기울여서 갓난아기의 이름을 기록한다고 들었소. 그래서 누구나 조상들의 계보를 족장 이전까지 더듬어 올라갈 수 있다고 하더군요. 기록은 계속 살아 있소. 우리 조상은 그 방식을 흉내 내어 말의 족보를 기록했소. 자, 보시오."

벤허는 족장이 권하는 대로 은고리에 꿴 상아판을 받아 들고, 상아판에 적힌 아라비아 문자를 들여다보았다. 뾰족한 철심을 불에 달구어 상아판 표면에 낙인처럼 새긴 글자였다.

"읽을 수 있소? 이스라엘의 아들이여."

"죄송하지만 읽어주시겠습니까?"

"이 상아판에는 망아지의 이름과 부모의 이름이 적혀 있고, 수백 년이나 혈통이 이어진 순혈종이라는 것이 표시되어 있소. 얼마나 오래된 기록인지 손으로 만져보시오."

상아판은 모두 오래되어 노랗게 변색했고, 개중에는 벌써 흐슬부슬해진 것도 있었다.

"이 상자 안에 완벽한 역사가 있소. 말의 역대 조상들의 기록이 빠짐없이 적혀 있어서, 근처 어디에나 있는 족보와는 차원이 다르지요. 지금 다가온 이 말도 그렇고 저 말도 그렇소. 먼 옛날, 이 아이들의 조상들도 역시 막사 안에서 우리 조상들한테 귀리를 받아먹으며 귀여움을 받았다오. 이스라엘의 아들이여, 내 말을 믿어주시오. 내가 사막의 왕이라면 이 아이들은 대신이오. 이 아이들을 잃는다면 나는 사막에서 내쫓긴 병자나 마찬가지요. 나이를 먹었는데도 이렇게 잘난 체할 수 있는 것도 이 아이들 덕분이고, 이 아이들과 함께 나갈 기력이 있는 동안은 아직 괜찮소. 하하하, 언젠가 기회가 있으면 이 아이들의 조상들이 어떤 공을 세웠는지, 그 무용담도 들려주고 싶군요. 지금은 이 말만 해두겠소. 내 말들은 도망치든 쫓아가든 절대 실패하지 않는다고. 이것은 사막에서 안장을 얹고 탔을 때의 이야기이고, 전차경주에서 어떨지는 전혀 짐작이 가지 않소. 어쨌든 처음이고, 승리의 필요조건은 무한하니까 말이오. 그래도 자존심과 속도와 인내력은 이 아이들의 무기이고, 좋은 기수만 만나면 반드시 이길 수 있소. 그리고 이스라엘의 아들이여, 당신이 그 기수요. 오늘은 인생 최고의 순간이 될 거요. 자, 이젠 당신 이야기를 들어봅시다."

"말씀을 듣고, 왜 아랍 민족이 말을 어린애처럼 귀여워하는지, 그 수수께끼가 드디어 풀렸습니다. 그리고 아랍 말이 세계 최고인 까닭도 알았습니다. 하지만 제 말만 믿으시면 안 됩니다. 입으로 하는 약속 따위는 믿을 수 없습니다. 말 네 마리를 한 번 타보게 해주십시오."

일데림의 얼굴이 빛났다. 그가 대답하려고 하자 벤허가 다시 말했다.

"족장님, 저는 이런 기회가 찾아오리라고는 꿈에도 생각지 않고 로마에서 훈련을 쌓았습니다. 족장님의 말들은 하나같이 매처럼 빠르고 사자처럼 인내심이 강하지만, 전차경주에서는 그 무거운 탈것을 달고 힘을 합쳐 달리는 훈련을 하지 않으면 이길 수 없습니다. 이 네 녀석 중에는 월등하게 빠른 말도 있고 뒤떨어지는 말도 있을 테니까요. 시합에서는 뒤떨어지는 녀석의 속도에 맞추게 되고, 가장 빠른 녀석이 오히려 성가신 훼방꾼이 됩니다. 오늘이 그랬지요. 마부가 느린 말의 속도에 맞추었기 때문에 빠른 말을 제어하지 못했습니다. 시승은 잘될 겁니다. 그러니까 이것만은 말씀드리겠습니다. 저는 맹세합니다. 마음을 하나로 모아서 네 마리를 한 덩어리로 달리게 하여 반드시 이기겠습니다. 그리고 족장님은 상금과 승리의 월계관을 손에 넣고, 저는 복수를 하는 겁니다. 어떻습니까?"

일데림은 수염을 어루만지면서 이야기를 듣고, 마지막에 웃으면서 말했다.

"아주 마음에 들었소. 사막에는 이런 속담이 있소. '네가 말로 요리를 한다면 나는 바다처럼 버터를 준비하겠다.' 내일 아침에 당장 말을 준비시키리다."

마침 그때 막사 입구에서 인기척이 났다.

"자, 이제 저녁 식사를 합시다. 저기 발타사르 님이 오셨군요. 이스라엘인인 당신에게는 흥미롭기 이를 데 없는 이야기를 해 주실 거요."

족장은 벤허에게 말하고, 하인에게 기록을 상자에 집어넣고 말들을 마방으로 돌려보내라고 명했다.

14
일데림의 저녁 식사

전에 사막에서 세 동방박사가 식사를 했을 때의 상황을 떠올리면, 일데림의 막사에서 어떤 식사가 준비되었는지 상상할 수 있을 것이다. 차이점이라면 이곳에는 식재료가 풍부하고 많은 하인이 시중을 들고 있다는 것이다. 침대의자로 둘러싸인 융단 위에 깔개 석 장이 깔리고, 높이가 30센티미터쯤 되는 식탁이 놓였다. 막사의 한쪽 구석에는 흙을 구워서 만든 솥이 놓이고, 방금 빻은 밀가루로 케이크와 빵을 구울 준비가 갖추어졌다.

이윽고 발타사르가 들어왔다. 일데림과 벤허는 일어나서 맞이했다. 헐렁한 검은색 가운을 몸에 걸친 노인의 걸음걸이는 힘이 없고, 움직임도 완만했다. 지팡이나 하인의 부축에 의지하지 않고는 걸을 수 없었다. 얼굴은 주름살투성이에다 핏기도 없었지만, 그 표정은 마치 어린애처럼 부드럽고 신뢰에 가득 차 있었다.

"신의 평안을. 잘 오셨습니다."

일데림은 공손하게 말했다. 그러자 이집트인은 얼굴을 들고 대답했다.

"고맙습니다. 당신에게도 평안이 있기를." 그리고 벤허에게는 이렇게 인사했다. "당신에게도 하느님의 평화와 축복이 있기를. 우리의 진실한 주님께 맹세코."

순간 번쩍 빛나는 눈으로 그를 바라본 벤허는 불가사의한 흥분을 느꼈다. 그는 그 정중하고 신앙심으로 가득 찬 태도에 압도당했다.

"발타사르 님, 오늘 밤 식사를 함께할 청년입니다. 내일 이 젊은이가 말을 시승하게 됐습니다. 잘되면 전차경주에 출전할지도 모릅니다." 족장은 벤허의 팔을 잡고 말했다.

노인이 의아한 표정으로 벤허한테서 눈을 떼지 않는 것을 보고, 일데림은 당황해하면서도 말을 이었다.

"이 사람은 아리우스 2세라는 로마 귀족이고 평판이 높은 인물입니다. 다만 자기는 유다족의 이스라엘인이라고 말하고 있고, 나도 신에게 맹세코 그 말을 믿습니다."

여기서 발타사르는 더 이상 참지 못하고 끼어들었다.

"족장님, 오늘 여기 올 때 아주 무서운 일을 당했답니다. 주위에 있던 사람들은 모두 도망쳐버렸지만 이분, 아니 이분과 똑같이 생긴 분이 아슬아슬한 순간에 내 목숨을 구해주었지요. 그게 당신이었나요?"

벤허는 송구스러워하며 대답했다.

"말씀드리는 게 늦어서 죄송합니다. 카스탈리아 샘에서 뛰어든 로마인을 막은 것은 접니다. 따님께서 이 잔을 감사의 표시로 주셨지요."

벤허는 겉옷 주머니에서 잔을 꺼내 발타사르에게 건네주었다. 노인의 칙칙한 안색에 살짝 핏기가 비쳤다. 노인은 벤허 쪽으로 손을 뻗으며 떨리는 목소리로 말했다.

"오늘 주님께서 당신을 샘으로 보내셨소. 그리고 지금 다시 당신을 여기로 보내셨습니다. 주님의 이름으로 감사드리는 바입니다. 함께 주님께 감사합시다. 그 잔은 이미 당신 것이오. 부디 받아주시오."

사정을 이해하지 못하고 어리둥절해 있는 일데림에게 발타사르는 샘에서 일어난 사고의 전말을 설명했다. 그러자 족장은 흥분하여 벤허에게 새된 소리를 질렀다.

"왜 그 일에 대해 한마디도 하지 않았소? 그보다 더한 무용담은 없어요. 나는 아랍인이고 수만 명의 부족을 통솔하고 있지요. 내 손님이 당한 일은 주인인 내가 당한 일이나 마찬가집니다. 그런 일이 있었다면 맨 먼저 나한테 상을 받으러 왔어야죠."

"족장님, 저는 결코 상을 받고 싶어서 여기 온 게 아닙니다. 이분을 도와드렸지만, 그런 상황에서는 하찮은 하인이라도 마찬가지였을 겁니다. 상 따위는 전혀 생각지 않았습니다."

"하지만 이분은 내 친구이자 손님이고, 하인이 아니오. 그러면 상이 완전히 달라진다는 걸 모르시오?" 그러고는 발타사르에게 말했다. "신에게 맹세코, 이 청년은 로마인이 아닙니다."

앞에서 발타사르가 한 자기소개를 기억하는 독자들은 지위를 전혀 개의치 않는 벤허의 태도가 발타사르에게 얼마나 큰 감명을 주었을지 알 수 있을 것이다. 남을 위해 무언가를 하려고 할 때, 발타사르도 사람을 차별하지는 않는다. 그가 간절히 기다리고 있는 하느님의 보속도 모든 사람을 상대로 이루어질 것이다. 그래서 벤허는 마치 자신의 닮은꼴 같았다. 발타사르는 벤허에게 한 걸음 다가가서 친밀하게 말을 걸었다.

"뭐라고 부르면 좋을까요? 확실히 로마풍의 이름이었던 것 같은데."

"아리우스, 아리우스 2세입니다."

"하지만 로마인은 아니지요?"

"순수한 유대인이었습니다."

"왜 과거형으로 말하시오? 이젠 친족이 아무도 살아 계시지 않나요?"

그것은 지극히 솔직하고, 그런 만큼 벤허의 마음을 뒤흔드는 질문이었다.

"자, 앉아주세요. 식사가 준비되었습니다." 일데림이 말했다. 덕분에 벤허는 발타사르의 질문에 대답하지 않아도 되었다.

벤허는 발타사르의 팔을 부축하고 식탁 쪽으로 데려가 동방식으로 융단 위에 앉았다. 대야가 들어오고, 족장이 손을 씻으라는 몸짓을 했다. 하인들은 그 자리에 멈춰 서고, 이집트인의 경건한 기도 소리가 주위에 낭랑하게 울려 퍼졌다.

"만인의 아버지 하느님, 여기 있는 것은 모두 당신이 주신 것이니, 진심으로 감사드립니다. 당신의 뜻을 완수할 수 있도록 지켜주소서."

일찍이 발타사르는 그리스인 가스파르와 인도인 멜키오르와 함께 똑같은 기도를 드린 적이 있었다. 그리고 그때 하느님의 존재를 증명하는 기적이 찾아왔다. 수십 년 전 사막에서 일어난 사건이다.

지금 이 기도를 드리고 있는 식탁에는 이 지방의 특산물과 진미가 수북이 쌓여 있었다. 솥에서 구운 케이크, 채마밭에서 가져온 채소, 통째로 구운 양고기, 채소를 넣어 볶은 고기, 우유와 꿀과 버터. 다만 포크와 나이프, 스푼과 잔, 접시 따위는 일절 사용하지 않는다. 처음 얼마 동안은 모두 배가 고팠던 탓인지, 묵묵히 음식을 입으로 가져갈 뿐이었지만, 요리를 다 먹어치우고 손가락을 다시 한 번 깨끗이 씻고 디저트를 먹을 무렵에는 허기도 사라졌기에 대화가 시작되었다. 이들 아랍인과 유대인과 이집트인은 풍속과 습관은 달라도 유일신을 믿고 있었기 때문에, 자연히 종교적 문제가 화제에 올랐다. 그때 이야기의 중심이 된 것은 물론 하느님 곁에 다가가서 하느님의 영혼에 이끌려 별에서 하늘의 명령을 보고 목소리를 들은 발타사르가 하느님의 아들을 경배한 체험이었다.

15
벤허의 놀라움

해가 지자 밤은 빠른 속도로 다가왔다. 야자수 농원은 산그늘에 덮이고, 보랏빛으로 물든 저녁놀도, 해 질 녘에 꾸벅꾸벅 졸고 있는 듯한 대지도 순식간에 밤의 장막에 싸였다. 막사 안에서는 하인들이 놋쇠 촛대를 식탁의 네 귀퉁이에 세웠다. 가지가 네 개로 갈라진 촛대에는 은으로 만든 램프와 기름접시가 놓여서 막사 안을 환하게 비추고 있었다. 그 옆에서 시리아 방언이 섞인 남자들의 대화는 활기를 띠었다.

발타사르는 사막에서 세 동방박사가 만난 일을 이야기했다. 그것은 족장이 말했듯이 27년 전 12월에 일어난 일이었고, 그때 세 사람은 헤롯 왕의 위협으로부터 도망쳐 족장에게 도움을 청했다. 족장과 벤허는 이 이야기에 귀를 기울였고, 옆에 있던 하인들도 귀를 곤두세웠다.

이제 독자 여러분은 이 이야기가 처음 시작된 때로 돌아가게 된다. 발타사르가 베들레헴의 한 동굴에서 마리아의 무릎 위에 누워 있는 아이를 보았을 때의 일이다. 그러니까 이 이야기는 처음부터 끝까지 이 수수께끼의 아이에 관한 이야기라고 해도 좋다. 일련의 사건을 통해 조금씩 조금씩 그리스도에게 다가가고, 막판에 이르러 그의 성장한 모습을 보게 된다. 그것은 이 세상의 '길이요 진리요 생명'이 된 그리스도다. 신앙심이 깊은 사람이라면 두 손을 들어 이 소식을 기뻐할 것이다. 물론 역사에는 특정한 민족이나 시대에 없어서는 안 될 인물이 많겠지만, 그리스도는 모든 시대의 모든 인류에게 필요하고 그런 의미에서 달리 유례를 찾아볼 수 없는 유일하게 신성한 존재다.

족장은 세 동방박사를 숨겨주었을 때 이미 이 이야기를 듣고 있었다. 그는 진지했다. 헤롯 왕으로부터 도망쳐 온 인물들을 숨겨준다는 것 자체가 큰 위험이 따르는 일이었기 때문이다. 지금 그들 가운데 한 사람이 손님으로서, 존경하는 친구로서 다시 식탁에 앉아 있었다. 물론 그는 이 이야기를 진실로 믿고 있었다. 하지만 실제로 가장 중요한 대목은 얼른 이해가 되지 않았다. 그는 아랍인이고, 그의 관심은 어디까지나 일반적인 것이었기 때문이다.

하지만 유대인의 영혼을 갖고 있는 벤허는 달랐다. 그는 이스라엘인이고 유대인이어서, 그 이야기의 진위에 대해 다른 누구보다도 깊은 흥미를 품고 있었다. 벤허에게 이 이야기는 온 인류에 관한 계시였고, 게다가 이스라엘과 가장 깊은 관계가 있는 계시였다. 실은 이때 그의 마음속에서는 앞으로의 인생을 크게 바꾸어놓을 한 가지 생각이 확실한 형태를 취하기 시작하고 있었다. 그는 발타사르의 이야기를 모두 믿었지만, 무엇보다 알고 싶었던 것은 이 놀랄 만한 사건의 결과로 어떤 일이 일어날까 하는 것이었다. 좀 더 설명이 필요했다. 이제 더 이상 기다릴 수 없다는 기분이었다.

다만 벤허와 족장 사이에는 큰 차이점이 있다는 것을 잊어서는 안 된다. 즉 벤허는 이 세상에 태어났을 때부터 줄곧 메시아에 대한 이야기를 들으면서 자랐다. 학교에서도 메시아야말로 희망이고 두려움이며 선택받은 민족의 영광이라고 배웠다. 선지자들도 모두 메시아가 올 거라고 예언하고 있었다. 그리고 랍비들은 회당에서 학교에서 성전에서, 단식할 때도 축제 때도, 공적인 자리에서도 사적인 자리에서도 메시아의 도래에 대해 이야기했다. 그런 설교를 몇 번이고 거듭해서 들어온 아브라함의 자손들은 모두 메시아를 갈망했고, 그래서 강철같이 엄격한 기준에 맞추어 생활했다. 그래서 유대인들 사이에 메시아에 대한 토론이 이루어질 때면 그 논점은 언제나 단 하나, 메시아가 '언제' 나타날 것인가 하는 것뿐이었다.

또한 당시의 모든 유대인이 메시아에 대해 품고 있던 또 하나의 견해가 있었다. 그것은 메시아가 유대인의 왕으로 나타나 정치적인 왕이나 황제로서 이 세상을 다스리고, 하느님의 이름으로 영원히 그 자리를 지킨다는 생각이다. 바리새파, 정치적으로 말하면 분리파 사람들은 그것을 믿고, 정치적으로나 종교적으로도 희망을 품었다. 그것은 마케도니아를 재건하겠다는 꿈을 능가하는 것이었다. 마케도니아인들은 알렉산드로스 대왕이 지상을 정복하기를 꿈꾸었지만, 바리새인들은 그들의 왕이 지상과 천상을 양쪽 다 지배하기를 바랐다. 그들의 야망은 멈출 줄을 모르고, 발칙하게도 하느님을 문에 못 박아놓고 자기들한테 예속시키려고까지 했다.

벤허에게 이야기를 돌리면, 두 가지 특별한 사정 덕분에 그는 이 분리파의 오만한 신앙과 거리를 유지할 수 있었다. 하나는 그의 아버지가 당시에는 진보적인 교파인 사두개파에 속해 있었기 때문이다. 이미 말했듯이 사두개파는 정치적으로나 종교적으로 분리파와 정면으로 대립해 있었고, 율법을 엄격하게 해석하고 지키는 교파로서 랍비들이 율법에 잔뜩 덧붙인 부분을 인정하지 않았다. 한편으로는 인생의 기쁨도 인정하고, 영혼의 존재를 부정하는 사람이나 이방인에게도 관용적인 태도를 취했다. 이런 아버지의 사고방식과 생활방식과 세계관은 재산과 마찬가지로 피가 되고 살이 되어 벤허에게 계승되었다. 유대의 메시아를 기다리고 있는 지금, 벤허는 그것을 실감하기 시작했다.

두 번째는 5년에 걸친 벤허의 로마 생활이다. 그 로마 생활에서 그가 어떤 감화를 받았는지는 그 무렵의 로마 상황을 빼놓고는 생각할 수 없다. 로마는 그야말로 모든 민족이 모이는 요지였다. 정치적 교류와 상업적 교류가 활발하게 이루어지고, 사람들은 자유분방한 쾌락에 빠지고, 포룸에 서 있는 황금 이정표 주위에는 어둡고 우울한 낙오자에서부터 나는 새도 떨어뜨릴 위세를 휘두르는 권세가에 이르기까지 온갖 사람들이 오가고 있었다. 이런 로마에서 아리우스 2세로 살았던 벤허가 당시의 몸가짐과 사교계의 예의범절, 학식 따위를 익혔다 해도 전혀 이상할 게 없다. 미세눔의 산뜻한 저택과 황제의 원유회 사이를 오가고, 왕이나 왕비, 대사, 인질, 사절, 나아가서는 각국에서 모여드는 청원자들까지도 날마다 보았다. 이 로마의 번화함과 어깨를 나란히 할 수 있는 것은 유월절 때의 예루살렘 정도였다. 그래도 로마의 원형경기장에서 특별석에 앉은 벤허는 어쩌면 이 35만 명의 관중 속에는 슬픔이나 절망을 계기로 강한 신앙심을 품고 유대인 동포를 위해 일어설 동지가 있을지도 모른다고 생각했을 것이다.

하지만 이윽고 벤허는 대중의 비참함이나 구제할 길 없는 상황이 종교와는 무관하다는 것을 깨닫기 시작했다. 사람들이 말하는 것은 신에 대한 원망이나 저주가 아니었다. 영국의 떡갈나무 숲에서는 드루이드교*가 신봉자를 모으고, 갈리아 지방이나 독일, 또는 스칸디나비아에서는 오딘이나 프레이야**를 믿고 있다. 이집트에서는 악어와 아누비스***가 신앙의 대상이 되고, 페르시아에서는 아후라마즈다****와 아리만을 아직도 숭배하고 있다. 힌두교도들은 열반을 찾아 이를 악물고 캄캄한 브라흐마의 길을 나아간다. 그리스인들은 철학에 발걸음을 멈추면서도 호메로스의 영웅신들을 노래한다. 그런데 로마에서는 신들이 쓸어다 버릴 수 있는 존재였다. 로마인들은 권력을 마음대로 휘두르고, 무절제하게 이 신 저 신을 찾아다니며 예배와 공물을 바쳤다. 그리고 완성된 악의 소굴에서 쾌락을 추구했다. 그들은 어떤 신에게도 만족하지 않고 결국에는 황제를 신으로 추대하여 신전을 짓고 예배를 드렸다. 여기서 불행한 현실이 생겨났

*고대 갈리아·아일랜드·브리타니아 등지에 살던 켈트족의 종교. 이 다신교는 이름이 없었으나, 사제인 드루이드의 이름을 따서 드루이드교라는 이름이 생겼다.
**오딘은 북유럽 신화에 나오는 최고신이며 전쟁과 지혜의 신으로 숭배되었고, 프레이야는 북유럽 신화에 나오는 사랑과 풍요와 미의 여신이다.
***이집트 신화에 나오는 사자(死者)의 신. 죽은 사람을 저승으로 인도하는데, 그 심장을 저울로 달아 살아 있을 때의 진실의 정도를 헤아린다고 한다.
****조로아스터교의 최고신으로 지혜와 선의 신. 아리만(암흑의 세계를 지배하는 악의 신)과 대립한다.

다. 즉 종교가 아니라 실패한 정치, 즉 독재와 폭정과 강탈이 재앙의 근원이 되었다. 사람들이 굴러떨어지고 필사적으로 기어나오려 하는 지옥은 악랄한 정치의 지옥이었다. 론디눔에서도 알렉산드리아에서도 아테네에서도 예루살렘에서도 사람들이 애원하는 상대는 신이 아니라 지배자인 왕이었다.

2천 년의 역사를 이제 와서 돌이켜보면, 이 혼란의 세계에서 빠져나올 수 있는 방법은 어떤 신이 구원을 가져다줄 진정한 신이 되는 길밖에 없었다. 하지만 당시에는 통찰력 있는 철학적인 인물조차도 로마 제국을 타도하는 데에서 구원을 찾고, 제국이 붕괴한 뒤의 재생과 재편성에 희망을 걸었다. 그것을 위해 그들은 기도하고 음모를 꾸미고 반란을 일으키고 싸우고 죽어갔다. 하지만 아무리 피를 흘리고 눈물을 흘려도 결과는 언제나 마찬가지였다.

그런 의미에서는 벤허도 당시 사람들과 조금도 다르지 않다. 그는 로마에서 5년 동안 살면서 핍박당한 세계의 비참함을 통감하고, 모든 악의 근원을 없애려면 칼을 들고 일어나 싸울 수밖에 없다고 확신했다. 그래서 무술을 연마하여 어엿한 병사가 되었다. 하지만 전쟁터라는 무대를 지휘하는 것은 군대를 하나로 통합하여 싸우는 사령관이고, 일개 병졸로서 방패를 들고 창을 휘두르는 것만으로는 충분치 않다. 이렇게 생각한 벤허는 자신의 원한을 풀 길은 평화가 아니라 전쟁으로 나아가는 것이고, 일류 무장이 되는 것이라는 결론에 도달했다.

발타사르의 이야기를 벤허가 어떤 생각으로 들었는지, 독자 여러분도 이해할 것이다. 그 이야기는 벤허의 마음속에 풀리지 않고 남아 있던 두 가지 의문에 불을 붙였고, 이제 그것이 걷잡을 수 없게 몸속을 뛰어다니고 있었다. 그는 발타사르의 이야기를 모두 믿었다. 그분이 메시아라는 것도 전혀 의심하지 않았다. 이 신의 계시에 지금까지 이스라엘이 둔감하여 소문도 나지 않았던 것 자체가 이상해서 견딜 수 없었다. 그가 꼭 묻고 싶었던 것은 '그분은 지금 어디 계십니까?' 그리고 '그분의 소명은 무엇입니까?' 하는 질문이었다. 벤허는 발타사르의 이야기에 끼어드는 것을 사과하면서 발타사르에게 과감하게 이 두 가지 질문을 던졌다.

16
발타사르의 가르침

발타사르는 조금도 꾸밈없이 성심성의껏 대답했다.

"그 질문에 바로 대답할 수 있다면, 그분이 어디 계시는지 알고 있다면 얼마나 기쁘겠소? 어디 계시는지 알기만 하면 바다도 산도 뛰어넘어 쏜살같이 달려갈 텐데."

"그러면 찾으셨군요." 벤허가 물었다.

이집트인은 희미하게 미소를 짓더니, 족장에게 감사의 눈길을 보내면서 말을 이었다.

"사막의 피난처를 떠난 뒤에 내가 맨 먼저 한 일은 그분이 어떻게 되었는지를 알아내는 것이었어요. 벌써 1년이 지났고 잔혹한 헤롯 왕이 여전히 왕좌를 차지하고 있었기 때문에, 내가 직접 유대에 간 것은 아닙니다. 이집트에서는 내가 보고 들은 것을 이야기하면 믿어주는 친구도 있고, 죄를 씻어줄 사람이 태어났다고 기뻐해주는 사람도 있고, 몇 번이나 이야기를 들어줄 사람도 있었지요. 나를 대신하여 그분을 찾아줄 사람까지 있어서, 그 사람이 베들레헴에 가서 대상 숙사와 동굴을 찾아보았지만, 그리스도가 태어난 밤에 우리가 만난 파수꾼은 왕에게 끌려가서 모습을 감추었다는 거예요."

"하지만 뭔가 증거는 남아 있었겠지요?"

"피로 얼룩진 증거, 애도하는 마을이 있었지요. 헤롯 왕은 우리가 도망친 것을 알자 포고령을 내려 베들레헴에서 태어난 아기를 모조리 죽이라고 명령했어요. 하나도 남김없이. 마을에는 아이들의 죽음을 슬퍼하는 어머니들이 울부짖는 소리가 울려 퍼졌답니다. 내 심부름꾼은 믿을 만한 사람인데, 그의 보고에 따르면 그리스도 그분도 죽었다는 거예요."

"죽었다고요?" 벤허는 창백해져서 외쳤다. "방금 죽었다고 말씀하셨습니까?"

"아니, 그렇게 말하지는 않았소. 심부름꾼이 그렇게 말했다는 것뿐이오. 나는 그때나 지금이나 그분이 돌아가셨다고는 생각지 않아요."

"뭔가 특별한 계시를 받으셨기 때문인가요?"

"아니오. 성령이 우리를 인도해주신 것은 그분을 만날 때까지였고, 우리가 공물을 바치고 경배를 드린 뒤 동굴 밖으로 나왔을 때는 이미 별은 보이지 않았어요. 족장에게 도움을 청한 것은 신에게 직감을 받아서 한 일이지만, 그게 마지막이었지요." 노인은 고개를 숙이고 말했다.

"그렇습니다." 족장이 수염을 신경질적으로 만지작거리면서 말했다. "확실히 그때 성령의 인도를 받아서 왔다고 말씀하셨지요. 지금도 분명히 기억하고 있습니다."

"특별한 정보를 갖고 있는 건 아닙니다. 하지만 나는 신앙의 인도를 받아 줄곧 이 일에 대해 생각해왔어요. 주님이 보여줄 증거를 기다리고 있는 것은 호숫가에서 나를 부르는 성령의 목소리를 들었을 때와 마찬가집니다. 원하신다면 내가 왜 그리스도가 아직 살아 계신다고 믿는지를 말씀드리지요." 발타사르는 벤허의 낙담한 얼굴을 보고 말했다.

두 사람은 한마디도 놓치지 않으려고 귀를 기울였다. 하인조차 침대의자 옆에서 귀를 곤두세우고 있었다. 바닥 모를 침묵. 이윽고 발타사르는 위엄 있게 몸가짐을 바로잡고 입을 열었다.

"우리는 모두 하느님을 믿고 있습니다. 하느님은 진실입니다. 하느님의 말씀은 하느님 자체입니다. 남풍이 불면 언덕은 먼지가 되고 바다는 마릅니다. 하지만 하느님의 말씀은 계속 살아 있습니다. 그게 진실이니까요. 나는 일찍이 호숫가에서 주님의 목소리를 들었습니다. '복받을지어다, 미즈라임의 아들아, 구원이 왔도다. 너는 먼 땅끝에서 올 두 형제와 함께 메시아를 보게 될 것이다.' 나는 메시아를 보았습니다. 메시아, 그 이름에 복이 있으라. 하지만 두 번째 약속인 구원은 아직 실현되지 않았습니다. 아시겠습니까, 만약 그리스도가 돌아가셨다면 세상을 구원할 분이 안 계신다는 이야기가 되고, 주님의 말씀은 무효가 되어버립니다. 그렇다면 하느님은…… 아니, 더 이상은 말하지 않겠소."

노인은 두려운 나머지 손을 들어 올렸다.

"그리스도는 우리를 구원하기 위해 이 세상에 보내졌습니다. 그러니까 그 약속이 어떤 형태로든 성취될 때까지는 그리스도에게 죽음이 찾아올 리가 없습니다. 이것이 하나의 이유입니다. 하지만 그것만이 아닙니다." 여기서 그는 잠시 말을 끊었다.

"포도주를 한 모금 드세요. 앞에 있습니다." 일데림이 상냥하게 술을 권했다.

발타사르는 포도주로 목을 축이고 다시 말하기 시작했다.

"내가 만난 메시아는 인간 여자의 몸에서 태어났기 때문에 사람의 아들로서 모든 재난과 죽음까지도 받으실 겁니다. 이것이 첫 번째 전제입니다. 그러면 그분에게 부과된 임무는 어떨까요? 이건 훌륭하게 성장한 어른이 해야 할 일이 아닐까요? 총명하고 신중하지만 견실한 어른이 해야 할 일입니다. 그러기 위해서는 그분도 성장하지 않으면 안 됩니다. 하지만 아이에서 어른이 되는 동안 얼마나 많은 위험이 기다리고 있을지 생각해보세요. 지금 있는 권력자는 모두 적입니다. 헤롯도 적이고 로마도 그렇습니다. 이스라엘이 그분을 받아들이면 안 된다는 것은 그분을 말살하기 위한 구실에 지나지 않습니다. 이제 아시겠지요? 무사히 성장하기 위해서는 몸을 숨기고 지내는 것이 상책입니다. 나는 나 자신에게 말합니다. 그분은 돌아가신 게 아니라 행방을 모르게 되었을 뿐이라고. 그분은 이제 곧 주님의 약속을 완수하기 위해 다시 모습을 나타내실 거라고. 이것이 내가 믿는 이유입니다. 어떻습니까?"

일데림의 작은 눈에 만족스러운 빛이 떠올랐다. 낙담해 있던 벤허도 기운을 되찾았다.

"물론 이의는 없습니다. 계속하세요."

"아직도 충분치 않은가요? 나는 이 이유를 납득하고, 그분이 나타나지 않는 것은 주님의 의지라고 생각하여 참고 기다리기로 결심했습니다. 나는 지금 가만히 기다리고 있습니다. 그분은 반드시 커다란 비밀을 가슴에 품고 살아 계십니다. 옆에 가까이 오지 않고, 살고 있는 언덕이나 골짜기의 이름을 말하지 못하는 게 어쨌다는 거죠? 그분은 살아 계십니다. 지금은 꽃이 피는 시기인지도 모르고, 열매가 무르익을 때인지도 모르지요. 하지만 주님의 확고한 언약과 이성에 맹세코, 그분이 살아 계신다는 것을 나는 알고 있습니다."

벤허는 경외감에 사로잡혔다. 뭔가 개운치 않은 의심이 사라져갔다.

"그러면 지금 그분은 어디에 계신다고 생각하십니까?"

벤허는 마치 신에게 현혹되는 것을 두려워하듯 낮은 목소리로 머뭇거리며 물었다. 발타사르는 상냥한 눈으로 그를 바라보며 신들린 듯한 태도로 대답했다.

"우리 집은 나일 강변에 있어서, 배가 바로 옆을 지나가지요. 몇 주 전에 나는 집에서 생각에 잠겨 있었어요. 사람이 서른 살쯤 되면 인생이라는 밭에 쟁기질을 하여 작물을 심고, 여름에는 풍성한 결실을 맺을 겁니다. 그분도 이제 스물일곱 살. 그렇게 작물을 심을 때가 다가와 있을 겁니다. 그리고 아까 당신이 한 질문을 나도 나 자신에게 던졌지요. 여기 온 것이 그 대답이오. 조상이 신에게 받은 대지의 휴식처에 온 겁니다. 그분이 유대 말고 어디에 오겠습니까? 그분이 일을 시작한다면, 예루살렘 이외의 어느 도시에서 시작하겠소? 그분에게 첫 축복을 받을 사람이 아브라함과 이삭과 야곱의 자손이 아니고 누구겠소? 만약 내가 그분을 찾으라는 명령을 받았다면, 요르단 골짜기의 동쪽, 유대와 갈릴리의 산비탈에 있는 읍성과 촌락을 남김없이 보고 다닐 거요. 그분은 그 인근에 계실 테니까. 이 저물녘에도 문간이나 언덕 위에 서서 석양을 바라보며, 이 세상의 빛이 되실 날이 하루 다가왔다고 생각하고 계실지도 모릅니다."

발타사르는 유대를 가리키듯 손을 들어 올리면서 이야기를 끝냈다. 듣고 있던 사람들은 침대의자 옆에 있던 하인들을 포함하여 모두 이야기에 끌려 들어가, 바로 옆에 구세주가 나타난 듯한 경건함에 사로잡혔다. 그 여운은 좀처럼 사라지지 않았다. 식탁을 둘러싸고 있던 세 사람은 각자 생각에 잠겼다. 그러다가 벤허가 침묵을 깼다.

"발타사르 님, 당신이 주님께 총애를 받고 계시는 것은 알았습니다. 그리고 당신이 아주 현명하신 분이라는 것도요. 귀중한 이야기를 들려주셔서 뭐라고 감사를 드려야 할지 모르겠습니다. 앞으로 중대한 일이 일어날 것을 명심하고, 당신이 가진 신앙을 손톱만큼이라도 가질 수 있도록 정진할 생각입니다. 그런데 당신이 기다리고 계시는 그분의 소명에 대해 좀 더 듣고 싶습니다. 당신은 그분이 메시아라고 말씀하셨는데, 그분은 유대인의 왕이 되시는 겁니까?"

발타사르는 부드러운 어조로 말했다.

"메시아의 소명은 아직 주님의 마음속에만 간직되어 있다오. 내 생각은 모두 주님의 목소리에서 내가 짐작한 것에 불과합니다. 그래도 좋다면 좀 더 말씀드리지요."

"부탁합니다."

"전에 나는 알렉산드리아와 나일 강변의 마을에서 설교를 했지만, 점점 주위에서 고립되는 듯한 느낌이 들어서 불안해서 견딜 수 없게 되었다오. 그것은 사람들이 하느님을 잃어버리고 너무나 타락해 있었기 때문이오. 타락은 특정한 계급만이 아니라 모든 사람에게 퍼져 있었소. 이제 하느님이 직접 행차해주시지 않으면 구원은 있을 수 없다고 생각했지요. '제발 와주세요, 모습을 보여주세요' 하고 나는 필사적으로 기도했다오. 그러자 성령이 나타났고, 나는 '너의 선행은 승리했다. 구원의 때가 왔다. 먼 땅끝에서 올 두 형제와 함께 너는 메시아를 보게 될 것이다'라는 주님의 목소리를 들었소. 나는 기뻐하며 예루살렘으로 올라왔지요. 하지만 이 구원은 누구를 위한 것일까. 그것은 물론 온 세상을 위한 것이오. 하지만 어떻게? 우리는 강한 신앙을 갖지 않으면 안 됩니다. 항간에서는 로마를 추방하지 않는 한 행복은 오지 않는다고 말하고 있어요. 이 말이 무슨 뜻인가 하면, 이 세상의 악은 하느님을 모르기 때문이 아니라 지배자의 잘못된 통치가 원인이라는 거예요. 하지만 통치는 종교적인 것이 아니고, 구원도 결코 정치적인 것은 아닙니다. 지배자와 권력자를 타도해봤자 또 다른 지배자가 권좌에 앉아 똑같은 일을 되풀이할 거요. 그러면 주님의 지혜가 이 세상을 초월해 있다고는 할 수 없어요. 눈먼 장님이 자기와 똑같은 장님에게 가르쳐주는 것처럼 애매모호한 이야기지만, 진정한 구세주는 영혼의 구세주입니다. 즉 구원이란 주님이 다시 한 번 이 세상에 오신다는 것, 그리고 정의가 이루어진다는 것을 의미합니다."

이 이야기에 벤허는 실망하여 고개를 숙였다. 충분히 납득할 수는 없었지만, 그렇다고 이집트인에게 반론을 제기할 수도 없었다. 일데림은 참지 못하고 큰 소리로 항의했다.

"그런 일은 있을 수 없습니다! 이 세상은 모든 게 이미 결정되어 있고 아무것도 바뀔 수 없으니까, 주님의 심판으로 모든 관습을 치워버려야 합니다. 그리고 새로 생기는 사회에도 권력을 가진 지도자가 없으면 안 되겠지요. 그러지 않으면 개량 따위는 있을 수 없습니다."

발타사르는 그 반론을 신중하게 받아들였다.

"족장님, 당신이 말씀하시는 지혜는 이 세상의 것입니다. 우리는 바로 그런 현세의 관습으로부터 구원받는다는 것을 잊고 계시는군요. 인간을 신하로 삼으려 하는 것은 왕의 야망이고,

주님은 다릅니다. 주님이 바라는 것은 인간의 영혼을 구제하는 것입니다."

일데림은 입을 다물어버렸지만, 고개를 갸웃거리는 것을 보니 아직 납득한 것 같지는 않았다. 벤허가 논쟁의 뒤를 이었다.

"사부님—이렇게 불러도 되겠습니까? 사부님, 전에 예루살렘 성문 근처에서 누구를 찾으셨죠?"

"나는 사람들한테 물었다오. 유대인의 왕으로 태어난 분은 어디 계시느냐고."

"그리고 그분을 베들레헴의 동굴에서 경배하셨군요."

"그분 앞에 엎드려 절하고 공물을 바쳤지요. 멜키오르는 황금을, 가스파르는 유향을, 나는 몰약을."

"사부님, 그렇게 말씀해주시면 순순히 믿을 수 있습니다. 하지만 그분이 어떤 왕이 되실지, 그 점에 대해서는 아무래도 납득할 수가 없군요. 지배자와 권력과 소명, 그것을 나누어 생각할 수가 없습니다."

"발밑에 있는 것은 차분히 관찰할 수 있지요. 그런데 멀리 있는 것, 훨씬 큰 것은 그저 얼핏 볼 수밖에 없어요. 당신은 아무래도 유대인의 왕이라는 호칭에 구애받고 있는 것 같군요. 눈을 좀 더 높이 들어 그 너머를 바라보세요. 그러면 발부리에 걸리는 돌이 없어지고, 지위라는 것이 단순한 호칭에 불과하다는 것을 알게 될 거요. 그때 만약 주님이 메시아를 유대인의 왕으로 삼겠다고 약속하셨다면, 분명히 그때의 약속이 이루어지겠지요. 하지만 그래서는 내 질문을 그저 표면적으로만 포착하고 있다는 이야기밖에 안 돼요. 이것도 이제 곧 알게 될 테니까 더 이상은 말하지 않겠지만, 그러면 그분의 존귀함에 대해 생각해보세요. 헤롯 왕의 뒤를 잇는 건 어떨까? 전능하신 주님이 인간의 지위를 바랐다면, 왜 헤롯 왕이 아니라 로마 황제에게 부탁하라고 명령하지 않으실까? 주님은 사랑하는 아들을 좀 더 높은 지위에 앉히지 않을까? 제발 좀 더 높은 곳으로 눈길을 돌려보세요. 그리고 우리가 애타게 기다리고 있는 왕은 어떤 왕인지를 잘 생각해보세요. 그것이야말로 이 수수께끼의 열쇠이고 가장 중요한 부분이오."

발타사르는 경건한 눈으로 하늘을 처다보았다.

"이 세상에 왕국이 있다오. 다만 그것은 이 세상의 테두리에 들어가지 않는 왕국, 바다보다 넓고 대지보다 크고, 순금처럼 귀중하고, 두들기기만 해도 끝없이 늘어나는 왕국. 이 왕국은 틀림없이 존재하오. 우리는 태어나서 죽을 때까지 스스로도 모른 채 그 왕국을 여행하고 있지요. 제 영혼을 알 때까지 그것을 깨닫지 못할 뿐이에요. 그 왕국이야말로 영혼의 왕국이고, 우리의 상상을 초월한, 이 세상의 것이라고도 생각되지 않는 영광이 거기에 있다오."

"무슨 말씀인지 아무래도 잘 모르겠군요. 그런 왕국은 들어본 적이 없습니다." 벤허가 대답했다.

"나도 들어본 적이 없어요." 일데림도 동의했다.

"이제 이 정도로 해둡시다." 발타사르는 눈을 내리깔고 말했다. "그 나라가 어떤 나라이고, 어떤 목적이 있고, 어떻게 하면 그 나라에 들어갈 수 있는가 하는 것은 그분이 실제로 와서 지배할 때까지 아무도 모르는 일이오. 그분은 눈에 보이지 않는 문의 열쇠를 갖고 계시는데, 사랑하는 사람을 위해 그 문을 열어주신다오. 그중에는 그분을 사랑하는 사람도 있을 거요. 구원받는 사람은 바로 그런 사람들이라오."

그 후 긴 침묵이 이어지고, 발타사르는 회식이 끝난 것을 알렸다.

"족장님, 나는 내일이나 모레 안디옥 시내에 한번 가볼 생각입니다. 딸애도 대회 준비를 보고 싶다니까요. 거기에 대해서는 나중에 다시 의논합시다. 그러면 유다, 또 만나세. 편히 쉬도록 하시게."

모두 식탁에서 일어났다. 족장과 벤허는 발타사르가 부축을 받으면서 막사에서 나가는 것을 배웅했다.

"족장님, 오늘 밤에는 참으로 불가사의한 이야기를 들었습니다. 저도 이만 실례하고 호숫가라도 산책하면서 방금 들은 이야기를 되새겨볼 생각입니다."

"좋을 대로 하세요. 나도 나중에 가겠소."

벤허는 다시 한 번 손을 씻고, 하인이 가져온 신발을 신고 밖으로 나갔다.

17
산책과 명상

막사에서 좀 떨어진 곳에 야자나무 숲이 있고, 나무들은 호수의 수면과 가장자리에 그림자를 떨어뜨리고 있었다. 나무 그늘에서 나이팅게일이 아름다운 소리로 노래를 부르고 있었다. 벤허는 그 밑에 잠시 멈춰 서서 귀를 기울였다. 여느 때라면 새의 울음소리에 이끌려 잡념을 잊을 수도 있었을 것이다. 하지만 지금은 너무나 불가해한 이집트인의 이야기에 압도되어 무거운 짐을 짊어진 짐꾼 같은 심경이었다. 몸도 마음도 편안하고 느긋하지 않아서, 도저히 그 감미로운 노래에 잠길 수가 없었다.

조용한 밤이었다. 잔물결 하나 호숫가로 밀려오지 않는다. 늘 뜨는 별이 늘 있는 곳에서 빛나고 있었다. 때는 여름, 대지도 호수도 하늘도 여름 일색으로 물들어 있었다. 벤허의 머릿속에서는 온갖 상념이 소용돌이치고, 감정은 고조되어 혼란스러웠다. 야자나무, 하늘, 대기, 모든 것이 발타사르가 사람들에게 절망하고 떠돌아다닌 이집트 땅 자체처럼 여겨졌다. 조용해진 호수도 발타사르가 기도를 드린 나일 강을 연상시켰다. 거기에 성령이 찾아온 것이다. 나에게도 똑같은 기적이 일어날까. 벤허는 두려웠다. 동시에 그것을 진심으로 바라기도 했다. 조금 시간이 지나자 겨우 마음이 차분해져서 생각을 할 수 있게 되었다.

벤허는 인생의 계획을 세웠다. 하지만 그 계획에는 아무래도 메울 수 없는 커다란 도랑이 있었고, 도랑 건너편은 어렴풋이 밖에 보이지 않았다. 병사로서 부대장으로서 수행을 쌓은 뒤에는 어디를 향해 나아가면 좋은가. 그는 그것이 혁명이라고 생각했다. 혁명으로 사람들을 끌고 가기 위해서는 두 가지가 필요했다. 하나는 지지자를 모으기 위한 대의명분, 그리고 또 하나는 구체적인 성과와 목적이었다. 사람은 악을 바로잡는다는 대의를 위해 싸울 수 있지만, 눈앞에 빛나는 목적이 있으면 더욱 강력하게 사람들을 몰아댈 수 있다. 그것은 상처를 치유하는 약이되고, 용기에 대한 보상이 되고, 목숨을 건 행위에 대한 보답이된다.

대의와 목적을 생각할 때 확실히 해두어야 할 것은 벤허를 지지하는 사람들이 누구냐는 것이었다. 물론 그의 동포들은 그를 지지할 것이다. 이스라엘에 대한 죄는 아브라함의 자손인 이스라엘인 한 사람 한 사람에게 가해진 죄이고, 이 대의는 무엇보다도 신성하고 설득력이 있다. 그러니까 대의는 됐다고 치자. 그렇다면 목적은 무엇일까. 이 질문에 대한 대답을 찾아 지금까지 헤아릴 수 없을 만큼 많은 시간을 보내왔다. 그리고 결론은 언제나 같았다. 흔하고 막연하기는 하지만, 민족의 자유를 쟁취하는 것─이것이 목적이었다. 하지만 과연 이것으로 충분할까. 부정할 수는 없다. 부정하면 지금까지 품어온 희망이 허사가 되어버린다. 하지만 긍정하는 것도 그의 이성이 허락하지 않는다. 이스라엘이 독자적으로 로마와 싸워서 승산이 있다고는 생각되지 않기 때문이다. 로마의 힘이 얼마나 강대한지, 군사력만이 아니라 얼마나 뛰어난 기량을 갖고 있는지, 그 자신이 누구보다도 잘 알고 있었다. 다른 나라와 동맹을 맺으면 되겠지만, 단 하나의 경우를 제외하고는 그것도 불가능하다. 그 하나의 예외란 그가 오랫동안 기다려 온 것이지만, 한 사람의 영웅이 핍박받은 나라에서 나타나 싸움에 이겨서 온 세상을 손에 넣는 것이다. 그렇게 되면 유대는 새로운 마케도니아 왕국이 된다. 하지만 랍비들 밑에서는 사기는 올라가도 훈련이 잘되지 않는다. 궁전 정원에서 메살라가 조롱한 대로다. '엿새 동안 수중에 넣은 것을 이레째 되는 날 잃어버린다.' 이스라엘에는 하루 천하를 누릴 가능성밖에 없다.

지금까지 몇 번이나 이 계획의 도랑을 뛰어넘으려 했지만 잘되지 않았다. 틈새에 가까이 다가가지도 못하고, 이제는 그저 운을 하늘에 맡길 수밖에 없다고 생각하게 되었다. 영웅은 그의 시대에 나타날지도 모르고 나타나지 않을지도 모른다. 그것은 주님만이 아신다. 말루크가 발타사르 이야기를 해준 것은 바로 이런 때였고, 그랬기 때문에 벤허는 드디어 고민이 해결되었다고 뛸 듯이 기뻐했다. 영웅이 나타났다는 생각으로 머리가 가득 찼다. 그분이야말로 사자 부족의 자손, 유대인의 왕, 다윗에 필적하는 뛰어난 무장이고 솔로몬 같은 지혜와 위엄을 갖춘 지배자다. 그리고 이 영웅 뒤에는 무기를 손에 든 왕국이 버티고 있다. 왕국의 힘은 절대적이어서, 로마 따위는 상대도 되지 않는다. 규모가 큰 전쟁에는 삶과 죽음의 고뇌가 따라다니는 법이지만, 그 후에는 평화가 찾아오고, 애타게 기다려 온 유대의 지배가 영원히 찾아올 것이다. 예루살렘은 세계의 중심으로서……

상상만 해도 벤허는 가슴이 고동치는 것을 억누를 수가 없었다. 그 왕을 목격한 산 증인을 막사에서 만날 수 있었던 것도, 그리고 향후의 변화에 대해 여러 가지 가르침을 받은 것도 행운이었다. 전쟁이 임박해 있다면, 집정관 휘하에서 싸우는 것을 그만두고 동포를 결집시킨 다음 무기를 들게 할 준비에 돌입하지 않으면 안 된다. 부흥의 봉화가 오른 그때 이스라엘이 남보다 뒤질 수는 없다.

벤허는 발타사르한테서 펄쩍 뛰어오를 만한 이야기를 들었지만, 그걸로 만족했을까? 사실 그의 마음에는 야자나무의 그림자보다 더 어두운 그림자가 드리워져 있었다. 그것은 왕에 대한 의심이라기보다 왕국에 대한 의심 탓이었다.

'그분이 말씀하신 왕국이란 어떤 나라일까. 영혼의 왕국이라는 게 정말로 있을까?' 벤허는 자문했다. 메시아가 보내진 목적, 이 세상에서 그분의 지위 등 온갖 의문이 차례로 떠올랐다. 이런 의문들은 인간이 무한한 영혼과 유한한 육체라는 두 부분으로 이루어져 있음을 이해하지 못하는 사람에게는 어디까지나 수수께끼에 불과하다.

'그것은 어떤 나라일까?'

지금의 우리는 이미 그분의 대답을 손에 쥐고 있다. 하지만 당시의 벤허에게 주어진 것은 '이 세상의 것이지만 이 세상의 것이 아니다. 인간을 위한 것이 아니라 인간의 영혼을 위한 것이다. 하지만 둘도 없는 영광에 빛나는 지배'라는 발타사르의 수수께끼 같은 말뿐이었다. 이 말로 더욱 혼란에 빠진 젊은이는 절망적인 중얼거림을 토해냈다.

"인간의 손은 관여하지 않는다. 노동자, 대의원, 병사 같은 사람들을 위해 왕이 직접 손을 쓰는 것은 아니다. 이 세상은 멸망하거나 새 정부가 만들어져야 하고, 그러기 위해서는 무력이 아닌 다른 원리가 필요하다고 한다. 하지만 그것은 도대체 어떤 원리일까?"

이 시대 사람들은 아직 사랑의 힘을 이해하지 못했다. 하물며 평화와 질서라는 목적을 위해, 무력보다 더 강한 사랑의 힘을 이용하자고 설득할 사람이 있을 리도 없었다. 생각에 잠겨 있는 벤허의 어깨를 일데림이 두드렸다.

"아리우스 2세, 벌써 밤도 깊었으니 나는 한마디만 하고 돌아가겠소."

"어서 말씀하십시오, 족장님."

"아까 들은 이야기는 믿어도 좋을 거요. 다만 어떤 왕국인가 하는 이야기는 별문제지요. 아니, 그 이집트인은 싱거운 꿈 이야기를 자신이 지어냈을 뿐이오. 그런 건 신경 쓰지 말고, 안디옥의 상인인 시모니데스의 말을 한번 들어봐요. 이제 곧 소개하겠지만, 아주 현명한 분이니까 그 사람이라면 성서를 가져와서 선지자들의 말을 인용하여 구세주야말로 진정한 유대인의 왕이라는 것을 증명해줄 거요. 헤롯 왕보다 훨씬 뛰어난 왕이라는 것을. 그러면 우리도 복수의 맛을 마음껏 즐길 수 있겠지. 내가 말하고 싶은 건 그것뿐이오."

"잠깐만 기다려주세요, 족장님."

하지만 일데림은 가버렸다.

"또 시모니데스인가?" 벤허는 괴로운 기분으로 중얼거렸다. "저기서도 시모니데스, 여기서도 시모니데스. 나는 이 아버지의 하인한테 홀려 있는 것 같아. 그 양반이 발타사르보다 현명한지 어떤지는 별문제로 하고라도, 내 재산을 가로채는 방법은 잘 알고 있으니까 부자인 건 확실해. 신앙심을 지키려고 할 때 신앙심이 없는 자를 찾아가는 건 어리석기 짝이 없는 짓이야. 시모니데스 따위는 절대로 만나지 않겠어. 어라, 이게 무슨 소리지? 여자 목소리일까? 아니면 천사의 노랫소리일까? 이쪽으로 오고 있어."

여자가 탄 조각배 한 척이 다가왔다. 플루트 음색처럼 맑은 노랫소리가 조용한 수면에 울려 퍼지면서 시시각각 이쪽으로 다가오고 있었다. 노가 천천히 움직이는 소리도 들린다. 잠시 후에는 가사도 알아들을 수 있었다. 그것은 절망적인 슬픔에 가장 잘 어울리는 그리스어였다.

이집트인의 탄식

시리아의 바다 건너편에 있는 동화의 나라
나는 그 나라를 위해 노래하며 한숨을 내쉰다.
사향내 나는 모래에서 불어오는 향기로운 바람은
나에게는 생명의 숨결.
그들은 속삭이는 야자나무 잎을 가지고 장난치며 논다.

아아, 더 이상은 나를 위한 게 아니다.

조용한 달빛 속에서 나일 강은

멤피스* 연안을 지나면서 더 이상 신음하지 않는다.

오오, 닐루스여! 기절하는 내 영혼의 신이여!

꿈속에서 그대는 나에게 온다.

그리고 나는 꿈을 꾸면서 연꽃 접시를 갖고 논다.

그리고 그대에게 옛날 노래를 불러준다.

멀리서 멤논**의 노래가 들린다.

그리고 친애하는 심벨이 부르는 소리가 들린다!

슬픔과 고통의 열정을 깨달아라.

언젠가 나는 그렇게 말했다―안녕!

배는 야자나무 그늘을 지나간다. 노래의 마지막 가사인 '안녕'이라는 말이 감미로운 작별의 여운을 남기고, 배는 어두운 그림자가 되어 밤의 어둠 속으로 사라져간다. 벤허는 크게 한숨을 내쉬었다.

'발타사르의 따님이군. 정말 아름다운 목소리야. 게다가 얼마나 아름다운가!'

벤허는 낮에 본 그녀의 모습을 머리에 떠올렸다. 베일에 살짝

---

*이집트에 있는 고대 도시. 이 명칭은 그리스 신화에 나오는 닐루스 신(나일 강의 의인화된 신)의 딸의 이름에서 비롯되었다.
**그리스 신화에 나오는 에티오피아의 왕.

가려진 커다란 눈동자, 장밋빛 볼, 풍부한 곡선을 그리는 입술과 보조개, 큰 키에 나긋나긋하고 우아한 몸매.

'얼마나 아름다운가.'

가슴의 고동이 빨라진다. 그때 또 다른 젊고 아름다운 아가씨의 얼굴이 문득 호수에서 솟아난 것처럼 떠올랐다. 그 얼굴은 결코 열정을 돋우지는 않지만, 조용하고 상냥하고 천진하다.

'에스더, 나를 위해 나온 별이야.'

벤허는 물가를 떠나 막사로 돌아갔다. 지금까지 그의 마음은 슬픔과 복수심에 점령되어, 여성에 대한 사랑이 들어갈 여지 따위는 전혀 없었다. 이것은 기뻐할 만한 변화의 조짐일까? 에스더도 이집트 아가씨도 그에게 술잔을 건네주었다. 그리고 둘 다 동시에 야자나무 그늘에서 나타났다. 젊은 벤허가 두 여자 가운데 누군가의 모습을 안고 막사로 돌아갔다면, 그것은 어느 아가씨였을까?

제5부

|

정의의 행동들만이
흙먼지 속에서 달콤한 향기를 내며 꽃을 피운다.

—제임스 셜리

치열한 싸움의 열기 속에서도
냉정하게 이성이라는 법을 지키고
자신이 예견한 것을 본다.

—윌리엄 워즈워스

1
그라투스에게 보낸 편지

궁전의 응접실에서 열린 바쿠스 축제 이튿날, 홀의 침대의자들은 아직 잠들어 있는 로마의 젊은 귀족들에게 점령되어 있었다. 안디옥에서는 모두가 막센티우스 집정관을 환영할 준비에 여념이 없었다. 사람들은 저마다 집정관이 술피우스 산에서 갑옷으로 무장한 1개 군단을 이끌고 내려올지도 모른다느니, 님파이움에서 시내 중심부인 옴팔로스까지 화려하게 장식되어 동방의 고귀한 사람들조차 부끄러워할 만큼 호화찬란한 의식이 거행될 거라느니 하고 떠들어대며 환영 준비에 여념이 없었다. 하지만 궁전의 젊은 귀족들은 대부분 술에 취한 채 곯아떨어져 있어서, 그날 집정관 환영식에 참석할 수 있을 것 같지 않았다.

하지만 어젯밤의 야단법석에 가담한 사람이 모두 이런 한심한 상태였던 것은 아니다. 새벽빛이 응접실 천창에서 비쳐 들었을 때 메살라는 일어나서 월계관을 벗었다. 그것은 축제가 끝났음을 나타냈다. 메살라는 옷가지를 모아서 몸차림을 갖추자, 그 자리에 마지막 눈길을 던지고는 말없이 홀을 떠났다. 밤새 토론을 벌인 키케로조차도 이렇게 엄숙하고 단정하게 떠나지는 못했을 것이다.

그로부터 세 시간 뒤에 메살라의 방에서는 두 명의 심부름꾼이 봉인된 편지를 한 통씩 건네받고 있었다. 그것은 발레리우스 그라투스 총독에게 보내는 밀서였다. 아주 중요한 밀서니까 신속하고 확실하게 전달하라고 메살라는 거듭 명령했다. 두 명의 심부름꾼은 각각 육로와 해로를 택하여 재빨리 뛰쳐나갔다.

독자 여러분도 관심이 많을 테니까 그 내용을 알려드리겠다. 그 밀서는 다음과 같은 것이었다.

메살라가 그라투스 총독에게

존경하는 그라투스 각하!

각하께 놀랄 만한 일을 전하려 합니다. 아직은 추론의 영역을 벗어나지 못했지만, 각하께서도 들으시면 사태의 중대함을 당장 인정하실 겁니다.

우선 각하의 기억을 되살리고 싶습니다. 벌써 몇 해 전이지만, 이스라엘의 대부호인 벤허라는 청년이 있었던 것을 기억하십니까? 각하의 기억이 불확실하다면, 각하의 머리에 있는 상처 자국이 당시의 상황을 기억나게 하는 실마리가 될 것입니다. 그 일족은 각하의 목숨을 노린 혐의로 체포되어 즉석에서 심판이 내려졌고 재산은 몰수되었습니다. 이 심판은 현명하고 공정한 황제의 승인을 얻은 것이고, 몰수된 재산이 각하와 저의 손으로 흘러든 것은 전혀 부끄러워할 일이 아닙니다. 그 점에서 저는 각하께 항상 감사하고 있습니다.

다시 생각하면 각하께서 신으로 여겨질 만큼 현명하다는 것을 입증하는 증거는 벤허 일족에 대해 각하가 내린 최종 결정이었습니다. 이 사건의 결말을 어떻게 지어야 할지를 고민하고 있던 우리 두 사람에게 가장 효과적인 결말을 각하는 생각해내셨지요. 그것은 우리가 직접 손을 더럽히지 않은 채 놈들이 죽기를 기다린다는 것이었습니다. 그 죄인의 어미와 누이를 어떻게 처리했는지, 각하께서도 이제는 생각이 나셨을 겁니다. 지금 제가 그 두 사람의 생사를 알고 싶은 마음을 품었다 해도 도량이 넓으신 각하께서는 저를 용서해주시리라 믿습니다.

여담은 그만두고, 긴급한 보고로 넘어가겠습니다. 영장에 따르면 죄인 벤허는 평생 노예의 몸으로 갤리선에 보내졌습니다. 실제로 저는 갤리선의 무관에게 그의 신병이 넘겨진 것을 보여주는 양도문서를 보았습니다. 하지만 여기서부터가 놀랄 만한 일입니다. 갤리선 노예의 짧은 수명을 생각하면 벤허는 적어도 5년 전에 당연히 죽었어야 합니다. 운이 좋다 해도, 물에 빠져서 오케아노스*의 사위가 되었겠지요. 나약한 허튼소리를 허락해주신다면, 제 어릴 적 친구인 그는 정이 많고 덕망도 높고 사나이 중의 사나이라고 할 만했습니다. 그래서 저는 존경하는 마음을 담아서 그를 가니메데스라고 부르곤 했었지요. 유대 제일의 미녀도 아내로 삼을 수 있는 자였습니다. 그가 틀림없이 죽었을 거라고 확신했기 때문에 태연하게 전혀 거리낌 없이 그의 재산을 맡아서 그 혜택을 누리며 지

*그리스 신화에 나오는 물의 신. 모든 바다와 하천과 샘의 신이 되는 3천 명의 아들과 3천 명의 딸을 낳았다.

난 5년을 보냈습니다. 그런데 말씀드리고 싶은 건 지금부터 하는 이야기입니다.

어젯밤에 로마에서 온 손님들을 위해 연회를 열었는데, 그 자리에서 나온 한 청년의 이야기가 제 관심을 끌었습니다. 이상한 이야기를 들었습니다. 각하께서도 아시다시피 오늘 막센티우스 집정관이 파르티아에 대한 공격을 지휘하기 위해 안디옥에 도착했습니다. 집정관이 데려온 부대에 퀸투스 아리우스 2세라는 이름의 병사가 있었습니다. 자세히 들어보니, 가족이 없는 아리우스 사령관이 해적 소탕으로 명성을 떨치고 개선했을 때 후계자를 데리고 돌아왔다는 것입니다. 그 양자가 바로 각하께서 갤리선에 노예로 보낸 그자입니다. 5년 전에 노를 젓다가 죽었어야 할 벤허가 이제 로마 시민이 되어 상당한 부와 훌륭한 지위를 얻은 것입니다. 각하께서는 이제 확고한 지위를 얻으셨으니까 걱정할 필요가 없겠지만, 저는 신변이 위험합니다. 어떤 위험인지는 이제 와서 새삼스럽게 말씀드릴 필요도 없겠지요. 각하가 모르시면 누가 알겠습니까?

무슨 바보 같은 말을 하느냐고 하시겠습니까?

더 자세히 말씀드리면 아리우스 사령관은 해적 소탕전에서 배가 침몰했을 때 갤리선 노예의 도움 덕분에 목숨을 건졌습니다. 그리고 두 사람은 두꺼운 널빤지를 잡고 표류하다가 귀환선에 구조되었는데, 두 사람을 구조한 장교의 증언에 따르면 사령관과 함께 있던 젊은이는 갤리선 노예의 차림새였다고 합니다. 어제 저는 우연히 그 아리우스 2세란 자를 만날 기회가 있었습니다. 처음에는 알아차리지 못했지만, 실은 그 청년이야말로 오랜 놀이친구였고 벌써 죽었어야 마땅한 벤허 바로 그자였습니다. 벤허도 사람이라면 지금 제가 이렇게 편지를 쓰고 있는 순간에도 우리에 대한 복수를 생각하고 있을 게 분명합니다. 무엇보다도 나라를 위한, 어미와 누이를 위한, 제 자신을 위한 복수, 그리고 잃어버린 재산을 위한 복수를 생각하고 있겠지요.

각하께서는 여기까지 편지를 읽으시고, 혀를 차고 있을 때가 아니라, 시급히 취해야 할 조치를 생각하고 계실 것입니다. 각하께 무엇을 해야 하느냐고 묻는 것은 어리석기 짝이 없는 짓이겠지요. 저는 각하가 시키는 대로 하겠습니다. 이 밀서를 각하께 보낼 수 있었던 만큼 마음이 조금 가벼워집니다. 각하께서는 이 밀서를 다시 한 번 읽으시고, 사태의 중대함을 인정하시고 취해야 할 조치에 대해 즉시 결단을 내리실 거라고 믿습니다.

해가 벌써 높이 떴습니다. 한 시간만 지나면 이 밀서는 각하께 전달될 것입니다. 이 로마 제국 안에 우리의 적이 나타난 것을 한시라도 빨리 각하께 알려야 한다는 일념으로 이 편지를 썼습니다. 답장을 기다리고 있겠습니다.

지금 벤허의 행동은 막센티우스 집정관이 통괄하고 있습니다. 설령 집정관이 밤낮없이 진력한다 해도 한 달 만에 출정 준비를 끝낼 수는 없습니다. 아무것도 없는 이런 황량한 나라에서 군대를 소집하고 장비를 갖추는 게 얼마나 어려운 일인지는 각하께서도 잘 아시겠지요.

제가 벤허를 본 것은 다프네 숲이었습니다. 지금 놈이 거기에 없더라도 어딘가 가까운 곳에 있을 게 분명합니다. 놈의 동정을 감시하는 일은 저한테 맡겨주십시오. 실제로 그의 소재를 물으신다면, 반역자인 일데림 족장의 야자수 농원에 있을 게 분명하다고 자신 있게 말씀드리겠습니다. 족장도 우리의 강력한 추격을 오래 피할 수는 없을 것입니다. 막센티우스 집정관이 원정에 나설 때, 그 아랍인 족장을 체포하여 로마로 가는 배에 태운다 해도 놀랄 일은 아닙니다.

다시 한 번 말씀드리지만, 저는 벤허가 있는 곳을 빈틈없이 감시하고 있겠습니다. 각하께서 결단을 내리실 때 그것은 무엇보다 중요한 문제니까요. 음모와 책략의 핵심은 때와 장소, 그리고 누가 손을 쓰느냐 하는 것입니다.

지금이다 싶을 때는 각하의 가장 믿을 만한 친구이자 가장 유능한 참모인 저를 믿고 저에게 맡겨주시기 바랍니다.

7월 12일, 안디옥에서
메살라 드림

2
준비

두 명의 심부름꾼이 밀서를 가지고 메살라의 문간을 떠났을 무렵(아직 이른 아침이었다), 벤허는 일데림 족장의 막사로 들어갔다. 벤허는 일어나자마자 호수에서 미역을 감고 아침 식사도 끝내고 편안한 투니카 차림으로 느긋하게 시간을 보내고 있었다.

족장은 벤허의 모습을 홀딱 반한 눈으로 바라보며 침대의자에서 인사를 했다. 실제로 족장은 이렇게 빛이 날 만큼 힘차고 자신감 넘치는 젊은이의 모습을 본 적이 없었다.

"평안 있으라, 아리우스 2세여. 말들도 나도 준비가 끝났소. 당신은 어떻소?"

"족장님께도 평안이 있기를. 넘치는 후의에 감사를 드립니다. 저도 준비되어 있습니다."

"자, 앉으시오. 말들을 데려오라고 하겠소." 일데림은 말하고 손뼉을 쳤다.

"말들은 멍에에 묶여 있습니까?"

"아직 묶지 않았소."

"그럼 제가 하게 해주십시오. 녀석들과 친숙해져야 하니까요. 혼자 부를 수 있는 이름도 알아야 하고, 물론 성질도 알아야겠죠. 말들도 사람과 마찬가지여서, 대담한 녀석한테는 엄하게 꾸짖는 것이 좋고, 겁이 많은 녀석은 격려해주는 게 좋습니다. 하인에게 말해서 마구를 가져오라고 해주십시오."

"전차도?" 족장이 물었다.

"오늘은 전차가 필요 없습니다. 그 대신 말을 한 마리 더 빌릴 수 있을까요? 다른 말들만큼 빠른 말을 갖고 계신다면, 그런 말을 안장 없이……."

일데림은 의아한 표정을 지었지만, 곧 하인을 불렀다.

"네 마리분의 마구를 가져오도록 해라. 네 마리한테는 마구를 채우고, 시리우스한테는 재갈을 채워라."

그러고 나서 일데림은 일어섰다.

"시리우스는 내가 가장 귀여워하는, 나와 일심동체 같은 녀석이오. 20년 동안 함께 지냈고, 막사 안에서도 전쟁터에서도 사막에서도 항상 내 친구였지요. 그 녀석을 보여드리겠소."

족장은 커튼을 들어 올렸고, 벤허는 그 밑을 빠져나갔다. 말들은 한 덩어리가 되어 끌려왔다. 그 짐승들 가운데 작은 머리에 빛나는 눈, 흰 활을 연상시키는 목, 힘센 가슴팍, 고귀한 아가씨의 머리카락처럼 부드럽게 물결치는 갈기를 가진 말이 있었다. 그 말은 벤허를 보고는 기쁜 듯이 낮게 울었다.

족장은 말의 암갈색 볼을 가볍게 토닥이면서 "그래, 그래. 착하지. 잘 잤니?" 하고는, 벤허 쪽을 돌아보며 말하기 시작했다.

"이 녀석이 시리우스요. 여기 있는 네 아이의 아비지요. 어미인 미라는 너무 소중해서 함부로 나다니게 할 수 없으니까, 여기서 우리가 돌아오기를 기다릴 거요. 미라가 없어지면 난리법석이 납니다. 미라는 사막 민족의 자랑 그 자체예요. 모두 미라를 우러러 받들지요. 미라가 전속력으로 달리는 것을 보면 모두 눈이 휘둥그레진다오. 사막 민족인 1만 명의 기수들이 매일처럼 '미라는 어떻게 지내고 있습니까?' 묻고, '미라는 건강해!'라고 대답하면 뛸 듯이 기뻐합니다."

"미라와 시리우스는 모두 별 이름 아닙니까?" 벤허는 시리우스에게 손을 뻗으면서 물었다.

"그래요. 혹시 밤에 사막을 여행한 적이 있소?"

"아뇨, 한 번도 없습니다."

"그러면 아랍 민족이 얼마나 별에 의지하고 있는지 모르시겠군. 우리는 감사하는 마음으로 별들의 이름을 빌려서, 사랑하는 마음으로 망아지한테 그 이름을 붙여주지요. 우리 조상들도 나와 마찬가지로 미라라는 이름의 말을 갖고 있었고, 미라의 새끼들한테도 별의 이름을 붙였지요. 저 아이가 리겔, 저기 있는 녀석은 안타레스, 저 아이는 아타이르, 그리고 지금 당신이 다가가고 있는 녀석이 알데바란이오. 한배 새끼들 가운데 가장 어리지만, 그럼에도 불구하고 다른 녀석들한테 결코 뒤떨어지지 않아요. 바람을 거슬러 달려도 귓가에서 신음 소리가 들릴 만큼 빠르게 질주하지요. 당신이 가자고 하는 곳이라면 어디든지 갈거요. 솔로몬의 영광에 맹세코 말하지만, 당신이 원하기만 하면 녀석은 사자 목구멍까지라도 당신을 데려다줄 거요."

하인들이 마구를 가져왔기 때문에 벤허는 직접 말들에게 부착한 다음, 말들을 막사에서 데리고 나와 거기서 고삐를 채웠다.

"시리우스를 이리로."

벤허는 말 등에 훌쩍 올라탔다. 이 말에는 아랍인도 그만큼 멋지게 뛰어오르지는 못할 것이다.

"자, 고삐를 주세요." 그는 신중하게 건네진 고삐를 받아 들었다.

"족장님, 준비는 끝났습니다. 안내인을 불러주세요. 나중에 하인이 물을 가져오게 해주십시오."

출발할 때 걱정할 만한 일은 아무것도 없었다. 말은 전혀 두려워하지 않았다. 새 기수와 말 사이에는 이미 암묵적인 양해가 성립되어 있는 것 같았다. 기수가 침착하게 할 일을 했기 때문에 말들의 신뢰를 얻은 것이다. 벤허가 전차 대신 시리우스의 등에 타고 있는 것을 제외하면 출발 명령은 전차를 매달았을 경우와 아무 차이도 없었다. 일데림은 의기양양하게 수염을 쓰다듬으며 만족스러운 듯이 중얼거렸다.

"벤허는 절대로 로마인이 아니야. 로마인은 저렇게 못 해."

족장은 걸어서 그 뒤를 따랐다. 막사에 있는 사람들은 남녀노소 할 것 없이 모두 서둘러 족장의 뒤를 따랐다.

넓은 들판은 말을 훈련하기에는 더없이 좋았다. 벤허는 네 마리를 처음에는 직선으로, 다음에는 커다란 원을 그리며 천천히 달리게 했다. 그리고 차츰 훈련 수준을 높여서 종종걸음으로 달리게 하고, 다음에는 전속력으로 달리게 했다. 나중에는 원의 크기를 줄이거나, 이쪽저쪽으로 불규칙하게 쉬지 않고 달리게 했다. 이렇게 한 시간쯤 훈련을 한 다음, 다시 속도를 늦추어 마지막으로 일데림에게 돌아왔다.

"손에 익히는 일은 끝났습니다. 이제 남은 것은 연습을 거듭하는 것뿐입니다. 족장님, 이런 말들을 갖고 계시다니 정말로 대단하십니다. 이만큼 달리게 해도 땀 한 방울 흘리기는커녕 숨도 헐떡이지 않는군요. 이 녀석들과 함께라면 승리는……."

벤허는 말을 멈추고 늙은 족장에게 눈길을 돌렸다. 그때 족장 옆에 있는 두 여자가 눈에 띄자 그는 얼굴을 붉히며 인사를 했다. 여자들은 베일을 쓰고 있었고, 그 옆에는 발타사르도 있었다. 벤허는 '그때 본 이집트 아가씨군' 하고 생각했다. 가슴이 두근거렸다.

일데림은 벤허의 마지막 말을 이어받아 큰 소리로 외쳤다.

"승리와 복수! 나는 두렵지 않소. 당신도 남자요. 초지일관하세요. 어떤 지원도 아끼지 않겠소."

"족장님, 진심으로 감사드립니다. 그리고 하인들한테 시켜서 말들에게 먹일 물을 가져오게 해주십시오."

하인들이 물을 가져오자 벤허는 자기 손으로 말들에게 물을 먹였다.

그는 다시 시리우스에 올라타고 두 번째 훈련을 시작했다. 전과 마찬가지로 천천히 걷기 시작한 뒤 종종걸음으로, 종종걸음에서 빠른 걸음으로, 다시 구보로 달리게 하다가 서서히 전력질주로 넘어갔다. 그 기술을 보고 사람들은 가슴이 뛰었다. 고삐를 다루는 훌륭한 솜씨, 어떤 식으로 구부러져도 네 마리가 하나같이 보조를 맞추는 것을 보고 그들은 저도 모르게 박수를 쳤다. 그 기술에는 통일성과 힘찬 기운과 우아함이 넘쳐흘러 보는 사람들을 기쁘게 해주었다. 어려운 기술을 아주 쉽게 해내는 모습에 사람들은 홀딱 반해버렸다.

사람들이 모두 넋을 잃고 훈련 장면을 보고 있는 동안 말루크는 족장을 찾고 있었다. 드디어 족장을 발견한 말루크는 그에게 말을 걸었다.

"족장님, 시모니데스 님이 편지를 보내셨습니다."

"시모니데스가 편지를 보냈다고? 그거 잘됐군!"

말루크는 편지를 족장에게 건네면서 말을 이었다.

"중요한 용건이니까 곧바로 읽어달라고 하셨습니다."

일데림은 건네받은 봉투의 봉인을 뜯고, 얇은 마로 만든 봉투에서 편지 두 통을 꺼내 읽기 시작했다.

시모니데스가 일데림 족장에게

마음의 벗이여!

그쪽 막사에 아리우스 2세라고 자칭하는 훌륭한 젊은이가 머무르고 있을 것입니다. 그는 나한테도 아주 소중한 분입니다. 그의 내력에 대해 말씀드리고 싶으니 오늘이나 내일 안으로 이쪽으로 와주실 수 없을까요? 그 일로 상담하고 싶습니다. 또한 그 젊은이가 부탁하는 게 있으면 무엇이든 꼭 들어주시기 바랍니다. 결코 명예를 훼손할 부탁은 아니니까요. 자금이 필요하다면 내가 부담하겠습니다. 다만 내가 그 청년에게 관심을 갖고 있다는 것은 비밀로 해주십시오. 다른 손님에게도 잘 전해주세요. 시합날 경기장에서는 모든 것을 나한테 맡겨주세요. 이미 모든 분의 자리를 다 잡아 두었으니까요.

친구 시모니데스

시모니데스가 일데림 족장에게

친애하는 벗이여!

나의 오랜 경험을 바탕으로 말해두겠습니다.

로마인이 아닌 사람은 재산을 몰수당할 우려가 있습니다. 로마 집정관 막센티우스가 권좌에 앉기 때문에 미리 알려둡니다.

또 하나 알려두겠습니다. 당신을 함정에 빠뜨릴 간계를 꾸미고 있는 패거리에는 헤롯 일족도 포함되어 있는 게 분명합니다. 당신은 그들의 영지 안에도 많은 재산을 갖고 있을 테니까 빈틈없이 경계하세요. 당장 안디옥에서 남쪽으로 가는 길에 믿을 수 있는 부하들을 보내, 오가는 전령들의 편지를 모두 조사할 필요가 있습니다. 당신에 관한 밀서가 발견되거든 꼭 읽어보도록 하세요. 당신은 이 편지를 어제 받을 예정이었지만, 당신이 재빨리 행동을 개시하면 너무 늦지는 않았을 겁니다. 전령들이 오늘 아침에 안디옥을 출발했다 해도, 샛길을 알고 있는 당신의 심부름꾼은 다른 전령들보다 먼저 당신의 명령을 갖고 도착할 겁니다. 주저하지 말고 서두르세요. 이 편지는 읽는 즉시 소각하기 바랍니다.

친구 시모니데스

일데림은 편지를 두 번 읽고 봉투에 넣어 허리띠에 찔러 넣었다.

들판에서 가진 훈련은 아까보다 길어서 두 시간쯤 계속되었다. 마지막에 벤허는 네 마리 말을 가볍게 걷게 하여 일데림에게 돌아왔다.

"허락해주신다면, 일단 녀석들을 마방에 돌려놓고 오후에 다시 한 번 훈련하고 싶은데요."

"경기가 끝날 때까지 이 녀석들은 당신 거요. 마음대로 하세요. 로마인이었다면 몇 주나 걸릴 일을 겨우 두 시간 남짓 만에 해내셨군요. 대단하오. 우리는 반드시 이길 거요!"

벤허는 막사 안에서 하인들이 말들을 돌보는 것을 주의 깊게 지켜본 뒤, 호수에서 잠시 헤엄을 쳤다. 그 후 족장과 야자술을 마시자 생기가 온몸에 가득 찼다. 느긋해진 벤허는 유대 옷을 걸치고 말루크와 함께 야자수 농원으로 걸어갔다.

두 사람은 농원을 어슬렁어슬렁 걸으면서 여러 가지 이야기를 나누었지만, 마지막에 벤허가 말루크에게 말했다.

"부탁하고 싶은 게 있습니다. 셀레우키아 다리 옆에 있는 대상 숙사에 짐을 감추어두었는데, 그걸 가능하면 오늘 안에 가져다줄 수 없겠습니까?"

말루크는 기꺼이 그 일을 맡겠다고 대답했다.

"고맙습니다, 말루크. 우리는 유대인, 적은 로마인. 그리고 당신은 장사라는 것을 알고 있지만 일데림 족장은 장사를 모르는 것 같아요."

"아랍인은 대개 그렇습니다." 말루크는 의미심장하게 말했다.

"아랍인이 교활하다고 말할 작정은 아니지만, 조심하는 편이 좋겠지요. 그리고 경기할 때 규칙 위반으로 실격되거나 방해를 받지 않도록 경기장 담당관한테 가서 자세히 조사해주지 않겠습니까? 준비 단계에서 지켜야 할 규칙까지 일일이 조사하고, 사본을 입수할 수 있다면 큰 도움이 될 겁니다. 또한 어떤 색의 옷을 입어야 하는지, 그리고 특히 대기실 번호를 알고 싶습니다. 왼쪽이든 오른쪽이든, 메살라의 옆방으로 바꾸어주십시오. 지금 내가 말한 것을 기억할 수 있겠습니까?"

"이따금 잊어버릴 때도 있지만, 이런 중대한 일은 잘 기억합니다."

"그럼 또 하나 부탁하고 싶은 게 있는데, 어제 메살라는 자기 전차가 황제의 전차보다 낫다고 큰소리치고 있었어요. 그 전차의 무게와 크기를 알고 싶습니다. 다른 건 몰라도 최소한 바퀴의 축이 지면에서 어느 정도 높이인지, 그것만은 꼭 알고 싶군요. 메살라가 유리한 입장에 서게 해주고 싶지 않아요. 놈의 영광 따위는 아무래도 좋습니다. 만약 내가 이기면 놈의 실추는 누가 보아도 명백하고, 내 승리는 더욱 완벽해지겠지요. 뭐든지 좋으니까 뭔가 도움이 될 만한 게 있으면 모두 손에 넣고 싶습니다."

"알고 있습니다. 원하시는 것은 지면에서 전차 바퀴의 축까지의 높이로군요?"

"그렇습니다. 이게 마지막 부탁입니다. 자, 막사로 돌아갑시다."

천막 입구에서 발효유를 단지에 채워 넣고 있는 하인을 보았기 때문에, 두 사람은 멈춰 서서 목을 축였다. 그리고 곧 말루크는 시내로 돌아갔다.

두 사람이 밖에서 이야기를 나누고 있는 동안 족장은 시모니데스의 충고대로 아랍인 심부름꾼을 보냈다. 그 아랍인은 증거를 남기지 않도록 문서 종류는 아무것도 지니고 있지 않았다.

3
호수에서

"발타사르의 따님인 이라스 아가씨가 저한테 인사와 전갈을 부탁하셨습니다." 하인 하나가 막사에서 느긋하게 쉬고 있던 벤허를 찾아와서 말했다.

"전갈? 무슨 내용인가?"

"아가씨를 호수로 데려가줄 수 없느냐고 하십니다."

"대답은 내가 직접 하겠다고 전해주게."

어스름이 다가올 무렵, 산그림자는 이미 야자수 농원에 길게 뻗어 있고, 멀리서 양들의 목에 매단 방울 소리가 들리고, 가축의 울음소리와 가축을 집으로 몰아대는 남자들의 목소리도 들려온다. 야자수 농원의 생활은 사막의 오아시스와 마찬가지로 한가롭고 평온하다.

일데림 족장은 오후 훈련도 보고 나서 시모니데스에게 갔다. 두 사람의 대화 내용을 고려하면 아마 밤사이에 돌아오기는 어려울 것이다. 혼자 남겨진 벤허는 마부의 일솜씨를 보고 나서, 호수에서 잠시 헤엄을 치며 뜨거워진 몸을 식혔다. 온통 흰색 옷으로 갈아입고 일찌감치 저녁 식사를 마쳤을 무렵에는 젊음 덕분에 낮의 피로도 가시고 정력이 넘쳐흐르고 있었다.

아름다운 여성을 피하는 것은 현명한 짓도 아니고 성실한 노릇도 아니다. 더구나 세련된 영혼의 소유자라면 아름다운 여성의 매력에 더더욱 무감할 수가 없다. 아름다운 여인의 조각상을 사랑한 피그말리온*의 이야기는 시적이고 지극히 자연스러운 것이다. 아름다운 여성은 그 자체만으로도 힘이다. 그 힘이 지

---

*그리스 신화에 나오는 키프로스의 왕. 자신이 상아로 조각한 여인을 사랑한 나머지, 아프로디테(미와 사랑의 여신)에게 생명을 받아 아내로 삼았다.

금 벤허를 끌어당기고 있었다.

이라스는 얼굴도 자태도 아름답고 멋진 여성으로 여겨졌다. 샘가에서 처음 보았을 때의 아름다움은 변함이 없다. 그때의 그녀 목소리가 귓전에서 울리고 있는 듯했다. 그에게 감사 인사를 할 때의 목소리에는 눈물이 섞여 있었지만, 그래서 더욱 감미롭게 들렸다. 그리고 검고 커다란, 이집트인 특유의 온화한 아몬드형 눈동자. 키가 크고 늘씬한 몸을 풍부하게 흘러내리는 듯한 옷으로 감싼 그 우아하고 세련된 모습이 자주 눈에 떠오르곤 했다. 그녀를 술람미 여자*처럼 생각하는 것도, 깃발을 쳐들고 갑옷을 입고 투구를 쓴 무서운 전사처럼 생각하는 것도 보는 사람의 마음에 달려 있다. 벤허가 그녀를 생각할 때마다 솔로몬 왕의 정열적인 노래가 들리고, 그 모습은 점점 더 그의 정열을 북돋우었다. 이런 감정에 사로잡혀 다시 한 번 그녀를 만나고 싶다고 간절히 원했다. 젊은이를 사로잡고 있는 것은 사랑이 아니라 사랑의 전조인 호기심과 찬탄이었다.

저녁 식사를 끝낸 뒤 벤허는 곧바로 이라스를 찾으러 나갔다. 배를 묶어놓은 곳에서 그녀가 보이자 그는 그 모습에 반하여 우뚝 멈춰 섰다. 배를 묶어두는 곳은 층층대 몇 개와 등불을 매달아두는 기둥 몇 개를 갖춘 간단한 구조였다. 맑은 물 위에는 작은 배들이 달걀 껍질을 띄워놓은 것처럼 가볍게 떠 있었다. 작은 배에는 낙타를 돌보는 이집트인 하인이 노잡이 자리에 앉아

---

*솔로몬 왕이 극진히 사랑한 여자.

있었는데, 검은 얼굴이 하얀 옷과 대비되어 더욱 두드러져 보였다. 고물 쪽에 고대 페니키아의 화려한 자주색 깔개가 깔려 있고, 이집트 아가씨는 인도산 숄을 몸에 걸치고 키잡이 쪽에 앉아 있었다. 팔은 어깨까지 드러나 있어서, 어쨌든 눈길을 끌었다. 그녀의 아름다운 몸놀림, 표정, 손, 손가락까지도 우아하고 무언가 의미가 있는 것 같고, 모두 미술품 같았다. 어깨와 목을 밤공기에서 지키기 위해 얇은 스카프로 감싸고 있었지만, 그 아름다움을 감출 수는 없었다.

하지만 벤허는 그녀의 이목구비 하나하나에 마음을 빼앗긴 것은 아니었다. 오히려 그녀의 모습 전체에서 강한 인상을 받고, 눈부신 빛 같은 감동에 사로잡혔다. 입술은 붉었고 앞머리가 늘어진 이마는 석류처럼 분홍색이었다. 벤허가 느낀 것을 말로 표현하면 "내 사랑 그대, 일어나오. 나의 어여쁜 그대, 어서 나오시오. 겨울은 지나고, 비도 그치고, 구름도 걷혔소. 꽃 피고 새들 노래하는 계절이 이 땅에 돌아왔소"*와 비슷했다. 그녀는 겨울이 지나고 봄이 온 듯한 인상을 주었다.

"이쪽으로 오세요. 아니면 혹시 배를 잘 젓지 못하시나요?" 벤허가 우두커니 서 있는 것을 보고 그녀가 물었다.

벤허의 볼이 붉어졌다. 그녀는 이 젊은이의 갤리선 생활을 알 리가 없었다. 그는 얼른 계단을 내려갔다.

"무서운데요." 이라스의 앞자리에 앉으면서 벤허가 말했다.

---

*〈아가〉 제2장 10~12절. 솔로몬 왕이 술람미 여자에게 한 말.

"뭐가 무섭죠?"

"가라앉지 않을까 해서." 그는 웃으면서 대답했다.

"잠깐만 기다려주세요. 배를 밀어낼 때까지." 이라스는 말하고, 갈색 피부의 하인에게 신호를 보냈다.

하인은 노를 잡고 힘차게 배를 밀어냈다. 두 사람은 호숫가를 떠났다.

벤허의 마음속에서 그녀는 술람미 여자처럼 빛나고 있었다. 밤하늘에는 별들도 무수히 떠 있었지만 젊은이의 눈에는 어떤 별도 들어오지 않았다. 그는 그저 그녀의 눈부신 눈동자를 황홀하게 바라보고 있을 뿐이었다. 밤의 장막은 주위의 모든 것을 어둠으로 감싸고, 그녀의 모습만 유일하게 빛을 내고 있었다. 무더운 여름에 조용한 밤하늘 아래에서 젊은 남녀가 뱃놀이를 하는 것만큼 낭만적인 정경은 없을 것이다. 이럴 때는 아주 쉽게 일상생활에서 공상의 세계로 들어가는 법이다.

"내가 노를 잡으면 안 될까요?" 남자가 말했다.

"아뇨, 그건 안 돼요." 여자가 대답했다. "나와 함께 노를 저어달라고는 부탁하지 않겠어요. 그러면 당신한테 빚을 지게 되니까요. 당신이 이야기를 해주실지, 아니면 내가 이야기를 할지, 어느 쪽을 선택할지는 당신한테 달렸어요. 하지만 어느 쪽으로 갈지는 내가 결정하겠어요."

"어디로 가실 건가요?"

"다시 한 번 말씀드리죠. 행선지는 내가 정해요."

"귀여운 이집트 아가씨, 나는 포로라면 누구나 하는 질문을 했을 뿐입니다."

"나를 이집트라고 불러주세요."

"아니, 오히려 이라스라고 부르고 싶은데요."

"그래도 좋지만, 이집트라고 불러주세요."

"이집트는 나라 이름이고, 많은 사람을 의미합니다."

"맞아요. 그런 뜻이에요."

"알겠습니다. 우리가 가려고 하는 곳이 이집트군요?"

"정말로 그렇다면 얼마나 좋을까요?" 그녀는 말하면서 한숨을 쉬었다. "나에게는 흥미를 갖지 않으시는군요. 당신이 이집트에 가보신 적이 없는 건 알고 있어요."

"예, 한 번도 없습니다."

"이집트는 불행한 사람이 없는 나라예요. 이방인들이 바라는 곳, 모든 신들의 모국, 최고의 지복을 받을 수 있는 곳이죠. 거기서는 행복한 사람은 점점 더 행복해지고, 비참한 사람도 일단 신성한 강의 감미로운 물을 마시면 웃고 노래하며 어린애처럼 기뻐한답니다."

"그곳에는 다른 나라처럼 가난한 사람이 없습니까?"

"이집트에서 정말로 가난한 사람은 소박해서 필요 이상으로는 바라지 않아요. 그리고 사람에게 필요한 건 아주 적답니다. 그리스인이나 로마인은 그걸 몰라요."

"나는 그리스도인도 로마인도 아닙니다."

아가씨는 미소를 지었다.

"나는 장미밭을 갖고 있어요. 장미밭 한복판에 있는 장미 한 그루가 한창 꽃을 피울 때는 정말 아름답죠. 그게 어디에서 왔을 거라고 생각하세요?"

"장미의 고국인 페르시아에서?"

"아니에요."

"그럼 인도에서?"

"아뇨."

"아, 그럼 그리스의 한 섬에서?"

"말씀드릴게요. 어느 날 한 나그네가 르바임 평원을 지나는 길가에서 말라 죽어가는 장미를 발견했어요."

"그럼 유대에서 왔군요!"

"그 장미를 갖고 돌아와서, 나일 강물이 바싹 말라서 흙이 드러난 강변에 심었어요. 그 나무가 부드러운 남풍과 뜨거운 햇빛을 받고 잘 자라서 아름다운 꽃을 피웠죠. 그 장미 옆에 서면 좋은 향기가 풍겼어요. 유대의 장미조차 이집트 땅에 오면 그럴 정도니까, 이스라엘인도 마찬가지예요. 이집트가 아닌 다른 땅에서 이스라엘 사람이 행복해질 수 있을까요?"

"이집트에서 이스라엘 백성을 탈출시킨 모세는 수백만 명 가운데 한 사람일 뿐이었습니다."

"아뇨, 꿈을 읽는 사람이 있었어요. 잊으셨나요?"

"파라오라면 이미 죽었습니다."

"그래요. 파라오들이 잠자고 있는 무덤 옆을 흐르는 강이 무덤 속의 왕들을 위해 노래를 부르고 있지만, 태양은 변함이 없고 바람도 변함이 없고 사람들도 변함이 없어요."

"알렉산드리아는 이제 로마의 한 도시에 불과합니다."

"그건 권력의 상징인 홀을 교환했을 뿐이에요. 황제가 칼이라는 홀을 거두어들이고, 그 대신 학문이라는 홀을 남겼지요. 나와 함께 브루케이움*에 가주세요. 그러면 우리 나라의 이름난 대학을 보여드릴게요. 그다음에는 세라피움에 가주세요. 거기서는 건축의 진수를, 도서관에서는 불멸의 책들을, 극장에서는 그리스와 인도의 영웅시를 들읍시다. 부두에서는 상업의 번창을 볼 수 있어요. 옛날 철학자들이 각지로 흩어졌을 때 모든 예술의 거장들을 데리고 돌아왔죠. 그 시대에 만들어진 유형의 물건들은 아무것도 남아 있지 않지만, 사람들을 즐겁게 해준 그 시대의 기쁨과 결코 끊을 수 없는 노래들은 남아 있답니다."

이라스의 이야기를 들으면서 벤허는 예루살렘의 집에서 어머니가 이라스처럼 애국심을 담아 이미 지나가버린 예루살렘의 영광을 이야기하던 밤을 생각해냈다.

"당신이 왜 이집트라고 불리고 싶어 하는지 이제 알았습니다. 그 이름으로 당신을 부르면 노래를 한 곡 불러주시겠습니까? 어젯밤 당신이 노래를 부르는 것을 들었습니다."

"그건 나일의 노래예요. 사막의 숨소리가 들리고, 오랜 옛날부터 흐르는 그 사랑스러운 강의 잔물결 소리를 듣고 싶다는 생각이 들 때면 부르는 탄식의 노래죠. 하지만 오늘 밤에는 인도 노래를 들려드릴게요. 알렉산드리아에 갈 기회가 있으면 그 노

---

*알렉산드리아 박물관(도서관)의 본관이 있는 구역이며, 그 후 프톨레마이오스 3세가 세라피움(세라피스 신전)에 별관을 따로 세웠다.

래를 가르쳐준 인도 처녀의 노래를 들을 수 있는 거리로 안내할
게요. 카필라*는 인도의 현인들 중에서도 가장 존경받은 사람들
가운데 하나였죠."

그런 후 그녀는 지극히 자연스럽게 노래를 부르기 시작했다.

카필라

I

카필라, 카필라, 그대는 젊고 진실한 사람.

나도 갈망하고 있어요, 당신과 같은 영광을.

전쟁터에서 큰 소리로 다시 묻겠어요.

나도 과연 당신과 같은 용기를 가질 수 있을까요?

카필라는 하얀 군마 위에 앉아 있었어요.

그렇게 근엄한 영웅은 다시없을 거예요.

"모든 것을 사랑하는 사람은 아무것도 두려워하지 않는다.

나를 용감하게 만드는 것은 사랑이다.

어느 날 한 여자가 나에게 자기 영혼을 주었다.

그녀의 영혼은 언제나 나의 영혼.

거기에서 내 용기가 나에게 왔다.

가서 그 용기를 시험해보라―그리고 보라."

*고대 인도의 철학자. 서기전 4세기경 상키아학파를 창시했다고 알려져 있다.

카필라, 카필라, 그대는 백발성성한 노인.

여왕이 나를 부르고 있어요.

하지만 나는 거기에 가기 전에 당신한테 듣고 싶어요.

지혜가 처음에 어떻게 당신한테 왔는지.

카필라는 자기 신전 문간에 서 있었어요.

그는 은자로 가장한 사제였지요.

"지혜는 사람들이 지식을 얻는 것처럼 오지 않았다.

나를 현명하게 만드는 것은 믿음이다.

어느 날 한 여자가 나에게 자기 마음을 주었다.

그녀의 마음은 언제나 나의 마음.

거기에서 내 지혜가 나에게 왔다.

가서 그 지혜를 시험해보라—그리고 보라."

벤허가 노래에 대해 고맙다고 말할 새도 없이, 배의 용골이 호수 바닥에 닿아 삐걱거리고 뱃머리가 호숫가로 올라앉았다.

"빨리도 왔군요. 아아, 이집트!" 그가 외쳤다.

"여기 머무는 시간은 더 짧아요." 그녀가 대답하자, 흑인 하인은 배를 힘껏 밀어서 그들을 다시 호수로 밀어냈다.

"이번에는 내가 노를 젓게 해주세요."

"안 돼요." 그녀는 웃으면서 말했다. "당신에게는 전차가 어울리고 나한테는 배가 어울려요. 우리는 호수 끝에 있을 뿐이에요. 내가 얻은 교훈은 내가 더 이상 노래를 부르면 안 된다는 거예요. 이집트에 갔다 왔으니까 이제 다프네 숲에 가요."

"가는 길에는 노래를 불러주지 않을 건가요?" 벤허는 비난하듯이 재촉했다.

"당신은 오늘 다프네 숲에서 어떤 로마인한테 우리를 구해주셨죠. 그 로마인에 대해 말해주세요." 그녀가 부탁했다.

"이게 나일 강이라면 얼마나 좋을까?" 그녀의 부탁에 기분이 불쾌해진 벤허는 말을 돌렸다. "왕들과 왕비들은 그렇게 오랫동안 잠을 잤으니까 무덤에서 내려와 우리와 함께 배를 탈지도 모릅니다."

"그들은 거대하니까, 그랬다가는 우리 배가 가라앉아버려요. 차라리 피그미족이 더 낫죠. 하지만 그 로마인에 대해 말해주세요. 아주 나쁜 사람이죠?"

"글쎄요."

"고귀한 집안 태생인가요? 그리고 대단한 부자인가요?"

"모릅니다."

"그 로마인의 말들은 정말 아름다웠어요. 전차의 의자도 금으로 되어 있고 바퀴는 상아였죠. 그리고 그 오만한 태도는 어때요? 옆에서 구경하던 사람들은 그 사람이 떠날 때 미소를 짓고 있었어요. 하마터면 치일 뻔했는데 그것도 잊어버리고……."

그녀는 그때 일을 생각해내고 웃었다.

"그들은 구경꾼일 뿐입니다." 벤허는 씁쓸하게 대답했다.

"그 사람은 로마에서 자라고 있다는 괴물들 가운데 하나가 분명해요. 케르베로스*만큼 탐욕스러운 아폴로들. 그 사람은 어떻게 안디옥에서 살게 됐죠?"

"그는 동방 어딘가의 출신입니다."

"시리아보다는 이집트 쪽이 그 사람과 어울리는 것 같아요."

"그럴 가능성은 거의 없습니다. 클레오파트라는 이미 죽었으니까요."

그때 막사 문간 앞에서 타고 있는 횃불이 눈에 들어왔다.

"벌써 막사네요." 이라스가 소리쳤다.

"아아, 그럼 우리는 이집트에 가지 못했군요. 나는 카르나크도 필레도 아비도스**도 보지 못했어요. 이건 나일 강이 아닙니다. 나는 인도 노래밖에 듣지 못했고, 꿈속에서 뱃놀이를 했을 뿐이에요."

"필레나 카르나크보다는 아부심벨 신전의 람세스 상을 보지 못한 걸 한탄하세요. 그 신전을 보면 하늘과 땅을 창조한 신에 대해 생각하기가 쉬워져요. 아니, 왜 한탄해야 하죠? 이제 강으로 가요. 내가 노래를 부를 수는 없다 해도." 그녀는 소리 내어 웃었다. "나는 노래를 부르지 않겠다고 말했으니까 노래를 부를 수는 없죠. 하지만 이집트 이야기를 해드릴 수는 있어요."

"계속하세요! 아침이 올 때까지, 그리고 저녁이 올 때까지, 그리고 내일 아침이 올 때까지!" 그는 격렬하게 말했다.

"어떤 이야기를 할까요? 수학자들에 대해서?"

---

*그리스 신화에 나오는 지옥을 지키는 개. 머리가 셋에 꼬리는 뱀 모양이다.
**카르나크, 필레, 아비도스 모두 이집트의 신전 유적지들이다.

"아니요."

"그럼 철학자들에 대해서?"

"아니, 아닙니다."

"마법사와 요정들에 대해서?"

"당신이 원한다면."

"전쟁에 대해서?"

"좋아요."

"사랑에 대해서?"

"좋지요."

"사랑에 대한 치료법을 알려드릴게요. 이건 어느 여왕의 이야기예요. 공손히 들어주세요. 이시스를 모시는 필레 신전의 사제들이 이 이야기를 기록한 파피루스를 그 여주인공의 손에서 강제로 빼앗았다고 들었어요. 그러니까 이것은 실제로 있었던 이야기일 게 분명해요."

네네호프라

I

인간의 삶에는 똑같은 게 없어요. 어떤 삶도 직선을 그리지 않아요. 가장 완벽한 삶은 원을 그려서, 시작된 곳에서 끝나죠. 그래서 이게 시작이고 저게 끝이라고 말하는 것은 불가능해요.

II

네네호프라는 에수안 근처에 있는 집에서 살고 있었어요. 제1폭포 바로 옆이었기 때문에, 끊임없는 폭포 소리는 그 지방의 특징이 되어 있었죠. 여기서 그녀는 무럭무럭 자라서 날마다 아름다워졌기 때문에, 아버지의 정원에 피어 있는 양귀비처럼 한창 꽃필 나이가 되면 얼마나 아름다울까 하는 말을 듣곤 했지요.

그녀 인생의 1년은 언제나 새로운 노래의 시작을 연상시켰고, 새로 맞은 1년은 이제까지 지내온 어떤 해보다 더욱 기쁨에 가득 찬 해가 되곤 했답니다.

네네호프라는 바다에 둘러싸인 북쪽 땅과 루나 산맥 너머의 사막으로 둘러싸인 남쪽 땅이 결혼하여 낳은 딸이었어요. 한쪽은 딸에게 정열을 주었고 또 한쪽은 재능을 주었죠. 북쪽 땅과 남쪽 땅은 딸을 보고 웃으며, "저 아이는 내 아이야"라고 편협하게 말하지 않고 "하하하! 저 아이는 우리 아이야"라고 너그럽게 말하곤 했답니다.

자연계의 모든 뛰어난 것들이 그녀를 완벽하게 해주고 그녀의 존재를 기뻐했답니다. 그녀가 오거나 가면 새들은 날개를 퍼덕여 인사를 했고, 세차게 휘몰아치던 바람도 시원한 산들바람이 되고, 하얀 연꽃이 그녀를 보려고 물속에서 모습을 나타내곤 했지요. 근엄하게 흐르던 강이 어정거리며 천천히 흐르고, 야자나무는 고개를 숙이고 잎을 흔들었어요. 마치 자신의 우아한 아름다움을 아가씨에게 주려고, 현명함을 주려고, 순수함을 주려고, 주위의 모든 것이 경쟁하고 있는 것 같았죠. 자연은 모두 저마다 아가씨에게 줄 수 있는 아름다움을 갖추고 있으니까요.

열두 살 때, 네네호프라는 에수안 지방의 기쁨이었답니다. 열여섯 살 때는 아름다운 그녀의 소문이 온 세상에 퍼졌지요. 그녀가 스무 살이 되자 발 빠른 낙타를 탄 사막의 왕자들이나 금칠한 배를 탄 이집트 귀족들이 그녀의 집 문간에 서 있지 않는 날이 없었답니다. 하지만 아무도 그녀의 마음을 사로잡지 못하고, 결국 그들은 이렇게 말했지요.

"그녀를 보았는데, 그녀는 보통 여자가 아니라 여신 자체야."

Ⅲ

한편 메네스 왕의 후계자 330명 중에는 18명의 에티오피아인이 있었는데, 그중 한 사람이 나이가 110세인 오라이테스 왕이었어요. 76년에 걸친 그의 치하에서 사람들은 풍족해지고 땅은 비옥해져서 많은 것을 산출했지요. 그가 영명한 군주가 된 것은 많은 경험을 통해 사물의 본질을 꿰뚫어 보는 눈을 갖고 있었기 때문이에요. 오라이테스 왕은 멤피스에 살았는데, 그곳에는 궁전과 무기고와 보물창고가 있었지요.

이 왕의 아내가 죽었을 때, 미라로 만들기에는 나이가 너무 많았어요. 아내를 사랑한 왕은 위로할 수도 없을 만큼 비탄에 빠졌고, 그것을 본 장례관은 왕에게 과감하게 말했답니다.

"오라이테스 왕이시여, 폐하처럼 영명하고 위대한 분도 이런 슬픔을 치유하는 방법을 모르다니 놀랍군요."

"치유법을 가르쳐다오." 왕이 말했지요.

장례관은 고인에게 들리지 않도록 세 번 마룻바닥에 입을 맞추고 대답했답니다.

"에수안에 여신처럼 아름다운 네네호프라라는 처자가 살고 있습니다. 사람을 보내서 그녀를 데려오세요. 별만큼 많은 왕족과 귀족과 왕자의 구애를 모두 거절하고, 몇 명의 왕들이 구애를 했는지 모르지만, 오라이테스 왕의 구애를 누가 거절할 수 있겠습니까?"

IV

네네호프라는 훌륭한 배를 타고 많은 배의 호위를 받으며 나일 강을 내려갔어요. 누비아와 이집트의 사람들은 물론 리비아와 홍해 연안에서도 많은 사람이 모여들었고, 루나 산맥 너머에서도 적잖은 에티오피아인들이 몰려와서 강변에 천막을 치고 그 행렬이 향기로운 바람을 타고 금빛 노를 저으며 지나가는 것을 보았답니다.

네네호프라는 스핑크스와 날개 달린 사자가 웅크리고 있는 지하 통로를 지나 마침내 궁전의 특별 왕좌에 앉아 있는 오라이테스 왕 앞에 이르렀지요. 왕은 아가씨를 일으켜 자기 옆에 앉히고, 그녀의 팔에 우라에우스*를 감아주고 입을 맞춘 후 왕비 중의 왕비로 삼았답니다.

그것만으로는 충분치 않았어요. 왕에게는 왕비의 사랑도 필요했지요. 왕이 사랑해주어야만 왕비가 행복한 것과 마찬가지예요.

---

*코브라를 본뜬 뱀 모양의 장식으로, 왕의 상징이다.

그래서 왕은 왕비를 다정하게 대하고, 그가 가진 것, 도시, 궁전, 백성, 군대, 함대 따위를 모두 보여주고, 직접 보물창고로 안내하여 이렇게 말했답니다.

"네네호프라, 사랑을 담아서 입을 맞춰다오. 이것들은 모두 그대 것이니까."

네네호프라는 그때 행복하지는 않았지만 언젠가는 행복해질 수 있다고 믿고 왕에게 한 번, 두 번, 세 번 입을 맞추었답니다.

첫해에 왕비는 행복했지요. 하지만 그 행복은 오래가지 않았어요. 3년째 되던 해에 그녀는 시름시름 앓더니 오랫동안 병석에 누웠답니다. 그때 그녀는 깨달았지요. 자신은 왕을 사랑한다고 생각했지만 그것은 사랑이 아니라 왕의 권력에 눈이 멀었을 뿐이란 것을 말이에요. 그녀는 맥이 빠진 것처럼 날마다 눈물에 잠겨 있었고, 시녀들도 왕비가 마지막으로 웃은 게 언제인지 생각해내지 못할 정도였어요. 장밋빛 볼은 색이 바래고, 활기가 없어져서 금방이라도 기절할 것 같았지요. 병세는 느리기는 했지만 점점 나빠져갔어요. 어떤 사람은 왕비가 복수의 여신에게 씌었다고 말했고, 어떤 사람은 오라이테스 왕을 질투하는 신에게 당했다고 말했지요. 그녀의 병의 원인이 무엇이든 어떤 마술사의 마법도 효과가 없었답니다. 의사의 처방도 역시 아무런 효과를 거두지 못해서, 그녀가 오래지 않아 죽을 것은 확실해졌지요.

오라이테스 왕은 왕비의 무덤을 준비하기 시작했어요. 왕비들의 무덤 속에서 그녀를 위한 묘실을 고르고, 그림과 조각의 장인들을 멤피스까지 불러서 죽은 왕들의 무덤 회랑에서도 볼 수 없는 정교한 디자인으로 왕비의 무덤을 꾸미라고 명령했지요. 왕은 113세였지만, 연인으로서의 정열은 조금도 쇠하지 않아서 왕비에게 간청했답니다.

"여신처럼 아름다운 나의 왕비여, 제발 무슨 병인지 가르쳐다오. 보고 있는 동안에도 점점 쇠약해지고 있지 않느냐."

"제가 말씀드리면 당신은 틀림없이 저를 더 이상 사랑하지 않으실 거예요." 그녀는 두려움에 떨면서 대답했지요.

"너를 사랑하지 않다니. 그런 일은 있을 리가 없다. 전보다 더 사랑할 것이다. 오시리스에게 맹세하마." 왕은 정열적인 연인이자 위엄 있는 왕의 어조로 말했지요.

"그러면 들어주세요. 에수안 근처에 있는 동굴에 가장 연로하고 가장 신성한 은자가 있답니다. 이름은 메노파예요. 그분은 저의 스승이고 보호자이기도 해요. 그분을 불러서 당신이 알고 싶은 것을 물어보세요. 그러면 저의 고뇌를 치유할 수 있는 방법을 알게 되실 거예요."

오라이테스 왕은 뛸 듯이 기뻐했지요. 백 살이나 젊어진 것 같았답니다.

V

멤피스 궁전에서 메노파는 왕에게 대답했지요.

"강력한 왕이시여, 저는 왕의 노여움을 사서 죽고 싶지는 않으니까, 왕이 젊다면 대답하지 않을 겁니다. 왕비는 어떤 죄의 벌을 받고 계십니다."

"죄라고?" 왕은 화를 내며 외쳤어요.

그러자 메노파는 고개를 숙이며 대답했지요.

"그렇습니다. 왕비 자신에 대해 죄를 지은 겁니다."

"그런 수수께끼 같은 말은 모른다."

"제 말은 수수께끼가 아닙니다. 네네호프라는 제 눈길이 닿는 곳에서 자랐습니다. 네네호프라는 자기 인생에 일어난 모든 사건을 저한테 털어놓았지요. 사실대로 말하면 네네호프라는 정원사의 아들인 바베크를 사랑하고 있었습니다."

오라이테스 왕의 떨떠름한 표정은 묘하게도 환해지기 시작했답니다.

"마음속으로는 여전히 그 남자를 사랑하면서도 왕에게 시집을 간 거지요. 그 사랑 때문에 죽어가고 있는 것입니다."

"그 정원사의 아들은 지금 어디 있느냐?"

"에수안에 있습니다."

왕은 두 가지 명령을 내렸어요. 하나는 '에수안에 가서 바베크라는 청년을 찾아서 데려오라. 왕비 아버지의 정원에 있을 것이다'라는 명령이었고, 또 하나는 '일꾼과 우마와 연장을 긁어모아 켐미스 호수 안에 섬을 만들라. 거기에 사원과 궁전과 정원을 짓고, 온갖 열매가 열리는 나무와 덩굴식물을 심어라. 하지만 섬을 물에 뜨게 해서, 바람이 불면 떠다니도록 건설하라. 달이 이지러지기 시작할 때까지 섬에 모든 것을 다 갖추어놓으라'라는 명령이었죠.

그러고는 왕비를 향해 말했어요.

"기뻐하라. 나는 모든 것을 다 알았다. 바베크를 부르러 사람을 보냈다."

그러자 네네호프라는 왕의 손에 입을 맞추었죠.

"그대는 그자를 독차지하라. 그자도 그대를 독차지해도 좋다. 1년 동안은 아무도 그 사랑을 방해하지 못하게 하겠다."

왕은 자기 발에 입을 맞추는 왕비를 안아 일으키고, 답례로 입을 맞추었지요. 왕비의 볼은 장밋빛으로 물들고, 입술에 붉은 기가 돌고, 마음에 기쁨이 돌아왔답니다.

VI

1년 동안 네네호프라와 정원사 바베크는 훗날 세계의 불가사의 가운데 하나가 된 켐미스 섬에서 바람 부는 대로 떠돌았지요. 세상에서 가장 아름다운 사랑의 보금자리에서 1년 동안 다른 누구와도 만나지 않고 단둘이 보냈답니다. 그 후 네네호프라는 멤피스의 궁전으로 돌아왔지요.

"자, 이제는 누구를 가장 사랑하느냐?" 왕이 물었어요.

네네호프라는 왕의 볼에 입을 맞추고 말했지요.

"저를 거두어주세요. 제 병은 다 나았습니다."

그때 114세였던 왕은 웃으면서 말했답니다.

"메노파의 말대로군. 하하하! 사랑을 치유하는 건 사랑의 힘이라는 말은 정말로 옳았어."

"그렇습니다." 왕비도 대답했지요.

갑자기 왕의 형상이 순식간에 무섭게 변했어요.

"하지만 나는 그렇게 생각지 않았다."

네네호프라는 너무나 무서운 왕의 형상을 보고 움츠러들었답니다.

"너는 유죄야." 왕이 말을 이었어요. "남자로서의 오라이테스를 모욕하는 것은 용서할 수 있지만, 왕으로서의 오라이테스를 모욕하는 것은 벌을 받아 마땅하다."

왕비는 무서운 나머지 왕의 발치에 쓰러졌어요.

"너는 죽었다."

왕이 손뼉을 치자, 저마다 손에 도구나 재료를 든 미라 기술자들이 방으로 들어왔답니다.

왕은 네네호프라를 가리키며 명령했지요.

"저 여자는 죽었다. 일을 시작해라."

Ⅶ

72일 뒤에 아름다운 네네호프라는 1년 전에 선택된 지하 묘실로 옮겨졌지요. 먼저 죽은 왕비들과 마찬가지로. 하지만 배를 타고 신성한 호수를 건너는 장례식은 거행되지 않았답니다.

이집트 아가씨는 이야기를 끝냈다. 벤허는 그녀의 발치에 앉아 키자루에 놓인 그녀의 손에 자기 손을 겹쳐놓고 있었다.

"메노파는 틀렸어요."

"왜요?"

"사랑은 사랑의 힘으로 사니까요."

"그러면 사랑을 치유할 방법은 없나요?"

"아니, 있습니다. 오라이테스 왕은 그 치유법을 발견했지요."

"그게 뭔데요?"

"죽음입니다."

이런 식으로 대화가 오가고, 옛날이야기를 하면서 두 사람은 즐겁게 시간을 보냈다. 두 사람이 호숫가로 올라왔을 때 여자가 말했다.

"내일은 시내에 나가요."

"경기장에 가는 건가요?" 벤허가 물었다.

"물론이죠."

"그럼 우리 색깔의 깃발을 들어 올리겠습니다."

그리고 두 사람은 헤어졌다.

4
가로챈 밀서

일데림 족장은 이튿날 3시쯤 야자수 농원으로 돌아왔다. 그가 말에서 내리려고 할 때, 같은 부족으로 보이는 남자가 다가와서 말했다.

"족장님, 이 봉투를 전해드리라는 부탁을 받았습니다. 빨리 읽어보시랍니다. 답장을 쓰실 거면 기다리고 있겠습니다."

일데림은 당장 봉투를 훑어보았다. 봉인은 이미 뜯겼고, 수신인 이름은 가이사랴의 발레리우스 그라투스 총독이었다.

"이런, 제기랄!" 족장은 밀서가 라틴어로 쓰여 있는 것을 보고 투덜거렸다. 그리스어나 아랍어로 쓰였다면 읽을 수 있겠지만, 라틴어는 읽지 못했다. 그가 간신히 읽을 수 있는 것은 굵은 로마자로 쓰인 메살라라는 서명뿐이었다. 갑자기 그의 눈이 번쩍 빛났다.

"유대인 청년은 어디 있나?" 일데림이 물었다.

"들판에서 말을 훈련시키고 있습니다." 하인이 대답했다.

족장은 밀서를 봉투에 넣고 허리띠에 봉투를 찔러 넣은 다음 말에 올라타고 들판으로 가려고 했다. 그때 분명히 시내에서 온 것으로 보이는 낯선 인물이 모습을 나타냈다.

"일데림 족장을 찾고 있는데요." 사내가 물었다. 말투나 옷차림으로 보아 로마인인 게 분명했다.

족장은 라틴어를 읽을 수는 없지만 말할 수는 있었기 때문에, "내가 일데림이오" 하고 엄격하게 대답했다.

사내는 일단 눈을 내리깔았다가 다시 고개를 들고 태연한 체하면서 말했다.

"경기에 출전할 기수를 찾고 계신다고 들었는데요."

일데림은 하얀 수염 아래의 입술을 일그러뜨리며 대답했다.

"돌아가시오. 기수는 이미 구했으니까."

일데림이 말머리를 돌려 자리를 떠나려고 하자 사내는 끈질기게 매달렸다.

"족장님, 저는 말을 사랑합니다. 족장님이 세상에 보기 드문 훌륭한 말들을 갖고 계신다는 말을 들었기 때문에……"

이 말에 족장은 일단 기분이 좋아져서 고삐를 잡아당겼지만, 겨우 사내를 뿌리쳤다.

"오늘은 안 되고, 다음에 보여주겠소. 지금은 바빠서."

족장이 떠나자 낯선 사내는 미소를 지으면서 시내로 돌아갔다. 그는 그것으로 사명을 완수한 것이다.

그 후 경기가 시작될 때까지 날마다 한 명, 날에 따라서는 두세 명의 남자가 야자수 농원을 찾아와 기수 일자리를 찾고 있는 체했다. 이렇게 메살라는 벤허의 동태를 감시하고 있었다.

5
밀서를 읽다

일데림은 벤허의 오전 훈련을 자못 만족스러운 듯이 보고 있었다. 네 마리 말이 한 덩어리가 되어 달리는 모습을 보고 그는 흡족한 미소를 지었다.

"족장님, 오늘 오후에 시리우스를 돌려드리겠습니다." 벤허는 시리우스의 목을 다정하게 토닥였다. "다음에는 전차를 사용할 겁니다."

"그렇게 빨리?" 일데림은 놀랐다.

"이렇게 훌륭한 녀석들이라면 하루로도 충분합니다. 말들은 무서워하지 않습니다. 사람과 마찬가지로 영리하죠. 그리고 훈련을 무척 좋아합니다." 벤허는 가장 젊은 말의 고삐를 잡아당기면서 말을 이었다. "알데바란이 제일 빨라요. 경기장을 한 바퀴 돌면 다른 녀석들보다 3마신 정도는 빠릅니다."

일데림은 수염을 잡아당기며 눈을 빛냈다.

"그래요, 알데바란이 제일 빠르죠. 제일 느린 것은 어느 녀석입디까?"

"이 녀석입니다." 벤허는 안타레스의 고삐를 흔들었다. "하지만 두고 보십시오. 결국은 이 녀석이 이길 테니까요. 온종일 달리게 하면 해 질 녘에 이 녀석을 이길 수 있는 말은 없어요."

"맞아요." 족장이 말했다.

"하지만 한 가지 걱정거리가 있는데, 로마 놈들은 승리를 노리는 나머지 비겁한 짓을 할지도 몰라요. 승부라면 더러운 수법도 마다하지 않는 게 놈들이죠. 전차경주에서도 틀림없이 마수를 뻗어 올 겁니다. 말은 물론, 기수와 마주까지도요. 그러니까 족장님의 말들에게 경호를 붙여주세요. 지금부터 시합이 끝날 때까지는 절대로 모르는 사람한테 말을 보여주지 마세요. 반드시 감시를 붙여놓고, 불철주야 철저히 감시하게 해주십시오. 그러면 걱정할 필요는 없습니다."

천막 입구에서 두 사람은 말에서 내렸다.

"말씀대로 하겠소. 신에게 맹세코 믿을 수 있는 사람이 아니면 아무도 말들에게 가까이 가지 못하게 오늘 밤부터 감시를 붙이겠소. 그런데 이 라틴어 편지를 읽어주시지 않겠소?"

족장은 아까 받은 봉투를 꺼냈다. 두 사람은 침대의자에 앉았고, 일데림은 밀서를 벤허에게 건네주었다.

훈련으로 기분이 우쭐해 있던 벤허는 대수롭지 않게 편지를 읽기 시작했다.

"메살라가 그라투스 총독에게." 그 순간 벤허의 심장이 얼어붙었다. 일데림은 한눈에 벤허의 동요를 알았다. 벤허는 용서를 구하고 다시 읽기 시작했다. 말할 것도 없이 궁전에서 야단법석이 일어난 이튿날 아침에 메살라가 그라투스 총독에게 보낸 편지였다.

첫 문장은 메살라가 사람을 괴롭히며 재미있어하는 버릇을 아직도 갖고 있다는 것을 보여주는 좋은 증거였다. 그 대목을 지나 그라투스 총독이 당한 참사의 기억을 되살리는 부분까지 읽어나가자 벤허의 목소리는 떨리고 두 번이나 목이 메어 읽는 것을 중단해야 했다. 그래도 어떻게든 계속 읽었지만, '그 일족은 체포되어 즉석에서 심판이 내려졌고 재산은 몰수되었다'는 대목에서 다시 목이 메었고, 벤허는 깊은 한숨을 내쉬었다. '우리 두 사람에게 가장 효과적인 결말을 각하는 생각해내셨지요. 그것은 우리가 직접 손을 더럽히지 않은 채 놈들이 죽기를 기다린다는 것이었습니다.' 조금이나마 품고 있던 벤허의 희망은 여기서 완전히 사라져버렸다. 그는 편지를 손에서 떨어뜨리고 두 손으로 얼굴을 덮었다.

'어머니도 누이동생도 죽었구나. 나 혼자 남았구나.'

족장은 말없이 젊은이의 고뇌를 지켜보고 있었다.

"자 그럼, 혼자 읽도록 하시오. 계속 읽을 수 있게 되거든 불러주시오. 그러면 돌아올 테니까." 일데림은 말하고 막사에서 나갔다.

벤허는 감정에 복받친 나머지 침대의자에 몸을 던졌다. 잠시 후 마음이 가라앉자 그는 편지를 집어 들고 다시 읽기 시작했다. '그 죄인의 어미와 누이를 어떻게 처리했는지, 각하께서도 이제는 생각이 나셨을 겁니다. 지금 제가 그 두 사람의 생사를 알고 싶은 마음을 품었다 해도…….' 벤허는 이 부분을 몇 번이나 되풀이해서 읽고, 마침내 감탄하는 소리를 질렀다.

"그래! 두 사람의 생사는 놈도 모르고 있어. 주님의 이름에 축복 있으라. 그렇다면 아직 희망은 있어."

벤허는 그 문장을 읽고 기운이 나서, 편지를 어떻게든 끝까지 읽을 수 있었다.

'어머니와 누이는 아직 죽지 않았어. 두 사람은 죽지 않았어. 죽었다면 메살라는 보고를 받았을 거야.'

처음보다 주의 깊게 다시 읽은 뒤, 벤허의 확신은 더욱 깊어졌다. 그러고 나서 벤허는 족장을 불렀다.

족장이 돌아오자 벤허는 침착하게 말하기 시작했다.

"손님을 환대해주는 이 막사에 처음 왔을 때, 제가 기수로서 신뢰할 만한 기량을 가진 자라는 것만 알아주시면 그걸로 족하다고 생각했습니다. 저 자신의 과거는 말하지 않을 작정이었지요. 하지만 이 편지를 읽게 된 것도 불가사의한 인연이니, 족장님께는 모든 것을 털어놓아도 좋겠다는 생각이 듭니다. 게다가 우리는 공통된 적을 갖고 있으니까, 모든 것을 말씀드리겠습니다. 편지를 읽으면서 설명을 드리죠. 그러면 제가 그렇게 동요한 이유를 이해하실 겁니다. 저를 나약하다고 생각하실지도 모르지만, 이야기를 들으면 저를 용서해주실 겁니다."

족장은 벤허에 대해 쓰여 있는 대목까지 잠자코 듣고 있었다.

"'제가 벤허를 본 것은 다프네 숲이었습니다. 지금 놈이 거기에 없더라도 어딘가 가까운 곳에 있을 게 분명합니다. 놈의 동태를 감시하는 일은 저한테 맡겨주십시오. 실제로 그의 소재를 물으신다면, 반역자인 일데림 족장의 야자수 농원에 있을 게 분명하다고 자신 있게 말씀드리겠습니다.'"

"아아!" 족장은 놀라움이라기보다 오히려 분노에 몸을 떨면서 외치고 수염을 잡아당겼다.

벤허는 그 대목을 되풀이해서 읽었다.

"'반역자인 일데림 족장의 야자수 농원에 있을 게 분명하다고 자신 있게 말씀드리겠습니다.'"

"반역자라니! 내가?" 족장은 새된 목소리로 외쳤다. 입술과 수염은 분노로 일그러지고, 이마와 목에는 핏줄이 불거져 금방이라도 터질 것처럼 맥박 치고 있었다.

"하지만 잠깐만 기다려주십시오. 그건 메살라의 의견일 뿐입니다. 그의 위협을 들어보세요."

벤허는 그다음 대목을 읽었다.

"'족장도 우리의 강력한 추격을 오래 피할 수는 없을 것입니다. 막센티우스 집정관이 원정에 나설 때, 그 아랍인 족장을 체포하여 로마로 가는 배에 태운다 해도 놀랄 일은 아닙니다.'"

"나를 로마로 데려간다고? 1만 명의 기마대를 거느린 나를 로마로 끌고 간다고?" 그는 일어난다기보다 펄쩍 뛰어올라 손을 벌렸지만, 손가락은 새의 발톱처럼 구부러지고 눈은 뱀처럼 번득이고 있었다. "신이여, 로마의 신들을 제외한 모든 신이여! 이런 횡포를 언제 끝내실 겁니까? 나는 자유야. 내 백성도 역시 자유야. 그런데 나더러 노예로서 죽으란 말인가? 아니, 노예보다 더 나쁜 개로서 주인의 발밑을 기어 다니며 살라는 건가? 채찍으로 얻어맞지 않도록 놈들의 손을 핥으란 말인가? 내 것이 내게 아니란 말인가? 내가 조금만 더 젊었다면, 스무 살, 열 살, 아니 다섯 살만이라도 젊어질 수 있다면!"

족장은 분해서 이를 갈고 머리 위로 손을 치켜 올렸다. 그러고는 무슨 생각을 했는지, 벤허 옆으로 다가와서 그의 어깨를 꽉 움켜잡았다.

"아리우스 2세여, 내가 당신 같다면, 당신처럼 젊고 강하고 무기도 잘 다루고 복수의 동기까지 갖고 있다면, 당신처럼 증오조차 신성하게 만들어버릴 정도의 동기만 있다면…… 아니, 이젠 모르는 체하는 것은 그만두겠소. 벤허 가의 아들이여, 나는……"

그 이름을 듣고 벤허의 피가 잠시 흐름을 멈추었다. 벤허는 당혹감을 감추지 못하고 번득이는 족장의 눈을 바라보았다.

"내가 당신 입장이라면, 물론 나한테도 불쾌한 추억은 있지만 내가 만약 당신이 받은 학대의 절반이라도 받았다면, 나는 절대로 쉬지 않을 거요." 족장의 말은 막힘없이 분류처럼 쏟아져 나왔다. "나는 복수에 몸을 바칠 거요. 신의 영광에 맹세코 늑대와 무리를 이루고, 사자나 호랑이와 친구가 되어, 바라건대 그 맹수들을 공통의 적과 싸우게 하기 위해 온갖 무기를 다 사용할거요. 그래, 내 먹이는 로마 놈들이오. 살육 속에서 기쁨의 환성을 지르는 거요. 로마의 모든 것을 불태우고, 로마에서 태어난 자들을 모조리 칼날의 먹이로 삼는 거요. 밤마다 신들에게 기도할 거요. 좋은 신들에게도 나쁜 신들에게도 똑같이 기도할 거요. 나에게 특별하고 무서운 힘을 달라고. 태풍과 가뭄, 더위와혹한, 그리고 독을 공중에 뿌려서 육지에서도 바다에서도 수천명이 죽어버릴 정도의 힘을 달라고. 오오, 내가 당신 입장이라면 하룻밤도 자지 않을 거요."

족장은 여기서 숨을 돌리고 헐떡이면서 분노로 몸을 비틀었다. 하지만 벤허는 사실대로 말하면 격한 감정에 사로잡혀 있기는 했지만 왠지 어리둥절한 눈으로 족장을 바라보고 있었다. 족장의 무서운 눈빛, 찌르는 듯한 목소리, 몸을 태우는 듯한 분노앞에서도 그는 다른 것에 마음을 빼앗기고 있었다. 몇 년이나가혹한 경험을 한 뒤 처음으로 본래의 이름으로 불린 것이다. 적어도 한 남자가 자신에 대해 알고 있었고, 그 정체를 밝히지는 않아도 어쨌든 알아주었다. 그리고 그 남자는 이제 막 사막에서 온 아랍인이었다.

그걸 어떻게 알았을까? 밀서? 아니, 그 편지에는 벤허의 가족이 당한 잔혹한 운명과 그 자신의 불운에 대해서는 쓰여 있지만, 그 가혹한 운명에서 도망친 희생자가 바로 그 자신이라는말은 쓰여 있지 않았다. 그는 편지를 다 읽고 나서 그것을 설명할 작정이었다. 벤허는 어머니와 누이가 살아 있을지도 모른다는 희망으로 감정이 고조되어 있었지만, 애써 태연한 체했다.

"족장님, 이 편지를 어떻게 손에 넣으셨습니까?"

"나는 길목 곳곳에 감시인을 세워두었고, 그곳을 지나가는 전령한테서 이걸 빼앗았소."

"그 감시인은 족장님의 부하로 알려져 있습니까?"

"아니, 괜찮아요. 세간에는 강도라고 말하기로 되어 있지요. 그 강도를 체포하는 게 내 역할이오."

"족장님은 저를 벤허 가의 아들이라고 부르셨습니다. 저는 이 지상의 누구한테도 그 이름으로는 알려져 있지 않은데요. 어떻게 아셨습니까?"

일데림은 망설이면서 대답했다.

"당신에 대해서는 알고 있었소. 하지만 아직은 더 이상 말할 수 없군요."

"누군가가 입을 막았군요."

족장은 아무 말도 하지 않고 일단 떠났지만, 벤허가 실망한 것을 보고는 돌아와서 말했다.

"지금은 거기에 대해 자세히 말할 수 없지만, 내가 시내에 갔다가 돌아오면 그때 차분히 이야기합시다. 편지를 돌려주지 않겠소?"

일데림은 편지를 주의 깊게 말아서 봉투에 넣고, 침착성을 되찾았다.

말과 시종이 준비되기를 기다리는 동안 족장은 벤허에게 물었다.

"당신은 어떻게 하실 작정이오? 내가 당신 입장이었다면 어떻게 할지 말씀드렸는데, 아직 당신 대답을 듣지 못했군요."

족장의 도발적인 질문을 받고 벤허의 목소리와 얼굴 표정이 바뀌었다.

"족장님, 거기에 대해서는 당장이라도 대답할 작정이었습니다. 저도 족장님과 똑같이 할 작정입니다. 적어도 한 사람이 복수할 수 있는 것은 모두 할 겁니다. 저는 전부터 복수심에 불타고 있었습니다. 지난 5년 동안 한시도 그걸 잊은 적이 없습니다. 휴식을 취한 적도, 청춘의 쾌락을 맛본 적도 없습니다. 저는 로마에서 복수 방법을 배웠습니다. 로마에서 가장 유명한 스승에게 가르침을 청했지요. 스승이라 해도 수사학이나 철학을 가르치는 교수는 아닙니다. 저에게는 그런 걸 배울 여유가 없었습니다. 싸우는 데 필요한 기술을 배우고 싶었을 뿐이지요. 검투사들, 그러니까 경기장에서 상을 탄 사람들과 사귀었고, 그들이야말로 제 스승이었습니다. 군대의 교관이 저를 제자로 받아주고 제 공적을 자랑으로 삼은 적도 있습니다. 족장님, 저는 전사지만, 제가 꿈꾸는 것을 이루기 위해서는 지휘관이 되어야 합니다. 파르티아 원정에 참가한 것도 그런 생각 때문이었습니다. 그 전쟁이 끝났을 때, 만약 주님께서 저에게 목숨과 힘을 남겨주신다면 그때야말로 로마에서 단련한 기술로 로마를 타도할 생각이었습니다." 벤허는 주먹을 부르쥐고 힘주어 말했다.

일데림은 벤허의 어깨를 끌어안고 입을 맞춘 다음 열띤 어조로 말했다.

"당신의 신이 당신 편을 들지 않는다면 그건 신이 죽었기 때문일 거요. 내 휘하에 있는 것은 모두 당신 거요. 사람도 말도 낙타도 사막까지도 모두. 신에게 맹세코 모든 것이 당신 거요. 언제 또 밤에 천천히 이야기합시다."

족장은 이런 말을 남기고 쏜살같이 시내로 달려갔다.

6
호출

밀서를 읽자 지금까지 의문을 품고 있었던 몇 가지 점이 분명히 밝혀졌다. 메살라가 벤허 가에 대한 잔인한 음모에 가담했다는 것, 그 목적을 이루기 위한 계획을 승인했다는 것, 벤허 가에서 몰수한 재산의 일부를 차지했다는 것, 그리고 지금도 그 재산에서 나오는 이익을 누리고 있다는 것, 그가 예기치 않은 벤허의 출현에 겁을 먹었고 그 존재를 위협으로 느끼고 있다는 것, 장래의 안전을 확보하기 위해서는 공범자인 그라투스 총독이 획책하는 거라면 뭐든지 할 생각이라는 것……. 밀서는 이런 사실들을 말하고 있었다. 동시에 벤허 자신에게 위험이 다가와 있음도 분명했다.

일데림이 출타한 뒤 벤허는 혼자 생각에 잠겼다. 어쨌든 재빨리 행동에 나서지 않으면 안 된다. 적은 누구보다도 교활하고 권력도 갖고 있다. 적이 벤허를 두려워하고 있다면, 그에게도 적을 두려워할 이유가 충분해진 셈이다. 그는 진지하게 그 상황을 생각해보려고 했지만, 어머니와 누이가 아직 살아 있다는 확신이 머리에서 떠나지 않았고, 그래서 감정이 고조된 나머지 아무 생각도 할 수 없었다. 설령 그것이 단순한 억측이라 해도 상관없었다. 두 사람의 안부를 오랫동안 걱정해온 그에게는 두 사람의 행방을 아는 사람이 있다는 것만으로도 지금 당장 그들을 찾아낼 수 있을 것 같은 기분이 들었다. 생각하면 할수록 어디선가 주님이 그를 위해 특별한 배려를 하고 계신 것처럼 느껴졌고, 그 믿음이 그에게 가만히 꾹 참고 기다리라고 속삭였다.

이따금 일데림의 말이 생각나면, 그가 어디서 자신의 과거에 대한 정보를 얻었는지 궁금했다. 물론 말루크는 아니다. 시모니데스도 아니다. 시모니데스라면 족장한테는 알리지 않을 것이다. 메살라가 정보를 흘렸을까. 아니, 그것은 있을 수 없는 일이다. 메살라가 이 지방에서 비밀을 누설하는 것은 위험한 일이니까. 추론은 덧없었고, 결론도 나오기 어려웠다. 다만 그가 누구든, 그것을 알고 있는 사람이 벤허의 친구라면 언젠가 적당한 시기에 털어놓을 거라고 마음을 달랬다. 좀 더 기다리자. 조금만 더 참자. 족장은 아마 그 일과 관계가 있는 사람을 만나러 갔을 것이다. 아마 그 밀서가 모든 것을 밝혀줄 것이다.

어머니와 누이도 그와 마찬가지로 희망을 품고 기다리고 있을 거라고 믿을 수 있다면, 좀 더 참을성 있게 기다릴 수도 있었을 것이다. 바꿔 말하면, 두 사람이 아직 희망을 버리지 않고 견려줄 거라고 믿을 수 있다면, 벤허는 그렇게 양심의 가책을 느끼지 않을 수도 있었을 것이다. 그런 양심의 가책에서 벗어나기 위해 벤허는 농원 구석에서 대추야자를 따는 사람들이 바쁘게 일하고 있는 곳까지 산책하러 나갔다. 커다란 초록빛 나뭇잎 밑에서 둥지를 짓고 있는 새들의 날갯짓 소리와 나무 열매에 몰려들어 달콤한 꿀을 찾고 있는 벌들의 날갯소리가 들려왔다.

산책하는 길에 호숫가에서 잠시 걸음을 멈추었다. 수면과 반짝이는 잔물결을 보고 있으려니, 저절로 그날 밤 배를 타고 여기저기 떠돌았을 때 보았던 이집트 아가씨의 눈부신 아름다움이 눈앞에 떠올랐다. 그녀의 아름다운 노래와 이야기, 그녀의 매력적인 행동거지, 경쾌한 웃음소리, 고혹적인 자태, 작은 배위에서 그가 살짝 잡았던 그녀의 작은 손을 생각했다. 그녀를 생각하자 자연히 발타사르가 머리에 떠올랐다. 발타사르가 목격한 불가사의한 일, 자연의 법칙으로는 설명할 수 없는 일, 그에게 들은 유대인의 왕, 신성한 약속을 나눈 그분의 강림 이야기가 생각났다.

그 불가사의한 분에 대해 생각하기만 해도 왠지 마음이 편안해지고 만족스러운 기분이 들었다. 불쾌한 것을 부정하는 것은 쉬운 일이어서, 벤허도 발타사르가 다음에 올 왕국에 대해 말한 것을 인정하지는 않았다. 사두개파 사람들은 그것을 그대로 받아들일 수 있을지 모르지만, 발타사르가 말하는 영혼의 왕국은 너무나도 추상적이다. 거기에 비해 유대 왕국설은 알기 쉬웠다. 더 넓은 영토, 더 강한 권력을 가지고, 가까이 다가가기 어려울 정도의 영광에 빛나는 새로운 나라, 솔로몬보다 강하고 현명한 왕을 생각하고, 특히 그런 왕을 섬기고 복수를 완수한다는 사명을 생각하는 것은 벤허의 자존심을 부추겼다. 벤허는 그런 기분을 간직한 채 막사로 돌아갔다.

서둘러 점심을 먹고, 전차를 밖으로 꺼내어 아무리 사소한 결함도 놓치지 않고 철저히 점검했다. 벤허는 전차의 구조가 그리스식인 것을 기쁘게 생각했다. 그리스식은 많은 점에서 로마식보다 뛰어나다고 생각했기 때문이다. 그리스식 전차는 로마식 전차보다 바퀴 사이가 넓고 차체가 낮고 더 튼튼하다. 그만큼 중량이 늘어나지만, 그것은 아랍산 말들이 참고 견뎌줄 것이다. 일반적으로 말하면 로마식 전차는 모양새를 위해 안전성을 희생하고, 우아함을 위해 내구성을 희생하여 제조되었다. 한편 그리스식 전차는—먼 옛날 아킬레우스*가 이용했던 것처럼—적과 싸우기 위해 튼튼하게 설계되었고, 이스트미아와 올림픽 제전의 월계관을 겨냥하여 싸우는 자들의 취향에 맞도록 만들어져 있었다.

그는 말들을 전차에 묶고 연습장으로 끌어냈다. 거기서 몇 시간 동안이나 멍에를 메고 네 마리가 나란히 달리는 훈련을 했다. 저녁에 막사로 돌아왔을 때 벤허는 다시금 기운을 되찾고 있었고, 승부가 결판날 때까지는 메살라에게 아무런 행동도 취하지 않기로 결심했다. 동방의 수많은 관중 앞에서 그 앙숙과

---

*그리스 신화에 나오는 영웅. 트로이 전쟁 때 활약했다. 불사신이었으나, 트로이 왕자 파리스에게 유일한 약점인 발뒤꿈치에 화살을 맞아 죽었다.

만나는 즐거움을 잃을 수는 없었다. 다른 경쟁자도 있을지 모른다는 생각은 전혀 없었다. 경기 결과에는 절대적인 자신감이 있었고, 자신의 기량을 의심하지도 않았다. 게다가 네 마리의 말은 영광스러운 경기의 흠잡을 데 없는 파트너였다.

"안타레스, 알데바란, 리겔, 아타이르, 놈을 혼내주는 거야. 놈은 우리에게 겁을 먹고 바싹 오그라들 거야." 쉬고 있는 말들에게 말을 거는 벤허의 태도는 마치 동료에게 말을 걸고 있는 연장자 같았다.

밤의 장막이 내리고, 벤허는 막사 문간에 앉아 시내에서 아직 돌아오지 않은 일데림을 기다리고 있었다. 초조하게 애를 태울 일도 없고, 당혹스러워할 일도 없고, 의심스럽게 생각할 일도 없었다. 적어도 족장이 돌아오면 소리로 알 수 있을 것이다. 실제로 네 마리 말의 됨됨이가 좋아서 만족한 탓인지, 연습한 뒤 미역을 감아서 기분이 상쾌해진 탓인지, 아니면 맛있는 저녁 식사 덕분인지, 우울했던 뒤의 반동 때문인지, 벤허는 기분이 좋고 의기양양했다. 신이 적을 편들고 있는 것처럼 느낀 것은 이미 지난 일이었다. 마침내 말이 종종걸음으로 달려오는 소리가 들렸지만, 그것은 말루크였다.

말루크는 벤허에게 인사한 뒤 쾌활하게 소식을 전했다.

"아리우스 님, 족장님이 말을 타고 시내로 오라고 하십니다. 족장님은 시내에서 기다리고 계십니다."

벤허는 캐묻지도 않고 말들이 여물을 먹고 있는 곳으로 갔다. 알데바란이 임무를 수행하려는 것처럼 다가왔다. 벤허는 사랑스러운 듯 말을 쓰다듬은 뒤, 경주마가 아닌 다른 말을 골랐다. 네 마리의 말은 경기를 위해 소중히 아껴두어야 한다. 벤허와 말루크는 말도 나누지 않고 시내로 서둘러 달려갔다.

셀레우키아 다리에서 조금 하류로 내려간 곳에서 배를 타고 강을 건넌 뒤, 오른쪽 연안을 달리다가 다시 배를 타고 왼쪽 연안으로 돌아가 서쪽에서 시내로 들어갔다. 이렇게 조심해서 우회로를 택한 것은 항상 위험이 다가와 있는 벤허에게는 지극히 당연한 일이었다. 다리 밑에 있는 커다란 창고 앞에서 말루크는 고삐를 잡아당기며 말했다.

"도착했습니다. 여깁니다."

벤허는 거기가 시모니데스의 저택이라는 것을 알고 있었지만, "족장님은 어디 계시죠?" 하고 물었다.

"나를 따라오세요."

문간에 서자, 말루크가 알아차리기도 전에 안에서 목소리가 들려왔다.

"어서 들어오세요."

7
인정받다

말루크는 문간에서 대기하고 벤허만 안으로 들어갔다. 전에 그가 시모니데스를 만난 방이었다. 전과 다른 점은 팔걸이의자 옆에 키보다 큰 높이의 넓은 목제 대좌가 있다는 것뿐이었다. 대좌 위에 놓여 있는 잘 닦인 놋쇠 촛대에는 촛불이 몇 개 켜져서 주위를 붉게 비추고 있었다. 선명한 불빛은 보라색 운모로 장식된 둥근 천장과 가장자리의 금박 장식을 휘황하게 비추고 있었다.

벤허는 두세 걸음 나아가서 멈춰 섰다. 시모니데스와 일데림과 에스더가 그를 바라보고 있었다. 차례로 의문이 솟았다. 이 사람들은 왜 여기에 있는 것일까? 도대체 이 사람들은 내 편일까 아니면 적일까? 그는 가슴에 솟아나는 의문들에 대한 대답을 서둘러 찾아내려는 것처럼 그들을 한 사람씩 차례로 바라보았다.

감각은 예민해져 있었지만 태도는 침착했다. 그는 에스더에게 시선을 멈추었다. 남자들의 눈길도 부드러웠지만, 아가씨의 표정에는 상냥함 이상의 무언가가 있었다. 그것이 그의 심금을 울렸다.

독자 여러분에게 알려드리자면, 실은 에스더를 뚫어지게 바라보는 벤허의 눈동자 뒤에는 상냥한 유대 아가씨와 함께 그 이집트 아가씨의 모습이 나란히 떠올랐다. 하지만 이집트 아가씨의 모습은 다음 순간 사라졌다.

"벤허 도련님." 그를 부르는 소리에 벤허는 그 목소리의 주인을 돌아보았다.

시모니데스는 그 호칭 자체에 중요한 의미가 있는 듯이 다시한 번 천천히 "벤허 도련님" 하고 되풀이했다. 의자에 앉아 있는 시모니데스의 당당한 머리, 핏기 없는 얼굴, 주인다운 위엄에 가득 찬 분위기 때문에 고통으로 일그러진 몸과 부자유스러운 팔다리를 잊어버릴 뻔했다. 하얀 눈썹 밑에서 크고 검은 눈동자가 벤허를 뚫어지게 바라보고 있었지만, 그것은 결코 엄격한 눈빛이 아니었다. 시모니데스는 두 손을 가슴 앞에서 교차시키고 있었다.

"주님의 가호가 있기를."

벤허는 감동하여 대답했다.

"시모니데스 님에게도 주님의 가호가 있기를. 그리고 우리가 서로 잘 알 수 있게 되기를 바랍니다."

그러자 시모니데스는 손을 내리고 에스더에게 말했다.

"에스더, 도련님께 의자를 내드려라."

에스더는 서둘러 의자를 가져온 뒤, 부드러운 미소를 지으며 벤허와 시모니데스의 얼굴을 번갈아 바라보았다. 서로 상석을 양보했기 때문에, 결국 멋쩍어진 벤허가 앞으로 나와서 그녀에게 의자를 받아 상인의 발밑에 놓았다. 그러고는 "나는 여기 앉겠습니다" 하고 말했다. 순간이지만 그의 눈이 아가씨의 눈과 마주쳤다. 벤허는 자신에게 고마워하는 여자의 마음을 느꼈고, 그녀도 그가 관대하고 신중한 사람이라는 것을 알았다.

시모니데스는 가볍게 인사하고 딸에게 말했다.

"에스더, 서류를 가져다다오."

여자는 벽에 달린 선반에서 두루마리 서류를 꺼내 아버지에게 건네주었다.

시모니데스는 두루마리를 펼치면서 말했다.

"도련님, 필요한 서류는 여기에 모두 갖추어져 있습니다. 중요한 사항이 두 가지 있는데, 하나는 재산이고 또 하나는 저희의 신분에 관한 것입니다. 서류는 우리 양쪽에 모두 명백하지 않으면 안 됩니다. 지금 읽어보시겠습니까?"

벤허는 서류를 받아 들고 일데림을 힐끗 돌아보았다.

"걱정하실 필요 없습니다. 족장님은 방해하지 않을 테니까요. 보시다시피 그것은 회계 보고서이고, 일데림 족장님이 필요한 증인 역할을 맡아줄 겁니다. 족장님은 저의 오랜 친구이고 또한 도련님의 친구이기도 하고, 앞으로도 여러 가지로 힘이 되어줄 겁니다."

시모니데스는 일데림 족장을 보고 유쾌한 듯 고개를 끄덕였다. 그러자 족장도 고개를 끄덕이며 말했다.

"물론이오."

그러자 벤허가 말을 이었다.

"두 분의 우정이 각별하다는 건 이미 알고 있습니다만, 제가 그런 우정을 받을 자격이 있는지 모르겠군요. 시모니데스 님, 이 서류는 나중에 차분히 읽어보기로 하고, 지금은 피곤하지 않으시다면 서류 내용을 간단히 말씀해주시지 않겠습니까?"

시모니데스는 그 서류를 받아 들었다.

"에스더, 내 옆에 서서 서류를 받아다오. 실수하지 않도록."

딸은 아버지의 의자 옆에 서서, 아버지의 어깨 너머로 가볍게 오른팔을 뻗었다.

시모니데스는 첫 번째 서류를 꺼내면서 말했다.

"이것은 선대 주인님의 재산 목록인데, 로마인들 눈에 띄지 않게 계속 감추어둔 겁니다. 전부 현금이고 다른 재산은 없습니다. 현금을 어음으로 바꾸어두는 유대의 관습이 없었다면 이것도 전부 몰수당할 뻔했습니다. 로마와 알렉산드리아, 다메섹, 카르타고, 발렌시아, 그 밖에 거래가 있는 곳에서 인출한 금액은 유대 돈으로 120달란트였습니다."

시모니데스는 그 서류를 에스더에게 건네주고, 다음 서류를 꺼냈다.

"보시면 아시겠지만, 여기 적혀 있는 것은 120달란트의 현금을 밑천으로 투자하여 불린 재산 목록입니다."

각종 서류에서 끝수를 생략하고 읽은 것은 다음과 같았다.

선박	60달란트
창고에 있는 물건	110달란트
수송 중인 화물	75달란트
낙타, 말 등	20달란트
창고	10달란트
차용증서	54달란트
보유 현금과 어음	224달란트
합계	553달란트

"이 553달란트에 제가 선대 주인님한테 맡은 120달란트를 더하면 673달란트, 이것이 모두 도련님의 재산입니다."

시모니데스는 에스더한테 서류를 받아 한데 둘둘 말아서 벤허에게 내밀었다. 그 동작은 거만할 만큼 당당했지만 결코 불쾌하지는 않았다.

시모니데스는 눈은 내리깔지 않고 목소리만 낮추어 말했다.

"이게 전 재산입니다. 도련님 마음대로 처리해주십시오."

순간 그 자리에 있는 모든 사람이 마른침을 삼키며 벤허를 지켜보았다. 시모니데스는 다시 가슴 위에서 두 손을 교차시켰다. 에스더는 일이 어떻게 될까 하고 걱정스러운 듯 지켜보았고, 일데림도 신경을 곤두세웠다. 이렇게 막대한 재산을 받고 시험당하는 사람은 그렇게 많지 않다.

서류를 받아 든 벤허는 시모니데스의 제의에 감동하여 저도 모르게 벌떡 일어나 흥분한 목소리로 말했다.

"영영 새벽이 오지 않을 것처럼 희망을 잃고 있던 나에게 이것은 밤의 어둠을 쫓아내는 천상의 빛과도 같습니다. 나는 우선 나를 버리지 않은 주님께 감사하고, 다음으로는 시모니데스 님에게 감사드립니다. 당신의 충직함은 다른 사람들의 냉혹함을 상쇄하고도 남습니다. 내 마음대로 해도 좋다고 하셨지요. 하지만 내가 할 수 없는 일은 아무것도 없습니다. 이런 특권을 얻은 사람들 가운데 나보다 더 부유한 사람이 있을까요. 일데림 족장님, 증인을 서주십시오. 지금부터 제가 하는 말을 잘 듣고 기억해두세요. 에스더도 들어주세요." 벤허는 손을 뻗어 서류를 시모니데스에게 돌려주었다. "이 회계 보고에 열거되어 있는 모든 재산, 선박, 집, 물품, 낙타, 말, 돈…… 가장 큰 재산만이 아니라 가장 작은 재산까지도 모두 시모니데스 님에게 돌려드립니다. 모든 재산은 당신 것, 영원히 당신 것이라고 보증합니다."

에스더는 눈물과 함께 미소를 지었다. 일데림은 눈물을 뚝뚝 흘리면서 수염을 쓰다듬고 있었다. 시모니데스만 차분했다.

벤허는 마음을 가라앉히고 말을 이었다.

"모든 재산은 당신 것으로 돌려드리겠습니다. 다만 한 가지 예외와 한 가지 조건이 있습니다."

듣고 있는 사람들은 숨을 죽이고 다음 말을 기다렸다.

"내 아버지의 것이었던 120달란트만은 나에게 돌려주십시오. 그리고 우리 어머니와 누이동생을 찾는 데 협력해주십시오."

일데림의 얼굴이 펴지면서 환한 웃음을 지었다.

시모니데스는 감동하여 손을 내밀면서 말했다.

"도련님의 마음은 잘 알았습니다. 이런 분을 저에게 보내주신 주님께 우선 감사드립니다. 선대 주인님을 모실 때와 똑같이 도련님도 모시고 싶습니다. 아까 말씀하신 조건은 당연합니다."

시모니데스는 남은 서류를 보여주면서 말을 이었다.

"서류가 아직 남아 있는데, 이것도 읽어주십시오."

벤허는 나머지 서류들을 집어 들고 읽었다.

벤허 가의 노예 명부

1. 암라: 예루살렘의 저택을 관리하는 이집트인 하녀

2. 시모니데스: 안디옥의 관리인

3. 에스더: 시모니데스의 딸

벤허는 시모니데스의 딸도 아버지와 마찬가지로 노예일 거라고는 꿈에도 생각지 않았다. 하지만 시모니데스의 생각으로는, 부모가 노예면 법률상 딸도 노예 신분이었다. 상냥한 얼굴의 에스더는 사랑의 대상으로 생각할 수도 있으니까, 이집트 아가씨의 경쟁자였다. 벤허는 갑자기 밝혀진 사실에 온몸이 오그라드는 듯한 기분으로, 아가씨가 볼을 붉히며 눈을 내리까는 것을 바라보았다. 두루마리가 저절로 되감기는 동안 그가 말했다.

"600달란트를 가진 남자는 대부호이고, 이 세상에서 못 할 일이 없을 겁니다. 하지만 현금이나 재산보다 더 가치 있는 것은 마음에 쌓는 부입니다. 게다가 마음의 부는 손상되지도 않지요. 시모니데스 님과 아름다운 에스더, 두 분 다 걱정할 필요 없습니다. 두 분이 내 노예라는 것을 안 이 순간, 두 사람의 자유를 선언합니다. 일데림 족장님은 증인이 되어주세요. 그리고 지금 선언한 것은 서류로 남겨두겠습니다. 그러면 되겠지요? 그 밖에 내가 또 할 수 있는 일이 있습니까?"

"주인님은 '주종관계'를 가볍게 생각하시는군요." 시모니데스가 대답했다. "모두 주인님 뜻대로 할 수 있다고 말씀드린 제가 틀렸습니다. 주인님도 할 수 없는 일이 있습니다. 법률상 주인님은 우리를 자유롭게 해줄 수 없습니다. 제가 선대 주인님께 가서 제 귀에 송곳으로 구멍을 뚫게 했기 때문에, 저는 평생 주인님의 노예입니다."

"우리 아버지가 그런 짓을?"

그러자 시모니데스는 황급히 덧붙였다.

"그 일로 선대 주인님을 비난하지는 말아주십시오. 제가 억지로 부탁한 일이었고, 그것을 후회한 적은 한 번도 없었습니다. 그것은 여기 있는 딸애의 어미를 위해 지불한 대가니까요. 제가 같은 계급의 노예가 되지 않으면 그 여자를 아내로 삼을 수 없었기 때문입니다."

"부인은 노예 신분이었나요?"

"그렇습니다."

벤허는 뜻대로 되지 않는다는 것을 알고는 일그러진 얼굴로 고민하면서 방 안을 돌아다녔다. 그러다가 갑자기 우뚝 멈춰 서서 말했다.

"나는 아리우스 장관의 적잖은 유산을 물려받은 덕분에 이미 유복한 처지입니다. 그보다 큰 재산과 그 재산을 쌓아 올린 사람의 마음까지 내 것이 된 지금, 여기에는 뭔가 주님의 의지가 작용하고 있는 게 아닐까요? 시모니데스 님, 조언해주십시오. 내가 옳은 일을 할 수 있도록, 내가 이름에 부끄럽지 않은 사람이 될 수 있도록 말입니다. 당신이 법률상 나의 노예라면 나는 사실상 당신의 노예라는 것을 몸소 보여드리겠습니다."

시모니데스의 얼굴이 빛났다.

"주인님, 고마운 말씀이십니다. 이 마음과 몸을 다 바쳐 받들겠습니다. 물론 몸뚱이는 그 사건으로 누더기처럼 피폐해졌지만, 주님께 맹세코 진심으로 주인님을 섬기겠습니다. 다만 저한테 정식으로 어떤 역할을 맡겨주셨으면 좋겠습니다."

"그게 뭐죠? 확실히 말해주세요."

"지금까지 했던 대로 집사로 임명해주십시오. 재산 관리가 제 소임이니까요."

"알았습니다. 그걸 서류로 작성할까요?"

"말씀만으로도 충분합니다. 선대 주인님께서도 그렇게 하셨으니까요. 이의가 없으시다면……."

"물론 없습니다." 벤허가 대답했다.

그러자 시모니데스는 자신의 어깨에 놓인 딸의 손을 잡으면서 말했다.

"에스더, 이번에는 네 차례다. 네가 직접 부탁드리렴."

에스더는 어찌할 바를 몰라 당황한 것처럼 순간 얼굴을 붉혔지만, 벤허 앞으로 나와서 여자답게 말하기 시작했다.

"주인님, 저는 어머니처럼 잘할 수는 없지만, 어머니 대신 아버지 시중을 들게 해주세요."

벤허는 그녀의 손을 잡고 의자로 돌아가라고 재촉했다.

"착한 딸이군요. 원하는 대로 해요."

시모니데스는 다시 딸의 손을 제 어깨에 올려놓았다. 모두 한동안 말이 없었다.

8
약속의 왕국

"밤에는 시간이 순식간에 지나가버려. 에스더, 손님들에게 음식

을 드리는 게 어떠냐. 아직 할 일이 많이 있으니까." 시모니데스
가 말했다.

에스더가 방울을 울리자 하인이 빵과 포도주를 가져왔기 때
문에 그녀가 모두에게 대접했다.

시모니데스가 말을 이었다.

"주인님, 좀 더 자세히 설명하겠습니다. 앞으로 우리의 인생
은 흐르는 강물처럼 하나가 되겠지만, 그 강물 위에 퍼지는 먹구
름이 바람에 날아가면 그 흐름은 훨씬 좋아질 겁니다. 지난번에
주인님이 여기 오셨을 때는 제가 주인님의 주장을 부인했다고
생각하셨을지 모르는데, 하지만 아닙니다. 실제로는 그렇지 않
았습니다. 저는 주인님을 인정했고 주인님을 버리지 않았습니
다. 에스더가 그 증인입니다. 말루크가 다 설명해드릴 겁니다."

"말루크?" 벤허는 놀라서 외쳤다.

"저처럼 의자에 묶인 채 움직일 수 없는 사람이 이 세상을 돌
아다니려면 멀리까지 가는 부하들이 필요해집니다. 저에게는
그런 하인이 많이 있고, 말루크는 그중에서도 제가 가장 신뢰하
는 사람입니다. 그리고 관대한 일데림 족장님 같은 분의 손을
빌리는 경우도 있지요." 그는 말하면서 족장에게 감사의 눈길을
보냈다. "제가 결코 주인님을 거부하지도 않았고 잊지도 않았다
는 것을 말루크는 잘 알고 있지요."

벤허는 일데림 족장을 바라보았다.

"나에 관해서 족장님께 가르쳐준 사람이 시모니데스 님이었
습니까?"

일데림은 눈을 깜박거리며 고개를 끄덕였다.

"우선 어떤 인물인지를 조사해야 한다고 생각했습니다. 선대 주인님을 빼닮았기 때문에 보자마자 도련님이라는 것은 알았지만, 어떤 성격을 가진 분인지는 몰랐습니다. 재산이 있기 때문에 신세를 망치는 사람들도 적지 않지요. 그래서 저 대신 말루크를 보내, 저의 눈이 되고 귀가 되어 사정을 살피게 했답니다. 부디 나쁘게 생각지 말아주십시오. 말루크가 보내온 보고서는 모두 주인님을 좋게 평하는 내용뿐이었습니다."

"나쁘게 생각하기는커녕 현명한 배려라고 생각합니다." 벤허는 진심으로 말했다.

"고마운 말씀입니다. 틀림없이 오해하셨을 거라고 생각했으니까요. 주인님이 올바른 방향을 보여주셨으니까, 앞으로는 한 줄기 강물처럼 함께 흘러가면 좋겠습니다."

잠시 사이를 두었다가 시모니데스는 말을 이었다.

"지금 진실이 보이기 시작한 듯한 기분이 듭니다. 베 짜는 사람은 앉아서 베를 짭니다. 북이 오가면 베가 짜이고 무늬가 보이기 시작하지요. 그동안 베 짜는 사람은 꿈을 꾸고 있습니다. 제 손에도 같은 일이 일어났지요. 장사로 재산이 점점 불어났지만, 늘어나는 재산을 보고 저 대신 누군가 다른 사람이 사업을 해준 것처럼 느끼고 있었어요. 사막에서 큰 피해를 낸 열풍도 제가 있는 곳만은 피해서 지나갔고, 많은 배를 난파시킨 태풍에도 우리 배는 무사했고, 오히려 배의 속도가 빨라졌을 뿐입니다. 가장 기묘한 일은, 죽은 사람처럼 움직일 수 없는 저는 모든 일을 남에게 맡겨야 했는데, 그럼에도 불구하고 아무 손실도 입지 않았다는 겁니다. 아무 손실도. 실제 제 부하들은 모두 충실하고, 마치 자연의 힘이 넙죽 엎드려 저를 섬겨준 듯한 기분이 들었습니다."

"그건 참 불가사의하군요." 벤허는 놀라움을 드러냈다.

"이건 주님의 조화라고 저는 계속 말했습니다. 그리고 지금 주인님도 그렇게 생각하고 계신다는 걸 알았습니다. 그러면 주님의 의지란 무엇인가를 생각해보지 않으면 안 됩니다. 주님의 지혜가 쓸데없이 낭비되는 일은 없습니다. 뭔가 의도가 있을 것입니다. 마음속으로 그 질문을 몇 년이나 계속 되풀이하며 대답을 찾아왔지요. 그게 주님의 조화라면, 언젠가 때가 왔을 때 주님은 자신의 의지를 보여주실 겁니다. 언덕 위의 하얀 집처럼 분명하게요. 지금이야말로 주님의 마음을 안 것 같은 기분이 드는군요."

벤허는 열심히 듣고 있었다.

"몇 년 전, 에스더의 어미가 아직 살아 있을 때인데, 예루살렘 북쪽에 있는 왕묘 근처의 길가에 앉아 있을 때, 예루살렘에서도 본 적이 없는 훌륭한 낙타에 탄 세 나그네가 앞을 지나가려고 했습니다. 세 사람 모두 먼 나라에서 온 이방인이었지요. 그중 한 사람이 제 앞에 멈춰 서더니 '유대인의 왕으로 태어나신 분은 어디 계십니까?' 하고 묻더군요. 솟아오르는 제 의문을 가라앉히려는 듯이 그분은 '우리는 동방에서 별의 인도를 받아 그분을 경배하러 왔습니다' 하고 말했지요. 그때는 잘 몰랐지만, 다

마스쿠스 문까지 그들을 따라가면서 보니까 세 사람은 도중에 만나는 사람마다, 심지어는 문지기한테까지 똑같은 질문을 하고 있었습니다. 질문을 받은 사람들은 모두 저와 똑같이 놀랐지요. 이야기는 바로 구세주의 도래를 예고하는 것이었는데도 저는 그 일을 잊고 있었습니다. 우리는 주님의 자식인데도 얼마나 어리석은가요! 주님이 지상을 걸으실 때, 그 발자국은 몇 세기나 떨어져 있는 경우가 많기 때문에 우리 이스라엘 민족은 그것을 잊고 있었던 것입니다. 주인님은 발타사르 님을 만나보셨습니까?"

"그분이 구세주에 대해 말하는 것을 들었습니다." 벤허가 대답했다.

"기적, 대단한 기적입니다." 시모니데스는 흥분하여 외쳤다. "발타사르 님이 주님에 대해 말씀하셨을 때는 오랫동안 기다리고 있던 대답을 들은 듯한 기분이 들었습니다. 주님의 마음을 느꼈지요. 왕으로 오신 주님은 가난한 사람으로 나타나십니다. 가난하고, 친구도 없고, 시중드는 사람도 없고, 영토도 성도 없습니다. 하지만 주님의 왕국은 번성하고 로마는 멸망할 것입니다. 보세요, 주인님은 지금 권력과 무술과 부를 손에 넣어 눈부시게 빛나고 계십니다. 주님이 주인님께 보낸 기회를 보세요. 주님의 마음은 바로 주인님 안에 있는 게 아닐까요? 이보다 더 완벽한 영광을 짊어질 분이 계실까요?"

"하지만 그 왕국이란…… 발타사르 님은 그게 영혼의 왕국이라고 말씀하셨어요." 벤허는 열띤 어조로 대답했다.

긍지 높은 유대인인 시모니데스는 입가에 경멸하는 빛을 띠었다.

"확실히 발타사르 님은 여러 가지로 훌륭한 기적의 증인입니다. 그분에게는 고개가 숙여집니다. 그 기적들을 직접 목격하셨으니까요. 하지만 그분은 미즈라임의 자손이고, 개종자도 아닙니다. 주님이 우리 이스라엘 민족을 어떻게 하시는가에 대해 가르침을 청할 만한 특별한 지식을 갖고 계신다고는 생각되지 않습니다. 선지자들은 천상에서 직접 빛의 계시를 받아 구세주에 대해 이야기합니다. 우리 유대인에게 구세주는 곧 영원입니다. 저는 이들 선지자들의 말씀을 믿고 있습니다. 에스더, 성서를 가져오렴."

시모니데스는 딸을 기다리지 않고 말을 이었다.

"주인님, 이스라엘 민족의 증언을 등한시할 수 있을까요? 북쪽 바다의 티레에서 남쪽 사막에 있는 보스라까지 여행하면, 셰마(유대교의 기도)를 읊조리는 자, 성전에서 보시를 베푸는 자, 유월절에 양고기를 먹는 자들이 모두 주님의 왕국은 이 세상에 나타난다고 믿고 있다는 것을 아실 겁니다. 그것이 바로 언약의 자손인 우리 민족이 손에 넣을 왕국입니다. 우리 조상 다윗의 왕국처럼 말입니다. 그러면 선지자들이 이 신앙을 어디서 얻었는지, 지금부터 그걸 말씀드리지요."

에스더는 금 글씨가 적힌 진갈색 마포에 조심스럽게 싸여 있는 두루마리를 몇 권 가지고 돌아왔다.

"필요하다고 말할 때까지 들고 있어다오." 시모니데스는 딸에게 말할 때의 상냥한 목소리로 말하고 나서, 선지자들의 이야기를 계속했다.

"주인님, 여기서 거룩한 성인들의 이름을 들자면 한이 없습니다. 옛 선지자들에게는 주님의 은총이 미치지 않았을지도 모르지만, 주님의 말씀을 적어둔 증인이고 바빌론 포로* 이래의 설교사이기도 한 성인들은 선지자들의 뒤를 잇는 분들입니다. 그밖에도 말라기**한테 빛을 빌린 현자, 그리고 고명한 랍비인 힐렐과 샴마이, 그들이 말하는 주님의 왕국에 대해 말씀드리죠. 〈에녹서〉를 읽어보겠습니다. '구세주는 누구인가? 바로 우리가 지금 이야기하고 있는 왕이다. 주님을 위해 왕좌가 준비되고, 주님이 대지를 쳤기 때문에 다른 왕들은 왕좌에서 굴러떨어졌다. 이스라엘의 악인들은 불기둥이 타오르는 동굴에 던져졌다.' 또한 〈솔로몬의 시편〉을 지으신 분도 이렇게 노래하고 있습니다. '보라, 주님은 다윗의 아들인 왕을 보내시어 이스라엘과 그 백성을 다스리게 하셨다. 주님이 아실 때…… 왕은 이교도도 그의 명에 아래에서 그를 섬기게 할 것이다. 구세주는 주님이 가르친 올바른 왕이 될 것이다…… 구세주는 영원히 주님의 입에서 나오는 말씀으로 이 지상을 지배하기 때문이다.' 그리고

*서기전 6세기에 두 차례에 걸쳐, 신바빌로니아의 네부카드네자르 2세에 의해 정복당한 많은 유대인이 바빌론으로 끌려갔다. 그 후 유대인은 오랜 세월 동안 방랑 생활을 하게 되었으며, 일부는 페르시아의 키루스 2세의 포로 해방령에 따라 서기전 538년에 예루살렘으로 귀환했다.
**구약 시대의 마지막 선지자로, 바빌론 포로 귀환 후 성전을 재건한 뒤 영적 나태에 빠진 이스라엘 백성을 향해 회개를 촉구하고 메시아 사상을 선포했다.

마지막이긴 하지만 제2의 모세라고 불리는 에스라*의 예언을 들어보시지요.

어느 날 밤 꿈에서 사람 목소리로 말하는 사자 모습의 에스라가 독수리의 모습을 한 로마에게 이렇게 말합니다. '너는 거짓말쟁이를 사랑하고, 번영하는 자의 집을 허물고, 너에게 아무해도 끼치지 않은 사람의 성벽을 무너뜨렸다…… 그러니 독수리여, 사라져라. 그러면 대지는 너의 폭력에서 해방되어 힘을 되찾고, 대지를 만드신 분의 정의와 경건함을 믿을 수 있을 것이다.' 그러자 독수리의 모습을 한 로마는 당장 모습을 감춥니다. 주인님, 이런 증언만으로도 충분하겠지만, 좀 더 이야기하게 해주십시오. 에스더, 포도주와 성서를 건네다오."

시모니데스는 포도주를 한 모금 마시고 나서 말을 이었다.

"주인님은 선지자들을 믿으십니까? 물론 믿으실 겁니다. 그건 주인님과 동족인 분들의 신앙이니까요. 에스더, 〈이사야서〉를 이리 다오."

시모니데스는 에스더가 내미는 두루마리를 받아 들고 읽기 시작했다.

"'어둠 속을 헤매던 백성이 큰 빛을 보았고, 죽음의 그림자가 드리운 골짜기에 살던 사람들에게 빛이 비쳤다…… 우리에게 한 아기가 태어났다. 우리에게 한 아들이 주어졌다. 그는 우리의 통치자가 될 것이다…… 평화는 끝없이 이어질 것이다. 그

*서기전 6세기 이스라엘의 지도자로, 바빌론 포로 생활을 마치고 귀국한 뒤 대대적인 종교개혁을 이끌었다.

는 다윗의 왕좌와 왕국 위에 앉아서, 이제부터 영원히, 정의와 심판으로 그 나라를 굳게 세울 것이다.' 주인님은 이 예언을 믿으십니까? 에스더, 선지자 미가에게 나타난 주님의 말씀을 적은 두루마리를 다오."

시모니데스는 〈미가서〉를 딸한테 받아 들고 읽기 시작했다.

"'너, 베들레헴 에브라다야, 너는 유다의 여러 족속 가운데 작은 족속이지만, 이스라엘을 다스릴 자가 네게서 나올 것이다.' 이분이 구세주입니다. 발타사르 님이 동굴에서 경배한 주님의 아들이지요. 주인님, 이 선지자의 말을 믿으십니까? 에스더, 이번에는 〈예레미야서〉를 다오."

시모니데스는 두루마리를 받아 들고 전과 마찬가지로 읽기 시작했다.

"'주님께서 말씀하시기를, 내가 다윗의 백성에게 정당한 왕을 보내니, 그가 왕이 되어 통치하면서 세상에 정의와 심판을 실현할 것이다. 그때가 오면 유다는 구원을 받을 것이며, 이스라엘은 안전한 거처가 될 것이다.' 주인님, 이 선지자의 말을 믿으십니까? 에스더, 이번에는 〈다니엘서〉를 다오."

딸은 〈다니엘서〉를 아버지에게 건네주었다.

"들어주십시오. '내가 밤에 환상을 보고 있을 때 사람의 아들 같은 이가 오는데, 하늘 구름을 타고 와서 옛적부터 계신 분에게 나아가 그 앞에 섰다…… 그에게 권세와 영광과 나라가 주어졌다. 모든 민족과 언어가 그를 경배할 것이다. 그의 권세는 영원한 것이어서, 그의 나라는 결코 멸망하지 않을 것이다.' 주인님은 이 선지자들의 말을 믿으십니까?"

"그걸로 충분합니다. 나는 믿습니다." 벤허는 외쳤다.

시모니데스는 물었다.

"그러면 무엇을 해야 할까요? 왕이신 구세주가 가난하면 주인님의 재산으로 그분을 도우시지 않겠습니까?"

"물론 도울 겁니다. 목숨을 걸고, 내가 가진 돈을 남김없이 쏟아부어서라도 도울 겁니다. 하지만 왜 구세주가 가난한 모습으로 나타난다는 거죠?"

"에스더, 스가랴가 쓴 책을 다오." 시모니데스가 말했다.

그러자 딸은 두루마리 하나를 아버지에게 건네주었다.

"구세주가 예루살렘에 들어가실 때의 상황을 들어주십시오. '예루살렘아, 크게 기뻐하여라. 보라, 네 왕이 네게로 오신다. 그는 정의로우신 왕, 구원을 베푸시는 왕이시다. 그는 몸을 낮추어, 노새와 노새 새끼를 타고 오신다.'"

벤허는 먼 곳을 바라보았다.

"주인님, 뭐가 보이십니까?"

벤허는 우울하게 대답했다.

"로마입니다. 로마와 그 군단이 보입니다. 그 야영지에 있었던 적이 있기 때문에 잘 알고 있지요."

시모니데스가 소리쳤다.

"주인님은 그 왕을 위한 군단의 사령관이 되실 겁니다. 수백만 명을 지휘하게 되실 겁니다."

"수백만." 벤허가 소리쳤다.

시모니데스는 잠시 생각하고 나서 덧붙였다.

"병력 때문에 고민하실 필요는 없습니다."

벤허가 의아한 눈길로 시모니데스를 바라보자, 시모니데스는 말을 이었다.

"주인님은 비천한 신분으로 사람들 앞에 나타나실 때의 구세주를 보고 계십니다. 오른쪽에는 그 초라한 구세주가 보이고, 왼쪽에는 눈부시게 빛나는 황제의 군단이 보입니다. 그리고 주인님은 자문하고 계십니다. 이 구세주가 도대체 뭘 할 수 있단 말인가 하고."

"사실 그렇습니다." 벤허는 대답했다.

"주인님, 우리 이스라엘이 얼마나 강한지, 주인님은 모르고 계십니다. 주인님은 이스라엘 민족을 바빌론 강가에서 흐느껴 우는 슬픔의 백성으로 생각하고 계십니다. 다음 유월절에 예루살렘에 가보세요. 성탑이나 길거리에 서서 예루살렘의 모습을 있는 그대로 바라보세요. 밧단아람에서 도망친 야곱에게 주님이 약속하신 대로 우리 민족은 끊임없이 불어나고 번성해왔습니다. 다른 민족에게 붙잡혀 있을 때도 마찬가지였습니다. 이집트인들의 발에 짓밟혀 있을 때도 계속 수가 늘어났고, 로마의 철권도 그들에게는 오히려 유익한 영양분일 뿐이었지요. 지금 이스라엘 민족은 많은 나라에 살고 있습니다. 그러니까 주인님, 이스라엘의 힘을 측정하는 것은 곧 주님의 힘을 측정하는 것입니다. 자연적인 인구 증가는 신앙이 확대되는 것을 의미하기도 합니다. 신앙은 주인님을 이 지상의 모든 곳으로 데려가는 힘입

니다. 만약 예루살렘을 이스라엘로 생각하신다면, 그것은 자수
실 한 가닥을 황제의 권위 있는 옷으로 우러러 받드는 거나 마
찬가집니다. 예루살렘은 성전을 이루는 돌 하나, 몸으로 말하면
심장에 불과합니다.

　적군이 아무리 강해도, 거기에서 눈길을 돌리고 '이스라엘아,
너희 장막으로 돌아가라!'*라는 예로부터의 경보를 기다리는 충
실한 민족을 믿으십시오. 페르시아에서 이집트나 스페인, 그리
스나 그 주위의 섬들에 사는 사람들, 폰토스나 안디옥에 사는
순수한 이스라엘인들, 개종자와 로마의 더러운 벽 뒤에 사는 저
주받은 도시 사람들, 우리 근처에 있는 사막이나 나일 강 건너
편 사막의 천막에 살면서 주님을 찬양하는 사람들도 모두 셈에
넣어주십시오. 주님에게 해마다 공물을 바치는 사람들도 셈에
넣을 수 있을지 모릅니다. 주인님, 이 사람들이 모두 칼을 갖고
있는 병력입니다. 이 세상에, 예루살렘과 마찬가지로 로마에도
이 세상의 정의와 심판을 관장하는 구세주를 위한 왕국은 이미
만들어져 있습니다. 그때 대답이 발견될 것입니다. 이스라엘이
하는 일은 곧 주님의 역사(役事)라는 대답 말입니다."

　성서에 묘사된 상황을 시모니데스는 열심히 설명했다. 그 이
야기를 듣고 있던 일데림은 마치 머리 위에서 나팔 소리가 울려
퍼진 것처럼 흥분했다.

　"젊음을 되찾을 수 있다면!" 일데림은 외치면서 벌떡 일어났

*〈열왕기 상〉제12장 36절.

다. 벤허는 조용히 앉아 있었다. 시모니데스의 이야기는 그 불가사의한 신의 아들에게 목숨과 재산을 바치라는 계시처럼 여겨졌다. 그 신비로운 분은 발타사르와 마찬가지로 시모니데스에게도 분명 위대한 희망의 별이었다. 그것 자체는 결코 새로운 것이 아니고, 지금까지 몇 번이나 들은 것이었다. 다프네 숲에서 말루크의 이야기를 들었을 때도 그랬고, 발타사르가 왕국에 대해 이야기할 때는 더욱 확실한 형태로 주님의 의지를 느꼈다. 나중에 야자수 농원을 걸고 있을 때, 주님에게 목숨과 재산을 모두 바쳐야 한다는 소명감을 느꼈다. 단순한 생각이 오갈 때도 확실한 감각이 뒤따랐다. 하지만 가까이에 구세주가 나타나려 하고 있는 지금은 또 다르다. 이미 벤허는 그 가능성을 신성하기 이를 데 없는 빛나는 대의로 높여버렸다. 마치 지금까지 보이지 않았던 문이 갑자기 열리고, 벤허 주위에 빛이 가득 차서 넘치는 것 같았다. 미래와 큰 관계가 있는 그 소명은 야심에 필적할 만한 충분한 대가를 약속해주는 것이었다.

다만 벤허는 아직 알 수 없는 것이 또 하나 있었다.

"시모니데스 님, 당신 말은 모두 인정하겠습니다. 구세주인 왕이 오셔서 솔로몬 왕국 같은 나라를 세우려 하는 이때, 나는 나 자신과 내 재산을 모두 왕과 그 대의에 바칠 각오가 되어 있습니다. 또한 내 기구한 운명이나 몇 배로 늘어난 재산의 불가사의에서 주님의 의지를 읽을 수도 있습니다. 그러면 나 자신은 무엇을 하면 좋을지 가르쳐주십시오. 어둠 속을 나아가듯 아무것도 모른 채 무작정 나아가는 겁니까? 아니면 그분이 나타나실 때까지 기다리고 있으면 됩니까? 아니면 그분이 나를 부르러 오실까요? 당신은 나이도 많고 경험도 풍부하니까, 대답해주세요."

시모니데스는 당장 거기에 대답했다.

"우리에게 선택의 여지는 남아 있지 않습니다." 그는 메살라의 밀서를 꺼내면서 말을 이었다. "이 밀서야말로 행동을 개시하라는 신호입니다. 우리는 메살라와 그라투스의 동맹에 대항할 수 있을 만큼 강하지 않고, 로마에 대한 영향력도 없습니다. 하지만 두 손 놓고 기다리기만 하다가는 죽임을 당하게 됩니다. 놈들이 어떤 인물인지는 저를 보면 아실 겁니다."

시모니데스는 순간 무서운 기억에 몸서리를 쳤지만, 기분을 돌이켜 벤허에게 물었다.

"주인님은 실제로 얼마나 강하십니까?"

벤허는 그 질문의 의미를 잘 알 수가 없었다.

시모니데스는 말을 이었다.

"제가 젊은 시절에는 즐거운 일뿐이었습니다."

"하지만 큰 희생을 치를 힘은 갖고 계셨지요."

"그렇습니다. 사랑을 위해서는."

"인생에는 사랑 외에도 그만큼 강한 동기가 있습니까?" 벤허가 물었다.

"있고말고요. 야심입니다."

"야심은 이스라엘 민족에게는 금지되어 있습니다." 벤허가 대답했다.

"그러면 복수는 어떻습니까?" 시모니데스의 이 질문은 순식간에 불꽃을 튀겨, 벤허의 흥분한 감정에 불을 붙였다.

그는 눈을 빛내고 주먹 쥔 손을 부르르 떨면서 즉각 대답했다.

"복수는 유대의 권리이고 법입니다."

"낙타나 개조차도 악한 짓을 잊지 않습니다." 일데림도 소리쳤다.

그러자 시모니데스는 자기 생각을 이야기하기 시작했다.

"왕을 위한 일, 왕이 오시기 전에 해두어야 할 일이 있습니다. 우리는 이스라엘이 왕의 오른팔이 되리라는 것을 결코 의심하지 않습니다. 하지만 안타깝게도 그 오른팔은 전쟁의 교활한 계략 따위는 전혀 모르는 평화의 손입니다. 수백만 명이 있어도 훈련받은 군단도 없고 사령관도 없습니다. 물론 헤롯 왕의 용병 따위는 셈에 넣을 수 없습니다. 놈들은 우리를 쳐부수기 위한 병력이니까요. 지금은 로마의 뜻대로 그 폭정이 계속되고 있습니다. 하지만 변화의 시기는 바로 코앞에 다가와 있습니다. 양치기가 갑옷을 입고 창과 칼을 들어야 할 때, 풀을 뜯는 양 떼가 사나운 사자로 변할 때가 왔습니다. 누군가가 왕의 오른팔이 되지 않으면 안 됩니다. 게다가 그 일을 훌륭하게 해낼 수 있는 사람이 아니면 안 됩니다."

벤허의 얼굴은 소명을 암시받고 붉게 물들었다.

"알았습니다. 하지만 좀 더 확실히 말해주실 수 없을까요? 해야 할 일을 알고 있어도, 그것을 어떻게 할 것인지는 다른 문제니까요."

시모니데스는 에스더가 가져온 포도주를 입에 대고 나서 대답했다.

"그러면 우선 제 생각을 말씀드리죠. 일데림 족장님과 주인님은 각자 수장이 되셔야 합니다. 저는 이대로 장사를 계속하면서 활동의 원천이 말라버리지 않도록 조심하겠습니다. 주인님은 우선 예루살렘을 거쳐 사막으로 가십시오. 그곳에서 이스라엘 병사를 모아 부대별로 나누어 훈련하고, 무기도 은밀히 비축해주십시오. 무기는 페레아에서 시작하여 갈릴리까지 순차적으로 이쪽에서 조달하겠습니다. 갈릴리까지 가면 예루살렘까지는 한걸음입니다. 페레아의 사막지대는 족장님의 뒷마당이니까, 중요한 길목들을 지키면 정보가 우리 눈을 빠져나갈 수 없을 것이고, 그 밖에도 족장님은 여러 가지 면에서 아낌없이 원조를 해줄 겁니다. 시기가 무르익을 때까지는 지금 우리가 여기서 나눈 맹약에 대해 아는 사람이 아무도 없습니다. 저는 어디까지나 집사 역할에 충실할 작정이고, 이 점에 대해서는 족장님과 이미 이야기가 되어 있습니다. 족장님, 뭔가 하실 말씀은 없습니까?"

벤허는 일데림을 바라보았다.

"시모니데스의 말이 맞아요. 나도 당신을 위해서라면 병력이든 뭐든 도움이 되는 것은 모두 바치겠다고 맹세하겠소."

시모니데스와 일데림 족장과 에스더는 벤허를 뚫어지게 바라보았다.

마침내 입을 연 벤허에게서는 비장한 결의가 느껴졌다.

"누구나 일생에 한 번은, 빠르든 늦든 쾌락의 잔을 손에 들 때가 있고, 그 쾌락을 맛보고 마시는 법입니다. 하지만 아무래도 나에게는 그 기회가 오지 않을 것 같군요. 두 분의 이야기는 잘 알아들었습니다. 그 제의에 응하면 어떻게 될지도 잘 이해하고 있습니다. 일단 그 제의를 받아들여 그 길로 나아가면 평안과 희망에도 작별을 고하게 되겠지요. 조용한 생활을 바라는 것은 무리일 겁니다. 로마가 허락하지 않을 테니까요. 나를 노리는 로마의 무법자나 자객들을 피하기 위해 묘지나 외딴 동굴에서 딱딱한 빵을 씹고 쪽잠을 자는 생활이 될 게 뻔합니다."

흐느끼는 소리가 벤허의 말을 중단시켰다. 모두 에스더를 돌아보자, 그녀는 아버지의 어깨에 얼굴을 묻고 있었다.

"너를 깜박 잊고 있었구나, 에스더." 시모니데스는 감동하여 상냥하게 말했다.

벤허는 말을 이었다.

"그걸로 충분합니다. 나를 가련하게 여겨주는 누군가가 있다면, 가혹한 운명도 얼마든지 견딜 수 있습니다. 이야기를 계속하게 해주십시오."

세 사람은 다시 그의 말에 귀를 기울였다.

"방금 이야기하려고 한 것은 다른 선택의 여지가 없다는 겁니다. 이곳에 머물러 있어도 한심하게 죽을 뿐이니까, 지금 당장 일에 착수하겠습니다."

시모니데스는 직무상 "서면으로 남겨둘까요?" 하고 물었다.

벤허는 "당신 말로 충분합니다" 하고 대답했고, 일데림도 거기에 동의했다. 이리하여 벤허의 인생을 크게 바꾸어놓을 맹약이 성립되었다.

"이걸로 결정되었습니다." 즉석에서 벤허는 말했다.

"아브라함의 하느님이 우리를 인도해주시기를." 시모니데스가 기도했다.

"한마디만 더 하겠습니다." 벤허는 조금 쾌활해진 어조로 말했다. "허락해주신다면 경기가 끝날 때까지는 지금과 같은 생활을 계속하고 싶군요. 그라투스의 답장이 올 때까지 일주일은 걸릴 테고, 그때까지는 메살라도 나를 노리지 않을 겁니다. 어떤 위험이 기다리고 있을지 모르지만, 경기장에서 메살라를 만나는 것이야말로 필생의 숙원이자 낙입니다."

일데림은 기꺼이 동의했고, 시모니데스는 재산 문제를 생각하며 말했다.

"좋습니다. 늦어지면 주인님께는 오히려 이익이 될 수도 있습니다. 아리우스 장관한테 물려받은 유산 말인데요, 그건 부동산입니까?"

"미세눔에 별장 한 채, 로마에 저택 몇 채가 있습니다."

"그러면 그 부동산을 팔아서 자금을 확보해둡시다. 그 권리증을 저한테 넘겨주세요. 그쪽 관계자한테 물어봐서 대리인을 로마로 보내겠습니다. 적어도 이번에는 강도 같은 로마 놈들의 기선을 제압할 수 있을 것 같습니다."

"내일 권리증을 넘기겠습니다."

"오늘 밤은 이걸로 일단 끝냅시다."

"잘됐어요." 일데림은 만족스러운 듯 수염을 쓰다듬으며 말했다.

"에스더, 빵과 포도주를 다시 한 번 대접하다오. 족장님은 오늘 밤 여기서 주무실 거야. 주인님은 어떻게 하시겠습니까?"

"말을 내주세요. 지금 농원으로 돌아가겠습니다. 지금 출발하면 적들에게 들키지는 않을 겁니다. 그리고 말 네 마리가 나를 기다리고 있으니까요." 벤허는 일데림을 바라보면서 말했다.

벤허와 말루크가 야자수 농원에 도착하여 말에서 내린 것은 날이 밝기 시작할 무렵이었다.

9
벤허의 결의

이틀날 밤, 벤허는 큰 창고 위에 있는 테라스에 에스더와 함께 서 있었다. 눈 아래에는 선착장이 있고, 인부들이 뛰어다니며 짐을 옮기거나 큰 소리로 외치고 있었다. 허리를 숙이거나 짐을 들어 올리거나 수레로 나르는 모습이 탁탁 소리를 내며 타오르는 횃불 빛을 받아서, 마치 동양의 옛날이야기에 나오는 부지런한 요정들 같았다. 갤리선 한 척이 임박한 출항을 앞두고 항해 준비에 여념이 없었다. 시모니데스는 사무소에서 선장에게 로마의 오스티아 항까지 쉬지 않고 가서 승객 한 명을 내려준 뒤, 스페인 해안에 있는 발렌시아까지 천천히 항해하라고 지시하고 있었다.

그 승객은 벤허가 아리우스 장관에게 물려받은 재산의 처분을 맡은 대리인이었다. 배가 밧줄을 풀고 항해가 시작되면, 벤허가 어젯밤에 한 맹약은 효력을 발휘하여 되돌릴 수 없게 된다. 시모니데스와 일데림 족장과 맺은 맹약을 파기하고 싶어도, 이제 시간은 조금밖에 남아 있지 않았다. 그것은 벤허의 한마디에 달려 있었다.

망설임이 벤허의 머릿속을 오갔다. 그는 팔짱을 낀 채 자신의 운명을 생각하듯 주변 풍경을 바라보고 있었다. 젊고 잘생기고 재력도 있고 로마의 화려한 귀족 세계에서 갓 돌아온 청년이라면, 무거운 부담이 되는 의무나 추방과 위험이 뒤따르는 야망 따위는 잊어버리라고 속삭이는 목소리가 들려와도 무리는 아니다. 그 마음의 갈등은 쉽게 상상할 수 있다. 가망이 없는 황제와의 싸움, 불확실한 왕의 도래, 그리고 안락과 명예, 시장에서 살수 있는 사치스러운 기호품, 특히 최근에 통절하게 느끼는 것은 가정을 꾸려서 친구들과 즐거운 시간을 보내고 싶다는 소망이었다. 오랫동안 황량한 곳을 헤매 다닌 사람에게는 따뜻한 가정을 갖는 꿈이 가장 마음을 현혹시켰다.

이제 거기에 로마의 생활을 덧붙이자. 간계에 가득 차고, 언제나 약자에게 인생의 밝은 면만 보여주고 안락하게 살라고 속삭이는 로마의 생활. 이때 벤허의 마음에는 로마에서의 생활이 떠올라 있었다.

"로마에 간 적이 있나?" 벤허는 에스더에게 물었다.

"아뇨, 한 번도 안 가봤어요."

"가보고 싶지 않아?"

"아뇨."

"왜?"

"전 로마가 무서워요." 에스더의 목소리가 떨리고 있었다.

벤허는 그녀를 보았다기보다 상대를 어린애처럼 내려다보고 있었다. 어슴푸레한 불빛 속에서는 그녀의 표정이 또렷이 보이지 않았고, 그 모습도 어렴풋했다. 갑자기 누이동생 티르자가 생각나서 벤허의 마음이 상냥해졌다. 그라투스를 덮친 참극이 일어난 아침, 옥상에서 그와 함께 있었던 티르자. 불쌍한 티르자. 지금 티르자는 어디에 있을까? 에스더를 보고 있으면 누이의 모습이 떠올라, 에스더를 노예로 볼 수가 없었다. 그뿐만 아니라 그녀가 노예이기 때문에 오히려 그녀를 더욱 안타깝게 여기고 다정하게 대해주고 싶은 마음이 강했다.

에스더는 침착성을 되찾아, 조용히 여자답게 말을 이었다.

"저는 로마가 궁전이나 사원이 있는 번화한 도시라고는 생각지 않아요. 아름다운 곳을 제 것인 양 빼앗고, 사람을 매복해 기다렸다가 공격하여 파멸과 죽음으로 몰아넣는 괴물, 어떻게도 맞서 싸울 수 없는 잔인한 피투성이의 야수처럼 생각해요." 그녀는 주저하면서 눈을 내리깔고 입을 다물었다.

"계속해." 벤허가 재촉했다.

그녀는 벤허에게 다가와서 그를 쳐다보며 말했다.

"왜 로마를 적으로 삼지 않으면 안 되죠? 왜 사이좋고 평온하게 살 수 없나요? 여러 가지 괴로움을 참고 견디면서 적의 함정에도 빠지지 않고 꿋꿋이 살아가고 계신데. 슬픔이 도련님의 청춘을 빼앗았으니까, 하다못해 남은 여생만이라도 안락하게 보내면 좋잖아요." 에스더의 소녀 같은 얼굴이 간청할수록 창백해졌다.

벤허는 몸을 숙이고 상냥하게 말했다.

"내가 어떻게 하기를 바라지?"

그녀는 잠깐 망설이다가 화제를 바꾸었다.

"로마에 있는 저택은 아름다운가요?"

"그야 물론 아름답지. 저택 주위에 정원이 펼쳐져 있고, 조가비를 깔아놓은 산책길이 정원을 둘러싸고 있어. 저택 안에도 밖에도 분수가 있고, 나무 그늘에는 조각상이 놓여 있지. 포도밭으로 둘러싸인 언덕에 저택이 있어서 네아폴리스와 베수비우스 산까지 바라다보이고, 눈 아래에는 푸른 바다가 펼쳐져 있고, 하얀 돛단배들이 점점이 보여. 황제의 별궁도 근처에 있지만, 로마에서는 아리우스 장관의 별장이 가장 아름답다는 평을 받고 있지."

"그곳 생활은 조용하겠죠?"

"손님이 없으면 여름 낮과 달밤에 그렇게 조용한 곳은 없어. 양아버지가 돌아가시고 내가 여기 온 뒤로는 그 조용함을 깨는 것도 없겠지. 하인들의 말소리나 새들이 즐겁게 지저귀는 소리, 분수의 물소리가 들리는 정도일 거야. 날마다 새로운 꽃나무가 차례로 싹을 틔우고, 꽃이 피고, 구름의 그림자가 지나가고…… 그것 말고는 아무런 변화도 없어. 하지만 그 생활이 나에게는 너무 조용해. 해야 할 일이 잔뜩 있는데 안락을 탐하느라 명주실에 묶여 있는 듯한 기분이 들어. 언젠가는 아무 일도 한 게 없이 인생을 마치게 될 것 같은 기분이 들어서 불안해."

에스더는 강물을 바라보았다.

"왜 그런 걸 알고 싶어 하지?" 벤허가 되물었다.

"도련님."

"나를 도련님이라고 부르는 건 그만둬. 친구라고 부르거나, 네가 원한다면 오빠라고 불러도 좋아. 너는 이제 노예가 아니니까. 오빠라고 불러줘."

벤허는 에스더가 기쁨으로 볼을 물들인 것을 알아차리지 못했다. 강물을 바라보고 있는 그녀의 눈이 반짝 빛난 것도 알지 못했다.

"전 모르겠어요. 왜 지금 오빠가 그런 삶을 선택하는지."

"폭력과 피로 물든 삶 말이야?" 벤허는 그녀의 말을 받았다.

"네, 아름다운 별장에서의 생활을 버리고 왜 그런 삶을 선택하는지."

"에스더, 그건 네가 잘못 생각한 거야. 이건 선택의 문제가 아니라, 하지 않으면 안 될 일이야. 로마인은 그렇게 상냥하지 않아. 이곳에 머무는 것은 죽음을 의미해. 로마로 돌아갔다 해도 결과는 마찬가지일 거야. 독이 든 술잔, 자객들의 칼, 재판에서 위증으로 사형 선고를 받는 게 고작이겠지. 메살라와 그라투스는 우리 아버지의 재산을 빼앗아 부자가 되었고, 지금은 그 재산을 지키기 위해 전보다 더욱 필사적일 거야. 평화적인 해결 따위는 있을 수 없어. 지금까지 나에게는 마음의 평안 따위는 없었어. 로마의 별장에서 졸음을 부르는 나무 그늘에 앉아 있을 때에도, 대리석 포치에서 향기로운 바람을 쐬고 있을 때에도 나는 마음이 편치 않았어. 내 마음의 무거운 짐을 가볍게 해줄 사람이 있어서 아무리 애써주었다 해도. 어머니와 누이동생의 행방을 모르는 한, 나에게 평안 따위는 있을 수 없어. 나는 두 사람을 찾지 않으면 안 돼. 두 사람을 찾아낼 수 있다 해도, 두 사람이 아직 고통받고 있다면 역시 보복하지 않을 수 없어. 두 사람이 폭력으로 살해당했다면, 그 살인자를 그냥 놔둘 수 없지. 꿈에도 나타나 잠을 이룰 수 없을 거야. 아무리 마음씨가 상냥한 사람이 나를 달래주려 해도, 양심이 아프지 않은 휴식은 나에게는 있을 수 없어."

"상황이 그만큼 심각한가요? 어떻게 할 수도 없나요?" 에스더가 물었지만, 그 목소리는 고조된 감정으로 떨리고 있었다.

벤허는 그녀의 손을 잡고 말했다.

"그렇게까지 나를 걱정해주고 있나?"

"물론이죠."

그녀의 손은 따뜻하고 작아서 그에 손에 완전히 감싸였다. 벤허는 그 손이 떨고 있는 것을 느끼면서, 그 가냘프고 작은 손과는 대조적인 이집트 아가씨의 아름다운 모습을 머리에 떠올렸다. 키가 크고 대담하고 기지가 풍부하고 유혹하는 듯한 그 아름다움은 비할 데가 없다.

벤허는 에스더의 손을 입술로 가져갔다.

"에스더, 너는 또 하나의 티르자야."

"티르자가 누구예요?"

"로마 놈들이 내게서 빼앗아 간 귀여운 누이동생이야. 누이와 어머니를 찾지 못하는 한, 나에게는 안식도 행복도 없어."

마침 그때 한 줄기 빛이 테라스에 비쳐 들어 두 사람을 비추었다. 뒤를 돌아보니 시모니데스가 바퀴의자를 타고 문간에서 나오는 참이었다. 두 사람은 시모니데스에게 다가갔고, 그 후에는 시모니데스가 중심이 되어 대화가 활기를 띠었다.

곧 갤리선의 밧줄이 풀리고 배는 바다로 나가기 시작했다. 일단 배가 떠나면 돌이킬 수 없는 맹약, '다가올 왕'의 대의에 벤허는 몸을 내맡기게 된다. 이윽고 갤리선 한 척이 횃불 빛과 선원들의 떠들썩한 외침 소리를 뚫고 서둘러 출항했다.

10
대진표

경기 전날 오후, 일데림 족장은 경기에 필요한 것을 모두 경기장 옆으로 운반했다. 동시에 경기와 관계가 없는 상당한 재산도 운반했다. 하인들과 가신들도 무장한 채 말을 타고, 말들을 앞세워 가축을 몰아내고, 낙타들에 짐을 싣고 야자수 농원을 나가는 모습은 그야말로 민족 대이동 같았다. 길가의 사람들은 이 오합지졸의 행렬을 보고 웃음을 터뜨렸지만, 일데림 족장은 성마른 성격인데도 불구하고 사람들의 무례한 태도에 화도 내지 않고 태평했다. 일행이 감시를 당하고 있었다면—실제로 감시 당할 이유도 충분히 있었지만—그 감시인은 경기장으로 간 이 어마어마한 행렬에 대해 자세히 보고했을 것이다. 하지만 로마인들이 웃든 시내 사람들이 재미있어하든, 그런 것은 족장에게는 아무래도 좋은 일이었다. 경기에서 네 마리의 말이 활약하는 데 필요한 것을 제외하고, 야자수 농원에 있던 값나가는 물건은 모두 갖고 나왔다. 실제로 천막들도 모두 접혀서 흔적도 없었다. 한나절만 지나면, 사막 길을 추적자의 손길이 미치지 않는 거리까지 가 있을 터였다. 사람은 남들의 웃음거리가 되고 있을 때 가장 안전하다는 것을 이 빈틈없는 아랍의 노족장은 알고 있었다.

족장도 벤허도 시합이 시작될 때까지는 메살라가 행동에 나서지 않을 거라고 예측했다. 시합에서 메살라가 지면, 특히 벤허에게 지면 당장 최악의 사태를 생각지 않으면 안 된다. 메살라는 그라투스의 의견을 기다리지도 않고 보복 행위로 나올 게 뻔하다. 이렇게 예측하고 준비를 갖추어, 위해가 미치지 않는 곳까지 전 재산을 옮겨둔 것이다. 의기양양해진 두 사람은 내일의 성공을 믿어 의심치 않았다.

도중에 두 사람은 우연히 말루크를 만났다. 충실한 말루크는 벤허와 시모니데스의 관계, 그리고 그들과 일데림의 맹약에 대해 알고 있다는 기색을 전혀 보이지 않았다.

말루크는 여느 때처럼 인사를 하고, 종이 한 장을 내밀면서 족장에게 말했다.

"방금 나온 경기 대진표입니다. 족장님의 말과 출전 순서도 실려 있습니다. 성급한 인사일지 모르지만, 승리를 축하드립니다."

말루크는 족장에게 종이를 건네주고 벤허를 돌아보았다.

"아리우스 님도 축하드립니다. 메살라와의 승부를 방해하는 것은 없습니다. 경기에 필요한 조건도 쓰여 있습니다. 대진표를 만든 사람한테 확인해두었습니다."

"고맙소."

말루크는 말을 이었다.

"아리우스 님의 색깔은 하얀색, 메살라는 붉은색입니다. 누구 편인지는 이것으로 금방 알 수 있습니다. 시내에서는 아이들이 흰색 리본을 팔고 있더군요. 내일이 되면 아랍인과 유대인은 모두 흰색 리본을 몸에 달고 있을 겁니다. 경기장 관람석은 붉은색과 하얀색으로 양분될 겁니다."

"관람석은 그렇겠지만, '폼파이 문' 위쪽에 있는 특별석은 그렇지 않아요."

"예, 거기는 붉은색 일색이겠지요." 말루크는 웃으면서 대답했다. "하지만 우리가 이기면 정부 고관들은 얼마나 부들부들 떨까요? 놈들은 로마인이 아닌 사람을 모두 깔보고 업신여기니까, 당연히 메살라에게 2 대 1, 3 대 1, 아니 5 대 1로 돈을 걸 겁니다. 뭐니 뭐니 해도 메살라는 로마인이니까요." 그러고는 목소리를 죽여 말을 이었다. "유대인이라면 그런 위험한 도박에 돈을 걸지 않습니다. 하지만 내일 집정관 뒷좌석에 앉을 친구한테 3 대 1, 5 대 1, 아니 10 대 1의 내기라도 받아들이라고 말해두겠습니다. 저도 그가 매긴 순위에 6천 세겔*을 걸겠습니다."

"말루크, 로마인은 로마 돈으로 내기를 걸 텐데, 오늘 밤에 그 친구를 만나거든 로마 돈을 얼마든지 준비해두라고 말해주세요. 그리고 그 친구한테 말하세요. 일데림 족장의 말들에 맞서서 메살라 쪽에 돈을 걸 사람을 되도록 많이 찾으라고."

말루크는 잠시 생각하고 나서 대답했다.

"그 경기에 사람들의 관심을 최대한 끌어모으라는 거군요."

"맞아요."

"알겠습니다. 일이 재미있어지는데요."

"나와 메살라의 경주에 대중의 눈을 못 박는 겁니다. 할 수 있겠죠?"

"그럼요."

"막대한 돈을 걸게 하세요. 그 내기를 맡으라고 부추기세요."

말루크는 벤허를 뚫어지게 바라보았다.

"빼앗긴 재산을 되찾아주겠어." 벤허는 혼잣말처럼 말했다. "다음 기회는 없어. 메살라의 콧대를 꺾어놓는 동시에 파산으로 몰아넣겠어. 야곱 조상님도 화내지 않으실 거야."

결연한 표정이 그의 단정한 얼굴에 나타나 있었다. 그는 더욱 강한 어조로 말했다.

"말루크, 잘 들으세요. 세스테르티우스**로 내기를 거는 걸로

---

*옛날 이스라엘에서 쓰이던 은화. 4드라크마에 상당한다.
**로마 제국 시대의 동화. 1달란트(금화)는 6,000드라크마, 1드라크마는 4세스테르티우스에 상당한다.

는 충분치 않아요. 달란트로 내기를 걸게 하세요. 5달란트, 10달란트, 20달란트, 50달란트를 메살라 쪽에 걸게 하세요."

"상당히 많은 액수니까 보증이 필요합니다."

"보증요? 시모니데스 님한테 가서 그 문제가 처리되기를 내가 바라고 있다고 말하세요. 적을 완전히 때려눕히고 싶다고, 이렇게 좋은 기회는 다시 없다고 말하세요. 우리 하느님 아버지가 옆에 있어주시니까요. 자, 가세요, 말루크. 잊지 마세요."

말루크는 크게 기뻐하며 작별 인사를 하고 말에 올라타려 했지만, 곧 돌아와서 벤허에게 말했다.

"하마터면 잊을 뻔했네요. 또 한 가지 말씀드릴 게 있는데, 메살라의 전차에 접근할 수가 없어서 다른 사람을 시켜 알아봤더니, 메살라의 전차 바퀴축은 아리우스 님의 바퀴축보다 한 뼘 정도 높답니다."

"한 뼘이라고? 그렇게나 많이?" 벤허는 기쁜 듯이 말하고는 말루크의 귓가에 속삭였다. "말루크, 당신이니까 말해주겠는데, 내일은 '승자의 문' 옆 관람석에 자리를 잡아요. 그리고 내가 그곳을 지나가는 것을 잘 보고 있으세요. 나한테 운이 있다면……아니, 그다음은 말하지 않겠어요. 거기 앉아서 잘 봐요."

그때 일데림이 소리를 질렀다.

"신이여, 이게 도대체 어떻게 된 일입니까?"

그러고는 종이를 손가락으로 가리키면서 벤허에게 다가와 건네주었다.

그것은 총독의 서명이 들어 있는 공식 경기 대진표였고, 행사

일정과 경기 내용이 적혀 있었다. 우선 화려한 퍼레이드가 벌어지고, 다음에는 콘수스 신*을 찬양하는 행렬이 이어지고, 다음에는 달리기와 높이뛰기, 레슬링, 권투의 순서로 경기가 열린다. 경기에 참가하는 선수들의 이름과 국적, 훈련받은 도장, 출전 경력, 수상 경력, 이번에 수여될 상 이름도 실려 있었다. 상 이름 밑에는 상금 액수와 수상 날짜가 적혀 있지만, 모든 선수의 목적은 월계관이다. 따라서 상금보다 영광을 추구한다고 말할 수 있었다.

벤허는 대진표를 재빨리 훑어보고, 전차경주 항목을 천천히 눈여겨보았다. 집정관의 방문을 기념하기 위해 개최되는 이 안디옥의 경주대회는 확실히 다른 대회를 압도할 만큼 호화롭고, 우승하면 10만 세스테르티우스와 월계관을 상으로 받는다. 시합에 출전 허가를 받은 것은 네 마리의 말이 끄는 전차 여섯 팀뿐이었고, 경기자들은 일제히 코스를 달린다. 각각의 팀에는 다음과 같은 설명이 붙어 있었다.

1. 코린토스인 리시푸스—회색 2마리, 갈색 1마리, 검은색 1마리. 작년 알렉산드리아와 코린토스 대회에서 우승. 기수는 리시푸스. 황색.
2. 로마인 메살라—흰색 2마리, 검은색 2마리. 작년 로마 대경기장에서 열린 대회에서 우승. 기수는 메살라. 홍색.

*고대 로마의 신. 경마·곡물의 보호를 관장하기 때문에, 그의 제사 때 맞춰 전차경주가 벌어졌다.

3. 아테네인 클레안테스—회색 3마리, 갈색 1마리. 작년 이스트미아 대회에서 우승. 기수는 클레안테스. 녹색.

4. 비잔티움인 디카이우스—검은색 2마리, 회색 1마리, 갈색 1마리. 올해 비잔티움 대회에서 우승. 기수는 디카이우스. 흑색.

5. 시돈인 아드메투스—회색 4마리. 가이사랴 대회에 세 번 출전하여 세 번 우승. 기수는 아드메투스. 청색.

6. 사막의 족장 일데림—밤색 4마리. 첫 출전. 기수는 유대인 벤허. 백색.

유대인 벤허라고? 왜 아리우스 2세 대신 이 이름이지?

벤허는 얼굴을 들어 일데림을 바라보았다. 족장이 소리를 지른 이유를 알았다. 메살라의 소행이 분명했다.

11
내기

대회 전날, 안디옥은 해 지기 전부터 사람들로 북적거리고 있었다. 시내 중심에 있는 옴팔로스 분수에서 어느 방향으로 가든, 특히 님파이움이 있는 남쪽으로 가는 길과 동서로 뻗어 있는 헤롯 주랑에는 사람 물결이 끊임없이 흐르고 있었다. 몇 킬로미터나 이어지는 지붕 달린 대리석 주랑만큼 이런 소란에 어울리는 것은 없었다. 어디나 밝고, 노랫소리와 웃음소리와 외침 소리가 끊이지 않고, 시내가 왁자지껄했다.

안디옥은 온갖 국적을 가진 사람들이 뒤섞인 국제도시다. 사람들은 모르는 사이에도 서로 어울리고, 마음에 드는 곳을 골라 잡아 장사를 하고, 집을 짓고, 제각각의 복장과 습관, 언어와 종교를 지키면서 고국에서 살았던 것처럼 살고 있다. 안디옥만이 아니라 당시 로마 제국에 속하는 도시는 어디나 마찬가지로 개방되어 있었다.

국제색이 풍부한 안디옥도 오늘 밤만은 여느 때와 달랐다. 거의 모든 사람이 내일의 전차경주에 출전하는 기수들의 고유색을 몸에 달고 있었다. 이것은 대회의 오랜 관습으로, 스카프나 배지, 리본이나 깃털을 몸에 달고, 형태야 어떻든 그 색깔로 자기가 누구를 응원하는지를 드러냈다. 초록색은 아테네인, 검은색은 비잔티움인을 응원한다는 것을 보여준다. 물론 가장 눈에 많이 띄는 색깔은 초록색과 벤허의 하얀색, 그리고 메살라의 붉은색이었다.

이 무렵, 안디옥 궁전의 홀에는 다섯 개의 커다란 상들리에에 불이 켜져 있고, 궁전과 관계가 있는 사람들이 모여 있었다. 침대의자에 드러누워 잠들어 있는 사람도 있고, 탁자 주위에는 주사위놀이를 하는 사람들도 있지만, 대개는 특별히 하는 일도 없이 그저 거닐거나 하품을 하거나 인사를 나누고 있었다. 내일은 날씨가 좋을까. 경기 준비는 잘되었나. 안디옥은 경기 규칙이 로마와 다른가. 이런 이야기를 두서없이 하고 있었지만, 실제로 젊은이들은 따분할 뿐이었다. 일을 거의 다 끝낸 지금, 남은 일은 서판*을 꺼내고 전차경주 이외의 종목에 걸린 판돈을 보는 것뿐이었다.

그런데 왜 전차경주 내기에는 눈길도 주지 않을까? 그것은 메살라에 맞서서 데나리온을 내기에 걸 수 있는 사람이 여기 홀에는 한 사람도 없었기 때문이다. 그곳은 온통 메살라를 편드는 붉은색 일색이었다. 그의 승리를 의심하는 사람은 아무도 없었다. 제국의 전투훈련학교를 나온 메살라의 기량은 흠잡을 데가 없었다. 게다가 그의 말들은 로마의 대경기장에서 우승한 말들이고, 그는 어엿한 로마인이다. 메살라는 홀 구석에 있는 침대의자에 반쯤 몸을 누인 채, 그를 둘러싸고 있는 측근들의 아첨을 들으면서 느긋하게 쉬고 있었다. 그들의 화제는 물론 전차경주뿐이었다.

그때 드루수스와 세실리우스가 들어왔다.

한 사람은 메살라의 발밑에 있는 침대의자에 몸을 던져 드러눕더니 "아아, 피곤해" 하고 말했다.

"어디 갔었나?" 하고 메살라가 묻자, 세실리우스는 "옴팔로스 근처까지 갔다 왔지. 대단한 인파야. 내일은 전 세계 사람들이 경기장에 올 거야" 하고 흥분한 어조로 대답했다.

메살라는 코웃음을 쳤다.

"바보 같으니라고. 황제가 주최하는 경기와는 비교도 안 돼.

---

*글을 쓰는 판. 로마 시대에는 책 모양의 나무판 2~8매를 가죽끈으로 연결하고 각 판자의 양면에 노랑 또는 검정 밀랍을 바른 형태였다. 이 납판 겉면에 끝이 뾰족한 철필로 글을 썼다.

드루수스, 자넨 뭘 보고 왔나?"

"대단한 건 없어."

"벌써 잊어버렸군, 드루수스." 세실리우스가 말했다.

"뭘?" 드루수스가 되물었다.

"하얀 옷을 입은 사람들 말이야."

"그래, 정말 불가사의한……." 드루수스가 반쯤 몸을 일으키며 외쳤다. "하얀 옷을 입은 무리를 만났지. 하얀 깃발까지 들고…… 하지만 하하하." 그는 다시 의자에 쓰러졌다.

"이야기를 도중에 그만두다니, 못된 자식." 메살라가 말했다.

"사막의 쓰레기들이야. 예루살렘의 야곱 신전에서 온 쓰레기 같은 놈들. 내가 그놈들이랑 무슨 상관이야?"

"그럼 네가 이야기해." 메살라가 세실리우스를 부추겼다.

"우리는 그 무리를 가로막고……." 세실리우스가 말을 시작하자, 마음을 바꾼 드루수스가 얼른 끼어들었다.

"내기를 제의했지. 하하하! 잉어의 먹이도 되지 못할 만큼 살이라고는 하나 없는 궁상스러운 낯짝의 사내가 앞으로 나와서 좋다고 하더군. 그래서 서판을 꺼내놓고 누구를 응원하느냐고 물었더니, 벤허를 응원한다는 거야. 그 유대 놈 말이야. 하하하. 얼마나 걸겠냐고 물었더니 녀석은…… 하하하, 너무 우스워서 더 이상은 말할 수 없어. 아하하하!"

듣는 사람들은 몸을 내밀었고, 메살라는 세실리우스를 바라보았다.

"1세겔이야. 겨우 1세겔을 걸겠대."

비웃음이 터졌다.

"그래서 어떻게 했어?" 메살라가 물었다.

그때 문간에서 외침 소리가 들렸기 때문에 모두 일제히 문간을 돌아보았다. 세실리우스도 그쪽에 마음을 빼앗겼지만, 이야기를 계속했다.

"드루수스는 서판에 적었고, 1세겔을 잃었어."

그러는 동안에도 문간의 소동은 점점 커졌고, "하얀색이다, 하얀색이야!" "들여보내줘!" "이쪽이야, 이쪽!" 하는 외침 소리가 들려왔다. 소란이 커졌기 때문에 다른 사람도 거기에 정신이 팔려 이야기를 중단해버렸다. 주사위를 흔들며 도박에 열을 올리고 있던 사람들도 도박을 중단하고, 자고 있던 사람들도 일어나 눈을 비비면서 서판을 들고 중앙으로 모여들었다.

들어온 사람은 키프로스에서 벤허와 함께 배를 타고 안디옥에 온 훌륭한 차림새의 유대 노인이었다. 하얀 터번을 두르고, 얼룩 한 점 없는 하얀 토가를 걸친 노인은 조용히 만면에 웃음을 띠면서 천천히 홀로 들어왔다. 그러고는 당당한 태도로 자리에 앉았지만, 그의 손가락에서 눈부시게 빛나는 보석에 압도당한 사람들은 입을 다물고 아무 말도 하지 않았다.

"누구야?" 드루수스가 메살라에게 작은 소리로 물었다.

"삼발라트라는 어용상인이야. 로마에 살고 있지만, 이스라엘 놈이지. 대단한 부자이고, 교활하게 사람을 부려서 떼돈을 벌고 있어. 거미줄보다 가느다란 실로 거미줄을 쳐서 사람을 함정에 빠뜨리는 놈이야. 본때 좀 보여줄까."

메살라는 몸을 일으키더니, 드루수스와 함께 유대인을 둘러 싸고 있는 사람들 틈에 끼어들었다.

"로마의 가장 고귀한 분들께 삼가 인사드립니다. 메살라 님의 내기를 받을 사람이 없다는 궁전의 불만을 듣고 이렇게 왔습니다." 유대 노인은 서판을 꺼내더니 장사라도 하는 것처럼 탁자 위에 그것을 펼쳐놓았다. "신들에게는 제물이 필요해요. 내가 그 제물이 될 생각입니다. 보시다시피 내 색깔은 하얀색입니다. 우선 승률을 결정하고, 다음에 돈을 겁시다. 어떻습니까?"

너무나 대담한 태도에 사람들은 어리벙벙해진 것 같았다.

"서둘러요!" 그가 재촉했다. "집정관과 약속이 있어서."

이 박차는 효과가 있었다.

"2 대 1." 대여섯 명이 외쳤다.

"아니, 고귀하신 로마인들이 겨우 2 대 1이라니."

"그럼 3 대 1."

"겨우 3인가요? 유대의 개새끼한테? 하다못해 4 정도는 해야 지요."

한 젊은이가 그 조롱에 화가 나서 "좋아, 4 대 1" 하고 말했다.

"5로 갑시다. 5 대 1." 삼발라트는 재빨리 부추겼다.

모두 입을 다물었다.

"집정관이 기다리십니다." 그는 다시 재촉했다.

그래도 응하는 사람이 없었다.

"5는 가야지요, 로마의 명예를 위해서." 삼발라트가 다시 부 추겼다.

"좋소, 5로 갑시다." 누군가 대답했다.

박수와 환호가 터졌고, 메살라도 모습을 나타내어 말했다.

"좋아, 나도 5로 가겠어."

삼발라트는 미소를 지으면서 그것을 서판에 기록할 준비를 했다.

"황제가 내일 돌아가신다 해도 로마는 건재합니다. 황제를 대신할 용기를 가진 분이 계시니까요. 6은 어떻습니까?"

"좋아. 6으로 가지." 메살라가 받았다.

전보다 더 큰 환호가 일어났다.

"6 대 1." 메살라가 다시 말했다. "로마인과 유대인 사이에 그 정도 차이는 있는 게 당연하지. 그럼 다음은 금액을 정합시다. 빨리 해요. 집정관이 부르러 오면 모처럼의 기회를 잃어버리게 되니까."

삼발라트는 비웃음을 냉정히 받아넘기고 서판에 금액을 적은 다음, 그 서판을 메살라에게 건네주었다.

그러자 메살라가 소리 내어 읽었다.

"전차경주. 로마인 메살라는 유대인 벤허에게 승리를 장담하고 로마 주재 삼발라트와 내기를 한다. 판돈 20달란트. 승률 6 대 1. 서명인 삼발라트. 서명인……."

주위는 쥐 죽은 듯 조용해지고, 손가락 하나 까딱하는 사람도 없었다. 모두 메살라의 목소리에 얼어붙은 것 같았다. 메살라는 서판을 가만히 바라보았고, 그를 바라보는 사람들의 눈도 크게 뜨인 채였다. 메살라는 주위의 시선을 느끼고, 속으로 초조감을 느꼈다. 좀 전에 메살라는 같은 장소에서 똑같이 시골뜨기를 조롱했다. 놈들은 그것을 기억하고 있을 것이다. 이 내기를 거부하면 추종자들도 잃게 될지 모른다. 하지만 서명할 수는 없었다. 그에게는 100달란트는커녕 20달란트도 없었다. 순간 머리가 텅 비고 말이 나오지 않았다. 그 대단한 메살라도 얼굴이 창백해졌지만, 그때 문득 생각이 났다.

"이 유대 놈아, 20달란트나 되는 돈을 어디에 갖고 있다는 거야? 어디 보여줘봐."

삼발라트는 도발하는 듯한 웃음을 지으며 "여기 있습니다" 하고 종이 한 장을 메살라에게 내밀었다. 모두가 그것을 읽으라고 떠들어댔고, 메살라는 읽기 시작했다.

"유대력 10월 16일. 안디옥에서. 이 증서를 지참한 삼발라트에게 황제의 금화 50달란트를 환어음으로 위탁했음을 증명함. 시모니데스."

"50달란트!" 모두 놀란 나머지 저마다 외쳤다.

그때 드루수스가 메살라를 도와주려고 끼어들었다.

"저 증서는 어차피 가짜일 거야. 유대 놈들은 모두 거짓말쟁이잖아. 환어음으로 50달란트나 갖고 있는 사람이 황제 말고 또 누가 있다는 거야? 건방진 개새끼, 당장 나가."

분노의 소리가 터져 나왔지만, 삼발라트는 떡 버티고 앉은 채 더욱 사람들의 분노를 사는 엷은 웃음을 띠고 있었다. 마침내 메살라가 대답했다.

"조용히 해줘. 일대일로 이야기를 매듭짓게 해줘. 이봐 촌뜨기, 로마의 명예를 위해 우리 둘이 마주 앉아 이야기하자."

이야기의 타이밍이 좋았기 때문에 메살라는 다시 우세를 되찾을 수 있었다.

"유대 개새끼야, 6 대 1이라고 했지?"

"예, 그렇습니다." 삼발라트는 태연히 대답했다.

"판돈은 내가 결정해."

"혹시 판돈이 적으면 얼마든지 올리셔도 좋습니다." 삼발라트는 상대를 더욱 약올렸다.

"20달란트 대신 5달란트라고 써."

"그것뿐입니까?"

"5달란트가 있다는 증서를 보여주지."

"아니요, 용감한 로마인의 말씀으로 충분합니다. 다만 승률은 6 대 1입니다."

두 사람은 증서를 교환했다. 삼발라트는 곧 일어나 메살라에게 냉소를 던졌다.

"자, 또 하나 내기를 걸겠습니다. 하얀색의 승리에 5달란트 대 5달란트. 여러 명이 돈을 모아서 걸어도 받겠습니다."

사람들은 또다시 어안이 벙벙해졌다.

"아니, 로마의 높으신 분들, 황제의 후예들이 가득한 홀에서 이스라엘의 개새끼가 5달란트의 내기를 제안했는데 그걸 받을 용사가 아무도 없으면, 이거야말로 내일 경기장에서 화젯거리가 될 텐데요."

이 일침은 효과가 있었다. 드루수스가 나섰다.

"건방진 놈, 내가 받아주겠다. 그러니 탁자 위에 증서를 놓고 꺼져. 내일 울상 짓지 마라."

삼발라트는 또다시 증서를 만들고 일어나면서 말했다.

"드루수스 님, 증서는 여기 놔두겠습니다. 서명이 끝나면 경기가 시작되기 전까지 보내주십시오. 집정관 뒷좌석에 진을 치고 있을 테니까요. 모든 분들께 평안이 있기를."

삼발라트는 정중하게 인사하고 물러갔다. 문을 나간 뒤 그에게 퍼부어진 비웃음 따위는 아랑곳도 하지 않았다. 이 터무니없는 내기 이야기는 밤사이에 시내 구석구석까지 퍼져서 시내는 온통 그 소문으로 자자했다.

벤허는 네 마리의 말과 함께 누워 있다가, 메살라가 전 재산을 내기에 걸었다는 이야기를 들었다. 그는 이날 밤만큼 깊은 잠을 잔 적이 없었다.

12
경기장

안디옥의 경기장은 오론테스 강의 남쪽, 궁전 건너편에 있었다. 경기는 일반 시민을 위한 것이기 때문에 누구나 무료로 입장할 수 있었다. 건물의 수용 인원은 엄청났지만, 이번 대회에는 빈자리가 없지 않을까 하고 걱정한 시민들이 경기가 시작되기 오래전부터 가까운 빈터에 진을 치고 있었다. 시민들이 세워놓은 임시 천막들은 마치 대기 중인 군대를 연상시켰다. 한밤중에 문이 열리자 군중이 우르르 몰려들어 할당된 자리를 차지했다. 지진이 일어나도, 창을 든 군인들이 와도 물러나는 사람은 없었다. 사람들은 거기서 선잠을 자고, 아침을 먹고, 경기가 시작될 때부터 끝날 때까지 눈을 화등잔만 하게 뜨고 참을성 있게 경기를 관람했다. 귀족이나 부자들은 자리가 미리 확보되어 있었기 때문에, 아침에 느긋하게 화려한 수행원단을 거느리고 경기장으로 향했다.

2시경까지는 시내에서 오는 사람들의 흐름이 끊임없이 이어져, 그 수를 헤아릴 수 없을 정도였다. 요새의 공식 해시계가 2시 반을 가리키면 술피우스 산에서 갑옷으로 무장한 대부대가 내려오고, 마지막 부대가 다리를 건너 모습을 나타냈을 때쯤 되면 안디옥 시내는 문자 그대로 텅 비었다. 경기장에 들어가지 못해도 군중은 모두 경기장으로 가고, 강가에 모인 대군중은 집정관이 대장선을 타고 궁전에서 경기장 쪽으로 오는 것을 지켜보았다. 집정관이 상륙한 뒤 경기장으로 들어가 자리를 잡자 우선 무술 시범이 시작되어 관중의 눈길을 사로잡았다.

3시가 되자 정숙을 요구하는 나팔 소리가 울려 퍼지고, 10만여 관중의 시선이 일제히 건물 동쪽에 있는 '폼파이 문'으로 향했다. 이 중앙 출입구의 아치 밑에는 화려하게 장식된 귀빈석이 있고, 그곳에 집정관이 앉아 있었다. 그 뒤쪽에는 극장처럼 좌석들이 줄지어 놓여 있었는데, 그곳에는 화려하게 차려입은 고관들이 앉아 있었다. 양옆에 세워져 있는 탑들은 아름다울 뿐만 아니라 햇빛을 가리는 차양 역할도 하고 있었다.

집정관 자리에서 서쪽을 내려다보면, 우선 문이 지키고 있는 커다란 출입구가 보인다. 눈 아래쪽에는 하얀 모래가 깔린 경기장이 있는데, 달리기 이외의 모든 경기가 여기서 이루어진다. 동쪽을 보면 회색의 낮은 원뿔 기둥 세 개를 떠받치고 있는 대리석 대좌가 있는데, 그 세 개의 기둥 언저리는 경기의 출발점이자 결승점이기도 하다. 전차경주는 경기장을 몇 바퀴나 돌기 때문에 사람들은 그 기둥 언저리를 몇 번이나 주목하게 된다. 그 대좌 너머에 통로와 제단을 사이에 두고 너비 3미터, 높이 2미터 정도 되는 돌담이 200미터쯤 뻗어 있었다. 그 끝에는 다시 세 개의 원뿔 기둥을 떠받치는 대좌가 있고, 여기가 반환점이다. 경기자는 출발점 오른쪽에서 경주로로 들어가 계속 벽을 따라 달린다. 집정관 자리가 가장 좋은 것은 말할 나위도 없다. 경기의 시작과 끝이 언제나 눈앞에서 이루어지기 때문이다.

독자들도 폼파이 문 근처에 집정관과 함께 앉아 있었다면, 가장 눈길을 끄는 것은 경주로 주위를 에워싸고 있는 밋밋하고 견고한 벽면이다. 그 벽은 높이가 5, 6미터쯤 되고, 위쪽은 난간이 있는 발코니로 되어 있다. 경주로를 따라 돌면 발코니는 세 군데가 끊겨 있어서 사람이 출입할 수 있게 되어 있다. 출입구는 북쪽에 둘, 서쪽에 하나가 있는데, 아름답게 장식된 서쪽 출입구는 '승자의 문'이라고 불린다. 경기가 끝나면 승자는 월계관을 쓰고 그 문을 지나가기 때문이다.

서쪽 끝 발코니 뒤에 있는 관람석은 뒤에서도 잘 보이도록 계단식으로 좌석이 놓여 있고, 일반석은 귀빈석의 차양에서 벗어난 서쪽 구획이다.

경기장에 나팔 소리가 울려 퍼지자 군중은 순간 조용해지면서 마른침을 삼키며 지켜보고 있었다. 서쪽의 폼파이 문에서 합창단과 악단이 연주하는 음악 소리가 울려 퍼졌다. 드디어 개회식이 시작된 것이다. 입장식을 알리는 합창이 들리고, 지체 높은 귀족들과 주최자가 화려한 옷을 걸치고 화환을 목에 걸고 나타난다. 신상들을 태운 가마와 화려하게 장식된 네 바퀴 수레가 그 뒤를 따르고, 결승전에 오른 경기자들이 그 경기 복장으로 나타나 경기장을 누비며 걷는다. 화려한 행렬이 천천히 경기장을 가로지르고 경주로를 돌면 환성이 물결처럼 일어났다. 모두 내기를 하고 있기 때문에, 특히 거물 선수가 자기 앞에 오면 저마다 응원하는 선수의 이름을 외치거나 발코니에서 화환을 던졌다.

가장 인기 있는 경기는 뭐니 뭐니 해도 전차경주였다. 전차의 호화로움과 말들의 아름다움, 그리고 경기자들의 개성이 사람들을 매혹시켰고, 그 매력은 다른 경기를 압도하고 있었다. 기수들은 팀을 나타내는 색깔의 투니카에 투구를 쓰고, 말들을 훈련시키는 조교사들도 그 뒤를 따르고 있다. 벤허만은 조교사도 없고 투구도 쓰지 않았다. 그들이 다가오자, 가슴이나 머리카락에 저마다 응원하는 선수의 색깔로 된 리본을 몸에 단 여자와 아이들까지 새된 소리를 질렀고, 발코니에서 던지는 꽃다발은 마치 눈보라 같았다. 초록색, 노란색, 푸른색 팀을 응원하는 사람들도 있었지만, 그중에서도 특히 하얀색 팀과 붉은색 팀에 대한 성원이 압도적이었다.

이런 경기가 현대에 존재한다면, 게다가 내기가 수반된다면, 말들의 자질이나 됨됨이에 따라 응원팀을 결정하겠지만, 여기서는 국적이 응원팀을 결정하는 가장 중요하고 결정적인 근거였다. 비잔티움 사람과 시돈 사람이 별로 인기가 없는 것도 관객들 가운데 그들과 같은 도시 출신이 적기 때문이다. 그리스인 관중은 많지만, 코린토스와 아테네로 양분되어 있어서 노란색과 초록색 지지자도 많지 않다. 궁정의 측근이라고 불리는 안디옥 시민들이 로마를 편애하지 않으면 메살라의 인기도 그렇게 높지는 않았을 것이다. 나머지는 촌뜨기인 시리아나 유대나 아랍 사람들이다. 하얀색을 응원하는 것은 족장의 혈통 좋은 말 때문이기도 하지만, 무엇보다 로마인이 지는 꼴을 보고 싶다는 로마 혐오증이 가장 큰 이유였다. 하얀색 응원단은 수도 가장 많고 열광도 대단했다.

전차 행렬이 경기장을 돌자 흥분은 더욱 고조되었다. 특히 반환점 근처의 관람석에서는 사람들이 꽃을 뿌리며 "벤허, 벤허!"를 외쳤고, 그를 응원하는 환성이 폭풍처럼 일어났다.

행렬이 지나가는 것을 보면서, 같은 팀을 응원하는 사람끼리 대화를 트기도 한다.

"보세요. 저 사람 정말 잘생기지 않았어요?" 어떤 부인이 큰소리로 말한다. 그녀가 로마를 응원하고 있는 것은 머리에 단 리본만 보아도 한눈에 알 수 있다.

"저 전차도 멋지네요. 저건 상아와 금이에요. 로마가 이길 게 뻔해요." 역시 로마를 응원하는 사내가 대답한다.

그 뒷좌석에서는 높은 쇳소리로 "유대 쪽에 100세겔 걸겠어" 하고 외치고 있다.

"아니, 서두르지 마. 야곱의 자손은 유대의 신이 싫어하는 스포츠에는 적합하지 않으니까" 하고 동행이 그를 진정시킨다.

"그래. 하지만 저렇게 침착하고 자신만만한 사람을 본 적이 있나? 그리고 저 무기는 어때?"

"저 훌륭한 말들을 좀 보세요." 다른 사람이 외치자, 또 다른 사람이 "게다가 로마의 기술도 완전히 터득한 것 같아" 하고 덧붙인다.

"맞아. 게다가 로마인보다 훨씬 잘생겼어."

남자가 그 말에 용기를 얻어, 다시 한 번 "유대에 100세겔!" 하고 외친다.

발코니의 앞쪽 좌석에서 안디옥 사람이 큰 소리로 욕을 한다.

"바보 같으니. 메살라에게 6 대 1의 승률로 50달란트가 걸려 있는 걸 모르나? 세겔은 넣어둬."

"하하하. 바보 같은 안디옥 놈아, 시끄러우니까 입 다물고 있어. 메살라 자신이 내기한 걸 몰라?"

이런 대화가 오갔다. 드디어 행진도 끝나고, 긴 행렬은 폼파이 문으로 퇴장했다. 동방 사람들의 열띤 눈길은 벤허와 메살라의 대결에 쏠려 있었다.

13
시작

오후 3시경에는 전차경주를 제외하고 모든 경기가 끝났다. 주최자는 여기서 잠시 휴식 시간을 갖겠다고 선언했다. 출입문들이 열리자 식당가가 있는 바깥 광장으로 뛰쳐나가는 사람들도 있고, 하품을 하면서 세상 이야기에 열을 올리는 사람, 서판을 열고 내기 결과를 들여다보는 사람들도 있었다. 어쨌든 내기에 이겨서 기뻐하는 승자와 벌레를 씹은 듯한 표정을 짓고 있는 패자로 양분되어 있었다.

전차경주만 보러 온 관객들은 이 휴식 시간을 이용하여 예약석으로 가는데, 그들 가운데 시모니데스 일행도 끼어 있었다. 그들의 자리는 북쪽의 중앙 출입구 근처였고, 집정관 바로 맞은편이다. 건장한 하인 네 명이 시모니데스를 의자에 앉아 있는 채로 옮겼기 때문에 아무래도 사람들의 주목을 받을 수밖에 없었다. 누군가가 시모니데스의 이름을 불렀기 때문에 주위 사람들도 그 소리를 듣고 수군거렸다. 그 이름은 위쪽 관람석에도 곧 전해졌고, 목을 빼어 그를 보려고 하는 사람도 있었다. 자수성가로 큰 재산을 모은 행운과 고문으로 앉은뱅이가 되는 불운을 겪었다는 전설적인 인물로 그 이름이 널리 알려져 있었기 때문이다.

일데림 족장도 이름이 널리 알려져 있어서 따뜻한 환영을 받았지만, 발타사르와 베일을 쓰고 그 뒤를 따르는 두 여인에게 주의를 기울이는 사람은 없었다. 사람들은 그 일행을 위해 공손히 길을 열어주고, 안내인도 그들을 장내가 잘 보이는 난간 근처의 자리로 안내했다. 방석과 발받침대도 준비되어 있었다. 두 여자는 이라스와 에스더였다. 자리에 앉자 에스더는 경기장 분위기에 겁을 먹었는지 베일로 얼굴을 더 많이 가렸다. 반면에 이집트 아가씨는 베일을 내려 어깨를 드러내고 주위를 둘러보면서, 사람들의 눈길이 자신에게 쏠려 있는 것을 알아차리지 못한 체하고 있었다. 여자는 간혹 그렇게 행동하는 경우가 있다.

장내 일꾼들이 출발점 앞에 밧줄을 치기 시작했을 때에도 시모니데스 일행은 여전히 집정관을 비롯한 많은 관객들의 호기심 어린 눈길을 받고 있었다. 그때 폼파이 문에서 여섯 명의 사내가 뛰쳐나와 각자 마구간 앞에 기둥을 세웠고, 관중은 술렁거리기 시작했다.

"저것 봐. 초록색이 오른쪽 4번이니까 저기가 아테네인이군."

"메살라는 2번이네."

"코린트인은……."

"하얀색이 멈춰 섰어. 왼쪽 1번이야."

"아니, 검은색이 거기에 멈춰 섰어. 하얀색은 2번이야."

마구간 문지기는 전차 기수의 투니카와 같은 색깔의 옷을 입고 있었기 때문에, 그들이 제자리에 서면 자기가 응원하는 팀의 마구간이 어디인지를 누구나 알 수 있었다.

"메살라를 만났어요?" 이집트 아가씨가 에스더에게 물었다.

유대 아가씨는 "아뇨" 하고 대답하면서도 바들바들 떨고 있었다. 메살라는 아버지의 적은 아니라 해도 벤허의 적이었다.

"아폴로 신처럼 멋진 분이에요." 이라스는 큰 눈을 빛내며 보석 달린 부채를 부치면서 말했다.

메살라는 벤허보다 단정한 얼굴을 가진 사람일까 하고 생각하면서 에스더는 이라스를 바라보았다. 그때 일데림이 "저기다, 폼파이 문 왼쪽 두 번째야" 하고 외쳤기 때문에 에스더는 벤허를 보려고 눈길을 돌렸고, 베일을 더 바싹 끌어당겨 얼굴을 가리고 짧은 기도를 중얼거렸다.

곧 삼발라트가 일행과 합류했다.

"족장님, 마구간에서 돌아온 참입니다." 삼발라트는 일데림에게 공손히 인사를 했다.

일데림은 계속 턱수염을 훑으면서, 묻는 듯이 두 눈을 반짝거렸다.

"말들은 컨디션이 아주 좋습니다."

"진다면 메살라가 아닌 다른 상대한테 졌으면 좋겠어." 일데림이 무뚝뚝하게 말했다.

삼발라트는 서판을 꺼내면서 시모니데스에게 말했다.

"관심을 갖고 계신 것을 가져왔습니다. 판돈에는 어젯밤에 메살라가 건 돈이 포함되어 있습니다. 내기에는 한 사람 더 참여할 수 있으니까, 내기를 받을 사람이 있으면 경주가 시작되기 전에 이리로 서류를 가져오기로 되어 있습니다. 여기에 다른 각서가 있습니다."

시모니데스는 서판을 받아 들고 각서를 꼼꼼히 읽었다.

"정말로 돈이 있는지 확인하려고 놈들의 심부름꾼이 나한테 왔더군. 우리가 지면 어디로 돈을 받으러 와야 하는지 알고 있는 모양이야. 우리가 이기면, 내기를 건 놈들한테 한 놈도 남김 없이 마지막 1세겔까지 받아내겠어. 로마식으로."

"그건 저한테 맡겨주십시오."

"여기서 함께 구경하지 않겠나?" 시모니데스가 물었지만, 삼 발라트는 "고마운 말씀이지만, 집정관을 내버려두면 저기 있는 로마의 젊은 친구들이 화를 낼 겁니다. 저는 이만 가보겠습니다" 하는 말을 남기고 자기 자리로 돌아갔다.

마침내 휴식 시간이 끝났다. 나팔 소리가 울려 퍼지고, 자리를 떠나 있던 사람들은 황급히 자리로 돌아갔다. 동시에 장내일꾼들이 나타나, 칸막이벽을 기어올라 서쪽의 반환점 위에 나무공 일곱 개를 매달았다. 그리고 출발점으로 돌아가 돌고래 모양으로 깎은 나무토막 일곱 개를 매달았다.

"족장님, 저 나무공과 돌고래는 무엇 때문에 매다는 겁니까?" 발타사르가 물었다.

"전차경주를 처음 보시나요?"

"예, 물론 처음이고, 왜 여기 왔는지도 잘 모르겠습니다."

"저건 몇 바퀴 돌았는가를 헤아리기 위한 것이고, 한 바퀴 돌 때마다 나무공 하나와 돌고래 하나를 치우도록 되어 있지요."

준비는 완전히 끝났다. 화려한 차림의 나팔수가 주최자 옆에서 경주 시작 신호가 나오기를 이제나저제나 하고 기다리고 있었다. 관중의 술렁거림과 소곤거리는 소리가 딱 멈추었다. 모두 동쪽을 향해 여섯 개의 마구간 문에 눈길을 못 박고 있었다.

시모니데스도 다른 사람들의 흥분이 전염되었는지 얼굴을 붉게 물들였고, 일데림은 여느 때보다 더 심하게 수염을 훑고 있었다.

"저 로마인 좀 봐요." 이라스가 에스더에게 말을 걸었지만, 에스더는 가슴이 너무 떨려서 다른 로마인을 볼 계제가 아니었다. 그녀는 베일을 머리에 단단히 감고 벤허의 모습만 찾고 있었다.

마구간은 출발점에서 오른쪽으로 약간 떨어진 곳에 원호를 그리며 세워져 있었고, 누구도 불공평하지 않도록 출발점에서 같은 거리에 있었다. 나팔 소리가 짧게 울리고, 출발점의 기둥들 뒤에서 한 사람씩 뛰쳐나와 각자의 전차에 올라탔다. 말들이 날뛰기 시작했을 때 기수를 도와주는 일을 하는 사람들이다.

다시 나팔 소리가 울리고, 문지기가 마구간을 열었다. 그러자 먼저 뛰쳐나온 것은 전차의 보조 기수였다. 벤허만 보조를 거절했기 때문에 모두 다섯 명이었다. 그들이 지나갈 수 있도록 하얗게 칠해진 밧줄이 아래로 끌려 내려갔다가 다시 위로 끌어 올려졌다. 보조 기수들은 멋지게 말 위에 올라탔지만, 그들에게는 아무도 눈길을 주지 않았다. 흥분한 말들이 뛰어오르는 소리와 마부들의 목소리가 마구간 안에서 계속 들려와서, 사람들은 활짝 열린 마구간 문에서 눈을 뗄 수가 없었기 때문이다.

밧줄이 다시 올라가고, 문지기들은 저마다 기수들의 이름을 부르고, 관람석 안내원들은 손을 흔들며 있는 힘껏 "나와라! 나와라!" 하고 외치고 있었다.

마구간 문간에서 전차 여섯 대가 포탄처럼 뛰쳐나오자, 관객들은 모두 벌떡 일어났다. 좌석 위에서 펄쩍펄쩍 뛰는 사람도 있었다. 터져 나오는 환성과 외침이 경기장의 공기를 뒤흔들었다. 드디어 기다리고 기다리던 순간이 온 것이다.

"저기 나왔어요. 봐요." 이라스가 메살라를 가리키며 말했다.

에스더는 벤허를 보면서 "예, 메살라가 보이네요" 하고 대답했다. 작은 유대 아가씨도 이때만은 대담해져서 베일을 얼굴에서 치워버렸다. 수많은 관중이 보는 앞에서 영웅적인 행위를 하는 기분을 이해할 수 있었다. 이럴 때 죽음도 마다하지 않고 기꺼이 웃으며 죽어가는 사나이들의 마음을 알 것 같은 기분이 들었다.

이제는 경기장 어디에서나 전차들을 볼 수 있었다. 출발점에 밧줄이 쳐졌다. 출발 타이밍이 문제였다. 서둘러 나가려고 하면 말과 전차가 밧줄에 걸려 참담한 꼴을 당하지만, 기가 죽어 있으면 뒤떨어져서, 벽을 끼고 달리는 가장 유리한 안쪽 경주로를 빼앗기게 된다.

관객들은 스타트의 어려움을 잘 알고 있었다.

네스토르*는 아들에게 고삐를 넘길 때 "승리를 결정하는 것은 힘이 아니라 기술이다. 빠른 것은 현명함보다 못하다"라고 말했다고 한다. 마른침을 삼키며 경기를 지켜보고 싶은 관객들도 같은 생각이어서, 멋진 기술로 승부가 결정되기를 무엇보다 바라

---

*그리스 신화에 나오는 영웅. 트로이 전쟁이 일어났을 때는 60세가 넘은 노인이었으나, 두 아들과 함께 90척의 배를 이끌고 그리스의 트로이 원정군에 참가했다.

고 있었다.

경기장은 눈부실 만큼 밝은 빛으로 가득 차 있었다. 기수들이 맨 먼저 가는 곳은 밧줄이 쳐진 출발점이었고, 이어서 무슨 수를 써서라도 차지하고 싶은 것은 안쪽 코스였다. 여섯 대의 전차가 모두 같은 곳을 향해 돌진하기 때문에 충돌은 피할 수 없다. 그뿐만 아니라 심판들이 출발에 불만을 품으면, 마지막 순간에 밧줄을 거두라는 신호를 보내지 않을지도 모른다. 그것을 염려하고 있으면 오히려 출발이 늦어진다. 출발점까지의 거리는 75미터 정도였다. 재빠르게 주위를 두루 살피고, 고삐를 교묘하게 다루고, 순간적으로 적절한 판단을 내려야 한다. 잠시라도 한눈을 팔거나 망설이거나 고삐가 미끄러지거나 하면 그것이야말로 치명적이다.

이 아름다운 경기를 완벽하게 만드는 것은 뭐니 뭐니 해도 그 자리에 넘쳐흐르는 활기였다. 지금은 스포츠도 오락도 박력이 없어져서, 이 전차경주만큼 볼만한 것은 거의 없다. 훌륭한 경기장에 모여 있는 아름다운 여섯 대의 2륜 전차, 그중에서도 특히 상아와 금으로 장식된 메살라의 호화로운 전차는 더욱 눈길을 끌었다. 기수들은 채찍을 오른손에, 팽팽하게 당긴 고삐를 왼손에 쥐고 조각상처럼 우뚝 서 있었다. 그 멋진 모습. 빠를 뿐만 아니라 아름다움도 뛰어난 네 마리 말의 멋진 몸놀림, 쭉 뻗은 머리와 우아한 다리, 궁극적인 힘을 느끼게 하는 근육, 전차와 기수가 한 몸이 되어 달리는 멋진 광경이 그림처럼 머리에 떠오른다면, 독자 여러분도 고대 로마인들의 만족과 기쁨을 공유할 수 있을지 모른다.

경주가 시작되면 기수들은 거리가 가장 짧은 안쪽 코스를 노리고 질주한다. 조금이라도 양보하는 것은 승리를 포기하는 것이다. 도대체 누가 양보하겠는가? 관중석에서 보내는 응원의 함성은 천둥소리처럼 윙윙거리며 장내를 뒤흔들고 있었다.

마침내 나팔수가 출발 신호인 나팔을 드높이 불었다. 이런 소란 속에서는 5미터 앞에서 부는 나팔 소리도 들리지 않았기 때문에, 심판들은 그 움직임으로 판단하여 밧줄을 내렸다. 떨어진 밧줄이 메살라의 말들 가운데 한 마리의 발굽에 걸릴 뻔했지만, 메살라는 아랑곳하지 않았다. 그는 채찍을 치켜들고 고삐를 늦추고 상반신을 앞으로 내밀고 의기양양한 외침 소리를 지르며, 벽을 따라 달리는 안쪽 경주로를 차지했다.

"만세! 만세!" 로마인들은 기뻐 날뛰었다.

메살라가 코스로 돌아 들어갈 때, 그의 전차 바퀴축 끝에 달려 있는 청동 사자 머리가 아테네인의 전차를 끄는 오른쪽 말의 앞다리에 걸렸다. 그 말은 옆에 있는 말 쪽으로 쓰러졌고, 두 마리가 서로 얽혀 비틀거리는 바람에 속도가 떨어졌다. 수만 명이 공포로 숨을 죽였다. 드루수스는 "만세!" 하고 미친 듯이 외쳤다. 메살라가 속도를 올린 것을 보고, 드루수스의 친구도 "메살라가 이겼다!" 하고 외쳤다. 서판을 손에 들고 있던 삼발라트는 힐끗 눈을 들어 경주로에서 일어난 충돌을 본 뒤로는 아무 소리도 내지 않고 눈만 크게 뜨고 있었다.

메살라가 앞으로 뛰쳐나가자 코린토스인이 아테네인의 오른쪽으로 왔다. 아테네인은 아직 태세를 갖추지 못한 말들을 그 방향으로 몰아가려고 했지만, 운이 나빴다. 왼쪽에 다가와 있던 비잔티움인의 전차 바퀴가 아테네인의 전차 뒤쪽을 공격한 것이다. 분노와 공포의 외침 소리가 일어나고, 아테네인은 전차에서 떨어져 나가 자기 말들 밑에 깔렸다. 그 참혹한 광경에 에스더는 저도 모르게 눈을 감았다.

코린토스인의 전차가 빠져나가고, 이어서 비잔티움인과 시돈인이 그 뒤를 따라갔다.

삼발라트는 벤허를 눈으로 좇고, 그러고는 드루수스와 그의 친구들 쪽을 바라보았다.

"유대인에게 100!" 하고 그가 외치자, 드루수스가 "받았어!" 하고 대답했다. 삼발라트는 "유대인에게 다시 100!" 하고 외쳤지만, 이제는 아무도 듣고 있지 않았다. 삼발라트는 다시 한 번 말했지만, 드루수스와 친구들은 눈앞에 펼쳐지고 있는 경주에 몰두하여 "메살라 만세!"를 외치느라 바빴다.

에스더가 조심조심 경기장 쪽을 보니, 장내 일꾼들이 아테네인의 망가진 수레와 말들을 치우고 있었다. 아테네인이 실려 나가는 것도 보였다. 그를 응원하는 관중석에서는 저주와 복수의 말이 들려왔다. 갑자기 에스더는 안심하여 얼굴에서 손을 내렸다. 벤허가 무사한 가운데 선두의 로마인과 경쟁하면서 맹렬히 전차를 몰고 있는 모습이 보였기 때문이다. 이어서 한 무리를 이룬 시돈인과 코린토스인과 비잔티움인이 벤허의 뒤를 따라 차례로 들어왔다.

한 덩어리가 되어 달리는 전차경주를 수만 명이나 되는 사람들이 마른침을 삼키며 지켜보고 있었다.

14
전차경주

마구간에서 뛰쳐나올 때 벤허는 여섯 대의 전차 가운데 가장 왼쪽에 있었다. 경기장으로 뛰쳐나간 순간에는 경기장의 하얀 모래에 되비친 빛에 눈이 부셔서 보이지 않았지만, 곧 숙적 메살라의 얼굴이 눈에 들어왔다. 로마 귀족 특유의 차갑고 오만한 인상은 옛날 그대로였고, 투구 때문인지 이탈리아적인 용모가 더욱 돋보였다. 벤허에게는 그 잘생긴 얼굴 뒤에 감추어진 잔인하고 사악한 본성이 보이는 것 같았다. 또한 그 얼굴에서는 승부에 대한 강한 의지가 느껴졌다. 팽팽한 긴장 속에서 한 치의 빈틈도 없이 굳은 결의를 품고 있는 사내.

순간 그는 말들에게 눈길을 돌리고, 자신의 결의가 더욱 굳어지는 것을 느꼈다. 어떤 대가를 치르더라도, 어떤 위험을 무릅쓰더라도, 이 원수를 무릎 꿇게 하고야 말겠다. 시합에 이겨서 얻을 수 있는 승리의 월계관, 내기에 걸린 판돈, 명예 같은 포상도 이 굳은 결의 앞에서는 모두 사라져버렸다. 죽음의 불안조차 느끼지 못했다. 그렇다고 해서 감정적으로 흥분해 있는 것도 아니고, 운을 하늘에 맡기고 있는 것도 아니었다. 용의주도한 계획이 있었다. 자신감이 있었다. 투명한 불길이 그의 주위에서 활활 일어나고 있는 듯했다.

경기장을 절반도 지르기 전에 메살라가 뛰쳐나갔기 때문에, 이대로 누구와도 충돌하지 않은 상태에서 출발점의 밧줄이 내려가면 그가 유리한 안쪽 경주로를 차지할 게 분명했다. 그 순간 벤허는 모든 것을 알아차렸다. 밧줄은 그렇게 떨어질 것이다. 메살라는 알고 있다. 심판들과 밀약이 되어 있어서, 메살라에게 유리하게 밧줄이 떨어지도록 계획되어 있었다.

심판들은 인기가 높지만 미덥지 않은 유대의 촌뜨기보다는 로마인을 도와주고 싶어 한다고, 그렇게밖에는 설명할 수 없다. 미친 게 아니라면, 다른 기수들이 모두 밧줄 앞에서 말들을 조심스럽게 제어하고 있을 때 그런 식으로 기세 좋게 뛰쳐나갈 수 있을 턱이 없다. 벤허는 당분간 메살라에게 벽 쪽의 유리한 코스를 양보하기로 했다.

출발점의 밧줄이 내려가자, 벤허를 제외한 모든 기수가 기합 소리와 채찍 소리를 내면서 일제히 뛰쳐나갔다. 벤허는 전차를 오른쪽으로 돌려, 전속력으로 적의 바퀴자국을 가로지르며 가장 빨리 앞으로 나아갈 수 있는 각도로 질주했다. 관중이 아테네인의 충돌에 몸을 떨고, 시돈인과 비잔티움인과 코린토스인이 간신히 재난을 피하여 선두를 추격하는 동안, 벤허는 바깥쪽에서 우회하면서도 점점 메살라에게 접근했다. 가장 왼쪽에서 오른쪽으로 질주하여 메살라를 따라잡은 벤허의 솜씨에 관중은 눈을 크게 뜨고 몇 번이나 박수를 보냈다. 에스더도 기쁜 나머지 손이 아플 만큼 박수를 쳤다. 삼발라트는 다시 100세스테르티우스를 내기에 걸었지만, 받는 사람이 아무도 없었다. 로마인들은 이 경주가 메살라의 독무대가 아니라는 것을 그제야 깨닫기 시작한 것이다. 게다가 상대는 유대인이다.

이제 메살라와 벤허는 거의 닿을 만큼 가까운 거리에서 나란히 반환점으로 향하고 있었다.

서쪽에서 보면 세 개의 원기둥이 서 있는 대좌는 반원형의 원호를 그리는 돌벽이고, 그 주위에 있는 경주로와 관람석도 역시 원호를 그리고 있었다. 이 지점을 잘 도는 것이 바로 기수가 가장 분명하게 자기 솜씨를 보여줄 수 있는 곳이었고, 이곳은 그야말로 최고의 난관이었다. 관중은 마른침을 삼키며 지켜보았고, 장내는 비로소 쥐 죽은 듯 조용해져서 말들의 발굽 소리와 전차들의 바퀴 소리가 또렷이 들렸다.

그때 벤허를 본 메살라는 믿을 수 없을 만큼 난폭한 짓을 저질렀다. "에로스여 물러가라. 마르스여 일어서라!"라고 외치더니 채찍을 크게 휘두른 것이다. 그리고 다시 한 번 "에로스여 물러가라. 마르스여 일어서라!" 하고 외치면서 벤허의 말을 힘껏 내리쳤다.

그것은 벤허의 말들이 지금껏 받아본 적이 없는 공격이었다. 그 공격은 관중석 어디에서나 보였다. 모두 깜짝 놀랐다. 장내는 더욱 조용해졌고, 집정관의 뒷자리를 차지한 가장 대담한 로마인들조차도 숨을 죽이고 귀추를 지켜보았다. 그 순간 발코니 아래의 일반석에서 분노와 비난의 외침 소리가 우레처럼 울려 퍼졌다.

　네 마리의 말은 갑작스러운 공포에 펄쩍 뛰어올랐다. 지금까지 사랑으로 키워져 인간에게 강한 신뢰를 갖고 있던 말들이 이런 학대를 당하면, 죽음의 신으로부터 도망치듯 펄쩍 뛰어오르는 것도 당연한 일이었다. 네 마리의 말은 맹렬히 돌진했고 전차도 튀어 올랐다. 경험은 어떤 것도 도움이 되는 법이다. 이때 벤허가 고삐를 단단히 쥘 수 있었던 것은 노예 시절에 갤리선에서 노를 저으며 몸을 단련한 덕분이었다. 전차가 튀어 올라 크게 흔들려도 팔다리를 힘껏 버틸 수 있었던 것도 큰 파도에 갤리선이 크게 흔들렸을 때의 체험 덕분이었다. 벤허는 안정된 자세를 유지한 채, 말들을 달래듯 말을 걸면서 고삐를 늦추고 위험한 모퉁이를 절묘하게 통과했다. 관객들의 성난 외침 소리가 계속되고 있는 동안 벤허는 어렵지 않게 자세를 되찾았을 뿐만 아니라, 출발점에 도착했을 무렵에는 다시 메살라를 따라잡아 나란히 달리게 되었다. 로마인을 제외한 모든 사람의 동정과 칭찬이 벤허에게 집중되었다. 관객들의 분노를 확실히 알았기 때문에, 아무리 뻔뻔스러운 메살라도 더 이상 말썽을 일으키면 곤란하다는 것을 깨달았다.

　전차가 결승점 앞을 질풍처럼 지날 때 에스더는 벤허의 얼굴을 얼핏 보았다. 조금 창백해지고 약간 치켜든 얼굴은 냉정하고 오히려 평온하기까지 했다. 장내 일꾼이 칸막이벽의 서쪽으로 기어올라 나무공 하나를 떼었고, 동쪽에서도 역시 돌고래 한 마리가 사라졌다. 두 번째 나무공과 돌고래도 똑같이 사라졌다.

그리고 세 번째 나무공과 돌고래도…….

세 바퀴를 돌아도 여전히 메살라가 안쪽 코스를 차지한 채 두 사람은 나란히 달리고 있었다. 다른 기수들은 한 무리가 되어 뒤를 따르고 있었다. 경주는 카이사르 후기 시대에 유행한 이중 경쟁의 양상을 띠고 있었다. 첫 번째가 메살라와 벤허의 싸움. 두 번째가 코린토스인과 시돈인과 비잔티움인의 싸움이었다. 그동안 장내 관리인은 관중을 자기 자리로 돌려보내려 했지만, 선두에서 달리는 두 사람의 치열한 다툼에 맞추어 사람들의 흥분은 전차가 경주로를 한 바퀴 돌 때마다 더욱 고조되었다.

다섯 바퀴 때 시돈인이 마지막 총력을 쏟아서 벤허 바깥쪽에 따라붙었지만, 곧 사이가 벌어졌다. 그 형태 그대로 여섯 바퀴째에 접어들었다. 서서히 속력이 빨라지고, 기수들의 얼굴도 붉게 물들어 있었다. 사람들도 말들도 우승을 결정짓는 마지막 순간이 다가오고 있음을 알았다. 사람들의 관심은 처음부터 로마인과 유대인의 경쟁에 쏠려 있었고, 태반의 관중은 유대인에게 동정과 성원을 보내고 있었지만 그것이 갑자기 불안으로 바뀌어갔다. 모든 좌석의 관객들이 꼼짝도 하지 않고 눈으로 전차를 좇았다. 일데림은 수염을 쓰다듬던 손을 멈추었다. 에스더조차도 공포를 잊고 있었다.

변함이 없는 것은 삼발라트뿐이었다. 그는 집정관 자리의 차양 밑에서 "유대인에게 100세스테르티우스!"라고 로마인 귀족들에게 말을 걸고 있었지만, 응답은 없었다.

"1달란트, 5달란트, 아니면 10달란트, 아무거나 고르세요!"

그는 도전하듯 서판을 내밀었다.

"좋아. 받았어." 젊은 로마 귀족이 서판에 기록할 준비를 했다.

"그만둬." 친구가 말렸다.

"왜?"

"메살라는 한계야. 저것 봐. 놈은 틀에 기대어 있고, 고삐는 바람에 날리는 리본 같아. 반면에 유대인을 봐."

젊은이는 유대인을 보고는 "쳇!" 하고 혀를 차며 고개를 숙였다. "힘이 넘치는군. 신들의 가호가 없으면 메살라는 져. 아니, 아직 몰라. 저것 봐."

집정관 뒤에서 라틴어로 만세 소리가 터져 나왔다.

설령 메살라가 한계에 이르렀다 해도 저력을 발휘했는지, 천천히 그러면서도 확실하게 선두로 나오기 시작했다. 관람석에서 보면 메살라의 말들은 머리를 낮추고 땅을 스치며 달리고 있는 것 같았다. 콧구멍은 붉게 충혈된 채 활짝 열려 있고, 눈은 크게 뜨여 있었다. 확실히 말들은 최선을 다하고 있지만, 문제는 그것이 얼마나 지속되는가였다. 이제 겨우 여섯 바퀴째를 돌기 시작한 참이었다. 말들은 계속 달렸다. 반환점 근처에서 벤허는 메살라의 뒤를 쫓고 있었다. 메살라의 진영에서 환성이 터져 나왔다. 사람들은 소리를 지르고 자기가 응원하는 팀의 색깔로 된 깃발을 마음껏 흔들었다. 삼발라트는 연달아 들어오는 내기 신청을 서판에 적어 넣느라 바빴다.

승자의 문 근처의 관람석에서 경주를 지켜보고 있던 말루크는 패색이 짙어진 벤허를 보고 환성을 지르기가 점점 괴로워졌다. 승리는 절망적이라고 느끼면서, 벤허가 서쪽 모퉁이에서 무슨 일인가가 일어날 테니 지켜보라고 말한 것을 막연히 생각해 냈다. 다섯 바퀴째에서는 아무 일도 일어나지 않았다. 여섯 바퀴째에 뭔가 일어날 게 분명하다고 중얼거렸지만, 여전히 메살라를 뒤따라가고 있을 뿐이었다.

동쪽의 시모니데스 일행도 조용해져 있었다. 시모니데스는 고개를 숙이고 있었고, 일데림 족장은 수염을 잡아당긴 채 이따금 눈을 빛내기도 했지만, 역시 고개를 숙인 채였다. 에스더는 숨도 제대로 쉬지 못했다. 이라스만 기뻐하는 것처럼 보였다.

여섯 바퀴째의 직선 코스에 접어들었다. 여전히 메살라가 선두, 2위가 벤허였다. 선두를 다투는 두 대의 전차는 그리스 신들의 전차경주를 연상시켰다.

이렇게 출발점이 다가왔다. 메살라는 유리한 경주로를 빼앗길까 두려워서 왼쪽의 돌담에서 1미터밖에 떨어지지 않은 거리까지 아슬아슬하게 접근해 있었다. 조금만 빗나가면 돌담에 충돌하여 전차는 순식간에 박살 나버릴 터였다. 커브를 도느라 둘 다 전차를 크게 기울였고, 벤허는 메살라 뒤를 바싹 쫓고 있었기 때문에 모퉁이를 통과한 뒤에는 바큇자국이 한 줄밖에 남아 있지 않았다.

두 사람이 눈앞을 지날 때 에스더는 벤허의 얼굴이 전보다 더 창백해진 것을 보았다.

날카로운 통찰력을 가진 시모니데스는 무언가를 알아차리고, 두 사람이 직선 코스로 접어든 순간 일데림에게 속삭였다.

"아무래도 벤허가 무언가를 저지를 작정인 것 같습니다. 그렇지 않다면 내가 보는 눈이 없는 거겠죠. 어쨌든 표정이 달라졌어요."

일데림은 기쁜 듯이 대답했다.

"보셨나요? 말들은 아직 팔팔하고, 이제부터가 진짜 승부예요. 아직 본격적으로 달리지 않았어요. 잘 보세요."

경기는 드디어 종반전으로 접어들었다. 나무공과 돌고래는 하나씩밖에 남아 있지 않았다. 관중은 모두 긴 한숨을 내쉬었다.

맨 먼저 시돈인이 말들에게 채찍을 휘둘렀다. 말들은 공포와 고통으로 맹렬히 돌진했지만, 선두에 설 수 있지 않을까 하고 잠시 여겨진 게 고작이었다. 다음에는 비잔티움인과 코린토스인이 똑같이 달리기 시작했지만, 결과는 마찬가지였다. 세 사람 다 우승권에서 벗어났다. 로마인 이외의 관중은 당연히 모든 희망을 벤허에게 걸고, 일제히 그를 응원하기 시작했다.

"벤허! 벤허!" 하는 외침 소리가 장내를 압도했다. 벤허가 지나가면 그 위의 관람석에서 차례로 그에게 외쳤다.

"속도를 더 올려!"

"벽 쪽으로 붙어!"

"고삐를 늦춰. 채찍을 가해!"

지나가는 벤허를 향해 사람들은 애원하듯 손을 뻗고 몸을 내밀면서 외쳤다.

그러나 벤허는 그들의 성원에도 불구하고, 아니면 더 이상 어떻게 할 수도 없는지, 벌써 반 바퀴를 돌았는데도 여전히 메살라의 뒤를 쫓고 있었다. 반환점에서도 변화는 일어나지 않았다. 드디어 마지막 모퉁이에서 메살라는 왼쪽 말들의 고삐를 죄기 시작했다. 당연히 속도는 느려졌지만 메살라는 아직 의기양양했다. 지금까지 몇 번이나 제단에 소원을 빌었다. 로마의 신들은 건재하다. 세 개의 원기둥까지는 이제 겨우 200미터밖에 남지 않았다. 거기서는 명성과 상금과 영예만이 아니라 증오 때문에 더욱 달콤해진 승리가 메살라를 기다리고 있었다.

그 순간, 관람석의 말루크는 벤허가 말들 쪽으로 몸을 숙이고 고삐를 늦추는 것을 보았다. 몇 겹으로 접힌 채 그의 손에 쥐어져 있던 채찍이 비로소 손에서 뛰쳐나가 놀란 말들의 등을 때렸다. 채찍은 몸을 비트는 것처럼 몇 번이나 휘면서 쉭쉭 소리를 냈다.

벤허의 얼굴은 붉게 물들고 눈은 빛났다. 고삐에 그의 의지가 옮아 간 것 같았다. 말들과 기수는 한 몸이 되어 도약했다. 그리고 메살라의 전차 옆을 스쳤다. 메살라는 그 움직임을 피부로 느꼈지만, 벤허 쪽을 돌아보려고도 하지 않았다. 그는 사람들의 반응에서도 전혀 신호를 받지 못했다.

벤허는 일데림 족장과 마찬가지로 아람어*로 말들에게 지시를 내리고 있었다.

"달려, 아타이르. 달려, 리겔. 왜 그래, 안타레스? 지금 놀고

---

*원래 고대 시리아의 언어였는데, 점차 여러 지역에 퍼져 예수의 시대에는 히브리어와 함께 유대인들의 공용어로 쓰였다. 예루살렘이 있는 유대 지역의 유대인들은 주로 히브리어를 썼으며, 갈릴리의 유대인은 아람어를 주로 썼다고 한다.

있는 거야? 좋아, 알데바란. 막사의 노래가 들리는군. 여자도 아이들도 별의 노래를, 너희들의 노래를 부르고 있어. 승리의 노래야. 내일은 고향으로 돌아가자. 검은 막사의 집으로. 그래, 달려. 안타레스, 고향에서는 모두 기다리고 있어. 하하하, 오만한 놈의 콧대를 꺾어놓았어. 놈의 영광도 땅에 떨어졌어. 잘했어. 잘했어. 승리는 우리 거야."

순식간의 일이었다.

이때 메살라는 전속력으로 모퉁이를 돌고 있었다. 벤허가 메살라를 추월하려면 메살라의 전차를 피해서 전진해야 한다. 그러려면 메살라의 전차에 거의 닿을 만큼 가까운 거리에서 비스듬히 앞으로 내달려 빠져나가지 않으면 안 된다. 관중은 모두 잘 알고 있었다. 네 마리의 말은 메살라의 전차 바깥쪽 바퀴에 거의 닿을 만큼 접근했다. 벤허의 안쪽 바퀴는 아직 메살라 전차의 바깥쪽 바퀴 바로 뒤에 있었다.

관객들은 여기까지 보고 있었다. 추월한 순간, 굉장한 소리가 일어났다. 장내의 관중은 전율을 느꼈다. 그렇게 생각할 틈도 없이 하얀색과 황금색으로 빛나는 파편이 경주로에 흩뿌려졌다. 메살라의 전차는 오른쪽으로 기울어 털썩 쓰러졌고, 바퀴축이 땅바닥에 닿은 반동으로 몇 번이나 튀어 오른 뒤 산산조각으로 부서졌다. 고삐에 얽힌 메살라는 머리부터 땅에 내동댕이쳐졌다.

더욱 끔찍하게도, 바로 뒤따라 달리고 있던 시돈인은 갑자기 멈춰 서지도 못하고 피하지도 못한 채 전차의 잔해 속으로 뛰어

들었다. 공포에 미쳐버린 네 마리의 말과 메살라를 덮친 것이다. 먼지와 모래가 뭉게뭉게 피어오르고, 이리저리 도망쳐 다니는 말들의 울음소리, 무언가 부딪치는 소리가 들렸다. 소란 속에서 시돈인이 몸을 일으켰을 때, 코린토스인과 비잔티움인이 벤허를 뒤따라가는 것이 보였다.

관중은 모두 일어나서 좌석 위로 뛰어 올라가 소리를 질렀다. 메살라는 말발굽에 짓밟히고 전차 밑에 깔린 채 꼼짝도 하지 않았다. 누구나 메살라는 죽었다고 생각했다. 하지만 대다수 사람들은 벤허를 눈으로 좇고 있었다. 벤허가 교묘하게 고삐를 다루어 조금 안쪽으로 돌아 들어가, 바퀴축에 달린 쇠붙이 끝으로 메살라의 전차 바퀴를 걸어서 박살 내버린 것을 알아차린 사람은 없었다. 사람들은 갑자기 돌변하여 의기양양해진 벤허를 보았을 뿐이다. 교묘하게 고삐를 다루면서 아라비아 말들을 격려하는 벤허의 기백이 내뿜는 열과 빛을 느꼈을 뿐이다. 그가 달리는 모습은 마구를 단 사자가 먼 거리를 도약하는 것 같았다. 무거운 전차가 없다면 말들은 마치 하늘을 달리고 있는 것처럼 보였다. 비잔티움인과 코린토스인이 마지막 한 바퀴를 절반도 돌기 전에 벤허는 결승점에 뛰어들었다. 이겼다! 이겼다! 이겼다!

집정관은 일어났고, 관객들은 목쉰 소리로 저마다 환성을 질렀다. 주최자가 자리에서 내려와 각 종목의 승자들에게 월계관을 씌워주었다. 승자들 중에는 노란 머리카락을 가진 남자도 있었는데, 벤허가 자세히 보니 로마 시절에 그에게 무술을 가르쳐준 스승이었다. 관람석을 쳐다보니 시모니데스 일행이 손을 흔들고 있는 것이 보였다. 에스더는 여전히 자리에 앉아 있었지만, 이라스는 일어나서 부채질을 하며 벤허에게 미소를 지었다. 벤허는 모든 사람의 환성에 도취했다. 하지만 그 환성은 메살라가 이겼다면 당연히 메살라에게 보내졌을 것이다.

승리를 축하하는 퍼레이드가 곧 결성되어, 군중의 환호를 받으며 승자의 문으로 행진했다. 대결의 날은 이렇게 끝났다.

15
초대

전부터 예정되어 있었던 대로 그날 한밤중에 벤허는 일데림 족장과 함께 강을 건넜다. 그들은 서른 시간 전에 출발한 족장의 본대를 뒤따르고 있었다. 족장은 기분이 좋았다. 벤허에게 큰 선물을 주겠다고 제의했지만 벤허는 모두 사양했다. 그는 적에게 굴욕을 준 것만으로 만족한다고 말했다. 두 사람 사이에 받으라느니 못 받는다느니 하는 유쾌한 실랑이가 언제까지나 계속되었다.

"당신이 나한테 얼마나 큰 일을 해주었는지 생각해보시오." 족장이 말했다. "멀리 아카바*까지, 아니 유프라테스 강을 건너

*현재의 요르단 남서부에 있는 항구 도시.

스키타이인*의 바다에 이르기까지 모든 곳에 있는 천막 생활자들 사이에 내 아내와 아이들 이름이 널리 알려졌소. 내가 인생의 쇠퇴기에 접어든 것도 잊고 나를 위대한 인물로 생각할 게 분명하오. 섬길 군주가 정해지지 않은 전사들도 속속 내 밑으로 모여들 거요. 그렇게 되면 내 세력도 곱절로 늘어날 거요. 내가 사막을 지배하는 힘을 갖는다는 게 어떤 것인지, 당신은 전혀 모를 테지요. 장사에서 얻는 이익도 훨씬 늘어나고, 왕들도 면세 특권을 줄 거요. 솔로몬의 칼을 걸고 맹세하지만, 사절을 보내면 황제도 외면하지 못할 거요. 그래도 별거 아니라고, 대단한 게 아니라고 하시겠소?"

"족장님, 저는 분에 넘치는 원조를 이미 받았잖습니까. 앞으로도 세력을 키워서 다가올 왕을 위해 준비를 갖추어주십시오. 다가올 왕을 모시는 데는 족장님만큼 적합한 사람도 없을 겁니다. 저도 그것을 위해 일할 작정이고, 그때는 족장님의 힘도 꼭 빌리고 싶습니다. 그러니까 그 제의는 그때를 위해 남겨두시지요."

이런 대화를 나누고 있을 때 심부름꾼 두 사람이 도착했다. 한 사람은 말루크였고, 또 한 사람은 모르는 인물이었다. 우선 말루크를 만났는데, 그의 온몸에서는 승리의 기쁨이 넘쳐흐르고 있었다.

"시모니데스 님의 심부름으로 왔습니다. 경기가 끝난 순간,

*서기전 8세기부터 서기전 3세기까지 러시아 남부 지방의 초원지대에서 활약한 최초의 기마 유목 민족.

로마인들 중에서 상금 지불에 항의하는 자가 나왔답니다."

그러자 일데림은 새된 소리로 호통을 쳤다.

"뭐라고? 신에게 맹세코 우리의 승리는 공명정대해."

"그래서 주최자는 상금을 제대로 지불했습니다." 말루크는 대답했다. "놈들은 벤허 님이 메살라의 전차 바퀴를 걸었다고 떠들어댔지만, 메살라도 모퉁이를 돌 때 상대의 말을 채찍으로 때리지 않았느냐고 웃으면서 상대해주지 않았답니다."

"아테네인은 어떻게 됐나?"

"죽었습니다."

"죽었다고?" 벤허는 외쳤고, 족장도 그 말을 되풀이했다.

"로마의 괴물은 어떻게 됐나? 살았나?"

"예, 살았습니다. 목숨만은 건졌지요. 하지만 살아 있는 게 무거운 짐이 될 겁니다. 의사가 평생 걸을 수 없을 거라고 하더군요."

벤허는 말없이 하늘을 쳐다보았다. 시모니데스처럼 의자에 묶인 채 하인이 옮겨주지 않으면 외출도 할 수 없는 메살라의 모습이 떠올랐다. 시모니데스는 잘 참고 견디고 있지만, 자존심 많고 야심만만한 메살라는 어떨까?

"또 전할 말씀이 있습니다. 드루수스를 비롯하여 5달란트를 내기에 건 자들이 판돈을 주지 않겠다면서 삼발라트를 애먹이고 있습니다. 놈들은 막센티우스 집정관에게 호소할 뿐만 아니라 황제한테까지 직접 호소하고 있답니다. 그리고 메살라도 지불을 거부했습니다. 그래서 삼발라트도 상대를 본받아 집정관

한테 호소했는데, 지금 그 문제는 심의 중입니다. 로마인 중에
서도 사리를 아는 사람들은 말도 안 되는 억지라고 말하고 있지
만, 지금 시내는 온통 그 이야기뿐입니다."

"시모니데스는 뭐라고 하던가?"

"주인님은 빙그레 웃고만 계십니다. 로마인들은 지불하면 파
산이고 지불하지 않으면 체면을 잃게 되겠죠. 그리고 정치적인
문제도 관련되어, 동방 사람을 화나게 하면 파르티아인과도 곤
란해질 테고, 족장님을 화나게 하면 사막 일대가 로마의 적으로
돌아서게 됩니다. 그 일대는 막센티우스가 지휘하는 군대의 최
전선이 되니까 경솔한 짓은 할 수 없습니다. 주인님은 사태를
조용히 지켜보고 있으면 조만간 메살라가 돈을 지불하게 될 거
라고 하십니다."

일데림은 다시 기분이 좋아져서 손을 맞비비며 말했다.

"좋아, 좋아. 시모니데스는 장사를 잘할 것이고, 승리는 우리
거야."

"심부름꾼이 또 한 명 와 있는데, 만나보시겠습니까?" 말루크
가 물었다.

"아, 그렇지. 깜박 잊고 있었군."

말루크가 물러가자 온순해 보이는 미남 청년이 앞으로 나와
서 한쪽 무릎을 꿇고 용건을 말했다.

"족장님도 잘 아시는 발타사르 님의 따님인 이라스에게 전갈
을 부탁받고 왔습니다. 우선 족장님께 승리를 진심으로 축하한
다고 말씀드리라고 하시더군요."

"그 아가씨는 상냥한 아이야. 축하 인사에 대한 감사의 표시로 이 보석을 갖다드리게." 일데림은 눈을 빛내면서 반지를 빼어 심부름꾼에게 주었다.

"분부대로 전하겠습니다." 젊은이는 대답하고 다시 말을 이었다. "전갈이 또 하나 있습니다. 발타사르 님과 따님은 지금 이데르네 저택에 머물고 계시는데, 벤허 님께 그곳에 가보라고 족장 님께서 권해달라십니다. 내일 오후에요. 부디 잘 전해달라고 신신당부하셨습니다."

일데림은 벤허를 돌아보았다. 벤허의 얼굴은 기쁨에 가득 차 있었다.

"어떻게 하시겠소?"

"허락해주신다면 가서 만나고 싶습니다."

"청춘을 마음껏 즐기시오." 일데림은 웃으면서 말했다.

"내일 한낮에 이데르네 저택으로 가겠다고 전해주게." 벤허는 심부름꾼에게 대답했다.

젊은이는 말없이 절을 하고 물러갔다. 한밤중에 일데림은 벤허에게 말과 안내인을 남겨두고 떠났다.

16
함정

이튿날 벤허는 이라스를 만나기 위해 시내 중심에 있는 옴팔로스에서 헤롯 주랑을 지나 이데르네 저택으로 향했다. 저택의 정면 현관은 2층에 있었고, 양옆에 지붕이 달린 계단이 있었다. 계단 옆에는 날개 달린 사자상, 중앙에는 입에서 분수가 솟아 나오고 있는 거대한 따오기상이 장식되어 있었다. 사자와 따오기, 그리고 바닥과 벽에 이르기까지 이집트풍이고 계단 난간도 모두 회색 돌로 만들어져 있었다. 정면 현관의 기둥이 보여주는 아름다움과 경쾌함과 그 미묘한 균형은 그리스인의 기술을 느끼게 했다. 눈처럼 새하얀 대리석 부분은 마치 커다란 회색 돌 위에 살짝 떨어진 백합꽃을 연상시켰다.

벤허는 현관의 아름다운 장식을 황홀하게 바라보면서, 그리고 순백색 대리석에 감탄하면서 저택으로 들어갔다. 벤허를 기다리고 있기나 했던 것처럼 커다란 문이 소리도 없이 열렸다. 복도는 천장이 높지만 폭은 좁고, 바닥에는 붉은 타일이 깔려 있고, 벽이 그 색깔에 맞추어 채색되어 있었다. 하지만 이 단조로움이 오히려 다음에 올 아름다움을 예감케 했다.

벤허는 천천히 걸어갔다. 몸의 모든 기능은 휴식을 취하고 있는 거나 마찬가지였다. 곧 이라스가 모습을 나타낼 것이다. 화려하고 환상적인 이라스의 모습이 머리에 떠올랐다. 미소를 지으면 얼굴 전체가 빛나고, 요염한 곁눈질 때문에 속삭임은 더욱 요염하다. 변덕스러운 것까지도 매력적이었다. 용모만이 아니라 감미로운 목소리로 부르는 노래도 아름답다. 그녀를 상대로 재치가 풍부한 대화를 나누면 벤허는 언제나 즐거웠다. 야자수 농원의 호수에 배를 띄웠을 때처럼 이 아름다운 이데르네 저택도 이라스의 유혹이었다. 벤허는 지금부터 둘이 보낼 즐거운 시간을 생각만 해도, 설령 경솔하다는 말을 듣더라도 지금 이 순간은 그저 뛸 듯이 기쁘고 꿈꾸는 듯한 기분이었다.

복도 끝에 또 문이 있었고, 그 앞에 멈춰 서자 큰 문이 소리도 내지 않고 저절로 열렸다. 사람이 손을 댄 것 같지도 않았지만, 벤허는 눈앞에 펼쳐진 광경에 놀라 문이 저절로 열린 불가사의함도 잊어버렸다. 어두운 복도에서 사치스럽기 이를 데 없는 넓은 홀이 보였다.

넓이도 호화로움도 유별난 홀이었다. 홀을 멀리 바라보려고 멈춰 서서 바닥을 보니, 모자이크 무늬의 백조를 안은 레다*의 가슴을 밟고 있었다. 주위를 둘러보니 신화를 소재로 한 모자이크 무늬가 바닥에 가득 펼쳐져 있었다. 의자도 각기 다른 무늬가 새겨진 훌륭한 것이었고, 탁자에는 더욱 정교한 조각이 새겨져 있었다. 여기저기 놓인 침대의자들도 역시 넋을 잃고 바라볼 만큼 모두 훌륭한 것들이었다.

천장은 중심을 향해 완만하게 원호를 그리고 있고, 중앙의 커다란 채광창에서 햇빛이 찬란하게 쏟아져 내려오고 있었다. 새파란 하늘은 금방이라도 손에 닿을 것 같고, 천창 주위는 청동으로 장식되어 있고, 그것을 지탱하고 있는 황금 기둥은 반짝반짝 빛나고 있었다. 색다른 장식의 촛대와 조각상과 꽃병들이 여

---

*그리스 신화에 나오는 스파르타의 왕비. 목욕을 하다가 백조로 변한 제우스와 정을 통하여 두 알을 낳았는데, 한 알에서는 카스토르와 폴리데우케스가, 다른 알에서는 헬레네가 생겨났다고 한다.

기저기 놓여 있어서, 크라수스*의 현란한 궁전도 이럴까 하는 생각이 들었다.

벤허는 눈에 보이는 모든 것에 마음을 빼앗겨 꿈꾸는 듯한 기분으로 천천히 돌아다니고 있었다. 이라스가 모습을 나타내지 않는 것 따위는 전혀 마음에 걸리지 않았다. 준비가 되면 조만간 그녀 자신이나 하인이 모습을 나타낼 것이다. 격조 있는 로마풍 집에서는 손님은 큰 홀에서 기다리는 법이니까. 벤허는 두세 번 홀을 돌아다니고 있었다. 몇 번이나 천창 아래에 서서 푸른 하늘을 쳐다보고, 기둥에 기대어 빛과 그림자의 절묘한 배분이 만들어내는 멋진 장면을 황홀하게 바라보고 있었다. 하지만 아무도 오지 않는다. 점점 시간이 가는 것이 마음에 걸렸다. 왜 이라스가 손님을 맞으러 나오는 데 이렇게 시간이 걸리는지 이상한 생각이 들기 시작했다. 누군가 사람이 있지 않을까 해서 찾아보았지만, 아무도 없었다. 귀를 기울여보아도 아무 소리도 들리지 않았다. 벤허는 불길한 예감으로 가슴이 두근거리는 것을 느꼈다. 저택이 너무나 조용한 것을 비로소 깨닫고 불안과 의심이 일어났지만, 그래도 이라스가 미소를 지으며 나타날 거라고 믿어 의심치 않았다.

'화장을 마무리하고 있을 거야. 나를 위해 화관을 준비하고 있을지도 몰라. 이제 곧 오겠지. 기다린 보람이 있었다고 여겨질 만큼 아름다운 모습으로.'

---

*로마 공화정 말기의 정치가·장군이며 부호(서기전 115~53). 스파르타쿠스 반란을 토벌하고 집정관을 지냈으며, 폼페이우스·카이사르와 함께 3두정치를 했다.

벤허는 아름답게 장식된 촛대를 손에 들고 살펴보려고 자리에 앉았지만, 아무래도 저택이 조용한 것이 마음에 걸렸다. 촛대를 보면서 귀를 기울였지만, 아무 소리도 들리지 않았다. 마치 묘지 같았다. 무슨 착오가 있었던 게 아닐까. 아니, 그럴 리가 없어. 분명히 이라스의 심부름꾼이 왔고, 여기는 이데르네 저택이야. 문득 벤허는 아까 문이 묘하게도 소리 없이 열린 것을 생각해냈다.

그는 문 쪽으로 돌아갔다. 발소리만 주위에 울려 퍼져서 오히려 조용함이 두드러질 뿐이었다. 벤허는 오싹 소름이 끼쳤고 점점 불안해졌다. 묵직한 로마식 문은 꿈쩍도 하지 않았다. 다시 한 번 힘껏 밀어보았지만 소용이 없었다. 피가 얼어붙는 것 같았다. 위험이 다가오고 있음을 알았지만, 어떻게 해야 할지 알 수가 없었다.

안디옥에서 나에게 위해를 가하려는 자는 누구일까. 메살라! 이 이데르네 저택에서? 정면은 이집트풍, 하얀 대리석 현관은 그리스풍, 여기 큰 홀은 분명히 로마풍이지만, 아무리 생각해도 로마인이 소유하고 있는 저택으로는 보이지 않는다. 게다가 이 저택은 시내 요지에 있다. 이런 공공연한 장소에서 나를 노리다니. 하지만 그 방약무인한 메살라가 할 법한 일이다. 큰 홀의 인상이 싹 달라졌다. 아무리 우아하고 아름다워도 필경 함정이다. 주위가 온통 검은색으로 칠해진 것처럼 느껴졌다.

벤허는 초조해졌다. 큰 홀에 있는 몇 개의 문을 열어보려고 했지만, 모두 단단히 잠겨 있어서 벤허의 힘으로도 꿈쩍하지 않았다. 두드리면 대답이 있을까 하고 두드려보았지만, 허사였다. 큰 소리를 내기도 꺼려져서 침대의자에 누워 생각을 정리하려고 했다.

갇힌 신세가 된 것은 명백했다. 하지만 무슨 목적으로 누가 이런 짓을 했을까?

만약 메살라의 짓이라면? 벤허는 몸을 일으키면서 대담한 웃음을 지었다. 무기가 될 만한 것은 탁자 주위에 얼마든지 있었다. 작은 새는 황금 새장 속에서 굶어 죽겠지만, 나 벤허는 굶어 죽지 않아. 입에 들어가는 것이라면 뭐든지 먹고, 반드시 살아남고야 말겠어. 절망적인 분노 속에서도 힘이 솟아나는 것 같았다.

메살라 본인이 올 리가 없다. 평생 걸을 수 없는 몸이다. 시모니데스를 고문했을 때처럼 누군가를 보내올 게 분명하다. 그 누군가는 어디에 있을까. 벤허는 다시 한 번 일어나서 문을 열려고 큰 소리를 냈다. 그러나 소리는 놀랄 만큼 크게 메아리쳤을 뿐이다. 이렇게 되자 벤허는 냉정하게 기다리는 것이 상책이라고 판단했지만, 기다리는 동안에도 썰물과 밀물처럼 마음이 평온해졌다가 다시 불안해지곤 했다. 시간이 얼마나 흘렀을까. 이것은 무슨 착오나 사고일 거라고 그는 생각했다. 이 저택도 누군가가 소유하고 있는 집이다. 조만간 관리인이 올 것이다. 그때까지 꾹 참고 기다릴 수밖에 없다고 체념하고 벤허는 오로지 기다렸다.

반 시간이 지났을 무렵 문이 또다시 소리 없이 여닫혔지만,

문 반대쪽에 있던 벤허는 알아차리지 못했다. 갑자기 발소리가 들렸을 때 벤허는 깜짝 놀랐지만, 드디어 이라스가 왔다는 안도 감과 기쁨으로 가슴이 고동쳤다.

하지만 발소리는 무겁고 거칠었다. 벤허는 서둘러 황금색 기둥 뒤로 몸을 숨기고 상황을 살폈다. 거칠고 쉰 목소리가 들려왔다. 동유럽이나 남유럽의 언어 같은데, 무슨 말을 하고 있는지 알 수가 없었다.

주위를 둘러보면서 방을 질러오는 두 사내의 모습이 보였다. 둘 다 키가 크고 투니카를 입고 있었다. 한 사람은 딱 바라진 체형이었다. 저택의 주인도 하인도 아닌 것 같았다. 보는 것마다 감탄하면서 손으로 만지고 있다. 아무리 보아도 야만인 같았다. 벤허는 큰 홀이 더럽혀진 듯한 느낌을 받았다. 도대체 놈들은 뭐 하러 왔을까?

두 사내는 알아들을 수 없는 말을 중얼거리면서 벤허가 숨어 있는 기둥으로 다가왔다. 비스듬히 비친 빛이 닿아 있는 조각상 하나를 잘 보려고 두 사람은 멈춰 섰다.

원래 저택의 기분 나쁜 분위기에 신경이 곤두서 있던 벤허는 딱 바라진 체격을 가진 남자의 정체를 알았을 때 얼어붙는 듯한 전율을 느꼈다. 그는 벤허가 로마에 있을 때부터 알고 있는 북유럽계 인물이고 어제 레슬링 경기의 우승자였다. 얼굴에는 수많은 싸움에서 입은 상처가 있고, 사나운 맹수를 연상시키는 얼굴 생김새. 훈련 덕택에 부풀어 오른 근육, 헤라클레스처럼 두툼한 가슴팍. 그와 싸우면 죽음이 기다릴 뿐이다. 상대는 피도 눈물도 없는 전사이고, 게다가 그를 노리고 있다.

벤허는 검은 머리와 검은 눈동자에다 유대인과 같은 차림을 한 두 번째 사내를 보았다. 두 사내가 벤허의 목숨을 노리고 여기 찾아온 것은 의심할 여지가 없었다. 이제 와서는 도와줄 사람을 부를 수도 없고, 아무도 모르게 이 자리에서 죽게 될까?

망연자실하여 사내들의 얼굴을 바라보고 있는 동안, 무서운 상황에 놓여 있는 자신이 마치 남처럼 여겨지면서 평상심이 돌아왔다. 무언가 눈에 보이지 않는 손이 그를 새로운 삶으로 이끌어 가고 있는 것 같아 마음 밑바닥에서 투쟁심이 솟아났다. 어제 처음으로 첫 번째 희생자가 나왔다. 메살라는 벌을 받아 마땅했다. 벤허는 신의 허락으로 승리를 얻은 것이다. 그런 상황에서 신앙을 얻고, 거기에서 이성적인 힘, 특히 위험에 대처하는 힘을 얻은 것이다. 그뿐만이 아니다. 새로운 인생은 주님의 소명이다. 그것은 다가올 왕과 마찬가지로 신성하고 확실하게 여겨졌다. 아무리 애를 써도 피할 수 없을 때는 그 힘이 인정되는 소명 앞에서 무엇을 두려워하겠는가.

벤허는 장식띠를 풀고 유대의 하얀 겉옷을 벗어 던져, 적과 똑같은 투니카 차림이 되었다. 마음에도 몸에도 투지가 가득 찼다. 그는 기둥을 등지고 팔짱을 끼고 조용히 기다렸다. 조각상을 보고 있던 두 사내는 고개를 돌려, 그제야 겨우 벤허를 알아보고는 무어라고 말하면서 성큼성큼 다가왔다.

"누구냐?" 벤허는 라틴어로 물었다.

"야만인이다." 북유럽 사내는 험악한 웃음을 지으며 대답했다.

"여기는 이데르네 저택이다. 누구를 찾고 있는 거냐? 거기서 대답해."

"너야말로 누구냐?" 그들은 거꾸로 물었다.

"로마인이다."

거구의 사내는 몸을 뒤로 젖히고 큰 소리로 웃었다.

"돌소금을 핥던 소가 신이 되었다는 이야기는 들은 적이 있지만, 신도 유대인을 로마인으로 바꿀 수는 없어."

그는 웃음을 그치더니 동료에게 무어라고 말하고 더 가까이 다가왔다.

"움직이지 마라. 한마디 할 말이 있다." 벤허는 기둥에서 떨어지면서 말했다.

"한마디야. 말해." 북유럽 사내는 굵은 팔을 가슴팍 앞에서 팔짱 끼고 협박하듯 말했다.

"당신, 북유럽 사람 토르가 맞지?"

사내는 놀라서 푸른 눈을 크게 떴다.

"그래, 로마에서 무술 사범을 하고 있었지." 토르는 고개를 끄덕였다.

"당신한테 배운 적이 있다."

"웃기지 마라." 토르는 고개를 저으면서 말했다. "유대인 따위는 가르친 적이 없어."

"증거를 보여주지. 당신들은 나를 죽이러 왔지?"

"그래."

"그럼 저놈과 둘이 승부를 겨루게 해달라. 저놈의 몸으로 증거를 보여주겠다."

북유럽 사내의 얼굴이 환하게 빛났다. 그는 동료에게 무언가 말하고 나서 어린애처럼 까불면서 말했다.

"내가 시작하라고 할 때까지 기다려."

그는 발로 침대의자를 걷어차서 한쪽 구석으로 밀어 넣고, 그 위에 털썩 드러누우며 말했다.

"자, 시작!"

벤허는 냉정하게 상대에게 다가가서, "자세를 취해!" 하고 말했다.

상대는 기죽지 않고 자세를 취했다. 두 사람의 자세는 마치 쌍둥이처럼 비슷했다. 상대는 자신만만하게 웃고 있었지만 벤허는 진지했다. 벤허의 솜씨를 알고 있었다면 상대도 위험을 알아차렸을 것이다. 둘 다 이 시합에 지면 죽는다는 것을 알고 있었다.

벤허는 오른손으로 상대를 공격하는 체했다. 상대는 잘 피했지만, 왼팔이 조금 앞으로 나왔다. 그 순간 벤허는 상대의 왼쪽 손목을 움켜잡았다. 오랫동안 노 젓기로 단련된 팔이다. 적이 놀랐을 때는 이미 늦었다. 상대의 손을 잡아당기며 몸을 비틀고, 왼손으로 상대의 귀 아래 급소를 정확하게 가격했다. 일격으로 충분했다. 상대는 소리 한 번 지르지 못하고 털썩 쓰러져 움직이지 않게 되었다. 벤허는 토르 쪽으로 돌아섰다.

"으음, 대단하군. 나도 이렇게 보기 좋게 결판을 내지는 못해." 놀라서 몸을 일으킨 토르는 웃으면서 벤허를 머리끝부터 발끝까지 말뜽말뜽 살펴보다가 감탄한 듯이 일어섰다.

"그건 분명히 내 기술이야. 지난 10년 동안 로마에서 가르친 기술이지. 너는 유대인이 아니야. 도대체 누구지?"

"아리우스 장관을 알고 있나?"

"퀸투스 아리우스? 그래, 그분은 내 후원자였다."

"아들이 있었을 텐데?"

"아아, 있었지." 토르는 생각난 듯이 말했다. "아들도 알고 있다. 검투사도 될 수 있는 사내였지. 황제도 후원자가 되겠다고 말했을 정도였어. 지금과 같은 기술을 내가 가르쳐주었지. 누구나 할 수 있는 기술이 아니야. 나처럼 강한 완력이 없으면 불가능한 기술이지. 나는 그 기술로 몇 번을 우승했는지 몰라."

"그 아들이 바로 나야."

토르는 벤허에게 다가와서 얼굴을 말뜽말뜽 바라보고는 기쁜 듯이 눈을 빛내며 손을 내밀었다.

"하하하. 그놈은 여기 오면 유대인이 있을 거라고, 유대인 개새끼가 있을 거라고, 그놈을 죽이면 신들이 기뻐할 거라고 지껄였는데."

"누가 그랬지?" 벤허는 남자의 손을 잡았다.

"메살라가. 하하하."

"언제?"

"어젯밤에."

"그놈은 죽은 줄 알았는데?"

"아마 두 번 다시 걸을 수 없을걸. 누운 채 신음하면서 그렇게 말했어."

메살라의 증오를 손바닥 들여다보듯 알 수 있었다. 메살라가 살아 있는 한 벤허는 무자비하게 목숨을 빼앗길 것이다. 복수만이 비참한 메살라에게 위로가 된다. 그래서 삼발라트에게 도박으로 잃은 재산에도 미련이 있을 것이다. 벤허는 다가올 왕의 소명에 메살라가 얼마나 방해가 될지를 잘 생각해보았다. 메살라와 똑같은 수법을 쓸 수도 있다. 이 사내에게 더 많은 돈을 주고 메살라를 죽이게 할 수도 있다. 그렇게 하려고 생각했을 때, 벤허는 바닥에 쓰러져 죽어 있는 사내의 얼굴을 보았다. 그 하얀 얼굴이 자기와 비슷하다는 것을 깨닫고, 문득 어떤 생각이 떠올라 토르에게 물었다.

"토르, 메살라는 나를 죽이면 얼마나 주겠다고 했지?"

"1천 세스테르티우스."

"그 1천 세스테르티우스를 받고, 내 말을 들어주면 3천 세스테르티우스를 더 받게 해주겠다."

그러자 토르는 큰 소리로 말했다.

"나는 어제 상금으로 5천 세스테르티우스를 받았어. 그놈이 줄 1천 세스테르티우스를 합하면 6천이야. 그러니까 4천을 줘. 뭐든지 할 테니까. 4천으로 해. 원한다면 그놈을 죽여주지. 손으로 입을 틀어막기만 하면 돼." 그러면서 손으로 입을 틀어막는 시늉을 해 보였다.

"알았어. 1만 세스테르티우스는 큰돈이야. 그것만 있으면 로마에 돌아가서 대경기장 근처에 술집 하나는 차릴 수 있을 테니까. 그러면 무술 사범답게 살 수 있지."

토르는 그 이야기를 듣고 상처투성이의 얼굴을 빛냈다.

"좋아, 4천으로 하지. 그렇다고 해서 손을 피로 더럽히는 일은 아니야. 토르, 잘 들어. 이놈은 나와 닮지 않았나?"

"그렇군. 쌍둥이처럼 닮았어."

"나는 이놈의 옷을 입고 내 옷은 이놈에게 입힌 다음 너와 함께 달아나면, 메살라한테서 1천 세스테르티우스를 받을 수 있어. 그다음은 내가 죽었다고 메살라한테 믿게 하면 돼."

토르는 눈물이 날 만큼 웃어댔다.

"하하하, 이렇게 쉬운 일은 없어. 그걸로 대경기장 옆에 술집이 생기다니. 피도 흘리지 않고 거짓말 한마디만 하면. 하하하, 로마에 오면 들러. 제일 좋은 술을 대접할 테니까."

두 사람은 다시 악수를 하고 나서 옷을 갈아입었다. 밤에 토르가 묵고 있는 여인숙에 4천 세스테르티우스를 갖다주기로 하고, 거구의 사내가 정면의 문을 가볍게 두드리자 문이 저절로 열렸다. 큰 홀을 나올 때 벤허는 유대 옷을 입고 죽어 있는 남자를 돌아보았는데, 놀랄 만큼 그와 똑같았다. 토르가 지껄이지만 않으면 이 비밀은 영원히 지켜질 것이다. 두 사람은 옴팔로스에서 헤어졌다.

그날 밤 시모니데스의 집에서 벤허는 이데르네 저택에서 일어난 일을 모두 이야기했다. 사나흘 뒤에 아리우스 2세의 행방을 찾기 위한 공식 조사를 시작하기로 합의가 이루어졌다. 그문제는 결국 막센티우스에게 넘겨질 것이다. 그래도 벤허의 행방을 찾지 못하면 메살라도 그라투스도 벤허가 죽었다고 믿고 안심할 게 분명하다. 그러면 벤허는 자유롭게 예루살렘에 가서 어머니와 누이동생을 찾을 수 있다.

헤어질 때 시모니데스는 의자에 앉은 채 강가에 면해 있는 테라스까지 나와서 아버지처럼 상냥하게 벤허를 배웅했다. 에스더는 계단 끝까지 따라왔다.

"에스더, 어머니를 찾으면 예루살렘에 가서 티르자의 자매가 되어줘." 벤허는 그렇게 말하고 그녀에게 입을 맞추고는 저택을 나왔다.

어제까지 일데림의 막사가 있었던 곳에서 강을 건너자, 길을 안내할 아랍인이 말을 준비해놓고 기다리고 있었다.

"이건 나리의 말입니다." 이 말을 듣고 벤허는 깜짝 놀랐다. 그 말은 알데바란이었다. 미라의 새끼들 중에서도 가장 빠르고 가장 영리한 말, 시리우스 다음으로 일데림이 귀여워하고 있는 명마다. 벤허는 노족장의 두터운 정을 절실히 느꼈다.

큰 홀에 너부러져 있던 시체는 그날 밤 안으로 실려 나가 매장되었다. 그것도 메살라의 계획이었고, 메살라는 당장 그라투스에게 벤허의 죽음을 알리는 편지를 보냈다.

오래지 않아 로마의 대경기장 옆에 술집 한 채가 문을 열었고, 문간에는 "토르 주막"이라고 새겨진 간판이 걸렸다.

제6부

|

저것은 죽음인가? 두 사람이 있나?
죽음은 저 여자의 동행인가?

그녀의 피부는 나환자처럼 하얗다.
살아 있으면서도 죽어가는 악몽의 존재,
사람의 피를 떨게 한다.

—새뮤얼 콜리지

1
지하감옥

벤허가 일데림 족장과 사막으로 떠난 지 한 달쯤 뒤에 그의 신상에 중대한 변화가 일어났다. 본디오 빌라도*가 발레리우스 그라투스를 대신하여 유대 총독이 된 것이다. 이 때문에 벤허는 신변에 대한 걱정 없이 예루살렘에 자유롭게 드나들면서 어머니와 누이동생을 찾을 수 있게 되었다.

이 총독 경질은 시모니데스가 당시 황제의 총애를 받아 막강한 권력을 쥐고 있던 친위대 장관 세야누스에게 5달란트라는 거금을 주고 뒷공작을 한 덕분이었다. 그 거금은 전차경주에 내기를 건 드루수스와 그의 측근들한테서 우려낸 돈이었다. 큰돈을 뜯긴 그들은 이제 메살라의 측근도 아니었고, 메살라는 내깃돈을 지불하기를 거부해서 고소를 당했고, 그 문제가 결말이 나지 않아서 아직도 로마에서 소송이 진행되고 있었다.

*라틴어로는 폰티우스 필라투스. 제5대 유대 주재 로마 총독(재임 서기 26~36년). 티베리우스 황제 때 발레리우스 그라투스의 후임으로 파견되어 유대·사마리아·에돔을 다스렸다. 당시 로마 군영은 가이사랴에 본부를 두고 있었고, 반란을 염려하여 예루살렘 성전 내 안토니아 성채에 수비대를 파견하고 있었다. 빌라도는 주로 본영에 머물렀고, 유월절 같은 특별한 시기에만 예루살렘에 체류하면서 병력을 강화했다.

통치자가 바뀌자마자 유대인들은 이 경질이 결코 환영할 만한 일은 아니라는 것을 알았다. 안토니아 성채의 수비대와 교대하도록 파견된 보병대는 밤중에 예루살렘으로 들어왔고, 이튿날 아침에 사람들은 안토니아 성벽에 황제의 독수리 문장이 들어 있는 로마 군기가 펄럭이고 있는 것을 보았다. 성난 군중은 빌라도가 머물고 있는 가이사랴로 몰려가서 군기 철수를 탄원했다. 닷새 동안 밤낮을 가리지 않고 총독궁 문전에 눌러앉아 버티는 사람들에게 질려버린 신임 총독은 결국 굴복하고 경기장에서 그들을 만나겠다고 약속했다. 빌라도는 군대를 동원하여 경기장에 모인 사람들을 포위했지만, 목숨을 건 유대인들의 요구에 굴복할 수밖에 없었다. 결국은 군기를 철수하여 가이사라에 두기로 했다. 그라투스는 빌라도에 비해 좀 더 분별이 있었는지, 11년 동안 통치하면서 이런 식으로 유대인의 증오에 불을 붙이는 짓은 한 번도 하지 않았다.

악독한 인간도 때로는 뜻하지 않게 선행을 하는 법이다. 빌라도도 그 예에서 벗어나지 않는다. 그는 부임하자마자 유대 전역의 감옥을 조사하라고 명령했다. 물론 그것은 전임자의 책임을 이어받기 위해 우선 실태를 조사한다는 관리 특유의 동기에서 나온 것이지만, 사람들은 그 조사를 환영했기 때문에 한동안은 그의 실책을 벌충하게 되었다. 조사 결과는 놀랄 만한 것이었다. 수백 명이나 되는 사람이 억울한 죄로 감옥에 갇혀 있었다는 사실이 밝혀져 즉각 석방되었다. 이미 죽은 줄 알았는데 생존해 있었던 사람도 많았고, 더욱 놀라운 것은 극비로 되어 있던 지하감옥의 존재를 당국자들조차 잊어버리고 있었다는 사실이 밝혀진 것이다. 이것은 예루살렘에서도 마찬가지였다.

모리아 산의 성역을 3분의 2나 차지하고 있는 안토니아 성은 원래 마케도니아인이 세운 것이었다. 나중에 요한 히르카누스*가 성전을 지키기 위해 성을 요새로 바꾸었고, 당시에도 난공불락의 요새로 이름이 높았다. 하지만 헤롯 왕 시대에는 더욱 확장되어 병영과 무기고, 저수조, 감옥까지 짓고 게다가 성벽을 튼튼하게 보강했다. 단단한 암반을 평평하게 고르고, 거기에 깊은 구덩이를 파서 지하감옥을 짓고, 성전과 연결되는 복도도 만들었다. 복도 옥상에서는 성전의 안마당을 내려다볼 수 있었다. 그 후 로마인의 손에 들어간 뒤에도 견고함과 그 이점 때문에 요새의 역할을 맡게 되었다. 그라투스 총독 시대에도 군사 요새로 사용되었고, 반역자들은 지하감옥에 갇히는 것을 무엇보다 두려워하고 있었다. 하지만 이야기를 앞으로 돌리자.

안토니아 성채에서도 신임 총독의 지시를 받고 지하감옥에 대한 조사를 서둘러 진행했다. 조사는 이틀 만에 끝났고, 군단장의 책상 위에 놓인 보고서는 시온 산의 총독궁에 와 있는 빌라도에게 제출하기만 하면 되었다. 군단장 집무실은 넓고 시원한 데다 직책에 어울리는 위엄 있는 장식으로 꾸며져 있었다. 그날 저녁 7시경, 군단장은 조사에 지쳐서 짜증이 나 있었고, 보

---

*하스몬 왕조(기원전 140년경부터 기원전 37년까지 이스라엘의 독립을 유지하고 통치한 유대인 왕조)의 지도자.

고서가 완성되면 한숨 돌리기 위해 복도 옥상에 나가려고 생각하고 있었다. 옥상에서 성전 안마당에 있는 유대인들을 바라보는 것이 기분을 달래는 일거리였기 때문이다. 부하들도 똑같이 지쳐 있었다.

그때 군단장은 간수가 쇠망치만큼이나 무거운 열쇠꾸러미를 철컥철컥 울리며 문간에 나타난 것을 알아차렸다.

"게시우스! 들어오게." 군단장이 말했다. 그 자리에 함께 있던 사람들은 간수의 심상치 않은 표정을 눈치채고, 그가 무슨 말을 꺼낼까 마른침을 삼키며 지켜보고 있었다.

"군단장님, 말씀드리기 어려운 일이지만……." 게시우스라고 불린 간수는 인사를 하고 말하기 시작했다.

"또 무슨 실수를 저질렀나?"

"그게 실수일 뿐이라고 저 자신을 설득할 수만 있다면 무슨 걱정이겠습니까?"

"그럼 범죄인가? 아니면 그보다 더 나쁜 직무태만인가? 황제를 비웃든 신을 저주하든 그건 너희들 마음대로 해도 좋지만, 군의 위엄을 손상시키면 어떻게 되는지 알고 있겠지? 게시우스, 어서 말해보게."

"선임 총독께서 저를 간수로 임명해주신 것은 8년 전 일입니다. 직무를 시작한 첫날 아침을 잘 기억하고 있습니다. 전날 폭동이 일어나서 우리도 많은 유대인을 살상했고 이쪽도 심한 피해를 입었지요. 들은 바에 따르면 사건은 그라투스 암살 계획이라고 했지만, 실제로는 총독 각하가 지붕에서 떨어진 기왓장에 맞아 말에서 떨어진 것이었습니다. 지금 군단장님이 앉아 계시는 의자에 이마에 붕대를 감은 총독이 앉아 계셨던 것을 기억하고 있습니다.

총독께서는 저를 간수로 임명하시고 이 열쇠꾸러미를 주시면서 각 열쇠 번호가 감방 번호와 일치한다고 설명하셨습니다. 그리고 이 열쇠들은 제 임무의 증거이기도 하니까 한시도 몸에서 떼어놓지 말고 항상 갖고 다니라고 말씀하셨지요. 책상 위에 종이 한 장을 펼쳐놓고 '이게 감옥의 지도다'라고 설명하셨는데, 같은 지도가 석 장 있었습니다. '위에서부터 차례로 지하 1층, 지하 2층, 지하 3층의 지도로 되어 있다. 너를 믿고 맡기겠다'고 말씀하셨지요. 그리고 '당장 감방을 일일이 조사해서 상황을 확인해라. 필요하다고 생각하는 일은 너 자신의 판단으로 가차 없이 하도록 해라. 너는 내 직속 부하다. 그러니 내 말만 들으면 된다'고 말씀하셨습니다.

제가 물러가려고 하자 다시 불러 세우시고는, '깜박 잊고 있었다. 그 지하 3층 지도를 보여달라'고 하셨기 때문에 종이를 건네드렸지요. 그랬더니 다시 한 번 지도를 책상 위에 펼쳐놓으시고는, '5'라는 숫자가 적힌 곳을 손가락으로 누르면서 '이 감방을 봐라. 이곳에는 국가 기밀을 알고 있는 세 남자가 들어 있다'고 말씀하셨습니다. 그러고는 저를 노려보면서, '이놈들은 어떤 범죄자보다 질이 나쁘다. 그래서 혀를 뽑고 눈알을 도려냈다. 종신형을 받은 중죄인들이다. 벽에 미닫이가 달린 작은 구멍으로 음식과 물을 넣어줘라. 알았나, 게시우스?' 하고 말씀하셨습니다. 알았다고 대답하자, 다시 '잊으면 안 될 일이 하나 더 있는데, 이 감방 문은 절대로 열면 안 된다'고 엄하게 말씀하시고는, '이 감방에는 아무도 들여보내도 안 되고 내보내도 안 된다. 너도 들어가면 안 된다'고 거듭 주의를 주셨습니다. 죄수가 죽으면 어떻게 하느냐고 묻자, '내버려둬라. 죽으면 거기가 놈들의 무덤이다. 그 감방에는 나병에 걸린 놈들이 들어 있다. 알았지?' 하고 말씀하신 다음 저를 물러가게 하셨습니다."

게시우스는 투니카의 품에서 오래되어 누렇게 변색한 양피지 석 장을 꺼내 그중 한 장을 군단장 앞에 놓고, "이것이 맨 아래층 지도입니다" 하고 말했다.

통로				
5	4	3	2	1

"군단장님, 이게 총독 각하께 받은 5호 감방의 그림입니다."

"그래, 계속하게. 그 감방은 나병에 오염되어 있다고 들었는데……."

"여쭙고 싶은 게 있습니다." 간수는 조심조심 말했다. 군단장이 고개를 끄덕였기 때문에 그는 말을 이었다. "상황으로 판단하건대, 이 지도가 정확하다고 생각할 수 없습니다."

"무슨 소리야?"

"이 지도는 틀렸습니다."

군단장은 놀라서 간수를 쳐다보았다.

"이 지도에는 감방이 다섯 개밖에 그려져 있지 않지만, 사실은 여섯 개가 있습니다."

"여섯 개라고?"

"그렇습니다. 감방이 여섯 개 있습니다." 간수는 대답하고 다음과 같은 그림을 그려서 내밀었다.

통로				
5	4	3	2	1
6				

"알았네." 지도를 보면서 이야기가 끝났다고 생각한 군단장은 "좋아, 그림은 고쳐두지. 아니, 새로 그리게 하겠다. 내일 아침에 가지러 오게" 하고는 대화를 끝내려고 했다.

"아니, 이야기는 지금부터입니다."

"내일 해, 게시우스. 내일."

"내일까지 기다릴 수 없습니다."

일어서려던 군단장은 다시 자리에 앉았다.

"서둘러 말씀드리겠습니다. 그라투스 총독 각하께서 이 5호 감방의 죄수에 대해 말씀하신 것도 사실이라고는 생각할 수 없습니다."

"장님에다 혀를 뽑힌 죄수 세 명 말이군."

"그것도 사실이 아니었습니다."

"뭐라고?"

"잘 듣고 판단해주십시오. 저는 명령대로 감방을 일일이 둘러

보고 다녔습니다. 5호 감방은 문을 열면 안 된다는 엄명이 내려져 있었기 때문에, 8년 동안 구멍을 통해 3인분의 식사를 넣고 있었습니다. 어제는 오랫동안 살아남은 그 불쌍한 죄수를 보려고 했지만, 열쇠로는 문이 열리지 않았습니다. 문은 녹이 슬어 있었기 때문에 조금 잡아당기자 부서지면서 문이 열렸지요. 안으로 들어가자 눈알이 도려내지고 혀를 뽑힌 노인이 알몸으로 앉아 있었습니다. 허리까지 자란 수염이 엉겨붙어 실뭉치처럼 되어 있었고, 피부는 마치 이 양피지 같았습니다. 손톱은 길게 자라서 새의 발톱처럼 휘어져 있었지요. 그런데 감방 안에 있는 것은 그 노인뿐이었습니다. 동료 죄수는 어디 있느냐고 물어도 고개만 저었을 뿐입니다. 자세히 조사해보았지만 다른 죄수는 보이지 않았습니다. 죽었다 해도 해골 정도는 남을 텐데, 그것도 없었습니다. 그 독방에는 처음부터 그 남자 한 사람뿐이었다고 생각할 수밖에 없습니다."

군단장은 간수를 노려보았다.

"조심해서 말해. 자네는 지금 총독이 거짓말했다고 말하고 있는 거야."

게시우스는 망설이면서 대답했다.

"총독 각하께서 잘못 생각하고 계셨는지도 모릅니다."

"아니야, 총독은 옳았어." 군단장이 이번에는 나무라지 않고 부드럽게 말했다. "자네 말을 들어봐도 총독은 잘못 생각하지 않았어. 8년 동안 3인분의 식사를 감방에 넣었다고 말하지 않았나?"

주위에 있던 사람들은 군단장의 추리에 고개를 끄덕였지만,

게시우스는 아직도 납득이 가지 않는 모양이었다.

"이야기는 지금부터입니다. 다 들으시면 군단장님도 납득하실 겁니다. 그 후 어떻게 했는지는 이미 보고드린 대로였고, 이 노인은 목욕탕에 넣어 깨끗이 씻기고 옷을 입힌 다음 탑문 근처에 데려가서 방면했습니다. 이걸로 결말이 지어졌다고 생각했지요. 그런데 그 노인이 오늘 돌아와서는 눈물을 흘리며 손짓발짓으로 감옥에 돌아가고 싶다는 겁니다. 그래서 정 그렇다면 감방으로 돌아가라고 했지요. 그러자 제 무릎에 매달리면서 함께 감방에 가달라고 애원하는 겁니다. 세 남자의 수수께끼도 있었고 해서 따라갔지요. 지금은 그의 부탁을 들어준 게 잘했다고 생각하고 있습니다."

주위 사람들은 모두 가만히 귀를 기울이고 있었다.

"감방에 다가가자 노인은 제 손을 세차게 잡아끌면서, 식사를 넣어주던 구멍과 똑같은 다른 구멍으로 데려가는 것이었습니다. 머리가 들어갈 정도의 구멍이었는데, 어제는 못 보고 지나쳤지요. 노인이 제 손을 잡은 채 그 구멍에 얼굴을 대고 짐승 같은 소리를 지르자, 안에서 희미한 목소리가 들려왔습니다. 저는 깜짝 놀라서 그 노인을 밀쳐내고 '거기 누가 있소?' 하고 불러보았지요. 처음에는 아무 대답도 없었지만, 다시 한 번 부르자 '주님, 감사합니다' 하고 말하는 목소리가 들렸는데, 더욱 놀랍게도 그것은 여자 목소리였습니다. 제가 누구냐고 묻자, '이스라엘 여자입니다. 딸과 둘이 갇혀 있습니다. 빨리 도와주세요. 안 그러면 우리는 죽습니다' 하고 말하는 겁니다. 그래서 기운을 내라고 말하고, 지시를 받으러 이렇게 달려온 겁니다."

군단장은 벌떡 일어나서 말했다.

"잘했다, 게시우스. 지도도 거짓이고, 세 남자 이야기도 지어 낸 거짓말이야. 로마인이 모두 발레리우스 그라투스 같은 인간 은 아니라는 것을 알려주자."

"그렇습니다. 아무래도 그 노인은 자기가 받은 음식을 두 여 자한테 나누어주고 있었던 모양입니다."

"그러면 설명이 돼. 당장 도와주러 가세. 따라와." 군단장은 재빨리 결단을 내렸다.

"벽을 부수지 않으면 안 됩니다. 문간이었던 곳을 발견했지 만, 돌과 시멘트로 막혀 있습니다." 게시우스는 기뻐하며 대답 했다.

"일꾼들에게 연장을 갖고 당장 오라고 말해. 보고서 제출은 보류해둬. 아무래도 보고서를 수정해야 할 것 같으니까 말이 야." 군단장은 부관에게 이런 말을 남기고 현장으로 향했다.

2
나환자

"이스라엘 여자입니다. 딸과 둘이 갇혀 있습니다. 빨리 도와주 세요. 안 그러면 우리는 죽습니다."

독자 여러분은 감옥에서 이 목소리를 들었을 때, 그 가련한 두 여자가 벤허의 어머니와 누이동생 티르자라는 것을 알아차렸을 것이다.

8년 전 아침, 두 사람은 체포되어 안토니오 성으로 끌려갔다. 그라투스가 안토니오 성을 선택한 것은 가까이에 두고 감시하기 위해서였다. 6호 감방을 선택한 것은 이곳이 극비의 감옥이고, 게다가 나병에 감염되어 있었기 때문에 언젠가는 두 여자도 남들 모르게 죽어버릴 거라고 생각했기 때문이다. 노예를 시켜서 두 사람을 야밤에 감방에 넣고, 벽에 시멘트를 바르고, 그 후 그 노예를 멀리 보내 모든 것을 어둠 속에 묻어버렸다. 사형보다 더 잔혹한 형벌이었다. 천천히 확실하게 죽을 곳에 두 사람을 처넣은 것이다. 눈알을 도려내고 혀를 뽑힌 죄수를 골라 옆방에 집어넣고 식사를 나르는 역할을 맡겼다. 이 불쌍한 죄수는 아무 말도 하지 못하고 아무것도 모르기 때문이다. 메살라의 교활한 지혜도 작용했지만, 두 사람은 이렇게 벤허 가족을 벌하고 막대한 재산을 감쪽같이 빼앗았다. 마지막으로 그라투스는 감옥의 간수도 교체했다. 지하감옥의 존재를 아는 간수가 없으면 비밀이 폭로될 리도 없다. 그리고 교묘하게 6호 감방이 그려져 있지 않은 지도를 새 간수에게 건네주었다. 불쌍한 두 죄수와 지하감옥은 영원히 봉인되었을 터였다.

8년 동안 모녀의 감방 생활을 묘사하려면, 두 사람의 문화와 습관을 빼놓을 수 없다. 생활이 쾌적한지 비참한지는 우리의 주관적인 느낌에 좌우되는 면도 크다. 이 세상을 떠나면, 그리스도교 세계에서는 천국에 가게 되겠지만, 천국도 모든 사람에게 멋진 곳이라고는 할 수 없을 것이고, 지옥에 떨어진 자들이 모두 똑같이 괴롭다고도 말할 수 없을 것이다. 영혼과 지성에 있어서 수양이란 서로 균형이 잡혀 있는 것이다. 지적인 정신이 있으면 순수한 기쁨을 느끼는 능력도 거기에 따라 높아진다는 뜻이다. 영혼이 구원을 받으면 좋지만, 구원받지 못하고 지옥에 떨어지면 기쁨을 알고 있는 만큼 더욱 고통스럽게 느낀다. 따라서 참회는 단순히 지은 죄를 뉘우치는 것만이 아니라, 천국에 더 잘 어울리는 영혼으로 바뀌는 것을 의미한다.

되풀이해서 말하지만, 벤허의 어머니가 겪은 고통을 상상하려면 물론 지하감옥에 갇혀 있는 상태도 생각지 않으면 안 되지만 그녀의 감수성도 고려해야 한다. 즉 여기서 문제되는 것은 감금 상태 자체보다 감금이 인간의 영혼에 어떻게 영향을 미치는가 하는 것이다. 이 소설의 제2부 첫 장, 벤허 가의 옥상에 있는 평상 장면에서 이 어머니가 이야기한 것을 상기해보라. 벤허 가의 궁전 같은 저택에서 누렸던 사치스럽고 행복한 생활과 안토니아 성채의 지하감옥 생활을 비교해보라. 독자 여러분이 물리적 상황만 생각하여 어머니의 고통을 이해하려 한다면, 그것은 요점을 벗어난 것이다. 독자 여러분이 상냥한 마음씨를 갖고 있다면, 그녀에 대한 동정으로 가슴이 가득 찰 것이다. 동정할 뿐만 아니라 그 마음의 고통도 함께 나누고, 적어도 그것을 미루어 짐작하려 할 것이다. 때로는 철학자로서, 때로는 교사로서, 그리고 항상 어머니로서 하느님의 아들이나 국가나 영웅들에 대해 말한 것을 생각할 것이다. 그녀가 영혼에 대한 수양을 쌓고 있었던 것을 아실 것이다. 사람이 가장 상처받는 것은 남자의 경우에는 자존심, 여자의 경우는 자애심이다. 이 가련한 모녀를 상상하고 두 사람의 모습을 살펴보자.

6호 감방은 게시우스가 지도에 그린 대로였다. 방향은 잘 모르지만 넓이는 충분했고, 울퉁불퉁한 벽과 바닥밖에 없는 초라한 방이었다. 원래 마케도니아 성이 있던 곳은 성전과의 사이에 쐐기 모양의 좁고 깊은 절벽이 있었는데, 석공들이 그 좁은 틈새의 북쪽에서 안으로 들어가 자연 암석의 천장을 남기고 안쪽으로 깊이 바위를 깎아서 다섯 개의 독방을 만들었다. 6호 감방과 연결되어 있는 것은 5호 감방뿐이다. 우선 통로를 만들고, 다시 위층으로 올라가는 계단을 만들었다. 그 방식은 조금 떨어진 곳에 있는 왕가의 무덤을 도려냈을 때와 같았다. 바위를 다 깎아내자 6호 감방의 한쪽은 암벽으로 막히고 현창처럼 비스듬히 구멍이 뚫렸다. 성채와 성전을 둘 다 지배한 헤롯 왕은 외벽을 더욱 튼튼하게 보강하여, 약간의 환기와 채광을 위해 하나의 구멍만 남기고 나머지는 모두 막아버렸다. 이것이 바로 6호 감방이다. 이 정도로 놀라면 안 된다. 5호 감방에서 해방된, 눈알을 도려내고 혀가 뽑힌 노인의 이야기는 앞으로 밝혀질 사실에 비하면 아무것도 아니다.

어머니와 딸은 공기구멍 옆에 몸을 바싹 붙이고 쪼그려 앉아 있었다. 어머니가 앉고 딸은 어머니한테 찰싹 달라붙어 있었다. 바위는 그대로 노출되어 있고, 비스듬히 비쳐 드는 한 줌의 햇빛을 받은 두 사람의 모습은 망령 같았다. 옷조차도 거의 걸치고 있지 않았다. 하지만 끌어안은 두 사람에게는 사랑이 있었다. 재산을 빼앗기고 안락이 사라지고 희망이 사라져도 사랑은 거기에 남아 있었다. 사랑은 신이다.

두 사람이 웅크리고 있던 돌바닥은 하도 닳아서, 문질러 닦은 것처럼 빛나고 있었다. 공기구멍 앞에서 약간 비쳐 드는 햇빛에 위안을 받으며 희망을 이어가고 있었던 8년은 얼마나 긴 세월이었을까. 조금이라도 밝아지면 새벽이 온 것을 알고, 햇빛이 희미해지면 밤이 온 것을 아는 나날. 그 작은 틈새가 마치 높고 넓게 열린 궁전 문 같았고, 그 구멍을 통해서만 바깥세상을 알 수 있었다. 한 사람은 아들을 생각하고 또 한 사람은 오빠를 생각하면서, 기분에 따라 오르내리는 피곤한 시간을 보내면서도 그렇게 세상과 간신히 연결되어 있었다. 때로는 시내를 걸어가는 벤허의 모습, 때로는 바다나 섬을 떠도는 벤허의 모습을 그리며, 온종일 여기저기에서 그의 모습을 찾아 헤매고 있었다. 우리가 벤허를 기다리며 살고 있는 한 벤허도 우리를 찾고 있을 거라고, 그들은 그렇게 믿고 있었다. 마음속에서는 몇 번이나 엇갈리면서도, "벤허는 살아 있는 한 우리를 잊지는 않을 거야. 벤허가 우리를 생각하고 있는 한 희망은 있어" 하고 서로 말하는 것이 얼마나 큰 위안이 되었던가. 사람은 작은 일에서도 힘을 끌어낼 수 있는 법이다. 또한 안락한 생활을 한 적이 있는 사람은 그때의 품위를 유지하려고 하는 법이다. 모녀는 슬픔의 구렁텅이 속에 빠져 있으면서도 고결한 품격을 잃지 않았다.

가까이 다가가서 보지 않아도 두 사람에게 오랜 감금 생활만으로는 설명할 수 없는 변화가 일어난 것은 곧 알 수 있었다. 어머니도 딸도 전에는 아름다운 사람이었다. 지금은 머리가 길게 자라고 하얗게 세었지만, 그 흰색은 나이를 먹은 탓이 아닌 기묘한 흰색이었다. 두 사람의 모습을 보면 누구나 뒷걸음치고, 말할 수 없는 불쾌감에 사로잡힌다. 그것은 병에 침범당한 두 사람의 모습을 어둠 속에 어렴풋이 떠올리고 있는 햇빛 탓인지도 모르고, 어제부터 식사를 하지 않았으니까 굶주림과 갈증 탓인지도 모른다. 티르자는 어머니에게 반쯤 안기듯 몸을 기댄 채 동정심을 불러일으키는 신음 소리를 내고 있었다.

"조용히 해, 티르자. 반드시 우리를 구하러 올 거야. 주님은 선량하셔. 우리는 결코 주님을 잊은 적이 없어. 성전에서 나팔 소리가 울릴 때면 언제나 기도를 드렸지. 빛은 아직 밝아. 해는 아직 남쪽에 높이 떠 있어. 아직은 저녁이 되지 않았어. 누군가가 올 거야. 주님께 기도하자꾸나. 선량하신 주님."

어머니의 말은 소박하고 설득력이 있었다. 어머니란 그런 법이다. 하지만 처음 감옥에 갇혔을 때는 열세 살이었던 티르자도 8년 세월이 지난 지금은 어린아이가 아니었다.

"참고 버틸게요, 어머니. 어머니도 저와 마찬가지로 괴로우실 텐데. 오빠와 어머니를 위해 힘낼게요. 하지만 혀도 입술도 타는 것처럼 바싹 말랐어요. 오빠는 어디 계실까? 우리를 찾아내 주실까?" 그것은 마치 날카로운 금속처럼 기묘하게 메마른 목소리였다.

어머니는 딸을 가슴에 끌어안고 말했다.

"어젯밤에 벤허의 꿈을 꾸었단다. 지금 너를 보고 있는 것과 마찬가지로 또렷이 보았지. 우리 조상님들이 그랬듯이 꿈을 믿지 않으면 안 돼. 주님은 종종 그런 식으로 우리에게 말을 걸어주시니까. 벤허는 '아름다운 문' 옆에 있는 '여인들의 마당'에 있었어. 많은 여자가 있는데, 그곳에 벤허가 와서 문 뒤에서 여기저기 살펴보고 있는 것 같았어. 우리를 찾고 있다는 걸 알았기 때문에 가슴이 두근거렸단다. 나는 팔을 뻗으면서 달려갔지만, 벤허는 나를 보고도 알아보지 못하고 그냥 가버렸지."

"실제로 오빠를 만나도 그렇게 되지 않을까요? 우리는 딴사람처럼 변해버렸으니까요."

어머니는 고개를 숙이고 "그럴지도 몰라" 하고 말했다. 그때의 얼굴은 고뇌로 일그러져 있었지만, 마음을 돌이켜 "하지만 벤허가 우리를 알아보게 할 수 있을 거야" 하고 말을 이었다.

티르자는 팔을 내던지고 다시 신음했다.

"물, 물을 주세요. 한 방울이라도 좋으니까, 어머니, 물 좀 주세요."

어머니는 어쩔 도리가 없어서 그저 멍하니 딸을 바라볼 뿐이었다. 하느님을 부르지만, 그 이름도 몇 번이나 되풀이해서 부르다 보면 오히려 마음이 공허해졌다. 어렴풋한 빛 위를 그림자가 가로지르고, 믿음을 잃기를 기다리듯 죽음의 그림자가 다가오는 것을 느꼈다. 계속 소리를 내지 않으면 안 될 것 같아서 어머니는 딸에게 이야기를 계속하고 있었다.

"참아라, 티르자. 반드시 누군가가 올 거야. 이제 곧."

그때 칸막이벽 너머에서 소리가 난 듯한 기분이 들었다. 잘못 들은 게 아니었다. 이어서 죄수의 외침 소리가 독방에 울려 퍼졌고, 티르자도 그 소리를 들었다. 두 사람은 서로 끌어안은 채 일어섰다.

"선량하신 주님." 믿음과 희망을 되찾은 어머니가 외쳤다.

이어서 "거기 누가 있소?" 하는 소리가 들렸다. 지난 8년 동안 모녀는 서로의 목소리 말고는 누구의 목소리도 들은 적이 없다. 이것이 8년 만에 처음 듣는 목소리였다. 커다란 변화, 죽음에서 단번에 삶으로 바뀌는 변화였다.

"이스라엘 여자입니다. 딸과 둘이 갇혀 있습니다. 빨리 도와주세요. 안 그러면 우리는 죽습니다."

"기운을 내세요. 곧 돌아올 테니까."

여자는 큰 소리로 흐느껴 울었다. 드디어 발견된 것이다. 곧 도움이 온다. 희망이 지저귀는 제비처럼 날고 있었다. 두 사람은 발견되었고, 이제 곧 해방될 것이다. 잃은 것이 모두 돌아올지도 모른다. 집도, 재산도, 사회적 지위도, 그리고 아들이자 오빠인 벤허도. 희미한 햇빛이 그들을 빛나게 했고, 굶주림도 목마름도 죽음의 공포도 잊게 했다. 두 사람은 서로 끌어안은 채 바닥에 쓰러져 울었다.

간수 게시우스가 상황을 적절하게 설명하고 군단장이 재빨리 대응한 것은 앞에서 이미 말한 대로다. "거기 누가 있소?" 하고 게시우스가 구멍을 통해 말을 걸었다. 그러자 어머니는 일어나서 "예, 여기 있어요" 하고 대답했다. 곧 다른 곳에서 쇠망치로

벽을 때려 부수는 소리가 났다. 모녀는 소리도 내지 않고 그 소리를 듣고 있었다. 광산에 매몰된 사람들이 구조의 곡괭이 소리를 듣듯이 두 사람의 눈은 소리가 나는 쪽에 못 박혀 있었다. 눈을 돌리면 소리가 그치고 다시금 절망의 나락으로 떨어질 것만 같은 기분이 들어서 눈을 뗄 수가 없었다.

벽 너머에 있는 팔은 강하고 손은 능숙해서, 망치를 한 번 내리칠 때마다 소리는 점점 확실해졌다. 벽이 조금씩 무너져 내리고 자유가 점점 가까워졌다. 곧 일꾼들의 목소리도 들릴 터였다. 갈라진 틈새에서는 불빛도 보였다. 다이아몬드의 광채처럼 어둠을 가르고 불빛이 비쳐 들고 있었다.

"오빠예요. 오빠가 드디어 우리를 찾아주었어요." 티르자는 젊은이다운 공상으로 성급한 결론을 내리고 그렇게 말했다.

"선량하신 주님." 어머니는 부드럽게 대답했다.

바윗덩어리가 차례로 떨어지고, 마지막에 커다란 덩어리가 떨어지면서 입구가 생겼다. 시멘트와 돌먼지로 더러워진 남자가 횃불을 높이 쳐들고 한 걸음 안으로 들어왔다. 그 뒤에 두세 명의 남자가 횃불을 들고 한쪽으로 비켜서서 군단장이 들어오기를 기다리고 있었다. 남자들이 모녀에게 경의를 표한 것은 결코 의례적인 것이 아니었다. 이것만으로도 두 사람의 고결한 품격이 증명될 터였다.

군단장이 감방 안으로 들어서자 두 사람은 안쪽으로 달아났다. 어둠 속에서 절망적인 목소리가 들려왔다.

"가까이 오지 마세요. 우리는 더러워요."

남자들은 서로 얼굴을 마주 보며 횃불을 비추었다. 다시 구석에서 "우리는 더러워요. 더러워요" 하는 슬픈 목소리가 들렸다. 마치 천국의 입구에서 스러질 듯한 영혼이 뒤를 돌아보고 있는 듯한 그런 외침 소리였다.

이렇게 모녀는 꿈속에서까지 바랐던 자유의 순간에도 나환자로서의 의무를 다한 것이다. 하지만 그 순간 자신들이 꿈꾼 자유는 '소돔의 사과'*에 불과했다는 것을 깨달았다. 어머니와 티르자는 나병에 걸려 있었다. 독자들은 그것이 무엇을 의미하는지 모를지도 모른다. 당시의 법률을 조금 알려드리겠다.《탈무드》에는 "눈먼 자, 나환자, 가난한 자. 자식 없는 자, 이들 네 부류의 사람은 죽은 사람으로 간주한다"라고 쓰여 있었다.

즉 나환자는 살아 있어도 죽은 사람으로 취급되었다. 시체로 간주되어 시내에서 추방되고, 가장 사랑하는 사람에게도 거리를 두고 말을 걸지 않으면 안 되었다. 나환자끼리 황야나 묘지 근처에 모여 살고, 아무런 권리도 인정받지 못하고, 성전에 참배하지도 못하고, 사람을 만나면 "나는 더럽다"고 외치지 않으면 안 되었다. 나병은 죽음의 공포를 오랫동안 맛보게 한 끝에 반드시 죽음에 이르게 하는 무서운 괴물이었다.

언제라고는 확실히 말할 수 없지만 어느 날 어머니는 오른쪽 손바닥에서 부스럼 딱지 같은 것을 발견했다. 크기가 작았기 때

---

*사해 지역과 요단 골짜기에 흔하며, 푸른 사과 모양의 열매가 맺히는데, 겉보기에는 먹음직스럽지만 막상 손으로 따면 부서져서 가는 틸(씨)들이 연기나 재처럼 날아가버린다. 유명무실, 환멸의 근원을 뜻한다.

문에 물로 씻어내려고 했지만 끈질기게 손바닥에 달라붙은 채 떨어지지 않았다. 물이 조금밖에 주어지지 않았기 때문에 물을 마시지 않고 딱지를 없애는 데 써보았지만 전혀 효과가 없었다. 티르자가 같은 고통을 호소할 때까지는 설마 그게 나병일 줄은 꿈에도 생각지 않았다. 하지만 마침내 부스럼 딱지는 손바닥 전체에 퍼지고 피부가 갈라지고 손톱이 빠졌다. 통증은 별로 없지만 불쾌감이 강해지고, 입술이 바싹 말라서 갈라졌다. 어머니가 티르자의 얼굴에서 이변을 느끼고 햇빛에 비추어보니, 딸의 눈썹이 눈처럼 하얗게 세어 있었다. 어머니는 소스라치게 놀랐다. 역시 그랬다. 어머니는 한동안 말이 나오지 않았고, 몸이 마비된 것처럼 꼼짝도 하지 못했다. 나병. 문둥병. 그렇게밖에는 생각할 수 없었다. 그것을 알았을 때의 고뇌는 얼마나 깊었던가.

그녀는 어머니답게 자신이 아니라 딸을 먼저 생각하기 시작했고, 타고난 다정함은 용기로 바뀌었다. 처음에는 자기가 알아차린 것을 가슴에 묻어두고 딸에게는 털어놓지 않았다. 별일 아니라고 희망까지 품게 하려고 애썼다. 간단한 놀이를 하고, 새로 지어낸 옛날이야기를 들려주고, 주님을 찬양하는 노래를 부르고, 주님에게 버림받은 것처럼 느끼면서도 주님을 잊지 않기 위해 노래를 부르면서 조금이라도 쾌활하게 딸을 달래려고 애썼다.

하지만 병은 느리면서도 착실하게, 무서울 만큼 확실하게 퍼져갔다. 머리카락은 하얀색으로 변하고 입술과 눈꺼풀에 구멍이 생기고 온몸이 부스럼 딱지로 뒤덮였다. 목소리는 쉬고, 관절이 굳고, 이윽고 폐와 심장과 뼈에까지 병균이 퍼져서 몸은 몇 년 뒤의 죽음을 향해 천천히 스러져갔다.

어느 날 마침내 어머니는 딸에게 병명을 말했다. 두 사람은 절망의 늪 속에 잠겨, 죽음이 빨리 찾아오기를 바랄 뿐이었다. 하지만 습관은 무서운 것이어서, 얼마 후에는 침착하게 병에 대해 이야기할 수 있게 되었을 뿐만 아니라 서로의 달라진 모습을 보고도 그것을 자연스럽게 여기게 되었다. 그들이 살고 싶었던 이유는 이 세상에 그들을 묶어놓는 존재가 하나 있었기 때문이다. 그것은 바로 벤허였다. 아들이자 오빠인 벤허와의 재회를 기대하고, 벤허도 역시 재회를 바랄 것이라고 서로 위로하며 괴로움과 외로움을 잊고, 그렇게 간신히 정신의 균형을 유지하고 있었다. 가느다란 희망의 실을 몇 번이나 다시 짰고, 그것이 살아가는 방식이 되었다.

그리고 마지막으로 열두 시간의 굶주림과 목마름에 시달린 뒤 간수인 게시우스의 목소리가 들렸던 것이다. 횃불 빛이 감방을 비추고 마침내 자유가 찾아왔을 때, 어머니는 자신의 병을 잊고 주님에게 감사했다. 하지만 해방된 뒤에 어떻게 될지 어머니는 잘 알고 있었다. 옛날의 즐거운 생활은 이제 돌아오지 않는다. 아무리 돌아가고 싶어도, 가슴이 터질 것 같은 심정으로 집을 찾아가도, 문간 앞에 멈춰 서서 "나는 더럽다"고 외치지 않으면 안 된다. 오랫동안 가슴에 품었던 아들에 대한 그리움을 이루려 해도 아들에게 가까이 갈 수도 없다. 아들이 어머니를 부르면서 손을 내밀어도, 아들을 생각한다면 "나는 더럽다"고 대답하지 않으면 안 된다. 딸 티르자만이 이 저주받은 인생의 유일한 동반자였다.

　눈앞의 어둠 속에서 "우리는 더러워요" 하는 소리가 들리자 군단장은 순간 당황했다. 하지만 직무에 충실한 군단장은 "너희는 누구냐?" 하고 물었다.

　"굶주림과 갈증으로 죽을 지경인 모녀입니다. 제발 가까이 오지 마세요. 바닥과 벽도 만지지 마세요. 더러워져 있답니다." 어머니는 단호하게 말했다.

　"이름은 무엇이냐? 언제 어떻게 갇혔느냐? 사연을 듣고 싶다."

　"예루살렘의 귀족인 벤허 가 사람입니다. 로마인들과는 가깝게 지내고 있었답니다. 죽은 남편은 황제와도 친분이 있었지요. 저는 그 미망인이고 이 아이는 딸이랍니다. 우리가 유복했던 게 나빴을까요? 그것 말고는 왜 이런 꼴을 당했는지 모르겠습니다. 그라투스 총독한테 물어보세요. 몰라보게 변한 이 모습을 불쌍히 여겨주세요."

　감방의 공기는 나환자의 냄새와 햇불 연기로 무겁고 탁했다. 군단장은 햇불을 든 부하를 옆으로 불러서 두 사람의 이야기를 그대로 받아 적게 했다. 이야기는 간결했다. 자초지종과 그 처사에 대한 비난과 여자의 소원을 분명히 알 수 있었다. 군단장은 여자의 이야기에 거짓이 없음을 느끼고 두 모녀를 불쌍하게 여겼다.

　"석방이다." 군단장은 서류를 덮으면서 말했다. "그 전에 음식을 갖다주겠다."

　"입을 옷과 씻을 물도 부탁합니다."

"알았다."

"고맙습니다." 어머니는 흐느껴 울면서 인사했다.

"그러면 준비하고 기다려라. 오늘 밤 성문에서 방면하겠다."

군단장은 부하들에게 무언가 지시를 내리고 나갔다. 곧 노예가 커다란 물병과 음식, 여자 옷을 두 사람의 손이 닿는 곳에 놓고 도망치듯 나갔다. 한밤중에 누군가가 두 사람을 성문으로 데려가 밖으로 내보냈다. 두 모녀는 예루살렘 시내에서 다시 자유의 몸이 되었다. 옛날과 다름없이 빛나는 별을 쳐다보면서 모녀는 "이제 어디로 가면 좋을까?" 하고 중얼거렸다.

3
그리운 집

게시우스가 안토니아 성에서 군단장 앞에 모습을 나타냈을 무렵, 한 남자가 올리브 산 동쪽을 오르고 있었다. 길은 험하고 흙먼지가 피어오르고 있었다. 마침 건기여서 초목은 적갈색으로 바싹 말라 있었다. 그는 좌우를 둘러보면서 올라가고 있었지만, 그 태도는 초행길을 걱정스럽게 나아가는 게 아니라 오랜만에 익숙한 곳으로 돌아가는 듯한 모습이었다. 다시 만날 수 있는 것을 기뻐하고, 얼마나 변했는지 보여달라는 듯이 기쁨과 불안이 반반씩 섞인 모습으로 나아가고 있었다.

그는 올라가다가 이따금 뒤를 돌아보고, 모압 산맥 너머까지 전망이 점점 넓어져가는 것을 바라보았다. 정상이 가까워지자 지친 것도 개의치 않고, 뒤도 돌아보지 않고 단숨에 빠른 걸음으로 올라가기 시작했다. 정상에 도착하자 발걸음을 멈추고 눈 아래 펼쳐진 시가지를 내려다보았다. 눈은 크게 뜨이고 볼은 발갛게 상기되고 숨결도 빨라졌다.

독자 여러분도 알다시피 이 나그네는 바로 유다 벤허였다. 그리고 눈 아래 펼쳐진 도시는 예루살렘이다. 옛날의 올리브 산에서 바라보면 어떤 전망이었을까?

벤허는 가까이 있는 바윗돌에 걸터앉아 머리에 쓰고 있던 하얀 두건을 벗고는 한숨 돌리고 나서 그 전망을 찬찬히 바라보았다. 먼 훗날 유럽 십자군이나 신세계 미국에서 온 순례자 등 많은 사람이 이 전망을 보러 왔겠지만, 벤허만큼 그리움과 괴로움과 자랑스러움이 뒤섞인 복잡한 기분으로 이 풍경을 바라본 사람은 없을 것이다. 민족의 영고성쇠와 주님의 역사를 상기하자 마음이 어지러워졌다. 도시는 유대의 죄와 헌신, 결점과 장점, 신앙과 불신앙을 줄곧 목격해온 증인이다. 벤허는 로마도 훤히 알고 있지만, 뭐니 뭐니 해도 그는 유대인이다. 이 도시를 내려다보고 있는 벤허의 자긍심을 손상시키는 것은 이제 이 도시가 유대인의 도시가 아니라는 사실이다. 성전에 참배하려 해도 이방인의 허가가 필요하다. 다윗이 살았던 언덕에는 이제 대리석 저택이 세워졌고, 주님에게 선택받은 민족이 가혹한 세금을 뜯기고, 불멸의 신앙도 박해받고 있다. 이 원통함은 이 시대의 유대인에게 공통된 것이었다. 게다가 벤허에게는 한시도 잊을 수 없는 개인적인 원한도 있었다.

언덕의 풍경은 거의 변하지 않았다. 바위투성이인 점은 전혀 달라지지 않았고, 시내의 건축물이 사라졌을 뿐이다. 올리브 산 서쪽은 태양의 혜택을 받아 포도와 올리브, 무화과나무가 여기 저기에 보였다. 기드론의 메마른 골짜기에는 초록빛 식물이 퍼져서 산뜻해 보였다. 올리브 산에서 모압 산맥으로 이어지는 곳에는 솔로몬이 세우고 헤롯 왕이 완성시킨 눈처럼 하얀 성벽이 있었다. 정교하게 돌을 쌓아 올린 성벽을 눈으로 따라가면 '솔로몬의 주랑'이 보이고, 그것이 건물의 받침돌이 되어 있었다.

눈길은 거기서 잠시 어슬렁거리다가 다시 올라가기 시작했다. 하얀 대리석 주랑이 있는 '이방인의 마당', '이스라엘의 마당', '여인들의 마당', '제사장들의 마당'이 차례로 산꼭대기를 향해 늘어서 있는 것이 보인다. 그 위에 가장 신성하고 가장 아름답고 금박으로 찬란하게 빛나는 장엄한 '장막'과 '성궤'와 '지성소'가 보였다. 성궤는 이제 그곳에 없지만, 여호와 하느님은 거기에 계신다고 이스라엘 민족이라면 누구나 믿어 의심치 않는다. 성전으로서도, 기념물로서도, 그 건물만큼 주님에게 가까이 갈 수 있는 곳은 없었다. 하지만 지금은 그게 흔적도 없었다. 누가 재건할까. 그 재건은 언제 시작될. 순례하러 찾아온 이들은 지금 벤허가 서 있는 곳에 서서 물을 것이다. 벤허도 대답은 주님의 마음속에 있다는 걸 알면서도 같은 질문을 하고 있다. 질문은 계속된다. 이 폐허를 예언한 인물은 누구인가? 주님인가? 아니면 주님의 아들인가? 그 질문에는 우리가 대답해야 한다.

벤허는 성전 지붕에서 성스러운 왕들이 우러러 받든 시온 언덕으로 눈길을 돌렸다. 모리아와 시온 사이에 깊은 티로포에온 골짜기가 있고, 그 골짜기에는 사람들이 오가는 길이 있다. 골짜기의 가장 깊은 곳에 궁전과 정원들이 있고, 왕가의 언덕에는 훌륭한 건조물이 많이 있다. 가야바* 저택, 중앙 회당, 로마 총독궁, 히피쿠스 탑과 파사엘 탑과 마리암네 탑이 멀리 보랏빛으로 보이는 가렙 산을 배경으로 부조처럼 떠올라 있다. 그의 생각은 장래의 꿈과 함께 그 위대한 건조물들의 위를 맴돈다. 그중에서도 벤허는 헤롯 궁전을 계속 바라보면서 다가올 왕, 그가 섬겨야 할 그리고 미리 길을 닦아두어야 할 왕을 생각했다. 그의 공상은 이윽고 왕이 이 도시를 지배할 날을 향해, 모리아와 그 성전, 시온과 그곳에 있는 궁전과 탑들, 성전 오른쪽에 있는 안토니아 성채, 새로 세워진 베제다 마을을 지배하고, 수백만 명이나 되는 이스라엘 민족이 깃발을 들고 집결하여 환희의 노래를 부르는 날을 향해 달려갔다.

밤에 자고 있을 때에만 꿈을 꾸는 것은 아니다. 모든 결과는 미리 약속되어 있고, 그 약속은 깨어 있을 때 꾸는 꿈의 형태로 이루어진다. 꿈은 격렬한 노동 사이에 맛보는 잠깐의 즐거움, 우리를 다시 노동으로 향하게 하는 포도주 같은 것이다. 우리가 노동을 마다하지 않는 것은 노동 자체 때문이 아니라 노동이 꿈 꿀 기회를 주기 때문이다. 평범한 일상생활에서는 그것을 깨닫

*유대의 대제사장을 지낸 인물이다. 타락한 사제의 전형으로, 예수가 십자가에 못 박히는 데 적극적으로 가담했다.

지 못하고 지나가버린다. 산다는 것은 꿈을 꾸는 것이다. 꿈을 꿀 수 없는 곳은 단 하나, 무덤뿐이다. 벤허의 꿈을 비웃을 수 있는 사람은 아무도 없다.

석양이 산꼭대기의 서쪽을 붉게 타오르게 했다. 도시 위의 하늘을 붉게, 성채를 황금빛으로 물들이며 가라앉으려 하고 있었다. 눈 깜짝할 사이에 해는 지고, 주위가 조용해지자 벤허는 그리운 집을 생각해냈다. 지성소 북쪽, 벤허가 뚫어지게 바라보고 있던 곳에 아버지의 저택이 있을 터였다. 아직까지 남아 있다면…….

해 질 녘, 그 풍요로운 시간의 흐름 속에서 벤허는 지금까지 잠겨 있던 공상을 털고 예루살렘에 온 본래의 목적을 생각해냈다. 지금까지 일데림 족장과 함께 사막에 있으면서, 다가올 전쟁에 대비하여 유리한 장소를 찾고 그 지형에 익숙해지기 위해 여기저기 돌아다니고 있었다. 그러던 어느 날 밤에 심부름꾼이 와서 본디오 빌라도가 그라투스의 후임으로 총독에 부임한 것을 알렸다. 메살라는 팔다리가 부자유스럽고, 무엇보다 벤허가 죽은 줄 알고 있다. 그라투스는 권력을 잃고 떠났다. 지금이야 말로 어머니와 누이동생을 찾을 절호의 기회였다. 두려워할 것은 아무것도 없다. 안토니아 성채의 감옥을 직접 조사할 수는 없다 해도 사람을 시켜서 조사할 수는 있을 것이고, 다행히 찾으면, 빌라도에게는 벤허의 어머니와 누이를 가두어둘 이유가 없으니까 조금이라도 뇌물을 주면 두 사람을 석방해줄 것이다. 그렇게 해서 두 사람을 안전한 곳으로 데리고 나오면 첫 번째 의무는 다한 것이 되고, 그 후에는 다가올 왕을 위해 헌신할 뿐이다.

벤허는 당장 결심하고, 그날 밤 일데림 족장과 의논한 뒤, 어머니와 누이를 찾기 위해 예루살렘으로 떠났다. 여리고까지 세명의 아랍인이 말을 타고 배웅해주었고, 거기서 그들과 헤어진뒤에는 혼자 걸어서 예루살렘으로 향했다. 예루살렘에서는 말루크를 만나기로 되어 있었다.

장래를 생각하면 권력 쪽에 있는 사람들, 특히 로마인 앞에는모습을 나타내지 않는 게 상책이라고 생각하여, 어머니와 누이에 대한 조사는 말루크에게 맡기기로 했다. 그는 신뢰할 수 있고 머리도 뛰어났다. 이런 조사에는 안성맞춤이었다. 하지만 어디서부터 시작하느냐가 문제였다. 확실한 생각은 없었지만, 우선 안토니아 성채부터 시작하기로 결정했다. 미궁 같은 감방이몇 겹으로 겹쳐 있는 그 오래된 성채는 유대인에게는 공포의 대상이었고, 산 채로 매장되는 일도 얼마든지 있을 수 있는 곳이었다. 벤허가 마지막으로 본 두 사람의 모습도 성채 쪽으로 끌려가는 모습이었다. 그들이 거기에 없다 해도 무언가 기록이 남아 있을지 모른다. 그러면 그것을 단서로 수색을 시작할 수 있을 것이다.

그 밖에도 희망이 없는 것은 아니었다. 시모니데스한테 이집트인 유모인 암라가 살아 있다는 소식을 들었기 때문이다. 비극이 일어난 그날 아침, 충실한 노예인 암라도 재산의 일부로 집안에 봉쇄되었지만, 시모니데스가 그 후에도 암라에게 계속 생활비를 보내준 덕에 지금은 저택에 살고 있는 유일한 사람이다. 그라투스도 그 저택은 팔지 못했다. 유서 깊은 저택에 얽힌 비극 덕분에 외국인에게 팔지도 못하고, 그 집에 들어가 살려는 사람도 없었다. 저택 앞을 오가는 사람들은 유령이 나온다고 수군거렸다. 아마 불쌍한 노파를 본 사람이 그녀를 유령으로 생각했을 것이다. 덕분에 암라 외에는 눌러살 사람이 없었다.

벤허는 암라를 만나면 조금이라도 도움이 되는 정보를 얻을 수 있을지 모르고, 무엇보다 외톨이가 된 그에게는 암라를 만나는 것이 마음에 위로가 될 것 같았기 때문에, 우선 저택에 가서 암라를 찾기로 했다. 이리하여 날이 저문 뒤, 산에서 북동쪽으로 비뚤어진 길을 내려가 기드론 골짜기 근처의 산기슭으로 나오자, 실로암 마을로 이어지는 길을 따라 남쪽으로 내려갔다. 거기서 시장으로 양을 몰고 가는 양치기를 만나, 둘이 함께 겟세마네를 지나 '물고기 문'을 통해 예루살렘 시내로 들어갔다.

4
사랑의 시련

문을 들어선 뒤, 양치기와 헤어져 남쪽으로 이어지는 좁은 골목으로 들어갔을 때는 주위가 이미 어두워져 있었다. 두세 명이 벤허에게 인사를 하고 지나갔다. 길은 울퉁불퉁했고 양쪽에 늘어서 있는 집들은 지붕이 낮았다. 어느 집도 문을 굳게 닫아걸고 있어서 어둡고 음침해 보였다. 이따금 옥상에서 어머니가 아이들에게 자장가를 불러주는 소리가 들렸다. 밤중에 혼자서 어떻게 변했을지 알 수 없는 옛집을 찾는다는 것은 기분이 우울해지는 일이다. 벤허의 기분은 점점 우울해졌지만, 곧 '베데스다 못'이라고 불리는 저수지 옆으로 나왔다. 물은 낮게 드리운 하늘을 비추고, 위를 쳐다보니 안토니아 성채의 북쪽 성벽이 청회색 하늘에 위압적으로 검게 솟아 있었다. 벤허는 무서운 파수병이 불러 세우기라도 한 것처럼 우뚝 멈춰 섰다.

성탑들은 거대하게 솟아올라 그 견고함을 과시하고 있었다. 어머니가 저 성채 안에 있다 해도 내가 도대체 뭘 할 수 있겠는가? 성채는 어떤 무기를 갖고 있어도 아무것도 할 수 없는 그를 비웃는 것 같았다. 언덕에 둘러싸인 거대한 남동쪽 탑이 그를 내려다보고 있었다. 교활함은 너무 쉽게 좌절하고, 무력한 사람들이 마지막으로 기대는 주님은 이따금 행동이 너무 느리다고 벤허는 생각했다.

벤허는 불안에 사로잡힌 채 성탑 앞을 지나 천천히 서쪽으로 걸어갔다. 베다니 마을에 대상 숙사가 한 채 있어서, 시내에 있는 동안은 그곳에 머물 작정이었다. 하지만 우선 집으로 돌아가고 싶은 생각을 억누를 수가 없어서, 설레는 마음을 안고 집으로 향했다. 지나가는 사람들에게 옛날처럼 공손한 인사를 받기만 해도 지금까지 생각지도 못한 기쁨을 느꼈다. 곧 동녘 하늘이 은빛으로 빛나기 시작했고, 지금까지 보이지 않았던 서쪽 시온 산의 탑이 깊은 어둠의 심연에서 뚜렷이 떠올랐다. 시온 골짜기는 아직도 깊은 어둠 속에 잠들어 있었기 때문에, 성탑들은 마치 허공에 떠 있는 공중누각처럼 보였다.

벤허는 마침내 아버지의 저택에 도착했다.

독자 여러분 중에는 굳이 말하지 않아도 그의 심정을 손에 잡힐 듯이 이해할 수 있는 사람이 있을 것이다. 그런 사람은 어렸을 때 행복한 가정에서 자란 사람이다. 가정은 모든 추억의 출발점이고, 눈물을 흘리며 떠나는 곳이고, 가능하면 어린아이인 채 돌아가고 싶은 곳이다. 인생에서 얻을 수 있는 어떤 성공보다도, 또는 모든 성공보다도 중요한 웃음소리와 노랫소리가 울려 퍼지는 곳이다.

옛집의 북쪽 문 앞에서 벤허는 걸음을 멈추었다. 저택 모퉁이에는 저택을 봉쇄할 때 쓰인 밀랍의 흔적이 아직도 뚜렷이 남아 있었다. 문에는 "이 건물은 로마 황제의 소유다"라고 쓰인 팻말이 못으로 박혀 있었다.

가족이 헤어진 그날 이후 이 문을 드나든 사람은 아무도 없다. 옛날과 마찬가지로 문을 똑똑 두드려봐야 할까. 소용없는 일인 줄 알면서도 그렇게 하지 않을 수 없었다. 어쩌면 암라가 그 소리를 듣고 이쪽에 면한 창문으로 밖을 내다볼지도 모른다. 그는 돌멩이를 주운 다음, 넓은 돌계단을 올라가서 문을 세 번 두드렸지만 메아리만 으스스하게 울려 퍼질 뿐이었다. 전보다 더 세게 다시 한 번 두드렸다. 이번에는 시간 간격을 두고 두드렸고, 한 번 두드릴 때마다 귀를 기울였다. 정적만이 그를 비웃는 것 같았다.

그는 거리로 내려와 창문을 쳐다보았지만, 무언가가 움직이는 낌새는 전혀 없었다. 옥상 난간이 계속 밝아지고 있는 하늘을 배경으로 또렷이 보였지만, 그곳에도 무언가가 움직이는 기미는 없었다. 북쪽에서 서쪽으로 자리를 옮겨, 서쪽에 있는 창문 네 개도 오랫동안 쳐다보고 있었지만 결과는 마찬가지였다. 누군가 사람이 있지 않을까 하는 희망으로 가슴이 부풀었을 때도 있지만, 그 희망도 곧 사그라들고 실망만 남았다. 암라의 모습은커녕 유령조차도 모습을 나타내지 않았다.

이번에는 살며시 남쪽으로 자리를 옮겼다. 남쪽 문도 봉쇄되고, 문에 똑같은 팻말이 못 박혀 있었다. 올리브 산 꼭대기에 쏟아져 내리는 여름밤의 밝은 달빛이 팻말에 쓰인 글자를 또렷이 떠올렸다. 분노가 치밀어 올랐지만, 그가 할 수 있는 일이라고는 기껏해야 팻말을 떼어 진창에 내던지는 것뿐이었다. 벤허는 돌계단에 앉아서 다가올 왕이 하루라도 빨리 나타나기를 기도했다. 이윽고 마음이 가라앉자 한여름의 긴 여행에서 오는 피로가 갑자기 몰려와서 그 자리에 앉은 채 잠들어버렸다.

마침 그 무렵 두 여자가 안토니아 성채 쪽에서 벤허 가 저택으로 다가왔다. 두 사람은 주위를 꺼리며 조용히 걸음을 옮겼고, 이따금 멈춰 서서 귀를 기울이곤 했다. 무너진 돌산이 되어버린 모퉁이에서 한 여자가 목소리를 죽여 말했다.

"티르자, 여기야."

티르자는 그토록 그리웠던 집을 보고는 어머니 손에 매달려 소리 죽여 흐느껴 울었다.

"티르자, 가자." 어머니는 망설이며 몸을 떨었지만, 애써 태연한 체하며 말했다. "아침이 되면 우리는 이 도시에서 쫓겨날 몸이야. 두 번 다시 돌아올 수 없어."

"그래요. 잊고 있었어요. 어떻게든 집에 돌아갈 수 있지 않을까 하는 기분이 들었지만, 우리는 문둥이인걸요. 집은 없는 거예요. 우리는 죽은 거나 마찬가지니까." 티르자는 돌 위에 쓰러져 흐느끼면서 말했다.

"우리는 무서워할 게 없어. 자, 가자." 어머니는 허리를 숙여 딸을 일으키면서 상냥하게 말했다.

두 사람은 황폐해진 벽을 따라 망령처럼 비틀비틀 걸어서 문 가까이까지 왔다. 문에 못 박혀 있는 팻말을 보고, 벤허가 좀 전에 다녀간 줄도 모르고 돌계단을 올라가 "이 건물은 로마 황제의 소유다"라는 문장을 읽었다. 그 순간 어머니는 눈을 크게 뜨고 말할 수 없는 고통으로 신음했다.

"왜 그러세요, 어머니? 무서워요."

"불쌍한 것! 벌써 죽었나 보구나."

"누가요?"

"네 오빠 말이다. 놈들이 네 오빠한테서 전부 다 빼앗아버렸어. 이 저택까지도."

"불쌍한 오빠!" 티르자는 멍하니 대답했다.

"이제 벤허는 우리를 도와줄 수 없어."

"그럼 우리는 어떡하죠?"

"내일, 내일이 되면 우리는 길가에 자리를 잡고 문둥이로서 구걸을 해야 돼."

"우리 그냥 죽어요." 티르자는 다시 어머니에게 매달려 속삭였다.

"그건 안 돼. 주님이 우리가 죽을 때를 정하셨으니까. 우리는 주님을 믿는 신자들이야. 이런 때조차도 주님을 믿고 기다려야 돼. 자, 어서 가자꾸나."

어머니는 딸의 손을 잡고 벽을 따라 저택의 서쪽 모퉁이로 서둘러 걸어갔다. 사람의 모습이 보이지 않았기 때문에 계속 앞으로 나아갔지만, 거리에 면한 남쪽 문 근처는 달빛이 비쳐 눈부실 만큼 밝았고, 그들은 그 밝은 달빛에 저도 모르게 주눅이 들었다. 하지만 어머니는 멈칫하지 않았다. 고개를 돌려 서쪽 창문을 쳐다보면서 티르자의 손을 잡고 달빛 속을 걸어갔다. 달빛이 두 사람의 비참한 모습을 또렷이 비추었다. 갈라진 볼, 입술, 손, 붉게 짓무른 눈, 고름이 엉겨붙은 뱀 같은 머리카락. 그 머리카락은 눈썹과 마찬가지로 하얗게 세어서 누가 어머니이고 누가 딸인지 구별이 가지 않았다. 둘 다 노파처럼 보였다.

"쉿! 누군가가 돌계단에 누워 있어. 남자야. 피해서 지나가자꾸나."

두 사람은 재빨리 길을 건너가서, 어두운 그늘을 따라 문 앞까지 간 다음 멈춰 섰다.

"저 사람은 자고 있어."

남자는 꼼짝도 하지 않았다.

"넌 여기 있거라. 내가 가서 문이 열려 있는지 보고 올 테니."

어머니는 그렇게 말하고, 소리 없이 살금살금 길을 건너 과감하게 쪽문을 건드리려고 했다. 바로 그때 남자가 몸을 뒤척였기 때문에 머리에 쓰고 있던 두건이 벗겨지면서 드러난 얼굴을 달빛이 환하게 비추었다. 어머니는 그 얼굴을 내려다보고 흠칫 놀랐다. 그녀는 다시 허리를 숙여서 그 얼굴을 자세히 들여다보았다. 그러고는 이윽고 허리를 펴더니 손을 맞잡고 하늘을 쳐다보며 말없이 하느님에게 호소하는 것 같았다. 그러고는 다시 티르자에게 달려왔다.

"하느님은 계셔. 저 사람은 내 아들이고 네 오빠야." 어머니는 소리를 죽여 속삭였다.

"오빠요? 유다 오빠 말인가요?"

어머니는 딸의 손을 꽉 잡고 낮지만 단호한 목소리로 말했다.

"나와 함께 네 오빠 얼굴을 보러 가자. 한 번만 더."

두 사람은 손을 잡고 유령처럼 조용하고 재빠르게 길을 건넜다. 두 사람의 그림자가 벤허를 덮쳤다. 그의 한 손이 돌계단 위에 내던져져 있었다. 티르자는 무릎을 꿇고 그 손에 입을 맞추려고 했다. 그러자 어머니가 그녀를 잡아당기며 속삭였다.

"안 돼. 평생 동안 그러면 안 돼. 평생 동안. 우리는 더러워져 있어."

티르자는 마치 벤허가 나환자라도 되는 것처럼 뒷걸음쳤다.

벤허의 얼굴은 남자답게 늠름하고, 사막의 태양과 바람에 검게 타 있었다. 옅은 콧수염 아래의 입술은 붉고, 하얗게 반짝이는 이가 보였다. 부드러운 턱수염도 둥근 턱을 가릴 정도는 아니었다. 어머니의 눈에는 그 얼굴이 얼마나 아름답게 보였던가. 즐거웠던 옛날처럼 손을 뻗어 가슴에 끌어안고 입을 맞추고 싶은 마음이 얼마나 간절했던가. 그 마음을 억누르는 것이 어머니의 사랑이다. 어머니의 사랑은 엄청나게 억압적일 수도 있지만, 자기희생의 힘은 바로 거기서 나온다. 건강과 재산을 되찾을 수 있다 해도, 인생의 축복이나 목숨 자체를 얻을 수 있다 해도, 어머니는 나병에 걸린 자신의 입술을 아들의 볼에 대지 않았을 것이다. 아들을 겨우 만날 수 있었지만, 만나자마자 영원히 떠나지 않으면 안 된다. 얼마나 괴로운 일인가. 어머니는 무릎을 꿇고 아들의 발치로 다가가 흙먼지로 더러워진 신발에 입을 맞추었다. 몇 번이고 되풀이해서 입을 맞추고, 그 입맞춤에 그녀의 영혼을 담았다. 그는 다시 몸을 뒤척이며 손을 내던졌다. 두 사람은 그의 잠꼬대를 들었다.

"어머니, 암라, 어디에……." 그는 다시 깊은 잠 속으로 빠져들었다.

티르자는 슬픈 눈으로 오빠를 바라보았다. 어머니는 치밀어 오르는 울음을 억누르려고 얼굴을 흙먼지 속에 묻었지만 가슴은 찢어질 것만 같았다. 벤허가 눈을 뜨기를 바랐을 정도였다. 이 아이는 나를 불렀어. 나를 잊은 게 아니야. 꿈속에서도 나를 생각하고 있어. 그걸로 충분하잖아. 어머니는 곧 티르자를 재촉하여 일어났고, 아들의 모습을 머리에 단단히 새기려고 다시 한번 아들을 들여다보았다. 그리고 두 사람은 손을 잡고 길을 건너 담장 그늘에 들어가자, 다시 무릎을 꿇고 그가 눈을 뜨기를 기다렸다. 하늘의 계시를 기다리듯. 이때 그들의 사랑만큼 사랑의 인내심을 측정하기에 좋은 기준은 아직까지 아무도 우리에게 준 적이 없었다.

벤허가 깊은 잠 속에 빠져들자 또 다른 여자가 저택 모퉁이에 모습을 나타냈다. 어둠 속에 숨어 있던 두 사람은 밝은 달빛 속에 떠오른 여자의 모습을 보았다. 백발에 얼굴이 검고 허리가 굽은 작달막한 노파였는데, 하녀 옷을 단정하게 차려입었고 채소 바구니를 손에 들고 있었다. 노파는 돌계단에서 자고 있는 남자를 보고 잠깐 멈춰 섰지만, 그대로 옆을 지나쳐 쪽문의 빗장을 벗기고 문을 밀었다. 왼쪽 문이 소리 없이 스르르 열렸다. 노파는 채소 바구니를 안에다 먼저 들여놓고 뒤따라 들어가려 했지만, 호기심이 동하는 바람에 남자의 얼굴을 들여다보았다.

길 건너편에서 지켜보고 있던 두 사람은 노파가 놀라서 낮은 소리로 외치는 것을 들었다. 노파는 좀 더 잘 보려고 눈을 비빈 다음, 자고 있는 남자를 다시 들여다보고는 허리를 숙여서 내던져진 남자의 손을 잡고 다정하게 입을 맞추었다. 그것은 어머니와 티르자가 간절히 바랐지만 하지 못한 일이었다.

노파의 입맞춤에 눈을 뜬 벤허는 무의식적으로 손을 오므렸다. 그 순간 노파와 눈이 마주쳤다.

"암라, 암라잖아!"

유모는 기쁜 나머지 소리도 내지 못하고 그의 목에 매달려 울었다. 벤허는 다정하게 노파의 팔을 풀고, 눈물 젖은 검은 얼굴에 입을 맞추었다. 벤허도 암라 못지않게 기뻤다.

"어머니는…… 티르자는…… 두 사람은 어떻게 지내고 있는지 가르쳐줘."

암라는 더욱 격렬하게 울기 시작했다.

"암라는 두 사람 소식을 알고 있겠지? 어디 있는지 알고 있겠지? 두 사람이 집에 있다고 말해줘."

티르자는 마음이 움직였지만, 어머니는 단호히 티르자를 막았다.

"안 돼. 가면 안 돼. 우리는 더러워져 있으니까."

어머니의 사랑은 강했다. 두 사람은 벤허를 보고 가슴이 찢어질 듯 아팠지만, 그가 두 사람처럼 문둥이가 되게 할 수는 없었다. 절대로 그럴 수는 없었다.

문이 흔들리고 있는 것을 보고 벤허는 물었다.

"집에 들어가려던 참이었군? 그럼 함께 들어가자. 로마 놈들은 거짓말쟁이야. 주님의 저주가 내리기를. 저택은 내 거야. 암라, 일어나. 함께 들어가."

벤허와 암라는 이윽고 문 안으로 모습을 감추었다. 지켜보고 있던 두 사람은 문을, 두 번 다시 들어갈 수 없는 문을 멍하니 바라볼 뿐이었다. 두 사람은 서로 어깨를 맞댔다. 어머니와 딸은 나환자의 임무를 다하고 벤허에 대한 사랑을 증명했다.

이튿날 아침, 두 사람은 사람들의 돌팔매질을 받으며 시내에서 쫓겨났다.

"당장 나가. 네년들은 시체야. 시체들 속으로 가."

두 사람의 귀에 저주받은 운명이 메아리쳤다.

5
충실한 하녀 암라

오늘날 성지 예루살렘을 여행하는 사람은 '왕의 동산'이라는 예쁜 이름이 붙은 유명한 곳을 찾아 기드론 골짜기나 기혼 골짜기나 힌놈 골짜기를 내려가 엔로겔 우물까지 가서 감로수를 한 모금 마시고, 더 이상 관심이 없으면 거기서 발걸음을 멈출 것이다. 우물 주위에 있는 돌을 보고 그 깊이를 묻거나, 물을 긷고 있는 모습에서 원시적인 분위기를 느끼고 미소를 짓거나, 그 오래된 우물을 지키고 있는 누더기 차림의 사람에게 연민을 느낄지도 모른다. 그리고 성전의 언덕인 모리아 산과 시온 산을 보고 기쁨의 탄성을 내지를 것이다. 두 산 모두 북쪽에서 여행자들 쪽으로 경사져 있는데, 모리아 산은 오벨에서 끝나고 시온 산은 다윗의 도성 터에서 끝난다. 배경에는 저 하늘 높이 성소의 장식물들이 보이는데, 히피쿠스 성탑 너머에는 우아한 돔 모양의 성전이 폐허가 되었음에도 의연한 모습을 보이고 있다. 그 풍경을 보기만 해도 충분히 즐거운 추억이 생기겠지만, 성서의 세계를 잘 안다면 오른쪽에 있는 '멸망의 산'*과 왼쪽에 있는 '사악한 음모의 언덕'을 보고 그 산들에 조금은 흥미가 끌릴지도 모르겠다.

　이 산들의 동남쪽, 도시와는 반대쪽 기슭의 주름진 절벽에는

---

*예루살렘 동편 올리브 산 남쪽 봉우리를 일컫는 말. 솔로몬 왕이 이방에서 시집온 처첩들을 위해 우상의 산당들을 세워준 데서 붙여진 명칭이다.

크고 작은 동굴이 곳곳에 있어서 태곳적부터 묘지로 쓰였는데, 그리스도 당시에는 이곳이 나환자들의 집단 거주지였다. 신의 저주를 받은 자라고 손가락질을 받으며 쫓겨난 그들은 이곳에 들어와 나름의 공동체를 이룬 채 살고 있었다.

벤허의 어머니와 누이가 시내에서 쫓겨난 이튿날 아침 일찍, 암라는 엔로겔 우물 근처까지 가서 그곳의 돌 위에 앉아 있었다. 예루살렘을 잘 아는 사람이라면 그녀가 부잣집의 충실한 하녀라는 것을 한눈에 알아볼 수 있을 것이다. 암라는 물병과 하얀 보자기로 덮은 바구니를 옆에 놓은 채, 머리에 쓰고 있던 숄을 느슨하게 걸치고, 무릎 위에서 두 손을 맞잡고, 앞에 있는 언덕의 가파른 비탈 언저리를 물끄러미 바라보고 있었다. 아직 이른 아침이기 때문에 우물가에는 암라 말고는 아무도 없었다.

곧 한 남자가 밧줄과 두레박을 들고 나타났는데, 그는 약간의 돈을 받고 물을 길어주는 일을 업으로 삼고 있었다. 그는 암라에게 인사를 하고는 두레박에 밧줄을 묶어놓고 손님을 맞을 준비를 했다. 암라의 물병을 본 남자는 물을 길어주기를 바라느냐고 물었지만, 암라는 아직 괜찮다고 정중하게 거절했다. 암라는 말없이 계속 앉아 있었지만 남자는 더 이상 그녀에게 주의를 기울이지 않았다. 올리브 산 쪽에서 날이 밝기 시작하자 손님이 차례로 나타나 물을 길어달라고 부탁했다. 그동안에도 암라는 줄곧 돌 위에 앉은 채 '멸망의 산' 기슭에 있는 동굴 묘지를 뚫어지게 바라보고 있었다. 해가 뜬 뒤에도 그대로 계속 기다리고 있었다.

암라는 언제나 밤이 된 뒤에 남들 눈에 띄지 않도록 시장에 가서 '물고기 문' 근처에 있는 가게에서 채소와 고기를 사서 저택으로 조용히 돌아오는 것이 일과였다. 낡은 저택에 벤허가 나타났을 때 그녀가 얼마나 놀라고 기뻐했는지는 독자 여러분도 알 것이다. 벤허는 좀 더 번화한 곳으로 이사하는 게 어떠냐고 말했지만, 암라는 거절했다. 그녀는 벤허가 저택을 떠나기 전에 썼던 방(그때와 다름없이 정리되어 있었다)으로 돌아가라고 권했지만, 그는 위험을 우려한 나머지 어둠을 틈타 되도록 자주 상황을 보러 오겠다고 말했다. 아직도 벤허를 어린애처럼 여기는 암라는 그에게 주려고 시장에 단것을 사러 갔다가 우연히 한 남자가 하는 이야기를 들었다. 그 사내는 안토니아 성채의 6호 감방에서 벤허의 어머니와 누이가 구출되었을 때 횃불을 들고 있던 사람들 가운데 하나였다. 그의 이야기는 아주 상세했고, 죄수들의 이름과 미망인의 상태에 대해서도 이야기했다. 암라는 도련님이 가장 기뻐할 소식을 들었다고 펄쩍 뛰어오를 만큼 기뻐했다. 그녀는 서둘러 장을 보고는 꿈꾸는 듯한 기분으로 집에 돌아왔다.

집에 돌아오자마자 암라는 바구니를 내던지고는 웃기도 하고 울기도 했지만, 곧 말없이 생각에 잠겼다. 마님과 아가씨가 나환자라고 말하면 도련님은 죽고 싶을 만큼 고통을 맛보게 될 거야. '멸망의 산'으로 달려가서 병균이 묻은 무덤 동굴을 하나하나 조사하여 두 사람을 찾으려 들 거야. 그러다가 도련님도 그 무서운 병에 걸려 같은 운명을 맞게 되면 어떡하지? 암라는 고민을 거듭한 끝에 지혜 때문이 아니라 애정 때문에 자기가 들은 이야기를 벤허에게는 말하지 않기로 결심했다. 그리고 나환자들이 산기슭 묘지에 살고 있고 엔로겔 우물로 물을 받으러 온다는 것을 알고 있었기 때문에, 그곳에 가서 기다리면 반드시 두 사람을 찾을 수 있을 거라고 생각했다. 벤허에게는 알리지 않고 혼자서 그들을 찾으려고 한 것이다. 거기서 기다리고 있으면 언젠가는 마님과 아가씨가 모습을 보일 테고, 한눈에 두 분을 알아볼 수 있을 거야. 설령 내가 알아보지 못해도 두 분은 나를 알아보시겠지.

벤허는 다시 저택에 와서 암라와 이런저런 이야기를 나누었다. 이튿날에는 말루크도 와서 드디어 수색을 시작할 모양이었다. 벤허는 기분을 달래기 위해 가까운 성소를 찾기도 했지만, 한시라도 빨리 수색을 시작하고 싶어 했다. 암라는 무거운 비밀을 가슴에 안고도 태연한 체했다.

벤허가 돌아가자 암라는 서둘러 맛있는 음식을 만들어 바구니에 담고 나갈 준비를 했다. 동트기 전에 물병과 바구니를 들고 '물고기 문'으로 가서, 문이 열리자마자 엔로겔 우물로 갔다. 그곳에 도착했을 때의 상황은 앞에서 말한 바와 같다. 날이 밝자마자 우물 주위는 소란스러워졌다. 모두 대여섯 개의 두레박을 사용하여 서둘러 물을 긷기 시작했다. 아직 서늘한 아침 시간에, 나환자들이 나타나기 전에 서둘러 일을 끝내고 돌아가고 싶은 것이다. 시간이 늦어지면 나환자들이 우르르 모여든다. 개중에는 어린아이들도 섞여 있다. 물병을 어깨에 멘 여자와 지팡이를 짚은 노인, 누더기를 걸치고 쓰레기처럼 웅크리고 있는 사람, 서로 몸을 의지하고 간신히 걸어오는 사람도 있었다. 이렇게 깊은 슬픔에 짓눌려 있으면서도 그들은 서로 돕고 의지하면서 그 사랑의 빛으로 하루하루의 삶을 견디고 있었다.

암라는 우물가에 앉아서 거의 움직이지도 않고 그 광경을 가만히 바라보고 있었다. 찾고 있는 두 사람을 본 듯한 기분이 든 것도 한두 번이 아니었다. 두 분이 저기에 있는 것은 분명해. 반드시 모습을 보일 거야. 우물 주위에 있는 사람들이 물을 다 긴고 나면 슬며시 나타날 거야.

절벽 기슭에 크게 열린 동굴 묘지가 있어서, 암라는 계속 거기에 신경을 쓰고 있었다. 동굴 입구 옆에는 커다란 암석이 하나 있고, 한창 더운 한낮에는 햇빛이 동굴 속으로 비쳐 들었는데, 들개가 아닌 생물이 거기에 살고 있을 것 같아 보이지는 않았다. 그런데 그 동굴에서 두 여자가 나왔다. 나환자인 두 사람은 머리가 하얗게 센 노파 같았고, 한 사람은 앞장서고 또 한 사람은 매달리듯 기대고 있었다. 여기 온 지 얼마 안 되는 듯 주위를 두리번거렸고, 입고 있는 옷도 그렇게 낡지는 않았다.

두 사람은 잠시 동굴 입구에 멈춰 서 있었지만, 고통스러운 듯 천천히 우물 쪽으로 내려왔다. 우물가에 있던 사람들이 "멈춰! 오지 마!" 하고 외쳤지만 그들은 계속 다가왔다. 물을 긷는 남자가 돌멩이를 주워서 던지려고 했다. 사람들은 두 여자를 저주하고 욕했다. 언덕 위에 있던 사람들은 "더러워. 더러워!" 하고 외쳐댔다. 암라는 두 사람이 주위 상황에 익숙지 않은 걸 보면 동굴 묘지에 온 지 얼마 안 된 나환자가 분명하다고 생각하고, 바구니와 물병을 들고 우물로 다가갔다. 주위에서 경고하는 목소리가 터져 나왔다.

"정말 바보로군. 그렇게 좋은 빵을 죽은 사람이나 다름없는 문둥이들한테 주다니!" 하고 비웃는 사람도 있었다. "문둥이한테 저렇게 가까이 가다니!" 하고 놀라는 사람도 있었다.

암라는 망설이지 않고 성큼성큼 다가갔지만, 혹시라도 잘못 보았다면 어쩌나 하는 생각에 심장이 목구멍으로 튀어나올 만큼 두근거렸다. 다가갈수록 점점 더 걱정이 되고 자신의 판단이 의심스러워져서, 암라는 4, 5미터 떨어진 곳에서 걸음을 멈추었다.

수도 없이 손을 잡고 감사의 입맞춤을 했던 아름다운 마님, 어릴 때부터 함께 놀거나 노래를 불렀던 꽃처럼 밝은 아가씨. 그 두 사람과는 전혀 비슷하지도 않은 그들의 모습에 암라는 마음이 아팠다. 아니, 마님과 아가씨가 저런 노파일 리가 없어. 암라가 두 사람 곁을 떠나려 했을 때, 그중 한 사람이 "암라?" 하고 말을 걸었다. 암라는 물병을 떨어뜨리고 덜덜 떨면서 뒤를 돌아보았다.

"누가 나를 불렀죠?" 암라는 자기 이름을 부른 사람의 얼굴을 의심스러운 듯이 바라보았다.

"암라!"

"누구시죠?"

"네가 찾고 있는 사람이야."

암라는 무릎을 꿇었다.

"아아, 마님! 마님이셨군요. 주님, 고맙습니다. 드디어 마님을 만나게 해주셨군요."

암라는 무릎을 꿇은 채 목소리의 주인에게 다가갔다.

"안 돼, 암라. 가까이 오면 안 돼. 우리는 더러워져 있어. 더러워져 있어."

그 말로 충분했다. 암라는 땅바닥에 엎드려 큰 소리로 울었다. 우물 주위에 있던 사람들에게도 들릴 정도였다.

암라는 갑자기 얼굴을 들더니, "마님, 티르자 아가씨는 어디 계세요?" 하고 물었다.

"여기 있어. 내가 티르자야. 물을 좀 마시고 싶어."

하녀의 의무를 생각해낸 암라는 머리카락을 쓸어 올리고는 바구니를 들고 보자기를 벗겼다.

"빵과 고기를 가져왔어요."

암라는 보자기를 땅바닥에 펼치려고 했지만, 여주인은 다시 슬픈 듯이 말했다.

"안 돼, 암라. 그런 짓을 하면 너도 돌팔매질을 당하고 우리도 물을 받을 수 없게 돼. 바구니는 거기 놔두고 물병에 물을 길어 와다오. 우리가 저 동굴로 가져가서 먹을 테니까. 법으로 정해진 일밖에 할 수 없어. 어서, 암라."

이 광경을 보고 있던 사람들은 물을 길러 가는 암라를 위해 길을 비켜주고 물병에 물을 채우는 것을 도와주었다. 비탄에 빠진 그녀의 얼굴이 사람들의 동정심을 불러일으킨 것이다.

"저 두 사람은 누구예요?" 주위에 있던 여자가 묻자, 암라는 힘없이 대답했다.

"옛날에 모시던 분이세요."

암라는 어깨에 물병을 메고 서둘러 돌아갔다. 암라는 깜박 잊고 마님에게 달려가려 했지만, 또다시 "더러워. 더러워. 조심해!" 하는 외침 소리가 그녀를 막았다. 암라는 바구니 옆에 물병을 내려놓고 뒷걸음쳐서 조금 떨어진 곳에 멈춰 섰다.

"고마워, 암라. 이제 살았다." 여주인은 말하고 음식과 물을 받았다.

"뭐 또 필요하신 건 없나요?" 암라가 물었다.

목이 몹시 말랐던 어머니는 물병에 막 손을 댄 참이었지만, 의연하게 일어나서 말했다.

"유다가 돌아온 걸 알고 있다. 그저께 밤에 돌계단에서 자고 있는 걸 보았지. 네가 깨우는 것도 보고 있었어."

암라는 손뼉을 치며 말했다.

"아아! 마님, 그걸 보고 계셨군요. 보시고도 다가오지 않으셨군요!"

"그랬다가는 유다를 죽이게 돼. 나는 이제 두 번 다시 그 애를 안을 수도 없고 입맞춤할 수도 없어. 암라, 네가 그 애를 얼마나 사랑하는지 나는 알아!"

암라는 무릎을 꿇고 눈물을 흘리며 말했다.

"도련님을 위해서라면 목숨도 버릴 수 있어요."

"그 증거를 보여다오."

"물론이죠."

"그러면 우리가 있는 곳도, 우리를 만난 것도 말하지 마라."

"하지만 도련님은 찾고 계세요. 두 분을 찾으러 멀리서 오셨어요."

"유다가 우리를 찾으면 안 돼. 우리처럼 되면 안 되니까. 암라, 오늘처럼 또 필요한 걸 갖고 와다오. 우리가 살 날도 얼마 남지 않았어. 오래가지 못할 거야. 그러니까 날마다 아침저녁으로 와다오." 의연했던 어머니도 더 이상 견딜 수 없게 된 것처럼 목소리가 떨렸다. "그리고 유다에 대해 말해다오. 하지만 유다한테는 우리에 대해 아무 말도 하지 마라. 알았지?"

"도련님이 두 분을 애타게 찾아다니시는데 잠자코 있는 건 괴로워요. 두 분이 살아 계시다는 얘기만이라도……."

"안 돼. 아무 말도 하지 마. 이제 갔다가 오늘 저녁에 다시 와다오."

"마님, 저한테는 짐이 너무 무거워서 견딜 수 있을 것 같지 않아요." 암라는 머리를 감싸 안았다.

"아무리 괴로워도 유다가 우리처럼 될 걸 생각하면……." 어머니는 티르자에게 바구니를 건네주고 자기는 물병을 집어 들면서 말했다. 그리고 동굴 쪽으로 가면서 저녁에 와달라는 말을 되풀이했다.

암라는 무릎을 꿇은 채 두 사람이 보이지 않게 될 때까지 지켜보았다. 그러고는 힘없이 집으로 돌아갔다. 저녁에 암라는 우물로 다시 갔고, 그 후로는 아침저녁으로 두 사람에게 필요한 것을 가져다주는 것이 그녀의 일과가 되었다. 동굴 묘지는 돌투

성이에다 황량했지만, 안토니아 성채의 지하감옥보다는 훨씬
나았다. 햇빛이 들고, 적어도 주위의 아름다운 경치를 바라볼
수가 있었다. 사람은 밝은 하늘 아래에서는 신앙을 갖고 죽을
수도 있는 법이다.

6
용감한 사람

말루크는 예루살렘에 도착하자마자, 의논하느라 시간을 낭비
하지 않고 곧바로 안토니아 성채에 가서 두 사람을 찾기 시작했
다. 그는 대담하게도 군단장을 직접 찾아가서 담판을 가졌다.
벤허 가문의 내력과 그라투스가 당한 사고의 전말을 이야기하
고, 물론 벤허 가 사람들한테 악의는 전혀 없었으며 범죄가 될
만한 행동도 없었다고 설명했다. 또한 그 불행한 가족의 행방을
알아내는 것이 탐색의 목적이며, 그들이 살아서 발견되면 몰수
당한 재산의 반환과 시민권 회복을 황제에게 청원하겠다고 말
했다. 군단장은 그런 청원이 있으면 황제의 명으로 조사가 이루
어질 것이고, 그동안 그 가족은 물론 친지들에게도 위해가 가해
지는 일은 없을 거라고 답변했다. 군단장은 안토니아 성채의 지
하감옥에서 발견된 여자 죄수들에 대해 자세히 이야기하고, 그
때 작성된 기록을 말루크에게 보여주었다. 그리고 말루크의 부
탁을 받아들여 그 기록을 베끼는 것도 허락해주었다.

말루크는 그 기록을 가지고 벤허에게 돌아갔지만, 그 보고가 벤허에게 준 충격은 이루 말할 수 없이 깊었다. 그것은 울부짖는 정도로 달랠 수 있는 고통이 아니었다. 벤허는 창백한 얼굴로 오랫동안 멍하니 앉아 있었다. 이따금 통절한 상념이 머리를 맴돌고 있음을 보여주듯 "어머니와 티르자가 나병에 걸리다니. 아아, 하느님!" 하고 중얼거렸다. 깊은 슬픔과 복수심이 거듭해서 마음에 떠올랐다. 그런 처사에 대한 앙갚음이 부도덕한 짓이라고는 생각되지 않았다.

마침내 그는 벌떡 일어났다.

"무슨 수를 써서라도 두 사람을 찾아야 합니다. 죽어가고 있을지도 몰라요."

"어디를 찾을 겁니까?" 말루크가 물었다.

"두 사람이 갈 곳은 한 군데밖에 없어요."

말루크는 수색은 자기한테 맡겨달라고 강하게 주장하여 결국 벤허를 설득했다. 벤허는 말루크와 함께 '멸망의 산'과는 반대쪽에 있는 문으로 나갔다. 그곳은 옛날부터 나환자들이 구걸 행위를 허락받은 곳이었다. 두 사람은 온종일 나환자들에게 적선을 하면서 두 여자의 소식을 물었고, 그들을 찾아낸 사람에게는 많은 사례금을 주겠다는 말도 했다. 5월이 지나고, 6월에도 날마다 같은 일을 되풀이했지만 아무 소용이 없었다. 나환자들도 사례금을 받고 싶어서 열심히 찾았지만 마찬가지였다. 그 우물가에 크게 열린 무덤 동굴도 몇 번이나 조사했지만 어머니와 누이의 행방은 알 수 없었다.

유대력으로 7월 1일, 벤허는 세상을 저주하며 대상 숙사의 침대의자에 앉아 있었다. 그날 아침에 겨우 얻은 정보라고는 최근 '물고기 문'에서 관리들이 나병에 걸린 두 여자를 돌팔매질로 쫓아냈다는 것뿐이었다. 날짜나 사소한 단서로 보아 그 두 여자는 어머니와 누이동생이 분명했다. 하지만 그 후의 소식은 알 수 없었고, 수색은 다시 어둠 속으로 가라앉았다. 도대체 두 사람은 어디에서 어떻게 지내고 있을까?

"고향에서 돌팔매질로 쫓아내다니, 두 사람을 나환자로 만든 것만으로는 부족하단 말인가. 어머니는 황야를 헤매 다닌 끝에 세상을 떠났을 거야. 티르자도 죽었을 게 분명해. 나만 혼자 살아남았어. 무엇 때문에…… 오오, 주님, 언제까지 로마의 압정을 견뎌야 합니까?"

벤허는 괴로운 마음으로 몇 번이나 이런 말을 되풀이했다. 분노와 절망과 복수심에 시달리면서 벤허가 그날 아침에 대상 숙사의 안마당으로 돌아가자, 그곳은 밤사이에 도착한 사람들로 소란스러웠다. 그는 아침 식사를 하면서 주위 사람들의 이야기에 귀를 기울였다. 그중에서도 특히 그의 주의를 끈 무리는 모두 젊고 팔팔하고 건장한 사람들이었다. 태도나 말투로 보아 시골에서 온 젊은이들이라는 것은 금방 알 수 있었지만, 대담한 태도와 꼿꼿이 치켜든 머리, 날카로운 눈매와 발랄한 기백은 순박하고 나약한 예루살렘의 대중한테서는 찾아볼 수 없는 것이었다. 그 기백은 산악지방 특유의 건강하고 자유로운 생활 속에서 길러진 듯했고, 벤허는 곧 그들이 갈릴리 출신이라는 것을 알았다. 그들은 이날 열리는 나팔절*에 참가하기 위해 와 있었다. 그 젊은이들을 보고 있는 동안, 전투에서 저런 용감한 사람들과 손잡고 싸우면 어떨까 하는 생각이 들었다. 로마식으로 엄격한 훈련을 하면 막강한 군단이 되어 전쟁에서 놀라운 위업을 이룰 수 있을 것이다. 바로 그때 한 청년이 흥분하여 발그레하게 물든 얼굴로 눈을 빛내며 안마당으로 들어왔다.

"왜 우물쭈물하고 있는 거야?" 청년은 갈릴리에서 온 사람들에게 말했다. "랍비와 장로들은 성전을 나와서 빌라도를 만나러 가고 있어. 자, 서둘러. 우리도 함께 몰려가자."

"빌라도를 만나러 갔다고? 무엇 때문에?" 모두 청년을 에워쌌다.

"음모가 발각되었어. 빌라도는 성전의 돈을 새 수로 건설비로 사용하려 하고 있어."

"뭐라고? 주님께 바친 돈을 쓰겠다는 거야?" 모두 눈을 빛내며 같은 질문을 되풀이했다.

"주님께 바친 건 주님 거야. 한 푼도 손을 대면 안 돼." 청년은 말을 이었다. "자, 행렬은 지금 다리까지 가 있어. 시내 주민들이 모두 따라가고 있어. 우리가 가세할 필요가 있을지도 몰라. 자, 빨리 준비해."

모두 거치적거리는 겉옷을 일제히 벗어 던졌다. 겉옷 속에는

---

*유대력으로 7월(요즘 달력으로는 10월) 첫날에 지키던 유대인의 절기. 나팔을 불어 이날을 알렸기 때문에 '나팔절'이라고 불렀다. 이날 사람들은 일을 쉬고 성회를 열어 희생제를 드렸다.

민소매의 짧은 옷을 입고 있었다. 밭에서 밀을 베거나 호수에서 배를 젓거나 양 떼를 몰고 언덕을 오를 때 입는 작업복이었다. 그들은 허리띠를 단단히 졸라매고 "준비됐어!" 하고 외쳤다.

그때 벤허가 재빨리 말을 걸었다.

"갈릴리 여러분, 나는 유대 사람이지만, 당신들한테 가담할 수 없겠소?"

"싸움이 벌어질지도 몰라요."

"앞장서서 도망치는 짓은 하지 않겠소."

갈릴리 사람들은 와 하고 웃었다.

"꽤 강해 보이는데. 함께 갑시다."

벤허도 겉옷을 벗어 던지고, 허리띠를 단단히 졸라매면서 냉정하게 물었다.

"싸울 작정인가 본데, 누구하고 싸울 거요?"

"그야 뻔하잖아요. 로마 수비대죠."

"무엇을 무기로 싸울 작정이오?"

그들은 놀라서 아무 말도 못하고 벤허를 바라보았다.

벤허는 말을 이었다.

"뭐, 좋아요. 어쨌든 최선을 다해봅시다. 하지만 누군가 지도자를 뽑아두는 게 좋지 않을까요? 로마군에는 지휘관이 있기 때문에 그의 통솔을 받아서 한마음으로 행동할 수 있는 거요."

갈릴리 사람들은 그런 건 생각해본 적도 없다는 듯이 호기심 어린 눈으로 벤허를 빤히 바라볼 뿐이었다.

"적어도 흩어지지 말고 한데 모여 있기로 합시다. 자, 나는 준비됐소. 당신들만 준비됐다면."

"좋아요. 갑시다."

벤허 일행은 서둘러 아크라 지구를 우회하여 마리암네 탑으로 나간 다음, 지름길을 택하여 로마 수비대가 주둔해 있는 총독궁으로 갔다. 가는 도중에 총독의 신성모독 행위를 듣고 성난 시민들이 속속 일행에 가담했다. 마침내 총독궁 정문에 도착했을 때는 랍비와 장로들이 많은 사람들과 함께 안으로 막 들어간 참이었고, 더 많은 군중이 밖에서 떠들어대고 있었다. 중장비를 갖춘 백인대가 대리석 흉벽 아래에서 성을 수비하고 있었다. 병사들의 투구와 방패는 벌써 높이 떠오른 태양에 뜨겁게 달구어지기 시작하고 있었다. 병사들은 그 타는 듯한 더위와 군중의 성난 외침에도 꼼짝하지 않고 서 있었다. 활짝 열린 청동문을 통해 시민들이 쏟아져 들어가고, 그보다 훨씬 적은 시민들이 쏟아져 나왔다. 그중 한 사람에게 갈릴리 청년이 물었다.

"안의 상황은 어떻습니까?"

"틀렸어요. 랍비들이 빌라도를 만나게 해달라고 궁전 앞에서 버티고 있지만, 빌라도는 나오기를 거부했답니다. 랍비들은 사람을 하나 들여보내서 빌라도가 그들의 청원을 들어줄 때까지 그 자리를 떠나지 않겠다고 통보하고 계속 기다리고 있지요."

"우리도 들어가봅시다." 벤허가 말했다.

안으로 들어가자 나무들이 한 줄로 늘어서 있고 그 그늘에는 의자들이 놓여 있었다. 하지만 오가는 사람들은 하얗고 깨끗한 포장도로 위에 가로수가 던지는 그늘을 일부러 조심스럽게 피하고 있었다. 기묘한 일이지만, 율법은 예루살렘 성벽 안에서 푸른 초목을 키우는 것을 허락하지 않았다. 이집트인 아내를 위해 정원을 만들고 싶었던 솔로몬 왕조차도 엔로겔 골짜기의 집회소에 나무를 심었을 뿐이다.

나무 우듬지를 통해 궁전의 정면이 보였다. 일행은 오른쪽으로 구부러져 지름길을 통해 광장으로 갔다. 그 광장 서쪽에 총독궁이 서 있었다. 광장은 흥분한 군중으로 북적거렸고, 모든 얼굴이 닫힌 현관 쪽을 향하고 있었다. 그 현관 양옆에는 호위병들이 질서 있게 늘어서 있었다.

북적거리는 사람들 때문에 일행은 앞으로 나아가지 못하고 뒤쪽에서 상황을 지켜볼 수밖에 없었다. 현관 앞에 모여 있는 랍비들의 터번이 보일 뿐이었지만, 그들의 초조감이 전해져 오고, 이따금 "빌라도, 나와라. 총독이면 총독답게 나와서 얘기하라. 어서 나와라!" 하는 외침 소리가 군중 속에서 터져 나왔다. 군중을 헤치고 나온 한 남자는 분노로 얼굴이 빨개져 있었다.

"이스라엘 민족은 여기서는 전혀 중요하지 않아." 남자가 큰 소리로 외쳤다. "이 성지에서 우리는 기껏해야 로마의 개일 뿐이야."

"빌라도는 나올 것 같나?"

"나온다고? 벌써 세 번이나 거절했잖아!"

"랍비들은 어떻게 한대?"

"가이사랴 때와 마찬가지로 빌라도가 귀를 기울일 때까지 버틸 작정이야."

"설마 성전의 금고에 손을 대지는 않겠지?" 갈릴리 사람이 말했다.

"그걸 누가 알아? 로마인은 지성소도 모독했잖아! 로마인에게 모독당하지 않은 곳은 한 군데도 없어."

한 시간이 지나도 빌라도는 응답하지 않았지만, 랍비들과 군중은 자리를 떠나지 않았다. 낮이 되자 소나기도 내렸다. 하지만 상황이 달라지기는커녕 군중의 수는 더욱 늘어났고 분노는 더욱 불타올랐다. "빌라도, 나와라. 빌라도, 나와라!" 하는 외침이 성난 고함 소리와 함께 되풀이되었다. 벤허는 갈릴리 사람들을 한데 모아놓고 상황을 지켜보고 있었다. 빌라도는 소요를 진압할 구실이 생기기를 기다리고 있을 뿐이라고 벤허는 판단했다. 빌라도는 오만하게 침묵을 지키면서 진압하기 유리한 때를 기다리고 있는 것이다.

마침내 그때가 왔다. 군중 한복판에서 곤봉으로 때리는 소리, 이어서 비명 소리와 성난 고함 소리가 일어났다. 현관 앞에 있던 사람들은 놀라고 당황했다. 뒤쪽에 있던 사람들은 앞으로 떠밀렸고, 가운데에 있던 사람들은 달아나려고 했지만 반대쪽에서 오는 인파에 밀려 광장은 순식간에 혼란의 도가니로 변했다. 뒤쪽에 있어서 상황을 파악하지 못한 벤허는 냉정하게 한 갈릴리인의 몸을 위로 들어 올리며 물었다.

"자, 어때? 뭐가 보이나?"

"아아, 보여. 곤봉을 든 놈들이 사람들을 때리고 있어. 유대인 차림을 하고 있어."

"어떤 자들이야?"

"로마 놈들이야. 위장하고 있어. 곤봉을 휘두르고 있어. 앗, 랍비가 곤봉에 맞고 쓰러졌어. 나이가 많은 랍비야. 곤봉을 든 놈들한테 보복하자."

"그래. 그래." 갈릴리 사람들은 기세가 올랐다.

"정문 쪽으로 돌아갑시다. 그러면 가로수가 보일 겁니다. 자, 갑시다."

서둘러 정문으로 돌아간 일행은 온 힘을 다하여 가로수를 뿌리째 뽑았다. 그들은 나무를 쪼개어 만든 몽둥이로 무장하고 다시 광장으로 돌아갔지만, 그 한구석에서 미친 듯이 정문 쪽으로 쏟아져 나오는 군중과 마주쳤다. 비명과 신음 소리가 시끄럽게 들려왔다.

"벽에 붙어. 벽에 바싹 붙어서 사람들을 통과시켜." 벤허가 외쳤다.

일행은 오른쪽 돌벽에 붙어서 군중을 내보낸 뒤, 조금씩 앞으로 나아갔다.

"흩어지지 마라. 한데 모여서 나를 따라와."

이때 벤허는 이미 지휘권을 완전히 장악하고 있었다. 한 덩어리가 된 그들은 흥분하여 시끄럽게 떠들고 있는 군중을 헤치고 나아갔다. 군중을 곤봉으로 때리며 환호하고 있던 로마인들은 똑같이 몽둥이로 무장한 갈릴리 사람들이 나타나자 크게 놀랐다. 외침 소리는 더욱 높아지고, 몽둥이를 휘두르는 소리가 연달아 들렸다. 증오심이 큰 만큼 싸움도 치열했다. 벤허의 활약은 눈부셨다. 그것도 훈련을 쌓은 덕이다. 무술과 호신술에 정통할 뿐만 아니라 몸도 건장한 덕분에 몽둥이를 한 번만 내리쳐도 적을 그대로 때려눕힐 수 있었다. 하지만 커다란 몽둥이로 적을 제압하면서도 지도자로서의 역할도 잊지 않았다. 주위를 끊임없이 둘러보면서 동지들이 어떻게 싸우고 있는지 계속 살피고 있었다. 필요한 경우에는 급히 달려가 힘을 보탰다. 로마인들은 당장 등을 돌리고 현관 쪽으로 달아났다. 성마른 갈릴리 사람들은 추격하려고 했지만 벤허가 그들을 막았다.

"너무 깊이 추격하지 마라. 백인대장이 부하들을 이끌고 올 거야. 칼과 방패에는 당해낼 수 없어. 우리는 잘 싸웠어. 지금은 일단 문밖으로 철수해."

일행은 마지못해 벤허의 말에 따랐다. 그들의 동향인들 중에는 쓰러져서 고통을 참지 못하고 뒹굴거나 도움을 청하며 신음하거나 죽은 듯이 너부러져 있는 사람들도 있었다. 그 아비규환을 뚫고 정문 밖으로 철수했지만, 쓰러져 있는 게 유대인만이 아니었다는 것이 그나마 위안이 되었다. 문밖으로 나오자, 벤허도 일찍이 본 적이 없을 만큼 많은 사람이 모여 있었다. 안디옥 경기장을 가득 메운 관중도 비교가 되지 않았다. 건물 옥상, 길거리, 언덕 기슭, 어디에나 사람들이 넘쳐나고, 저마다 저주나 규탄의 말을 내뱉고 있었다.

갈릴리인 일행은 수위에게 검문당하지 않고 밖으로 나올 수 있었지만, 벤허만은 예외였다. 백인대상이 큰 소리로 그를 불러 세운 것이다.

"야, 건방진 놈! 너는 로마인이냐 유대인이냐?"

"나는 여기서 태어난 유대인인데, 어쩔 거요?"

"여기서 나하고 한판 겨루자."

벤허는 냉소를 던졌다.

"로마인치고는 용감하군. 하지만 나는 무기가 없는데?"

"내 무기를 빌려주지. 나는 부하의 무기를 빌리겠다."

이 대화를 들은 사람들은 저도 모르게 마른침을 삼켰다. 침묵이 주위에 점점 퍼져갔다. 얼마 전에 벤허는 안디옥의 대중 앞에서 로마인을 이겼다. 이곳 예루살렘의 많은 사람들 앞에서 로마인과 싸워 이기면, 그 명성은 다가올 왕에게 큰 도움이 될 것이다. 그는 망설이지 않고 백인대장 앞으로 나갔다.

"원한다면 기꺼이 상대해드리지. 칼과 방패를 빌려주시오."

"투구와 흉갑은 어때?"

"필요 없소."

칼과 방패가 건네지고 준비가 끝났다. 그동안 병사들은 꼼짝도 않고 마른침을 삼키며 지켜볼 뿐이었다. 두 사람이 칼을 들고 맞섰을 때 사람들은 저마다 "저게 누구지?" 하고 서로 물었지만 아는 사람은 아무도 없었다.

로마군이 최강이라는 평을 듣는 것은 엄격한 규율, 완벽한 전투대형, 독특한 검법에서 뛰어나기 때문이다. 로마인이 싸울 때는 칼로 베거나 자르지 않고 처음부터 끝까지 찌를 뿐이다. 전진하면서 찌르고, 물러나면서 찌른다. 그뿐이었다. 그리고 그들이 노리는 것은 대개 적의 얼굴이다. 벤허는 그 검법을 잘 알고 있었다.

드디어 둘이 맞섰을 때 벤허가 말했다.

"분명히 말해두겠는데, 나는 유대인이지만 로마의 무술을 훈련받았다. 자, 자세를 취해라."

그는 말을 끝내자마자 적에게 바싹 다가섰다. 순간 두 사람은 얼굴을 맞대고 방패 너머로 서로 노려보았다. 로마인은 유인 작전으로 아래쪽을 공격했지만 벤허는 웃었다. 얼굴 쪽으로 연달아 공격이 들어오자 그는 좌우로 몸을 날렸다. 적의 공격도 빨랐지만 벤허의 움직임이 더 빨랐다. 적이 손을 들어 올린 순간, 벤허는 방패를 밀치고 상대의 칼을 잡을 수 있을 만큼 바싹 다가섰다. 다음 순간, 왼쪽으로 다가서면서 적의 오른쪽을 찔렀다. 백인대장은 땅바닥에 털썩 고꾸라졌다. 벤허의 승리였다. 검투사의 관습에 따라 적의 등에 한쪽 발을 올려놓고 방패를 머리 위로 높이 들어 올리며 문 옆에 늘어서 있는 병사들에게 인사를 보냈다.

벤허가 승리한 것을 안 유대인들은 뛸 듯이 기뻐했다. 숄이나 손수건을 휘두르며 환성을 질렀다. 그 기쁨은 눈 깜짝할 사이에 시내 전역으로 번졌다. 갈릴리 사람들은 벤허가 허락하면 그를 목말 태우고 돌아다녔을 것이다. 문에서 나온 하급 장교에게 벤허가 말했다.

"당신 동료는 군인답게 죽었소. 다른 건 빼앗지 않겠지만, 이 칼과 방패는 내가 갖겠소." 벤허는 이 말만 하고 자리를 떠났다.

조금 떨어진 곳에서 그는 갈릴리 사람들에게 말했다.

"동지 여러분, 아까는 잘해주었소. 추격당하기 전에 여기서 해산하고, 오늘 밤에 다시 대상 숙사에서 만납시다. 이스라엘에 중대한 이야기가 있으니까."

"당신은 누구요?" 그들은 물었다.

"유다의 자손이오."

군중이 그를 보려고 에워쌌다.

"대상 숙사에 올 때는 이 칼과 방패를 갖고 와주시오. 당신들을 알아볼 수 있게."

이 말을 마치자 벤허는 점점 불어나고 있는 군중 속으로 눈 깜짝할 사이에 모습을 감추었다.

빌라도의 요청으로 사람들은 사상자를 치웠다. 가족이 죽어 슬픈 사람들도 있었지만, 그들이 무엇보다 강하게 느낀 것은 이름도 모르는 청년의 승리가 가져다준 기쁨이었다. 이스라엘의 애국심이 그 청년의 용감한 행위 덕분에 되살아난 것 같았다. 엄숙한 축제 분위기 속에서 거리나 성전 곳곳에 모인 사람들은 옛날 유대를 구한 마카베오의 전설을 이야기하고, 수천 명이나 되는 사람들이 "조금만 더, 조금만 더 있으면 유대는 우리 손에 돌아올 거야. 주님을 믿고 기다릴 뿐이야" 하고 속삭였다.

이렇게 벤허는 갈릴리 사람들의 마음을 사로잡고 다가올 왕을 위한 길을 닦았다. 그 결과는 이제 곧 알게 될 것이다.

제7부

나는 눈을 뜨고, 그곳에 있는 그녀를 바라본다.
상쾌한 바람 속에서 바다를 꿈꾸는
나긋나긋하고 쾌활한 세이렌.
진홍빛 풀로 짠 팔찌를 차고
머리카락에서 빛나는 해초로 이루어진
반짝이는 호박색의 타원형 구슬.

—토머스 베일리 올드리치

1
선지자의 출현

벤허는 약속한 대로 베다니 마을의 대상 숙사에서 갈릴리 젊은
이들과 다시 만나 이야기를 나누었다. 그 결과 벤허는 그들과
함께 갈릴리로 가게 되었다. 예루살렘에서 그가 로마인 백인대
장과 결투를 벌여 이겼다는 소식은 널리 알려져 있었기 때문에
갈릴리 사람들도 벤허의 말을 잘 따랐다.

　겨울이 끝날 무렵까지 3개 군단의 병사를 모집하여 로마식으
로 편성했다. 원래 갈릴리인은 용감하고 상무 정신이 풍부한 사
람들이라서 좀 더 많은 군단을 편성할 수도 있었지만, 로마와
분봉왕 헤롯 안디바*를 경계하여 당장은 3개 군단만 편성했다.
벤허는 이 군단들을 규칙적으로 훈련시키고 열심히 가르쳤다.
장교급을 드라고닛**의 용암지대로 데려가 칼과 투창 쓰는 법을
가르치고, 군대 편성에 필요한 기동 연습을 철저히 실시한 뒤,
그들을 각자의 고향으로 돌려보내 현지 청년들을 지도하게 했

*헤롯 대왕의 차남으로, 부왕이 죽자 형제들과 왕국을 나누어 물려받았는데, 안디
바는 갈릴리와 페레아를 통치했다.
**다메섹 남쪽의 고원지대. 거칠고 험한 지형 때문에 출입과 통치가 쉽지 않아, 정
치적으로 박해받는 자와 범죄자들이 은신처가 되었다.

다. 이리하여 갈릴리 사람들의 일상생활에 군사훈련이 들어가게 되었다.

그것은 벤허에게 인내와 기술, 열의와 신념, 그리고 헌신을 요구하는 일이었다. 하지만 남들을 격려하고 훈련시키는 일에서 벤허만큼 사람을 잘 움직여 큰 효과를 거둘 수 있는 사람은 없을 것이다. 벤허는 모든 것을 희생하고 그 일에 전념했다. 그렇기는 하지만 시모니데스의 무기 공급과 재정적 지원, 일데림 족장의 정확한 움직임과 식량 보급이 없었다면 도저히 할 수 없는 일이었다. 물론 갈릴리 사람들의 군사적 재능이 없었다면 이렇게 잘되지는 않았을 것이다.

예루살렘에서 태어난 사람들은 북방의 갈릴리 사람을 업신여기지만,《탈무드》에 "갈릴리 사람은 명예를 사랑하고 유대 사람은 금전을 사랑한다"고 쓰여 있듯이 갈릴리 사람들은 조국을 사랑하기 때문에 로마를 격렬하게 증오하고 있었다. 지금까지 어떤 싸움에서도 가장 먼저 칼을 들고 최후의 순간까지 싸움을 계속하는 부족이었고, 로마와 벌인 마지막 전투에서는 갈릴리 젊은이들이 15만 명이나 목숨을 잃었다고 한다. 축제 때는 예루살렘에 가서 마치 군대처럼 규율 바른 행동을 취하지만, 정신은 자유로운 기풍이었고 이교 숭배에도 너그러운 편이었다. 헤롯의 아름다운 로마풍 도시들이 건설될 때는 긍지를 가지고 충실하게 일했다. 게다가 타지에서 오는 이방인들과도 평화롭게 공존해왔다.

이렇듯 명민하고 긍지 높고 용기와 신앙과 상상력을 가진 그들에게 다가올 왕의 이야기를 하면 희망으로 눈을 빛냈다. 로마를 타도할 전능하신 왕의 이야기는 벤허의 계획에 가담할 이유로는 지나칠 만큼 충분할 정도였다. 게다가 그 왕은 로마 황제보다 넓은 영토를 갖고, 솔로몬보다 고상하고, 게다가 그 지배는 영원히 계속된다고 한다. 이런 호소에 마음이 움직이지 않을 갈릴리인은 없다. 모두 기꺼이 몸과 마음을 내던지겠다고 맹세했다. 벤허는 예언에 대해 이야기하고, 안디옥에서 주님의 도래를 애타게 기다리고 있는 발타사르에 대해 이야기했다. 갈릴리 사람들에게도 구세주의 재림은 오랫동안 들어서 익숙해진 꿈이었기 때문에, 전능하신 왕의 출현이 임박한 것을 믿었다.

겨울이 지나고 봄이 왔다. 초여름을 생각나게 하는 비도 내렸다. 서쪽 바다가 가져오는 단비였다. 이때쯤에는 벤허의 고생도 성과를 거두어 군단이 순조롭게 정비되었다.

"왕은 언제 와도 좋다. 왕좌를 어디에 둘 것인지만 지시해주면 된다. 왕을 지키기 위해 언제라도 칼을 들고 일어설 수 있다." 벤허는 자신에게도 그렇게 들려주고, 동료들에게도 그렇게 말했다. 그들은 벤허를 유다의 자손으로 우러러보고 있었다.

어느 날 저녁, 벤허가 드라고닛 부근의 동굴에서 야영하고 있는 동료들과 함께 동굴 입구에서 쉬고 있을 때 아랍인 심부름꾼이 왔다. 심부름꾼이 가져온 봉투를 열자 말루크의 편지가 들어 있었다.

사람들이 엘리야라고 부르는 선지자가 나타났습니다. 오랫동안 황야에 살고 있었다는데, 우리 눈에도 선지자로 보입니다. 말하는 것도 선지자답고, 우리가 애타게 기다리고 있는 분은 선지자보다 더 무거운 짐을 짊어진 분인데 이제 곧 나타나실 거라고 설교하고 있습니다. 그 선지자는 지금 요단 강 동쪽에서 그분이 도착하기를 기다리고 있습니다. 나도 가서 그분의 이야기를 듣고 왔는데, 그가 기다리고 있는 분은 당신이 기다리고 계시는 왕이 분명합니다. 당신이 직접 가서 확인해주세요.

3월 19일, 예루살렘에서
말루크

"여러분, 마침내 기다리고 기다리던 때가 왔다. 왕의 도래를 알리는 예고자가 나타나 드디어 주님의 도래하심을 예고했다."

벤허는 얼굴을 붉게 물들이며 기뻐했다.

말루크의 편지가 큰 소리로 낭독되었고, 그것을 들은 동지들도 똑같이 기뻐했다.

"자, 준비하자. 내일 아침에 각자 고향으로 돌아가 부하들을 모으고 이것을 전해라. 그리고 내 명령이 떨어지는 즉시 언제라도 출동할 수 있도록 준비해달라. 나는 왕이 정말로 거기까지 와 계시는지 확인하러 가겠다. 그동안 예언의 성취가 다가온 것을 기뻐해달라."

이렇게 말하고 벤허는 동굴에 들어가 일데림 족장과 시모니데스에게 편지를 썼다. 편지에서 그는 그들에게 이 기쁜 소식을 알리고 예루살렘에 가는 목적을 밝혔다. 날이 저물고 별빛으로 방향을 알 수 있게 되자마자 벤허는 길을 안내할 아랍인과 함께 요단으로 떠났다. 대상들이 랍밧암몬과 다메섹 사이를 오갈 때 이용하는 길을 따라갈 작정이었다.

2
재회

벤허는 예상하기를, 새벽녘에는 사막을 벗어난 안전한 곳에서 잠시 휴식을 취할 수 있을 거라고 생각했다. 하지만 동이 트기 시작했는데도 그는 여전히 사막에 있었다. 안내인은 이제 곧 큰 바위로 차단되어 생긴 작은 골짜기에 도착하는데, 그곳에는 샘이 솟고 뽕나무도 자라고 말이 먹을 풀도 충분하다고 말했다.

　벤허가 이윽고 일어날 놀라운 사건, 국가와 민족에게 일어날 커다란 변화를 이것저것 생각하고 있을 때, 끊임없이 주위를 경계하고 있던 안내인이 뒤에서 누군가가 오고 있다고 알렸다. 사막을 아무리 둘러보아도 새벽빛으로 서서히 노랗게 물들어가는 모래 물결밖에 보이지 않고, 초록색을 띤 것은 아무것도 보이지 않았다. 아무것도 없는 이런 곳에서는 움직이는 것을 쉽게 발견할 수 있었다.

　"사람이 타고 있는 낙타인 것 같습니다." 안내인이 말했다.

　"한 마리뿐인가?"

　"그것뿐입니다. 아니, 말 탄 사람도 있군요. 아마 몰이꾼이겠지요."

잠시 후 벤허는 그것이 유난히 커다란 흰색 낙타라는 것을 알았다. 그는 다프네 숲의 샘에서 본 발타사르와 이라스를 태운 훌륭한 낙타를 생각해냈다. 그 낙타라고밖에는 생각할 수 없었다. 그 아름답고 매혹적인 이집트 아가씨를 머리에 떠올리자 저도 모르는 사이에 벤허의 걸음이 느려졌다. 그리고 오래지 않아 낙타 위의 가마에 탄 두 사람의 모습이 보였다. 그 두 사람이 발타사르와 이라스라고 생각할 새도 없이 낙타가 벤허를 따라잡았고, 방울 소리도 들려왔다. 호화로운 가마와 언제나 이라스를 수행하는 에티오피아인이 보이는가 했더니, 곧이어 이라스 자신이 차양을 들어 올리고 모습을 나타냈다. 그 눈동자는 놀라움과 호기심으로 빛나고 있었다. 발타사르가 가느다란 목소리로 "주님의 가호가 있기를!" 하고 인사했고, 벤허도 답례했다.

"나이가 들어 눈이 나빠지긴 했지만, 일데림 족장 댁에서 만난 벤허가 아닌가?"

"이집트인 현자이신 발타사르 님이시군요. 사부님의 성스러운 예언 덕에 이런 사막에서 만나게 되었을 겁니다. 그런데 어디까지 가십니까?"

"예루살렘까지 간다네. 알렉산드리아까지 가는 대상과 함께 왔지만, 경호를 맡고 있는 로마 병사들이 꾸물거리고 있어서 오늘 아침 일찍 일어나 먼저 길을 떠났지. 도중에 도적을 만나도 두렵지 않네. 나는 여기 일데림 족장의 인장을 갖고 있으니까. 맹수를 만나면 주님께 모든 것을 맡길 수밖에."

"족장님의 인장이 있으면 사막 어디에 가져도 걱정할 게 없습니다. 그리고 낙타의 왕인 이 녀석의 걸음을 따라잡을 수 있을 만큼 빠른 사자는 존재하지 않습니다." 이렇게 말하면서 벤허는 낙타의 목을 쓰다듬었다.

노인과 이야기하고 있는 동안에도 벤허의 시선은 자주 이라스에게 쏠렸고, 이라스의 미소를 황홀하게 바라보고 있었다.

"낙타한테 뭔가 먹게 해주고 싶군요. 아무리 낙타의 왕이라 해도 배가 고플 때도 있을 것이고, 두통도 앓겠지요. 벤허 님, 이 근처에 샘이 있는 곳을 모르세요? 아침 식사를 하고 싶군요." 이라스가 말했다.

"물론 그러시겠죠. 조금만 더 참으시면 가까이에 샘이 있습니다. 시원하고 맛있는 물이지요. 자, 어서 갑시다." 벤허는 기뻐하며 대답했다.

"사례로 시내에서 구운 빵과 다메섹에서 만든 버터를 드릴게요."

"고맙습니다. 자, 어서 갑시다."

좀 더 가자 와디가 있고, 안내인을 따라 오른쪽의 좁은 샛길로 들어가자 최근에 내린 비로 길이 부드러워져 있는 곳에 이르렀다. 길은 곧 넓어졌고, 비가 내렸기 때문에 일시적으로 넘친 물에 떠밀려 온 바위로 땅바닥에 골이 져 있었다. 그 길을 조금 가자 골짜기가 아름답게 펼쳐져 있었다. 나무나 풀이 없이 온통 누런 사막에서 갑자기 푸른 골짜기로 들어가자 마치 낙원을 발견한 것 같았다. 여기저기에 맑고 시원한 시냇물들이 갈대에 둘러싸인 초록빛 섬들 사이를 누비며 실처럼 구불구불 흐르고 있었다. 요단 강의 바닥 깊이 뿌리를 뻗고 있는 협죽도가 별처럼 피어서 주위를 환하게 밝히고 있었다. 거대한 야자나무 한 그루가 높이 솟아 있었다. 암벽 기슭은 담쟁이덩굴로 덮여 있고, 왼쪽의 절벽 밑에는 뽕나무가 자생하고 있었다. 마치 샘은 바로 저기에 있다고 말하는 것 같았다. 울고 있는 메추라기와 다른 새들에게는 눈길도 주지 않고 안내인은 벤허 일행을 샘으로 안내했다.

절벽 틈새에서 물이 솟아나오고 있었다. 샘 주위는 누군가가 아치 모양으로 파놓았고, 그 위에 라틴어로 '신'이라는 글자가 새겨져 있었다. 그 물을 마신 누군가가 예정보다 오래 머물면서 신에게 감사하는 마음으로 그 글자를 새겼을 것이다. 그 샘에서 물은 기세 좋게 솟아나와 밝은 얼룩무늬가 있는 부들에 맞고 튀어 오른 다음 유리처럼 맑은 못으로 떨어지고 있었다. 물은 나무들을 적시고 모래밭으로 사라져간다. 그 못 주위에 두세 개의 좁은 길이 보였다. 다른 곳은 발에 짓밟힌 흔적이 없었지만, 안내인은 한 번 보고는 못으로 들어가도 괜찮다고 판단했다. 수행한 에티오피아인은 곧 말에서 내리더니 발타사르와 이라스가 낙타에서 내리는 것을 도와주었다. 낙타에서 내리자마자 발타사르는 동쪽을 향해 손을 맞잡고 기도를 드렸다.

"물잔을 가져와." 이라스가 한시도 기다릴 수 없다는 듯이 말했기 때문에, 하인은 서둘러 수정 물잔을 꺼내 이라스에게 건네주었다.

"물을 떠 드릴게요." 이라스는 말하고, 벤허와 함께 샘까지 걸어갔다.

벤허는 물을 뜨려고 했지만 이라스가 그것을 막았다. 그녀는 무릎을 꿇고 물잔을 흐름 속에 담가서 물을 뜬 다음, 첫 잔을 벤허에게 내밀었다.

"천만에요. 첫 잔은 당신이 먼저 드셔야죠." 벤허는 아가씨의 커다란 눈동자를 바라보면서 그 아름다운 손을 밀쳐냈다.

"우리 나라에서는 이렇게 말해요. '왕의 대신이 되기보다는 행운아에게 술을 따라주는 사람이 되라'고 말이에요." 이라스는 자기 방식을 고집했다.

"행운아라고요?" 벤허는 의아한 표정과 목소리로 물었다.

"그래요. 안디옥 경기장에서 승리하신 건 행운아의 표시예요. 로마인을 칼로 쓰러뜨린 것은 또 하나의 표시죠."

벤허의 볼이 붉어졌다. 이라스가 자기한테 관심을 갖고 지켜봐준 것이 기뻤다. 하지만 다음 순간 기쁨은 의심으로 바뀌었다. 안디옥의 결투는 평판이 나서 누구나 알고 있지만, 그 승자의 진짜 이름을 아는 사람은 말루크와 일데림과 시모니데스, 세 사람뿐이다. 누가 이 여자에게 비밀을 누설했을까. 벤허는 놀라움과 기쁨이 뒤섞여 당혹스러웠다. 그것을 알아차린 이라스는 물 위에 잔을 올려놓고 말했다.

"이집트의 신들이여, 여기에 한 사람의 영웅을 주신 것을 감사드립니다. 이데르네 저택에서 희생된 사람이 저의 이 영웅이 아니었던 것에 감사드립니다. 성스러운 신들에게 건배!" 큰 잔의 물을 흐름 속에 조금 돌려놓고, 나머지 물을 다 마신 이라스는 수정 물잔을 입술에서 떼고 그에게 미소를 던졌다.

"벤허 님, 아주 간단히 한 여자의 포로가 되는 게 아주 용감한 사람의 방식이죠? 자, 이제 잔을 들고 저를 위해 그 잔 속에서 즐거운 말을 찾을 수 없는지 봐주세요."

잔을 받아 든 벤허는 샘 쪽으로 허리를 숙였다.

"이스라엘 민족에게는 물이나 술을 따라서 바칠 신이 없습니다." 그는 말하고 물과 장난치는 척하며 점점 커져가는 의심을 감추었다. 이 이집트 아가씨는 나에 대해 어디까지 알고 있을까? 시모니데스와의 관계는 알고 있을까? 일데림과의 밀약은 알고 있을까? 그의 마음은 의심으로 가득 찼다. 누군가가 그를 배신하고 중대한 비밀을 누설하고 있다. 게다가 두 사람은, 그 비밀이 누설되면 가장 위험한 예루살렘으로 가고 있다. 그에게도 동지들에게도 예루살렘은 가장 위험한 곳이다. 도대체 이라스는 그의 편일까, 아니면 적이 편일까. 이런 생각이 순식간에 벤허의 뇌리를 스쳤지만, 차가워진 잔에 물을 가득 채운 벤허는 아무 일도 없었던 것처럼 일어섰다.

"내가 이집트인이나 그리스인이나 로마인이었다면 이렇게 말할 겁니다. 신들이시여, 이 세상의 재난과 악업에도 불구하고 아름다움의 매력과 사랑의 위안을 주신 것을 감사드립니다. 이 두 가지를 겸비한 나일 강의 처녀 이라스 아가씨를 위해 건배!" 그는 잔을 높이 들어 올렸다.

"당신은 율법을 어겼어요. 당신이 물을 바친 신들은 당신들에게는 가짜 신이에요. 랍비한테 이를까요?" 이라스는 그의 어깨에 살며시 손을 올려놓았다.

"훨씬 중대한 것을 많이 알고 있는 사람에게는 그런 건 하찮은 일입니다." 벤허는 웃으면서 대꾸했다.

"그러면 안디옥의 상인 저택에서 장미를 키워 주위를 환하게 밝히고 있는 유대 아가씨한테 이를까요? 랍비들한테는 당신이 반성하지 않는다고 이르고, 그 아가씨한테는……."

"그 사람한테는 뭐라고……?"

"당신이 나를 위해 건배할 때 하신 말씀을 그대로 옮기고……."

벤허는 이집트 아가씨가 말을 계속하기를 기다리며 가만히 듣고 있었다. 그 순간, 언제나 시모니데스 옆에서 벤허가 보낸 편지를 듣거나 때로는 읽고 있는 에스더가 생각났다. 이데르네 저택 사건도 그는 에스더 앞에서 시모니데스에게 말했다. 에스더와 이라스는 서로 아는 사이였고, 이라스는 교활하고 세상 물정에 밝지만 에스더는 소박하고 정이 많다. 이라스는 에스더를 자기 마음대로 조종할 수 있다. 시모니데스와 일데림이 비밀을 누설하는 것은 있을 수 없는 일이니까, 에스더가 이 아가씨한테 말했을까? 에스더를 책망할 생각은 아니었지만 의심이 생겼다. 한번 마음에 뿌리박은 의심은 잡초처럼 순식간에 퍼져갔다.

그가 이라스에게 대답하기 전에 발타사르가 못으로 왔다.

"자네한테 정말로 큰 신세를 졌네." 발타사르가 공손히 말했다. "이 골짜기는 참으로 아름답군. 풀, 나무들, 그늘이 기분 좋게 우리를 초대하고 있는 것 같아. 샘물은 마치 다이아몬드처럼 반짝이며 주님의 기쁨을 노래하고 있지. 자, 사례로 식사를 대접할 테니, 이제 저쪽에서 우리와 식사를 함께하지 않겠나?"

"우선 제 잔을 받아주십시오."

벤허는 잔에 물을 길어서 발타사르에게 내밀었다. 하인은 서둘러 깔개를 펴고, 모두 손을 씻은 뒤 동방식으로 천막에서 식사를 했다. 옛날 세 명의 동방박사가 식사할 때처럼.

3
영혼의 불멸

천막은 시원한 나무 그늘에 세워졌다. 물이 졸졸 흐르는 소리가 끊임없이 들리고, 머리 위에는 커다란 나뭇잎이 펼쳐져 있고, 화살처럼 수직으로 자라는 야자수들이 멀리 어렴풋이 보였다. 이따금 보금자리로 돌아가는 벌들이 응달을 가로지르고, 들메추라기가 울면서 덤불에서 뛰쳐나왔다. 푸른 골짜기의 편안한 분위기, 상쾌한 공기, 아름다운 정원 같은 경치, 안식일 같은 고요함, 이런 것들이 늙은 이집트인의 마음에 스며드는 것 같았다. 그 때문인지 그의 목소리와 몸짓과 태도에도 여느 때와는 다른 상냥함이 담겨 있었다. 이라스와 이야기하고 있는 벤허에게도 자애로운 눈길을 던지고 있었다.

"보아하니 자네도 예루살렘 쪽으로 가는 것 같은데?" 식사가 거의 끝나자 발타사르가 물었다.

"맞습니다."

"되도록 지름길을 택할 생각이지만, 랍밧암몬 길보다 더 가까운 길은 없나?"

"길은 험하지만, 거라사와 야베스길르앗을 지나는 게 지름길입니다. 저는 그 길로 갈 작정입니다."

"나도 서두르고 있네. 실은 요즘 똑같은 꿈을 계속해서 꾸고 있는데, '서둘러. 어서 일어나. 네가 그렇게 오랫동안 기다린 사람이 가까이에 있다' 하는 목소리만 꿈속에서 들린다네."

"그건 '유대인의 왕'이 되실 분이 이제 곧 오신다는 뜻인가요?" 벤허는 놀라서 노인을 가만히 바라보며 물었다.

"그런 것 같네."

"그 말 말고는 아무것도 듣지 못하셨습니까?"

"꿈속에서 예고가 있을 뿐, 다른 데서는 아무것도 듣지 못했네."

"그러면 이 편지를 읽어보세요. 사부님도 저와 마찬가지로 기뻐하실 겁니다."

벤허는 말루크의 편지를 꺼내 건네주었다. 소리 내어 읽어 내려가는 동안 편지를 쥔 발타사르의 손이 격렬하게 떨리기 시작했다. 감정이 고조되면서 연약했던 목덜미의 혈관이 부풀어 올라 고동치고 있었다. 편지를 다 읽자 젖은 눈으로 주님에게 감사 기도를 올렸다. 그 편지에 대해 물어볼 것도 없고 의심도 하지 않는다는 태도였다.

"오, 자애로운 주님, 다시 한 번 구세주를 만나 경배하게 해주소서. 그러면 언제라도 편안하게 부름에 응하겠나이다."

발타사르의 소박한 기도와 태도에 벤허는 감동했다. 이만큼 생생하고 친근하게 주님을 느낀 적은 한 번도 없었다. 마치 주님을 그 자리에서 우러러보고 있거나 아니면 주님이 바로 곁에 앉아 있는 것처럼 느껴졌다. 주님은 친구처럼 가깝고, 아이가 말을 거는 아버지처럼 친근한 존재였다. 유대인에게도 이방인에게도, 주님은 랍비나 설교자나 교사 같은 매개자를 필요로 하지 않는 보편적인 아버지 같았다. 주님이 왕을 보내는 게 아니라 영혼의 구세주를 이 세상에 보내신다는 생각은 새로울 뿐 아니라 명백하게도 여겨졌기 때문에, 그런 구세주를 갈망하게 되었다. 그런 구세주를 우리에게 보내시는 주님의 마음도 이해할 수 있을 것 같았다. 그래서 벤허는 저도 모르게 발타사르에게 물었다.

"사부님은 그분을 왕이 아니라 구세주로 생각하십니까?"

"무슨 뜻인가?" 발타사르는 자애롭고 사려 깊은 눈길을 벤허에게 돌리고 되물었다.

"그러니까 사부님은 그분을 로마 황제 같은 왕이 아니라 구세주로, 즉 세계를 지배하는 게 아니라 사람의 마음을 지배하시는 분으로 생각하시죠? 그게 우리의 차이점입니다."

"그렇고말고. 지금도 그렇게 생각하고 있다네. 자네는 현세의 왕을 만나러 가고 있지만 나는 영혼의 구세주를 만나러 가려고 하네. 여기에 우리 신앙의 차이점이 있지."

벤허는 가만히 생각에 잠겼다. 그것은 너무나 고상해서 단순한 말로는 풀 수 없을 만큼 미묘한 문제로 보였다.

늙은 이집트인이 말하기 시작했다.

"자네가 내 신념을 분명히 이해할 수 있도록 도와주겠네. 내가 기다리고 있는 영혼의 왕국 설립이 로마 황제 같은 영예보다 모든 면에서 얼마나 더 훌륭한지를 이해하면, 우리가 함께 맞이하려 하고 있는 그 불가사의한 분에게 내가 관심을 갖는 이유를 이해할걸세.

사람은 누구나 영혼을 갖고 있네. 이것이 어디서부터 시작되었는지는 모르지만, 아마 아담과 이브가 에덴동산을 나왔을 때는 이미 영혼이 있었을걸세. 그리고 그 영혼은 결코 사라지지 않아. 영혼을 잃어버린 사람도 있지만, 주님은 이따금 지혜로운 사람을 이 세상에 보내서 사람들이 신앙과 희망을 되찾도록 배려해주신다네.

벤허, 왜 우리한테는 영혼이 있을까? 그걸 잘 생각해보게. 사후 세계에서도 사람들은 더 나은 약속을 바라고 있네. 사람이 죽으면 기념비 따위는 모두 헛된 것일세. 조각상도 역사도 마찬가지야. 어느 이집트 왕은 단단한 바위에 제 모습을 새기게 하고, 날마다 전차를 타고 작업 상황을 보러 갔다네. 마침내 완성된 조각상은 아주 컸고 영원불멸로 여겨질 정도였지. 표정까지도 왕과 비슷했어. 그때 왕은 자랑스럽게 말했다네. '죽음이여, 오라. 여기 나를 위한 내세가 있다.' 왕의 소원은 이루어져서 그 조각상은 지금도 거기에 있다네.

그럼, 왕이 확보한 내세는 뭘까? 그것은 사람들의 기억, 커다란 흉상의 이마를 비추는 달빛처럼 실질이 없는 영광, 돌이 말하는 이야기, 그것뿐일세. 사막 속에 있는 그 조각상은 이미 다른 것만큼 훌륭하지 않아. 한편 왕은 어떻게 되었을까? 그 조각상이 있는 왕가의 무덤에 미라가 되어 누워 있다네. 하지만 왕 자신은 어디에 있을까? 왕은 없어졌을까? 지금 살아 있는 우리처럼 왕이 살아 있었던 것은 무려 2천 년 전 일일세. 왕이 마지막으로 들이마신 숨은 왕 자신의 종말이었을까? 그렇다고 대답하는 것은 주님을 규탄하는 일이야. 우리 모두 사후에 얻을 수 있는 보다 나은 삶을 받아들이세. 진정한 목숨이란, 언젠가 사라질 기억 이상의 감정이나 권력에 가득 찬 변덕스러운 인생에 어떤 변화가 일어나도 영원히 변치 않는 목숨이라네.

주님의 뜻은 무엇일까? 태어났을 때 누구나 영혼을 받고, 영혼만이 불멸일세. 그게 주님의 섭리야. 우리가 영혼을 갖고 있다는 건 얼마나 멋진 일인가? 죽음이란 더 좋은 곳으로 옮아 가는 거니까, 죽음을 두려워할 필요는 없네. 매장도 씨를 심는 거나 마찬가지일세. 나를 보게. 늙어서 몸은 시들고 얼굴은 주름투성이에다 목소리는 쉬고 오감은 둔해졌네. 하지만 다음 세계에서 무덤의 문이 열렸을 때 나는 어떻게 될까? 우주의 신전으로 통하는 보이지 않는 문이 활짝 열려 낡아빠진 거죽만 남은 내 몸을 받아들이고, 나는 해방된 불멸의 영혼이 될 것일세.

나는 다가올 삶의 황홀감을 말할 수 있다네. 내가 아무것도 모른다고는 말하지 말게. 나는 이것밖에 모르지만, 이걸로 충분해. 불멸의 영혼은 그런 만큼 더욱 신성한 것일세. 먼지도 없고 더러움도 없다네. 공기보다 섬세하고 빛보다 불가지하고 본질보다 더 순수한 것, 그것이 절대적으로 정화된 삶일세.

벤허, 이만한 것을 알고 있는데 그 이상의 것을 논쟁할 필요가 어디 있겠나? 영혼은 어디에 있고 어떤 형태를 취하고 있는지에 대한 논쟁은 아무 필요도 없네. 그저 주님을 믿을 뿐. 이 세상의 아름다운 것은 모두 주님이 만든 것일세. 주님은 창조주야. 백합을 하얗게, 장미를 붉게, 자연의 음악을 연주하고 모든 것을 우리를 위해 만드셨네. 내세가 어떤 것인지, 그저 주님에게 맡길 뿐이지. 주님은 나를 사랑해주신다네. 그것만은 잘 알고 있지.”

노인은 말을 끊고 떨리는 손으로 잔을 비웠다. 그동안 이라스와 벤허는 같은 기분으로 말없이 듣고 있었다. 벤허는 어둠 속에 빛이 비쳐 드는 듯한 기분, 전에는 보이지 않았던 것이 보이기 시작한 듯한 기분을 느꼈다. 영혼의 왕국이 지상의 제국보다 중요하다. 요컨대 구세주는 가장 위대한 왕보다 신에 가까운 존재이고, 신이 우리에게 주시는 존재다.

발타사르는 다시 말을 이었다.

“고통에 가득 찬 이 세상의 짧은 생명과 완전하고 영원히 지속되는 영혼의 생명 가운데 어느 쪽을 바라는가. 이 질문을 잘 생각해보게. 양쪽 다 똑같이 행복하다면, 1년보다 한 시간을 바랄까? 지상에서의 70년과 주님과의 영원한 삶은 어떨까? 그런 식으로 생각해서, 내가 다음에 이야기할 사실의 의미를 생각해주게. 우려할 만한 일이지만, 영혼의 생명을 이 세상에서 잃어버린 빛처럼 생각하는 사람이 있다네. 여기저기서 영혼에 대해 이야기하는 철학자가 있을지 모르지만, 철학자는 신앙에 대해서는 언급하지 않아. 그들은 영혼의 존재는 인정하지만, 거기에 작용하고 있는 주님의 섭리에 대해서는 전혀 모른다네.

생명이 있는 것은 모두 지능을 갖고 있다네. 하지만 인간에게만 미래를 생각하는 지능이 주어져 있다는 것은 아무 의미도 없는 일일까? 그건 주님이 보다 나은 내세를 위해 우리를 창조했다는 것을 보여주고 있다고 생각하네. 하지만 사람들은 마치 지금이 전부인 것처럼 살고 있지. 게다가 이런 말까지 해. '죽으면 끝이야. 설령 저 세상이 있다 해도, 아무도 모르니까 신경 쓸 것 없어.' 그리고 죽을 때가 와도 내세의 영광을 기쁘게 맞이하지 않아. 사람의 진정한 행복은 주님의 세계에서 보내는 영원한 삶이라네. 사람들은 이 세상사에 지나치게 번민하고, 내세를 잊고 있네. 어느 쪽이 중요한지 알겠지?"

여기서 발타사르는 동행이 있는 것도 잊고 무아지경에 들어간 것 같았다.

"이 세상에는 많은 문제가 있고, 그 문제를 풀려고 평생을 바치는 사람도 있다네. 하지만 내세의 문제에 비하면 그건 아무것도 아닐세. 주님을 아는 것보다 더 중요한 일이 있을까? 내가 죽을 때는 일련의 기적이 아니라 주님의 비밀이 조금이라도 내 앞에 밝혀질 걸세. 가장 무서운 힘—지금 우리는 그 힘을 생각만 해도 두려움에 몸을 움츠리지—은 육지로 우주 공간의 가장자리를 두르고, 어둠을 비추고, 아무것도 없는 곳에서 우주를 만들었다네. 모든 곳이 열리고, 나는 성스러운 지식으로 넘칠 걸세. 영광과 기쁨을 맛보고, 자신의 존재를 즐길 수 있을 거야. 그때 주님이 나에게 '영원히 나를 섬겨라' 하고 말씀하신다면 더없는 기쁨이 되겠지. 이 세상의 어떤 기쁨이나 희망도 이 기쁨에 비하면 작은 종소리에도 미치지 못할 것일세."

발타사르는 황홀경에서 깨어난 것처럼 말을 멈추었다. 벤허에게는 그의 이야기 자체가 영혼의 말처럼 들렸다. 발타사르는 상냥한 표정으로 다시 입을 열었다.

"미안하지만, 영혼의 왕국이 어떻게 뛰어난지는 직접 판단해주게. 나는 그 기쁨에 대해 지나치게 많이 말해버렸지만, 사실은 내 신앙에 대해 말할 작정이었을 뿐이라네. 직접 진실을 찾아주게. 우선 죽은 뒤에 우리가 가게 될 내세의 훌륭함을 생각해주게. 그리고 그 생각에 의해 눈을 뜬 감정이나 충동에 주의를 기울이게. 그것들은 자네 자신의 영혼이고, 자네를 올바른 길로 인도하기 위해 애쓰고 있으니까. 그런 다음에는 내세가 사라진 빛에 비유될 만큼 불확실해진 사실을 생각해주게. 말로는 잘 표현할 수 없지만, 자네가 그것을 찾으면 나와 같은 기쁨을 맛볼 수 있을 걸세. 그리고 구세주가 이 세상의 왕보다 훨씬 위대하고 필요한 존재라는 것을 알게 될 것이야. 우리가 지금 만나러 가는 분은 자네가 바라는 것과는 달리 칼을 든 병사도 아니고 왕관을 쓴 군주도 아닐세.

자네는 좀 더 구체적인 것, 즉 한 번 보기만 해도 그분이라는 걸 어떻게 알 수 있느냐고 묻고 싶겠지. 자네가 아직도 다가올 왕이 헤롯 왕 같은 분이라고 생각한다면, 그분은 보라색 곤룡포를 입고 왕권의 상징인 홀을 쥐고 있겠지. 반면에 내가 찾고 있는 분은 어디에나 있는 초라하고 허름한 차림을 하고 있어서 분간하기가 쉽지 않다네. 하지만 그분은 나에게, 그리고 모든 사람에게 영생으로 가는 길을 보여주실 걸세. 아름답고 순수한 영혼의 삶으로 가는 길을 말일세."

벤허와 이라스는 말없이 듣고 있었다. 발타사르는 다시 입을 열었다.

"자, 출발함세. 지금 이야기한 것 때문에 그분을 더욱더 빨리 만나고 싶어졌다네. 재촉해서 미안하지만, 이해하시게."

이 말을 들은 하인은 가죽 주머니에 든 포도주를 그들에게 나누어주고, 서둘러 천막을 접고 짐을 실었다. 안내인이 말을 준비하고 있는 동안 세 사람은 물가에서 몸을 깨끗이 씻었다. 출발 준비가 갖추어지자 그들은 다시 사막으로 나가서, 먼저 갔을지도 모르는 대상들을 따라잡기로 했다.

4
유혹

사막에 길게 늘어선 대상 행렬은 그림이 되지만, 그 움직임은 실제로는 마치 게으른 뱀 같다. 느릿느릿 나아가는 모습은 참을성이 강한 발타사르조차 참을 수 없을 만큼 고통스러운 것이었다. 그래서 발타사르의 의견에 따라 그들만 앞서가기로 했다.

독자 여러분이 젊은 사람이거나 젊은 시절의 로맨스에 향수를 느끼는 사람이라면, 느릿느릿 나아가는 대상 행렬이 아지랑이가 피어오르는 사막 저편으로 사라졌을 때 벤허가 이집트 아가씨 옆에서 느낀 기쁨을 이해할 것이다. 솔직히 말하면 벤허는 이라스의 존재에 어떤 매력을 느끼고 있었다. 그녀가 높은 가마 위에서 내려다보면 그는 서둘러 그녀에게 다가갔다. 그녀가 말을 걸어올 때마다 그의 가슴은 고동치고, 그녀의 마음에 들고 싶은 충동에 사로잡혔다. 여행하는 도중에 마주치는 것은 아무리 하찮은 거라도 그녀가 관심을 보이는 순간 흥미로운 것으로 변했고, 하늘을 날아가는 검은 제비도 그녀가 손가락으로 가리키면 후광 속으로 사라졌다. 타는 듯한 모래 속에서 운모나 수정 조각이 반짝 빛나면, 그녀의 한마디에 벤허는 말머리를 돌려 그것을 주워 왔다. 그녀가 실망하여 그것을 내던져도 고생을 마다하지 않았고, 다만 그것이 무가치한 것을 슬퍼했을 뿐이다. 혹시라도 루비나 다이아몬드가 떨어져 있지 않을까 하고 계속 찾기까지 했다. 희미하게 보이는 먼 산맥도 그녀가 경탄하면서 칭찬하면 새삼 아름다워 보였다. 이따금 가마의 차양이 내려지면 갑자기 하늘에서 어두운 장막이 내려온 것처럼 모든 것이 생기를 잃었다. 이렇게 이라스와 동행하게 된 뒤로는 고독한 사막여행이 가슴 설레는 즐거운 여행이 되었지만, 벤허는 그 기쁨에 잠긴 나머지 다가오는 위험에는 무방비 상태였다.

사랑은 논리가 통하지 않고, 수학처럼 명쾌하게 결론지을 수 있는 것도 아니다. 이라스가 여성의 매력을 교묘히 이용하여 자기가 원하는 결과를 얻는 것은 당연한 일이었다.

좀 더 분명히 말하면 이라스는 벤허를 제 마음대로 조종할 수 있다는 것을 꿰뚫어 보고 있었다. 아침부터 금화가 달린 액막이 그물을 머리에 감고, 이마와 볼과 푸른빛이 도는 비단결 같은 검은 머리에 금빛 술이 교묘하게 걸리게 했다. 그리고 반지와 팔찌, 귀고리, 진주 목걸이로 몸을 장식하고, 금실로 수놓은 숄을 두르고, 게다가 목과 어깨에는 인도 레이스로 만든 작은 스카프를 감아서 아름답게 치장했다. 모두 벤허의 마음을 끌기 위해서였다. 플루트처럼 울리는 목소리, 교태를 머금은 웃음, 반짝반짝 빛나는 눈동자로 이따금 던지는 추파. 안토니우스를 유혹한 클레오파트라조차도 그녀의 아름다움에는 빛이 바래버릴 정도였다.

태양이 바산 고원 능선에 떨어질 무렵, 일행은 아빌레네의 맑은 물웅덩이에 도착했다. 그들은 곧 천막을 치고 식사를 한 뒤 밤을 보낼 준비를 했다.

한밤중의 불침번은 벤허였다. 그는 창을 손에 들고 꾸벅꾸벅 조는 낙타 옆에 서서 별들을 쳐다보거나 희미한 지평선을 바라보고 있었다. 따뜻한 바람이 산들거리며 지나가는 조용한 밤이었다. 벤허는 어떤 방해도 받지 않고 이집트 아가씨를 생각하고 있었다. 그녀의 매력을 하나하나 생각해냈다. 이따금 그녀가 어떻게 그의 비밀을 알았는지, 그렇게 알아서 어떻게 할 작정인지를 생각하기도 했지만, 그녀의 매력 앞에서 그런 생각은 오래

버티지 못하고 사라져버렸다. 그만큼 강한 유혹이었다. 그녀를 생각하며 유혹에 사로잡혀 있을 때, 밤에 보아도 아름다운 손이 그의 어깨에 살짝 놓였다. 흠칫 놀라서 뒤를 돌아보니 이라스가 서 있었다.

"벌써 잠자리에 드신 줄 알았는데요." 벤허가 말했다.

"잠은 노인과 아이를 위한 거예요. 나는 친구를 만나러, 밤의 장막에 걸려 있는 별을 보러 왔어요. 하지만 놀랐다고 고백하세요."

"이게 적의 손이었다면……." 벤허는 그의 어깨에서 미끄러져 내린 손을 잡고 놀란 얼굴로 말했다.

"적이라뇨? 아니에요. 적이 되려면 증오가 필요해요. 증오는 병이에요. 이시스 여신이 지켜주니까 나한테는 병이 가까이 오지 않아요. 어릴 때 축복을 받았으니까."

"당신의 말은 아버님과는 전혀 다르게 들리는군요. 신앙이 다른가요?"

이라스는 웃었다.

"아버지만 한 나이가 되어 아버지가 보신 것을 보면 나도 믿을지 모르죠. 하지만 젊은이한테는 신앙이 필요 없어요. 시와 철학만 있으면 충분해요. 술과 쾌락과 사랑의 시, 그리고 청춘의 어리석은 짓을 인정해주는 철학만 있으면 그 밖의 시와 철학은 사양하겠어요. 아버지가 믿는 신은 나한테는 너무 무서워요. 다프네 숲에도 로마에도 신은 없었어요. 하지만 부탁이 있어요."

"당신의 부탁을 거절할 수 있는 남자가 있을까요?"

"그럼 시험해볼게요."

"어서 말씀하세요."

"아주 간단해요. 난 당신을 돕고 싶어요." 이라스는 그에게 가까이 다가왔다.

"오오, 이집트! 하마터면 '사랑하는 이집트'라고 말할 뻔했군요. 그런데 당신네 나라에는 스핑크스가 살지 않나요?" 벤허는 웃으면서 쾌활하게 대답했다.

"그게 무슨 뜻이죠?"

"당신도 그 수수께끼의 하나라는 겁니다. 나는 잘 모르겠으니까, 당신을 이해할 수 있도록 단서를 좀 주세요. 나한테 어떤 도움이 필요하다는 거죠? 그리고 어떻게 당신이 나를 도울 수 있다는 거죠?"

이라스는 그에게 잡혀 있던 손을 빼고 낙타 쪽으로 돌아서서, 낙타의 괴상한 머리를 아름다운 미술품이라도 되는 것처럼 토닥이며 낙타에게 말을 걸었다.

"너는 당당하고, 그렇게 빨리 달릴 수 있고, 게다가 지구력도 뛰어나. 하지만 너도 길이 험하고 돌투성이에다 짐이 너무 무거우면 비틀거릴 때도 있어. 그래도 너는 사람의 말을 들으면 그 친절한 마음을 꿰뚫어 보고, 여자의 도움도 고맙게 받아들이지. 넌 착한 아이야. 너에게는 의심하는 마음이 없으니까." 이라스는 허리를 숙여 낙타의 넓은 이마에 입을 맞추었다.

벤허는 자신을 억누르고 냉정하게 말했다.

"비난하는 것도 당연합니다. 당신의 부탁을 거절한 것처럼 보일지도 몰라요. 하지만 내 경우에는 다른 사람들의 목숨과 재산이 걸려 있기 때문에 명예를 걸고 침묵을 지키지 않을 수 없습니다."

"아마 그렇겠죠. 알고 있어요." 이라스는 재빨리 대답했다.

"뭘 알고 있다는 거죠?" 벤허는 순간 흠칫 놀라서 상대를 바라보았다.

그러자 그녀는 웃으면서 대답했다.

"남자들은 왜 여자의 직감이 날카롭다는 걸 인정하려고 하지 않을까요. 오늘 하루 당신 얼굴을 보면서, 당신이 마음에 무거운 짐을 지고 있다는 걸 알았어요. 그래서 당신이 우리 아버지와 나눈 대화를 생각해냈죠."

벤허는 가슴이 두근거리고 맥박이 빨라졌다.

"헤롯 왕보다 훨씬 위대한 유대인의 왕을 찾으려 한다면서요?" 그녀가 말을 이었다.

벤허는 눈을 돌려 밤하늘의 별들을 바라보았다. 그리고 이라스와 눈이 마주쳤다. 서로 마주 본 채 그녀는 입김이 그의 입술에 닿을 만큼 바싹 다가왔다.

"아침부터 우리는 줄곧 꿈을 꾸었어요. 내가 내 꿈을 말하면 당신 꿈도 말해주실래요? 아니, 왜 잠자코 계세요?"

이라스는 금방이라도 돌아갈 것처럼 벤허의 손을 밀쳐내고 돌아섰다. 그는 그녀의 손을 꼭 잡고 말했다.

"가지 말아요. 자, 말해봐요."

그녀는 돌아와서 그의 어깨 위에 손을 올려놓고 몸을 기댔다.

"당신의 꿈을 말해줘요." 벤허가 말했다. "오오, 이집트여, 사랑하는 이집트여! 예언자라면 당신의 부탁을 거절할 수 있었을지 모르지만, 나는 당신의 뜻대로 하겠습니다."

이라스는 몸을 더 바싹 밀착시키고 그를 쳐다보며 천천히 말하기 시작했다.

"내가 꾼 꿈은 굉장한 전쟁이에요. 육지에서도 바다에서도 무기를 든 군대가 격렬하게 충돌해요. 카이사르와 폼페이우스, 옥타비아누스와 안토니우스의 싸움 같은……. 재와 모래 먼지가 피어올라 온 세상을 뒤덮어요. 로마는 흔적도 없이 사라지고 모든 영토는 다시 동방의 것이 돼요. 그 속에서 새로운 부족의 영웅이 태어나요. 지금까지 살았던 누구보다도 현명하고, 누구보다도 넓은 영토를 지배할 사람이에요. 나는 그 꿈에서 깨어나 나 자신에게 물었지요. 이 왕을 처음부터 가장 잘 섬긴 사람은 무엇을 받을 수 있을까 하고."

벤허는 또다시 주춤했다. 그 질문은 그가 온종일 생각하고 있던 것이었다. 그것은 그가 바라고 있던 이야기의 실마리로 안성맞춤이었다.

"그런가요? 알았습니다. 당신이 나를 도와주려는 것은 영토나 왕관 때문이군요. 당신만큼 현명하고 아름다운 여왕은 없을 겁니다. 당신이 꾼 것은 전쟁의 꿈뿐이고, 당신은 여자니까 싸움에는 도움이 안 되겠지만, 칼 이외의 다른 방법도 있지요. 그러면 당신이 어떻게 도와주실지 가르쳐주세요. 당신을 위해."

이라스는 그의 팔을 뿌리치면서 말했다.

"그 망토를 모래 위에 펼치세요, 나는 낙타한테 기대앉아서, 나일 강을 따라 알렉산드리아까지 전해진 이야기를 해드릴게요."

벤허는 그녀가 시키는 대로 망토를 모래 위에 펴놓고 창을 땅바닥에 꽂아 세웠다. 그녀가 망토 위에 앉자 그가 물었다.

"다음에는 뭘 할까요? 알렉산드리아에서는 이야기를 듣는 사람이 자리에 앉습니까, 아니면 서 있습니까?"

"마음대로 하셔도 돼요." 그녀는 편안하게 자리를 잡고 웃으면서 대답했다.

벤허는 순순히 모래 위에 길게 드러누워 그녀의 팔을 자기 목에 감았다.

"나는 들을 준비가 됐습니다."

그녀는 곧바로 이야기를 시작했다.

"이시스는 신들 중에서도 가장 아름다운 여신이고, 남편인 오시리스는 현명하고 강력한 신이었어요. 하지만 이따금 질투에 미칠 때가 있었죠. 신들도 애정에서는 인간과 마찬가지니까요.

이시스의 궁전은 달에 있는 가장 높은 산꼭대기에 있고, 은으로 되어 있었어요. 이시스는 거기서 종종 태양을 찾아갔지요. 황금으로 된 오시리스의 궁전이 태양 한복판에 있었으니까요. 그것은 지나치게 눈이 부셔서 사람들은 볼 수가 없었어요.

신들에게는 시간이라는 게 없지만, 어느 날 이시스가 황금 궁전 옥상에서 남편과 느긋하게 시간을 보내고 있을 때, 마침 우주 끝에서 하늘을 나는 독수리 등에 올라타고 원숭이 군대를 이끌고 있는 인드라를 보았어요. 인드라는 막 전쟁에 승리하고 돌아와서 아내 시타와 함께 느긋하게 쉬고 있었죠. 시타는 이시스 다음으로 아름다운 여신이었어요. 이시스는 일어나서 별을 엮어 만든 허리띠를 풀어서 시타에게 휘둘렀고, 시타도 기뻐하며 답례를 했죠. 그때 갑자기 밤의 장막이 그 두 여신을 가로막아 아무것도 보이지 않게 되었지만, 사실은 밤이 된 게 아니라 오시리스가 떨떠름한 표정을 지었을 뿐이에요.

오시리스는 일어나서 위엄 있게 말했어요.

'집으로 돌아가. 나는 내 일을 할 테니까. 완전하게 행복한 생물을 만들 거야. 당신 도움은 필요 없어. 집으로 돌아가.'

이시스는 사원에 있는 하얀 암소만큼 크고 온화한 눈을 갖고 있었어요. 그 눈빛은 추수기의 커다란 달 같았죠. 이시스는 웃으면서 일어나 말했어요.

'그럼, 안녕히 계세요, 주인님. 하지만 곧 나를 부르게 될 거예요. 내가 없으면 당신이 생각하는 완전하게 행복한 생물 따위는 만들 수 없으니까요.' 그리고 이번에는 진지한 얼굴로 덧붙였어요. '주인님, 내가 없으면 당신도 정말로 행복하지 않아요.'

그러자 오시리스는 '이제 곧 알게 되겠지' 하고 대답했어요.

이시스는 은으로 된 궁전으로 돌아가 옥상에서 뜨개질을 하면서 상황을 지켜보기로 했어요. 오시리스가 일을 하면 다른 신들이 일제히 맷돌을 돌리는 듯한 큰 소리를 내기 때문에, 그 요란한 소리에 가까이 있는 별들이 마른 콩깍지에서 콩알이 떨어지듯 툭툭 떨어졌어요. 소리가 울리고 있는 동안에도 이시스는 냉정하게 뜨개질을 계속해서 코를 놓치는 일이 없었어요.

오래지 않아 우주에 하나의 점이 나타나서 태양을 향해 점점 커지더니 이윽고 달만 한 크기가 되었어요. 그래서 이시스는 오시리스가 세계를 하나 창조할 작정이라는 걸 알았죠. 그런데 그것이 점점 커지더니 그녀의 달에까지 그림자를 던져 주위가 어두워졌기 때문에, 오시리스가 얼마나 화를 내고 있는지 잘 알 수 있었지요. 하지만 자기가 생각한 대로 결말이 날 거라고 확신했기 때문에 뜨개질하는 손을 멈추지 않았어요.

이렇게 해서 지구가 태어났죠. 지구는 처음에는 아무것도 없는 공간에 힘없이 매달려 있는 차가운 회색 덩어리에 불과했어요. 나중에 사막과 산과 바다로 나뉘었지만, 아직 빛을 내지는 않았어요. 그런데 강가에 무언가 움직이는 게 있었기 때문에, 이시스는 뭘까 하고 뜨개질하던 손을 멈추었어요. 그리고 그게 최초의 남자라는 걸 알았죠. 일어선 남자는 아주 아름다웠고, 지식의 증표인 작은 태양을 손에 쥐고 있었어요. 그 남자 주위에서는 지금 자연이라고 불리는 풀과 나무, 새와 동물, 벌레와 파충류까지 태어났죠.

남자는 한동안 행복했어요. 얼마나 행복한지, 이시스는 곧 알았어요. 오시리스가 일할 때 나는 요란한 소리에 섞여, 오시리스의 차가운 웃음소리와 함께 이런 외침 소리도 들려왔어요.

'당신 도움 따위는 필요 없어. 완전하게 행복한 이 생물을 봐.'

그래서 이시스는 다시 뜨개질을 계속했어요. 오시리스는 아주 강한 신이었기 때문에, 끈기 있게 기다릴 수밖에 없었어요. 이시스는 그 남자가 이런 생활에 만족할 리가 없다는 걸 알고 있었어요. 실제로 그랬지요. 오래지 않아 남자에게 변화가 일어났어요. 기운이 없어진 남자는 강가에 엎드린 채 언제나 우울한 얼굴을 하고 있었어요. 남자는 무엇에 대해서도 흥미를 잃어버렸죠. 그것을 본 이시스는 혼잣말로 중얼거렸어요.

'이 남자는 제 자신에게 싫증이 났군.'

또 무언가를 창조하는 요란한 소리가 나고 빛이 번쩍하더니, 차가운 회색의 지구가 색깔로 넘쳐흐르게 되었어요. 산들은 보라색, 평원의 초목은 초록색, 바다는 푸른색, 구름 색깔은 복잡하게 변화했죠. 남자는 벌떡 일어나 손뼉을 치며 기뻐했고 다시 행복해졌어요. 이시스는 뜨개질을 계속하면서 중얼거렸어요.

'좋은 생각이야. 당분간은 버티겠지. 이 세상의 단순한 아름다움만으로는 그 생물에게 충분치 않으니까, 주인님은 또 뭔가를 하지 않으면 안 될 거야.'

이시스가 그렇게 말했을 때 천둥처럼 큰 소리가 나면서 달이 흔들렸어요. 그것을 보고 이시스는 뜨개질하던 손을 멈추고 손뼉을 쳤어요. 그때까지 그 남자를 제외한 모든 것은 정해진 장소에 머물러 있었지만, 이제 비로소 움직이기 시작했죠. 새들은 즐겁게 날아다니고, 동물들은 큰 동물도 작은 동물도 모두 제멋대로 돌아다니고, 나무들은 고개를 끄덕이듯 초록빛 가지를 바람에 흔들리게 하고 있었어요. 강물은 바다로 들어가고, 바다에는 거친 파도가 일고, 바닷가에 밀려왔다 돌아가는 하얀 거품이 파도를 일으키고 있었어요. 그 위에 구름이 닻을 올리고 떠 있는 배처럼 흐르고 있었죠.

남자는 또 어린애처럼 일어나서 기뻐했어요. 오시리스는 기뻐하며 '하하하, 당신이 없어도 나는 잘해냈어' 하고 말했어요.

현명한 아내는 또 뜨개질감을 집어 들고 조용히 대답했죠.

'주인님, 좋은 생각이에요. 한동안은 버틸 거예요.'

하지만 얼마 후에는 움직이는 것이 남자에게는 당연한 것이 되어버렸어요. 날고 있는 새나 흐르는 강, 거친 물결을 일으키는 바다는 이제 남자의 마음을 끌지 못하게 되어버렸죠. 남자는 전보다 더 우울해졌어요.

이시스는 가엾게도 남자가 전보다 더 초췌해졌다고 중얼거렸어요. 그 소리가 들렸는지, 오시리스는 또다시 요란한 소리를 내며 우주를 흔들어 태양을 중앙에 고정시켰어요. 처음에 이시스는 달라진 게 없다고 생각했지만, 갑자기 남자가 벌떡 일어나더니 무언가에 귀를 기울이고 있는 것 같았어요. 남자는 다시 얼굴을 빛내며 기쁜 듯이 손뼉을 쳤어요. 지구상에 처음으로 소리가 태어났기 때문이죠. 조화로운 소리, 부조화한 소리, 온갖 소리가 들려왔어요. 바람이 나무들 사이에서 와삭거리고, 새들은 지저귀고, 벌레는 저마다 다른 소리로 울었어요. 강으로 흘러드는 시냇물은 하프 같은 소리를 내고, 바다로 흘러드는 강물은 낮게 울리는 소리를 내고, 바닷가에서 우레처럼 울려 퍼졌어요. 음악이, 도처에서 그리고 언제나 연주되었어요.

남자는 또 행복해졌죠. 그래서 이시스는 생각했어요. '주인님이 정말 잘하셨구나.' 하지만 그녀는 또 고개를 저었어요. 색깔, 움직임, 소리는 있어도 형태와 밝음 외에는 아름다움의 요소가 없었으니까요. 실제로 오시리스는 더 이상 잘할 수 없을 만큼 잘해냈어요. 그 생물이 또다시 초췌해지면, 다음에는 아내의 도움을 빌릴 수밖에 없어요. 이시스는 뜨개질하는 손을 더 빨리 놀려서 한 번에 열 코씩 나아갔어요.

남자는 오랫동안 행복했죠. 전보다 훨씬 오래. 실제로 남자는 싫증이 나지 않는 것처럼 보였어요. 하지만 이시스는 알고 있었죠. 태양에서 웃음소리가 들려도 그녀는 그저 가만히 기다리고 있었어요. 드디어 종말이 다가왔어요. 또다시 남자는 소리에도 싫증이 났어요. 장미꽃 밑에서 귀뚜라미가 우는 소리부터 바다의 파도 소리, 폭풍이 으르렁거리는 소리에 이르기까지 새로운 소리는 아무것도 없으니까, 남자는 또다시 흥미를 잃었어요. 남자는 또 우울해져서 병에 걸렸고, 강가에서 움직이지 않게 되었죠. 이시스는 불쌍하게 생각하고 오시리스에게 말을 걸었어요.

'주인님, 저 생물은 죽어가고 있어요.'

오시리스도 남자가 죽어가고 있는 것을 알고 있었지만, 태연한 척하며 아무 조치도 취하지 않았어요. 자존심이 강한 오시리스는 아내에게 부탁할 수가 없었어요. 그때 이시스는 뜨개질의 마지막 코를 뜨고, 자기가 뜬 것을 돌돌 말아서 내던졌어요. 그것은 남자 옆에 떨어졌고, 떨어지는 소리를 들은 남자는 고개를 들었어요. 이시스가 뜨개질한 그것은 최초의 여자가 되었어요. 여자는 허리를 숙이고 남자를 도와주려고 했어요. 남자는 여자가 뻗은 손을 잡고 일어났죠. 그 후 남자는 결코 비참해지지 않고 점점 더 행복해졌답니다.

이게 나일 강에서 말하는 여자의 기원 설화예요."

이라스는 말을 끝냈다.

"여자는 사랑스럽고 교활한 신의 발명품이죠. 하지만 여자만으로는 불완전합니다. 그 후 오시리스는 어떻게 됐나요?" 벤허가 물었다.

"아내를 다시 불러들여서 서로 도우며 사이좋게 살았어요."

"나도 그 최초의 남자처럼 하면 안 될까요?"

벤허는 어깨에 놓여 있던 그녀의 손을 잡고 입술로 가져갔다. 그리고 머리를 살며시 그녀의 무릎에 올려놓았다.

"다가올 왕을 찾아서 그분을 섬기세요. 그 왕의 병사들 가운데 가장 훌륭한 병사가 내 영웅이 될 거예요." 이라스는 다른 손으로 그의 머리를 쓰다듬으면서 말했다.

벤허는 이라스 쪽으로 고개를 돌리고 그녀의 얼굴을 가까이에서 바라보았다. 하늘의 별들도 그녀의 눈동자만큼 아름답게 반짝이지 않았다. 그는 일어나서 그녀를 힘껏 끌어안고 입을 맞추었다.

"왕이 나에게 왕관을 주시면 나는 그것을 가져와서 내 입술이 닿은 당신의 입술 위에 놓겠습니다. 당신은 왕비가, 세상에서 가장 아름다운 나의 왕비가 될 겁니다. 그리고 우리는 영원히 행복할 겁니다."

"그러면 뭐든지 다 나에게 말해주세요. 그리고 내가 당신을 돕게 해주세요." 이라스는 답례로 그에게 입을 맞추면서 말했다. 그 말을 듣고 벤허는 열정이 식었다.

"내가 당신을 사랑하는 것만으로는 충분치 않나요?" 그가 물었다.

"완전한 사랑은 완전한 신뢰를 의미해요." 그녀가 대답했다. "하지만 신경 쓰지 마세요. 당신은 나를 더 잘 알게 될 거예요." 이라스는 팔을 풀고 일어섰다.

"당신은 잔인한 사람이군요." 벤허는 말했다.

그녀는 벤허 곁을 떠나 낙타 쪽으로 가서 걸음을 멈추고, 낙타의 얼굴에 입술을 댔다.

"너는 고귀하고 착한 아이야. 너의 사랑에는 의심 같은 건 전혀 없으니까."

다음 순간, 그녀는 가버렸다.

5
왕의 출현

사흘째 되는 날 정오 무렵, 일행은 얍복 강가에 다다랐다. 100명이 넘는 사람들이 양 떼와 함께 쉬고 있었다. 그들은 대부분 페레아 사람이었다. 일행이 말과 낙타에서 내리기 시작하자 한 남자가 물병과 잔을 들고 다가와서 그들에게 내밀었다. 고맙다고 말하고 받아 들자 그 남자는 하얀 낙타를 보면서 말했다.

"나는 요단 강에서 돌아가는 길입니다. 그곳에도 당신들처럼 멀리서 온 사람이 많이 있었지만, 이렇게 훌륭한 낙타는 못 봤습니다. 어떤 혈통인가요?"

발타사르는 그 질문에 대답하고 나서 주위를 둘러보며 쉴 곳을 찾았지만, 벤허는 그 말에 흥미를 느끼고 남자에게 물었다.

"요단 강의 어디쯤입니까?"

"베다바라입니다."

"거기는 얕은 여울이 있는 한적한 곳인데, 왜 저렇게 많은 사람이 모여 있을까요?"

"멀리서 오셨기 때문에 좋은 소식을 모르시는 모양이군요."

"어떤 소식인데요?"

"요즘 황야에서 나타난 한 남자가 아주 불가사의한 말을 하여 듣는 이들을 매혹시키고 있습니다. 사가랴의 아들, 나사렛 마을의 요한이라고 이름을 대고, 자기는 메시아의 도래를 미리 알리기 위해 보내진 심부름꾼이라고 말하고 있습니다."

이라스조차도 그 남자의 말에 귀를 곤두세우고 있었다.

"사람들은 이 요한이 엔게디의 동굴에서 어릴 때부터 에세네파보다 엄격한 계율에 따라 살면서 기도한 사람이라고 하더군요. 많은 사람들이 요한의 설교를 들으러 가고 있습니다. 나도 다른 사람들과 함께 그곳에 다녀오는 길이랍니다."

"여기 있는 사람들이 모두 거기서 돌아오는 길입니까?"

"대부분은 요한의 설교를 들으러 가는 길입니다. 설교를 듣고 돌아가는 사람도 있지만."

"뭐라고 설교합니까?"

"완전히 새로운 내용이라서, 이스라엘에서는 아무도 들은 적이 없다고 하더군요. 회개와 세례의 가르침이라고 하던데요. 우리도 요한이 어떤 사람인지 잘 모르겠습니다. 당신이 구세주 아니냐, 또는 엘리야가 아니냐고 묻는 사람에게는 '나는 주의 길을 똑바로 열라고 황야에서 외치는 자의 목소리'라고 대답한답니다."

여기까지 말하고 그 남자는 친구가 불러서 가버렸다.

"거기로 그 설교자를 찾으러 가세." 발타사르가 떨리는 목소리로 말했다.

"예, 베다바라로 갑시다." 벤허는 이라스에게 말했다. "그 나사렛의 요한이 우리 왕의 도래를 알리러 온 심부름꾼이 아니라면 누구겠습니까?"

발타사르는 움푹 들어간 눈을 빛내며 말했다.

"서두르세. 나는 피곤하지 않으니까."

길르앗라못 서쪽에서 그날 밤을 보내는 동안 세 사람은 거의 대화를 나누지 않았다.

"일찍 일어나세. 구세주가 언제 오실지 모르는데, 그때 우리가 거기 없으면 안 되니까." 노인이 말했다.

"왕이 예고자보다 훨씬 뒤에 올 리는 없어요." 이라스는 낙타 위에 자리 잡을 준비를 하면서 속삭였다.

"내일이면 알게 되겠지요." 벤허는 그녀의 손에 입을 맞추면서 대답했다.

이튿날 3시쯤 그들은 길르앗 산기슭을 도는 길에서 벗어나 요단 강 동쪽에 있는 초원지대로 들어섰다. 강 건너편에는 여리고의 야자나무 숲이 유대의 고원지대까지 뻗어 있는 것이 보였다. 벤허의 피가 빠르게 몸속을 달렸다. 얕은 여울이 가까이에 있다는 것을 알고 있었기 때문이다.

"기뻐하세요, 사부님. 이제 거의 다 왔습니다." 벤허는 늙은 발타사르에게 말을 걸었다.

낙타의 걸음이 빨라졌다. 이윽고 천막들과 밧줄에 묶인 동물들이 보였다. 이쪽 제방에도 강 서쪽에도 많은 사람이 모여 있었다. 요한이 설교하고 있는 것 같았기 때문에 벤허 일행은 걸음을 서둘렀지만, 갑자기 군중이 동요하더니 사람들이 흩어지기 시작했다. 설교가 끝나버린 것이다.

"여기서 기다리시죠. 요한도 이 길로 올 테니까요." 벤허는 발타사르를 위로했다.

사람들은 방금 들은 설교에 대해 열심히 이야기를 나누느라, 늦게 온 벤허 일행을 알아차리지 못했다. 수백 명이나 되는 사람들이 지나가고, 나사렛 사람 요한을 볼 기회는 놓친 것 같았다. 바로 그때 그들은 기묘한 차림을 한 사람이 다가오는 것을 보았다.

겉으로 보기에는 촌스럽고 거칠어서 미개지의 야만인 같았다. 비쩍 마른 갈색 얼굴. 어깨에서 허리까지 덮고 있는 햇볕에 탄 뻣뻣한 머리카락. 눈만 번득이고 있었다. 얼굴과 마찬가지로 햇볕에 탄 갈색의 비쩍 마른 오른쪽 상반신을 드러내고, 베두인

족의 천막을 연상시키는 거친 천을 무릎까지 걸치고, 무두질하지 않은 가죽 띠를 허리에 묶고, 거기에 보따리를 매달고 있었다. 게다가 맨발이었다. 옹이투성이의 지팡이를 짚고, 빠른 걸음으로 성큼성큼 걸어오고 있었다. 이따금 눈을 가리는 머리카락을 쓸어 올리고 누군가를 찾고 있는 듯이 어딘가를 뚫어지게 바라보고 있었다.

그 남자를 보고 놀란 이라스는 낙타 위에 놓인 가마의 차양을 걷어 올리고, 옆에 바싹 붙어 있는 말 탄 벤허에게 속삭였다.

"저런 사람이 왕의 예고자일까요?"

사실 벤허도 이만저만 실망한 게 아니었다. 벤허는 엔게디 지방의 금욕적인 고행자를 보는 데 익숙해져 있었고 그 인물의 소박한 차림에 대해 듣기는 했지만, 그런 벤허조차도 왕의 예고자라면 당연히 차림새가 화려할 거라고 상상하고 있었기 때문이다. 그런데 마치 야만인을 연상시키는 그 모습은 로마 궁정인들의 화려한 모습과 비교되었다. 벤허는 너무나 초라한 그 모습에 충격을 받고 부끄러움과 당혹감까지 느꼈다.

하지만 발타사르는 달랐다. 주님의 길은 지금까지 사람들이 생각하고 있는 것과는 다르다는 사실을 그는 알고 있었다. 말구유 속에서 잠든 아기 구세주를 경배한 발타사르는 주님의 재림이 거칠고 소박한 형태로 나타날 거라고 예상하고, 믿음으로 그것을 기다리고 있었다. 그는 앉은 채 기도를 드리고 있었다. 그가 애타게 기다리고 있는 것은 이 세상의 왕이 아니었다.

그때 강가의 바윗돌 위에 걸터앉아 있던 한 젊은이가 갑자기 벌떡 일어나더니 강가에서 낙타 쪽으로 다가왔다. 나사렛의 설교자와 이 낯선 젊은이는 마침 낙타 근처에서 엇갈리려는 참이었다. 갑자기 설교자가 우뚝 멈춰 서더니, 눈으로 흘러내린 머리카락을 치우고 다가오는 상대를 바라보며 두 손을 들어 올렸다. 그 몸짓으로 사람들의 주의가 젊은이에게 쏠렸기 때문에, 뒤따르고 있던 사람들도 멈춰 섰다. 주위는 쥐 죽은 듯 조용해졌다. 요한의 오른손이 천천히 내려가 젊은이를 가리켰다. 사람들은 그 젊은이를 뚫어지게 바라보았다. 발타사르와 벤허도 그 젊은이를 바라보았다.

둘 다 같은 인상을 받았다. 키는 평균보다 조금 크고 호리호리하고 가냘프기까지 했다. 심각한 문제에 대해 진지하게 생각하고 있는 사람에게서 흔히 볼 수 있는 차분하고 신중한 걸음으로 다가오고 있었다. 발목까지 내려오는 긴소매 옷을 입고 탈리트라고 불리한 헐렁한 겉옷을 걸치고 있었다. 왼손에는 머리에 쓰는 헝겊을 들었고, 붉은 머리띠가 옆에 늘어져 흔들리고 있었다. 먼지와 얼룩으로 누레진 아마직 옷. 랍비의 표시인 푸른색과 흰색의 술. 초라한 가죽 샌들. 남자는 보따리도 허리띠도 지팡이도 갖고 있지 않았다.

이런 초라한 차림보다 젊은이의 풍모가 세 사람의 주의를 끌었다. 햇볕에 타서 붉은빛이 감도는 금발은 한가운데에서 갈라져 길게 물결치고 있었다. 넓은 이마, 검게 원호를 그린 눈썹, 푸르스름한 빛이 감도는 커다란 눈동자, 긴 속눈썹. 천진난만한 어린아이를 연상시키는 상냥한 표정은 어른한테서는 좀처럼 볼 수 없는 것이었다. 그 밖의 점은 그리스인 같기도 하고 유대인 같기도 했다. 하지만 유대인에게서는 볼 수 없는 섬세한 콧날, 부드러운 눈, 목에서 가슴으로 펼쳐지는 부드러운 턱수염. 하지만 그 표정은 더없이 늠름했기 때문에 병사들조차 그를 비웃을 수 없었을 것이고, 여자들은 누구나 그를 보면 첫눈에 그를 믿고 어떤 비밀도 다 털어놓았을 테고, 아이들은 본능적으로 그에게 손을 내밀면서 그를 믿고 의지했을 것이다. 그가 아름답지 않다고 말할 사람은 아무도 없었다. 지혜와 사랑, 연민과 슬픔, 그것들이 한데 섞인 듯한 표정, 죄 많은 사람을 만나서 그들을 이해하도록 운명지워진 얼굴이었다. 그렇다고 해서 연약한 얼굴은 결코 아니었다. 힘이 센 것이 아니라, 고통을 견디는 강함을 갖고 있었다. 신성한 달력에 쓰인 많은 순교자들과 같은 강함이다.

젊은이는 천천히 세 사람에게 다가왔다. 그의 시선은 창을 들고 말 위에 앉아 있는 벤허나 아름다운 이라스가 아니라 늙고 허약한 발타사르에게 쏠려 있었다. 주위는 더욱 조용해졌다.

"보시오, 주님의 어린 양을. 세상의 죄를 지고 가는 어린 양을 보시오!" 요한이 지팡이로 그를 가리키면서 큰 소리로 말했다.

요한의 행동에 사람들은 두려움을 느끼고 귀를 기울였지만, 그 말뜻을 이해하지는 못했다. 발타사르는 그 말에 압도당했다. 그는 인간의 죄를 속죄해줄 구세주를 다시 한 번 보기 위해 거기에 있었던 것이다.

신앙은 발타사르에게 기적이라고 불리는 것보다 더 강한 힘,

애타게 찾고 있는 분이 바로 이 사람이라는 것을 금방 알 수 있는 힘을 주었다. 아기 구세주를 경배한 그가 원래 갖추고 있던 성스러운 힘일까. 그 나이까지 살아남은 사람에 대한 인생의 보수였을까. 발타사르의 인생 자체가 기적이라고 불릴 만한 것이었다. 눈앞에 있는 분의 용모, 나이, 태도, 어느 모로 보나 진정한 구세주가 분명했다. 발타사르는 한눈에 그가 구세주라는 것을 알아보았다. 감격하여 몸을 떨고 있는 발타사르에게 확신을 주듯 요한이 외쳤다.

"보시오, 주님의 어린 양을. 세상의 죄를 지고 가는 주님의 어린 양을 보시오."

발타사르는 무릎을 꿇었다. 그에게는 설명이 필요 없었다.

요한은 놀라서 바라보고 있는 군중에게 말했다.

"나는 전에 말하기를, '나보다 나중에 와서 나보다 앞서실 분이 계시다'고 한 적이 있는데, 그것은 바로 이분을 두고 한 말입니다. 나는 이분을 몰랐습니다. 내가 이곳에 와서 물로 세례를 주는 것은 이분을 이스라엘 민족에게 알리려고 하는 것입니다. 나는 성령이 비둘기같이 하늘에서 내려오는 것을 보았습니다. 성령은 이분 위에 머물렀습니다. 나는 이분을 몰랐지만, 물로 세례를 주라고 나를 보내신 분이 나에게 말씀하시기를, '성령이 비둘기같이 하늘에서 내려와 어떤 사람 위에 머무르는 것을 보거든, 그가 바로 성령으로 세례를 주시는 분임을 알아라' 하셨습니다. 그런데 나는 그것을 보았고, 그래서 그것이 바로 이분이라는 증거인 것을 알았습니다."

요한은 지팡이로 그를 가리킨 채, 그 말에 더욱 확증을 주는 것처럼 말했다.

"이분이야말로 주님의 아들입니다."

그렇다. 이분이야말로 주님의 아들이다. 발타사르는 눈물 젖은 눈으로 그분을 쳐다보고 그대로 정신을 잃었다. 전혀 다른 관심에서 벤허도 그의 얼굴을 뚫어지게 바라보고 있었다. 물론 벤허도 그의 용모에서 순수함, 신중함, 상냥함, 성스러움 같은 것을 느꼈다. 하지만 그에게는 아직 의심이 남아 있었다. 이 사람은 구세주일까 아니면 왕일까. 이 갑작스러운 출현은 언뜻 보기에 왕으로서의 출현은 아니었다. 그의 조용하고 자비로운 얼굴을 보고 있으면 전쟁이나 정복이나 영토에 대한 욕망 같은 것을 생각하는 게 모독처럼 느껴졌다. 아마 발타사르의 생각이 옳고 시모니데스의 주장이 틀렸을 것이다. 이 남자는 솔로몬이나 헤롯 같은 왕이 되기 위해 온 게 아니다. 왕일지는 모르지만, 로마보다 더 큰 새로운 왕국의 왕은 결코 아니다.

이것은 벤허가 내린 결론이 아니라 단순한 인상이었다. 그런 기분으로 그 아름다운 얼굴을 바라보고 있을 때, 문득 그 얼굴을 어디선가 본 듯한 기분이 들었다. 분명히 그를 본 적이 있었다. 하지만 언제 어디서 보았는지는 생각나지 않았다. 언젠가 그 부드럽고 자애로운 얼굴을 보았다는 생각이 빛처럼 번득였고, 그때의 광경이 선명하게 되살아났다. 그렇다. 갤리선 노예로서 로마 병사들에게 끌려가다가 나사렛 마을의 우물가에 쓰러졌을 때 그를 도와주려고 내민 손. 상냥하게 돌봐준 사람의 얼굴. 잊기 어려운 얼굴이었다. 그것을 생각해낸 벤허는 흥분한 나머지 설교자의 말이 귀에 들어오지 않았다. 다만 설교자의 마지막 말만 귀 속에서 울려 퍼지고 있는 것 같았다.

"이분이야말로 주님의 아들입니다."

벤허는 말에서 뛰어내려 그 은인에게 달려가려고 했다. 그때 이라스가 그를 불러 세웠다.

"큰일 났어요. 도와주세요. 아버지가."

벤허가 뒤를 돌아보았더니 발타사르가 정신을 잃고 쓰러져 있었다. 황급히 이라스한테 물잔을 받아 들고 서둘러 강으로 물을 뜨러 달려갔다. 돌아왔을 때, 그 불가사의한 사람의 모습은 이미 보이지 않았다. 의식을 되찾은 발타사르는 "그분은 어디 계시냐?"고 물으면서 힘없이 손을 내밀었다.

"그분이라뇨?" 이라스가 물었다.

마지막 소망이 이루어진 듯한 강렬한 기쁨이 발타사르의 얼굴에 나타나 있었다.

"나는 구세주, 주님의 아들을 다시 보았어."

"당신도 그렇게 생각하세요?" 이라스는 낮은 목소리로 벤허에게 물었다.

"온갖 일들이 일어나는 시대입니다. 좀 더 상황을 지켜봅시다." 그는 이렇게만 대답했다.

이튿날 세 사람은 요한의 설교를 들으러 갔다. 설교 도중에 요한은 또다시 엄숙하게 말했다.

"보시오, 주님의 어린 양을."

요한이 가리키는 쪽에 어제의 그 젊은이가 있었다. 그 호리호리한 모습, 자애롭고 성스러운 얼굴을 자세히 보고 있을 때 벤허에게 또 새로운 생각이 떠올랐다. 발타사르가 옳아. 하지만 시모니데스도 틀리지 않았을지 몰라. 구세주가 왕이 아니라고 말할 수 있을까.

벤허는 옆에 있는 사람에게 물었다.

"저 사람은 누구요?"

"나사렛 목수의 아들이오." 상대는 조롱하듯이 말했다.

제8부

|

누가 저항할 수 있으랴? 도대체 누가?
그녀는 신에게 받은 향기를 풍기고,
나의 섬세한 존재를 금빛 한숨 속에 담가버렸다.
그녀는 시간의 젖을 빠는 아이처럼 나를 안고
장미의 요람 속에 나를 눕혔다. 그렇게 운명이 지워져,
내 지난 생활의 흐름은 막히고,
나는 이 변덕스러운 관능의 여왕에게
머리를 숙이며 황홀경에 빠진 신하가 되었다.

—존 키츠, 〈엔디미온〉

"나는 부활이요 생명이니……."

—〈요한복음〉 11장 25절

1
기대

"에스더, 밑에 있는 하인한테 물을 한 잔 가져오라고 말해다오."

"아버지, 포도주로 하시면 어떨까요?"

"둘 다 가져오라고 해라."

예루살렘의 벤허 가 옥상에 있는 평상이다. 안마당이 내려다보이는 난간 너머로 에스더는 밑에 있는 하인에게 물과 포도주를 가져오라고 일렀다. 그때 남자 하인이 계단을 올라와 공손히 절을 했다.

"나리께 편지가 왔습니다." 하인은 마포에 싼 편지를 내밀었다.

독자 여러분을 위해 한마디 해두자면, 이것은 나사렛 사람 예수가 베다바라에 모습을 나타낸 지 3년쯤 뒤인 3월 21일의 일이다. 저택이 황폐해져가는 것을 걱정하는 벤허를 위해 말루크가 뒤에서 손을 써서 본디오 빌라도한테 저택을 도로 사들였다. 과거의 꺼림칙한 사건을 생각나게 할 만한 것은 모두 치워지고, 바깥 주위부터 저택 구석구석까지 완전히 복구되고, 저택 안에는 새 가재도구가 들어와서 전보다 더욱 훌륭해졌다. 그동안 벤허가 로마 저택에서 지내면서 키운 안목이 여기저기에 나타나 있었다.

하지만 아직은 벤허가 그 저택 주인으로 공표되지 않았다. 아직은 시기상조라고 생각해서, 벤허는 자기 이름조차 공공연히 사용하고 있지 않았기 때문이다. 그 무렵 그는 갈릴리 지방에서 병사들을 훈련시키면서, 모두가 애타게 기다리고 있는 구세주일지도 모르는 나사렛 사람 예수의 행동을 가만히 지켜보고 있었다. 하지만 나사렛 사람의 기적을 자주 볼수록 신비에 가득 찬 그 존재에 압도당하고 그의 소명을 점점 더 알 수 없게 되었다. 벤허는 이따금 갈릴리에서 예루살렘의 저택으로 주인이 아니라 손님 자격으로 돌아왔다. 그것은 단순히 숨을 돌리기 위해서만이 아니라 이 저택에 머물고 있는 발타사르 부녀를 만나기 위해서이기도 했다. 벤허는 전보다 더 이라스의 매력에 사로잡혀 있었다. 발타사르는 쇠약해진 몸으로 그들이 계속 기다리고 있는 분의 성스러운 증거를 이야기하는 설교에 귀를 기울일 뿐이었다.

시모니데스 부녀도 사나흘 전에 안디옥에서 이 저택에 도착했다. 두 마리 낙타가 짊어진 가마에 흔들리며 온 시모니데스는 기진맥진해 있었지만, 고향은 아무리 보아도 싫증이 나지 않는 모양이었다. 옥상 평상이 특히 그의 마음에 들어서, 오론테스 강가의 집에 있는 팔걸이의자와 똑같은 모양의 의자에 앉아서 낮 시간을 보내곤 했다. 해가 뜨고 질 때까지 그늘진 평상에서 신선한 공기를 마시고, 정든 언덕을 바라보고, 에스더가 옆에 있으면 젊은 시절의 아내를 생각하면서 하루를 보내는 것이다. 그렇다 해도 일을 잊은 것은 아니었다. 안디옥의 가게는 삼발라트에게 맡겼지만, 매일처럼 영업 상황을 알리는 편지가 삼발라트와 시모니데스 사이를 오가고 있었다.

에스더가 평상으로 돌아가려 할 때, 햇빛이 옥상에 비쳐 그녀의 모습을 또렷이 비추었다. 그 우아한 모습은 건강과 젊음에 가득 차서 장밋빛으로 빛나고 있었다. 지성을 느끼게 하는 그 아름다움은 헌신적인 마음을 가진 여성 특유의 아름다움이다. 삶의 중심에 사랑이 있는 탓인지, 에스더는 남에게 사랑받는 여성으로 성장하고 있었다.

에스더가 편지 봉투를 보니, 보낸 사람은 벤허였다. 그녀의 볼이 발갛게 달아올랐다. 서둘러 아버지에게 편지를 건네자, 시모니데스는 봉투를 뜯고 편지를 딸에게 건네면서 "네가 읽어다오" 하고 부탁했다. 딸에게 눈길을 쏟고 있던 아버지의 얼굴이 흐려졌다.

"누구한테서 온 편지인지 알고 있느냐?"

"네, 주인님한테서 온 편지예요."

그녀를 바라보는 아버지의 눈과 딸의 눈이 마주쳤다. 아버지는 고개를 숙이고 조용히 말했다.

"주인님을 사랑하고 있구나."

"네."

"어떡하면 좋을지, 깊이 생각해본 적이 있느냐?"

"저는 평생 받들어 모실 주인님으로만 생각하기로 했어요."

"생각 잘했다. 그래야 네 어머니의 딸이지."

시모니데스의 얼굴에서 아까 딸의 표정을 보았을 때의 불안이 사라졌다.

"내가 그만한 재산을 아직 갖고 있었다면, 네 사랑도 보답을 받았을지 몰라. 돈에는 그만한 힘이 있지."

"그랬다면 오히려 좋지 않았을 거예요. 저는 주인님의 눈길 한 번 받을 가치도 없었을 테고, 아버지의 자존심 없는 모습도 보고 싶지 않아요. 편지는 읽지 않는 편이 좋을까요?"

"때로는 듣고 싶지 않은 것도 억지로 듣지 않으면 안 돼. 나와 함께라면 괴로움도 조금은 줄어들지 몰라. 에스더, 주인님의 상대는 정해져 있어."

"알고 있어요."

"그 이집트 아가씨가 주인님과 얽혀 있어. 그 아가씨는 이집트인의 교활함과 미모를 갖추고 있지만, 마음이 없어. 자기 아버지를 경멸하는 여자는 남편도 비참하게 만드는 법이지."

"어머나, 자기 아버지를 경멸한다고요?"

"발타사르 님은 유대인은 아니지만 모두에게 호감을 사고 있는 현명한 분이야. 그것도 모두 훌륭한 신앙 덕분이지. 그런데 딸은 그걸 업신여기고 있어. 어제도 '젊은이의 어리석은 짓은 용서할 수 있지만, 노인의 분별없는 짓은 어떻게 할 수도 없어. 분별없는 노인은 차라리 죽는 게 나아' 하고 지껄이더구나. 얼마나 가혹한 말이냐. 마치 로마인 같아. 나도 이제 곧 그 아가씨의 아버지처럼 쇠약해지겠지만, 너는 절대로 '죽는 게 낫다'고는 말하지 않겠지. 네 어머니는 유다의 딸이었으니까."

"그래요, 저는 어머니의 딸이에요." 에스더는 눈물을 글썽거리면서 아버지에게 입을 맞추었다.

"그래, 넌 나의 소중한 보물이야."

아버지는 한동안 잠자코 있다가 딸의 어깨에 손을 올려놓고 다시 입을 열었다.

"에스더, 주인님이 그 이집트 아가씨와 결혼해도, 언젠가는 그 여자의 사악한 야심에 포로가 되었을 뿐이라는 걸 깨달으시고 눈을 뜨실 게 분명해. 그러면 주인님은 후회하고 너를 생각해내실 거야. 그 여자는 로마를 꿈꾸고 있을 뿐이야. 그 여자가 원하고 있는 것은 아리우스 장관의 아들이지, 이스라엘 벤허 가의 아들이 아니야."

에스더는 이 말을 듣자마자 애원했다.

"아버지, 그분을 구해주세요. 아직 늦지 않았어요."

"물에 빠진 사람은 구할 수 있지만 사랑에 빠진 사람은 구할 수 없어."

"하지만 아버지가 말씀하시는 거라면 들으실 거예요. 그 여자가 얼마나 위험한 여자인지 가르쳐드리세요."

"물론 그렇게 하면 주인님을 그 여자한테서 구할 수 있을지도 모르지. 그렇다고 해서 주인님이 너를 아내로 맞을까?" 아버지는 쓴웃음을 지었다. "우리 조상들이 대대로 그랬듯이 나도 종이야. 주인님한테 '제 딸을 보세요. 그 이집트 여자보다 더 아름답고 주인님을 더 깊이 사랑하고 있답니다' 하고 말할 수는 없잖으냐. 그런 말을 하면 내 혀에 물집이 잡힐 거다."

에스더의 얼굴이 새빨개졌다.

"그런 뜻으로 말한 게 아니에요. 제가 걱정하고 있는 것은 주인님뿐이에요. 그분의 행복을 바랄 뿐이죠. 그분을 사랑하는 나머지, 바보 같은 말을 했군요. 편지를 읽을게요."

에스더는 화제를 바꾸려고 서둘러 편지를 읽기 시작했다.

시모니데스 님에게

나사렛 사람과 같은 길을 따라 예루살렘으로 가고 있습니다. 나는 몰래 1개 군단을 이끌고 있지만, 다행히 이쪽의 움직임은 로마에 아직 알려지지 않았습니다. 제2군단도 뒤따라오고 있지만 유월절의 소란 덕분에 많은 사람이 있어도 의심받지 않고 넘어갈 것 같습니다. 그분은 출발할 때 '나는 예루살렘으로 올라가지만, 나에 대해 예언자들이 기록한 것은 모두 이루어질 것'이라고 말했습니다.

우리가 고대하고 있는 날도 눈앞에 다가와 있습니다. 우선 급한 대로 알려드립니다.

12월 8일, 갈릴리에서 예루살렘으로 가는 길에
벤허

에스더는 목으로 무언가가 치밀어 오르는 기분을 억누르고 편지를 아버지에게 돌려주었다. 자기한테는 안부 인사 한마디도 쓰여 있지 않았다. 난생처음으로 질투심에 몸이 시달리는 것을 느꼈다.

"8일이라고? 오늘이 며칠이지?"

"9일이에요."

"그러면 지금쯤은 베다니에 도착하셨을지도 몰라."

"그러면 오늘 밤에라도 만날 수 있을지 몰라요." 잠시 품었던 질투심도 잊고 에스더는 기뻐했다.

"아마 그렇겠지. 내일은 유월절이야. 주인님도 유월절을 축하하고 싶다고 생각하셨겠지. 그 나사렛 사람도 올지 몰라. 두 분을 만나 뵐 수 있을지도 몰라."

하인이 가져온 물과 포도주를 에스더가 아버지에게 드리고 있을 때 이라스가 옥상으로 올라왔다. 에스더에게 이때만큼 이라스가 아름답게 빛나 보인 적은 없었다. 몸에 휘감긴 얇은 비단옷은 옅은 구름 같고, 이마에도 팔에도 목에도 이집트인이 좋아하는 값비싼 보석이 달려서 반짝반짝 빛나고 있었다. 들뜬 걸음으로 잘난 체하고 있는 건 아니지만, 남의 눈을 충분히 의식하고 있는 태도는 알아차릴 수 있었다. 에스더는 그 모습을 보고 당황하여 아버지에게 다가섰다.

"시모니데스 님, 귀여운 에스더, 두 분에게 평안이 있기를." 이라스는 인사를 하고 나서 에스더에게 말했다. "화내지 말아요. 당신을 보고 있으면 해 질 녘에 기도를 드리러 사원으로 올라가는 페르시아의 수도승이 생각나요. 기도하다 모르는 게 있으면 우리 아버지를 불러요. 아버지는 마기* 출신이니까요."

"이집트 아가씨, 당신 아버님은 현명하신 분이니까, 그 페르

*서기전 8세기경에 이란의 서부 지역에서 발생한 사제계급. 이들은 조로아스터교의 제사장으로서 별을 연구하는 점성가였으며, 신약성서에 나오는 동방박사도 이에 해당한다.

시아 종교에 대한 지식은 그분이 갖고 있는 지혜의 가장 작은 부분이라고 말해도 화를 내지는 않겠지요." 시모니데스는 근엄하고 정중하게 대답했다.

"철학자처럼 말하자면, 가장 작은 부분이 항상 더 큰 것을 함축하고 있답니다. 당신은 우리 아버지의 어떤 점이 더 크고 중요한 부분을 차지하고 있다고 평가하시나요?" 이라스는 불만스러운 듯이 입을 삐죽 내밀었다.

시모니데스는 위엄 있게 이라스 쪽으로 다시 고개를 돌렸다.

"순수한 지혜라는 것은 사람을 주님에게 향하게 하는 것입니다. 가장 순수한 지혜는 주님의 지혜니까요. 내가 아는 한 발타사르 님만큼 고상한 지혜가 있고 그것을 말과 행동으로 확실하게 보여주는 분은 없답니다." 말을 마치고 그는 잔을 비웠다.

이라스는 조금 화가 난 듯이 에스더에게 말했다.

"많은 재산에 상선도 몇 척씩 갖고 계시는 분도 우리 같은 여자들의 소박한 즐거움은 모르시는 모양이군요. 저쪽 벽 앞에서 우리 단둘이 이야기해요."

이라스는 난간 쪽으로 에스더를 데려갔다. 그곳은 옛날 벤허가 기왓장을 떨어뜨려 참사를 일으킨 곳이었다.

"당신은 로마에 가본 적이 있나요?" 이라스는 팔찌를 만지작거리면서 물었다.

"아뇨." 에스더는 조심스럽게 대답했다.

"가보고 싶지 않아요?"

"아뇨. 전혀."

"어머나, 당신의 세상은 정말 작군요!" 이라스는 놀라서 한숨까지 내쉬었다. 그리고 다음에는 길거리까지 들릴 만큼 큰 소리로 웃으며 말했다. "정말로 귀여운 바보예요. 멤피스의 스핑크스에 살고 있는 깃털도 안 난 어린 새도 당신만큼은 세상을 알고 있어요."

에스더의 난처해하는 모습을 보고 이라스는 친근하게 웃으면서 말했다.

"화내지 말아요. 농담이에요. 비밀을 말해줄게요. 드디어 왕이 오실 거예요."

에스더는 놀라서 이라스를 바라보았다.

"나사렛 사람, 우리 아버지가 계속 말하고 있던 분, 벤허 님도 받들어 모실 작정인 그분이 내일 도착하신대요. 벤허 님은 오늘 밤에 오세요." 이라스는 갑자기 목소리를 낮추어 말했다.

에스더는 태연한 체하려고 했지만 무리였다. 얼굴로 피가 올라오는 것을 자신도 알아차렸기 때문에 그녀는 고개를 숙였다. 덕분에 이집트 아가씨의 우쭐한 얼굴을 보지 않아도 되었다.

이라스는 벤허한테서 온 편지를 내밀었다.

"편지를 받았어요. 친구니까 함께 기뻐해요. 벤허 님은 오늘 밤에 도착하세요. 로마의 테베레 강 연안에 커다란 저택이 있는데, 나한테 약속해주셨어요. 그 저택의 여주인은……."

그때 거리를 빠른 걸음으로 걸어오는 소리가 들려왔기 때문에 이라스의 다음 말은 들리지 않았다. 이라스는 난간에서 몸을 내밀고 아래를 내려다보더니 손뼉을 치며 기뻐했다.

"벤허 님이에요. 마침 벤허 님 이야기를 하고 있을 때 돌아오시다니, 이건 길조예요. 에스더, 나를 안고 키스해줘요."

에스더는 이라스를 노려보았다. 지금까지 느껴본 적이 없는 분노가 치밀어 올라와, 뺨에도 눈동자에도 불꽃이 이글이글 타오르는 것 같았다. 그녀의 상냥함은 가혹하게 짓밟혔다. 그녀는 사랑하는 남자를 덧없이 꿈꾸는 것조차도 금지되었지만, 그것만으로는 충분치 않았다. 오만한 연적은 제 사랑의 승리와 그 화려한 미래의 약속을 털어놓고 있다. 에스더는 하녀일 뿐이고 주인님은 그녀를 기억도 하지 못한다. 이라스는 벤허의 편지를 보여주면서 에스더의 질투를 부추기고 있었다. 그래서 에스더는 결연하게 말했다.

"그럼 당신은 그분을 그렇게 사랑하나요? 아니면 로마를 더 사랑하나요?"

이라스는 놀라서 한 걸음 뒤로 물러섰지만, 오만한 얼굴을 에스더에게 바싹 들이대고 물었다.

"에스더, 그럼 나도 묻겠는데, 그분은 당신한테 뭐죠?"

에스더는 흥분하여 떨리는 목소리로 입을 열었다.

"그분은 나의……." 하지만 어떤 생각이 번개처럼 번득이면서 다음 말이 나오는 것을 막았다. 그녀는 창백해진 얼굴로 부들부들 떨다가 침착성을 되찾고 대답했다. "아버지의 친구예요."

자신과 아버지가 벤허의 노예 신분이라고는 말할 수 없었다.

"그것뿐인가요?" 이라스가 말했다. "그럼 좋아요. 당신이 키스해주지 않아도 돼요. 이제 여기 유대에서는 훨씬 훌륭한 분들이 나를 기다리고 있으니까요." 이라스는 돌아서서 어깨 너머로 에스더를 돌아보았다. "그 사람들한테 키스를 받으러 가겠어요. 그럼, 안녕."

이라스의 모습이 보이지 않게 되자 에스더는 얼굴을 손으로 가리고 울기 시작했다. 손가락 사이로 부끄러움과 질투의 뜨거운 눈물이 새어 나왔다. 눈물은 멈추지 않고, 어지러운 마음속에 아버지의 말이 떠올랐다. '내가 재산을 주인님께 돌려드리지 않고 아직 갖고 있었다면 네 사랑도 이루어졌을지 몰라.'

별들이 도시와 산맥 위에서 반짝이기 시작할 무렵, 에스더는 겨우 평정을 되찾고 평상으로 돌아가 여느 때처럼 아버지 곁에 앉아서 시중을 들었다. 그녀의 청춘은 이렇게 밤낮으로 아버지 시중을 들다가 끝나버릴지도 모른다. 사랑의 아픔을 간신히 억누르고 그녀는 묵묵히 의무를 다하고 있었다.

2
벤허의 증언

옥상에서 그런 일이 있은 뒤 한 시간쯤 지났을 무렵, 에스더를 동반한 시모니데스와 발타사르는 저택의 큰 홀에서 이야기를 나누고 있었다. 거기에 벤허가 이라스와 함께 들어왔다.

벤허는 우선 발타사르에게 인사를 한 뒤, 시모니데스 쪽으로 돌아서다가 옆에 있는 에스더를 보고는 흠칫 놀랐다. 어린 누이처럼 생각하고 있던 에스더가 어느새 성숙하여 아름다운 여인이 되어 있었기 때문이다.

사랑의 열정을 쏟을 수 있는 대상이 한 번에 두 명이나 있는 것은 그렇게 자주 있는 일은 아니지만, 가장 유력한 대상 이외의 또 한 사람도 잊기 어려운 경우는 흔히 있다. 벤허는 이라스의 영향을 받아서 상당히 야심적인 사람이 되어 있었다. 물론이 시대에 유대에 태어난 사람으로서는 당연한 일이지만, 예언이나 꿈도 큰 영향을 주고 있었다. 하지만 지금 벤허는 야심적이라기보다 야심에 번롱당하고 있다고 말하는 편이 옳을지도 모른다. 옛날에 맹세한 결의는 저도 모르는 사이에 사라져버려서, 이제는 생각조차 나지 않게 되었다. 젊을 때의 일을 잊는 것은 아주 쉬운 일이다. 어머니와 누이의 행방을 알아내려는 마음과 이별의 고통이 희미해져가는 것은 어쩔 수 없는 일이다. 특히 유대의 예언이 실현된다는 뜨거운 기대를 품고 있는 지금은 더욱 그렇다. 그에 대해 지나치게 엄격한 판단을 내리지 말아달라고 독자 여러분에게 부탁하고 싶다.

에스더의 조용한 목소리를 듣자, 맹세와 의무를 잊고 있었던 자신이 부끄러워지고 과거의 자신을 되찾아가는 것 같았다. 순간적으로 놀란 뒤, 벤허는 태연한 척하면서 에스더에게 우선 인사를 한 뒤 시모니데스에게 인사를 했다.

"아버지 같은 시모니데스 님에게도 평안이 있기를."

"어서 오십시오. 돌아오셨군요. 여행 중에 겪으신 일, 나사렛의 훌륭한 분에 대해 이야기해주십시오."

재빨리 일어나 의자를 가져온 에스더에게 벤허는 고맙다고 말했다.

이런저런 세상 이야기를 잠시 나눈 뒤, "나사렛 사람에 대해 이야기하려고 왔습니다" 하고 벤허가 말을 꺼내자, 다른 두 사람은 몸을 앞으로 내밀었다.

"그분을 오랫동안 지켜보고, 온갖 시련을 겪으시는 것도 보았지만, 역시 어딘가 남다른 분이라고 확신했습니다."

"그건 어떤 점에서……?" 시모니데스가 물었다.

그때 누군가가 방으로 들어왔기 때문에 이야기가 중단되었다.

뒤를 돌아본 벤허는 곧 두 팔을 내밀었다.

"암라, 사랑하는 암라!"

암라는 주름살투성이에다 햇볕에 그을린 얼굴로 활짝 웃으며 달려오더니, 무릎을 꿇고 벤허의 무릎을 토닥이며 기쁨을 나타냈다. 그러고는 벤허의 손을 잡고 몇 번이나 입을 맞추었다. 벤허도 암라의 볼에 늘어진 긴 머리카락을 쓸어 올리고 볼에 입을 맞추었다.

"암라, 뭔가 조금이라도 단서가 될 만한 건 없었어?"

이 말을 들은 암라는 흐느껴 울기 시작했다.

"그게 주님의 뜻이라면 어쩔 수 없지."

주위 사람들은 그의 침통한 표정을 보고 어머니와 누이동생을 찾는 일이 절망적이라는 것을 알았다. 벤허는 눈에 고인 눈물을 보이고 싶지 않았다.

그는 다시 의자에 앉아서 암라에게 말했다.

"여기 앉아. 싫으면 내 발밑에 앉아도 좋아. 지금부터 훌륭한 분의 이야기를 하려는 참이니까."

하지만 암라는 벽 쪽으로 물러나서 벽을 등지고 앉은 다음, 무릎을 끌어안고 흐뭇한 표정으로 그를 바라보았다. 벤허는 다시 이야기하기 시작했다.

"우선 이 눈으로 본 나사렛 사람이 하신 일을 이야기하고 싶습니다. 그분은 내일 예루살렘에 들어오셔서 성전에 참배하시고 자신의 존재를 밝히신답니다. 여러분도 눈으로 확인할 수 있을 겁니다. 발타사르 님이 옳은지 시모니데스 님이 옳은지. 어쨌든 이스라엘도 우리도 내일이면 알 수 있겠지요."

발타사르는 손을 맞비비면서 물었다.

"어디 가면 그분을 뵐 수 있을까?"

"아마 많은 사람이 그분을 맞으러 나올 겁니다. '솔로몬의 주랑' 위에 올라가시면 좋지 않을까요?"

"자네도 함께 가겠나?"

"아니요. 저는 그분의 행렬에 끼어서 동지들을 지휘할 작정입니다."

"행렬요? 그분은 그렇게 많은 사람을 데려오셨나요?" 시모니데스가 놀라서 물었다.

벤허는 마음에 걸리는 것이 있었다.

"아니요. 행렬이라 해도 겨우 열두 명입니다. 어부와 농부, 그리고 사람들이 싫어하는 세리도 한 명 섞여 있습니다. 모두 하나같이 가난한 계급 출신뿐입니다. 더위와 추위와 비바람도 마다하지 않고 맨발로 걸어왔지요. 길가에서 노숙하는 꼴은 시장에서 양 떼를 몰고 돌아가는 양치기 같아서, 도저히 왕이나 귀족처럼 보이지는 않습니다. 그분이 누군가를 보거나 머리에서 흙먼지를 털어내려고 두건을 들어 올릴 때만 나는 그분이 그들의 동료일 뿐만 아니라 스승이기도 하다는 사실을 깨닫게 됩니다."

벤허는 잠시 사이를 두었다가 다시 말하기 시작했다.

"당신들은 둘 다 현명한 분입니다. 인간이 어떤 생물인지 잘 알고 계실 겁니다. 돈이나 권력 같은 것을 아등바등 추구하면서 살아가는 게 인간의 자연스러운 모습이겠지요. 그런데 길바닥에 뒹구는 돌멩이를 황금으로 바꿀 수 있는 힘을 가진 분이 왜 가난하게 사는 쪽을 택했을까요?"

"그리스 사람이라면 그분을 철학자라고 부를 거예요." 이라스가 말했다.

"철학자는 그런 일을 할 힘을 가진 적이 없어." 발타사르가 말했다.

"그에게 그런 힘이 있다는 걸 어떻게 알죠?" 이라스가 물었다.

"나는 그분이 물을 포도주로 바꾸는 것을 보았습니다." 벤허는 서둘러 대답했다.

"야릇하기 짝이 없는 이야기군요. 하지만 그분이 부자가 될 수 있는데도 가난한 채로 있는 게 더 야릇합니다. 정말로 그렇게 가난한가요?" 시모니데스가 물었다.

"아무것도 가진 게 없고, 남이 가진 것을 시샘하지도 않습니다. 시샘하기는커녕 부자를 불쌍히 여기십니다. 빵 일곱 개와 물고기 두 마리만으로 5천 명이나 되는 사람을 충분히 먹이고, 그래도 바구니는 여전히 가득 차 있는 기적을 행할 수 있는 사람을 보면 어떻게 생각하시겠습니까. 나는 실제로 그분이 그렇게 하는 것을 이 눈으로 똑똑히 보았습니다."

"정말로 보셨습니까?"

"예, 사람들이 모두 빵과 물고기를 먹는 것을 이 눈으로 보았습니다. 그뿐만이 아닙니다. 병자가 그분의 옷자락 끝을 만지거나 멀리서 말을 걸기만 해도 당장 병이 씻은 듯 나아버립니다. 한 번만이 아니라 몇 번이나 이 눈으로 보았습니다. 여리고에서 막 나왔을 때의 일인데, 길가에 있던 두 장님이 말을 걸자 그분이 두 사람의 눈을 잠깐 만졌는데, 그것만으로 눈이 보이게 되었습니다. 한번은 몸이 마비되어 움직이지 못하는 사람에게 그분이 집으로 돌아가라고 말씀하신 것만으로 당장 병이 나아, 제 발로 걸어서 집으로 돌아갔습니다. 이런 기적을 어떻게 생각하십니까?"

시모니데스는 말이 없었다.

"요술이나 속임수라고 말하는 사람도 있지만, 죽을 수밖에 없는 나병 환자가 낫는 것을 본 뒤로는 나도 믿게 되었습니다."

암라는 그 말을 듣자 몸을 내밀고 열심히 듣기 시작했다. 벤허는 더욱 열심히 말을 이었다.

"지금 내가 말한 것을 직접 목격하면 어떻게 생각하시겠습니까. 갈릴리를 걷고 있을 때의 일입니다. 한 나병 환자가 그분에게 다가와서 '주여, 저를 깨끗하게 해주세요' 하고 외쳤습니다. 그분은 곧바로 환자에게 손을 대면서 '깨끗해져라' 하고 말씀하셨습니다. 그러자 그 환자는 당장 우리가 보고 있는 앞에서 순식간에 건강해졌습니다. 많은 사람들이 보고 있었지만, 나환자가 완전히 건강한 몸이 되는 건 속임수도 사기도 아닙니다."

그러자 암라는 일어나서 더 잘 들으려고 비쩍 마른 손으로 귀를 덮은 뻣뻣한 머리카락을 쓸어 올렸다.

벤허는 그것도 알아차리지 못하고 말을 계속했다.

"한번은 열 명쯤 되는 나병 환자들이 함께 다가와서 예수의 발아래 꿇어 엎드려 '주여, 자비를 베푸소서' 하고 말을 걸었습니다. 그분은 '법이 요구하는 대로 제사장을 찾아가라. 너희가 거기에 가는 동안에 병이 다 나으리라' 하고 말씀하셨습니다."

"정말 그대로 되었습니까?"

"예, 가는 도중에는 아직 병든 몸이었지만, 그쪽에 도착했을 때는 더러워진 옷을 제하고는 나병 환자였다는 것을 알 수 있는 흔적이 아무것도 남아 있지 않았습니다."

벤허가 말하고 있는 동안, 암라는 아무도 눈치채지 못하게 살며시 밖으로 나갔다.

"그런 기적을 이 눈으로 보았을 때의 내 기분을 이해하실 겁니다. 하지만 내 진정한 불안이나 걱정은 그런 게 아닙니다. 갈릴리 사람들은 아시다시피 성미가 거친데, 그런 기분으로 몇 년 동안이나 꾹 참고 기다리고 있었기 때문에 문제를 일으키고 싶어서 안달하고 있습니다. '주님은 자신의 존재를 밝히는 게 너무 늦다. 우리 손으로 주님을 알리자'고 외치고 있습니다. 나도 기다림에 지쳐 있습니다. 그분이 다가올 왕이라면 왜 지금은 안 됩니까? 게다가 군대도 만반의 준비를 갖추고 있습니다. 실은 그분이 해변에서 설교하실 때, 우리는 그분에게 왕관을 씌워주려고 했습니다. 그런데 그분이 갑자기 사라졌고, 정신을 차려보니 그분은 먼바다의 작은 배에 타고 계셨습니다. 그분은 누구나 미친 듯이 추구하는 돈과 권력과 왕위에는 전혀 마음이 움직이지 않습니다. 시모니데스 님, 이걸 어떻게 생각하십니까?"

시모니데스는 가슴에 턱을 묻고 있다가 고개를 들고 결심한 듯이 대답했다.

"주님은 살아 계십니다. 선지자들의 말씀도 마찬가집니다. 아직 때가 무르익지 않았습니다. 내일이면 알 수 있을 겁니다."

"그렇겠지요." 발타사르도 미소를 지으며 말했다.

"아직 말하지 않은 더 불가사의한 이야기가 있습니다. 실제로 보지 않으면 좀처럼 믿지 않으시겠지만, 죽었던 사람이 되살아난 이야기입니다. 일단 끊어진 숨을 다시 불어넣는 일을 도대체 누가 할 수 있겠습니까?"

"주님만이 할 수 있지." 발타사르는 주님을 우러러 받들듯이 대답했다.

벤허는 말을 이었다.

"말을 길게 하는 것도 아니고, 무슨 의식 같은 것을 거행하는 것도 아니고, 어머니가 자식을 깨우듯 아주 쉽게 죽은 사람을 되살리는 것을 나는 보았습니다. 그 일은 나인에서 일어났는데, 우리가 성문으로 막 들어가려고 할 때 상여를 메고 있는 무리가 성문에서 나왔습니다. 그 무리 속에서 울부짖고 있는 여인을 보시고는 그분의 얼굴에 연민의 표정이 떠올랐습니다. 그분은 그 여인에게 말을 거시더니, 관을 만지며 수의를 입고 누워 있는 남자에게 '젊은이야, 일어나거라' 하셨습니다. 그랬더니 이게 웬일입니까? 분명히 죽어 있던 젊은이가 벌떡 일어나 말을 하기 시작한 겁니다."

"그렇게 위대한 일을 할 수 있는 건 오로지 주님뿐입니다." 발타사르는 다시 시모니데스에게 말했다.

벤허는 말을 이었다.

"나는 지금 내 눈으로 본 것만, 게다가 많은 사람들과 함께 목격한 것만 말씀드리고 있습니다. 우리는 더욱 놀라운 일을 목격했습니다. 베다니에서 나사로라는 남자가 죽어서 매장되었는데, 나흘 뒤 그 나사렛 사람이 나사로의 무덤으로 안내되었습니다. 무덤을 막은 커다란 돌을 치우자 하얀 천으로 둘둘 말린 채 썩어가고 있는 송장이 보였습니다. 많은 사람들이 옆에서 보고 있는 가운데, 그분은 큰 소리로 '나사로야, 나오너라' 하셨습니다. 그러자 그 소리에 응답하듯 하얀 천에 싸인 남자가 무덤에서 나왔을 때의 내 기분은 도저히 말로는 표현할 수 없습니다. '풀어주세요' 하는 목소리에 얼굴의 천을 풀어주자, 되살아난 남자의 얼굴이 나타나고, 썩기 시작한 몸에 다시 피가 돌아서 병들기 전의 몸으로 돌아갔습니다. 나사로는 지금도 살고 있고,

내일은 부활한 그 사람을 만날 수 있을지도 모릅니다. 시모니데스님, 더 이상 말할 필요는 없겠지만, 처음에 당신이 나에게 던진 '그 나사렛 사람은 어디가 남다릅니까?' 하는 질문을 이젠 내가 당신에게 던지고 싶군요."

세 사람은 밤늦게까지 이야기를 계속했다. 시모니데스는 선지자들의 예언에 대한 자신의 해석을 포기하려 하지 않았고, 벤허는 시모니데스와 발타사르의 생각이 둘 다 옳다고 생각했다. 나사렛 사람은 발타사르가 말하는 구세주이자 시모니데스가 말하는 '다가올 왕'이었다.

"내일이 되면 알 수 있겠지요." 벤허는 그렇게 말하고 베다니로 돌아갔다.

3
기쁜 소식

이튿날 아침 '양의 문'이 열리기를 기다렸다가 맨 먼저 도시를 빠져나간 것은 바구니를 든 암라였다. 그날 아침부터 날마다 다니고 있기 때문에 문지기는 그녀의 신분을 묻지도 않았다. 어느 훌륭한 집안의 충실한 하녀라는 것을 알고 있었기 때문이다.

암라는 동쪽 골짜기를 내려가 걸음을 서둘렀다. 올리브 산의 푸른 중턱에는 유월절 축제에 참가하기 위해 멀리서 온 사람들이 최근에 세운 하얀 천막들이 점점이 흩어져 있었다. 아직 이른 아침이어서 사람의 모습은 보이지 않았다. 그녀는 누구의 방해도 받지 않고 겟세마네를 지나고, 베다니로 가는 길 연변의 묘지를 지나고, 음침한 실로암 마을도 지났다. 늙고 작은 몸은 이따금 비틀거리고, 한번은 숨이 차서 주저앉기도 했지만, 곧 다시 일어나 더욱 걸음을 서둘렀다. 길가의 커다란 바위에 귀가 있다면 여자가 중얼거리는 소리를 들었을 것이다. 그리고 바위에 눈이 있다면 그녀가 자주 산 저쪽을 바라보며 날이 밝아오는 것에 조바심하는 모습을 보았을 것이다. 바위들이 말을 할 수 있다면, '저 친구가 오늘 아침에는 몹시 서두르는군. 음식을 기다리고 있는 사람이 무척 굶주려 있는 모양이야' 하고 서로 속닥거렸을지도 모른다.

'왕의 동산'에 도착하자 암라는 그제야 걸음을 조금 늦추었다. 나환자들이 살고 있는 힌놈 언덕 남쪽의 으스스한 묘지가 보이기 시작했다. 암라는 엔로겔 우물 근처의 동굴 묘지에 살고 있는 여주인을 만나러 온 길이었다. 아직 이른 시각이었지만, 여주인은 벌써 일어나 동굴 밖에 앉아 있었다. 티르자는 아직 동굴 속에서 자고 있었다. 지난 3년 동안 병은 아주 빠르게 진행되었다. 어머니는 원래 몸차림에 신경을 쓰는 성질이었기 때문에, 지금의 참혹한 모습을 사람들에게 보이기를 꺼려하여 온몸을 천으로 감싸고 딸에게조차 자신의 모습을 보여주지 않았다. 그런 어머니가 오늘 아침에는 아직 이른 새벽이라서 주위에 아무도 없을 줄 알고 두건을 벗은 채 바람을 쐬고 있었다. 어슴푸레한 새벽빛 속에서도 병이 얼마나 몸을 침식했는지가 또렷이 보였다.

어깨와 등에 길게 늘어져 있는 머리카락은 하얗게 세고 마치 철사처럼 뻣뻣했다. 눈꺼풀, 입술, 콧날, 볼의 살은 다 사라졌거나 살가죽이 벗어져서 악취를 풍기고 있었다. 목덜미는 부스럼 딱지로 덮여 있고, 손가락 마디는 뼈가 드러나 있거나 붉은 진물에 젖은 채 퉁퉁 부어 있었다. 옷 밖으로 나와 있는 손은 손톱이 빠지고 해골 같았다. 과거의 화려한 벤허가 여주인의 모습은 흔적도 보이지 않았다.

태양이 올리브 산 꼭대기를 황금빛으로 물들이고, 눈부신 햇빛이 '멸망의 산'에 걸릴 무렵이 암라가 찾아오는 시간이었다. 평소에는 동굴과 우물의 중간 지점까지 와서 음식과 물을 놓고 갔다. 여주인에게는 암라의 방문이 유일한 낙이었다. 암라한테 아들의 근황을 조금이나마 들을 수 있었기 때문이다. 아들이 집에 있다고 들으면, 온종일 밖에 나와서 집 쪽 방향에 있는 성전을 바라보았다. 달리 무슨 낙이 있겠는가. 티르자도 이제 곧 죽을 것이다. 그녀 자신도 얼마 남지 않은 목숨이다. 그저 고통 없이 죽게 되기를 바랄 뿐이었다.

이 언덕 주위의 자연에도 마음을 끌 만한 것은 아무것도 없었다. 새도 동물도 그곳이 어떤 곳인지 알고 있는 듯이 가까이 오지 않았다. 나무도 풀도 거의 없었다. 겨우 돋아난 풀이나 나무도 강한 바람과 햇빛에 금세 시들어버린다. 주위에는 무덤밖에 없어서 기분이 우울해질 뿐이다. 맑은 하늘만 마음에 위로가 된다고 생각할지 모르지만, 밝은 햇빛은 참혹한 자신의 모습을 더욱 또렷이 보여줄 뿐이었다. 햇빛이 없으면 자기 모습에 겁을 낼 일도 없다. 보는 것이 때로는 저주가 되는 경우도 있다. 왜 스스로 목숨을 끊지 않느냐고 사람들은 물을지도 모른다. 그러나 자살은 율법에 금지되어 있다. 이 대답에 이교도라면 쓴웃음을 지을지 모르지만, 이스라엘 백성은 그렇지 않다.

여주인이 음울한 생각에 잠겨 있을 때, 한 노파가 비틀거리고 헐떡거리며 언덕을 올라왔다. 여주인은 서둘러 몸을 숨기고, 목 쉰 소리로 "나는 더러워요. 나는 더러워요" 하고 외쳤다. 암라는 그 경고에도 아랑곳하지 않고 다가와서 여주인의 발치에 무릎을 꿇었다. 그리고 흐느껴 울면서, 도망치려는 여주인의 옷자락을 잡고 입을 맞추었다. 여주인은 도망칠 수 없다는 것을 알자, 암라의 마음이 진정되기를 기다렸다.

"암라, 터무니없는 짓을 했구나. 말을 듣지 않고 여기까지 오다니. 이제 너는 집으로 돌아갈 수 없어."

암라는 흩날리는 흙먼지 속에서 흐느껴 울기 시작했다.

"이제 넌 예루살렘에 돌아갈 수 없어. 법률을 알고 있겠지. 우리는 어떻게 되지? 누가 음식을 갖다주지? 넌 정말로……."

"용서하세요. 용서하세요."

"이젠 우리를 도와줄 사람도 없어져버렸어."

티르자가 이 소동에 눈을 떠서 동굴 입구에 모습을 나타냈다. 그 모습은 너무 비참해서 펜을 쥔 손도 움츠러들 정도였다. 손가락 마디는 이상할 만큼 부풀어 오르고, 눈도 거의 보이지 않았다. 부스럼투성이 노파 같은 모습은 마치 망령 같았다. 아무리 친했던 사람도 그 여자가 그 사랑스러운 티르자라는 것은 알아보지 못할 터였다.

"어머니, 암라가 왔나요?"

암라는 그녀 쪽으로 다가가려고 했다.

"암라, 안 돼. 내 딸을 만지면 안 돼. 우물가 사람한테 들키기 전에 어서 돌아가. 아니, 벌써 늦었어. 이젠 여기 남아서 우리처럼 될 수밖에 없어."

암라는 무릎으로 서서 띄엄띄엄 말했다.

"아니에요, 마님. 저는 잘못된 일을 하고 있는 것도 아니고, 너무 흥분해서 눈이 뒤집힌 것도 아니에요. 좋은 소식을 가져왔어요."

"유다 말이냐?" 미망인은 얼굴을 가린 천을 반쯤 잡아당기며 물었다.

"병을 고치는 불가사의한 힘을 가진 분이 오세요. 그분이 한 마디 말만 걸어주면 병이 당장 씻은 듯이 낫고, 죽은 사람도 되살아난대요. 그분에게 두 분을 모셔 가려고 왔어요."

"불쌍한 암라." 티르자가 암라를 동정하며 말했다.

암라는 티르자가 믿지 않는 것을 보고 필사적으로 설득했다.

"아니에요. 저의 하느님, 그리고 이스라엘의 하느님한테 맹세하겠어요. 제 말은 사실이에요. 함께 가주세요. 제발 부탁이에요. 오늘 아침에 그분이 예루살렘으로 가시는 도중에 이 근처를 지나가세요. 아아, 이제 곧 날이 밝아요. 빨리 이 음식을 먹고 가지 않으면 늦어요."

여주인은 진지하게 듣고 있었다. 아마 그녀도 기적을 행하는 남자 이야기를 들었을 것이다. 그 남자의 명성은 이미 온 나라에 퍼져 있었다.

"그분이 누구지?"

"나사렛 사람이에요."

"누구한테 그 사람 이야기를 들었지?"

"유다 도련님한테 들었어요."

"유다가 말했다고? 지금 집에 있나?"

"어젯밤에 집에 돌아오셨어요."

여주인은 가슴이 두근거리는 것을 억누르려고 잠시 침묵했다.

"유다가 우리한테 알리라고 하더냐?"

"아뇨. 도련님은 두 분이 벌써 돌아가신 줄 알고 계세요."

어머니는 문득 생각난 듯이 티르자에게 말했다.

"옛날에 나환자를 고친 예언자가 있었는데, 그 능력을 주님한테 받았다고 말했어."

그리고 암라에게 물었다.

"유다는 그분이 그런 능력을 갖고 있는 것을 어떻게 알았을까?"

"도련님은 그분과 함께 여행하셨어요. 나병 환자가 그분에게 말을 걸자 당장 병이 낫는 것을 직접 보셨대요. 처음에는 한 사람이, 그리고 다음에는 열 명이나 되는 환자가 모두 나았대요."

여주인은 다시 입을 다물었다. 해골 같은 손이 바르르 떨렸다. 그녀는 이 이야기를 믿어도 좋을지 어떨지 망설이고 있었다. 이 이야기를 믿으려면 완벽한 신앙이 필요하다. 그녀만이 아니라 그분의 능력을 직접 본 사람도, 간접적으로 들은 수많은 사람도 마찬가지였다. 여주인은 아들이 직접 목격했다는 그분의 행위 자체는 의심하지 않았지만, 그런 일을 하는 인간의 능력을 어떻게 해석하면 좋을지 알 수가 없었다. 이 능력을 이해하기 위해서는 주님 자체를 이해할 필요가 있다. 그렇다고 해서 그것을 그냥 기다리고만 있으면, 계속 기다리기만 하다가 죽어버릴지도 모른다. 그녀는 망설이지 않고 티르자에게 말했다.

"그분은 구세주가 분명해."

그것은 이성으로 의문을 설명하는 말투가 아니었다. 그녀는 어디까지나 이스라엘 여자였다. 주님과의 약속을 믿고 그 약속이 실현되는 희미한 기미를 기꺼이 받아들이는 여자였다.

"언젠가 구세주가 태어났다고 예루살렘이, 아니 유대 전역이 들끓었던 때가 있었지. 지금도 기억하고 있어. 그분이 살아 계시다면 지금쯤 어른이 되었을 거야. 그래, 그분이 틀림없어. 암라, 우리를 데리고 가줘. 빨리 물을 가져와. 서둘러 식사를 하고 떠나자."

황급히 아침 식사를 마치고 세 사람은 곧 기적을 찾아 떠났다. 티르자도 어머니와 암라의 영향으로 조금은 기운을 냈지만, 문제가 하나 있었다. 그분이 베다니에서 예루살렘으로 들어가는 것은 확실하지만, 예루살렘으로 가는 길은 세 갈래가 있다. 그 세 갈래 가운데 어느 길을 지나갈지 모른다. 하나는 올리브 산의 제1봉우리를 넘는 길, 두 번째는 올리브 산의 기슭을 지나는 길, 세 번째는 올리브 산의 제2봉우리와 '멸망의 산' 사이를 지나는 길이다. 세 갈래의 길은 그렇게 멀리 떨어져 있지는 않지만, 그분과 다른 길을 택하면 길이 엇갈려서 만날 수 없게 된다. 자세히 물어보니, 암라는 기드론 너머의 지리를 전혀 모르고 나사렛 사람에 대해서도 자세한 것은 아무것도 모르고, 오로지 여주인만 믿고 있었다. 티르자도 마찬가지다. 여주인이 결단을 내릴 수밖에 없었다.

"우선 벳바게로 가자. 그곳에 가면 주님의 은총으로 어떻게 해야 좋을지 알 수 있을 거야."

그들은 도벳과 '왕의 동산'을 향해 언덕을 내려갔다. 그리고 수백 년 동안 많은 사람이 왕래하여 발자국과 바퀴자국이 깊이 파인 골짜기의 오솔길에서 걸음을 멈추었다.

"이 길은 피하자. 여기보다 바위나 나무가 있는 험한 길을 지나는 게 좋겠어. 지금은 축제 기간이니까 저쪽 언덕에도 사람이 많을지 몰라. '멸망의 산'을 가로지르면 그 사람들과 마주치지 않아도 될 거야."

티르자는 괴로운 생각을 하며 걷고 있었지만, 이 말을 듣고 우는소리를 했다.

"어머니, 그 길은 너무 험해서 도저히 올라갈 수 없어요."

"티르자, 우리는 건강과 목숨을 얻기 위해 가는 거야. 봐라. 이렇게 밝은 햇빛이 넘치고 있잖니. 저쪽에서 우물로 가는 여자들이 왔어. 여기 있으면 돌팔매질을 당할 거야. 마음을 단단히 먹어라."

어머니도 괴로운 것은 마찬가지였지만, 열심히 딸을 격려했다. 지금까지 암라는 환자를 직접 만지지도 않았고 환자도 암라를 만지지 않았지만, 이 충실한 하녀는 이제 외양 따위는 개의치 않고 티르자에게 다가가서 어깨를 감싸 안으며 속삭였다.

"아가씨, 저한테 기대세요. 나이는 먹었지만 힘은 세답니다. 조금만 더 버티세요."

언덕에는 군데군데 구덩이나 오래된 건물 폐허가 있어서 발을 내딛기가 나빴다. 그래도 세 사람은 겨우 산꼭대기에 이르렀다. 북서쪽에 펼쳐져 있는 경치, 성전과 왕궁의 테라스, 시온산, 하늘을 찌를 듯이 솟아 있는 하얀 탑들을 보면서 어머니는 살아 있다는 것이 얼마나 멋진 일인가를 실감했다.

"봐라, 티르자. '아름다운 문'을 봐. 햇빛을 받아 반짝반짝 빛나고 있잖니. 자주 저곳에 올라간 게 기억나는구나. 다시 한 번 올라가볼까. 그리고 거기서 조금 떨어진 지성소의 지붕 너머로 우리 집이 보여. 저기서 유다가 우리를 기다리고 있어."

도금양과 올리브나무가 자라는 꼭대기에서 앞을 바라보니, 가느다란 연기가 몇 줄이나 아침 하늘로 곧게 올라가고 있는 것이 보였다. 벌써 순례자들이 잠에서 깨어나고 있었다. 시간은 무자비하게 지나간다. 서두르지 않으면 안 된다. 암라는 힘겹게 언덕을 내려가는 티르자를 부축했지만, 그래도 아가씨는 한 걸음 내디딜 때마다 신음 소리를 냈고 너무 괴로운 나머지 울기도 했다. 그리고 '멸망의 산'과 올리브 산 정상을 잇는 길까지 왔을 때, 결국 힘이 빠져서 쓰러져버렸다.

"어머니, 저는 놔두고 암라와 함께 가주세요."

"당치도 않은 소리. 티르자, 내가 병이 나아도 네가 낫지 않으면 무슨 의미가 있겠니. 네 오빠가 티르자는 어떻게 됐냐고 물으면, 나는 뭐라고 대답하지?"

"오빠를 사랑했다고 말해주세요."

정신을 잃고 쓰러져버린 딸 위로 어머니는 몸을 숙였다. 어머니는 모처럼 가슴에 품었던 희망이 사라져버리고 영혼이 빠져나가는 듯한 기분에 사로잡혀 주위를 둘러보았다. 병이 낫는다는 최고의 기쁨도 티르자가 있어야 맛볼 수 있다. 티르자만큼 젊으면, 몸도 마음도 너덜너덜해진 지난 몇 년 동안의 비참한 생활도 앞으로 시작될 건강한 생활의 행복 속에서 잊을 수 있을 것이다. 다기찬 어머니도 나사렛 사람을 만나겠다는 계획을 포기하고 주님의 뜻에 몸을 맡기기로 결심했다. 그때 한 남자가 동쪽에서 빠른 걸음으로 다가오는 것이 보였다.

"용기를 내, 티르자. 잘됐어. 저쪽에서 나사렛 사람에 대해 말해줄 사람이 오고 있어."

암라는 티르자를 앉혀놓고 쓰러지지 않도록 옆에서 받치고 있었다.

"어머니, 우리가 나환자라는 걸 잊으신 거 아니에요? 우리를 피해 갈 게 뻔해요. 욕을 하거나 돌멩이를 던지는 게 고작이죠."

"어떻게 하나 두고 보자꾸나."

어머니도 그렇게밖에는 말할 수 없었다. 그녀도 자신들처럼 사회에서 버림받은 사람이 어떤 취급을 받는지 잘 알고 있었다.

세 사람이 지금 서 있는 샛길은 융기한 석회암을 피해 구불구불 이어져 있었다. 나그네가 그대로 곧장 오면 당연히 세 사람과 얼굴을 맞대게 되기 때문에, 일정한 거리까지 다가오면 나환자 쪽에서 경고를 보내지 않으면 안 된다. 남자가 다가오자 어머니는 두건을 벗고 새된 소리로 외쳤다.

"더러워져 있습니다. 더러워져 있습니다."

하지만 놀랍게도 남자는 아랑곳하지 않고 성큼성큼 다가왔다.

"뭘 원하십니까?" 그 남자는 3, 4미터도 떨어지지 않은 곳에 멈춰 서서 물었다.

"우리가 보이세요? 조심하세요." 어머니는 위엄 있게 대답했다.

"내가 모시고 있는 분은 당신 같은 환자도 치료할 수 있습니다. 그래서 나는 아무것도 두렵지 않습니다."

"나사렛 사람, 그분인가요?"

"구세주입니다."

"오늘 예루살렘에 들어오신다는 게 정말인가요?"

"지금 벳바게에 계십니다."

"어느 길로 지나가시죠?"

"이 길입니다."

어머니는 두 손을 맞잡고 감사를 담은 눈으로 하늘을 쳐다보았다.

"그분을 어떤 분이라고 생각하십니까?" 이번에는 남자가 동정하는 표정으로 물었다.

"하느님의 아들로 생각합니다."

"그러면 여기 계세요. 아니, 많은 사람과 함께 오시니까, 저 나무 밑에 있는 하얀 바위 옆에 계시는 게 좋겠군요. 그리고 그 분이 곁을 지나가시면 반드시 말을 걸어주세요. 말을 거는 겁니다. 두려워할 필요는 없습니다. 당신의 신앙이 진정이라면 우레 속에서도 당신 목소리는 전달됩니다. 나는 한발 먼저 예루살렘 시내에 가서 이스라엘 백성에게 환영 준비를 하라고 알리겠습니다. 그럼 안녕히 계세요."

남자는 가버렸다.

"티르자, 들었니? 들었어? 그분이 여기를 지나가신대. 그리고 우리 목소리를 들어주신대. 자, 조금만 더 힘을 내서 저 바위까지 걸어가자꾸나. 한 걸음만 더 가면 돼."

티르자도 남은 힘을 짜내어 암라의 손에 의지하여 일어섰다. 그리고 막 걸음을 떼어놓으려 할 때 암라가 외쳤다.

"잠깐만 기다리세요. 아까 그 남자분이 돌아오고 있어요."

세 사람이 서 있자, 돌아온 남자가 말했다.

"나사렛의 그분이 오실 무렵에는 분명 더워질 겁니다. 시내까지는 별로 멀지 않으니까, 이 물은 나한테 필요 없습니다. 이걸 마시고 기운을 내서, 그분이 지나가시면 반드시 말을 걸도록 하세요."

이렇게 말하고 남자는 물이 가득 든 호리병박을 내밀었다. 호리병박은 당시 나그네의 상비품이었다. 남자는 나환자가 두려워서 조금 떨어진 땅바닥에 호리병박을 놓는 게 아니라, 여주인에게 직접 건네주었다. 그녀는 깜짝 놀라서 물었다.

"당신은 유대 사람인가요?"

"예, 지금 내가 한 일과 똑같은 일을 날마다 하고 계시는 예수 그리스도의 제자입니다. 그분이야말로 진정한 사랑을 보여주는 분이시죠. 당신과 모든 분에게 평안이 있기를. 그럼 안녕히 계세요."

남자는 떠났다. 세 사람은 오른쪽으로 30미터쯤 떨어져 있는 바위까지 천천히 이동했다. 그 바위는 길을 지나가는 사람의 머리 높이에 있었기 때문에, 사람들로부터 몸을 숨길 수도 있었고 자신들이 주의를 끌고 싶은 사람한테만 모습을 보일 수도 있기 때문에 편리했다. 나무 그늘로 들어가 호리병박의 물을 마시자 티르자는 이윽고 잠들어버렸다. 여주인과 암라는 말없이 때가 오기를 기다리고 있었다.

4
치유

정오가 가까워지자 베다니와 벳바게로 가는 사람들이 서서히 늘어나기 시작했다. 사람들이 세 사람 앞을 지나갔다. 오후가 되자, 올리브 산 꼭대기 너머에서 수천 명이 푸른 종려나무 잎을 손에 들고 길을 내려왔다. 한편 길 반대쪽인 동쪽에서도 다른 무리가 다가왔다. 시시각각 달라지는 상황에 눈을 크게 뜨고 있던 어머니는 황급히 티르자를 깨웠다.

"무슨 일이에요?" 티르자가 물었다.

"그분이 오셔. 예루살렘 시내에서 그분을 맞이하러 온 사람들은 이쪽에서, 그리고 동쪽에서는 그분과 동행한 사람들의 행렬이 오고 있어. 마침 이 앞에서 마주칠지도 몰라."

"그렇게 사람이 많은데 우리 목소리가 들릴까요?"

어머니도 그것을 걱정하고 있었다.

"암라, 유다는 열 명의 환자가 그분께 뭐라고 부탁했다고 말했지?"

"도련님은 분명히 '주여, 자비를 베푸소서!' 하고 말했다고 하셨어요."

"그것뿐이야?"

"그랬더니 병이 싹 나았다고 하셨어요."

이윽고 동쪽에서 온 무리가 천천히 다가왔다. 행렬의 선두에 선 사람들의 모습이 분명히 보일 무렵이 되자, 기쁨으로 노래하고 춤추는 사람들의 무리 한복판에 당나귀를 탄 남자의 모습이 보였다. 그는 하얀 옷을 입었고, 아무것도 쓰지 않은 머리 한가운데에서 가르마를 탄 밤색 머리카락이 갈색 얼굴에 늘어져 있었다. 주위 사람들의 들뜬 모습에는 전혀 관심을 보이지 않고, 뚫어지게 앞을 바라본 채 깊은 근심에 잠겨 있었다. 머리 뒤에서 비치는 햇빛이 물결치는 머리카락에 닿아서 마치 후광처럼 보였다. 그 뒤에는 노래하고 외치는 사람들의 소란스러운 행렬이 끝없이 이어지고 있었다. 그가 나사렛 사람인 것은 누가 보아도 분명했다.

"티르자, 그분이셔. 자, 어서 가자." 어머니는 말하고 하얀 바위 앞으로 나아가 무릎을 꿇었다. 곧 딸과 하녀도 그것을 본받았다. 예루살렘에서 온 수천 명의 군중은 동쪽에서 오는 행렬을 보자 그 자리에 멈춰 서서, 초록빛 가지를 흔들며 입을 모아 노래를 부르기 시작했다.

"찬양하라, 주님의 이름으로 오시는 이스라엘의 왕을."

동쪽에서 온 무리도 여기에 응답하여 목소리를 맞추었기 때문에, 대지를 뒤흔드는 대합창이 주위에 울려 퍼졌다. 이 소란 속에서는 마치 참새가 지저귀는 듯한 두 나환자의 목소리 따위는 당장 삼켜져버린다.

두 무리의 인파가 마주치는 순간이 왔다. 바로 이때가 세 사람이 바라는 순간이었다. 이 기회는 이제 두 번 다시 오지 않는다. 이 기회를 놓치면 구제받을 가망도 사라져버린다.

"좀 더 가까이 가자. 이래서는 목소리가 저기까지 닿지 않아."

어머니는 일어나서 비틀거리며 앞으로 나갔다. 짓무른 손을 들어 올리고 새된 소리를 질렀다. 가까이에 있던 사람들은 너무나도 이상한 그 모습에 놀라서 저도 모르게 발을 움츠렸다. 사람들은 보라색이나 황금색 옷으로 몸을 감싼 왕과 마찬가지로 이렇게 비참한 모습을 한 사람에게도 가까이 가지 못한다. 지친 티르자는 조금 떨어진 곳에 주저앉은 채 더 이상 앞으로 나아가지 못했다.

"문둥이다. 문둥이야."

"돌멩이를 던져."

"주님의 저주를 받은 여자야. 죽여버려."

이런 저주와 욕설조차 아무것도 모르는 뒤쪽 사람들이 외치는 '호산나'* 소리에 삼켜져버릴 정도였다. 하지만 나사렛 사람과 오랫동안 동행하면서 그의 행동을 잘 알고 있는 사람들은 그와 같은 동정심을 품고 말없이 지켜보고 있었다. 나사렛 사람은 여자 앞에 당나귀를 세웠다. 여자는 차분하고 자비롭고 아름답기 이를 데 없는 얼굴, 상냥함과 온화함이 가득 담긴 커다란 눈동자를 바로 앞에서 보았다.

"주여, 자비를 베푸소서. 제발 우리를 깨끗하게 해주세요. 우리를 불쌍히 여겨주세요."

"당신은 내가 그렇게 할 수 있다고 믿습니까?" 나사렛 사람이 물었다.

"당신이야말로 선지자들이 약속한 구세주입니다."

"당신의 믿음이 굳으니, 그 소망은 이루어질 것입니다." 남자는 눈을 빛내며 자신만만한 태도로 말했다.

그는 뒤에 있는 군중에게는 눈길도 주지 않고 잠깐 더 머문 뒤, 당나귀를 탄 채 앞으로 나아갔다.

"하늘에 계신 주님께 영광 있으라. 찬양하라. 삼중으로 찬양하라. 하느님이 보내신 아들을 찬양하라." 어머니는 진심으로 감사의 말을 외쳤다.

하느님의 아들이라고는 하지만 인간으로 이 세상에 태어난

*'구하옵나니, 이제 구원하소서'라는 뜻의 히브리어. 유대교나 기독교에서 하느님을 찬미하는 소리로, 예수가 예루살렘에 마지막으로 입성할 때 군중이 외쳤다.

나사렛 사람은 이제부터 그를 기다리고 있는 무서운 사건, 자신의 죽음을 예견하고 있었다. 오로지 사랑과 믿음을 추구하는 나사렛 사람은 여자가 감사의 마음을 담아서 외친 말에 얼마나 큰 위안을 받았던가.

예루살렘에서 온 무리와 벳바게에서 온 무리는 합류하여 그의 주위를 에워싸고 종려나무 잎을 흔들며 기쁨에 겨워 호산나를 외치고 있었다. 나사렛 사람과 군중이 세 사람 앞에서 멀어져갔다. 어머니는 머리를 가리고 급히 티르자에게 가서 딸을 끌어안고 울었다.

"티르자, 얼굴을 들어보렴. 그분이 약속해주셨어. 그분은 정말로 구세주야. 우리는 구원받았어. 구원받았어."

눈앞의 행렬은 천천히 나아가 이윽고 산 너머로 사라졌지만, 두 사람은 그대로 계속 무릎을 꿇고 있었다. 무리의 외침 소리가 거의 들리지 않게 되었을 무렵, 기적이 일어나기 시작했다.

우선 심장에 새로운 피가 흐르기 시작했다. 그 속도는 차츰 빨라지고 피의 흐름도 강해졌다. 그와 함께 병이 나아가는 유쾌한 감각이 짓무른 몸뚱이 구석구석까지 퍼져갔다. 몸에서 병의 흔적이 하나씩 사라져가자, 기력이 천천히 돌아와 몸을 가득 채우면서 원래의 모습이 돌아오는 것을 알 수 있었다. 회복된 것은 육체만이 아니었다. 새로운 생명이 태어나는 듯한 느낌은 정신에도 전해져서 황홀감이 퍼져갔다. 마치 한 줄기 상쾌한 바람 같은 힘이 몸속에 들어와 병을 말끔히 씻어냈다. 이때 뭐라고 말할 수 없는 쾌감만이 아니라 결코 잊을 수 없는 신성한 기억이 확실하게 몸에 새겨졌다. 이것은 앞으로 평생 동안 무슨 일이 있을 때마다 생각나서, 감사를 드리는 토대가 되었다.

두 사람의 모습이 변하고 병이 낫는 것을 본 사람은 암라만이 아니었다. 어젯밤의 이야기로도 알 수 있듯이 벤허는 항상 강한 흥미를 품고 나사렛 사람의 뒤를 따르고 있었다. 지금도 그는 나병에 걸린 두 여자가 순례자들 앞에 나온 이 현장에 있었다. 그는 나환자의 기도를 듣고 그 짓무른 얼굴을 보고 나사렛 사람의 대답도 들었다. 이것이 처음은 아니었지만, 이 병자들이 어떻게 되는지를 자기 눈으로 분명히 확인하고 싶었다. 나사렛 사람이 각지에서 사람들을 치유하고, 그 때문에 신랄한 논쟁을 불러일으키고 있는 것도 마음에 걸렸다. 그와 동시에 이 수수께끼 같은 나사렛 사람의 진정한 소명은 무엇일까 하는 의문도 여전히 그의 마음을 괴롭히고 있었다. 아니, 지금까지보다 더욱 절실하게 그것을 알고 싶었다. 해가 지기 전에 그분이 모든 사람 앞에서 그것을 밝힐 게 분명했기 때문이다. 이런 생각을 품고 있던 벤허는 행렬에서 빠져나와 돌 위에 앉아서 군중이 지나가는 것을 지켜보고 있었다.

지나가는 군중 속에는 그가 아는 사람들도 있었다. 긴 옷 속에 단검을 숨기고 있는 갈릴리 사람은 그의 부하였고, 그의 뒤에서 말 두 마리를 끌고 다가오는 까무잡잡한 아랍인은 그의 안내인이었다. 거리에 사람이 없어지자 벤허는 아랍인에게 말했다.

"여기서 잠시 기다리고 있게. 알데바란을 타고 서둘러 시내에 갔다 올 테니까."

그는 아름다운 말의 이마를 어루만진 뒤, 길을 가로질러 좀 전의 두 나환자를 보러 갔다. 벤허가 그 두 여자에게 특별히 흥미를 가진 것은 아니다. 단지 기적이 행해진 결과를 확인하는 것이 자신의 수수께끼를 푸는 데 도움이 될지도 모른다고 생각했을 뿐이다. 걸으면서 무심코 그 하얀 바위 옆에서 두 손으로 얼굴을 가리고 있는 작달막한 노파를 보자 그는 저도 모르게 외쳤다.

"아니, 저건 암라잖아! 이게 무슨 일이지?"

벤허는 아무것도 알아차리지 못하고 두 나환자 앞을 지나 하녀에게 달려갔다.

"암라, 여기서 뭐 하고 있는 거야?"

암라는 구르듯이 달려 나와 벤허 앞에 무릎을 꿇고 눈물로 얼굴을 흠뻑 적시고 있었다. 기쁨과 두려움 때문에 말도 제대로 못 하던 암라는 얼마 뒤에야 겨우 목소리를 낼 수 있었다.

"주인님, 아아, 그분은 정말 훌륭하세요."

타인의 고생을 동정할 수는 있지만, 정말로 이해하기는 어려운 법이다. 하지만 불가사의하게도 정말로 상대와 마음이 통하면 기쁨도 슬픔도 마치 자기 일처럼 느낄 수 있다. 암라는 두 사람 곁을 떠나 얼굴을 가리고 한마디도 말을 나누지 않았지만, 두 사람에게 일어난 기적을 피부로 느끼고 두 사람이 느끼고 있는 감정도 충분히 알 수 있었다. 벤허는 자기를 쳐다보는 암라의 표정과 말투와 동작을 보고 흠칫 놀라서, 방금 지나온 두 여자를 돌아보았다. 순간 그는 심장이 멎어버리는 것 같았다. 한 방 얼어맞은 것처럼 말도 나오지 않았다. 발도 움직이지 않았다.

　나사렛 사람 앞에 서 있던 여자가 눈물을 흘리며 손을 맞잡고 하늘을 우러러보고 있었다. 벤허는 나환자가 치유되는 기적에 놀라기보다 그 두 여자의 모습을 보고 눈을 의심했다. 어머니와 이렇게 똑같은 사람이 이 세상에 또 있을까? 그 여자의 모습은 그날 로마 병사에게 끌려갈 때의 어머니 모습 그대로였다. 다만 머리에 백발이 섞여 있는 점이 다르지만, 그것도 세월이 흐른 것을 생각하면 납득이 간다. 그리고 옆에 있는 여자는 티르자. 흠잡을 데 없이 아름답고 완전히 성숙한 누이동생. 그것을 제외하면, 그라투스 사건이 일어난 그날 아침 그와 함께 옥상에서 아래 거리를 내려다보고 있던 티르자와 똑같았다. 지금까지 두 사람이 죽은 줄 알고 찾는 것도 포기한 상태였다. 그는 그 상실 감에 익숙해졌고, 그들에 대한 애도를 그만두지는 않았지만, 지금 그가 갖고 있는 장래 계획이나 꿈속에 두 사람의 존재는 없었다. 그는 자기 눈을 믿을 수가 없어서, 한 손을 하녀의 머리 위에 올려놓고 떨리는 목소리로 물었다.

　“암라, 내 눈에는 어머니와 티르자가 보이는데, 이게 꿈은 아니겠지?”

　“말을 걸어보세요, 도련님. 말을 걸어주세요.”

　“어머니, 저예요. 유다예요.” 더 이상 참을 수가 없어서 그는 두 팔을 벌리고 달려가면서 외쳤다.

　그 목소리를 듣고, 어머니와 티르자는 둘 다 소리를 지르며 그에게 달려왔다. 하지만 그 순간 어머니는 걸음을 멈추고 몸을 뒤로 빼면서 경고의 말을 외쳤다.

"기다려, 유다. 가까이 오지 마. 우리는 더러워졌단다."

이것은 나병에 걸린 뒤의 습관에서 한 말은 아니었다. 아들에게 재난이 미치는 게 아닐까 하는 두려움, 어머니로서의 배려에서 나온 말이었다. 두 사람의 병은 나았다 해도 아직 옷에서 병균이 전염될지도 모른다.

하지만 벤허는 그런 건 생각지도 않았다. 바로 눈앞에, 부르면 대답할 수 있는 곳에 어머니와 누이가 있었다. 누가 그 사이에 울타리를 세울 수 있겠는가? 다음 순간, 오랫동안 떨어져 지낸 세 사람은 눈물을 흘리며 굳게 끌어안았다.

최초의 흥분이 가라앉자 어머니가 말했다.

"이 행복 속에서도 고마움을 잊으면 안 돼. 그분에게 감사 기도를 드리고 새로운 삶을 시작하자꾸나."

세 사람과 암라는 무릎을 꿇고 기도를 드리기 시작했다. 어머니는 찬송가 같은 기도를 드렸고, 티르자와 벤허도 어머니의 기도를 한마디도 빼지 않고 그대로 되풀이했다. 하지만 벤허의 마음속에는 두 모녀처럼 확실한 신앙이 있는 것은 아니었다.

"어머니, 나사렛에서는 그분을 목수의 아들이라고 부르고 있어요. 도대체 그분은 어떤 사람일까요?" 기도가 끝나자 벤허는 어머니에게 물었다.

"구세주야." 어머니는 옛날처럼 상냥한 눈으로 아들을 바라보면서, 나사렛 사람에게 대답한 것과 똑같은 대답을 했다.

"그 능력은 어디에서 얻었을까요?"

"그건 그분이 그 능력을 어떻게 사용하는지를 보면 알 수 있어. 그분이 뭔가 나쁜 짓을 하셨니?"

"아뇨."

"그건 그분이 하느님한테 능력을 받았기 때문이야."

오랫동안 키워서 자신의 일부가 되어버린 듯한 기대를 순식간에 없애버리기는 어렵다. 벤허는 이 세상의 허영 따위는 그분한테는 헛된 것이었을 거라고 생각하면서도, 자기가 품고 있는 집요한 야망을 버릴 수는 없었다. 그는 자신의 척도로 그리스도를 헤아리고 있었지만, 우리가 그리스도의 척도로 자신을 잴 수 있다면 훨씬 좋을 것이다.

우선 무엇을 해야 할 것인가를 맨 먼저 생각한 것은 역시 어머니였다.

"유다, 이제 뭘 하지? 어디로 가지?"

그 말을 듣고서야 비로소 벤허는 자기가 할 일을 생각해내고, 우선 두 사람의 몸에서 병의 흔적이 말끔히 사라졌는지 어떤지를 확인했다. 둘 다 원래의 완전한 모습, 나아만*이 요단 강에서 나왔을 때와 마찬가지로 어린애처럼 깨끗한 피부를 되찾고 있었다. 벤허는 망토를 벗어 티르자에게 건네주었다.

"이걸 입어라. 전에는 사람들의 눈길을 피했겠지만 이제는 걱정할 것 없어."

벤허가 망토를 벗자 허리에 차고 있는 단검이 보였기 때문에

*시리아의 장군. 선지자 엘리사의 지시에 순종하여 요단 강에서 일곱 번 몸을 씻음으로써 나병을 치유받았다.

어머니는 걱정스러운 듯이 물었다.

"전쟁이라도 났니?"

"아니요."

"그런데 왜 무기를 몸에 지니고 있지?"

"나사렛 사람을 지키려면 무기가 필요하지 않을까 해서요."
벤허는 진짜 목적을 밝히지 않았다.

"그분에게 적이 있니? 그게 누구지?"

"곤란하게도 적은 로마인만이 아니에요."

"그분은 이스라엘인이고 평화를 지키는 분이겠지?"

"확실히 그렇지만, 랍비와 교사들은 그분이 큰 죄를 짓고 있
다고 말하고 있어요."

"무슨 죄를?"

"그분은 할례를 받지 않은 이교도와 가장 엄격한 유대인을 구
별하지 않아요. 완전히 새로운 율법을 주창하고 계세요."

어머니는 아무 대답도 하지 않았다.

그들은 바위 옆의 나무 그늘로 자리를 옮겼다. 두 사람을 빨
리 집으로 데리고 돌아가서 그동안 쌓인 이야기를 하고 싶었지
만, 나병이 나은 경우에 반드시 지켜야 하는 법이 있었다. 벤허
는 아랍인을 불러서 베데스다 연못 근처에 말을 대기시켜두라
고 지시하고, 세 여자를 데리고 '멸망의 산'으로 돌아갔다.

돌아갈 때는 올 때와 달리 발걸음도 가볍게 기드론 골짜기가
내려다보이는 압살롬 무덤 옆의 새 무덤에 도착했다. 그 안에
아무도 없는 것을 확인한 뒤 두 사람은 거기로 들어가고, 벤허

는 새로운 삶에 필요한 준비를 갖추기 위해 서둘러 돌아갔다.

5
예루살렘으로

벤허는 '왕가의 무덤' 동쪽에 있는 기드론 골짜기에 천막을 두 개 세우고 충분히 생활할 수 있도록 준비를 갖춘 뒤, 곧바로 두 사람을 불러들였다. 치료가 끝났다는 증명서가 나올 때까지 두 사람을 이곳에 머물게 할 작정이었다. 증명서가 나올 때까지는 다른 사람과 접촉하지 않는 것이 나환자와 그 관계자의 의무였다. 코앞에 다가온 유월절 축제에 참가하는 것은 물론, 성전에 들어가는 것도 금지되었다. 그래서 자연히 벤허도 두 사람과 함께 천막에서 지낼 때가 많았다. 서로 하고 싶은 이야기도 많았다.

몇 년 동안 겪은 슬픈 경험과 심신의 고통을 어머니와 누이가 털어놓으면, 벤허는 겉으로는 침착하게 듣고 있었지만 마음속은 로마와 로마인에 대한 증오로 부글부글 끓어올랐다. 생각하면 생각할수록 복수심은 강해지고, 미치광이 같은 망상에 사로잡힐 때도 있었다. 갈릴리에서 봉기를 일으키는 것도 진지하게 생각했다. 하지만 정신을 차리고 냉정을 되찾으면, 이런 격렬한 감정 대신 올바른 판단력이 돌아왔다. 뭔가 새로운 방법이 없을까? 몇 번을 생각해보아도, 마지막에는 언제나 같은 결론에 도달했다. 이스라엘 전체의 거국적인 전쟁만이 로마를 쓰러뜨릴 수 있다는 결론이었다. 그렇게 되면 모든 것은 원점으로 돌아가 버린다. 나사렛 사람은 누구이고, 그의 목적은 무엇인가?

벤허는 이따금 나사렛 사람의 연설을 공상해보곤 했다.

"들어라, 이스라엘이여. 나야말로 하느님이 약속하신 유대인의 왕으로 태어난 사람이다. 나는 선지자들이 말한 대로 이 세상을 지배하러 왔다. 자, 봉기하라. 온 세상의 패권을 이 손에."

나사렛 사람이 이런 말을 하면 흥분의 소용돌이가 일어날 것이다. 군대가 궐기하게 하려면 얼마나 많은 나팔을 불어야 할까. 나사렛 사람이 과연 이런 연설을 해줄까?

지금 당장이라도 군대를 일으키고 싶은 벤허는 나사렛 사람의 양면성을 놓치고 있었다. 신성이 인간성을 초월한다는 것도 잊고 있었다. 눈앞에서 일어난 기적은 그분이 가진 위대한 힘을 믿기에 충분했고, 그 힘을 갖고 있으면 로마를 쳐부수고 유대 왕국을 세우는 것쯤은 쉬운 일이다. 나아가 사회를 새로 만들고 인류를 좀 더 순수하고 행복한 하나의 성가족으로 다시 만들 수 있다. 벤허는 그런 원대한 꿈을 품고 있었다. 그 꿈이 이루어져 아무 결점이 없는 평화로운 세계를 볼 수 있다면, 하느님의 아들이 이룩한 위업에 누가 의문을 품겠는가. 그리스도의 대속(代贖)을 부정할 사람이 있을까? 정치적 결과를 빼더라도 인간으로서 얼마나 눈부신 영광이 그분 개인에게 주어지겠는가. 이렇게 영광스러운 자리를 거절할 사람이 있을 리가 없다.

지금 기드론 골짜기에서 베제다에 이르기까지, 그중에서도 특히 다마스쿠스 문에 이르는 길 연변에는 유월절 축제에 참가하러 온 사람들의 천막이 늘어서 있었다. 벤허는 그런 사람들의 천막을 종종 방문했고, 갈 때마다 사람들이 늘어나 있는 데 경탄했다. 그야말로 세계 곳곳에서 사람들이 모여들고 있었다. 지중해 양쪽 연안의 도시들에서, 저 멀리 인도의 강변 도시들에서, 유럽 북쪽 끝에 있는 지방에서 온 사람들도 있었다. 히브리어와는 다른 언어를 쓰는 사람들도 이 유명한 축제를 기린다는 단 하나의 목적을 위해 모여들고 있었다. 그리고 이 사실이 맹신적으로 여겨지기도 하는 공상을 더욱 부추겼다. 어쩌면 나는 나사렛 사람을 오해하고 있는 게 아닐까. 그 사람은 혼자 몰래 준비를 진행하여, 때가 오면 자기가 빛나는 영광을 누리기에 어울리는 인물이라는 것을 증명하지 않을까. 그리고 그때가 바로 지금이다. 게네사렛에서 갈릴리 사람들이 그에게 억지로 왕관을 씌웠다면, 지지자의 수는 기껏해야 수천 명이다. 하지만 지금 예루살렘에서 나사렛 사람이 선언하면 수백만 명, 아니 헤아릴 수 없이 많은 사람이 호응해줄 것이다. 벤허는 빛나는 약속들을 머리에 떠올리면서, 우울한 표정을 짓는 그 사람은 점잖은 태도와 놀라운 자기부정 뒤에 정치가의 교활함과 병사의 투지를 감추고 있는 게 분명하다는 결론에 도달했다.

대머리에 검은 수염을 기른 남자들이 벤허의 천막을 몇 번 찾아왔다. 그들이 찾아올 때마다 구석에서 벤허와 소곤소곤 이야기를 나누는 것을 본 어머니가 누구냐고 물으면, 벤허는 "갈릴리에서 온 친구들이에요" 하고 대답할 뿐이었다.

하지만 벤허는 그 사내들을 시켜서 나사렛 사람의 동태를 끊임없이 감시하고, 나사렛 사람의 적인 랍비들이나 로마인들에 대한 정보도 수집하고 있었다. 적들이 그의 목숨을 노리고 있다는 것을 알고 있었지만, 지금 그의 목숨을 빼앗을 만큼 대담한 자가 있으리라고는 생각되지 않았다. 나사렛 사람의 명성과 인기는 흔들림이 없는 것 같았고, 주위에 이렇게 많은 사람이 모여 있어서 안심이 되기도 했다. 하지만 그의 자신감을 뒷받침하는 가장 큰 근거는 그리스도가 그 초자연적인 힘으로 기적을 행하는 것을 직접 목격한 데에서 생겨났다. 삶과 죽음을 이렇게 마음대로 조종하는 힘을 갖고, 남을 위해서는 그 힘을 자주 사용하면서도 자신을 위해서는 전혀 사용하지 않는다는 것은 보통 사람에게는 믿을 수 없고 이해하기도 어려운 일이었다.

이런 사건들이 모두 현재 달력으로 3월 21일부터 25일까지 닷새 사이에 일어났다는 것도 기억해달라. 25일 저녁, 벤허는 더 이상 기다릴 수가 없어서 그날 안으로 돌아오겠다는 말을 남기고는 말을 타고 예루살렘 시내로 들어갔다. 원기왕성한 말은 날듯이 달렸지만, 그 모습을 본 것은 울타리에 주렁주렁 열린 포도뿐이었다. 돌이 깔린 도로에 울려 퍼지는 말발굽 소리를 들은 사람도 없었다. 길가의 집들에도 거리에도 인기척은 없고, 천막 입구의 불도 꺼져 있었다.

유월절 때문에 수백만 명이 모두 성전에 모여 있었다. 성전 앞마당에서는 제사장들이 양을 도살하고, 흘러내린 피를 제단에 바쳤다. 별들과 경쟁하듯 모든 일은 신속하게 이루어졌고, 그 후에는 고기를 굽고 노래하고 먹으며 축제 준비를 끝냈다.

벤허는 커다란 북문을 통해 시내로 들어갔다. 함락을 앞둔 예루살렘이 주님의 영광에 빛나고 있었다.

6
폭로

벤허는 세 동방박사가 30년도 더 전에 묵었던 대상 숙사의 현관 앞에서 말을 내렸다. 이곳에서 아랍인 안내인과 헤어져, 조금 더 앞에 있는 자기 집으로 가서 쪽문을 통해 안으로 들어갔다. 말루크를 찾았지만 보이지 않았고, 발타사르와 시모니데스도 축제에 가서 집에 없다고 한다. 발타사르는 최근 건강이 좋지 않은 탓인지 기분이 몹시 우울한 모양이었다.

예나 지금이나, 자신의 진정한 마음을 모르는 젊은이나 교묘한 수단에 호소하는 법이다. 벤허가 발타사르의 안부를 묻고 지금 만날 수 있느냐고 물은 것도 실은 자기가 온 것을 이라스에게 알리는 것이 목적이었다. 객실에서 하인과 이야기를 나누고 있을 때 출입구의 커튼이 살짝 열리더니 이라스가 나타났다. 좋아하는 하얀 비단옷으로 몸을 감싸고, 걷는다기보다 둥실둥실 떠서, 일곱 개의 놋쇠 촛대가 환하게 비추고 있는 방 한복판으로 망설이는 기색도 없이 당당하게 들어왔다.

하인은 두 사람만 남겨놓고 물러갔다. 지난 며칠 동안 잇달아 일어난 사건들로 너무 바빠서, 벤허는 이 아름다운 아가씨를 한 번도 생각지 않았다. 생각났다 해도, 그저 잠깐 달콤한 추억에 잠겼을 뿐이다. 지금 그녀의 모습을 본 순간, 그는 전보다 더 강하게 끌리는 것을 느꼈다. 하지만 저도 모르게 그녀에게 달려가던 벤허는 도중에 우뚝 멈춰 서서 눈을 크게 떴다.

얼마나 놀라운 변화인가. 지금까지 그녀는 벤허의 마음을 사로잡으려고 애쓰는 처녀였다. 한없이 따뜻하고, 그 눈빛과 몸짓은 항상 그를 의식하고 있었다. 가슴을 설레게 하는 달콤한 말을 늘어놓고, 곁에 있을 때는 존경을 느끼게 했고, 떨어져 있을 때는 빨리 돌아오라는 기분을 느끼게 했다. 매혹적인 검은 눈동자 위의 짙은 아이라인도 그를 위해서였고, 알렉산드리아의 길모퉁이에서 흔히 들을 수 있는 사랑 이야기도 그에게 바치는 애정이 가득한 시로 다시 태어났다. 그 미소도, 경박한 말투도, 손과 머리카락, 볼과 입술의 작은 몸짓도, 나일 강의 노래, 반짝이는 보석, 베일이나 스카프의 우아한 레이스와 세련된 물건들, 이 모두가 그를 위한 것이었다. 그녀의 행동 하나하나가 '미인은 영웅이 얻는 법'이라는 옛 격언을 생각나게 했고, 벤허는 자기야말로 그 영웅이라고 굳게 믿었다. 이집트 아가씨만이 가질 수 있는 정열적인 재능은 그것이 더없이 자연스럽고 매력적으로 보이게 했다. 전에 야자수 농원의 호수에서 함께 뱃놀이를 한 이래, 벤허에게 여자는 그런 존재였다. 그런데 지금은 얼마나 변했는가.

앞에서 나사렛 사람의 '양면성', 즉 신성과 인간성에 대해 말했지만, 보통 사람한테도 '양면성'이 있다. 무릇 선천적인 것과 후천적인 것의 '양면성'을 갖고 있지 않은 사람은 거의 없다. 후천적인 것은 교육으로 덧붙여진 것이지만, 그것이 충분히 몸에 배어 선천적인 것과 구별할 수 없게 되는 경우도 있다. 이 경우, 이집트 아가씨의 변모는 선천적인 것, 즉 그녀가 가진 본성이 갑자기 나타났다고 할 수 있겠는데, 그보다 더 강할 수는 없다고 할 수 있을 정도의 강한 반감이 태도에 드러나 있었다. 고개를 조금 기울이고 콧구멍을 넓히고 육감적인 아랫입술을 삐죽 내밀고 있지만, 그 차가운 태도는 마치 대리석 조각 같았다.

그녀가 먼저 입을 열었다.

"마침 잘 오셨네요. 오랫동안 환대해주셔서 고마워요. 내일이 지나면 감사 인사를 드릴 기회가 없을지도 몰라요."

그 쌀쌀한 말투에 놀란 벤허는 이라스를 바라본 채 가볍게 고개를 숙였다.

"도박을 즐기는 자들은 도박이 끝나면 정산을 하고 신들에게 술을 바치고 승자에게 관을 씌워주는 것이 관습이라는 말을 들었어요. 우리는 오랫동안 밤낮으로 승부를 해왔지만, 그것도 이제 끝난 것 같군요. 이제 슬슬 어느 쪽이 관을 쓸 것인지를 확실히 해야 할 때라고 생각지 않으세요?"

"남자는 여자의 방식에 간섭하지 않는 법입니다." 벤허는 조심스럽지만 가벼운 투로 대답했다.

"가르쳐주실래요, 예루살렘의 귀공자님? 사람들이 하느님의 아들이라고 부르면서 많은 기대를 걸고 있는 그 나사렛 목수의 아들은 어디 계신가요?" 이라스는 빈정거리는 웃음을 지으면서 고개를 갸웃하고 물었다.

"나는 그분을 감시하고 있는 게 아닙니다." 벤허는 발끈하여 손을 내저으며 대답했다.

여자는 어깨를 으쓱했다.

"어떤가요? 그 사람은 로마를 무너뜨렸나요?"

벤허는 분노를 억누르면서 손을 들어 올렸다.

"그 사람은 어디에 도읍을 정하셨죠? 그 왕좌를, 그리고 청동 사자상을 보여주실 수 있나요? 죽은 사람을 되살렸다는 분이니까, 황금 왕궁을 짓는 것쯤은 아무것도 아니겠죠. 발을 구르며 무언가 주문을 외우면 당장에 모든 것을 다 갖춘 호화 저택이 카르나크처럼 솟아나지 않을까요?"

이렇게 되면 그녀의 의도는 분명했다. 그 질문은 도발적이고, 그 태도에는 적개심이 역력히 드러나 있었다. 벤허는 조심하면서 쾌활한 어조로 대답했다.

"이집트 아가씨, 원하는 사자상이나 왕궁은 앞으로 며칠이나 몇 주 더 기다려야 할지도 모릅니다."

"그런데 당신의 그 옷차림은 뭐예요? 총독이나 장관은 그런 차림을 하지 않을 거예요. 테헤란 총독을 본 적이 있는데, 비단 터번에 황금빛 외투를 걸치고, 칼집과 칼자루에는 눈부신 보석이 아로새겨져 있었어요. 오시리스가 그에게 태양의 영광을 빌려준 줄 알았죠. 당신은 나와 함께할 왕국에는 아직 들어가지 않았나 봐요." 이라스는 거침없이 말을 이었다.

"당신은 스스로 생각하는 것보다 훨씬 친절하시군요. 이시스

여신은 마음에 없는 남자와도 키스할 수 있다고 나한테 가르쳐 주고 있으니까요." 벤허는 정중하게 대답했다.

이라스는 목걸이의 보석을 만지작거리면서 말했다.

"당신은 유대인치고는 현명한 분이시죠. 당신이 왕이라고 믿는 분이 오늘 예루살렘에 입성하는 것을 내 눈으로 보았어요. 당신은 그분이 성전에서 유대인의 왕으로 선언될 거라고 말씀하셨죠. 종려나무 잎을 손에 든 행렬이 노래를 부르면서 그분을 따라 산을 내려왔기 때문에, 나는 열심히 왕의 모습을 찾았어요. 보라색 곤룡포를 입고 하얀 말을 탄 분, 빛나는 갑옷을 입은 마부, 긴 창과 둥근 방패를 들고 뒤를 따르는 근위대……. 가슴이 두근거릴 만큼 훌륭한 예루살렘의 왕과 갈릴리 군단의 모습을 기대했죠."

그녀는 벤허에게 경멸의 눈길을 던지고, 어리석은 꿈을 꾸었다는 듯이 큰 소리로 웃으며 말을 이었다.

"개선한 파라오나 황금 갑옷에 투구를 쓴 황제 같은 인물을 기대했는데, 내가 본 건 당나귀를 탄 가냘픈 남자였어요. 왕이라고요? 하느님의 아들? 이 세상의 구세주라고요?"

벤허는 저도 모르게 움찔했다. 여자는 지체 없이 말을 이었다.

"그래도 나는 떠나지 않았어요. 웃지도 않았어요. '아직은 아니야. 성전에 들어가면 앞으로 세계를 지배할 영웅다운 멋진 모습을 보여줄 거야.' 그렇게 생각했죠. 그 사람은 동쪽 문에서 '여인들의 마당'으로 들어가더니 '아름다운 문' 앞에 멈춰 섰어요. 광장도, 주랑도, 성전 주위의 계단도 사람들로 가득 메워졌고,

모두 꼼짝도 않고 숨을 죽인 채 그 사람의 말을 기다리고 있었어요. 그 거대한 로마의 차축에 금이 간 듯한 기분까지 들었죠. 그런데 당신의 왕은 가운을 두르더니 가장 멀리 떨어진 문으로 터벅터벅 나가버렸어요. 단 한마디도 하지 않고. 그리고 로마는 아직 건재해요."

그 순간 희망이 사라졌다. 벤허는 사라져가는 희망에 작별의 눈길을 던지고 눈을 내리깔았다. 지금까지 발타사르와 논쟁을 벌였을 때도, 눈앞에서 기적이 이루어졌을 때도, 나사렛 사람 그리스도의 본성이 이렇게 분명히 그 앞에 제시된 적은 없었다. 인간을 초월한 사람에게서 신을 보려고 하는 우리가 신성한 존재를 이해하기 위해서는 우선 인간을 알 필요가 있을 것이다. 지금 이집트 여자가 한 이야기, 나사렛 사람이 '아름다운 문'으로 나갔다는 이야기도 그렇다. 이 이야기의 가장 중요한 점은 한 남자가 세속의 욕망에 사로잡혀 있으면 절대로 할 수 없는 일을 했다는 점이다. 즉 이것은 하나의 비유, 그리스도 자신이 몇 번이나 말했듯이 그의 소명은 정치적인 것이 아니라 영혼을 구제하는 것이라는 비유다. 순간적으로 번득인 이 생각은 벤허의 마음을 사로잡았다. 지금까지 그의 마음을 온통 차지하고 있던 원한과 복수심이 사라져가는 것을 느꼈다. 그 순간, 자신의 영혼보다 훨씬 가까운 곳에 그분의 모습이 떠올랐다. 눈에 눈물이 고인 긴 머리의 상냥한 모습.

"발타사르의 따님, 이게 당신이 말하는 승부라면 화관을 드리겠소. 당신이 이겨도 나는 상관없습니다. 이 이야기는 이걸로 끝내겠지만, 다만 덧붙이고 싶은 것은, 앞으로는 서로 다른 길을 가고, 만난 것도 잊어버리도록 합시다. 할 이야기가 있으면 계속하세요. 하지만 아까 그 이야기는 사양합니다."

여자는 벤허를 뚫어지게 바라보고 그의 마음을 살피면서 어떻게 할까 망설이고 있는 것 같았지만, 결국 냉정하게 말했다.

"이제 그만 돌아가주세요."

"안녕히 계십시오." 벤허는 돌아섰다.

방을 나오려 할 때 여자가 다시 말했다.

"한마디만 더."

벤허는 그 자리에 멈춰 서서 뒤를 돌아보았다.

"내가 알고 있는 당신은……."

"이집트 아가씨, 나에 대해 뭘 알고 계시죠?"

여자는 멍하니 남자를 바라보았다.

"당신은 어떤 히브리인보다도 로마인에 가까워요."

"유대인답지 않다는 건가요?"

"요즘은 신 같은 영웅은 으레 로마인이에요."

"나에 대해 설명을 해주시는군요."

"로마인과 비슷하기 때문에, 가능하면 당신을 구해주고 싶었어요."

"나를 구한다고요?"

여자는 분홍빛 손톱으로 목에서 빛나는 펜던트를 만지며 낮고 달콤한 목소리로 말하기 시작했다. 다만 여자가 비단 샌들로 바닥을 톡톡 구르는 소리에서 벤허는 무언가 불길한 예감을 느겼다.

"갤리선에서 도망친 유대인 노예가 이데르네 저택에서 사람을 죽였대요. 그 남자는 이 예루살렘 성문에서 로마 군인도 죽였어요. 그리고 오늘 밤 로마 총독을 잡기 위해 갈릴리에서 토박이 군단을 3개 부대나 이끌고 온답니다. 그뿐만이 아니에요. 로마와 전쟁도 꾀하고 있고, 일데림 족장은 그의 오른팔이라고……." 여자는 옆으로 다가와서 속삭였다. "당신은 로마에서 살았어요. 이런 이야기를 적당한 사람의 귀에 속삭이면 어떻게 될지…… 안색이 달라졌군요."

벤허는 놀라서 몸을 뒤로 뺐다. 지금까지 새끼고양이와 장난을 치고 있는 줄 알았는데, 상대가 호랑이라는 걸 안 듯한 표정이었다.

"당신은 궁정의 속사정에도 훤하고, 세야누스 장관도 아시죠? 그분한테 이 유대인이 동방에서, 아니 제국 전체에서도 손꼽히는 부자라고 말하면 어떨까요? 로마의 테베레 강에 사는 물고기는 진흙을 휘저어 다른 물고기들을 살찌우지 않을까요? 그들이 다른 물고기에게 먹이를 주고 있는 동안, 경기장에서는 얼마나 멋진 구경거리가 벌어질까요? 로마인을 즐겁게 해주기는 어려워요. 그들을 즐겁게 해줄 돈을 구하기는 더욱 어렵죠. 하지만 세야누스 장관만큼 거기에 능한 사람은 없을 거예요."

벤허는 이 여자의 교활함에도 이제 질리지 않았다. 이럴 때, 묘하게 머리만 제대로 작동하여 기억을 선명하게 되살릴 때가 있다. 순간 요단으로 가는 길의 샘터에서 일어난 사건이 머리에 떠올랐다. 그때 에스더가 비밀을 누설한 게 아닐까 하고 의심했던 것이 생각났고, 이번에도 똑같은 의심이 그의 마음에 싹텄다. 벤허는 차갑게 말했다.

"이집트 아가씨, 당신의 속셈을 알았습니다. 내 운명은 당신에게 달려 있다는 거지요. 게다가 당신의 호의는 이제 얻을 수 없다는 것도 잘 알았습니다. 당신의 목숨을 빼앗아도 좋겠지만, 여자를 죽일 생각은 없습니다. 나에게 남은 길은 사막으로 도망치는 것뿐입니다. 사막이라면 추적에 능한 로마인도 그렇게 쉽사리 나를 찾지는 못할 겁니다. 사막의 황무지에서는 모래만이 아니라 창과 칼도 기다리고 있으니까요. 파르티아인을 본받아 저항하는 것도 한 가지 재미지요. 함정에 빠진 내가 바보였습니다. 하지만 한 가지만 묻고 싶군요. 나에 대해 말해준 사람이 도대체 누굽니까? 비참함 말고는 아무것도 모르고 살아온 나 같은 남자가 도망치다 붙잡혀서 죽어갈 때, 저주의 말을 배신자에게 남겨도 벌을 받지는 않겠지요. 도대체 누가 당신에게 내 이야기를 했습니까?"

여자의 얼굴에 동정의 빛이 떠올랐다. 이것은 단순히 마음을 끄는 표정일 수도 있지만, 정직한 기분이 나타난 것인지도 모른다.

"우리 나라에서는 태풍이 지나간 뒤 해안에 나가서 바닷가에 떨어져 있는 각양각색의 조가비를 주워 모아 그림을 만드는 남자들이 있어요. 조가비를 잘게 쪼개서 대리석판 위에 하나하나 박아 넣는 거죠. 이게 비밀을 푸는 열쇠가 되지 않을까요. 이것만 말씀드릴게요. 나는 어떤 분에게 자세한 정보를 많이 입수했고, 또 다른 사람한테도 정보를 얻었어요. 그것을 한데 모아 어떤 남자의 목숨과 운명을 내 마음대로 할 수 있는 행운을 얻은 거랍니다."

그녀는 여기서 말을 끊고 발을 울리더니, 자신의 감정을 들키지 않으려는 것처럼 얼굴을 돌렸다. 그리고 결심한 듯 말했다.

"어떻게 해야 좋을지 모르고 있는 그 남자의 운명을."

"아니, 그것만으로는 충분치 않습니다. 그걸로는 부족해요. 내일 당신은 나를 어떻게 처리할지 결정하겠지요. 나는 죽을지도 모릅니다."

"맞아요." 여자는 재빨리 대답하고 강한 어조로 말을 이었다. "나는 일데림 족장과 우리 아버지가 야자수 농원에서 이야기하는 것을 들었어요. 새나 벌레도 있었지만 아주 조용한 밤이었고, 막사에서 엿듣는 건 아주 쉬워요." 여자는 그때 일이 생각났는지 킥킥 웃으면서 말했다. "다른 건……."

"누구한테 들었죠?"

"당신한테 들었어요."

"또 다른 사람은?"

"없어요."

"고맙습니다. 세야누스 장관을 너무 오래 기다리게 해도 좋지 않겠지요. 사막은 그렇게 예민하지 않습니다. 그럼 또 봅시다." 벤허는 한숨을 내쉬며 가볍게 말했다.

이때까지 벤허는 머리에 아무것도 쓰지 않은 채 서 있었다.

이제 그는 팔에 걸려 있던 두건을 머리에 쓰고 돌아서서 방을 나가려고 했다. 하지만 여자가 황급히 손을 뻗으며 그를 막았다.

"잠깐만요."

남자는 뒤를 돌아보았지만, 보석으로 빛나는 그 손을 잡으려고는 하지 않았다. 여자의 태도를 보고 그는 그녀가 지금까지 숨기고 있었던 뜻밖의 말을 꺼낼 거라고 직감했다.

"잠깐만요. 나를 의심하지 마세요. 나는 왜 아리우스 장관님이 당신을 양자로 삼았는지 알고 있어요. 아무리 무자비한 지배 아래에서도 당신은 항상 용감하고 관대했죠. 당신은 그 로마에 청춘의 일부를 남기고 오셨잖아요. 거기에 비하면 사막에 어떤 생활이 있는지 생각해보세요. 당신이 내 말을 따라준다면 나는 당신을 구해주겠어요. 이집트의 신들에게 맹세코."

기도인지 애원인지 알 수 없는 여자의 말은 참으로 유창했지만, 간절한 마음도 담겨 있었다. 그리고 무엇보다 아름다웠다.

"하마터면 곧이들을 뻔했네요." 벤허는 주저하면서 낮고 불확실한 목소리로 말했다. 그의 마음속에는 아직 의심이 남아 있어서, 상대의 말에 따르는 것을 용납하지 않았다. 이 줄기찬 의심이 그의 목숨을 지금까지 몇 번이나 구해주었는지 모른다.

"여자에게 최고의 행복은 사랑에 사는 것, 남자에게 최고의 행복은 자신을 이기는 것. 부탁이 있어요." 다그치듯 말하는 이라스의 얼굴은 지금까지 본 적도 없는 매력을 발하며 빛나고 있었다. "당신은 소년 시절에 친구가 하나 있었죠. 그 후 사이가 틀어져서 적이 되었고, 그 친구는 당신한테 심한 짓을 했어요. 그리고 몇 년 만에 안디옥의 경기장에서 다시 만났죠."

"메살라!"

"그래요, 메살라 님이에요. 당신은 지금 그의 채권자예요. 과거를 잊고 옛날의 우정을 보여주세요. 도박으로 잃은 재산을 원래대로 돌려주세요. 6달란트 따위는 당신한테 아무것도 아니잖아요. 잎이 무성한 나무에서 싹을 따는 거나 마찬가지예요. 하지만 그분에게는 그게 얼마나 큰돈인지 몰라요. 이미 그분은 두 번 다시 일어날 수 없는 몸이 되었어요. 귀공자님, 구걸하는 것은 로마인인 그분에게는 죽음과도 같은 고통이에요. 제발 이 상황에서 그분을 구해주세요."

계속 지껄여서 생각할 틈을 주지 않는 게 그녀의 속셈이라면, 그녀는 벤허의 마음속에 있는 비밀을 알지 못했거나 움직이기 어려운 그 마음의 비밀을 간과하고 있었다. 그녀가 말을 끝냈을 때 벤허는 그 어깨 너머로 메살라의 얼굴을 보았다. 그것은 구걸꾼이나 친구의 얼굴이 아니라 지금까지 그랬듯이 불쾌하고 오만한 로마인의 얼굴이었다.

"이 사건에 대해서는 이미 판결이 내려졌고, 메살라는 패소했을 겁니다. 게다가 그 판결은 로마인이 내렸습니다. 그런데 설마 메살라가…… 그 메살라가 나한테 그렇게 말해달라고 당신한테 부탁했나요?"

"그분은 고상한 분이고, 그 고상한 품격으로 당신을 판단했어요."

"당신은 메살라와 아주 친한 모양이니까 가르쳐주세요. 입장이 바뀌었다면, 메살라는 지금 나한테 부탁한 일을 나에게 해줄까요? 자, 대답해주세요. 어서 대답해보세요." 벤허는 팔에 손을 대고 말했다.

그 손과 눈의 움직임에는 진지한 마음이 나타나 있었다.

"그분은……."

"'그분은 로마인이니까' 하고 말할 작정이겠지요. 나는 유대인이니까 그에게 돈을 받는 것은 결코 권리가 아니고, 그가 나에게 돈을 지불하는 것은 당치도 않은 일이라고. 나는 유대인이고 그놈은 로마인이니까, 그놈이 나에게 무슨 짓을 했든 용서하지 않으면 안 된다고. 발타사르의 따님, 아직도 할 이야기가 남아 있나요? 있다면 빨리 하세요. 그러지 않으면 분노가 들끓어, 당신이 여자라거나 아름답다는 이유로는 분노를 억누를 수 없게 될 겁니다. 단순한 밀고자, 그것도 가증스러운 로마의 밀고자로밖에 보이지 않을 겁니다. 그러니까 빨리 끝내주세요."

여자는 손을 놓고 한 걸음 물러나 밝은 불빛 속에 섰다. 그 눈과 목소리에는 사악한 본성이 역력히 드러나 보였다.

"포도주 찌꺼기나 야자 껍질을 먹는 주제에 무슨 말을 지껄이는 거예요? 설마 내가 당신을 사랑한다고 생각한 건 아니겠죠? 내가 당신을 사랑할 수 있다고 생각해요? 당신은 메살라 님을 섬기기 위해 태어난 거나 마찬가지잖아요. 겨우 6달란트면 그분은 만족하실 거라고 말했는데, 하지만 이제는 6달란트 정도로 물러나지 않겠어요. 20달란트를 추가로 더 주지 않으면 안돼요. 내 말 들었어요? 당신이 내 손에 입 맞춘 것도 그분한테 빼앗은 것으로 치고 대가를 지불해줘요. 지금까지 당신을 동정하는 체하면서 오랫동안 참고 견딘 것도 모두 그분을 위해서예요. 여기 상인이 당신 재산을 관리하고 있지요? 내일 정오까지 26달란트가 메살라 님에게 전달되지 않으면 당신에 관한 이야기가 세야누스 장관한테 곧바로 들어가게 될 거예요. 그러니 알아서 현명하게 처신하세요. 그럼 안녕."

문 쪽으로 가려고 하는 여자를 벤허가 가로막았다.

"당신에게는 이집트의 피가 흐르고 있소. 다음에 메살라를 여기나 로마에서 만나거든 이렇게 전해주시오. 그놈이 빼앗은 우리 아버지 재산은 그 6달란트에 이르기까지 모두 도로 빼앗았다고. 그놈은 나를 갤리선으로 보냈지만, 나는 거기서 살아남아 지금 그놈의 궁핍과 치욕을 진심으로 기뻐하고 있다고. 내가 그놈에게 준 육체적 고통은 이스라엘 주님의 저주이고, 그것은 무고한 사람들을 괴롭힌 그놈에게는 죽음보다 더 어울리는 대가라고. 그리고 나병에 걸려서 죽어버리라고 그놈이 안토니아 감옥으로 보낸 우리 어머니와 누이는 당신이 경멸하는 그 나사렛 사람 덕분에 무사히 살아났소. 두 사람은 이제 내 곁으로 돌아와서, 그놈이 품게 한 부정한 생각과는 비교도 안 될 정도의 애정을 나에게 쏟아부을 수 있소. 그리고 암여우 같은 당신에게도 직성이 풀릴 때까지 말해주겠는데, 세야누스 따위가 내 재산을 몰수하러 와도 가져갈 것은 아무것도 없소. 내가 물려받은 재산은 미세눔의 저택까지 모두 처분했고, 그 돈은 이미 당신들 손이 닿지 않는 상업 세계의 소용돌이 속에 들어가버렸소. 시모니데스가 모든 것을 책임지고 관리하여 많은 이익을 낳고 있지. 이 집, 상품, 선박들, 무역과 관련된 일은 모두 황제의 보증을 받아서 이루어지고 있소. 황제는 거기서 충분한 대가를 받고 있고, 세야누스도 악행으로 무언가를 가로채기보다는 공물로써 합리적인 대가를 손에 넣는 쪽을 더 좋아할 거요. 만에 하나, 일이 그런 식으로 진행되지 않고 우리가 갖고 있는 유대의 어음을 동결하는 수단으로 나올 경우에도 마지막 수단이 남아 있지. 그걸 황제에게 선물로 드리는 방법이오. 이게 내가 로마에서 배운 거요. 이집트 아가씨, 나는 절대로 그놈한테 굴복하지 않겠지만, 그놈을 더 이상 저주하지도 않겠소. 하지만 당신이 그에게 돌아가서 내가 한 말을 모두 전하면, 현명한 로마인이라면 모든 것을 깨닫겠지. 당신의 말 한마디 한마디가 사라지지 않는 내 증오심을 나타내는 저주의 말이라는 것을 말이오. 자, 어서 가보시오, 발타사르의 따님."

그는 문까지 여자를 배웅하고, 커튼을 치면서 그 뒷모습을 향해 말했다.

"잘 가시오."

7
달빛 아래서

객실을 나온 벤허는 조금 전까지와는 달리 기운이 없었다. 고개를 숙이고 생각에 잠긴 채 천천히 걷고 있었다. 불구가 된 메살라가 지금도 정상적인 머리를 가지고 음모를 꾸미고 있다는 것을 알았다. 재난이 일어난 뒤에 과거를 돌아보고, 그때까지 깨닫지 못한 재난의 조짐을 주워 모으는 것은 쉬운 일이다. 그렇다 해도 지금까지 이라스와 메살라의 관계를 전혀 의심하지 않았다니. 그리고 지난 몇 년 동안, 아무것도 모르는 자신과 친구들이 그 여자가 하라는 대로 한 것을 생각하면 몹시 자존심이 상했다.

'그러고 보니 카스탈리아 샘에서 메살라가 보인 불손한 태도에도 이라스는 화를 내지 않았어. 야자수 농원에서 보트를 탔을 때도 계속 메살라를 칭찬하고 있었지. 아, 그런가? 이제야 이데르네 저택에서 일어난 일의 수수께끼가 풀렸군.'

확실히 자존심은 상했지만, 그렇다고 해서 사람이 그것 때문에 죽는 경우는 별로 없고, 고질병이 되는 일도 없다. 벤허의 경우는 오히려 그 덕분에 눈이 뜨였다. 그는 큰 소리로 외쳤다.

"주님, 고맙습니다. 상처는 얕았어. 이제야 겨우 내가 그 여자를 사랑하지 않았다는 걸 깨달았어."

이렇게 외친 덕분에 마음을 짓누르고 있던 무거운 짐이 조금은 가벼워졌을까? 벤허는 아까보다 가벼운 걸음으로 테라스로 나왔다. 거기서 옥상으로 나가는 계단을 올라갔지만, 마지막 계단에서 걸음을 멈추었다.

'그런데 발타사르도 그 여자의 연기에 장단을 맞춘 것일까? 아니, 그럴 리가 없어. 그 나이에 그런 위선적인 짓은 할 수 없

어. 발타사르 님은 올곧은 분이니까.'

그렇게 납득하고 옥상에 나가자, 머리 위에 보름달이 빛나고 있었다. 그 달빛보다 이 밤하늘은 거리와 시내 곳곳에서 타오르고 있는 화톳불로 더 밝게 비추어져 있었다. 그리고 시내 사람들이 부르는 찬송가의 구슬픈 곡조도 들려왔다. 괴로움을 짊어진 수많은 목소리가 "유다의 자손이여, 이렇게 우리는 주님에 대한 믿음을 맹세한다. 주님에게 받은 이 나라에 대한 충성도 맹세한다. 우리 시대의 기드온이여, 다윗이여, 마카베오여, 나와달라. 준비는 갖추어졌다"고 노래하는 것처럼 들린다. 이것은 어디까지나 서막에 불과하고, 다음은 나사렛 사람에 대해 생각한다. 이따금 사람은 엉뚱한 망상을 품고 자신을 속이는 법이다.

옥상을 가로질러 북쪽 거리에 면한 난간까지 걸어갔지만, 눈물이 가득 고인 나사렛 사람의 나약한 모습이 머리를 떠나지 않았다. 그것은 전투와는 전혀 결부되지 않고 오히려 모든 것을 내려다보는 온화한 저녁 하늘을 연상시키는 모습이었다. '도대체 그는 어떤 사람인가?' 하는 과거의 질문이 다시 되살아났다. 벤허는 난간에서 바깥 경치를 얼핏 보고, 여느 때처럼 평상으로 갔다.

'메살라, 할 수 있으면 뭐든지 해봐. 나는 절대로 로마인을 용서하지 않겠어. 그놈에게는 내 재산을 한 푼도 나누어주지 않을 것이고, 이 도시에서 도망치지도 않겠어. 우선 갈릴리 군단을 불러들여 여기서 싸울 거야. 용감하게 싸우는 모습을 보여주면 다른 부족들도 우리 편에 가담하겠지. 설령 내가 패퇴해도, 모세의 인도를 받은 우리 민족에게는 또다시 새로운 지도자가 나

타날 거야. 그 나사렛 사람이 안 된다 해도, 목숨을 걸고 자유를 쟁취하려는 영웅이 나올 거야.'

벤허가 들어간 평상에는 어슴푸레한 불빛이 비치고, 기둥 그림자가 바닥에 뻗어 있었다. 언제나 시모니데스가 앉아 있는 팔걸이의자가 시장이 내려다보이는 자리에 놓여 있었다.

'시모니데스 님이 돌아온 모양이군. 주무시는 게 아니면 이야기나 하자.'

살며시 의자에 다가가서 등받이 뒤에서 들여다보니, 거기에 있는 것은 시모니데스가 아니라 에스더였다. 의자에 작은 몸을 뻗고 아버지의 무릎덮개를 덮은 채 잠들어 있었다. 헝클어진 머리카락이 얼굴에 늘어져 있고, 흐트러진 낮은 숨소리를 내고 있었다. 긴 한숨이 흐느낌으로 바뀔 때도 있었다. 그 탓인지, 아니면 그녀가 이곳에 혼자 있었던 탓인지, 피곤해서 잠들었다기보다 슬픔에서 도피하기 위해 잠을 자고 있는 것처럼 여겨졌다. 에스더를 어린애로 생각했던 벤허는 의자 등받이에 손을 올려놓으면서, 이 티 없이 귀여운 아이에게 자연이 은혜를 베풀어주었구나 하고 생각했다.

'깨우지 말자. 사랑하는 마음 외에는 아무 말도 할 게 없으니까. 에스더는 어엿한 유다족 처녀야. 아름답고, 그 이집트 여자와는 너무 달라. 그 여자는 허영심과 야심과 이기심의 덩어리지만, 에스더는 성실하고 헌신적이고 자신의 의무를 잘 알고 있어. 하지만 문제는 내 감정이 아니라 에스더가 나를 어떻게 생각하느냐 하는 거야. 우리는 처음부터 친구였어. 안디옥의 테라스에서 에스더는 어린애처럼 로마를 적으로 삼지 말아달라고 부탁했지. 그리고 미세눔의 집과 그곳 생활에 대해 말해달라고 졸랐지. 내가 키스를 한 게 일시적인 기분으로 그런 게 아니라는 걸 알아주면 좋으련만. 어쩌면 키스한 것도 잊어버렸을지 몰라. 하지만 나는 잊을 수 없어. 나는 에스더를 좋아해. 이 도시에서 내가 민족의 장래를 위해 일하고 있다는 비밀을 이라스한테도 털어놓지 않았어. 하지만 에스더라면 이 계획을 기뻐해주고 몸과 마음을 바쳐 도와줄 거야. 내 누이 티르자의 분신이 되어줄 거야. 에스더를 깨워서 이런 내 마음을 털어 놓고 싶지만, 지금은 안 돼. 아아, 그 이집트 여자와의 일은 도저히 입 밖에 낼 수 없어. 기회를 보아 다시 시작하자. 기다려줘, 귀여운 에스더. 유다의 딸.'

벤허는 들어올 때와 마찬가지로 살며시 나갔다.

8
배신

거리에는 사람들이 넘쳐흐르고 있었다. 가는 사람, 오는 사람, 고기를 굽는 화톳불 곁에 모여 있는 사람…… 모두 행복한 듯 노래를 부르며 유월절을 축하하고 있었다. 고기 굽는 냄새는 삼나무 가지를 태우는 횃불 냄새와 뒤섞여 사방으로 퍼지고, 이스라엘 민족도 이때만은 모두 형제와 동지가 되어 사이좋게 어울린다. 그것이 유월절의 관습이었다. 벤허도 거리를 걷고 있으면 고기를 굽는 사람들이 불러 세우고는 "이봐요, 고기 먹고 가시오. 우리는 모두 주님의 사랑을 받는 형제잖소" 하며 붙잡곤 했다. 하지만 말을 타고 기드론 골짜기의 천막으로 가고 있는 벤허는 정중하게 사양하고 걸음을 서둘렀다.

그곳에 가려면 나중에 '슬픔의 길'이라고 불리게 된 길을 지나가야 했다. 축제 의식이 한창이었고, 길을 쳐다보면 횃불들이 깃발처럼 흔들리고 있었다. 그런데 불가사의하게도 횃불들이 다가오면 주위의 노랫소리가 멈춰버린다. 그보다 더 이해할 수 없는 것은 횃불 연기와 흔들리는 불길 사이에 로마 병사들의 창이 번득이고 있는 것이었다. 유대인의 종교 행렬 속에서 이방인인 로마 병사들이 뭘 하고 있을까. 이런 광경은 본 적이 없다. 벤허는 그 이유를 확인하려고 다가갔다.

달빛이 주위를 비추고 있었다. 하지만 달빛도 횃불도 거리의 화톳불도, 그리고 창문이나 출입문에서 새어 나오는 불빛도 충분치는 않다는 듯이 등불을 들고 있는 사람들이 있었다. 뭔가 특별한 목적이라도 있나 하고 벤허는 지나가는 사람들의 얼굴이 보이는 곳까지 나아갔다. 횃불이나 등불을 든 하인들은 모두 몽둥이나 작대기로 무장하고 있었다. 행렬 속의 장로나 제사장들을 위해 걷기 쉬운 길을 고르고, 발밑을 비추어주는 것이 그들의 역할인 모양이었다. 그런데 그들은 어디로 가는 것일까. 성전에 갈 작정이 아닌 것은 확실했다. 이 사람들의 출발지인 시온에서 성전으로 가려면 가로숫길을 지나갈 것이기 때문이다. 그렇다 해도 무장 집단은 온당치 않다.

행렬에서 가장 눈길을 끈 것은 선두 근처를 걷고 있는 세 남자였다. 왼쪽은 성전의 경비대장, 오른쪽은 제사장, 한가운데에 있는 남자는 양쪽 사람에게 기대어 얼굴이 보이지 않도록 고개를 숙이고 있어서 누군지 알 수 없었다. 하지만 그 태도는 붙잡힌 공포로 겁에 질려 있는 죄수, 또는 고문이나 사형을 당하기 위해 끌려가는 죄수 같았다. 양쪽에 있는 높은 분들이나 등불을 들고 앞서가는 하인들의 정중한 태도로 미루어보면, 이 남자는 이 행렬의 목적과 깊은 관계가 있는 증인이나 안내자 또는 밀고자인지도 모른다. 그가 누군지 알면, 이 행렬 자체의 목적도 짐작할 수 있을 터였다. 벤허는 제사장 오른쪽에서 행렬을 따라 걸으면서 남자의 얼굴을 어떻게든 보려고 했다. 마침내 등불 빛이 공포로 일그러진 그 창백한 얼굴을 비추었다. 얼굴은 온통 수염에 덮이고, 움푹 들어간 눈은 멍하니 초점을 잃고 있었다. 나사렛 사람을 따르고 있었던 벤허는 그 제자들의 얼굴도 기억하고 있었기 때문에, 그 순간 저도 모르게 외쳤다.

"가룟 유다."

남자는 천천히 벤허 쪽을 보고 무언가 말하려 했지만 제사장이 그것을 가로막았다.

"넌 누구냐? 저리 가!" 제사장은 이렇게 말하면서 벤허를 떠밀었다.

벤허는 저항하지 않고 좀 더 상황을 지켜보려고 그대로 사람들 속에 섞여 들어갔다. 행렬은 거리를 내려가 베제다 언덕과 안토니아 성 사이의 혼잡한 저지대를 빠져나간 다음, 베데스다 연못 근처에서 '양의 문'으로 갔다. 주위에는 많은 사람이 모여서 기도를 드리고 있었다.

유월절 밤이라서 문지기는 없고, 성문도 열린 채였다. 문을 지나면 기드론 골짜기, 그 너머에는 올리브 산의 깊은 협곡이 펼쳐져 있고, 주위의 올리브 숲이나 삼나무 숲이 은빛 달빛 속에 검은 그림자를 떨구고 있었다. 북동쪽에서 오는 길과 베다니에서 오는 길이 문 언저리에서 만난다. 벤허가 따라갈까 말까 망설이고 있는 동안, 행렬은 협곡 쪽으로 쑥쑥 나아갔다. 이 행렬의 목적은 아직도 짐작이 가지 않았다.

협곡을 내려가 다리를 건넜다. 다리를 건너면서 뿔뿔이 흩어진 군중은 몽둥이나 작대기를 휘두르며 시끄러운 소리를 내고 있었다. 다리를 건너서 조금 더 가다가 왼쪽으로 구부러지자, 돌담에 둘러싸인 올리브 과수원이 나왔다. 그리고 놀랍게도 행렬이 거기서 딱 멈추었다. 이곳에는 고목과 풀, 그리고 이 지방의 고유한 방식에 따라 올리브기름을 짜내기 위해 바위를 파내어 만든 구유 모양의 통 말고는 아무것도 없을 텐데, 도대체 이런 시간에 이렇게 쓸쓸한 곳에 뭐 하러 왔을까. 누군가가 앞에서 울부짖고 있었다. 갑자기 멈춰 섰기 때문에 개중에는 쓰러지거나 곱드러질 듯 비틀거리는 사람들도 있었다. 근위병들만 의연했다.

벤허는 급히 대열을 떠나 앞으로 달려가서 올리브 과수원 입구에 멈춰 섰다. 입구 앞에는 깡마른 몸을 하얀 옷으로 감싼 한 남자가 서 있었다. 몸을 앞으로 숙이고 손을 맞잡은 장발의 남자는 체념한 듯 무언가를 기다리는 듯한 표정을 짓고 있었다. 그것은 바로 나사렛 사람이었다.

뒤에는 흥분한 제자들이 한 덩어리가 되어 서 있었다. 가장 침착한 것은 나사렛 사람이었다. 횃불 빛을 받아 머리카락이 더욱 붉게 보였다. 하지만 그의 얼굴 표정은 여느 때와 다름없이 온화하고 연민으로 가득 차 있었다. 그 반대쪽에는 입을 벌리고 겁에 질려 몸을 움츠린 채 침묵하고 있는 군중이 있었다. 남자가 성난 몸짓이라도 한 번 보이면 군중은 개미새끼가 흩어지듯 사라질 것이다. 나사렛 사람, 군중, 유다…… 그 장면을 본 순간 벤허는 이 행렬이 뭘 하러 왔는지 알아차렸다. 여기 있는 것은 배신자, 저기 있는 것은 배신당한 자. 몽둥이와 작대기를 쥔 군중과 병사들은 저 나사렛 사람을 잡으러 온 것이다.

사람이 여차할 때 어떤 행동을 취할지, 그것은 그때가 되어보지 않으면 모른다. 나사렛 사람의 안전과 목숨이 지금 위험에 빠져 있었다. 이것은 비상사태이고, 벤허는 바로 이때를 위해 지금까지 몇 년이나 준비해왔다. 그런데 지금 그는 한 발짝도 움직일 수가 없었다. 인간에게는 이런 모순이 있다. 사실대로 말하면 그 이집트 여자가 말한 '아름다운 문'에서의 그리스도가 벤허의 머리를 떠나지 않았다. 그리고 이 불가사의한 분이 태연히 군중 앞에 서 있는 모습이 무력을 행사하는 것을 주저하게 했다. 평화와 선의, 사랑과 무저항, 이것이 인간의 의무라고 나사렛 사람은 말했다. 그것을 지금 여기서 스스로 실행하려는 걸까. 저분은 목숨을 관장하여, 죽은 목숨을 마음대로 돌려줄 수도 있고 빼앗을 수도 있어. 여기서 놀라운 힘을 보여줄 거야. 자신을 지킬 거야. 어떻게? 말 한마디, 숨 한 번, 생각 하나로 충분할 거야. 놀랄 만한 힘의 기미를 저분은 반드시 보여줄 게 분명해. 벤허는 그렇게 믿고 기다렸다. 그 역시 이 나사렛 사람을 인간의 척도로 헤아리고 있었던 것이다.

"누구를 찾으십니까?" 그리스도의 목소리가 또렷하게 울려퍼졌다.

"나사렛 사람 예수요." 제사장이 대답했다.

"내가 그 사람입니다."

동요나 경계심 하나 보이지 않고 남자는 담담하게 대답했다. 그를 둘러싸고 있던 사람들은 뒷걸음질치고, 마음 약한 사람들은 기겁하여 서 있을 기력도 잃어버렸다. 만약 여기서 유다가 예수에게 다가가지 않으면 군중은 이 자리를 그냥 떠났을지도 모른다.

"안녕하십니까, 선생님." 유다는 친한 듯이 말을 걸면서 인사로 입을 맞추려고 다가왔다.

"유다야, 너는 무엇 하러 여기에 왔느냐? 입맞춤으로 사람의 아들을 넘겨주려고 하느냐?" 예수는 상냥하게 물었다.

유다는 대답하지 못했다. 예수는 다시 군중을 향해 물었다.

"누구를 찾으시오?"

"나사렛 사람 예수요."

"내가 그 사람이라고 했잖습니까? 나를 찾고 있다면, 이 사람들은 보내주시오."

이렇게 말했기 때문에 랍비들은 그에게 다가갔다. 그것을 본 제자들 가운데 한 사람이 예수를 지키려고 다가와서 한 하인의 귀를 칼로 베었다. 벤허는 그것도 가만히 보고 있었다. 근위병들이 그를 잡기 위해 오랏줄을 준비하고 있을 때, 나사렛 사람은 커다란 사랑을 보여주었다. 그것은 인간으로서는 도저히 따를 수 없는 넓은 도량을 보여주는 행동이었다.

예수는 귀를 베인 남자에게 "아프시겠군요" 하고는 상처를 손으로 만져 치료해준 것이다. 모두 깜짝 놀랐다. 적들은 손만 댔을 뿐인데 상처가 나은 데 놀랐고, 동지들은 이런 상황에서도 적의 귀를 치료해준 데 놀랐다.

'저분은 절대로 오랏줄에 묶이지 않을 거야.' 벤허는 그렇게 생각했다.

"그 칼을 칼집에 넣어라. 아버지가 내게 주신 잔을 내가 어찌 마시지 않겠느냐?"

나사렛 사람은 분개하는 제자들에게 그렇게 말하고, 이번에는 그를 잡으러 온 군중을 보고 말했다.

"당신들은 강도에게 하듯이 칼과 몽둥이를 들고 나를 잡으러 왔군요? 나는 날마다 성전에 당신들과 함께 있었으나, 당신들은 나에게 손도 대지 않았소. 그러나 지금은 당신들의 때요, 어둠이 힘을 떨칠 때요."

무장대는 용기를 내어 예수 주위를 에워쌌다. 이미 제자들의 모습은 어디에도 보이지 않았다. 혼자 남겨진 남자를 에워싼 군중은 환성을 지르며 광란했다. 머리 위로 쳐든 횃불, 그 연기, 부지런히 돌아다니는 사람들, 그 사이에서 벤허는 순간 그분의 모습을 보았다. 이렇게 신성하고 고독하고 버림받은 자의 모습은 본 적이 없었다. 그렇다 해도 자신을 지키기는 쉬운데, 단숨에 적들을 죽일 수도 있을 텐데, 왜 그렇게 하지 않을까. 아버지가 주신 잔이란 무엇일까. 그리고 이 사람이 그렇게까지 복종하는 아버지는 누구일까. 수수께끼의 연속. 벤허에게는 모든 것이 수수께끼였다.

군중은 병사들을 앞세워 시내로 서둘러 돌아갔다. 벤허는 걱정이 되어 견딜 수가 없었다. 그 군중 한복판의 횃불 있는 곳에 나사렛 사람이 있었다. 다시 한 번 만나서 딱 한 가지만 물어보고 싶었다. 벤허는 겉옷과 두건을 벗어 과수원 담장에 걸쳐둔 뒤, 군중을 따라잡아 그 속에 섞여 들어갔다. 사람들을 헤치며 죄수의 오랏줄을 쥐고 있는 남자에게 겨우 다가갔다.

나사렛 사람은 여느 때보다 더 몸을 앞으로 구부리고 고개를 숙인 채 천천히 걷고 있었다. 손을 뒤로 묶이고, 머리카락이 얼굴에 찰싹 달라붙어 있었다. 주위의 소동은 안중에도 없는 것 같았다. 조금 앞에서 걷고 있는 제사장과 장로들은 서로 이야기를 나누면서 이따금 뒤를 돌아보았다. 골짜기에 걸린 다리까지 왔을 때 벤허는 하인의 손에서 오랏줄을 빼앗아 들고 그분에게 다가가서 말을 걸었다.

"선생님, 선생님, 들리십니까? 한마디, 한마디만이라도 좋으니 대답해주십시오. 제발 가르쳐주세요."

오랏줄을 되찾으려고 남자가 다가왔다.

"가르쳐주십시오. 당신은 자신의 의지로 가시는 겁니까?"

사람들이 와서 호통을 쳤다.

"당신 도대체 누구야?"

벤허는 황급히 새된 소리로 물었다.

"선생님, 저는 당신의 친구, 당신을 사랑하는 사람입니다. 가르쳐주세요. 제발 부탁입니다. 제가 도우러 가면 제 도움을 받아주시겠습니까?"

나사렛 사람은 고개를 들지 않았고, 그를 알아차린 기색도 보이지 않았다. 하지만 사람이 괴로워하고 있을 때는 모르는 사람한테라도 그 고통에 대해 알려주는 무언가가 있는 법이다. 이때도 어디선가 그런 목소리가 들려온 듯한 기분이 들었다.

'그를 그냥 두어라. 그는 친구들에게도 버림받았고, 세상도 그를 거부했다. 절망한 그는 인간에게 작별을 고했다. 그는 자기가 어디로 가는지도 모르고 있지만, 전혀 상관하지 않는다. 그러니 그냥 내버려둬라.'

이번에는 벤허가 쫓겨날 차례였다. 여남은 개의 주먹이 그에게 쏟아졌고 사방에서 외침 소리가 들렸다.

"저놈도 한패다. 저놈도 함께 끌고 가서 때려죽여라."

그 순간 벤허는 몸을 일으켜 두 팔을 뻗고 한 바퀴 돌면서 그를 붙잡은 손들을 떨쳐낸 뒤, 그를 단단히 에워싸고 있는 사람들을 뚫고 나갔다. 옷은 갈기갈기 찢어져, 길로 나왔을 때는 거의 아무것도 몸에 걸치고 있지 않았다. 서둘러 어두운 골짜기로 도망쳐 들어간 벤허는 거기에 벗어둔 겉옷과 두건을 몸에 걸치고 시내로 돌아가서, 대상 숙사에서 말을 빌려 타고 '왕가의 무덤'에 쳐놓은 천막으로 갔다. 말을 타고 달리면서 그는 내일 또 나사렛 사람의 상태를 보러 가기로 결심했다. 하지만 벤허는 그분이 그 길로 곧장 대제사장 가야바에게 끌려가 밤사이에 신문을 받았다는 것을 알 도리가 없었다.

그날 밤에 벤허는 도저히 잠을 이룰 수가 없었다. 새로운 유대 왕국을 세우겠다는 계획은 한낱 꿈에 불과하다는 사실을 깨달았다. 배가 가라앉고 집이 지진으로 무너지는 따위의 재난을 당했을 때, 사람은 평소에는 꿈도 꿀 수 없는 강인한 정신력으로 참고 견딘다. 하지만 지금의 벤허는 그러지 않았다. 그가 머리에 떠올린 미래상은 왕국 건설이 아니라 아내 에스더와 함께 꾸려가는 아름답고 평온한 가정생활이었다. 답답한 어둠 속에서 그는 아담한 몸집의 에스더가 미세눔 저택의 정원에 나가거나 홀에서 쉬고 있는 광경을 머리에 떠올리고 있었다. 머리 위에는 나폴리의 하늘이 펼쳐지고, 발밑에는 햇빛 가득 쏟아지는 대지와 푸른 바다가 펼쳐져 있었다.

벤허는 이런 미래와 나사렛 사람의 운명이 모두 걸려 있는 하루를 맞으려 하고 있었다.

9
다가오는 종언

이튿날 아침 일찍 두 남자가 빠른 말을 타고 달려와서 말에서 내리자마자 벤허에게 면담을 청했다. 아직 잠자리에 누워 있던 벤허는 서둘러 준비를 갖추고 그들을 맞았지만, 찾아온 사람은 심복인 갈릴리인 장교였다.

"주님의 평안을. 형제여, 어서 앉게나."

"아닙니다. 우물쭈물하다가는 나사렛 사람이 목숨을 잃게 됩니다. 빨리 가주십시오. 판결이 내려져서 골고다 언덕에는 이미 십자가가 준비되어 있답니다."

벤허는 말문이 막혔다. "십자가라고?" 이렇게 되묻는 게 고작이었다.

"그분은 어젯밤 연행된 즉시 재판에 회부되셨습니다. 그리고 오늘 새벽에 빌라도 총독 앞에 끌려가셨는데, 빌라도가 두 번이나 무죄라고 말하면서 그분을 넘겨주기를 거부했는데도 불구하고 그들은 받아들이지 않았습니다. 빌라도는 결국 주장을 굽히고 너희들 마음대로 하라고 했답니다. 그러자 그들은……."

"그들이 누군가?"

"제사장과 군중입니다."

"이게 무슨 일인가. 로마인이 이스라엘인보다 너그럽단 말인가? 정말로 그분이 하느님의 아들이라면 왜 그 피를 씻어야 한단 말인가. 안 돼. 지금이야말로 일어설 때야."

그는 결심하고 손뼉을 쳐서 아랍인 하인을 불렀다.

"빨리 말을 준비해라. 그리고 암라에게 새 옷과 칼을 가져오라고 말해다오. 이스라엘을 위해 죽을 때가 왔다. 준비가 끝날 때까지 밖에서 기다려다오."

그는 빵과 포도주로 대충 배를 채우고 서둘러 밖으로 나왔다.

"어디로 가시겠습니까?" 갈릴리 병사가 물었다.

"군단을 소집하게."

"유감입니다." 장교는 손을 들어 올리며 대답했다.

"유감이라니?"

"그분을 따르는 건 우리뿐입니다. 다른 사람들은 모두 제사장 쪽으로 돌아섰습니다."

"뭐라고? 아니, 그건 또 왜?" 벤허는 저도 모르게 고삐를 잡아당겼다.

"그분을 죽이기 위해서죠."

"나사렛 사람을?"

"예, 그렇습니다."

벤허는 두 사람의 얼굴을 뚫어지게 바라보았다. 어젯밤에 나사렛 사람이 한 말—"아버지가 내게 주신 잔을 내가 어찌 마시지 않겠느냐?"—이 되살아났다. 그리고 벤허 자신이 그에게 던진 질문—"제가 도우러 가면 제 도움을 받아주시겠습니까?"—도 생각났다.

'그분은 죽음을 피할 수 없다는 것을 소명을 띤 순간부터 알고 계셨어. 그게 주님의 뜻이라면, 그리고 그분도 자진해서 죽음을 향해 가신다면 누가 막을 수 있겠는가?

그가 갈릴리 사람들의 충성심을 믿고 그 위에 세운 계획은 실패로 돌아갔다. 그들은 배신하고 도망쳤다. 하지만 그런 일이 왜 하필이면 오늘 일어났을까. 두려웠다. 그의 계획도, 거기에 들인 노력과 비용도 주님을 모독하는 행위에 불과했을까. 벤허는 고삐를 쥐고 장교에게 말했다.

"그럼 가세."

확실한 것은 아무것도 없었다. 빠른 결단은 변화무쌍한 이 세상에서 영웅이라면 반드시 갖추어야 할 필수불가결한 능력이지만, 지금의 벤허는 결단을 내릴 수가 없었다.

"자, 가세. 골고다로."

길은 남쪽으로 가는 군중으로 북적거리고 있었다. 도시의 북쪽 마을에 사는 사람들이 호기심에 사로잡혀 구경하러 가고 있었다. 헤롯이 남긴 하얀 탑 근처에서 행렬이 보일 거라고 들었기 때문에, 세 사람은 말을 타고 아크라의 남동쪽을 돌아가려고 했다. 하지만 에제키아 샘 언저리는 사람이 너무 많아서 지나갈 수가 없었기 때문에, 일단 말에서 내려 길가에 있는 집의 처마 밑에서 기다리기로 했다. 그것은 마치 강가에 앉아 홍수가 빠지기를 기다리는 것 같았다. 엄청난 인파는 골고다로 가는 홍수였다.

앞에서 그리스도 시대에 유대인의 민족성이 어떻게 형성되었는가를 이야기했다. 그것은 이때 이 장면도 염두에 두고 한 말이지만, 그것을 주의 깊게 읽은 독자라면 벤허가 이 장면에서 목격한 보기 드물게 멋진 광경의 의미를 이해할 것이다.

벤허 일행 앞을 지나는 인파의 흐름은 30분, 아니 한 시간이 지나도 그칠 줄 몰랐고, 줄어들 기미조차 보이지 않았다. 그곳에는 예루살렘의 모든 계급, 유대의 모든 종파, 이스라엘의 모든 부족, 모든 나라 사람들이 있었다. 리비아의 유대인, 이집트의 유대인, 갈리아 출신의 유대인, 서방과 동방의 여러 나라와 바다에 떠 있는 여러 섬들에서 온 유대인이 모두 있었다. 걷는 사람, 말을 탄 사람, 낙타와 가마와 마차를 타고 온 사람 등 가지각색의 사람들이 각양각색의 옷을 입고, 기후와 생활방식이 다른데도 불구하고, 모두 하나같이 이스라엘인 특유의 얼굴 모습을 갖고 있었다. 언어의 차이로 겨우 구별할 수 있을 뿐이었다.

이런 사람들이 밀치락달치락하며 악인들 사이에 끼인 불쌍한 나사렛 사람의 최후를 보려 하고 있었다. 하지만 유대인만 있는 것도 아니었다. 그들 옆에는 유대인을 미워하고 경멸하는 수천 명의 사람이 있었다. 그리스인, 로마인, 아라비아인, 시리아인, 아프리카인, 이집트인, 동양인. 그러니까 죄인을 십자가에 매달아 죽이는 이곳에는 전 세계 사람들이 모여 있었다는 이야기가 된다.

그것은 묘하게도 조용한 군중이었다. 길바닥에 깔린 돌 위를 지나는 발굽 소리, 덜컹거리는 바퀴 소리, 말소리, 그리고 이따금 사람을 부르는 소리. 그런 소리들이 이동하는 사람들한테서 들려올 뿐이었다. 그런데 이들은 붕괴와 파멸과 참화의 무서운 광경을 보러 가는 사람의 표정을 짓고 있을까? 도저히 그렇게는 보이지 않는다. 벤허의 눈에 그들은 나사렛 사람의 수난과는 관계없이 유월절 축제에 참가하러 온 동포처럼 보였다. 이윽고 큰 탑 쪽에서 희미한 외침 소리가 들려온 듯한 기분이 들었다.

"저기 옵니다." 한 동료가 말했다.

거리에 있던 사람들은 모두 멈춰 서서 귀를 기울이고 있었지만, 외침 소리를 듣고는 저도 모르게 서로 얼굴을 마주 보고 다시 묵묵히 걷기 시작했다. 그 외침 소리는 시시각각 커지면서 주위의 공기를 뒤흔들고 있었다.

그때 저쪽에서 시모니데스가 앉아 있는 의자를 하인들이 날라 오는 것이 보였다. 그 옆에 에스더가 있고, 덮개를 씌운 가마가 바로 뒤에서 따라오고 있었다.

"시모니데스 님, 에스더, 골고다로 간다면 여기서 행렬을 기다리는 게 좋습니다. 나도 함께 가겠습니다. 이 집 옆에 자리가 있습니다."

"뒤의 가마에 타고 계시는 발타사르 님에게 물어봐주세요. 그분이 말씀하시는 대로 하겠습니다." 고개를 푹 숙이고 있던 시모니데스가 얼굴을 들고 대답했다.

벤허가 가마의 덮개를 들어 올리자, 발타사르는 가마 안에 누워 있었고 그 얼굴은 죽은 사람처럼 창백했다.

"그분을 뵐 수 있을까?" 발타사르가 가냘픈 목소리로 물었다.

"나사렛 사람 말입니까? 네, 이 바로 옆을 지나가실 겁니다."

"주님, 다시 한 번 뵙게 해주십시오. 한 번만 더. 하지만 얼마나 무서운 날인가." 노인은 마지막 기력을 짜내어 말했다.

그 후 일행은 처마 밑에서 기다렸다. 모든 것이 불확실해서,

자기 생각을 입 밖에 내는 것이 두려운지 아무도 입을 여는 사람이 없었다. 발타사르는 가마에서 내려와 하인에게 몸을 기대고 섰다. 에스더와 벤허는 시모니데스 옆에 바싹 붙어 섰다.

이윽고 인파가 지금까지보다 더 늘어나고, 새된 외침 소리가 다가오면서 하늘을 찌르고 땅이 울렸다. 드디어 행렬이 다가온 것이다.

"보세요. 이게 예루살렘의 현실입니다." 벤허가 씁쓸하게 말했다.

"유대인의 왕이 지나가신다! 비켜라, 길을 비켜라. 유대인의 왕이시다!" 맨 먼저 온 것은 들떠서 시끄럽게 괴성을 지르고 있는 소년들의 무리였다.

"벤허 님, 저놈들의 시대가 오면 솔로몬의 도시도 끝장입니다." 시모니데스는 여름의 날벌레 떼처럼 빙글빙글 돌면서 춤추는 소년들의 모습을 보고 말했다.

이어서 무장한 군대가 번득이는 놋쇠의 위광을 과시하며 그 뒤를 따랐다.

그리고 나사렛 사람의 모습이 보였다.

금방이라도 죽을 것처럼 비참한 모습이었다. 갈기갈기 찢긴 옷이 어깨에서 늘어져 있고, 몇 걸음 걷다가는 쓰러질 듯 비틀거렸다. 맨발이 걸어간 자리에는 붉은 핏자국이 점점이 남아 있고, 목에는 죄패*가 매달려 있었다. 가시관이 만든 무참한 상처

*죄수의 이름과 죄목이 적혀 있는 나무판.

에서 흘러내린 피가 얼굴과 목에 갈색으로 말라붙어 있었다. 긴 머리는 가시관에 얽혀 굳어 있고, 안색은 으스스할 만큼 창백하고, 두 손은 몸 앞쪽에 오랏줄로 묶여 있었다. 보통은 죄인 자신이 처형장까지 십자가를 메고 가지만, 남자가 도중에 지쳐 쓰러졌기 때문에 지금은 다른 사람이 대신 십자가를 메고 있었다. 옆에 붙어 있는 경비병들의 눈을 피해 몽둥이로 때리거나 침을 뱉는 사람도 있었다. 하지만 예수는 신음 소리는커녕 원망하는 소리 한 번 내지 않았다. 벤허 일행이 쉬고 있는 집 근처에 올 때까지 얼굴을 들지도 않았다. 일행은 모두 연민에 사로잡혔다. 에스더는 아버지에게 매달렸고, 심지가 강한 시모니데스조차 부르르 몸을 떨었다. 발타사르는 아무 말도 하지 않고 땅바닥에 꿇어 엎드렸다. 벤허는 저도 모르게 "오, 주여, 주여!" 하고 외쳤다. 그 마음이 전해졌는지, 아니면 그 외침 소리를 들었는지, 예수는 창백한 얼굴을 벤허 일행 쪽으로 돌리고 그들을 한 사람 한 사람 찬찬히 바라보았다. 그것은 평생 기억에 새겨질 순간이었다. 이분은 당신 자신이 아니라 우리를 생각하고 계시는구나. 그리고 말하는 것이 금지된 축복을 죽어가는 눈으로 우리에게 주시는구나.

"이스라엘 군단은 어디 있습니까?" 시모니데스가 참지 못하고 벤허에게 물었다.

"안나스가 더 잘 알고 있을 겁니다."

"배반하고 적에게 붙었습니까?"

"그래요. 남은 것은 이 두 사람뿐입니다."

"아아, 이제 다 틀렸어. 저분은 죽임을 당할 거야." 시모니데스는 얼굴을 고통스럽게 일그러뜨리며 고개를 푹 숙였다.

그는 벤허의 오른팔이 되어 노력을 아끼지 않았고 벤허와 같은 희망을 품고 있었지만, 그 희망은 이제 완전히 사라졌다.

십자가를 진 나사렛 사람의 뒤를 두 남자가 따르고 있었다.

"저건 누구지?" 벤허가 장교에게 물었다.

"함께 처형될 강도들입니다."

그 뒤에 온 것은 주교관을 쓰고 금빛 사제복으로 몸을 감싼 대제사장이었다. 성전 경비병들이 주위를 에워싸고 있었다. 최고법원 재판관들이 정렬하여 그 뒤를 따르고, 이어서 하얀 예복 위에 풍성한 주름이 잡힌 가지각색의 제복을 걸친 제사장들의 긴 행렬이 다가왔다.

"안나스 님의 사위다." 누군가가 말했다.

"가야바로군. 만난 적이 있어." 벤허가 낮은 목소리로 중얼거렸다.

그러자 시모니데스는 오만해 보이는 대제사장을 노려보면서 천천히 말했다.

"이제 확실히 알았습니다. 영혼의 계시 뒤에 오는 확신입니다. 저기 '유대인의 왕'이라고 적힌 죄패를 목에 걸고 계시는 분이야말로 문자 그대로 진정한 유대인의 왕입니다. 보통 사람이나 사기꾼, 극악무도한 사람이라면 이런 호위는 붙지 않습니다. 보세요, 이 예루살렘을. 이건 이스라엘이라는 나라 그 자체입니다. 여기엔 대제사장이 있고, 저기엔 고관대작들이 있고……

얏두아*가 마케도니아 사람을 만나러 나온 그날 이후로는 한 번도 이런 행렬을 거리에서 본 적이 없습니다. 이것은 이 나사렛 사람이 진정한 왕이라는 확실한 증거입니다. 나도 일어나서 저 사람을 따라가고 싶습니다."

벤허는 놀란 얼굴로 듣고 있었다. 여느 때와 달리 제 생각을 그대로 입 밖에 낸 데 대해 스스로도 위화감을 느꼈는지, 시모니데스는 초조하게 덧붙였다.

"발타사르 님께 말해주세요. 부탁입니다. 가십시다. 예루살렘의 현실을 보러 갑시다."

"저기서 울고 있는 여자는 누굴까요?" 에스더가 물었다.

에스더가 가리키는 쪽을 보니 눈물에 젖은 여자가 네 명 보였다. 어딘가 나사렛 사람을 닮은 남자가 한 여인을 부축하고 있었다. 벤허는 즉각 대답했다.

"저 남자는 나사렛 사람이 가장 사랑하는 제자, 그분에게 기대어 있는 여자는 어머니인 마리아이고, 나머지 여자들은 갈릴리 출신의 가까운 여인들일 겁니다."

에스더는 눈물을 글썽거리면서 여자들이 인파 속으로 사라져가는 것을 지켜보고 있었다. 주위의 소란은 점점 커져서, 벤허 일행의 대화도 그 소음에 삼켜져버릴 것 같았다.

예루살렘은 그 후 30년도 지나기 전에 파벌 싸움으로 분열해버린다. 지금 눈앞에서 벌어지고 있는 이 행렬은 그 전조 같은

*알렉산드로스 대왕이 유대를 정복한 시대의 대제사장. 알렉산드로스의 입성을 환영한 보답으로 유대인들은 율법 준수를 허용받고, 안식년에는 조공을 면제받게 된다.

것이었다. 그때도 지금과 마찬가지로 광신적이고 잔인한 사람들의 무리가 고함을 지르며 날뛰었다. 하인, 낙타몰이꾼, 상인, 문지기, 정원사, 과일장수, 포도주장수, 개종자, 이국인, 성전 경비원, 몸종, 도둑, 강도, 그리고 어느 계급에도 속하지 않은 수많은 사람들, 그러니까 이럴 때면 어디선가 나타나는 굶주린 거지들, 동굴이나 묘지 냄새를 물씬 풍기는 무뢰한들, 이들은 손발을 드러내고 머리카락도 수염도 텁수룩하고 더럽기 이를 데 없지만, 그들의 야수 같은 외침 소리는 사막에서 으르렁거리는 사자의 포효처럼 크게 울려 퍼진다. 불량배들은 저마다 칼과 창, 몽둥이와 작대기를 들고 있었고, 거지들의 동냥주머니에 돌멩이를 숨기고 투석기를 사용하는 자들도 있었다. 군중 속에는 신분이 높아 보이는 사람들도 여기저기 섞여 있었다. 서기관, 장로, 랍비, 넓은 가장자리 장식을 단 바리새인, 고급 외투를 입은 사두개인, 이들이 군중을 선동하면서 명령을 내리고 있었다. 한 사람이 외치다가 지치면 다른 사람에게 외치게 한다. 부끄러움을 모르는 뻔뻔한 야유의 기세가 수그러들면, 다른 남자들을 시켜서 야유하게 한다. 하지만 군중의 욕설은 결국 몇 가지 말을 되풀이하고 있을 뿐이었다. "유대인의 왕." "유대인의 왕에게 길을 비켜주어라." "성전을 더럽히는 놈." "신을 모독하는 놈." "십자가에 매달아라." 이 중에서 가장 집요하게 되풀이된 것은 마지막 외침이었다. 이것이야말로 군중의 가장 큰 바람이고, 나사렛 사람에 대한 증오를 가장 단적으로 나타내고 있었다.

"자, 우리도 갑시다." 발타사르가 준비를 끝내자 시모니데스가 말했다.

　하지만 벤허에게는 그 목소리가 들리지 않았다. 지나가는 행렬의 피에 굶주린 잔혹함은 거꾸로 그분의 상냥함, 고통받는 사람을 구해준 사랑의 행위를 생각나게 했다. 그 순간, 자기도 그분에게 은혜를 입은 것이 생각났다. 옛날 로마 병사에게 끌려, 지금의 그분과 마찬가지로 확실한 죽음을 향해 걸어가고 있을 때, 나사렛의 우물에서 그분에게 시원한 물 한 잔을 얻어 마셨다. 그때의 거룩한 얼굴. 그 후 어머니와 누이의 병을 낫게 해준 기적. 그런데 지금의 그는 너무 무력해서 아무 보답도 할 수 없는 것이 참으로 한심하고 화가 났다. 마땅히 해야 할 일을 하고 있지 않다. 좀 더 엄격하게 갈릴리 사람들을 감시하고 준비를 갖추었다면, 지금 공격하여 군중을 쫓아버리고 그분을 구할 수도 있었을 텐데. 그뿐만이 아니다. 이것은 이스라엘 전쟁의 시작이고 오랫동안 꿈꿔온 자유를 향한 싸움의 계기가 되었을 것이다. 기회는 사라져간다. 시간도 지나간다. 아아, 아브라함의 하느님, 제가 할 수 있는 일이 없을까요?

　그때 갈릴리 사람들의 무리가 눈에 띄었다. 벤허는 황급히 사람들을 헤치고 그들을 따라잡았다.

　"나를 따라와. 할 이야기가 있다."

　남자들을 집 앞으로 데려와서 이야기하기 시작했다.

　"너희들은 내 칼을 잡고, 자유를 위해 그리고 다가올 왕을 위해 싸우겠다고 맹세했다. 지금이야말로 너희들이 칼을 들고 일어설 때다. 자, 가서 동지들을 찾아내어, 저 십자가 부근에 집결해서 나사렛 사람을 위해 봉기하자고 전해달라. 자, 멍하니 서 있지 말고 서둘러. 나사렛 사람은 왕이야. 그분이 죽으면 자유도 죽게 된다."

남자들은 공손한 태도를 유지했지만, 움직이려고 하지 않았다.

"들었나?"

"벤허 님, 속고 있는 것은 우리가 아니라 당신입니다." 한 사람이 대답했다. "나사렛 사람은 왕이 아닙니다. 왕의 기백도 갖고 있지 않습니다. 그가 예루살렘에 입성했을 때 우리도 함께 있었는데, 그는 자신도 우리도 이스라엘도 저버렸습니다. '아름다운 문'에서 주님에게 등을 돌리고 다윗의 왕좌를 던져버렸습니다. 그 사람은 죽겠지만, 왕도 아닌 그를 갈릴리 사람인 우리가 따라갈 마음은 없습니다. 하지만 벤허 님, 들어주세요. 당신이 칼을 들고 자유를 위해 싸우자고 한다면 우리도 당신을 따라 일어서겠습니다. 갈릴리도 일어선다는 뜻입니다. 벤허 님, 자유를 위해 일어나라고 말해주십시오. 그렇다면 십자가 옆에 모이겠습니다."

그것은 벤허의 인생에서 가장 중요한 순간이었다. 그 제의를 받아들여 거기에 모이라고 한마디만 했다면 역사가 달라졌을지도 모른다. 하지만 그것은 하느님이 아니라 인간의 명령으로 이룩된 역사다. 그것은 안 된다. 그는 혼란에 빠져 있었지만 본능적으로 그렇게 느꼈다. 그때는 몰랐지만 나중에는 그것이 나사렛 사람의 탓이라고 생각했다. 그분이 되살아났을 때, 부활을 믿으려면 그전에 반드시 죽어야 하고 그것이 그리스도교의 핵심을 이루고 있었다. 하지만 혼란에 빠진 지금의 벤허는 결단을 내리지 못한 채 말없이 서 있었다. 얼굴을 손으로 가리고, 그가 명령하려고 했던 계획과 그에게 주어진 힘 사이에 끼여 괴로워했다.

"와주세요. 모두 기다리고 있습니다." 시모니데스가 네 번째로 재촉했다.

벤허는 하라는 대로 의자와 가마를 따라갔다. 에스더와 나란히 걸었다. 발타사르를 비롯한 동방박사 세 사람이 그날 사막에서 그랬듯이, 그들은 누군가의 인도를 받아서 걷고 있었다.

10
종언

발타사르, 시모니데스, 벤허, 에스더, 그리고 두 장교는 십자가가 세워질 처형장에 왔다. 그 많은 사람들을 어떻게 헤치고 여기까지 왔는지, 어느 길로 왔는지, 시간이 얼마나 지났는지, 그것조차 그들은 모른다. 벤허의 머릿속은 하얗게 되어 있었다. 아무것도 보이지 않고, 아무 소리도 들리지 않고, 어디로 갈지도 생각나지 않고, 아무 목적도 갖고 있지 않았다. 이런 때라면 아무리 어린아이라도 앞으로 일어날 무서운 죄를 막을 수 있었을지 모른다. 하느님의 뜻은 우리에게 수수께끼다. 그 뜻이 어떻게 나타나는지는 더욱 불가사의한 수수께끼이고, 그것은 막판이 되어서야 밝혀진다.

벤허는 멈춰 섰다. 지금까지 마법에 걸린 것처럼 머리가 멍해 있었지만, 마치 극장의 막이 올라가듯 눈이 번쩍 뜨이면서 머리가 명료해졌다.

둥그런 언덕 꼭대기에는 우슬초가 약간 나 있을 뿐 식물이 거의 없는 메마른 빈터였다. 그 언덕은 '골고다'라고 불리고 있었는데, '해골'이라는 뜻이다. 그곳을 백인대장이 지휘하는 로마 병사들이 몇 겹으로 에워싸고, 뒤쪽에서 밀치락달치락하며 웅성대는 군중을 막고 있었다. 군중은 사람들의 머리 위로, 또는 사람들 틈새로 어떻게든 보려고 애쓰고 있었다. 벤허 일행도 이런 군중에 섞여 북서쪽을 쳐다보고 있었다.

언덕의 낮은 비탈도, 융기한 꼭대기도 기묘한 광채를 내고 있었다. 그곳을 제하면 갈색 지면도 바위도 풀도 아무것도 보이지 않는다. 보이는 것은 그저 불그레한 얼굴에 번득이는 수천 개의 눈, 그 너머에는 눈도 없는 불그레한 얼굴들, 또 그 너머에는 윤곽밖에 보이지 않는 사람들의 얼굴이 끝없이 이어지고 있었다. 이것이 지금 이곳에 모인 300만 명의 집합체였다. 그리고 그 얼굴들 밑에는 300만 개의 심장이 고동치고, 이 언덕에서 벌어지는 일을 낱낱이 지켜보고 있었다. 강도 따위는 아무래도 좋았다. 미움 때문인지, 두려움 때문인지, 호기심 때문인지, 모두 나사렛 사람을 뚫어지게 지켜보고 있다. 사람들을 사랑한, 그리고 이제 사람들을 위해 죽어갈 그분을.

이렇게 많은 군중이 한자리에 모이면, 거칠게 날뛰는 바다 앞에 선 듯한 압박감, 다른 데서는 경험할 수 없는 압박감과 사람의 마음을 끌어당기는 힘이 있다. 하지만 벤허는 군중을 힐끔 보았을 뿐이었다. 그런 것은 아무래도 좋았다.

군중과 고관대작들의 머리 위로 대제사장의 모습이 보인다. 하지만 그보다 조금 위, 언덕 꼭대기 근처에 나사렛 사람 예수가 있었다. 고통 때문에 웅크리고 앉은 채 아무 말도 하지 않는 그 모습은 가까이에서도 멀리에서도 볼 수 있었다. 머리에 가시관을 씌운 것만으로는 부족하다는 듯이 경비병은 예수에게 왕의 상징인 홀 대신 갈대를 손에 쥐게 했다. 그 순간, 조롱하는 웃음과 저주의 욕설이 성난 파도처럼 일어났다. 그 도리에 어긋나는 짓을 고발하고 민족의 사랑을 촉구하는 사람이 단 한 명이라도 있으면 좋으련만.

모두 예수를 보고 있었다. 지금 저 사람을 움직이고 있는 것은 연민일까. 벤허는 자기 마음속에 변화가 찾아온 것을 생생하게 느끼고 있었다. 이 세상에서 가장 좋은 것보다도 더 좋은 것이 있다. 아무리 약한 남자라도 육체적 고통만이 아니라 정신적 고통까지 견딜 수 있는 힘을 얻어 죽음조차 마다하지 않게 만드는 무언가가 있다. 현세의 삶보다 훨씬 순수한 다른 삶이 있다. 이것이 아마 발타사르가 말한 영혼의 삶일 것이다. 그렇다면 예수의 소명은 사랑하는 사람들을 현세와 내세의 경계까지 인도하여 그 경계선을 넘어서게 하는 것, 경계선 너머에 세워진 그의 왕국으로 인도하는 것이다. 그때 어디선가 나사렛 사람의 목소리가 들려온 듯한 기분이 들었다.

"나는 부활이요 생명이다."

이 말이 몇 번이나 되풀이되면서 새로운 형태와 새로운 의미를 갖기 시작했다. 사람들이 어떤 말의 의미를 파악하려고 질문을 되풀이하듯, 벤허는 가시관을 쓰고 언덕 위에 쓰러져 있는 예수의 모습을 응시하면서 물었다. 누가 부활이고 누가 생명입니까?

"나다."

그 모습이 벤허에게 대답한 것처럼 느껴졌다. 그러자 벤허는 그때까지 한 번도 느껴본 적이 없는 마음의 평안을 느꼈다. 의심이나 수수께끼가 흔적도 없이 사라지고 사랑과 믿음, 그리고 명석한 이해를 얻은 편안함이 마음속으로 퍼져갔다.

갑자기 망치 소리가 주위에 울려 퍼져서 벤허는 현실로 돌아왔다. 지금까지 알아차리지 못했지만, 언덕 위에서 병사들과 인부들이 십자가를 준비하고 있었다. 땅에 구덩이를 파고 그곳에 이제 곧 십자가가 세워질 것이다.

"저 사람들에게 서두르라고 명령하시오. 땅이 더럽혀지지 않으려면, 해 지기 전에 이놈들이 죽어서 매장되어야 합니다. 그것이 율법이오." 대제사장이 예수를 가리키면서 백인대장에게 말했다.

동정심 때문인지, 한 병사가 예수에게 다가가서 마실 것을 주었지만 그분은 잔을 거절했다. 또 다른 병사가 예수의 목에서 죄패를 벗겨 십자가에 못을 박자, 처형 준비가 끝났다.

"십자가가 준비됐습니다."

백인대장이 알리자 대제사장은 손을 들고 대답했다.

"우선 여호와 하느님을 모독한 자부터 처형하겠다. 하느님의 아들이라면 마땅히 스스로 자신을 구할 수 있어야 한다. 어디 두고 보자."

지금까지 자초지종을 지켜보며 빨리 하라고 떠들어대고 있던 군중이 갑자기 조용해졌다. 십자가 처형은 이제 가장 충격적인 단계—죄수들이 십자가에 못 박히는 단계—에 이르렀다. 병사들이 맨 먼저 예수를 못 박기 위해 그에게 손을 대자 전율이 군중을 휩쓸었다. 가장 잔인한 사람조차 공포로 몸을 움츠렸다. 그때 갑자기 공기가 싸늘해져서 모두 덜덜 떨었다고 나중에 말한 사람들이 있었다.

"조용해졌네요." 에스더는 말하고 아버지의 목을 얼싸안았다. 고문을 받았던 기억이 되살아난 시모니데스는 딸의 얼굴을 가슴에 끌어안고 부들부들 떨었다.

"보지 마라, 에스더. 저걸 보는 자는 죄가 있든 없든 이 순간부터 저주를 받을 거야."

발타사르는 무릎을 꿇었고, 시모니데스는 더욱 흥분하여 목소리가 높고 날카로워졌다.

"주인님, 주님께서 손을 뻗어 저분을 구해주시지 않으면 이스라엘은 멸망합니다. 우리도 끝장입니다."

벤허는 침착하게 대답했다.

"시모니데스 님, 나는 꿈속에서 왜 이렇게 되는지, 왜 이런 일이 계속되는지를 물었습니다. 이것은 나사렛 사람의 의지입니다. 주님의 뜻입니다. 우리도 발타사르 님을 본받아 무릎을 꿇고 기도합시다."

언덕을 쳐다보니, 무섭게 조용한 허공에서 그 말이 또다시 들려왔다.

"나는 부활이요 생명이다."

벤허는 깊이 고개를 숙였다. 언덕 위에서는 작업이 계속되었고, 경비병들은 예수를 발가벗겼다. 그날 아침에 받은 채찍질의 상처가 생생했다. 그들은 무자비하게 예수를 십자가 위에 눕히더니, 우선 팔을 가로대 위에 올려놓고 몇 번 망치를 내리쳤다. 뾰족한 못이 그 부드러운 손바닥을 꿰뚫었다. 이어서 무릎을 끌어당겨 발바닥을 십자가의 세로대에 올려놓고는 다른 쪽 발을 그 위에 포개놓고 못 하나로 두 발을 십자가에 고정시켰다. 둔탁한 망치 소리가 울려 퍼졌다. 망치 소리가 들리지 않을 만큼 멀리서 보고 있는 사람들도 쇠망치가 내려오는 순간 두려움에 몸을 떨었다. 그래도 예수는 신음 소리를 내지 않았고 원망하는 말 한마디도 하지 않았다. 적에게 비웃음을 살 만한 일은 전혀 하지 않았고, 사랑하는 사람들이 한탄할 만한 일도 전혀 하지 않았다.

"얼굴은 어느 쪽으로 돌릴까요?" 병사가 태연한 얼굴로 물었다.

"성전 쪽으로 돌려. 성스러운 집이 저놈한테 아무런 피해도 입지 않은 것을 보면서 죽어가도록." 대제사장이 대답했다.

인부들은 예수가 못 박힌 십자가를 안고 구덩이까지 끌고 갔다. 그리고 맞춤 소리와 함께 십자가를 땅에 박았다. 손과 발에 박힌 못만으로 지탱하고 있던 예수의 몸이 무게 때문에 아래로 처졌다. 하지만 예수는 신음 소리 한 번 내지르지 않았다. 단지 모든 외침 소리 중에서 가장 맑은 소리로 외쳤을 뿐이다.

"아버지, 저 사람들을 용서하십시오. 저 사람들은 지금 자기네가 무엇을 하는지 알지 못합니다."

십자가가 무엇보다도 높이 하늘을 향해 세워지자 주위에서 환성이 터져 나왔다. 예수의 머리 위에 박힌 표찰의 문자는 당장 입에서 입으로 전달되었다. 군중은 비웃고 소리를 지르며 몇 번이나 합창을 되풀이했다.

"유대인의 왕, 만세! 유대인의 왕, 만세!"

그 말의 의미를 누구보다 잘 알고 있는 대제사장은 그 외침을 진정시키려고 했지만 소용이 없었다. 그렇다. 이 유대인의 왕은 언덕 위에서 아버지의 도시를, 그러나 그를 무참히 버린 도시를 내려다보면서 죽어갈 것이다.

태양은 정오를 향해 빠르게 떠올랐다. 주위의 언덕은 갈색 땅을 드러내고, 저 멀리 있는 산들도 보랏빛 안개를 휘감고 있었다. 시내에서는 성전과 왕궁, 성탑과 첨탑들, 아름답고 영광스러운 모든 것이 비할 데 없는 광채를 보이고 있었다. 마치 자기들을 쳐다보는 사람들의 마음에 얼마나 강한 자긍심을 주어왔는가를 잘 알고 있는 것처럼. 그런데 갑자기 하늘에 어둠이 퍼지면서 대지를 뒤덮었다. 처음에는 해가 조금 흐려졌거나 때 이르게 해가 기울었나 보다고 생각했지만, 어둠이 점점 짙어지자 모두 이상하다고 생각하기 시작했다. 외침 소리와 웃음소리도 잦아들고, 모두 의아하다는 듯이 서로 얼굴을 마주 보았다. 그리고 다시 한 번 태양을, 어둠 속으로 사라져가는 맞은편의 산들을, 하늘과 그늘 속에 가라앉는 풍경을, 그리고 이 비극이 일어나고 있는 언덕을 바라보았다. 그들은 다시 한 번 얼굴을 마주 보고는 놀라서 낯빛이 변했다. 그리고 모두 입을 다물었다.

"아니, 이건 안개나 지나가는 구름의 장난일 뿐이야. 이제 곧 밝아질 거야." 시모니데스가 겁먹은 에스더를 달래려고 말했다.

하지만 벤허는 그렇게 생각지 않았다.

"이건 안개나 구름이 아닙니다. 대기 속에 있는 선지자나 성령이 하신 일입니다. 절대 확실합니다. 시모니데스 님, 저기서 처형되고 있는 분은 정말로 하느님의 아들입니다."

벤허는 이해할 수 없다는 표정을 짓고 있는 시모니데스 곁을 떠나서 발타사르에게 다가가 어깨에 손을 올려놓고 말했다.

"이집트의 현자님, 당신이 옳았습니다. 나사렛 사람은 정말로 하느님의 아들입니다."

발타사르는 벤허를 가까이 끌어당기더니 힘없는 목소리로 말했다.

"나는 갓 태어나 구유에 눕혀져 있는 저분을 만났다네. 그러니까 내가 자네보다 더 오랫동안 저분에 대해 알고 있는 것도 당연하지. 하지만 오늘이라는 날을 맞이하지 않으면 안 되었다는 게 유감스럽군. 나도 먼저 간 친구들처럼 죽었어야 했는데……. 아아, 멜키오르와 가스파르가 부럽네."

"기운을 내세요. 그분들도 여기 와 계실 겁니다." 벤허가 말했다.

어둠은 점점 깊어져 주위가 완전히 캄캄해졌지만, 언덕 위의 불손한 무리는 주위를 에워싼 어둠에는 신경도 쓰지 않고 묵묵히 작업을 계속했다. 두 강도를 못 박은 십자가도 똑같이 세워지자 처형은 모두 끝났고, 경비병들도 처형장에서 물러났다. 그러자 사람들은 흐름을 거슬러 소용돌이치는 파도처럼 잇따라 언덕을 올라가 십자가 근처로 몰려들었다. 한 사람이 앞에 가면 다음 사람이 밀어젖히고, 또 다음 사람이 밀치락달치락하면서 조롱과 욕설을 나사렛 사람에게 퍼부었다.

"네가 진짜 유대인의 왕이거든 너나 먼저 구해봐라." 한 병사가 외쳤다.

"그래. 지금 당장 십자가에서 내려와봐. 그러면 믿어주마." 제사장이 말했다.

사람들은 저마다 욕을 하며 떠들어댔다.

"성전을 허물고 사흘 만에 다시 짓겠다더니, 너 자신은 구할 수 없느냐?"

"저놈은 자기가 하느님의 아들이라고 말했어. 그렇다면 하느님이 아들을 구하러 오겠지."

이것이 편견인지 아닌지는 모른다. 대부분의 사람들은 예수를 이때 처음 보았고, 예수는 지금까지 아무도 해친 적이 없었기 때문이다. 그런데 묘하게도 사람들은 하나같이 나사렛 사람을 저주하고, 오히려 강도들을 동정했다.

이상한 어둠이 갑자기 하늘에서 내려오면 아무리 용감하고 강인한 인간도 불안을 느끼는 법이다. 에스더가 겁을 먹은 것도 무리는 아니다.

"아버지, 빨리 집에 돌아가요." 에스더는 두 번 세 번 간청했다. "이건 하느님이 진노하신 거예요. 어떤 무서운 일이 일어날지 누가 알아요? 전 무서워요."

하지만 시모니데스는 완고했다. 말을 하지는 않았지만 몹시 흥분해 있었다.

처형이 끝난 뒤 한 시간쯤 지나 언덕 위의 소동이 마무리되었을 무렵, 시모니데스의 희망에 따라 일행은 십자가로 다가갔다. 벤허는 발타사르를 부축했지만, 발타사르는 좀처럼 언덕 위까지 올라가지 못했다. 지금 있는 곳에서는 예수의 모습은 잘 보이지 않고 십자가에 매달린 검은 형체만 보일 뿐이었다. 하지만 그의 한숨 소리는 손에 잡힐 듯이 들렸다. 두 강도가 큰 소리로 신음하거나 우는소리를 내고 있는 데 비해, 예수의 한숨은 강한 인내와 극도의 탈진을 보여주고 있었다.

시간은 시시각각 지나갔다. 예수에게 그것은 도발적인 굴욕, 서서히 찾아오는 죽음의 시간이었다. 그는 딱 한 번 입을 열었다. 십자가 옆에 무릎을 꿇고 있던 여자들 가운데 어머니와 사랑하는 제자가 있는 것을 알아차렸기 때문이다.

"여자여, 내가 당신의 아들입니다."

그리고 제자에게 말했다.

"이분이 네 어머니이시다."

세 시간쯤 지났다. 하지만 사람들은 아직도 언덕에서 물러가지 않고 있었다. 거기에는 뭔가 불가사의한 흡인력이 작용하고 있는 것처럼 여겨지기까지 했다. 아마 대낮에 밤이 찾아온 것도 관계가 있을 것이다. 아까보다 더욱 조용해져서, 이따금 어둠 저 편에서 외침 소리나 서로 부르는 소리가 들릴 정도였다. 지금 예수에게 오는 사람들은 말없이 십자가에 다가와서 뚫어지게 바라보고 돌아갔다. 같은 변화가 경비병들에게도 나타났다. 조금 전까지는 죄인의 옷을 서로 차지하려고 제비뽑기를 했는데, 지금은 장교와 함께 조금 떨어진 곳에 서서 십자가에 못 박힌 사람을 가만히 바라보고 있었다. 예수가 크게 한숨을 내쉬거나 고통 때문에 머리를 움직이면 갑자기 전율이 그들의 가슴을 달렸다.

하지만 태도가 가장 많이 변한 것은 대제사장과 그의 측근이었다. 어젯밤 재판에서 대제사장을 도운 고관들은 나사렛 사람 앞에서 대제사장의 비위를 맞추고 있었지만, 어둠이 내려앉자 자신들이 한 행동에 자신감을 잃기 시작했다. 당시 대중이 두려워한 이상한 현상에 정통한 천문학자들은 조상 대대로 내려온 지식, 그것도 유대인의 바빌론 포로가 끝날 무렵부터 전해지고 있는 지식을 활용하여 성전에서 예배를 드려야 할 필요성을 이야기했다. 그런데 지금 태양이 눈앞에서 흐려지기 시작하여 산과 언덕이 어둠에 잠기자 당장 자신감을 잃어버렸다. 그들은 대제사장 주위에 모여 토론하기 시작했다.

"달은 보름달이니까 일식일 리는 없습니다."

하지만 이 어둠은 도대체 무엇인가, 왜 지금 이런 일이 일어났는가 하는 의문에는 아무도 대답하지 못했다. 하지만 모두 마음속으로는 이 현상을 나사렛 사람과 관련지었고, 그 어둠이 점점 짙어져갈수록 그들의 경계심은 더욱 강해졌다. 그들은 병사들 뒤에 진을 치고, 예수의 움직임과 말에 신경을 곤두세우고 있었다. 예수가 한숨을 내쉬자 그들은 간담이 서늘해져서 서로 수군거렸다. 저 사람은 정말로 구세주인지 모른다고. 하지만 그것은 조금만 있으면 그들도 알게 될 것이다.

벤허는 이제 망설이지 않았다. 완전한 평안이 마음을 차지했고, 그저 나사렛 사람의 고통이 빨리 끝나기만을 마음속으로 빌고 있었다. 시모니데스의 기분도 잘 알 수 있었다. 그는 믿느냐 마느냐의 경계선에서 주저하고 있었다. 시모니데스는 깊은 생각에 잠기거나 태양 쪽을 노려보며 암흑의 원인을 찾고 있는 것 같기도 했다. 에스더도 아버지를 걱정하고 있지만, 자신의 두려움을 억누르고 아버지가 바라는 대로 하려고 애쓰고 있었다. 시모니데스는 고집스럽게 주장했다.

"두려워하지 않아도 돼. 함께 가보자꾸나. 너는 나보다 갑절이나 오래 살겠지만, 이렇게 흥미로운 것은 두 번 다시 못 볼 것이다. 또 무언가가 일어날지도 몰라. 가까이 다가가보자."

오후 4시쯤 시내의 부랑자들이 몰려와서 예수의 십자가 앞에 멈춰 섰다.

"이게 유대인의 왕이라는 놈이야?"

한 사람이 떠들어대자 다른 사람이 웃으면서 외쳤다.

"만세! 유대인의 왕, 만세!"

대답이 없자 그는 십자가에 다가가서 말했다.

"이봐, 그러고도 유대인의 왕이냐? 하느님의 아들이야? 억울하면 거기서 내려와봐."

십자가에 매달려 있는 강도들 가운데 하나가 이 말을 듣고는 신음하던 것을 그만두고 예수에게 말했다.

"그래, 구세주라면 너도 우리도 구해줘봐."

주위 사람들은 재미있어하며 웃고 떠들어댔다. 나사렛 사람의 대답을 기다리고 있을 때, 또 다른 강도가 첫 번째 강도에게 말했다.

"너는 하느님이 두렵지 않으냐? 우리는 지은 죄 때문에 마땅한 벌을 받고 있지만, 이분은 아무것도 잘못한 게 없어."

모두 놀랐다. 침묵 속에서 이번에는 예수에게 말했다.

"구세주여, 당신의 왕국에 들어가실 때 저를 기억해주십시오."

시모니데스는 흠칫 놀랐다. '당신의 왕국', 이것이야말로 그의 마음속에 있는 바로 그 의심이었고, 그가 발타사르와 그렇게 자주 토론한 점이기도 했다.

"들으셨나요? 왕국이란 건 이 세상 이야기가 아닙니다. 저자가 '당신의 왕국'이라고 말했고, 나도 꿈에서 같은 말을 들었습니다." 벤허가 시모니데스에게 말했다.

"쉿." 시모니데스는 지금까지 한 번도 보인 적이 없는 태도로 벤허의 말을 가로막았다. "조용히 하세요. 나사렛 사람이 대답해주면 좋겠는데."

그때 예수가 당당한 목소리로 말했다.

"내가 진정으로 너에게 말한다. 너는 오늘 나와 함께 낙원에 있을 것이다."

시모니데스는 그 말을 분명히 듣고 손을 맞잡으며 말했다.

"그것으로 충분합니다. 주여, 어둠은 사라졌습니다. 완전히 눈이 뜨였습니다. 발타사르 님처럼 저에게도 완전한 신앙이 주어졌습니다."

충실한 하인에게 어울리는 포상이 드디어 주어졌다. 손상된 몸은 원래대로 돌아가지 않는다. 괴로운 추억이 없어지는 것도 아니고, 괴로워한 세월을 되찾을 수 있는 것도 아니다. 하지만 드디어 현세 저쪽에 놓여 있는 천국에 새로운 생명이 있는 것을 그는 보았다. 그가 꿈꾸고 있던 왕과 왕국이 거기에 있다. 완전한 평안이 그에게 찾아왔다.

하지만 십자가 앞에 있던 사람들은 예수의 그 말에 놀라고 두려워했다. 그것은 그가 진짜 구세주임을 증명하는 말로 들렸기 때문이다. 이 나사렛 사람은 가는 곳마다 자기가 구세주라고 말했고, 그 때문에 십자가에 못 박혔다. 하지만 십자가 위에서 지금까지보다 더 당당하게 그 선언을 되풀이한 것이다. 그뿐만이 아니라 다른 죄인에게 천국의 낙원까지 약속했다. 사람들은 자신들이 저지른 짓에 놀랐다. 오만한 대제사장조차도 겁을 먹었다. 진리로부터가 아니면, 어디서 이 사람은 이런 자신감을 얻었겠는가. 그리고 진리는 하느님이 아니고 무엇이겠는가? 이제 아주 작은 계기만 생겨도 그들은 모두 달아날 태세였다.

예수의 숨결이 거칠어지고, 한숨은 헐떡임으로 바뀌었다. 그분은 임종의 순간을 맞고 있다. 그 소식이 퍼지자 주위는 조용해졌다. 숨이 흐트러지다가 마침내 멈추었다. 공기가 답답해지고, 더위가 어둠에 더해졌다. 이 어둠의 장막 아래 300만 명의 사람들이 있고, 숨을 죽인 채 무슨 일이 일어날까 하고 기다리고 있었다. 그것을 모르는 사람은 이제 아무도 없을 것이다.

하지만 주위는 정말로 조용했다. 어둠과 적막을 뚫고 나사렛 사람의 목소리가 주위에 울려 퍼졌다. 그것은 비난하는 목소리가 아니라 탄식하는 목소리였다.

"나의 하느님, 나의 하느님, 어찌하여 나를 버리셨습니까?"

그 목소리를 들은 사람들은 모두 깜짝 놀랐다.

벤허 바로 옆에는 병사가 가져온 포도주 병이 놓여 있었다. 십자가에 매달린 죄수가 요구하면 막대기에 매단 해면을 거기에 담가서 죄수의 목을 축여주도록 준비되어 있었다. 벤허는 언젠가 나사렛의 우물에서 목이 말랐던 일을 기억해내고, 견딜 수가 없어서 그 막대기를 집어 들고 해면을 적셨다.

"내버려둬. 하느님이 와서 구해주나 두고 보자고." 군중은 화를 내며 소리쳤다.

벤허는 아랑곳하지 않고 십자가로 달려가서 해면을 나사렛 사람의 입술에 댔다. 하지만 너무 늦었다. 이제 다 소용없다. 벤허는 그 얼굴을 분명히 보았다. 그 순간, 피와 먼지로 더러워진 얼굴에 빛이 비쳤다. 눈이 크게 뜨였다. 그 눈은 하늘 저편의 존재를 바라보고 있는 것 같았다. 그리고 "다 이루었다"는 한마디, 그 말에서는 만족감과 편안함, 승리감까지 느껴졌다. 인간의 죄를 죽음으로 속죄하는 위업을 이룬 하느님의 아들은 그 성공을 축하하는 최후의 작별 인사를 남기고 떠났다.

눈에서 빛이 사라지고, 가시관을 쓴 머리가 축 늘어졌다. 싸움이 끝났다고 벤허는 생각했다. 하지만 무너져 내리는 영혼이 마지막 남은 힘을 쥐어짜냈을까? 벤허와 주위 사람들은 낮게 중얼거리는 마지막 말을 들었다.

"아버지, 제 영혼을 아버지 손에 맡깁니다."

괴로워하는 몸에 마지막 전율이 달렸다. 무서운 고통의 외침소리가 터져 나오고, 이 세상에서의 소명과 목숨이 끝났다. 사랑에 가득 찬 심장이 고동을 멈추었다. 아아, 그분은 사랑 때문에 죽었다.

벤허는 원래 있던 곳으로 돌아가 "다 끝났습니다. 돌아가셨습니다" 하고만 말했다.

예수가 죽었다는 소식은 순식간에 퍼졌다. 아무도 큰 소리를 내지는 않았지만, 중얼거리는 목소리가 사방으로 퍼져갔다. "그 사람이 죽었어. 그 사람이 죽었어." 사람들이 바란 대로 나사렛 사람은 죽었지만, 모두 겁먹은 얼굴을 서로 마주 보고 있었다. "그의 피는 우리와 우리 자손들에게 돌아올 것이다……"라는 말이 실현되었다. 그때 갑자기 땅이 흔들리기 시작했다. 모두 당황하여 주위 사람을 붙잡고 몸을 지탱하려 했다. 다음 순간, 어둠 속에 태양이 나타나 언덕 위의 십자가가 크게 흔들리는 것을 비추었다. 세 개의 십자가 가운데 중앙에 있는 십자가 하나만 크게 흔들리면서 예수를 태운 채 푸른 하늘로 올라가는 것처럼 보였다. 그를 조롱한 자, 때린 자, 십자가형에 찬성한 자, 시내에서 함께 행진해 온 자, 그의 죽음을 바란 자…… 거의 모든 사람이 자기가 한 짓을 잊고, 제 목숨만은 지키려고 그곳에서 도망쳤다. 모두 앞 다투어 말이나 낙타나 마차를 타고, 또는 제 발로 도망쳤다. 그런데 놈들이 한 짓에 화가 났는지, 저항도 하지 않는 한 남자를 등치고 괴롭힌 데 화가 났는지, 대지는 언제까지나 계속 흔들렸다. 사람들은 쓰러지고 내던져졌다. 발밑의 바위가 요란한 소리와 함께 부서져 사람들을 공포로 몰아넣었다. 아비규환. 예수가 흘린 피의 앙화를 입은 것이다. 제사장도 평민도 거지도, 사두개인도 바리새인도, 유대인도 이방인도 너나 할 것 없이 모두 땅바닥에 나동그라졌다. 그들이 주님에게 도움을 청했다면, 성난 대지는 주님 대신 그들에게 응답하여 그들을 모두 똑같이 다루었을 것이다. 대제사장이든 죄인이든 모두 똑같이 쫓아가서 딴죽을 걸어 넘어뜨리고, 옷을 잡아 찢고, 금방울을 낚아채어 모래에 내던지고, 흙먼지를 입에 가득 쳐넣을 것이다. 그들은 모두 예수의 피를 뒤집어썼다.

언덕 위에 남겨진 것은 예수의 어머니와 제자, 갈릴리 여자들, 백인대장과 병사들, 그리고 벤허 일행뿐이었다. 그들도 제 몸 하나 지키는 것이 고작이어서, 군중이 도망치는 것을 보고 있을 여유는 없었다.

벤허는 시모니데스의 발치를 가리키며 에스더에게 말했다.

"여기 앉아. 눈을 내리깔고, 위를 보면 안 돼. 주님과 저 의로운 분의 영혼을 믿어."

"앞으로는 저분을 구세주, 즉 그리스도라고 부릅시다." 시모니데스가 경건한 표정으로 말했다.

"좋습니다." 벤허가 대답했다.

다음 순간, 또다시 지진파가 언덕을 덮쳤다. 십자가에 매달린 강도들의 외침 소리는 듣기에도 무서웠다. 비틀거리다가 쓰러진 발타사르의 모습이 보였기 때문에, 벤허는 서둘러 다가가 말을 걸어보았다. 하지만 응답이 없었다. 발타사르는 이미 숨져 있었다. 예수의 마지막 음성에 응답하는 듯한 외침 소리를 들은 것이 이제야 생각났다. 그것이 누구의 목소리였는지는 확인하지 않았지만, 그때 발타사르의 영혼이 그리스도와 함께 하늘의 왕국으로 올라간 것이다. 외침 소리만이 아니라 그의 의로운 인생 자체가 무엇보다 좋은 증거였다. 가스파르가 신앙을 손에 넣고 멜키오르가 사랑을 손에 넣었다면, 발타사르에게 특별한 상이 주어지는 것도 당연한 일이었다. 그렇게 오랜 세월 동안 신앙과 사랑과 선행으로 일관해온 사람이니까.

발타사르의 하인들은 이미 도망쳐버렸기 때문에 진동이 가라앉자 갈릴리 병사 두 명이 그의 시신을 가마에 싣고 시내로 돌아갔다. 거의 같은 무렵, 그리스도의 시신이 십자가에서 내려졌다. 저물녘에 남문에서 벤허 가의 저택으로 향하는 일행은 슬픔에 잠겨 있었다. 발타사르의 시신은 객실에 안치되었고, 하인들도 울면서 그의 죽음을 애도했다. 그는 언제나 주위의 모든 사람들에게 자비를 베풀었기 때문이다. 하지만 고인의 얼굴에 떠오른 미소를 보고 그들은 눈물을 닦으며 말했다.

"잘됐어요. 오늘 아침에 나가실 때보다 훨씬 행복해 보이네요."

벤허는 이라스에게 발타사르의 죽음을 알리러 갔다. 직접 알려주고 그녀를 객실로 데려올 작정이었다. 슬플 것이다. 이 세상에 혼자 남겨졌으니까. 무슨 일이 있었든, 그녀를 용서하고 불쌍히 여겨야 할 때였다. 그녀에 대한 생각은 그의 머리에서 말끔히 사라졌다. 오늘 아침에도 그녀가 왜 함께 가지 않는지, 그녀가 어디 있는지도 묻지 않았다. 그것이 좀 부끄럽기도 해서, 벤허는 이제 곧 깊은 슬픔에 빠질 그녀에게 어떤 보상도 기꺼이 해줄 생각이었다.

이라스의 방에 도착하여 커튼을 흔들고 종을 울려도, 몇 번이나 이름을 불러도 응답이 없었다. 커튼을 들어 올리고 방에 들어가 보았지만, 그녀의 모습은 어디에도 보이지 않았다. 옥상도 찾아보았지만 보이지 않았다. 하인들에게 물어보았지만, 낮에 이라스의 모습을 본 사람은 아무도 없다고 한다. 집 안을 샅샅이 뒤졌지만 결국 찾지 못하고, 벤허는 객실로 돌아와 발타사르의 시신 옆에 섰다. 그리스도는 그의 늙은 종 발타사르에게 얼마나 자비로웠는가. 발타사르는 천국의 문에서 이 세상의 고통도, 딸에게 버림받은 것도 모두 잊고, 영원한 안식에 들어갔기 때문이다.

장례식의 슬픔도 거의 사라지고, 나병이 나은 지 아흐레가 지났기 때문에 법률에 정해진 대로 벤허는 어머니와 누이동생을 집으로 데려왔다. 그 후 이 집에서 가장 우러러 받드는 성스러운 이름은 두 이름을 합친 '아버지 하느님과 아들 그리스도'가 되었다.

11
지하 교회

그리스도가 십자가에서 처형된 뒤 5년의 세월이 지났다. 벤허의 아내가 된 에스더에게 시간은 평온하게 지나갔다. 점점 아름다워진 에스더는 과거의 꿈이었던 미세눔 저택의 안주인이 되었다. 낮에는 따뜻한 이탈리아의 햇살이 정원의 장미나 포도나무에 쏟아진다. 방들은 모두 로마풍으로 꾸며지고, 에스더가 입고 있는 옷만 유일하게 유대풍이었다. 티르자와 두 아이가 사자 모피로 만든 깔개 위에서 놀고 있었다. 그 모습을 물끄러미 상냥하게 바라보고 있는 에스더를 보면, 두 아이가 그녀의 자식인 게 분명하다.

여느 때처럼 한가로운 시간을 보내고 있을 때 하인이 나타나서 말했다.

"어떤 여자 손님이 마님을 뵙고 싶다면서 홀에서 기다리고 계십니다."

"안내해줘. 여기서 만날게."

곧 손님이 나타났다. 에스더는 일어나서 말을 걸려다가 안색이 변하여 뒷걸음쳤다.

"당신은 혹시……."

"그래요, 발타사르의 딸 이라스예요."

에스더는 놀라움을 억누르고 하인에게 의자를 가져오라고 말했다.

"괜찮아요. 곧 갈 거니까." 이라스는 무뚝뚝하게 말했다.

두 사람은 서로 마주 보았다. 에스더는 아름답고 행복한 어머니, 만족스러운 아내였다. 반면에 아라스에게 닥친 운명은 그렇게 다정한 운명이 아니었던 모양이다. 날씬한 몸매에는 옛날의 우아함이 조금 남아 있었지만, 거칠고 무절제한 생활이 온몸에 상처를 남기고 있었다. 피부는 거칠고, 눈은 핏발 서 있고, 눈 밑에는 검은 기미가 끼어 있었다. 안색도 좋지 않고, 입술에는 냉소가 떠올라 있고, 나이보다 훨씬 늙어 보였다. 옷차림도 허름하고, 샌들에는 진흙이 묻어 있었다.

이라스가 먼저 입을 열었다.

"저건 당신의 아이들인가요?"

에스더는 아이들을 보면서 미소를 지었다.

"그래요. 말 좀 걸어주세요."

"내가 말을 걸면 무서워할 거예요." 이라스는 대답하고, 주눅이 든 에스더에게 다가와 말했다. "두려워하지 않아도 돼요. 남편에게 전해줘요. 숙적이 죽었다고. 지독한 짓을 했기 때문에 내가 죽여버렸어요."

"숙적이라뇨?"

"메살라 말이에요. 그리고 이 말도 전해줘요. 나도 당신 남편을 해치려 했기 때문에 천벌을 받았다고."

에스더가 눈물을 글썽거리며 무언가 말하려고 하자 이라스가 가로막았다.

"그만둬요. 눈물도 동정도 필요 없어요. 그리고 끝으로, 로마인이 되는 건 개새끼가 되는 거나 마찬가지라는 사실을 겨우 알 았다고 전해줘요. 그럼 잘 있어요."

가려고 하는 이라스를 에스더가 말렸다.

"잠깐만요. 남편을 만나주세요. 그이는 당신을 조금도 원망하지 않아요. 당신을 얼마나 찾았는지 몰라요. 당신을 도와줄 수 있을 거예요. 나도 당신에게 도움이 될 수 있을 거예요. 우리는 그리스도인이니까요."

"아니에요. 나는 내가 택한 길을 가겠어요. 그것도 이제 곧 끝 나겠지만." 이라스는 고집을 부렸다.

"하지만 뭔가 바라는 건 없나요?"

"있어요." 이집트 여자의 표정이 부드러워지고, 입에는 미소 가 떠올랐다. 그녀는 바닥에서 놀고 있는 아이들을 바라보았다.

"뭐든지 말해보세요." 에스더는 이라스의 눈길을 좇으면서 대 답했다.

이라스는 아이들 곁으로 다가가서 사자 모피 깔개에 무릎을 꿇고, 두 아이에게 살며시 입을 맞추었다. 그리고 두 아이를 바 라보면서 천천히 일어나더니, 작별의 말도 남기지 않고 떠났다. 에스더는 빠른 걸음으로 멀어져가는 이라스를 그저 멍하니 지 켜볼 뿐이었다.

에스더한테 이라스 이야기를 들은 벤허는 역시 짐작한 대로 였다는 것을 알았다. 그 십자가 처형이 있던 날 이라스는 아버 지를 버리고 메살라에게 달려간 것이다. 벤허는 곧 그녀의 행방 을 찾았지만, 자취를 전혀 찾을 수 없었다. 그녀의 모습도 보이지 않았고, 그녀의 소문도 들리지 않았다. 쏟아지는 햇빛을 받아 눈부시게 빛나는 푸른 바다가 말을 할 수 있었다면 그 어두운 비밀을 말해주었을 테지만······.

시모니데스도 많이 늙었다. 끝까지 명석한 두뇌와 선량한 마음을 갖고 성공을 거두었지만, 네로 황제가 즉위한 지 10년째 되는 해에 안디옥에 본거지를 두고 있던 장사를 접었다. 그해의 어느 날 저녁, 시모니데스는 여느 때처럼 옥상 테라스에서 애용하는 팔걸이의자에 앉아 있었다. 옆에는 벤허와 에스더, 그리고 그들의 세 아이가 있었다. 배는 한 척만 남기고 모두 팔았다. 그 마지막 한 척이 강의 계류지에 정박해 있는 것이 보인다. 그 십자가 처형 이후 오늘까지 일어난 유일한 불행은 벤허의 어머니가 세상을 떠난 것이었다. 신앙이 없었다면 그들의 슬픔은 훨씬 깊었을 것이다.

어제 막 도착한 배는 로마에서 네로가 그리스도인을 박해하기 시작했다는 소식을 가져왔다. 거기에 대해 이야기하고 있을 때 말루크가 편지를 가져와서 벤허에게 건네주었다.

"누가 가져왔나?" 벤허가 물었다.

"아랍인입니다."

"어디 있지?"

"편지를 건네주고는 바로 돌아갔습니다."

"읽을 테니까 들어주세요." 벤허는 시모니데스에게 말하고 편지를 읽기 시작했다.

일데림의 아들 일데림이 유다 벤허 님께

우리 아버지가 친구이신 당신을 얼마나 존경했는지 모릅니다. 유서를 읽어보시면 아실 겁니다. 아버지의 유지는 제 의지이기도 합니다. 아버지가 선물하신 것은 틀림없이 당신의 것입니다. 아버지는 파르티아인과 싸우다 목숨을 잃으셨지만, 그 싸움에서 잃어버린 유서도, 몀마 미라의 자식들도, 그 밖의 재산도 모두 제가 되찾아서 복수를 이룰 수 있었습니다.

여러분에게 평안이 있기를.

사막에서 족장 일데림

벤허는 바싹 마른 뽕잎처럼 누렇게 바랜 파피루스를 펼쳤다. 만지기만 해도 흐슬부슬 떨어질 것 같았다. 그는 계속 읽었다.

족장 일데림이 상속인에게

내가 소유하고 있는 것은 모두 상속일로부터 너에게 양도한다. 다만 안디옥의 야자수 농원만은 경기장에서 그토록 화려한 영광을 가져다준 유다 벤허에게 삼가 드린다.

아버지의 이름을 더럽히지 말기 바란다.

족장 일데림

"어떻습니까?" 벤허는 시모니데스에게 물었다.

에스더는 기뻐서 편지를 받아 들고 다시 읽었다. 시모니데스는 말없이 배를 바라보며 곰곰 생각에 잠겨 있더니, 마침내 입을 열었다.

"하느님은 언제나 자네를 지켜주시니, 아무리 감사해도 모자랄 판일세. 이제 슬슬 자네가 손에 넣은 재산, 점점 불어나는 그 재산을 어떻게 쓸 것인지를 생각해야 할 때가 아닐까?"

"그건 저도 진작부터 생각하고 있었습니다. 나에게 주어진 모든 것을 다 바쳐서 하느님을 돕고 싶습니다. 다만 어떻게 하면 가장 유효적절하게 사용할 수 있을지, 하느님께 도움이 될 수 있을지, 그걸 모르겠습니다."

"자네가 이미 안디옥의 교회에 많은 돈을 기부한 것은 알고 있네. 오늘 일데림 족장한테서 재산을 물려주겠다는 편지와 함께 로마의 동포들이 박해를 받고 있다는 소식이 들어왔으니, 새로운 일을 시작하도록 함세. 로마 그리스도교의 불을 끄면 안 돼." 시모니데스가 대답했다.

"어떻게 하면 될까요?"

"어떤 로마인도, 네로조차도 절대 손을 댈 수 없는 신성한 것이 두 가지 있다네. 죽은 사람을 태운 재와 그것을 매장한 무덤이지. 주님을 경배하기 위한 교회를 지상에 세울 수 없다면 지하에 세우도록 하게. 그리고 그곳이 모독당하지 않도록, 신앙인으로서 죽은 이들의 주검을 모두 거기에 안치하는 것일세."

"그거 좋은 생각인데요. 바로 시작하겠습니다. 조금이라도 빠른 편이 좋겠지요. 로마의 박해 소식을 가져온 배를 타고 로마로 돌아가겠습니다. 내일 당장 떠나도록 하겠습니다."

벤허는 의기양양하게 일어섰다. 그리고 말루크에게 말했다.

"말루크, 출항 준비를 갖추어주게. 그리고 자네도 함께 가줘 야겠네."

"여부가 있겠습니까."

"에스더, 당신은 어때?" 벤허가 물었다.

에스더는 그에게 다가가서 팔을 잡고 대답했다.

"그리스도를 섬기는 일인걸요. 방해가 되지 않는다면, 물론 저도 함께 가겠어요."

독자 여러분이 로마에 가서 산세바스티아노 지하 교회보다 더 오래된 산칼릭스토 지하 교회를 방문할 기회가 있다면, 벤허 의 재산이 어떻게 쓰였는지를 볼 수 있을 것이다. 그리고 그의 공적을 찬양할 것이다. 그리스도교는 그 넓은 지하 교회에서 로 마 황제의 지상 권력을 능가하는 영원한 힘을 이루어냈다.

해설

교황의 축성을 받은
미국 대중소설의 금자탑*

'벤허'라는 이름은 우리나라에서도 잘 알려져 있다. 하지만 대다수 사람들은 영화를 통해서 알았을 것이다. 실제로 1959년에 개봉된 윌리엄 와일러 감독의 영화 〈벤허〉는 대단한 반향을 불러일으켰다. 영화사의 선전에 따르면 구상하는 데 10년, 준비하는 데 6년, 촬영하는 데 꼬박 1년을 소비하고, 출연자 총수가 5만 명, 상영시간이 3시간 30분에 달하는 미국 영화사상 획기적인 블록버스터였다. 비평가들의 반응이 반드시 좋았던 것은 아니지만 기록적인 히트작이 되었고, 이듬해 4월에 열린 제32회 아카데미상 시상식에서는 작품상·감독상·남우주연상(찰턴 헤스턴)을 비롯한 11개 부문에서 수상했는데, 이것은 제임스 캐머런 감독의 〈타이타닉〉(1997)이 나오기 전까지 한 작품이 최다 아카데미상을 받은 기록으로 남아 있었다. 한국에서는 1962년 2월

---

*해설을 쓰는 데에는 다음 글들의 도움을 받았다. 《벤허》의 영어판(The Modern Library 출판, 2002)에 실린 '머리말'(Blake Allmendinger 글), 최신간 영어판(HaperCollins 출판, 2015)에 실린 '머리말'(John Swanburg 글), 일어판(松柏社 출판, 2003)에 실린 '해설'(亀井俊介 글), 《Wikipedia(위키백과)》에 실린 'Lew Wallace'와 'Ben-Hur' 항목.

에 처음 개봉되어 10개월이 넘는 장기 흥행을 기록했으며, 그 후에도 여러 차례 재개봉되었다.

당시는 영화의 전성기이기도 했고, 그런 이유로 벤허라는 이름이 많은 사람들의 머릿속에 들어갔을 것이다. 그리고 이 영화를 본 사람들은 자세한 줄거리는 잊었어도 주인공 벤허가 복수와 유대 민족의 긍지를 위해 출전한 전차경주 장면에는 강렬한 인상을 받았다. 이 영화는 웅대한 스펙터클 사극이지만, 15분에 걸친 전차경주 장면은 최고의 절정이었다.

이렇게 영화 〈벤허〉는 그 이름과 인상을 광범위한 사람들의 마음속에 남기고 있지만, 그 원작 소설을 읽었다는 사람은 적어도 한국에서는 보기 드물 것이다. 하지만 1880년에 출간된 소설 《벤허》도 미국 소설사에서 획기적인 작품이었다. 역시 장대한 역사 로망이지만, 부제를 '그리스도 이야기'라고 붙이고 스펙터클과는 다른 종류의 로맨스도 전개하여 미국 대중소설에 새로운 시대를 열었다. 비평가들의 반응도 처음 얼마 동안은 역시 냉담했다. 하지만 서서히 환영의 고리가 넓어져가고 결국에는 팔리고 또 팔려서 마거릿 미첼의 《바람과 함께 사라지다》(1936)가 출판될 때까지 미국 소설사상 최대의 베스트셀러 자리를 지키게 되었다(1959년에 영화가 개봉된 이후에는 매출이 다시 늘어나서 《바람……》을 뛰어넘었다).

물론 비평가나 학자들이 아니라 대중이 이 작품을 지지한 것이다. 미국에서는 19세기 중엽에 공립학교를 통해 초등교육이 널리 보급되면서 독서 계층이 대폭 확대되었다. 남북전쟁은 이런 경향을 더욱 비약적으로 발전시켰다(군대는 언제 어디서나 최대의 교육기관인 모양이다). 1860년경에 시작된 '다임 노벨' (10센트 소설)은 짜릿한 모험과 연애 위주의 이야기를 아주 싼값에 팔아서 전선의 병사들을 포함한 수많은 일반 독자들에게 소설의 재미를 알려주었다. 전쟁 전부터 있었던 '센티멘털 픽션'이나 '가정소설' 같은 장르도 이 시대에 더욱 유행하게 되었고, 대개는 여성 독자들의 눈물을 짜내게 된다. 1871년에 호레이쇼 앨저가 쓴 《누더기를 걸친 딕》은 소년을 주인공으로 하는 입신출세 이야기의 시작이었고, 이른바 '앨저 성공 신화'라고 불리는 이런 장르의 소설도 한때 세상을 풍미했다. 하지만 넓은 범위의 무대를 설정하고 파란만장한 이야기를 극채색의 스펙터클로 묘사하는 '피가 끓고 살이 떨리는' 소설로는 《벤허》와 어깨를 나란히 할 수 있는 작품이 나타나지 않았다. 게다가 이 작품에는 '그리스도 이야기'라는 요소가 추가되었고, 여기에 새로운 독자층이 덤벼들었다. 이리하여 《벤허》와 함께 미국 대중소설은 화려한 꽃을 피우고 풍요로운 열매를 맺는 시기를 맞이하게 되었다.

이 소설의 작가인 루 월리스가 남북전쟁에 장군으로 종군한 군인, 그것도 자주 무훈을 세운 전술가였다는 점도 흥미를 끈다. 즉 이것은 지식인이나 교육자나 목사, 또는 문학적 교양이 있고 가정생활에 고민을 안고 있는 여성 같은 종래의 소설 작가와는 출신이 다른 사람의 작품이다. 물론 월리스도 일찍부터 문필을 즐기기는 했다. 하지만 군인답게 현실 문제와 맞붙고, 폭

넓은 실제적 시야와 판단력을 갖추고, 전쟁이 끝난 뒤 주위 상황에 불만을 품기도 하면서, 낭만적인 정열에 사로잡혀 인간이 살아가는 방법에 대한 자신의 이상을 전투적으로 묘사해내려고 했다. 그런 파격적인 작가가 출현하여 일대 로망스를 만들어냈다고 말할 수도 있을 것 같다.

소설 《벤허》에 여러 가지 결함이 있는 것도 사실이다. 거기에 대해서는 나중에 또 살펴보겠지만, 영화 〈벤허〉를 보고 스펙터클한 장면에만 감동을 받은 사람이 원작 소설도 그럴 거라고 생각했다면, 그것은 경솔한 생각이라고 말해야 할 것이다. 여기서 잠깐 영화 〈벤허〉에 대한 설명을 덧붙여두자면, 어쨌든 원작이 초대형 베스트셀러였기 때문에 영화화는 모두 세 번 시도되었다. 최초의 〈벤허〉(1907)는 역시 전차경주 장면에 중점을 둔 단편이었지만, 영화화 판권 문제를 해결하지 못해 흥행계에서 쫓겨나버렸다. 하지만 다음 〈벤허〉(1925)는 아직 무성영화 시대인데도 상영시간이 2시간 넘는 대작이었고, 역시 전례 없는 히트를 친 성공작이 되었다. 비평가들에 따르면 이 영화는 원작에 충실해서, 예를 들면 1959년판에서는 전차경주 장면이 끝난 뒤 로마에 저항하는 벤허의 활동이 거의 사라져버렸는데 1925년판에서는 그의 그런 활동이 제대로 묘사되었다고 한다.

여기서 영화의 우열을 가릴 것까지는 없지만, 문제 삼고 싶은 것은 우리가 알고 있는 영화 〈벤허〉보다 원작 소설 《벤허》가 훨씬 많은 것을 내포하고 있다는 점이다. '피가 끓고 살이 떨리는' 스펙터클도 중요하지만, 소설은 더욱 복잡한 요소를 끌어안고 독자들에게 호소하며 그 전체적인 내용으로 큰 반향을 불러일으켰다. 이 작품을 원작에 충실한 형태로 다시 읽는 것이 미국 대중소설의 금자탑에 대한 재검토 및 재평가가 되는 것은 말할 나위도 없다. 그것은 또한 당시부터 현재에 이르는 미국 대중문학 구조의 토대를 이해하는 일과도 연결될 것이다.

어쨌거나 지금은 루 월리스가 잘 알려지지 않은 인물이 되어버렸기 때문에 우선은 그에 대해 알아두는 것이 좋을 것이다. 그렇기는 하지만, 그의 생애를 이야기한 책 자체가 아주 적어서, 《루 월리스 자서전》(1906) 외에는 로버트 E. 모스버거와 캐서린 M. 모스버거 부부가 공저한 《루 월리스: 전투적 낭만주의자》(1980)와 레이 E. 붐하워가 쓴 《칼과 펜》(2005)이 있는 정도다.

루이스(약칭 루) 월리스(Lewis Wallace)는 1827년 4월 10일 인디애나 주의 브룩빌이라는 소도시에서 태어났다. 아버지는 웨스트포인트(사관학교)를 나왔지만 법률을 공부하여 변호사가 되었고, 지방 정계에 진출하여 활약한 사람이다. 루는 어릴 때 드넓은 들판과 숲을 뛰어다니며 사냥과 낚시를 즐겼고, 덕분에 건장한 체격을 가진 젊은이로 자랐다. 학교는 별로 좋아하지 않았지만, 책을 읽는 것은 좋아한 모양이다. 특히 역사 이야기나 지리책을 즐겼다는 이야기는 나중에 그가 쓴 저작과 관련지어 새겨들을 필요가 있다. 그는 그림을 그리는 것도 좋아했다는데, 이것도 그의 작품이 보여주는 회화적 묘사와 연결되는 이야기다.

1834년에 어머니가 사망하고, 1837년에 아버지가 인디애나

주지사로 선출되면서 재혼했기 때문에 가족은 인디애나 주의 주도인 인디애나폴리스에서 살게 되었다. 미리 말해두자면 아버지는 주지사를 한 번만 지내고 물러나야 했지만, 1841년에 연방 하원의원에 선출된 뒤에는 인디애나폴리스에서 변호사로 일했다. 지방의 상류층에 속했다 해도 좋을 것이다.

1837년 당시 인디애나폴리스는 인구가 4천 명밖에 안 되는 소도시였지만, 열 살의 루에게는 대도시로 여겨졌다. 그는 주의회 도서관에 틀어박혀 다양한 읽을거리를 즐겼다. 그동안 여러 학교에 다녔지만 성적은 밑바닥이었던 모양이다. 다만 어느 교사가 그에게 문필의 재능을 발견하고 "글을 쓸 때는 모든 것을 희생하고 표현의 명증함을 추구하라"고 가르쳤다. 그리고 순수한 영어의 실례로 신약성서를 주고 복음서를 읽게 했다. "그 시적 표현에서 언젠가 《벤허》가 태어나게 될 줄은 꿈에도 몰랐다"고 나중에 루는 말하게 된다.

어쨌든 루 월리스는 이 무렵 시를 쓰기 시작했고, 존 스미스 선장(1580~1631, 영국의 항해가)에 대해 월터 스콧(1771~1832, 영국의 시인·역사소설가)을 흉내 내어 수백 행의 서사시를 써보기도 했다. 또한 제임스 맥퍼슨(1736~1796, 영국의 시인)의 《오시안》을 흉내 내어 《중기병: 10세기의 이야기》라는 소설을 10여 장(章) 썼다고도 한다. 그러다가 멕시코에서 독립한 텍사스 공화국이 붕괴 상태에 빠진 채 멕시코의 공격을 받자(1842), 루는 학교를 탈출하여 텍사스군을 응원하러 가려고 했다. 다행히 곧 붙잡혀서 돌아올 수 있었지만, 아무래도 그는 낭만적인 몽상과 혈기왕성한 행동력을 갖고 있었던 모양이다. 아버지는 화가 나서 루에게 학비 지원을 중단하겠다고 통고했다.

그러자 루 월리스는 열여섯 살 나이에 자립하여 군청에서 일하거나 지방신문 기자로 일하면서 윌리엄 프레스콧의 《멕시코 정복사》(1843)를 읽고 자기도 그런 종류의 책을 쓰는 데 정열을 불태우고 있었다. 다만 그런 책을 쓰려면 충분한 조사 연구가 필요하다는 것도 자각하고 있었다.

1845년, 드디어 멕시코와의 전쟁 분위기가 고조되자, 열여덟 살의 루 월리스는 사흘 동안 1개 중대의 의용군을 모집하고, 스스로 부대장이 되어 출정했다. 실제 전투에는 참가하지 않았지만, 그에게 전쟁은 '영광으로 가는 길'이 되고 '로망스가 현실보다 우월해졌다'고 모스버거 부부는 루 월리스 전기에서 말하고 있다.

귀국한 루는 변호사 자격을 얻어 상류층 출신의 작가이자 시인인 수전 아널드 엘스턴(1837~1907)과 결혼하고, 크로퍼즈빌이라는 도시에 사무실을 열었다. 그 후 지방 정계에 진출하여 1857년에 주의회 의원으로 선출되었다. 하지만 그는 '영광으로 가는 길'을 잊지 못했는지, 현지의 젊은이 수십 명을 모아 민병대를 조직하고 군사 훈련을 실시하고 있었다. 그동안 최초의 장편소설 《아름다운 신(The Fair God)》의 초고를 완성하기도 했다.

1861년에 남북전쟁이 일어나자, 루 월리스는 북군을 위한 연대를 조직해달라는 주지사의 의뢰를 받고 기꺼이 응하여, 인디애나 제11의용연대의 연대장(대령)으로 출정했다. 그는 도넬슨 전투(1862. 2)에서 거둔 승리로 국민적 영웅이 되기도 했다. 그는 준장에서 소장으로 진급하여 미군 전체에서 가장 젊은 최연소 소장이 되었고, 인디애나 제3사단 사령관까지 승진했다. 하지만 샤일로 전투(1862. 4)에서 많은 희생자를 내는 바람에 격렬한 비난을 받았다. 그는 이 비난이 부당하다는 것을 증명하기 위해 평생 동안 싸우게 되지만, 어쨌든 이 일 때문에 대령으로 강등당하게 된다. 그 후 집에 돌아와서 훈령을 기다리다가 1864년에 링컨 대통령의 부름을 받고 메릴랜드 지역 사령관이 되어 수도 워싱턴을 적의 기습으로부터 지키는 데 성공했고, 덕분에 이번에는 많은 칭송을 받았다. 참으로 어지러운 부침이다. 《벤허》의 주인공이 겪는 운명의 부침도 값싼 대중소설적 상상의 산물이 아니라 작가 자신의 체험에서 나온 것이라고 말할 수 있을 것이다.

전쟁이 끝난 1865년, 월리스는 링컨 대통령 암살의 공범으로 체포된 용의자 8명을 재판하는 군사법정에 재판관으로 참석했다. 그는 법률가로서 재판의 공정성에 의문을 품은 모양이지만, 엄격한 단죄를 요구하는 다수 의견에 이의를 제기하지는 않았다. 이어서 앤더슨빌 감옥에서 일어난 북군 포로 학대 사건의 책임자에 대한 재판에서 그는 재판장이 되었지만, 역시 처음부터 끝까지 엄격한 태도를 취했다. 남부의 반역자를 증오하는 압도적 여론에 반대하기는 어려웠을 테지만, 그 자신이 낭만적인 열정가여서, 암살이나 포로 학대를 증오하는 마음에 사로잡혀 있었던 것은 아닐까?

같은 해, 월리스는 프랑스 등 여러 나라의 공격을 받고 있는 멕시코 정부를 응원하기 위해 전쟁 비용을 모금하여 무기와 탄약을 마련하고 현지에 가기도 했지만, 만족할 만한 평가는 받지 못했다. 그래서 실망감을 안고 크로퍼즈빌로 돌아온 뒤에는 다시 변호사로 일하는 한편 정치에 관심을 돌렸고 저술에도 힘쓰게 된다. 1871년에는 《콤모두스(Commodus)》라는 희곡을 썼다. 콤모두스는 현제(賢帝) 마르쿠스 아우렐리우스의 아들로, 용맹하기는 하지만 포악하기로 유명했던 로마 황제의 이름이다. 1873년에는 《아름다운 신》을 전면적으로 다시 썼는데, 이것은 멕시코의 아즈텍 왕국이 스페인의 정복자 코르테스에게 멸망당하는 시대를 다룬 역사소설이다. '아름다운 신'은 아즈텍족의 신을 가리킨다. 이야기꾼으로서의 재능이 이 무렵 꽃을 피운 모양이다. 보스턴의 오즈굿 출판사는 원고를 한 번 읽고 당장 출판을 맡았는데, 2년 동안 15만 부가 팔렸다고 한다.

이 성공으로 월리스의 법률사무소는 껍데기만 남게 되었다. 그는 곧 다음 소설을 쓰기 시작했다. 역시 역사소설이지만, 이번에는 '그리스도 이야기'라는 제목을 붙이게 된다. 원래 군인·법률가·정치가 지망생이고 종교 따위에는 별로 관심이 없고 아마 어느 교회에도 속해 있지 않았을 월리스가 그런 소설을 착상한 동기에 대해서는 그 자신이 한 이야기가 있다. 《아름다운 신》을 출판한 뒤인 1876년, 월리스는 어느 열차에서 불가지론의 유명한 논객이었던 로버트 잉거솔을 만나게 되었다. 그리고 예수의 신성에 대한 의심과 그리스도교인의 어리석음에 대한 잉거

솔의 주장을 듣는 동안, 그는 자기가 이 문제에 얼마나 무지했는가를 깨닫고 그리스도를 탐구하기로 마음먹었다. 그리고 그리스도를 탐구하는 가장 좋은 방법은 그리스도의 시대를 다룬 소설을 쓰는 것이라고 생각했다는 것이다.

하지만 월리스가 《벤허》를 낳기까지에는 또 하나의 중요한 과정이 있었다. 1878년 8월에 그는 당시 준주(準州)였던 뉴멕시코의 지사에 임명되었다. 그는 정계에서도 이렇다 할 성공을 얻지 못해 불만을 품고 있었다. 당시 미국 정계는 이른바 '도금 시대(Gilded Age)'여서 정치와 자본의 유착에 따른 부패가 만연하여 월리스처럼 고지식한 사람은 가까이 하기가 어려웠을 것이다. 하지만 1876년의 대통령 선거에서 역시 북군 장군이었던 공화당의 러더퍼드 헤이스를 지원했기 때문에 헤이스가 당선된 뒤 월리스가 뉴멕시코 준주의 지사로 임명된 것이다.

루 월리스가 뉴멕시코 준주 지사로 부임한 것은 특별한 관심을 끄는 사건이다. 멕시코 전쟁으로 미국 영토가 된 뉴멕시코는 뜨거운 태양이 내리쬐는 사막이 넓게 펼쳐져 있고, 월리스 시대에도 아직은 대부분이 황무지였다. 하지만 여기에서 스페인 식민지 시절부터 있었던 오래된 도시 샌터페이에 모인 구세력과 준주 남부에 기반을 둔 신세력이 은행이나 목장의 대립을 포함하는 피비린내 나는 싸움을 벌이고 있었다(이것을 '링컨 카운티 전쟁'이라고 부른다). 신세력 중에서 두각을 나타내어 악명을 떨친 인물이 '빌리 더 키드'다. 신세력의 우두머리인 목장주가 살해된 뒤 복수의 화신이 된 빌리 더 키드는 전설에 따르면 "21년의 생애에서…… 멕시코인과 인디언은 계산에 넣지 않고…… 21명을 죽였다"고 한다. 월리스는 부임하자마자 이 전쟁을 진압하는 것이 중요한 임무가 되었다.

월리스는 전쟁에 가담한 양쪽 진영의 사람들에게 무기를 포기한다는 조건으로 대사면을 내렸지만, 보안관 살해 혐의로 체포영장이 나와 있던 빌리 더 키드만은 사면해줄 수 없었다. 그래서 그는 몰래 빌리를 만나 재판 절차를 거친 뒤 사면해주겠다고 약속하고, 법정에 출두하라고 촉구한 모양이다. 하지만 결국 빌리는 도망과 살인을 계속하다가, 1881년에 팻 갤럿 보안관에게 사살된다.

월리스는 지사로서 이 사건에 깊이 관여했지만, 그런 틈틈이 '샌터페이의 오래된 청사'에서 《벤허》를 마무리하는 데 노력을 쏟기도 했다. 전기에 따르면 《벤허》의 원고 가운데 제5부까지는 월리스가 뉴멕시코 지사로 부임하기 전에 이미 완성되어 있었다고 한다. 하지만 그는 뉴멕시코에서 이미 완성된 부분도 다시 고쳐 쓴 게 분명하다. 작품의 주요 무대가 된 이스라엘을 중심으로 한 중동 지역에 대한 묘사가 풍경이나 기후까지 뉴멕시코의 그것과 비슷하다. 중동에 가본 적이 없는 작가로서는 자신도 모르는 사이에 뉴멕시코의 풍토에서 중동을 유추하게 되었는지도 모른다.

하지만 더 중요한 것이 있다. 그것은 월리스가 뉴멕시코에 부임한 뒤에 쓴 《벤허》 후반부와 깊은 관계가 있다. 이 소설에서 주제가 되는 전차경주 이후 주인공의 생활방식에 뉴멕시코 시절의 생활과 생각이 직접적으로 반영되어 있는 것으로 여겨진다. 부침이 심한 인생을 보내온 월리스는 문명 세계에서 멀리 떨어진 변방에 와서 과거를 돌아보며 장래의 비전에 대해 생각할 때도 많았을 것이다. 주인공 벤허가 복수를 뛰어넘는 삶의 방식을 탐구하는 것은 바로 그 문제와 결부되어 있는 게 분명하다. 소설 《벤허》가 파란만장한 삶을 그리면서도 그 이상의 요소를 안고 있다고 말한 것은 이런 것과 관련되어 있다.

1880년 3월, 《벤허》 원고가 완성되었다. 월리스는 휴가를 얻어 뉴욕에 갔다. 하퍼브라더스 출판사와의 교섭은 순조로웠던 모양이다. 같은 해 11월, 《벤허: 그리스도 이야기(Ben-Hur: A Tale of the Christ)》가 세상에 나왔다.

《벤허: 그리스도 이야기》는 그 표제부터가 일종의 불협화음을 연주한다. 벤허라는 유대인 귀공자의 이름을 내세워놓고, 그것이 유대교와 대립한 그리스도의 이야기라는 것이다. '도금 시대'의 미국은 정치와 사회의 도덕적 혼란과 퇴폐를 초래한 만큼, 종교적 보수주의가 세력을 만회하기 위해 애쓴 시대이기도 했다. 그래서 미국인에게 이 표제는 위화감을 주었을 게 분명하다. 물론 그래서 세간의 관심을 자극하는 효과도 있었겠지만.

벤허를 중심으로 이 작품의 줄거리를 단순화하면, 1959년판 영화의 줄거리와 가까워질 것이다. 예루살렘의 명문 귀족이고 부호의 아들인 유다 벤허는, 로마 황제 재무관의 아들로서 예루살렘에 살았던 친구 메살라와 5년 만에 재회한다. 하지만 메살라는 로마에 돌아가 있는 동안 유대인을 경멸하는 태도가 몸에 배어버렸고, 그래서 두 사람은 사이가 틀어져버린다.

그 직후 벤허는 자택 옥상에서 실수로 기왓장을 떨어뜨리고, 그것이 아래를 지나가던 로마 총독에게 맞았기 때문에 체포된다. 그는 메살라에게 도움을 청하지만, 오히려 의도적으로 암살을 기도했다는 누명을 쓰고 갤리선에서 노를 젓는 노예 신세가 된다. 그의 어머니와 누이동생도 공범으로 끌려가 가족은 몰락한다.

갤리선에서 노를 젓는 노예는 힘든 노역 때문에 오래지 않아 몸을 망치는 것이 보통이지만, 벤허는 어느 해역에서 로마군 사령관의 목숨을 구해주었기 때문에 그의 양자가 된다. 자유를 되찾은 그는 어머니와 누이동생의 행방을 찾는 한편 메살라에게 복수할 기회를 노린다. 그리고 우여곡절 끝에 그 전차경주로 복수에 성공한다.

그다음은 아주 간단히 요약하면 다음과 같다. 벤허의 어머니와 누이동생은 지하감옥에 갇혀 있었다. 그리고 나병에 걸렸기 때문에, 총독이 바뀌어 감옥에서 석방되었는데도 숨어 살지 않으면 안 된다. 간신히 가족과 재회한 벤허는 마지막으로 예수에게 구원을 청한다. 그 힘으로 어머니와 누이동생은 치유되고, 벤허 가족은 모두 그리스도인이 된다.

뭐야, 이건? 또 그 센티멘털 소설풍의 회심(回心) 이야기인가, 하고 탄식하는 목소리가 들리는 듯하다. 실제로 그렇게 될 위험은 확실히 있었다. 그래서 영화는 그렇게 되지 않도록 애썼다.

신앙 문제 자체보다 나병 환자들이 모이는 동굴 묘지나 예수를 따르는 사람들, 십자가를 지고 골고다 언덕으로 걸어가는 예수와 그를 지켜보는 군중 등, 드라마가 되는 장면을 늘어놓는 데 중점을 두었다. 흥미로운 것은 이 작품이 영화화되기 전에 연극으로 상연되었을 때도 그랬고 영화에서도 예수 자신의 모습을 보여주는 것을 애써 피했다는 점이다. 그리스도에 대한 모독이라는 생각에 근거한 조치였던 모양이지만, 종교성을 암시하는 정도에 그치는 현명한 방식이었다고 말할 수도 있다.

하지만 소설 《벤허》는 확실히 '그리스도 이야기'가 되려고 애썼다. 즉 이것은 복수의 로망스인 동시에 종교소설이었다. 따라서 작품은 예수의 탄생으로 시작되어 골고다에서 예수가 십자가에 못 박히는 것으로 끝난다. 당연히 예수의 모습은 그 용모부터 거동까지 구체적으로 묘사된다. 그리고 이 예수의 생애와 벤허의 생애가 이야기 속에서 효과적으로 결부된다. 벤허가 갤리선으로 끌려가는 길에 갈증으로 괴로워하고 있을 때, 지나가던 예수가 그에게 물을 건네준다. 거꾸로 벤허는 골고다에서 십자가에 매달려 죽기 직전의 예수에게 물을 건네주는 식이다.

하지만 작가는 결코 감상적으로 벤허의 회심을 묘사하고 있는 것은 아니다. 벤허는 예수와 두 번 만나고, 그사이에 예수가 어떻게 활동하고 있는지에 대한 소문을 듣지만, 계속 방관자로 머문다. 작가가 두 사람 사이의 이 거리를 유지하는 방식은 꽤 볼만한 솜씨라고 해도 좋다. 그리고 벤허는 자신의 고난을 통해 예수의 존재 의미를 깨달아가고, 마지막에는 완전히 귀의하지만, 그 과정에는 사회적·정치적 문제가 복잡하게 얽혀 있다. 이 것은 이른바 센티멘털 소설의 영역을 훨씬 넘어서는 것이다.

《벤허》는 종교소설풍으로 진행되지만, 그 밑에 사회소설이나 정치소설의 요소도 얽혀 있다. 소설 첫머리에서는 성서에도 나오는 동방박사 세 사람이 하느님의 계시에 따라 '유대인의 왕'의 탄생을 알고 예루살렘으로 가는 상황이 묘사된다. 이 '유대인의 왕'은 어떤 의미인가 하는 것이 작품에서 계속 문제가 된다. '유대인의 왕'을 단지 세속적인 의미로 해석하면 다른 민족들과의 관계가 험악해진다. 세 현인은 각각 그리스인·인도인·이집트인이다. 뒤에는 벤허를 응원하는 아랍인 족장도 등장한다. 이런 여러 민족에 속하는 사람들이 어떻게 '유대인의 왕'을 지도자로 받들 수 있느냐 하는 식이다.

이런 민족 문제에 다시 노예제 문제가 관련된다. 유대인이 로마의 노예 상태에 놓여 있다는 생각은 언제나 주인공 벤허의 의식 밑바닥에 깔려 있다. 하지만 그것만이 아니다. 유대 사회 내부에도 노예제가 있다. 나중에 주인공의 보호자가 되는 상인 시모니데스는 원래 벤허 아버지의 노예였기 때문에, 아버지가 죽은 뒤에도 제도적으로는 벤허의 노예이고, 게다가 벤허는 그의 딸(따라서 역시 노예 신분이다)을 사랑하게 된다. 다민족 세계와 노예제의 이런 관계는 막 남북전쟁을 치른 작가의 뇌리에서는 미국 사회의 문제와 연결되었을지도 모른다.

주인공 벤허는 처음에는 세속적인 의식을 가지고 행동한다. 그는 메살라에 대한 복수를 끝낸 뒤, 자신만이 아니라 어머니와 누이동생, 또는 유대인을 괴롭히는 로마에 대한 증오심 때문에 사병을 모아(이 젊은이들을 훈련시켜 군대로 조직하는 모습은 남북전쟁 당시의 월리스 자신의 활동을 연상시킨다) 로마 세력에 대한 무장 봉기를 꾀한다. '유대인의 왕'은 이때 커다란 정치적 의미를 갖는다. 다만 마지막에 주인공은 '유대인의 왕'이 '현세 너머'에 놓여 있는 '새로운 생명'을 가진 '천국'으로 이끄는 자라는 사실을 깨닫는다.

이렇게 종교적·사회적·정치적인 문제가 합체한 작품이기 때문에 소설 《벤허》에서는 처음부터 끝까지 등장인물들의 진지한 논의가 벌어지고 있다. 스펙터클한 복수 로망스에 이런 형이상학이 전개되는 것은 대중소설로서는 치명적인 약점일 수도 있다. 그런 위험을 상당히 극복할 수 있었던 것은 무엇보다 이야기꾼으로서 작가가 가진 역량 덕분이다.

이 점에서 우선 주의가 미치는 것은 작가가 여러 가지로 머리를 짜서 궁리한 서술방식과 문체일 것이다. 독자를 이야기로 끌어들이기 위해 '독자 여러분'이라고 말을 거는 방법은 상투적 수단이라고 해야 할지도 모른다. 또한 대화 중심으로 이야기를 전개하는 것도 대중소설에서는 흔한 방식이다. 하지만 《벤허》가 광범위한 독자에게 호소력을 가진 것은 서술상의 궁리 외에 더욱 깊은 요인도 있었던 게 아닐까. 실은 내용 자체가 기본적으로 광범위한 대중의 생각에 뿌리를 두고 있었다. 얼핏 고매해 보이는 이상을 명확하게 내세우고 있지만, 난해한 추상론에 빠지지는 않는다. 방금 말한 작품 속에서의 수많은 논의도 대부분

서민의 관점에서 소박한 발상으로 이루어지고 있다. 작가는 앞에서도 말했듯이 종교 감정을 차츰 키워갔다 해도 종교사상가는 결코 아니었다. 정치적 야심을 가진 적은 있지만, 정계 진출은 실패의 연속이었고, 정치 현실에는 강한 불만과 불신을 품고 있었다. 남북전쟁 이후의 사회 혼란에 대해서도 효과적인 해결책을 찾아낸 것은 아니다. 그렇기 때문에 정신적인 삶의 향상이라는 탈출구를 모색했을 것이다. 그때 그의 목표가 된 것은 지극히 서민적이고 누구나 받아들이고 누구에게나 받아들여지는 민주적 사회였고, 누구나 받들 수 있는 보편적인 신이었다. 그런 미국의 기본적 이념이 작품 속에서 벌어지는 논의의 토대가 되고, 이야기의 기조가 되어 전개되고, 내용을 고양시키는 힘이 되었다.

이것을 또 다른 측면에서 말하면, 이 작품은 주인공 벤허를 통한 '자아' 탐구의 소설이다. 그것이 그의 운명의 부침이나 등장인물들의 논의가 되어 나타나지만, 그런 '자아' 탐구가 공간적으로 넓은 스케일로 전개되는 것도 이 작품의 큰 매력이 되고 있다. 벤허 한 사람의 행동 궤적만 추적해보아도 좋다. 그는 예루살렘에서 노예가 되어, 나사렛 마을을 거쳐 갤리선을 타고 에게 해로 들어가 낙소스 섬 근처에서 해전을 치르고, 사령관의 양자가 되어 로마에 들어가고, 자유인으로서 시리아의 안디옥에 가고, 다시 예루살렘으로 돌아가고, 마지막으로 그리스도교회 건설을 위해 다시 로마로 떠난다. 이런 식으로 각지를 편력하면서 벤허는 자신에게 합당한 역할과 생활방식을 추구하는 것이다.

'자아' 탐구는 이렇게 온갖 도시에서의 시련을 거쳐 이루어진다. 그런데 《벤허》가 저술된 '도금 시대'가 남북전쟁 이후의 도덕적 혼란을 극복한 시대이기도 하다는 것은 앞에서 이미 말했다. 사회풍속적으로는 '고상한 전통'이 확립된 시대였다고 여겨진다. 이 전통은 일상생활에서는 품위 있는 남녀관계를 확보하는 데 힘을 쏟았다. 벤허의 '자아' 탐구도 필연적으로 이 전통과 결부되었다. 젊고 원기왕성한 그는 처음에는 동방의 현자인 이집트인 발타사르의 딸 이라스에게 매혹된다. 그녀는 '숱 많은 검은 머리'를 갖고 고혹적으로 활동하는 미녀로서, 이른바 '다크 레이디'의 전형이다. 19세기 후반 미국 사회에서 눈에 띄는 존재가 된 '신여성'을 연상시키기도 한다. 하지만 벤허는 다프네 숲의 유혹을 뿌리쳤듯이 이라스에게서도 성실하지 못한 면을 찾아낸다. 그리고 결국 몸집이 작고 조용하고 상냥한 시모니데스의 딸 에스더, '페어 레이디'라고 부르는 것이 어울리는 여성을 아내로 선택한다.

이것은 서양 문학 내지 문화의 전통에 바탕을 둔 반려자 선택 방법이다. 이 점에서 작가의 가치관은 매우 보수적이라고 말해야 할 것이다. 하지만 바로 그런 태도 덕분에 독자는 안심하고 이 작품을 읽을 수 있다. 즉 전통적인 그리스도교적 도덕이 승리를 차지한 것이다.

진지한 '순문학', 또는 헤밍웨이가 마크 트웨인의 《허클베리 핀의 모험》(1885)에서 시작되었다고 말한 '모던'한 문학의 시각으로 보면 《벤허》에는 예술로서의 결함이 많다. 예를 들면 안이한 줄거리 전개나 피상적인 인물 묘사처럼 적당히 쓰는 것은 대중문학에 공통된 결함이지만, 그런 것을 예로 들자면 끝이 없을 것이다. 최근 유행하는 인종차별·계급차별·성차별 의식의 적발도, 그런 차별을 거부하려는 작가의 노력에도 불구하고 지극히 안일하게 되어 있지 않은가? 복수가 아니라 그리스도의 사랑을 통해 천국으로 인도한다는 이 작품의 중심 테마를 전개하는 방식 자체에서도 감상적인 자아도취나 자기기만의 요소를 찾아낼 수 있을지 모른다.

하지만 《벤허》는 이국적인 중동 지역을 무대로 파란만장한 로맨스를 펼치면서 종교와 정치, 민족, 사회, 도덕 등의 문제—당시 미국인의 중대한 관심사—를 끌어안고 대하소설풍으로 나아간다. 그리고 주인공의 자아 탐구는 그리스도의 정신에 다다름으로써 개인적이고 민족적인 복수를 뛰어넘어 '도금 시대'의 미국 현실에 대한 비판, 이상으로 삼아야 할 민주적인 정치와 사회에 대한 희구를 명확하게 내세우고, 나아가서는 '고상한 전통'에 어울리는 도덕관과 보편적 그리스도교주의라고 말해야 할 세계관에 도달한다. 유다 벤허는 이런 의미에서 질박한 유대인이면서 아메리칸 히어로의 색채를 짙게 띠고 있다고 말할 수 있을 것이다.

《벤허: 그리스도 이야기》는 1880년 11월에 출판되었다. 이미 말했듯이 비평가들의 반응은 차가웠다. 미국 문학은 리얼리즘

시대를 맞고 있었고, 《애틀랜틱》이나 《센추리》 같은 문예지의 서평은 역사소설이 이미 시대착오라는 것을 강조했다. 그 때문인지 처음에는 책의 팔림새도 시원치 않았고, 출판 직후의 관심이 시들해진 1882년 말에는 한 달에 300부 정도가 팔릴 뿐이었다. 그런데 그로부터 1년 뒤에는 두 배로 늘어났고, 다시 1년 뒤에는 또 두 배로 늘어났고(한 달에 1200부), 그 이듬해에는 네 배 가까이(한 달에 4500부) 늘어났다. 이 숫자는 자료에 따라 다소 다르지만, 어쨌든 일반 대중이 읽기 시작하면서 판매량은 기하급수적으로 늘어나, 7년째에는 무려 20만 부가 팔리기에 이르렀다. 또한 《벤허》는 로마 교황 레오 13세에게 축성을 받기도 했다(소설 작품이 교황의 축성을 받은 것은 전례 없는 일이었다).

그리고 1899년, 《벤허》는 윌리엄 영이 희곡으로 각색하여 브로드웨이에서 상연되었다. 그리스도가 모습을 나타내지 않는 것은 앞에서 이미 말했지만, 전차경주나 그 밖의 스펙터클한 장면은 보기 좋게 살린 모양이다. 이 연극은 엄청난 성공을 거두어 그 후 20년 동안 전국을 돌아다니며 순회공연을 하게 되었다. 이것이 소설 《벤허》의 판매를 더욱 촉진한 것은 물론이다. 1913년까지 총 판매부수는 100만 부를 넘었지만, 이 해에 다시 통신판매회사인 '시어스 로벅'이 100만 부를 일시에 주문하는 유례없는 현상이 나타나기까지 했다. 그 후 소설 자체의 판매량은 차츰 줄어든 모양이지만, 이번에는 영화 〈벤허〉 시대에 들어가게 된다.

하지만 소설 《벤허》는 그것으로 역사적 역할을 끝낸 것은 아니다. 《벤허》는 파란만장한 이야기 속에 미국인이 잠재적으로 추구하고 있던 종교성이나 도덕성을 담고, 정치나 사회 문제도 받아들여 이른바 종합적인 대하소설이 되어 있었다. 월터 스콧 류의 역사소설은 시대착오가 되었을지 모르지만, 이 작품은 스토 부인의 《톰 아저씨의 오두막》(1852) 같은 사회성이나 종교성을 가미함으로써 역사소설이 현대에 사는 재미와 의의를 갖고 있다는 것을 광범위한 독자에게 알리고, 미국 대중소설의 새로운 가능성을 보여주었다.

1881년, 《벤허》에 감명을 받은 제임스 A. 가필드 대통령은 루 월리스를 터키(당시 오스만 제국) 주재 공사에 임명했다. 월리스는 콘스탄티노플(현재의 이스탄불)에 재임하는 동안 처음으로 중동 지역을 여행하면서 《벤허》의 묘사가 옳았다는 것을 확인하고 무척 기뻐했다고 한다. 1884년 대통령 선거에서 민주당의 그로버 클리블랜드에게 정권이 넘어가자 월리스는 1885년에 귀국하여 그 후로는 강연이나 저술 활동에 힘썼다. 그리고 1893년에 두 번째 장편소설 《인도의 왕자(The Prince of India)》를 출판했다. 1453년에 사라센 제국이 콘스탄티노플을 함락시킨 사건의 전후를 다룬 역사소설이다. 이 소설에서도 여러 민족이 뒤얽혀 애증을 전개한다.

월리스는 그 후에도 여러 저술을 했다. 가장 몰두한 것은 《자서전》 집필일 것이다. 그러나 1905년에 크로퍼즈빌에서 위암으로 세상을 떠났다. 미완의 《자서전》은 이듬해에 아내 수전의 손으로 완성되어 출판되었다.

루 월리스는 결국 《벤허》 하나로 미국 대중문학사에 이름을 남긴 작가가 되었다고 말할 수 있을 것이다. 그리고 영화사에도 큰 이름을 남겼다. 하지만 이른바 순문학 본위의 문학사에서는 거의 무시당해왔다. 나는 루 월리스와 그의 작품을 좀 더 진지하게 검토하고 평가하는 것이 미국 문학사나 문화사의 내용을 더욱 풍부하게 해줄 거라고 생각한다.

2015년 12월, 제주 애월에서
김석희

옮긴이 **김석희**

서울대학교 인문대학 불문과를 졸업하고 동 대학원 국문학과를 중퇴했으며, 1988년 한국일보 신춘문예에 소설이 당선되어 작가로 데뷔했다. 영어·프랑스어·일어를 넘나들면서 시공사 '세계문학의 숲'에 포함된 토머스 드 퀸시의《어느 영국인 아편쟁이의 고백》, 콘라드 죄르지의《방문객》, 다니자키 준이치로의《미친 사랑》, 크누트 함순의《목신 판》을 비롯하여 존 파울즈의《프랑스 중위의 여자》, 존 러스킨의《나중에 온 이 사람에게도》, 허먼 멜빌의《모비 딕》, 스콧 피츠제럴드의《위대한 개츠비》, 알렉상드르 뒤마의《삼총사》, 쥘 베른 걸작선집(20권), 시오노 나나미의《로마인 이야기》시리즈 등 많은 책을 번역했다. 역자후기 모음집《번역가의 서재》, 제주도 귀향살이 이야기를 엮은《이 또한 즐겁지 아니한가》등을 펴냈으며, 제1회 한국번역대상을 수상했다.

벤허 그리스도 이야기

2015년 12월 18일 초판 1쇄 발행
2021년 7월 12일 초판 3쇄 발행

지은이 | 루 월리스
옮긴이 | 김석희
발행인 | 윤호권 박헌용
본부장 | 김경섭

발행처 | (주)시공사
출판등록 | 1989년 5월 10일(제3-248호)

주소 | 서울 성동구 상원1길 22 7층(우편번호 04779)
전화 | 편집 (02)2046-2817 · 마케팅 (02)2046-2800
팩스 | 편집 · 마케팅 (02)585-1755
홈페이지 | www.sigongsa.com

ISBN 978-89-527-7531-3(03840)